Atlan
DER WELTRAUMBARBAR

W0264809

Perry Rhodan

Atlan

DER WELTRAUM-BARBAR

MOEWIG

Alle Rechte vorbehalten
© by Pabel-Moewig Verlag KG, Rastatt
www.moewig.de
Redaktion: Sabine Kropp / Klaus N. Frick
Bearbeitung: Rainer Castor
Titelillustration: Johnny Bruck
Printed in Germany 2002
www.perry-rhodan.net
ISBN 3-8118-1520-2

Vorwort

Als *Kristallprinz* ist der Arkonide Atlan der legitime Nachfolger des Imperators Gonozal VII., der von seinem Halbbruder Orbanaschol und dessen Helfern ermordet wurde. Von den Häschern des Brudermörders verfolgt und zum Leben im Untergrund gezwungen, ist Atlan bemüht, das ihm zustehende Erbe seines Vaters anzutreten und den Tyrannen vom Kristallthron zu stürzen.

Kein leichtes Unterfangen, denn als Herrscher des Tai Ark'Tussan, des Großen Imperiums der Arkoniden, steht Orbanaschol III. die volle Macht des aus Zehntausenden von Welten bestehenden Reiches zur Verfügung – ebenso ein gnadenloser Geheimdienst und die »Bluthunde« der Kralasenen-Truppe des Blinden Sofgart.

Dennoch gelang es Atlan und seinen Freunden, auf der Welt Kraumon eine Basis zu schaffen. Danach stand für den Kristallprinzen ein Ziel auf der Liste, bei dem sich persönliche und politische Interessen mischten: Er wollte seine Freundin Farnathia retten, die im Verlauf der Flucht von dem Exilplaneten Gortavor in die Hände des Blinden Sofgart gefallen war.

Atlan erreichte Sofgarts Folterwelt, mit einem Kurierschiff glückte die Flucht, die jedoch in der rätselhaften Sogmanton-Barriere ein vorzeitiges Ende fand. Nur knapp gelang die Rettung durch die hier operierenden Piraten der Sterne, und auch der von Sofgart in Farnathia implantierte Bio-Parasit konnte ausgeschaltet werden. Während Atlans geschwächte Freundin in Richmonds Schloss zurückblieb, gelangten der Kristallprinz und seine Verbündeten, unterstützt von den Piraten der Sterne, zur Freihandelswelt Jacinther IV.

Nachdem Atlan auf der Freihandelswelt Ka'Mehantis Freemush Ta-Bargk in seine Gewalt bringen und dessen Robotflotte in die Sogmanton-Barriere lenken konnte, folgte der unfreiwillige Zwischenstopp auf Tsopan und den in den Hyperraum eingelagerten oberen Welten der Skinen.

Doch schon warten neue Abenteuer auf Atlan: Wie wird »Ogh« handeln, die Bewusstseinskopie Atlans, die in einem Androidenkörper gefangen ist? Was hat es mit der »Vergessenen Positronik« auf sich, auf die Atlan und seine Freunde stoßen? Sie steht offenbar mit der Suche nach dem »Stein der Weisen« im Zusammenhang – einer Suche, auf die sich auch Sofgart und Orbanaschol begeben haben.

Und wer ist der »Weltraumbarbar« Ra, der anscheinend ebenfalls damit zu tun hat? Von ihm jedenfalls erfährt der Kristallprinz erstmals von der »Goldenen Göttin« Ischtar ...

Für alle Bücher mit den Abenteuern aus der Jugendzeit Atlans gilt, dass die in sie einfließenden Heftromane des in den Jahren 1973 bis 1977 erstmals veröffentlichten Zyklus *ATLAN-exklusiv – Der Held von Arkon* von mir bearbeitet wurden, um aus den fünf Einzelheften einen geschlossenen Roman zu machen, der dennoch dem ursprünglichen Flair möglichst nahe kommen soll.

Ähnlich wie schon für das 17. Buch dieser »Blauband«-Reihe der Heftroman 179 vorgezogen wurde, gibt es im vorliegenden Buch 21 eine Abweichung von der ursprünglichen Romanabfolge: Es beginnt mit Band 144 und bringt die Handlung um den Androiden Ogh zum Abschluss, um dann mit dem Anfang von Band 146 sowie dem eigentlich Inhalt von Band 142 fortzufahren.

Ungeachtet der notwendigen und sanften Eingriffe, Korrekturen, Kürzungen und Ergänzungen flossen insgesamt folgende Romane ein: Band 142 *Die vergessene Positronik* von H. G. Ewers, Band 144 *Endstation Geisterflotte* von Ernst Vlcek, Band 146 *Der Fremde* von H. G. Ewers, Band 148 *Der geheimnisvolle Barbar* von Peter Terrid sowie Band 150 *Die Göttin und der Barbar* von Dirk Hess.

Als Anhang gibt es – inzwischen schon obligatorisch – das *Kleine Arkon-Glossar* und zur Veranschaulichung der Schauplätze die Karten.

Wie stets auch der Dank an die Helfer im Hintergrund: Michael Beck, Andreas Boegner, Kurt Kobler, Heiko Langhans, Michael Thiesen – sowie Sabine Kropp und Klaus N. Frick.

Viel Spaß – ad astra!

Rainer Castor

Prolog

1144. positronische Notierung, eingespeist im Rafferkodeschlüssel der wahren Imperatoren. Die vor dem Zugriff Unbefugter schützende Hochenergie-Explosivlöschung ist aktiviert. Fartuloon, Pflegevater und Vertrauter des rechtmäßigen Gos'athor des Tai Ark'Tussan. Notiert am 18. Prago der Prikur, im Jahre 10.497 da Ark.

Bericht des Wissenden. Es wird kundgegeben: Wir hatten es doch noch geschafft! Sechs Pragos nach Arkon-Zeitmaß vor der erwarteten Ankunft des ersten Verstärkungskontingents landete die POLVPRON am 4. Prago der Prikur wieder auf Kraumon. Wir alle waren erschöpft, aber einigermaßen zufrieden. Atlan hat seine Freundin aus den Klauen des Blinden Sofgart befreien können, und mit der Gefangennahme von Ka'Mehantis Freemush Ta-Bargk sowie der Ausschaltung seiner Robotflotte in der Sogmanton-Barriere ist uns ein bemerkenswerter Schlag gelungen. Überaus bitter ist dagegen der Tod Tirako Gamnos, und was sich aus der Mitnahme von Atlans Bewusstseinskopie ergibt, die im Ara-Androidenkörper gefangen ist, bleibt abzuwarten.

Seit drei Pragos ist der Aufmarsch der Verbände für die alljährlich stattfindenden Flottenmanöver im nur knapp 1300 Lichtjahre von Kraumon entfernten Yagooson-Sektor abgeschlossen. Die Einsatzgeschwader der 4. Imperiumsflotte – insgesamt etwa 80.000 bis 100.000 Einheiten aller Größenordnungen, darunter 10.000 Schlachtschiffe der Imperiumsklasse! – haben sich schon seit einiger Zeit im Flottenhauptstützpunktsystem von Amozalan und bei dem Transitions-Orientierungspunkt 39-KARRATT gesammelt, um dann in mehreren Transitionswellen nach Yagooson vorzustoßen.

Die Flotte steht unter dem Oberkommando von De-Keon'athor Geltoschan da Saran, einem Dreisonnenträger, der zwar ein guter Militär ist – er gilt als einer der erfolgreichsten Flottenführer im Kampf gegen die Methans –, politisch aber eher desinteressiert. In Flottenkreisen wird er als loyal eingestuft, allerdings mehr dem Tai Ark'Tussan verpflichtet, nicht unbedingt der Person des Imperators in Gestalt Orbanaschols.

Der Termin des Flottenaufmarschs war ein Faktor, den wir bei unseren

Aktionen berücksichtigen mussten, um Kraumons galaktonavigatorische Position geheim zu halten – ein überaus willkommener Anlass, quasi im Ortungsschutz der Massentransitionen unsere Verstärkung hierher kommen zu lassen. Wie mit den Vertrauten vereinbart, trafen am 10. Prago der Prikur die ersten rund dreihundert Mitstreiter ein, darunter der ehrenwerte Arctamon, ehemals persönlicher Sachberater in Fragen der Innenpolitik Seiner Erhabenheit Imperator Gonozals VII.

Er, einige Verhörspezialisten und meine Wenigkeit nahmen uns Freemush Ta-Bargk ab, der bis vor kurzem als Mitglied des Zwölfer-Rates das Wirtschaftsgeschehen im Tai Ark'Tussan lenkte. Nach außen wirkt er gelassen, gilt zu Recht als ausgesprochener Logiker; im Herzen jedoch ist er eigentlich ein Feigling.

Nach den Ereignissen von Jacinther IV gab es natürlich die von den Sicherheitsorganen des Imperiums eingeleitete Großfahndung nach dem Imperialen Ökonomen. Ein so außerordentlich wichtiger Mann wie er konnte nicht entführt werden, ohne dass sich der gesamte Apparat auf seine Spur setzte. Diese Spur allerdings führte direkt in die berüchtigte Sogmanton-Barriere!

Inzwischen ist es offiziell: Niemand im Großen Imperium kam auf den Gedanken, dass Freemush heil aus der Barriere hervorgekommen ist. Nach wenigen Pragos wurde er zwar »nur« als vermisst erklärt, doch sämtliche Stellen gehen davon aus, dass er tot ist. Von unseren Informanten auf der Kristallwelt wurde berichtet, dass Orbanaschol fürchterlich getobt hat – jedoch weniger wegen Freemush selbst, sondern mehr wegen der Dreistigkeit des Vorhabens an sich und des Verlusts von 600 Robotschiffen der Begleitflotte, darunter hundert Schlachtkreuzer, der Rest bestehend aus Schweren und Leichten Kreuzern. Schade nur, dass sich der Dicke nicht so aufgeregt hat, dass er einem Schlaganfall erlegen ist …

Wie von uns erwartet, bedurfte es angesichts dieser Situation keiner besonderen »Überredungskunst«, um Freemush zum Sprechen zu bringen. Die gesammelten Daten finden sich im Anhang; das meiste davon dürfte nur mittel- oder längerfristig von Interesse sein. Immerhin sind eine ganze Menge Details über wirtschaftliche und finanzielle Verflechtungen und Abhängigkeiten darunter, Interna über viele Würdenträger, ihre Machenschaften, Korruptionen und dergleichen – Dinge also, die sich zu gegebener Zeit durchaus gezielt anwenden lassen.

Arctamon und sein Stab haben mit der Auswertung begonnen und werden – unterstützt von den fortan regelmäßig eingehenden Zusatzin-

formationen unserer über das Imperium verstreuten Leute – entsprechende Pläne ausarbeiten.

Kaum weniger interessant sind jene Informationen, die der Ka'Mehantis überaus bereitwillig ausplauderte, von Freemush selbst allerdings eher unter der Rubrik »Klatsch und Tratsch« eingeordnet werden, weil in seinen Augen von untergeordneter Bedeutung. Gut, dass er nicht weiß, dass uns ein nicht zu unterschätzendes Informantennetzwerk zur Verfügung steht und wir in der Lage sind, alle diese mitunter scheinbar unbedeutenden Splitter zu einem Gesamtbild zusammenzusetzen.

Auf diese Dinge werde ich noch an anderer Stelle ausführlicher eingehen; vorab nur so viel: Es sieht so aus, als hätten Sofgart und Orbanaschol tatsächlich die Suche nach dem »Stein der Weisen« zur Chefsache erklärt! Freemush findet das eher belustigend und hält nicht viel davon, uralten und mehr als vagen Legenden und Mythen eine derart reale Bedeutung beizumessen. Im Gegensatz zu ihm sind jedoch Kristallprinz Atlan und ich der übereinstimmenden Meinung, dass diese Angelegenheit im Auge zu behalten ist, da sie für uns unter Umständen noch wichtig werden könnte.

Zunächst steht allerdings die Konsolidierung unserer Kräfte auf dem Plan. Der Stützpunkt ist inzwischen vollständig aktiviert, so dass uns sogar das energetische Startgerüst des fünfhundert Meter durchmessenden Landefelds zur Verfügung steht.

Die Basis auf Kraumon entstand – wie schon an anderer Stelle erwähnt –, als in den Jahren um 10.475 da Ark auf Befehl Seiner Erhabenheit Imperator Gonozals VII. eine ganze Reihe von über das Große Imperium verstreuten Stützpunkten geschaffen wurde. Sie sollten dem Zhdopanthi, seiner Familie und seinem Regierungsstab im Notfall Unterschlupf und Sicherheit gewährleisten. Die Anlagen sind für eine halbe Ewigkeit konserviert, unzugänglich für unberechtigte oder zufällige Besucher. Kraumons relative Nähe zum galaktischen Zentrum, 22.130 Lichtjahre vom Kugelsternhaufen Thantur-Lok und Arkon entfernt, verspricht uns ein Höchstmaß an Sicherheit.

Der Stützpunkt ist ausgelegt, bei Bedarf in den insgesamt 47 Gebäuden zehntausend oder mehr Dauerbewohner aufzunehmen: Hier werden wir mit der Zeit weitere Helfer und Mitstreiter für den eigentlichen Kampf gegen Orbanaschol zusammenziehen. Es kann sogar sein, dass wir in absehbarer Zeit die Anlagen ausbauen und erweitern müssen; vor allem das Landefeld wird sich bald als zu klein erweisen. Der informierte Kreis jener, die die Koordinaten Kraumons kennen, bleibt weiterhin auf ein abso-

lutes Minimum beschränkt; die Daten in den Raumern sind selbstverständlich verschlüsselt und gegen unbefugten Zugriff gesichert.

Neben der POLVPRON und dem Diskus der GONOZAL steht uns nun ein zweiter Leichter Kreuzer zur Verfügung; mittelfristig werden wir allerdings dafür sorgen müssen, dass wir ein größeres Schiff mit größerer Reichweite erhalten, das dennoch mit einer Minimalbesatzung zu beherrschen ist. Der hohe Automatisierungsgrad sowie leistungsfähige Katastrophenschaltungen ermöglichen es, dass unsere Raumer bei Bedarf sogar von einem einzigen ausgebildeten Raumfahrer geflogen werden können. Im Gegensatz dazu ist der Personalbedarf von arkonidischen Großraumern, selbst wenn man Besatzungen für Beiboote und Mehrschicht-Redundanz ausklammert, nach wie vor immens, obwohl die Versuche mit reinen Robotschiffen oder teilrobotisierten Raumern inzwischen viel versprechende Ergebnisse zeigen.

Inwieweit wir hinsichtlich dieser Überlegungen auf die Piraten der Sogmanton-Barriere zurückgreifen oder eventuell zu den Stovgiden des Yagooson-Sektors Kontakt aufnehmen werden, bleibt abzuwarten. Der Versuch dieser von Arkoniden abstammenden Siedler, nach Jahrzehnten endlich ihre völlige Unabhängigkeit zu erreichen, wird im Tai Ark'Tussan interessiert beobachtet und hat viele Sympathisanten – nicht zuletzt wegen des übrigen Kurses des Orbanaschol-Regimes.

Statt auf bewaffneten Kampf setzen die Stovgiden auf diplomatisches Geschick und ihre Wirtschaftskraft, die auf den wertvollen Hyperkristallen des Planeten Kasseb beruht, ihnen allerdings auch gestattet, eine eigene Raumflotte von annähernd 20.000 Einheiten zu unterhalten! Diese bemerkenswerte Kombination aus Wehrhaftigkeit, Reichtum und Diplomatie hat selbst Orbanaschol bislang davon abgehalten, mit aller militärischer Härte vorzugehen. Abgesehen davon, dass die Flotten des Imperiums verstärkt in Kämpfe gegen die Methans verwickelt werden und sich somit ein Bruderkrieg mit ungewissem Ausgang eigentlich sogar für einen Mann wie Orbanaschol von vornherein verbietet, beschränkt sich das Vorgehen des Imperators auf die schon angesprochenen jährlichen Flottenmanöver, die letztlich nichts anderes als reine Provokation sind.

Noch ist der Ausgang des Geschehens völlig offen. Da die Ereignisse für uns jedoch in naher Zukunft von großer Bedeutung sein könnten, habe ich gestern den Kristallprinzen umfassend über die Zusammenhänge und Hintergründe informiert, die ihm in dieser Form bislang noch nicht bekannt waren.

In einer ersten Beurteilung der Situation äußerte er sich – wie ich zuge-

ben muss, zu Recht – skeptisch, ob wir uns an die Stovgiden wenden sollten; weder ihrer Sache noch uns wäre letztlich kaum gedient, würden sie mit dem gesuchten Kristallprinzen in Verbindung gebracht. Ein Argument, das die »Sache Yagooson-Sektor« wohl zu den Akten gelegt haben dürfte …

1.

Ich bin Atlan – und ich bin es auch wieder nicht. Das ist mein Problem, mit dem ich fertig werden muss. Aber es ist ebenso Atlans Problem, mit dem er nicht so richtig fertig wird.

Aber ich bin auch Ogh, und wenn ich mich im Spiegel sehe, blickt mir ein Ara entgegen. Ein ungemein blasshäutiges Wesen von großem und hagerem Wuchs. Die roten Augen in dem schmalen, blassen Gesicht erinnern an die Abstammung von den Arkoniden. Mein Kopf ist lang gestreckt, läuft oben spitz zu und hat keine Behaarung. Dennoch ist mein Körper nicht der eines geborenen Aras, sondern wurde von diesen in der Retorte erschaffen. Ein Androide.

Ich bin Atlan im Körper eines Ara-Androiden. Ich denke wie Atlan, fühle ähnlich wie er, und ich habe von ihm auch den Hass auf Orbanaschol III. geerbt. Dennoch verfolge ich nicht dieselben Ziele wie er. Ich bin Atlan zwar so ähnlich wie ein Ei dem anderen, aber ich bin ihm nicht gleich. Um einen verständlichen Vergleich zu gebrauchen: Ich bin sein spiegelverkehrtes Ebenbild. Ich habe alles Wissen und alle Erfahrungen von Atlan, doch mein Charakter ist anders.

Als die Skinen Atlans Bewusstseinsabbild speicherten, passierte ihnen eine Panne. Ein Duplikat von Atlans Bewusstsein wurde zwar in die »Falle« dauerhaft aufgenommen, aber das zweite Abbild seines Bewusstseins nahezu gleichzeitig freigesetzt. Das war ich. Natürlich machten sie Jagd auf mich, als sie feststellten, dass ich ohne die Zuhilfenahme von technischen Geräten beliebig die Körper wechseln konnte. Die Jagd ging über die »oberen Welten« im Hyperraum, und ich wurde immer mehr in die Enge getrieben. Dennoch wäre Atlan meiner nie habhaft geworden, hätte ich nicht einen Fehler gemacht.

Als ich in die Ara-Station auf einer der »oberen Welten« gelangte, entdeckte ich Körper ohne eigenes Bewusstsein. Ich wollte mir diese Chance, einen eigenen Körper zu erhalten und nicht nur ein unerwünschter Parasit zu sein, nicht entgehen lassen. Also schlüpfte ich in einen der Androidenkörper, die zwar lebten, aber nicht »beseelt« waren. Zu spät merkte ich, dass ich für immer in diesem Körper gefangen bin. Ich, das entfessel-

te Atlan-Bewusstseinsabbild, kann nicht mehr in einen anderen Körper überwechseln. Ich muss für immer in Ogh bleiben.

Es gelang Atlan, mich zu den Skinen zu bringen. Wäre ich auf Tsopan geblieben, hätten sie mich sicher getötet, weil sie keinen anderen Ausweg sahen, das unerwünschte Duplikat von Atlans Bewusstsein aus der Welt zu schaffen. Doch Atlan nimmt mich mit nach Kraumon.

Und nun brüte ich über mein Schicksal. Zweifellos habe ich meine Existenz einer sentimentalen Anwandlung Atlans zu verdanken. Er bringt es nicht über sich, mich zu töten. Denn irgendwie bin ich ein Stück von ihm. Ich kann ihn verstehen. Aber mir ist auch klar, dass meine Existenz Atlan vor eine Reihe von Problemen stellt. Es bereitet ihm Unbehagen, mit der Gewissheit leben zu müssen, dass ein Ableger von ihm in einem anderen Körper existiert. Mir ergeht es nicht anders. Wie jedes Lebewesen habe auch ich einen ausgeprägten Selbsterhaltungstrieb. Dieser Instinkt – ich glaube, so kann man es ruhig nennen – warnt mich eindringlich.

Der Bauchaufschneider Fartuloon, Atlans Freund, Lehrmeister und Ratgeber, versucht Atlan klar zu machen, dass er mich aus der Welt schaffen müsse. Auch die anderen haben sich dieser Meinung angeschlossen. Wenn es nach ihnen gehen würde, lebte ich nicht mehr. Nur Atlan will davon nichts wissen. Er sucht, wie er es den Skinen versprochen hat, nach einem anderen Ausweg. Aber ich weiß, dass es keinen anderen Ausweg gibt und dass ihm nichts weiter übrig bleiben wird, als mich zu beseitigen.

Denn wie Atlan habe ich mir ebenfalls überlegt, welche Möglichkeiten es sonst noch gibt. Aber ich habe keinen Ausweg aus diesem Dilemma gefunden. Und da Atlan in denselben Bahnen wie ich denkt, wird auch er keine Lösung des Problems finden.

Der augenblickliche Zustand ist jedenfalls untragbar. Deshalb habe ich mich zur Flucht entschlossen. Ich habe auch keine Skrupel, gegen Atlan vorzugehen und ihm eventuell zu schaden. Es geht um mein Leben und meine Eigenständigkeit! Da scheue ich nicht einmal davor zurück, Atlan zu verraten …

Kraumon: 18. Prago der Prikur 10.497 da Ark

Bericht Ogh

Kraumon war der einzige Planet einer kleinen roten Sonne, auf dem einst ein Geheimstützpunkt angelegt wurde. Ansonsten war es eine bedeutungslose Welt mit überwiegend wüstenähnlichem Charakter und einer Schwerkraft von 0,66 Gravos. Die Wüste wurde nur durch einen schmalen Grüngürtel unterbrochen, der sich den Planetenäquator entlangzog. Hier lag im Tal »Gonozals Kessel« der Stützpunkt, der aus etwa einem halben Hundert Kuppeln und Gebäuden bestand. Inzwischen wurde er vollständig in Betrieb genommen. Außer den engsten Vertrauten wie Fartuloon, Eiskralle, Farnathia, Morvoner Sprangk und Corpkor hatten sich auf Kraumon einige hundert Anhänger eingefunden, die dem Ruf: »Für Atlan und Arkon – auf Leben und Tod!« gefolgt waren.

Sie kamen aus allen Teilen der Galaxis, um den Kristallprinzen in seinem Kampf gegen Orbanaschol III. zu unterstützen. Entsprechend turbulent ging es auf Kraumon zu. Ohne weiter auf die Sicherheitsvorkehrungen einzugehen, die zum Schutz des Stützpunkts galten, funktionierte das Alarmsystem gut genug, um niemandem zu ermöglichen, seinen Fuß auf diese Welt zu setzen, der nicht wirklich auf Atlans Seite stand. Basis für das Sicherheitssystem war, dass nur Leute, die Fartuloon von früher her als absolut verlässlich kannte, überhaupt hierher kommen konnten.

Mich beobachtete in der allgemeinen Hektik des Einrichtens und Auspackens niemand. Ich konnte mich innerhalb der kleinstadtgroßen Station frei bewegen, konnte tun und lassen, was ich wollte. So war es mir auch ein Leichtes, die Umgebung eingehend zu erkunden, um die neue Situation mit Atlans Wissen zu vergleichen. Dabei stellte ich einige interessante Dinge fest, die meinen einmal gefassten Fluchtplan immer festere Formen annehmen ließ.

Es gab praktisch keine Wachen. Das war weiter nicht verwunderlich, denn Kraumon war unbewohnt – abgesehen von der vielfältigen Fauna der Äquatorgegend, versteht sich. Und es war auch nicht zu erwarten, dass sich jemand auf diesen unscheinbaren Planeten verirrte. Sollte dies doch geschehen, würde ihn die Fernortung entdecken, noch bevor er landete. Es wäre also eine übertriebene, ja lächerlich wirkende Vorsichtsmaßnahme gewesen, den Stützpunkt durch Wachtposten absichern zu lassen, zumal Corpkors Tierarmee genügend Schutz garantierte.

Diese Tiere ließen mich auch den Gedanken vergessen, in den Dschungel zu flüchten. Weit wäre ich da bestimmt nicht gekommen. Und im Übrigen – was wollte ich in der Wildnis auf einem verlassenen Planeten? Ich wollte fort von hier, zu den zivilisierten Planeten des Großen Imperiums, wo ich untertauchen und ein neues Leben beginnen konnte. Ich wollte nicht länger auf Kraumon bleiben und einem ungewissen Schicksal entgegensehen. Für die Flucht benötigte ich ein Raumschiff, und da bot sich die POLVPRON förmlich an, der hundert Meter durchmessende Kugelraumer, mit dem wir von Tsopan hierher gekommen waren. Das Schiff wurde ebenso wenig bewacht wie der zweite Kugelraumer, das Diskusschiff oder die Anlagen des Stützpunkts. Von Vorteil war überdies, dass sich die Schiffe permanent in »gedrosselter Startbereitschaft« befanden, um gegebenenfalls einen raschen Aufbruch zu ermöglichen, sowie dass sie auf Minimalbesatzung ausgelegt waren – im Extrem also sogar von einer einzigen Person gehandhabt werden konnten.

Da ich mich überall frei bewegen konnte, störte sich niemand daran, als ich mich an diesem Nachmittag in der Funkzentrale der Hauptkuppel herumtrieb. Die Funker und Ortungsspezialisten waren mit ihren Routineaufgaben betraut, mit dem Abhören der Funkfrequenzen und der Beobachtung des Weltraums rings um Kraumon. Es ereignete sich nichts Aufregendes, so dass die Funkmannschaft offenbar sogar froh war, als sie auf einer Hyperfrequenz der arkonidischen Flotte Empfang hatte. Zwar waren die Funksprüche allesamt chiffriert, doch ging daraus eindeutig hervor, dass sie von Kampfschiffen stammten, die an Raummanövern beteiligt waren. Über die Stärke der Manöverflotte war aus den Funksprüchen – soweit ich es mitbekam – nichts zu erfahren. Dagegen war eindeutig herauszuhören, dass die Raummanöver im Yagooson-Sektor stattfanden, der annähernd 1300 Lichtjahre von Kraumon entfernt war. Ich erinnerte mich daran, dass Fartuloon und die anderen schon mehrfach davon gesprochen hatten.

Ich zog mich wieder aus der Funkzentrale zurück und verbrachte die Zeit bis Sonnenuntergang in einem der Gemeinschaftsräume, die als Art Auffanglager für die Neuankömmlinge dienten. Atlan und seine Vertrauten bekam ich an diesem Tag nicht mehr zu Gesicht, und das war mir auch recht so. Ich fürchtete, dass Atlan mit seinem Extrasinn meine Fluchtabsichten durchschauen konnte. *Man kann nie vorsichtig genug sein. Und Atlan ist mir durch seinen Extrasinn überlegen. Verflucht! Wenn ich schon so viel von Atlan habe, warum habe ich dann nicht bei der Bewusstseinskopie auch seinen Logiksektor mitbekommen?*

Als sich die Nacht über den Stützpunkt senkte, machte ich mich auf den Weg zu einer der sechs Nebenkuppeln, die als Gefängnis diente. Dort war nur ein einziger Gefangener untergebracht, allerdings ein überaus prominenter: Ka'Mehantis Freemush Ta-Bargk, der Wirtschaftsstratege des Tai Ark'Tussan!

Bevor ich die Kuppel betrat, blickte ich mich vorsichtig um. Es war niemand in der Nähe, der mich beim Betreten beobachten konnte. Unbemerkt gelangte ich in die Vorhalle, von der mehrere Gänge abzweigten. Die Türen waren nicht verriegelt. Ich öffnete eine nach der anderen eine Spalt und lauschte. Es herrschte eine gespenstische Stille. Erst hinter der vierten Tür vernahm ich Geräusche, gedämpfte Stimmen, die für mich unverständlich sprachen. Aber ich fand schnell heraus, dass es sich nur um zwei verschiedene Stimmen handelte; nur ein einziges Mal hörte ich eine dritte. *Zwei Wachtposten und der Gefangene.*

Ich holte die Atemmaske hervor, die ich mir besorgt hatte. Ich besaß insgesamt fünf Stück davon, doch benötigte ich für meine Zwecke nur zwei. Die anderen hatte ich für alle Fälle mitgehen lassen. Da Kraumon nur eine dünne Atmosphäre mit unter der Norm liegendem Sauerstoffgehalt hatte, wurden an alle Neuankömmlinge, die an eine dichtere Atmosphäre gewöhnt waren, solche Atemmasken verteilt. In erster Linie handelte es sich um Luftverdichter, die gleichzeitig als Filter fungierten. Zur Notversorgung war überdies eine kleine Sauerstoffpatrone vorhanden. Ich hatte mir die fünf Atemmasken also relativ leicht beschaffen können, da sie nicht unter Verschluss waren. Nachdem ich mir eine übergestreift hatte, ging ich weiter, begann zu laufen und gab mich sehr aufgeregt, während ich die anderen vier Atemmasken über dem Kopf schwang.

Der Trakt hatte insgesamt zehn Räume, auf jeder Seite fünf. In einem saßen die beiden Wachtposten an einem Tisch. In der gegenüberliegenden »Zelle« war Freemush untergebracht. »Alarm!«, rief ich. »Die Wetterwarte hat Alarm gegeben. Befehl von Atlan. Alle sollen ihre Atemmasken anlegen.«

Die beiden Wachtposten starrten mich verdutzt an. »Alarm?«

Ich beachtete sie nicht, sondern warf zuerst Freemush eine Atemmaske durch das provisorische Gitter zu. Dann erst wandte ich mich an die Wachtposten. Ich ließ mir Zeit, bis ich sicher sein konnte, dass Freemush die Maske angelegt hatte, und während ich so tat, als wolle ich den Wachtposten ebenfalls Atemmasken aushändigen, öffnete ich das Ventil einer Gaspatrone und ließ sie zu Boden fallen.

Bevor die Wächter ihre Kombistrahler in Anschlag bringen konnten, begann das Betäubungsgas zu wirken. Die beiden Männer brachen bewusstlos zusammen. Ich nahm ihnen die Waffen ab – Modell TZU-4, wahlweise mit Thermostrahl-, Desintegrator- oder Paralysatorwirkung, robust und praxiserprobt –, steckte sie mir in den Gürtel und durchsuchte sie dann nach dem Schlüssel für das Impulsschloss von Freemushs Zelle. Ich fand ihn am Gürtel des einen Wächters und nahm ihn an mich.

Freemush stand in etwas unsicherer Haltung da. Er war fast so groß wie ich, auch hager wie ein Ara und ebenfalls kahlköpfig. Dennoch war er unverwechselbar ein Arkonide. Seine Haut war von einer gesunden Farbe, nicht so weiß wie meine, die roten Augen leuchteten förmlich über den stark hervortretenden Backenknochen. Freemush Ta-Bargk war ein Mann von bestem arkonidischem Adel. Das zeigte sich in seiner stolzen Haltung, seiner gepflegten Aussprache und an seiner Gefühlskälte. Diese Kälte manifestierte sich auch in seiner Stimme. »Was hat das zu bedeuten?«

»Fragen können Sie später immer noch stellen, Ka'Mehantis.« Ich ließ die Gittertür aufgleiten. »Oder wollen Sie Ihre Freiheit nicht?«

Er rührte sich nicht vom Fleck. Seine Stimme drang gedämpft durch die Atemmaske. »Ich kenne den Trick, dessen man sich bedient, um sich unliebsamer Mitwisser zu entledigen. Ich möchte nicht auf der Flucht erschossen werden. Offiziell gelte ich im Imperium ja wohl ohnehin schon als tot!«

Ich seufzte. »Bisher hielt ich Sie für einen klugen Mann. Ist es Ihnen entgangen, dass auch ich eine Art Gefangener bin? Atlan und seine Rebellen haben mich nicht gerade wie einen Bruder behandelt.«

»Das erklärt aber noch nicht, warum Sie mir helfen wollen.«

»Während wir hier herumstehen und reden, verlieren wir wertvolle Zeit. Wären Sie nicht so stur, könnten wir schon längst fort sein. Nehmen Sie an, dass ich die Nase voll habe und von hier fortwill. Dass ich Sie mitnehme, geschieht nicht wegen Ihrer schönen Augen, sondern weil Sie eine einflussreiche Persönlichkeit sind. Ich verhelfe Ihnen zur Freiheit, weil ich mir Vorteile davon erhoffe. Genügt Ihnen das nicht?«

Er hatte sich entschlossen und verließ die Zelle. »Wenn Sie es ehrlich meinen, überlassen Sie mir eine Waffe.«

Ich händigte ihm einen der beiden erbeuteten Strahler aus und lief dann zum Ausgang, ohne mich noch einmal nach ihm umzusehen. An den Geräuschen hinter mir erkannte ich, dass er mir folgte. Wir verließen durch die Vorhalle die Kuppel.

Freemush hatte sich bereits der Atemmaske entledigt. »Wohin wollen Sie mich bringen?«

Nachdem ich seinem Beispiel gefolgt war, antwortete ich: »An Bord eines Raumschiffs. Das ist die einzige Möglichkeit, um von Kraumon zu fliehen.«

»Das ist nicht zu machen. Oder glauben Sie, Atlan würde untätig zusehen, wie eines seiner Raumschiffe gekapert wird?«

»Abwarten!« Ich hatte keine Lust, mich mit ihm auf lange Diskussionen einzulassen. »Kommen Sie! Los!«

Ich ging ohne besondere Hast. Niemand beachtete uns, und Freemush, den es zunächst nervös machte, dass ich mich benahm, als hätten wir eine Entdeckung überhaupt nicht zu befürchten, beruhigte sich einigermaßen. Wir kamen rasch weiter, und dann hatten wir die letzte Kuppel vor dem Landefeld erreicht, auf dem unter anderem die POLVPRON stand. Die Bodenschleuse war geschlossen und wurde, ebenso wie die offene Mannschleuse daneben, von einem starken Scheinwerfer angestrahlt. Das war die einzige Sicherheitsvorkehrung. Rund um das Kugelschiff waren Kisten mit Ausrüstung gestapelt, und einige Leute tauchten hie und da zwischen den Stapeln auf, um ihre Ladelisten mit den Waren zu vergleichen.

»Das ist unser Fluchtschiff«, sagte ich.

»Sie müssen übergeschnappt sein! Ein Kleinraumschiff würde ich mir noch einreden lassen, aber einen Leichten Kreuzer …«

»Das Schiff ist unbewacht«, unterbrach ich ihn. »Es lässt sich ebenso leicht nehmen wie ein Gleiter; ein Kinderspiel. Keine Sorge, ich habe die Lage sehr genau erkundet. Es wird niemand da sein, der uns daran hindert, mit der POLVPRON zu verschwinden.«

»Vielleicht hat man Sie verraten. Es könnte sein, dass Atlan Sie nur in Sicherheit wiegen will. Wenn wir dann die Kommandozentrale betreten, erwartet er uns dort mit seinen Leuten. Mir gefällt die ganze Sache nicht.«

»Verrat?«, sagte ich belustigt. »Wer sollte *mich* verraten? Ich habe außer Ihnen niemand ins Vertrauen gezogen. Ich handle auf eigene Faust.«

Er starrte mich ungläubig an. »Sie wollen diesen Kugelraumer wirklich *allein* starten? Das ist ein Ding der Unmöglichkeit. Ein Todeskommando. Schlagen Sie sich das aus dem Kopf.«

»Haben Sie noch nie etwas von der so genannten Katastrophenschaltung gehört, die es einem einzelnen Mann sogar ermöglicht, noch größere Schiffe zu steuern? Standardeinrichtung an Bord von Arkonschiffen ist eine solche Katastrophenschaltung zwar nicht, aber die POLVPRON verfügt darüber, da sie weitgehend automatisiert und von vornherein auf ein Besatzungsminimum ausgelegt ist.«

»Das schon ... Aber das traue ich Ihnen nicht zu!«

Ich musste grinsen. Freemush wusste, dass Atlan ein hervorragender Kosmonaut war. Aber er wusste natürlich nicht, dass ich mit Atlans Bewusstsein dessen kosmonautische Kenntnisse übernommen hatte. Denn er hatte ja überhaupt keine Ahnung, dass ich Atlans Bewusstseinskopie war. Und ich hatte kein Bedürfnis, ihn über die Wahrheit aufzuklären. Ich wollte ihn im Glauben lassen, dass ich nichts weiter als der Ara Ogh sei. »Keine Bange, wir schaffen es.«

Mit meiner Zuversicht und einer Schweigen gebietenden Geste erstickte ich seine weiteren Einwände. Ich wartete noch eine Weile ab, bis alle Arbeiter verschwunden waren. Dann gab ich Freemush ein Zeichen, mir zu folgen. Wieder vermied ich alles, was mich verdächtig gemacht hätte. Ich näherte mich in langsamer Gangart und so, als sei ich dazu befugt, den Warenstapeln und verschwand dann zwischen ihnen. Freemush hatte eine schweißnasse Stirn. Er musste tausend Ängste ausgestanden haben, während er im Licht der Scheinwerfer und in der Art eines harmlosen Spaziergängers auf das Raumschiff zugegangen war. Ich musste zugeben, dass auch ich Blut geschwitzt hatte, denn leicht hätte es sein können, dass Freemush zufällig erkannt wurde. Das war der größte Unsicherheitsfaktor in meinem Plan. Aber jetzt war es ausgestanden. Im Schutz der Warenstapel waren wir vor Entdeckung sicher.

»Gleich haben wir es geschafft«, sagte ich. »Das Schwierigste haben wir hinter uns.«

»Und der Start, ist das nichts? Ich bezweifle, dass es überhaupt dazu kommen wird.«

»Warum kehren Sie dann nicht einfach um?«

»Halten Sie keine langen Reden, Ogh«, sagte er kalt, und nichts mehr in seiner Stimme zeugte von der anfänglichen Nervosität. Er hatte sich wieder voll in der Gewalt, war nun die Ruhe selbst.

Wir erreichten ungehindert den Antigravaufzug: Der Projektor war über der Mannschleuse ausgefahren, das aktivierte Kraftfeld als leichtes Flirren zu erkennen. Ich ließ Freemush den Vortritt.

Als ich folgen wollte, ertönte in meinem Rücken eine barsche Stimme: »He, wie kommen Sie dazu ...?«

Weiter kam der Sprecher nicht. Ich wirbelte herum und streckte den Arbeiter mit einem Paralysestrahl nieder. Gleich darauf ließ ich mich im Sog des Kraftfelds nach oben tragen. Es ging für meine Begriffe etwas zu langsam. Ich hätte mich wohler gefühlt, wäre ich schon in der Schleuse gewesen. Denn immerhin war es möglich, dass der Zwischenfall bemerkt worden war und jemand Alarm schlug. Doch diese Befürchtung erwies sich als unbegründet. Der Antigrav wurde nicht abgeschaltet, und ich erreichte die Mannschleuse. Freemush war bereits darin verschwunden.

»Deckung!«, warnte er mich. Das ließ ich mir nicht zweimal sagen und sprang geduckt in die Schleuse. Ich sah es unter mir aufblitzen, dann schlug ein Thermostrahl knapp an mir vorbei in die Schiffshülle. Der Schuss war aber nicht so stark, dass er die Außenhülle hätte leckschlagen können.

»Schließen Sie die Schleuse!«, befahl ich, während ich zur Schiffsmitte hastete. »Ich treffe die Startvorbereitungen.«

Ich erreichte den Hauptantigravschacht, der entlang der Längsachse durch das Schiff verlief, und schwebte in ihm zur Hauptzentrale hinauf. In diesem Moment erst war ich mir sicher, dass mich keine Macht mehr an der Flucht hindern konnte.

Ich stürzte mich auf den rot leuchtenden Hebel der Start-Katastrophenschaltung wie ein Ertrinkender auf einen Strohhalm. Ich tat es in dem Bewusstsein, dass ich nur diesen einen Hebel zu bedienen brauchte, um das Schiff abheben zu lassen. Alles andere erledigte sich von selbst. Wie der Name schon sagte, war diese Schaltung in dem Schiff eingebaut, damit in einer kritischen Situation ohne zeitraubende Vorbereitungen Starts, Landungen oder Flugmanöver im Weltraum vorgenommen werden konnten. Mit einem einzigen Hebeldruck wurde das Schiff nach den vorprogrammierten Daten vollrobotisch gesteuert. Alle Vorgänge, von der Energiezufuhr bis zum Anlaufen der Triebwerke und der Beschleunigung, liefen vollautomatisch ab – und das mit der größten Schnelligkeit.

Ein Start oder eine Landung mit der Katastrophenschaltung verliefen zwar präzise und schnell, aber es war und blieb ein Notprogramm, das die Feinjustierung einer vollständigen Mannschaft nicht zu ersetzen vermochte. So hatte ich leider nicht bedacht, dass beispielsweise die Andruckneutralisatoren nicht zu hundert Prozent exakt synchronisiert wurden und ich bei dem blitzartigen Start wie von einer Riesenfaust zu Boden geschleudert wurde. Ich holte mir zwar eine recht beachtliche Beule und einige Hautabschürfungen, und der Andruck während des Beschleunigungsflugs raubte mir für einige Augenblicke das Bewusstsein. Aber als ich dann wieder zu mir kam und auf der Panoramagalerie sah, wie die Oberfläche von Kraumon zusammenschrumpfte, atmete ich erleichtert auf.

Dann ergriff mich ein Anflug von Panik, weil die POLVPRON in unregelmäßigen Abständen von Erschütterungen heimgesucht wurde, so als arbeitete der Antrieb nicht kontinuierlich, sondern ruckartig. Im ersten Moment dachte ich, dass irgendetwas mit den Maschinen nicht stimme. Doch ich beruhigte mich schnell wieder, als mir das Wissen meines Atlan-Bewusstseins verriet, dass dies eine für Katastrophenstarts normale Begleiterscheinung war.

Ich eilte zu einem Kontursessel, schnallte mich an – die Absorber der POLVPRON funktionierten inzwischen reibungslos, so dass vom Andruck überhaupt nichts zu spüren war, aber sicher war sicher – und fragte mich, ob auch Freemush den Start heil überstanden hatte. Dieser Gedanke beunruhigte mich, denn der Ka'Mehantis war für mich wertvoll. Konnte ich ihn lebend zu den Arkoniden bringen, waren mir der Dank und die Hilfe des Großen Imperiums gewiss. Obwohl ich Orbanaschol III. ebenso sehr hasste wie Atlan selbst, würde ich mich ohne weiteres mit ihm auf einen Handel einlassen, sofern es mir zum Vorteil gereichte.

Plötzlich sprach das Bildsprechgerät am Steuerpult an, ich stellte die Bildsprechverbindung her. Auf dem Monitor erschien Atlans Gesicht, dreidimensional und in Farbe. Er wurde bei meinem Anblick blass. »Ogh!« Mehr sagte er im ersten Moment nicht, aber wie er meinen Namen aussprach, drückte er damit seine Enttäuschung, Überraschung und auch Zorn aus.

»Du hättest dir denken können, dass ich nicht untätig auf meine … hm, *Hinrichtung* warten würde«, sagte ich, während er mich immer noch sprachlos anstarrte. »Ich bin du. Und du hättest in meiner Situation ebenso gehandelt.«

»Du hattest keinen Grund zur Flucht«, behauptete er, als er die Sprache wieder fand. »Ich habe keinen Augenblick daran gedacht, dich zu töten. Irgendwann hätten wir eine Lösung gefunden, die für uns beide akzeptabel gewesen wäre.«

»Solange kann ich nicht warten. Ich will jetzt eine Entscheidung herbeiführen. Wie du siehst, habe ich die einfachste Möglichkeit gewählt. Ich verschwinde aus deinem Leben, so dass ich kein Problem mehr für dich darstelle.«

»Kehr um, Ogh!«, beschwor er mich.

Ich blickte mich um, ob nicht vielleicht Freemush unbemerkt in die Kommandozentrale gekommen war. Aber ich entdeckte keine Spur von ihm. Ich lächelte Atlans Abbild spöttisch an. »Du hast keine Argumente, um mir die Rückkehr schmackhaft zu machen. Welche Lösung du auch immer gefunden hättest, sie wäre nicht so gut wie diese. Ich will leben, und zwar in Freiheit, will mein eigener Herr sein – es gibt keine Alternative.«

»Und Freemush? Warum hast du ihn befreit?«

»Er ist für mich der Schlüssel zum Erfolg. Er kann mir helfen, die ersten Hürden in meinem neuen Leben zu nehmen.«

Er schien ehrlich erschüttert. »Ich hatte dich anders eingeschätzt. Du magst zwar ein modifiziertes Bewusstsein von mir haben, doch ich war mir sicher, dass du meinen Hass gegen Orbanaschol übernommen hast. Dennoch willst du mit ihm zusammenarbeiten?«

Ich schüttelte den Kopf. »Das habe ich nicht vor. Ich will mir durch Freemushs Hilfe nur einige Vorteile verschaffen, sonst nichts. Wenn es dein Gewissen beruhigt: Sei sicher, dass auch mir am Herzen liegt, Orbanaschol zu schädigen.«

»Dann komm nach Kraumon zurück!«

Ich schüttelte wieder den Kopf. »Ich glaube, es ist besser, dieses Gespräch abzubrechen. Wir haben uns nichts mehr zu sagen.«

»Ogh!«

Ich unterbrach die Verbindung, bereute meine voreilige Reaktion aber sofort. Ich hätte ihm wenigstens noch sagen sollen, dass ich nicht daran dachte, den Arkoniden die Koordinaten seines Stützpunkts zu geben. Aber ehe ich, meinem ersten Impuls folgend, die Verbindung nach Kraumon wiederherstellte, kam mir Freemush in den Sinn. Ich desaktivierte die Katastrophenschaltung, gab die Daten für eine Umlaufbahn um Kraumon in die Automatik und schwebte im Antigravschacht nach unten.

Ich fand Freemush in der Mannschleuse. Das Außenschott war geschlossen, doch er lag in verrenkter Haltung da, in seinen Ohren und unter den Nasenlöchern war getrocknetes Blut, sein Puls war schwach. Aber er lebte. Ich brachte ihn auf einer Schwebetrage in die Krankenstation und übergab ihn der Obhut eines Medoroboters. Ich hoffte, dass sich Freemush nach der ersten Transition von der Auswirkung des »durchgeschlagenen« Andrucks wieder erholt haben würde. Ernstlich gefährdet war er jedenfalls nicht, das erkannte ich mit Hilfe von Atlans medizinischen Kenntnissen. Und diesen konnte ich bedingungslos vertrauen, denn er war auf Gortavor jahrelang der Assistent des Bauchaufschneiders Fartuloon gewesen, der dort als Leibarzt des Planetenverwalters Armanck Declanter fungiert hatte. *Farnathia, Atlans Liebe, ist die Tochter des Tatos …*

Ich wischte diese Pseudoerinnerungen hinweg, bevor sie mich zu sehr gefangen nahmen. Sie waren nicht mein Leben, und deshalb durfte ich mich von ihnen nicht beeinflussen lassen. Ganz würde ich mich ihnen jedoch nicht entziehen können, das war mir klar.

Eine Frage beschäftigte mich in diesem Zusammenhang allerdings doch intensiver, als ich es eigentlich wollte: *Warum empfinde ich für Farnathia nicht dieselben Gefühle wie Atlan? Ich bin doch er!*

»Sie wollten mich umbringen!«

Beim Klang von Freemushs Stimme zuckte ich zusammen. Ich war gerade dabei, unsere neue Position nach der ersten Transition, die uns rund fünfhundert Lichtjahre von Kraumon fortgebracht hatte, exakt bestimmen zu lassen. Als ich mich umdrehte, sah ich ihn mit schussbereitem Kombistrahler in einem Schott stehen. Ich lächelte. Er hatte es vermieden, per Antigravschacht in die Zentrale zu kommen, sondern war durch einen der seitlichen Zugänge gekommen – zweifellos um mich zu überraschen. Das hatte er auch erreicht, aber keineswegs den Effekt, den er sich durch das Überraschungsmoment erhoffte. Freemush wirkte wieder erholt, sein Gesicht war nicht mehr gezeichnet. Als ich ihn bei meiner Ankunft an Bord der POLVPRON zum ersten Mal gesehen hatte, war ich davon ausgegangen, dass es nichts in diesem Universum gab, was ihn hätte erschüttern können. Natürlich wurde diese Meinung hauptsächlich durch die Informationen meines Bewusstseins geprägt, denn Atlan hatte zuvor schon Erfahrungen im Umgang mit dem Ka'Mehantis gesammelt. Aber diese seine Meinung fand ich bestätigt, als ich selbst Kontakt zu Freemush hatte. Deshalb hatte es mich überrascht, dass Freemush auf der Flucht so nervös geworden war. Jetzt, als er den Strahler auf mich richtete, wirkte er wieder überlegen, kalt und gelassen.

»Sie ziehen völlig falsche Schlüsse«, sagte ich. »Warum hätte ich Sie umbringen sollen, zumal ich Sie gerade unter Einsatz meines Lebens aus der Gefangenschaft befreit habe? Wäre das nicht unsinnig? Sie als Logiker sollten das eigentlich sofort erfasst haben.«

Ich bemerkte ein belustigtes Blinzeln in seinen Augen und wusste, dass er seine Anschuldigung gar nicht ernst nahm. Die Waffe steckte er aber dennoch nicht weg.

Um ihn noch versöhnlicher zu stimmen, sagte ich: »Es ist nicht meine Schuld, dass die Andruckneutralisatoren beim Start nicht voll zur Wirkung kamen. Das ist eine der Nebenerscheinungen bei einem Katastrophenstart. Es tut mir aufrichtig Leid, dass Sie einiges abbekommen haben, bin aber andererseits froh, dass Sie nicht ernstlich zu Schaden kamen. Es hätte Ihnen Schlimmeres ...«

Die Waffe immer noch auf mich gerichtet, kam er näher und ließ seine Blicke über das Kontrollpult schweifen, an dem ich die Kursberechnungen anstellte. Ich hatte schon vorher vermutet, dass er keine blasse Ahnung von Kosmonautik und Navigation hatte, und sein verwirrter Blick bestätigte mir das. »Was tun Sie?«

Ich sagte es ihm.

»Löschen Sie alle Ihre Kursberechnungen!«, sagte er im Befehlston. »Ich nenne Ihnen ein neues Ziel, das wir anfliegen.«

»Das wird schwierig. Denn so einfach, wie Sie anzunehmen scheinen, ist es nicht, ein Schiff von dieser Größe und eingeschränkter Reichweite allein zu manövrieren. Zuerst trauen Sie mir nicht einmal einen Start zu, und jetzt glauben Sie, ich könnte Sie an jeden Punkt der Öden Insel bringen. Aber da haben Sie sich getäuscht, verehrter Ka'Mehantis. Ich fliege, wohin es mir passt!«

Er hob den Kombistrahler, der Kristalldorn des Desintegrators glühte in Bereitschaft. »Sie tun, was ich Ihnen befehle!«

»Irrtum«, sagte ich gelassen. »Ohne mich treiben Sie mit diesem Schiff hilflos durch das All. Die Wahrscheinlichkeit, gefunden zu werden, ist äußerst gering. Es könnte schon einige Jährchen dauern, sollten Sie mich gar töten ...«

Dieses Argument leuchtete ihm ein. »Wenn Sie mich an mein Ziel bringen, werden Sie es nicht zu bereuen haben.«

»Das weiß ich. Deshalb habe ich von Anfang an gar nichts anderes beabsichtigt, als Sie in Sicherheit zu bringen. Sie werden mit mir zufrieden sein.«

Wie es schien, glaubte er mir. Aber ganz war sein Misstrauen doch noch nicht abgebaut, denn er behielt die Waffe in der Hand. »Und wohin fliegen wir?«

»In den Yagooson-Sektor.«

Als hätte ich sein Leben bedroht, schnellte seine Waffe sofort wieder in meine Richtung. Ich verstand überhaupt nichts mehr, als er rief: »Sie wollen mich den Stovgiden ausliefern?«

»Stovgiden? Der Name sagt mir überhaupt nichts. Ich weiß nur, dass zurzeit im Yagooson-Sektor Manöver der Flotte stattfinden.«

Er entspannte sich, und zum ersten Mal sah ich ein Lächeln um seine Lippen spielen. »Die Manöver, natürlich! Wie konnte ich das nur vergessen!« Jetzt erst steckte er den TZU-4 weg und fügte nachdrücklich hinzu: »Bleiben Sie auf Kurs!«

Ich nickte, während ich gleichzeitig in Atlans Erinnerung kramte. Doch leider ohne Erfolg. Das Atlan-Bewusstsein konnte mir keine Auskünfte über die Stovgiden geben, abgesehen davon, dass es sich bei ihnen um Arkonkolonisten handelte. »Wer oder was sind die Stovgiden?«

»Das werden Sie noch früh genug erfahren«, antwortete er ausweichend. »Im Augenblick hat Sie das nicht zu kümmern. Konzentrieren Sie sich lieber auf die Navigation. Bringen Sie mich wohlbehalten zur Manöverflotte, dann …«

»… werde ich es nicht zu bereuen haben«, vollendete ich den Satz. Allmählich wurden seine Versprechungen langweilig. Ich fragte mich, warum er mir keine Auskünfte über die Stovgiden geben wollte. *Findet er es nur nicht der Mühe wert, über sie zu reden, oder fürchtet er, dass ich mich mit ihnen verbünden könnte, sobald ich mehr über sie weiß?*

Ich beschloss, nach der nächsten Transition Informationen über den Yagooson-Sektor und die Stovgiden aus dem Sternenkatalog abzurufen. Aber Freemush wich die ganze Zeit über nicht von meiner Seite. *In seiner Gegenwart ist es besser, meine Neugierde im Zaum zu halten.*

Plötzlich sagte er: »Mir fällt da gerade ein interessanter Aspekt ein. Da die POLVPRON ein Schiff der Rebellen ist, müssten die Speicher des Bordcomputers eigentlich eine Anzahl für uns interessanter Daten enthalten. Meinen Sie nicht auch?«

Ich war bemüht, meiner Stimme einen gleichgültigen Klang zu geben. »Das könnte schon sein.«

»Ich bin sicher, dass es so ist. Wir könnten die Zeit bis zu unserem Eintreffen im Yagooson-Sektor nutzen, diese Daten abzurufen, um sie dem Flottenkommandanten aushändigen zu können. Es würde sicherlich die Manöver beleben, könnte die Flotte anstatt fiktiver Ziele tatsächliche Feindstellungen unter Beschuss nehmen.«

»Ich würde mich lieber auf die Navigation konzentrieren.«

Er sagte in schärferem Tonfall: »Befolgen Sie meinen *Befehl!*«

Wollte ich mich nicht verdächtig machen, konnte ich nicht anders, als mich zu beugen. Zumindest musste ich zum Schein auf seine Forderungen eingehen. Denn ich gedachte nicht, Atlan und seine Widerstandsorganisation dem Imperium auszuliefern. Ich hatte ihn zwar hintergangen, doch nur um meiner Sicherheit willen. Das besagte aber noch lange nicht, dass ich ihn an Orbanaschol ausliefern würde.

»Rufen Sie zuerst die Koordinaten Kraumons ab!«

Ich spürte förmlich seine Blicke in meinem Rücken, als ich die Tastatur des KSOL-Bordrechners bediente. *Wenn er die Daten über Kraumon unbedingt haben will, bitte, soll er sie bekommen. Nur wird er nichts damit anfangen können ...* Während ich sie abrief, ließ ich sie vom Computer nach einem Algorithmus verschlüsseln, den ich aus dem Stegreif erfand und den ich mir unmöglich merken konnte. Ich vergaß ihn, kaum dass ich ihn eingab, denn er war so kompliziert und unorthodox, dass es unmöglich war, sich mehr als einige Fragmente zu merken.

Freemush starrte mich verärgert an, nachdem er einen Blick auf die Folie geworfen hatte, die ich ihm überreichte. »Was soll das?«, herrschte er mich an. »Wollen Sie mich zum Narren halten?«

»Wie käme ich dazu.« Ich verzog keine Miene. »Die Koordinaten – und zweifellos auch alle anderen Daten – sind natürlich chiffriert. Ich habe nichts anderes erwartet.«

Er zuckte mit den Achseln. »Den Spezialisten der Flotte wird es schon gelingen, den Kode zu entschlüsseln.«

Das bezweifelte ich nicht einmal. Aber das würde den Arkoniden auch nichts nützen. Denn sie würden feststellen, dass nichts in den betreffenden Speichern zu finden war: Ich hatte die übrigen Daten, parallel mit der Abrufung der Koordinaten, gelöscht.

2.

Atlan: *Das Leben auf Kraumon scheint von den Ereignissen nicht betroffen worden zu sein. Auf den ersten Blick ist auch nicht zu erkennen, ob eine Veränderung stattgefunden hat. Aber was niemand ausspricht und wovon nur meine engsten Vertrauten wissen, ist, dass nun über uns eine ernste Bedrohung schwebt. Der Weltraum wird doppelt so scharf bewacht, die Ortungszentrale befindet sich in ständiger Alarmbereitschaft. Im Funkraum herrscht Hochbetrieb, die Hyperfunkleitungen sind vor allem auf den Yagooson-Sektor ausgerichtet. Ich lasse mich über die Ereignisse im Manövergebiet der arkonidischen Flotte ständig auf dem Laufenden halten.*

»Ogh wird uns verraten!«, behauptet der Bauchaufschneider. »Wir werden Kraumon räumen müssen.«

Ich will davon nichts wissen, obwohl mich auch mein Logiksektor in Fartuloons Sinn zu beeinflussen versucht. »Ogh hat versichert, dass er nicht an Verrat denkt. Und es gibt keinen Grund, an seinen Worten zu zweifeln. Ich bin überzeugt, dass er nur flüchtete, weil er seine Existenz bedroht sah.« Ich sehe meinen Lehrmeister scharf an. »Zweifellos nicht einmal zu Unrecht, nicht wahr?«

Er geht nicht auf meine letzte Bemerkung ein, sondern fragt: »Wie kannst du nur solches Vertrauen in ihn setzen?«

»Er ist ein Teil von mir.«

»Irrtum!« Fartuloon sieht mir fest in die Augen. »Du musst endlich erkennen, dass Ogh ein gänzlich verzerrtes Abbild deines Bewusstseins ist. Er hat wohl dein Wissen und viele deiner Eigenschaften. Doch sind die meisten davon derart modifiziert, dass ihre Summe alles andere als dich ergibt. Ogh ist ein völlig Fremder mit deinem Wissen.«

Ich schüttele den Kopf. »Das Bewusstsein in Oghs Körper ist nicht so verändert, wie du behauptest. Ich gebe zu, mein Vertrauen in Ogh ist reine Gefühlssache. Aber ich bin sicher, dass mich mein Instinkt nicht trügt.«

»Du solltest besser auf deinen Extrasinn hören, mein Junge!«

Aber das tue ich nicht. Selbst wenn ich mich in Ogh irren sollte, wird uns immer noch genug Zeit für die Flucht bleiben.

An Bord der POLVPRON: 19. Prago der Prikur 10.497 da Ark

Bericht Ogh

Wir materialisierten im Standarduniversum – mitten im Inferno eines Atomfeuers. Zuerst dachte ich, dass wir in den Gravitationsbereich einer Sonne geraten seien. Es dauerte aber nicht lange, bis ich die Wahrheit erkannte. »Wir sind im Sperrfeuer der Manöverflotte herausgekommen! Was für eine Ironie des Schicksals, würden wir im Feuer Ihrer eigenen Leute umkommen!«

Freemush wurde blass. »Schicken Sie die Notsignale der arkonidischen Flotte aus!«, verlangte er, während er gebannt auf die Panoramagalerie blickte, wo der Energieorkan tobte. »Melden Sie sich!«

»Ich kenne zwar die Frequenz, nicht aber den Erkennungskode. Sie etwa?«

»Woher denn. Ich bin Wirtschaftsexperte, kein Raumfahrer.«

Ich leitete alle verfügbaren Energien zu den gestaffelten Schutzschirmen, um wenigstens das Ärgste zu verhindern. Aber auch das half wenig, denn wir wurden unter Punktbeschuss genommen – und das von einem halben Dutzend Kampfschiffen. Es dauerte nur Augenblicke, bis die hypermagnetischen, hypergravitatorischen und gravomechanischen Abwehrfelder instabil wurden und zu flackern begannen. Da ich nichts unversucht lassen wollte, funkte ich auf Hyperfrequenz den im ganzen Imperium üblichen Hilferuf. Zu meiner Überraschung hatte ich damit Erfolg. Zumindest wurde das Feuer eingestellt. Ich wusste aber nicht, ob das auf meinen Funkspruch zurückzuführen war oder ob die arkonidischen Schiffe nur eine Kampfpause einlegten. Für alle Fälle ließ ich den Notruf von der Automatik weiterhin pausenlos ausstrahlen.

Als das Feuer endete und sich die Schutzschirme der POLVPRON stabilisierten, bot sich mir ein ungewöhnliches Bild. Quer über die optische Außendarstellung spannte sich eine endlos scheinende Linie von Objekten, die in beiden Richtungen in der Tiefe des Alls verschwanden. Die Gebilde flogen nicht in Formation, sondern reihten sich ohne besondere Anordnung aneinander, trieben neben- und übereinander einher; Riesenraumer schwebten neben Kleinstraumschiffen!

Ein Blick auf die Ortungsdaten zeigte mir, dass es sich um eine gigantische Flotte mit einer Ausdehnung von etlichen hunderttausend Kilometern handelte. Es mussten Zehntausende, Hunderttausende oder gar Millionen von Raumschiffen sein – das Zählwerk lief und lief. Als ich die Bildvergrößerung einschaltete, erlebte ich die zweite Überraschung. Ich erkannte sofort, dass es sich nicht um Kugelraumschiffe arkonidischer Herkunft handelte. Überhaupt war ihre ursprüngliche Form nicht eindeutig zu erkennen, denn es handelte sich offensichtlich um Wracks, deren Aussehen man höchstens noch per Positronik rekonstruieren konnte.

»Eine Geisterflotte!«, entfuhr es mir. *Und wo ist die arkonidische Flotte?* Die rein optische Außenbeobachtung konnte mir darüber keine Antwort geben. Wohl aber die Ortung. Die arkonidischen Schiffe hatten gegenüber der Geisterflotte in einer Entfernung von rund einer halben Million Kilometern Position bezogen. Die Flotte bestand laut KSOL-Auswertung aus rund hunderttausend Einheiten.

Da wurde mir alles klar. *Die Arkoniden führen Zielschussmanöver auf die Wracks der Schrottflotte durch. Und da wir in der Nähe dieses Raumschiffsfriedhofs herausgekommen sind, gerieten wir in das Schussfeld der Arkoniden.* Ich seufzte, nachdem ich die Angaben überprüft hatte. *Die Hauptkoordinaten des Yagooson-Sektors beziehen sich genau auf den Standort dieser Geisterflotte!*

Die Schiffe der Arkonflotte stellten das Feuer sofort ein, als sie meine Hilferufe aufgefangen oder uns geortet hatten. Schließlich unterschied sich ein nach einer Transition mit hoher Geschwindigkeit dahinrasendes Raumschiff auf den Ortungsschirmen deutlich von einem nahezu fahrtlos dahintreibenden Wrack; ganz abgesehen von seiner Energieemission und seiner Masseverteilung. »Ein Glück, dass Ihre Artgenossen das Feuer sofort eingestellt haben.«

»Fühlen Sie sich etwa nicht als Arkonide?«

»Ich bin ein Ara«, antwortete ich. »Aber lassen wir diese Spitzfindigkeiten. Besser, wir nehmen erneut Kontakt auf, bevor … Da, sehen Sie!«

Ich deutete auf die Panoramagalerie. Zwischen den ausglühenden und durcheinander wirbelnden Wracks erschien ein leckgeschossenes Schiff, das eine völlig andere Konstruktion aufwies. »Das ist ein Kugelschiff – und es hat aus eigener Kraft Fahrt aufgenommen. Obwohl es offenbar nicht mehr ganz manövrierfähig ist, arbeitet der Antrieb zumindest teilweise. Es gibt demnach Überlebende an Bord. Was halten Sie davon?«

Er blickte mit zusammengekniffenen Augen auf die Vergrößerung, wo das Schiff ziemlich deutlich zu erkennen war. Ich zählte auf der einen Kugelhälfte mindestens sechs Einschüsse. »Kümmern Sie sich nicht darum, Ogh. Das geht uns nichts an. Machen Sie lieber, dass wir aus dem Schussfeld kommen.«

»Und die Besatzung?«

»Sie sollen sich nicht darum kümmern, das ist Sache der Rettungsschiffe«, sagte er eindringlich. »Sehen Sie denn nicht, dass das Schiff keine Hoheitszeichen des Tai Ark'Tussan hat? Das sind Stovgiden.«

Ich stellte mich dumm. »Sind Stovgiden etwa keine Intelligenzwesen?« Während des Sprechens bediente ich bereits die Steuerelemente und nahm Kurs auf das Wrack, das sich ruckartig fortbewegte. »Mich kümmert es nicht, wie Sie zu den Stovgiden stehen. Ich gehöre jedenfalls einem Volk an, das sich der Medizin verschrieben hat. Ich bin Arzt!«

Unbeeindruckt zog Freemush den Kombistrahler und bohrte ihn mir in den Rücken. »Und ich bin eine der wichtigsten Persönlichkeiten des Großen Imperiums«, sagte er kalt. »Mein Leben wiegt mehr als das von Hunderttausenden Stovgiden. Sie ändern sofort den Kurs und fliegen unsere Flotte an.«

Es wäre mir wahrscheinlich nicht schwer gefallen, ihm die Waffe abzunehmen. Aber da ich es mir nicht mit ihm verscherzen wollte, gab ich nach. Immerhin war seine Art, mich zu behandeln, dazu angetan, sich bei mir immer unbeliebter zu machen. Als die Raumfahrer in dem Wrack merkten, dass wir abdrehten, schickten sie uns Notrufe hinterher. Gleichzeitig kam auf einer anderen Frequenz folgender Funkspruch herein: »Hier ist das Oberkommando der arkonidischen Manöverflotte. Im Namen von De-Keon'athor Geltoschan da Saran: Verlassen Sie augenblicklich das Manövergebiet! Kommen Sie dieser Aufforderung nicht schnellstens nach, nehmen wir das Feuer ungeachtet der Tatsache wieder auf, dass Sie sich im Schussfeld befinden.«

Damit war die POLVPRON ohne Zweifel ebenso gemeint wie das Wrack der Stovgiden.

»Teilen Sie diesen Narren mit, wer sich an Bord der POLVPRON befindet«, verlangte Freemush.

»Sie halten uns für Stovgiden.«

»Sagen Sie ihnen, dass ich, *Ka'Mehantis Freemush Ta-Bargk*, an Bord der POLVPRON bin! Und machen Sie schnell!«

Bevor ich noch einen Funkspruch abgeben konnte, wurde uns eine Salve zur Warnung vor den Bug gesetzt. Dann kam die Aufforderung: »Drehen Sie sofort ab! Verlassen Sie augenblicklich das Manövergebiet! Die nächste Salve auf Ihr Schiff wird gezielt sein!«

»Die meinen es ernst«, sagte ich erschüttert. »Sie vernichten uns kaltblütig, ohne uns Gelegenheit gegeben zu haben, uns zu identifizieren.«

»Lassen Sie mich ans Funkgerät!« Freemush schob mich beiseite und sprach überhastet ins Mikrofon: »Hier spricht der Ka'Mehantis des Großen Imperiums. Ich, Freemush Ta-Bargk, fordere den Admiral Zweiter Klasse Geltoschan da Saran im Namen Seiner Erhabenheit, Orbanaschols des Dritten, auf, sofort alle Feindseligkeiten zu unterlassen. Hier ist Ka'Mehantis Freemush ...«

Die Antwort war eine weitere Salve, die uns noch knapper vor den Bug gesetzt wurde.

»Machen Sie nur so weiter«, empfahl ich. »Da Ihre Leute offenbar auf den Ohren sitzen, versuche ich vorsichtshalber doch, unser Schiff in Sicherheit zu bringen. Schon vergessen, dass Sie im Imperium als tot gelten, Ka'Mehantis?«

Ich steuerte die POLVPRON wieder auf altem Kurs – dem Wrack der Stovgiden entgegen. Diesmal würde ich mich nicht mehr von Freemushs Waffe beeindrucken lassen. Die Stovgiden begannen mich zu interessieren. Und nichts konnte mich davon abhalten, Kontakt mit ihnen aufzunehmen. Ich wollte mehr über dieses Volk erfahren.

Freemush merkte gar nicht, dass wir das Wrack erreicht hatten. Denn ich hatte die Aufnahmeoptik so verstellt, dass das fremde Schiff nie auf die Bildschirme kam. Ich verließ mich ausschließlich auf die Ortungsergebnisse – ein durch und durch gebräuchliches Andockmanöver. Aber für Freemush kam es dann umso überraschender, als eine Erschütterung die POLVPRON durchlief und ich ihm sagte, dass ich mit Hilfe der Traktorstrahlen am Stovgidenschiff angelegt hatte. »Ich hatte keine andere Wahl. Die Arkoniden schienen Ihnen Ihre Identität nicht zu glauben. Also können wir ebenso gut den Schiffbrüchigen helfen. Wollen Sie mich begleiten?«

»Gehen Sie allein!«, sagte er mit unterdrückter Wut. »Ich bleibe beim Funkgerät. Sollte der Admiral seine Drohung wahr machen und das Feuer auf uns trotzdem eröffnen ...«

Ich schickte mich an, die Zentrale im Antigravlift zu verlassen. Bevor ich in die Mittelsäule springen konnte, rief mir der Ka'Mehantis noch nach: »Falls ich später keine Gelegenheit mehr habe, es Ihnen zu sagen, Ogh, so sollen Sie wenigstens wissen, dass ich Ihnen trotz allem zu Dank verpflichtet bin. Sie haben im Rahmen Ihrer Möglichkeiten das Beste für mich getan.«

»Danke.«

Zu wissen, dass er mir nicht mehr zürnte, erleichterte mir zwar das Sterben nicht. Aber immerhin war es schon etwas, dass sich sein Ärger nicht mehr gegen mich, sondern gegen seine eigenen Leute richtete. Es war auch für ihn etwas anderes, ob sich die Härte und Willkür des arkonidischen Militärs gegen irgendwelche Fremdvölker richtete oder gegen ihn selbst.

Ich schwebte zur Bodenschleuse hinunter und legte einen Raumanzug an. Arkonidische Transport-, Kampf- und Schutzanzüge gab es vielfältige, von leichter bis zu schwerer Ausführung. Der von mir gewählte Transportanzug war eine vakuumtaugliche, flugfähige Ausfertigung, ausgestattet mit zum Nackenwulst zusammenrollbaren Folienhelm und kleinem Aggregattornister, in den Antigrav- und Individualfeldprojektoren integriert waren.

Nachdem ich eine der Notfall- und Medoboxen an den Gürtel geheftet hatte, verließ ich die Mannschleuse. Das Stovgidenschiff war nur zwanzig Meter entfernt und hing im Bann der unsichtbaren Traktorstrahlen. Ich stieß mich von der Schleuse ab und flog auf ein riesiges Leck des Wracks zu. Dabei achtete ich darauf, nicht in den Bereich der Traktorstrahlprojektoren zu kommen, denn sonst hätten sie auch mich festgehalten. Ich machte einen Bogen um den Traktorbereich und flog durch das Leck ins Innere des Schiffes. Im Licht meines Scheinwerfers bot sich mir ein grauenhaftes Bild. Der Treffer hatte im Kabinentrakt eingeschlagen und einen Großteil der Mannschaft im Schlaf überrascht. Es war kein schöner Anblick. Ich vermied es, mir die herumtreibenden Leichen anzusehen, wich den verbogenen und geschmolzenen Metallstreben aus, die tödliche Fallen darstellten, und erreichte so ein Schott.

Da es sich nicht öffnen lassen würde, solange diesseits Vakuum herrschte, klebte ich auf die Wand ringsum eine für solche Notfälle vorgesehene genormte Kunststofffolie und pumpte sie dann mit Sauerstoff aus meinem Vorrat voll. Als innerhalb der aufgeblähten Kunststoffblase normaler Luftdruck herrschte, konnte ich das Schott mühelos öffnen. Kaum war ich in den Korridor eingedrungen, hörte ich das Wimmern und Schreien der Verwundeten. Medoroboter eilten geschäftig hin und her, um die Verletzten zu bergen und in die Krankenstation zu bringen. Ich schloss das Schott hinter mir. Die Roboter schenkten mir überhaupt keine Beachtung. Aber als ich mich über einen Mann beugte, der schlimme Verbrennungen im Gesicht hatte, wurde ich von diesem plötzlich gepackt und zu sich hinuntergezerrt.

»Verfluchte Mörder!«, stieß er unter großen Schmerzen hervor. »Ihr habt absichtlich auf uns gefeuert. Ihr habt uns nicht einmal die Chance gegeben, das Schussfeld zu verlassen.«

Er hielt mich immer noch mit zitternden Händen fest, als er von einen Roboter auf die Trage gehoben wurde. Ich musste seine verkrampften Finger gewaltsam lösen. Meine Ankunft an Bord schien sich schnell herumgesprochen haben. Denn schon im nächsten Quergang erwarteten mich drei bewaffnete Männer in Schutzanzügen.

»Aber ...«, stieß einer bei meinem Anblick überrascht aus.

»Ob Arkonide oder nicht«, sagte der zweite. »Wir werden ihn dem Kommandanten vorführen. Was sind Sie denn für ein seltener Vogel?«

»Ich gehöre zum Volk der Aras«, antwortete ich. »Wir sind die Galaktischen Mediziner. Ich bin an Bord gekommen, weil ich dachte, den Verwundeten helfen zu können.«

»Ich habe schon von den Aras gehört«, sagte der erste Sprecher, »aber zum ersten Mal sehe ich einen persönlich. Ich hätte nicht geglaubt, dass sie sich so sehr im Aussehen von den Arkoniden unterscheiden. Schließlich stammen sie doch von ihnen ab.«

Wir mussten die Notleitern nehmen, weil die Projektoren der Antigravschächte ausgefallen waren. Auf dem Weg in die Zentrale fragte ich meine Bewacher: »Stammt ihr denn nicht ebenfalls von den Arkoniden ab? Äußerlich unterscheidet ihr euch überhaupt nicht von ihnen.«

»Wir sind Stovgiden – und schon seit Jahrzehnten vom Großen Imperium unabhängig.«

Die Zentrale war nicht voll besetzt. Einige Männer leisteten trotz erheblicher Verletzungen ihren Dienst. Nur drei hatten weder Verbrennungen, Strahlungsschäden noch sonst welche Verwundungen. Zu diesen wenigen Glücklichen gehörte der Kommandant des Schiffes. Er hieß Aaltonar und besaß keinen militärischen Rang. Er wurde nur »Kapitän« genannt. Das passte zu dem Bild, da ich bei meinem Anflug keine Bewaffnung an dem Schiff hatte feststellen können. Kapitän Aaltonar bestätigte mir, dass dies zutraf.

»Die SPERGA OKT ist ein Frachtraumer. Wir haben wertvolle Hyperkristalle von Kasseb geladen und befanden uns auf dem Heimflug ins Deraband-System. Ein Schaden im Schutzschirmaggregat für die strahlungssicheren Lagerräume zwang uns, bei der Schrottflotte Zwischenstation zu machen. Obwohl wir sofort einen entsprechenden Funkspruch an die arkonidische Flotte sandten, unterbrachen sie die Zielschussmanöver nicht. Es gibt keinen Zweifel, dass sie absichtlich auf uns geschossen haben. Das wird für unsere diplomatischen Beziehungen nicht ohne Folgen bleiben.«

»Tut mir Leid, aber ich kann Ihnen nicht folgen«, sagte ich. »Ich habe weder Informationen über Ihr Volk, die Stovgiden, noch weiß ich, in welcher Beziehung Sie zu den Arkoniden stehen. Ich wäre Ihnen dankbar, würden Sie mich über die Hintergründe aufklären.«

»Sagen Sie mir zuerst, welche Rolle Sie spielen. Wie kommen Sie dazu, im Manövergebiet zu materialisieren, obwohl Sie angeblich so unwissend wie ein Neugeborenes sind?«

»Das ist eine lange und komplizierte Geschichte. Sie damit zu belasten würde zu weit führen. Ich bin sozusagen in geheimer Mission unterwegs.«

»Da haben wir ja einen tollen Fang gemacht«, rief einer der Männer, die uns umstanden.

»So bedeutend bin ich nun auch wieder nicht«, schränkte ich ein. »Ich könnte höchstens erreichen, dass die Arkoniden ihre Manöver unterbrechen und euch ein Schiff für den Transport zur Verfügung stellen. Was ist dabei, mich über die Situation aufzuklären?«

»Es ist kein Geheimnis, dass die Stovgiden Orbanaschol ein Dorn im Auge sind«, sagte Kapitän Aaltonar.

Das hört sich verheißungsvoll an, denn jeder Feind von Orbanaschol ist ein potentieller Verbündeter für mich, dachte ich. »Steht ihr mit den Arkoniden im Krieg?«

»Ein Kalter Krieg. Und das seit dem Tage vor vierzig Arkonjahren, als wir die Unabhängigkeit vom Tai Ark'Tussan wünschten. Wir haben sie offiziell nie erhalten, uns trotzdem aber im Laufe der Jahrzehnte weitgehend selbständig gemacht. Orbanaschol wagt es nicht, offen gegen uns vorzugehen, denn die Stovgiden haben bei vielen freiheitsliebenden Arkonidenvölkern einen guten Ruf. Das ist das Verdienst unserer Diplomaten, die in ihrer Politik einen Mittelweg eingeschlagen haben. Versuchte Orbanaschol, uns mit Waffengewalt an unsere Treue zum Großen Imperium zu erinnern, würde das in weiten Teilen der Öden Insel als Okkupation angesehen. Deshalb lässt er uns unsere begrenzte Freiheit. Er vergisst aber nicht, uns an seine Macht zu erinnern. Einmal im Jahr werden im Yagooson-Sektor große Manöver abgehalten. Diesmal hat er sogar achtzigtausend Kampfeinheiten und fünfzehntausend Robotschiffe geschickt. Damit will er uns einschüchtern. Die Flotte provoziert uns ständig, Übergriffe wie der auf uns sind an der Tagesordnung. Wahrscheinlich hofft der Imperator, dass wir eines Tages den Kopf verlieren und zu den Waffen greifen. Dann hätte er einen Grund, unseren Widerstand mit Gewalt zu brechen. Aber dazu wird es nicht kommen, obgleich es manchmal schwer fällt, die Beherrschung nicht zu verlieren.«

»Ich verstehe. Aber es ist sicher auch richtig, dass ein Funke genügen würde, um die Bombe explodieren zu lassen. Der Kalte Krieg könnte ganz leicht sehr heiß werden.«

»Solange Orbanaschol nicht zu weit geht, wird es dazu nicht kommen. Wir sind bestrebt, unsere Unabhängigkeit auf diplomatischem Wege zu erreichen, und werden um keinen Preis auch nur einen Schritt zurückweichen. Orbanaschol ist schlau genug, um unsere Freiheitsbestrebungen nicht öffentlich anzuprangern. Er hat sich sogar bereit erklärt, unsere Unabhängigkeit zu garantieren, sofern wir seine Forderung erfüllen, die Ausbeutung der Mineralien auf Kasseb dem Großen Imperium zu überlassen. Er weiß natürlich ganz genau, dass wir auf diese Forderung nicht eingehen können, weil unsere Wirtschaft auf diesen Bodenschätzen basiert. Auf Kasseb zu verzichten wäre unser Ruin, denn damit würden wir wieder in die wirtschaftliche Abhängigkeit von Arkon geraten.«

»Demnach ist also der Rohstoffplanet der Zankapfel«, fasste ich zusammen.

Die Stovgiden imponierten mir, sie waren ein zielstrebiges und standhaftes Volk. *Durchaus möglich, dass Fartuloon Kraumon auch unter diesem Gesichtspunkt als Stützpunkt ausgewählt hat*, dachte ich. *Es wäre nahe liegend, dass sich Atlan in seinem Kampf gegen Orbanaschol mit ihnen verbündet – sofern die Stovgiden etwas davon wissen wollen. Denn sollte herauskommen, dass sie mit den Rebellen des Kristallprinzen paktieren, hätte Orbanaschol einen triftigen Grund, seine Flotte mit aller Macht gegen sie einzusetzen. Und die Stovgiden wollen jede militärische Auseinandersetzung vermeiden.*

»Warum erhebt ihr euch nicht gegen Orbanaschols Willkür und kämpft für eure Freiheit? Sofern ihr wirklich so viele Sympathien in der Öden Insel habt, wie Sie sagen, würde ein Freiheitskampf sehr wahrscheinlich zum Ziel führen.«

»Mit Gewalt lösen wir unsere Probleme nicht.«

Ich ging nicht weiter auf dieses Thema ein. Aaltonar war nicht der Mann, an den ich meinen Appell richten musste. Aber selbst vor einem Gremium einflussreicher Stovgiden hätte ich damit bestimmt nichts erreicht. Ich hatte nicht die Macht und die Persönlichkeit, um ein ganzes Volk beeinflussen zu können. *Aber vielleicht bekomme ich die Möglichkeit, Schicksal zu spielen …*

Ich ließ mir von Aaltonar weitere Informationen über den Yagooson-Sektor geben, um im Bilde zu sein. Der Yagooson-Sektor bestand aus nur zwei Sonnensystemen, die 8,12 Lichtjahre voneinander entfernt lagen. Ziemlich genau in der Mitte zwischen ihnen befand sich die Geisterflotte, die diesem Sektor den Namen gegeben hatte und für Orbanaschol einen guten Vorwand darstellte, seine Macht zu demonstrieren – und wie man sah, verfehlte es ihre Wirkung auf die Stovgiden nicht. Das eine war das Deraband-System. Es handelte sich um eine gelbe Sonne mit acht Planeten. Die Stovgiden stammten vom dritten, bewohnten aber alle acht Planeten und hatten sie zu wehrhaften Festungen ausgebaut. Über die militärische Stärke schwieg sich Aaltonar verständlicherweise aus; aber abgesehen davon, dass er einem Fremden keine Staatsgeheimnisse verraten würde, war er wohl selbst nicht ausreichend informiert.

Das zweite Sonnensystem bestand aus der Riesensonne Spergarn und vier Planeten. Keine dieser Welten trug eigenes Leben; es handelte sich um kälteklirrende oder brodelnde Körper ohne Atmosphäre. Das Spergarn-System wäre völlig bedeutungslos gewesen, hätten die Stovgiden nicht auf dem zweiten Planeten – nach dem Entdecker der Bodenschätze Kasseb genannt – wertvolle und äußerst seltene Hyperkristalle entdeckt. Das war vor etwa fünfzig Arkonjahren gewesen. Durch den Abbau der Mineralien, in der Hauptsache violette *Criipas* und blaue *Mivelum*, die für alle Bereiche der Hypertechnik benötigt wurden, kamen die Stovgiden zu beachtlichem Reichtum. Dieser Umstand war auch dafür ausschlaggebend gewesen, dass sie sich schließlich mächtig genug fühlten, die Trennung vom Großen Imperium anzustreben.

Damals war Orbanaschol III. noch nicht an der Macht gewesen, sondern Atlans Vater Gonozal VII. Dieser hatte – erst seit rund einem Jahr Imperator – den Freiheitsbestrebungen der Stovgiden nichts in den Weg gelegt, sondern sie im Gegenteil, sogar gegen den Widerstand seiner Berater, unterstützt, ohne die Unabhängigkeit jedoch offiziell schon anzuerkennen. Als Orbanaschol an die Macht kam, wurden die Stovgiden jäh aus ihren Träumen gerissen. Der Kalte Krieg mit Arkon begann. Und in letzter Zeit spitzte er sich immer mehr zu.

Was die Geisterflotte im Leerraum zwischen den beiden Sonnensystemen betraf, konnte mir Aaltonar nur wenige Auskünfte geben. Eine Theorie besagte, dass die Flotte vor langer Zeit – vielleicht zur Zeit der *Archaischen Perioden* und ihren gewaltigen Hyperstürmen – durch einen Energieeinbruch aus dem Hyperraum überrascht worden war. Dies hatte zur Vernichtung aller darin befindlichen Lebewesen und zu einer weitgehenden Zerstörung der Schiffe geführt. Die Schrottflotte war noch längst nicht erforscht und deshalb von den Stovgiden unter Kulturschutz gestellt worden. Das hinderte Orbanaschol jedoch nicht daran, seine Geschwader darauf Zielschussmanöver durchführen zu lassen, worin die Stovgiden einen weiteren Affront des Großen Imperiums sahen.

Selbst Aaltonar musste bekennen: »Die Fronten haben sich so verhärtet, dass eine friedliche Lösung des Problems derzeit unmöglich erscheint.«

Unser Gespräch erfuhr eine Unterbrechung, als aus der Ortungszentrale die Meldung kam: »Drei Schlachtschiffe scheren aus dem Pulk aus und nehmen Kurs auf uns. Vom arkonidischen Flottenkommando ist der Befehl gekommen, dass wir unsere Position halten sollen. Man will uns ein Lazarettschiff zur Versorgung unserer Verwundeten schicken.«

»Wie?«, wunderte sich Aaltonar. »Die Arkoniden erinnern sich, dass es so etwas wie Nächstenliebe gibt?«

»Nächstenliebe kann man es wohl nicht nennen«, sagte ich. »Sie zeigen sich nur von ihrer besten Seite, damit ihr Ka'Mehantis Freemush Ta-Bargk in Ruhe lasst.«

Die Stovgiden hatten Freemushs Notsignale inzwischen empfangen und wussten natürlich über seine Identität Bescheid. Ich konnte also vor Aaltonar nicht länger geheim halten, dass nicht ich die wichtige Persönlichkeit an Bord der POLVPRON war. Er nahm es ziemlich gelassen auf und dachte keinen Moment daran, Freemush gefangen zu nehmen und als Geisel zu verwenden. »Das würde meinem Volk nur noch mehr Schwierigkeiten einbringen ... Allerdings wäre es für alle Völker der Öden Insel besser gewesen, hätten Sie Freemush nicht das Leben gerettet. Er ist ein Blutsauger, der sein Genie nur dazu benützt, Orbanaschols Schatzkammer zu füllen. Er wäre besser für immer in der Sogmanton-Barriere verschollen geblieben ...«

»Es würde mich nicht einmal wundern, wenn von ihm der Plan stammt, Ihrem Volk den Planeten Kasseb wegzunehmen.«

Aaltonar presste die Lippen zusammen, bis sein Mund ein schmaler Strich war. Aber er sagte nichts. Das sagte mehr als genug. Ich beschloss, mein Gastspiel auf dem Stovgidenschiff zu beenden. Was ich erfahren wollte, wusste ich. Und mehr gab es hier für mich nicht zu holen. Meine Hoffnung, bei den Stovgiden Unterschlupf zu finden, erfüllte sich nicht. Da war es schon vorteilhafter, mich an Freemush zu halten. Ich verabschiedete mich und versprach, meinen Einfluss dahin gehend geltend zu machen, dass man den Stovgiden ein Raumschiff zur Verfügung stellte, das sie in ihr Heimatsystem brachte. Danach verließ ich die wracke SPERGA OKT auf demselben Wege, wie ich sie betreten hatte.

3.

Atlan: *Es ist ein ziemlicher Schock für mich, als aus dem Funkverkehr herauszuhören ist, dass sich der Ka'Mehantis im Yagooson-Sektor befindet.*

Das bedeutet, dass Ogh die POLVPRON den Arkoniden ausgeliefert hat, *meldet sich mein Extrasinn grämlich.* Und in den Rechenspeichern dieses Schiffes befinden sich alle Daten über Kraumon und andere Unterlagen deiner Widerstandsorganisation.

Mich beunruhigt diese Tatsache aber weniger als Furtuloon. Schließlich haben wir den Kode der arkonidischen Flotte entschlüsselt. Wir werden von Oghs Verrat und möglichen Angriffsplänen der Flotte rechtzeitig genug erfahren, um Kraumon noch räumen zu können.

Nachdenklich betrachte ich das, was von einem Auge Kolchos übrig geblieben ist – ein türkisblaues, ovales Gebilde, kleiner als ein Auge. Ohne nachzudenken, habe ich es an Bord der CAISED in die Tasche gesteckt und mitgenommen. Für Augenblicke erscheinen wieder die Szenen, ich sehe, wie Eiskralle auf Kolcho zuspringt ...

… wollte dem Angriff ausweichen, reagierte aber zu spät. Die Hände berührten den Mann mit den blauen Augen. Kolcho schrie auf, erstarrte augenblicklich zu Eis. Der Chretkor prallte gegen ihn, und der Blauäugige zersplitterte zu Millionen von Kristallen. Unwillkürlich trat ich vor. Auch ich streckte meine Arme nach Kolcho aus und versuchte, das Verhängnis zu verhindern. Aber ich kam zu spät. Etwas Eiskaltes fiel mir in die geöffnete Hand. Instinktiv hielt ich es fest, während ich eine blaue Perle zu Boden fallen sah. Sie zersprang zu Staub, ähnlich, wie es mit dem Phalaym geschehen war …

Jetzt drehe ich das ovale Ding zwischen den Fingern, das einmal ein Auge Kolchos gewesen ist. Nebelschleier bewegen sich unter der glatten Oberfläche. Unwillkürlich fragte ich mich, ob es mir gelingen wird, das Geheimnis zu lösen. Die Nebelschleier bewegen sich stärker, etwas Vertrautes scheint an meinen Monoschirm zu pochen, mit dem ich mein Bewusstsein absichere. Plötzlich öffnen sich die Schwaden in der ovalen Perle, zeigen mir Bilder. Hinzu kommen Impressionen von Gefühlen, dann sogar Gedanken. Auch ohne den Hinweis meines Logiksektors weiß ich unvermittelt, was geschieht: Ich habe mentalen Kontakt zu meiner Bewussteinskopie, bin mit Ogh über fast 1300 Lichtjahre verbunden!

An Bord der POLVPRON: 19. Prago der Prikur 10.497 da Ark

Bericht Ogh

»Ich weiß jetzt über die Stovgiden Bescheid«, sagte ich bei meiner Rückkehr in die Zentrale. Freemush beachtete mich kaum. Er saß immer noch vor dem Funkgerät, sendete aber keine Notsignale mehr.

»Dreisonnenträger Geltoschan hat versprochen, die POLVPRON bergen zu lassen«, sagte er. »Mit dem Funkgerät kenne ich mich so weit aus, dass ich den Funkspruch empfangen konnte. Aber es will mir nicht gelingen, die Monitoren so zu schalten, dass ich darauf die Bergung verfolgen kann.«

Ich nahm die entsprechende Schaltung vor, so dass auf der Panoramagalerie die drei Riesenraumschiffe zu sehen waren, die sich im Anflug auf uns befanden. Auf der Bildschirmvergrößerung waren sogar die Namenszüge der Schiffe zu lesen: MACTIBA, ECCORE und SATTARDE.

»Die ECCORE ist das Schlachtschiff von Admiral Geltoschan da Saran«, sagte Freemush. »Es heißt, er sei einer der erfolgreichsten Flottenführer im Kampf gegen die Methans.«

Freemushs plötzliche Gesprächigkeit ließ für mich keinen anderen Schluss zu, als dass er von dem Thema ablenken wollte, das ich angeschnitten hatte. »Warum haben Sie ein solches Geheimnis aus den Stovgiden gemacht?«, nahm ich den Faden wieder auf. »Glaubten Sie am Ende gar, ich könnte abspringen, wenn ich die Wahrheit kennen würde?«

»Ich war mir Ihrer nicht sicher«, bekannte Freemush freimütig.

»Und jetzt?«

Er zuckte mit den Achseln. »Einen endgültigen Vertrauensbeweis haben Sie noch nicht erbracht. Aber Sie haben mir das Leben gerettet.«

»Dafür wäre eigentlich eine Belohnung fällig.«

»Haben Sie einen konkreten Wunsch?«

»Ich habe den Stovgiden versprochen, dass sie ein Schiff zur Verfügung gestellt bekommen, das sie ins Deraband-System bringt.«

»Das habe ich bereits veranlasst. Sie wundern sich? Dabei ist die Erklärung ganz einfach. Ich nahm an, dass Sie bei den Stovgiden bleiben würden, und wollte Ihnen Gelegenheit geben, sich in Sicherheit zu bringen.«

»Sie hätten mich gehen lassen?«

Er lächelte. »Zum Schein natürlich nur. Später hätte sich sicher eine Möglichkeit ergeben, Sie zurückzuholen. Vielleicht im Austausch gegen politische Häftlinge oder etwas in dieser Art. Sie haben wichtige Informationen über Atlans Rebellenorganisation, deshalb sind Sie für mich wertvoll. Ich möchte Sie nicht verlieren.«

Plötzlich wurde mir mit Schrecken bewusst, dass ich ja die Speicher des Bordrechners gelöscht hatte. Wurden diese von den Technikern überprüft, konnten ihnen meine Manipulationen nicht verborgen bleiben. Das würde mich in arge Schwierigkeiten bringen. Ich hoffte, dass es noch eine Weile dauerte, bis es so weit war. *Inzwischen muss ich mir überlegen, wie ich mich aus der Affäre ziehen kann*, dachte ich. *Sollte ich keinen Geistesblitz haben, wird es mich teuer zu stehen kommen, dass ich in einer Anwandlung von Treue zu meinem Bewusstseinsspender alle Unterlagen über Kraumon gelöscht habe.*

Die drei Schlachtschiffe waren inzwischen herangekommen. Sie forderten mich über Funk auf, die Traktorstrahlen vom Wrack der SPERGA OKT zu lösen, was ich auch tat. Auf dem Bildschirm konnte ich beobachten, wie von der SATTARDE winzig erscheinende Beiboote ausgeschleust wurden und an der Hülle der SPERGA OKT verankert wurden. Gestalten in Raumanzügen, auf Plattformen Berge von Ausrüstung mit sich führend, kamen aus den Beibooten und drangen durch die Ladeschleusen in das Stovgidenschiff ein.

»Das wird die Stovgiden wieder mit uns versöhnen«, kommentierte Freemush das Geschehen. »Unsere Hilfsbereitschaft ist Beweis dafür, dass ihnen das Imperium trotz ihrer Aufsässigkeit immer noch wohlgesinnt ist!«

»Sind Sie sicher, dass die SPERGA OKT wirklich nur zufällig ins Schussfeld der Manöverflotte kam?«

»Meinen Sie, die Stovgiden hätten diesen Zwischenfall absichtlich provoziert?«

»Nein, eher den umgekehrten Fall.«

Seine Entrüstung klang fast ehrlich: »Wir wollen keinen Krieg!«

Die ECCORE näherte sich der POLVPRON, bis ihre Hülle den gesamten Bildschirm ausfüllte. Ein riesiges Tor öffnete sich oberhalb des Ringwulstes, und dann wurden wir von Traktorstrahlen erfasst und von dem Schlachtschiff aufgenommen. Als wir in dem Großhangar aufsetzten, geschah das so sanft, dass die POLVPRON nicht erschüttert wurde.

De-Keon'athor Geltoschan kam persönlich zu unserem Empfang. Er war sogar noch um einige Fingerbreit größer als Freemush, hatte grauweißes Haar, das eine Handspanne weit unter seinem Zierhelm herabhing. Er trug eine eng anliegende Paradeuniform und den für besonders feierliche Anlässe vorbehaltenen prächtigen Umhang.

Geltoschan setzte zu einer längeren Rede an, doch Freemush unterbrach ihn nach den ersten Worten: »Entschuldigen Sie, Admiral, dass ich Ihr Begrüßungszeremoniell unterbreche. Aber ich habe einige Strapazen hinter mir und möchte mich vor allen Dingen erst einmal ausruhen. Dasselbe gilt wohl auch für meinen Lebensretter. Ogh – wie Sie unschwer erkennen können, ist er ein Ara – hat sich sehr um mich und das Imperium verdient gemacht. Ihm gebührte ein Orden, aber ich glaube, dass er mehr auf weltliche Güter Wert legt. Haben Sie Unterkünfte für uns bereitstellen lassen?«

»Selbstverständlich, Hochedler«, versicherte Geltoschan. »Aber ich hoffe doch, dass Sie mir die Ehre geben werden – natürlich erst, nachdem Sie sich ausgeruht haben –, an dem von mir vorbereiteten Empfang in der Offiziersmesse teilzunehmen. Ich habe auch Befehl erlassen, die Manöver so lange zu unterbrechen, bis Sie ...«

»Nicht nötig.« Freemush winkte ab. »Lassen Sie sich durch meine

Anwesenheit nicht stören. Fahren Sie mit den Manövern fort wie geplant.«

»Aber Ka'Mehantis Freemush ...«, begann der Dreisonnenträger.

»Habe ich mich klar ausgedrückt oder nicht?« Freemush sprach mit Eiseskälte in der Stimme. »Veranlassen Sie, dass mein Lebensretter und ich auf der Stelle in unsere Unterkünfte gebracht werden. Danach stehen wir Ihnen zur Verfügung. Ich habe einige interessante Neuigkeiten für das Flottenzentralkommando.« Freemush ließ den enttäuschten Admiral einfach stehen. Nach ein paar Schritten drehte er sich noch einmal um. »Da fällt mir ein, dass Sie inzwischen doch noch etwas für mich tun könnten, Admiral. Verständigen Sie die *Kralasenen*. Sie sollen sich bereithalten, denn was ich zu sagen habe, ist vor allem für den Blinden Sofgart bestimmt.«

Der *Blinde Sofgart!* Allein die Nennung dieses Namens ließ mich erschaudern, schließlich waren Atlans Erlebnisse mit dieser Bestie in Arkonidengestalt in meinem Bewusstsein fest verankert.

Mir wurde eine Unterkunft zugewiesen, wie sie an Bord eines Schlachtschiffs sonst nur hohen militärischen Würdenträgern zustand. Sie bestand aus drei Räumen, in denen es an keinem Luxus mangelte. Wurden Drill und Disziplin bei den einfachen Raumsoldaten auch groß geschrieben, die Führungsschicht war morbid und frönte Luxus und Dekadenz. Die ehrenvolle Aufnahme an Bord der ECCORE und die zuvorkommende Art, mit der man mich behandelte, konnten mich nicht über meine missliche Lage hinwegtäuschen. Zwar hatte man mir den Kombistrahler gelassen, doch spätestens sobald festgestellt wurde, dass die maßgeblichen Speicher der POLVPRON gelöscht waren, würde es für mich eng werden. Zu meinem Glück hatte Freemush darauf bestanden, sich zuerst einmal ausgiebig von den Strapazen zu erholen. Das gab mir eine Frist.

Aber aufgeschoben ist nicht aufgehoben. Ich überlegte, was ich tun konnte, fand aber keine befriedigende Lösung. Und je mehr ich darüber nachdachte, desto überzeugter wurde ich, dass es keinen Ausweg aus meiner Situation gab. Am einfachsten wäre es gewesen, die POLVPRON zu sprengen. Aber wie sollte ich mich unbemerkt an sie heranpirschen? Meine äußere Erscheinung war viel zu auffällig, ein einzelner Ara unter lauter Arkoniden musste einfach auffallen. *Also Flucht!* Dafür war es natürlich ebenfalls zu spät. Sowenig wie ich mich zur POLVPRON schleichen konnte, so wenig würde es mir gelingen, eins der Beiboote zu kapern.

Trotzdem öffnete ich probeweise meine Kabinentür und streckte den Kopf auf den Gang hinaus. Zwei Paar Stiefel knallten zusammen, als die beiden postierten Gardesoldaten Haltung annahmen. »Das habt ihr fein gemacht, Jungs«, sagte ich, während ich innerlich fluchte. »Rühren.«

Ich schloss die Kabinentür. Die beiden Posten hatten mir gerade noch gefehlt. Wahrscheinlich würden sie mich auf Schritt und Tritt durch das Schiff begleiten. Ich ging zum Bildsprechgerät. Die Tastatur war umfangreich. Am Symbolschlüssel war zu erkennen, dass ich mit allen Sektionen des 800-Meter-Schiffes Verbindung aufnehmen konnte. Es war mir sogar möglich, mich in die Leitung des Manöverkommandos einzuschalten. Das tat ich schließlich auch, damit ich wenigstens über die Geschehnisse auf dem Laufenden blieb – und in der stillen Hoffnung, dass irgendetwas geschah, was meine Probleme zu lösen half. Die Manöver gingen weiter. Flottillen und Geschwader flogen Angriffe auf die Schrottflotte und setzten ihre atomaren Geschosse ins Ziel. Dann wieder stießen einzelne Verbände durch die Lücken. Das war schon recht beeindruckend. Aber außer der Tatsache, dass die arkonidischen Kanoniere gut waren und die Piloten Spitzenkönner auf ihrem Gebiet, erfuhr ich nichts. Selbst die Funkgespräche, die ich mithören konnte, waren nicht aufschlussreich. Sie waren meist kodiert. Aber selbst wenn ich sie hätte entschlüsseln können, wäre ich daraus nicht klüger geworden. Es handelte sich zweifellos um Einsatzbefehle, die mich nicht interessierten.

»EXTANT auf Position WELA.«

»GRUNTA Plan X-ANTA in ZERA-Zeit minus RYLF durchführen.«

So und ähnlich lauteten die Kommandos, die aus dem Lautsprecher tönten. Gelegentlich wurde dieses monotone Einerlei durch persönliche Bemerkungen aufgelockert.

»Hervorragend, RIGO. Ihre Kanoniere haben sich gut auf den Feind eingeschossen. Schlage Sonderurlaub nach Beendigung der Manöver vor.«

»Flankendeckung hat ausgezeichnet geklappt, ASTRAT. Wiederholen Sie den Vorgang, diesmal jedoch in umgekehrter Richtung.«

»Jetzt möchte ich gerne die Gesichter der Stovgiden sehen.«

»Sollen wir ein Geschwader auf sie feuern lassen? Schreckschüsse selbstverständlich.«

»Demütigen wir sie nicht. Sie sind auch so eingeschüchtert genug. Hahaha!«

Die Bilder auf dem Bildschirm wechselten schnell. Feuerorkane wurden von Schlachtschiffen abgelöst, explodierende Wracks der Schrottflotte wechselten mit waghalsigen Manövern von Aufklärern, Leichten und Schweren Kreuzern. Und im Hintergrund, sozusagen als stille Beobachter, kreuzten Kampfschiffe der Stovgiden. Sie hielten sich auf Distanz, kamen dem Manövergebiet nie zu nahe. Die Arkoniden ließen sich durch sie nicht stören.

Nur einmal ließ sich ein Orbton des Manöverkommandos zu folgendem Ausspruch hinreißen: »Ich würde viel darum geben, könnte ich nur ein einziges Mal die Feuerkraft meiner Flottille an den Stovgiden erproben.«

»Auch Ihre Karriere, Sek'athor?« *Admiral Geltoschan!*

»Entschuldigen Sie, Erhabener, ich habe mich gehen lassen.«

»Ich kann Sie verstehen. Auch ich finde das Verhalten der Stovgiden provozierend. Aber Sie kennen unsere Befehle.«

Das erinnerte mich an Freemushs Worte, der gesagt hatte, dass Orbanaschol unter allen Umständen einem Krieg gegen die Stovgiden aus dem Wege gehen wollte. Nicht wortwörtlich zwar, aber sinngemäß. Das brachte mich auf eine Idee, die ich sofort in die Tat umzusetzen gedachte. Ihre Ausführung brachte für mich zwar kaum Vorteile, aber verschlechtern konnte ich meine Lage dadurch nicht. *Sobald entdeckt wird, dass die Datenspeicher der POLVPRON gelöscht sind, bin ich sowieso verloren*, durchfuhr es mich. *Mal sehen, was die Kabinenausstattung hergibt.*

Ich fand, was ich suchte, ging wenig später kurz entschlossen zur Tür und trat auf den Korridor hinaus. Die beiden Posten nahmen abermals Haltung an. »Bringt mich zur Kabine des Ka'Mehantis!«, herrschte ich sie an. »Ich habe ihm eine wichtige Mitteilung zu machen.«

»Freemush Ta-Bargk hat ausdrücklich erklärt, dass er durch nichts in seiner Ruhe gestört werden möchte«, wandte einer der beiden ein.

»Ich nehme alle Verantwortung auf mich«, versicherte ich. »Mich wird er empfangen!«

Das genügte. Die beiden führten mich zu Freemushs Kabine, die auf demselben Korridor lag. Auch dort waren zwei Gardesoldaten postiert. Sie weigerten sich zuerst, mich zu Freemush vorzulassen, doch auch sie gaben schließlich nach, nachdem ich versichert hatte, dass ich selbst die Verantwortung tragen würde. Die Tür war unverschlossen, und ich trat ein. Freemushs Unterkunft war ein fürstliches Gemach, seiner Stellung als Mitglied des Zwölferrats angemessen. Nicht einmal auf einem Passagierschiff der Sonderluxusklasse wurde einem solcher Komfort geboten – das jedenfalls verriet mir Atlans Wissen. Ich schlich leise durch den Vorraum, durchquerte den Salon in Richtung Schlafzimmer. Ich verhielt mich so leise wie möglich, um Freemush nicht aufzuwecken.

Aber gerade als ich das verdunkelte Schlafzimmer betreten wollte, fragte er: »Wer ist da?«

»Ihr Lebensretter.« Ich bemühte mich, meiner Stimme einen gehetzten Klang zu geben. »Ich habe eine wichtige Nachricht für Sie. Es geht um Leben und Tod!«

»Warten Sie draußen. Ich komme sofort.« Es dauerte nicht lange, bis er voll angekleidet aus dem Schlafzimmer kam. »Nun, Ogh ...« Er verstummte, als er den Kombistrahler in meiner Hand sah, dessen Mündung auf seine Stirn wies. »Soll das ein Scherz sein?«

»Nein. Es stimmt, dass es um Leben und Tod geht. Und zwar um Ihr Leben, Ka'Mehantis!«

Freemush betrachtete mich mit ausdruckslosem Gesicht. Wenngleich seine Miene nichts von seinen Gefühlen widerspiegelte, so entging mir nicht, dass mich sein Blick analysierte. »Ich habe schon viele Narren getroffen«, sagte er schließlich. »Aber Sie sind einer der größten. Warum tun Sie das, da Ihnen alle Türen zum Großen Imperium offen stehen? Ich kann Ihnen diesen Übergriff nicht verzeihen, selbst wenn Sie alles nur als Scherz hinstellen wollten. Für Reue ist es jetzt zu spät.«

»Keine Bange, ich bereue nichts. Ich habe es mir reiflich überlegt. Ich habe gar keine andere Wahl.«

»Und warum tun Sie das?«

»Zum Teil aus Selbsterhaltung. Zum anderen Teil ... Nein, es ist noch zu früh, Ihnen die Wahrheit über mich zu sagen. Jedenfalls bin ich nicht der, für den Sie mich halten.«

»Sind Sie nicht Ogh, der Ara?«

»Ja und nein. Aber ich bin nicht Ihr Verbündeter, Freemush, und ich bin nicht gerade ein Freund von Orbanaschol.«

»Dann arbeiten Sie mit diesem Atlan zusammen?«

»Auch diese Frage lässt sich nicht mit einem klaren Ja beantworten.«

Freemush schüttelte den Kopf. »Dann durchschaue ich Ihr Spiel nicht. Warum haben Sie mich gerettet, wenn Sie mich jetzt bedrohen? Sie hatten schon bessere Gelegenheiten.«

»Ich habe nicht Sie gerettet, sondern nur mich. Sie waren Mittel zum Zweck. Aber genug davon. Kommen wir zur Sache.«

Er gab sich belustigt. »Was erwarten Sie sich denn?«

»Das werden Sie gleich erfahren.« Ich gab ihm einen Wink mit dem Strahler. »Gehen Sie zum Interkom.«

Er kam meiner Aufforderung widerstandslos nach. Als er vor dem Bildschirm stand, fragte er: »Und, was weiter?«

Ich bohrte ihm den Lauf der Waffe in den Rücken. »Sie müssen sich darüber klar werden, dass ich es ernst meine. Sie selbst haben gesagt, dass ich zu weit gegangen bin. Ich kann jetzt nicht mehr zurück. Sollten Sie meinen Anordnungen nicht nachkommen, habe ich keine andere Wahl, als Sie zu erschießen. Und ich werde nicht zögern, es zu tun. Ich habe nichts mehr zu verlieren. Ist Ihnen das klar?«

Er nickte. »Ich kann mich gut in Ihre Lage versetzen. Sie sind zum Äußersten entschlossen.«

»Gut, dass Sie das erkannt haben«, sagte ich zufrieden. »Ich sage Ihnen, was Sie zu tun haben. Sie setzen sich mit Geltoschan in Verbindung ...« Als er zur Tastatur greifen wollte, hielt ich ihn zurück. »Nein, noch nicht. Hören Sie sich zu Ende an, was ich Ihnen zu sagen habe. Und merken Sie sich meine Anweisungen. Wenn Sie irgendetwas falsch machen, drücke ich ab.«

»Das haben Sie mir nun schon oft genug gesagt.«

»Sie werden Geltoschan anrufen und ihm sagen ...« Ich holte tief Atem. »... dass er den Bergwerksplaneten Kasseb vernichten soll!«

»Was?« Freemush wollte herumfahren, aber als ich ihm den Lauf in die Seite stieß, hielt er mitten in der Bewegung inne. »Das können Sie nicht von mir verlangen.« Sein Atem ging rascher. »Es würde Ihnen überhaupt nichts einbringen. Welchen Nutzen hätten Sie, dass Kasseb vernichtet wird? Nein, das werde ich nicht tun.«

»Doch, denn das ist alles, was ich von Ihnen verlange. *Wie* Sie es Geltoschan beibringen, ist Ihre Sache. Sie werden schon wissen, wie Sie auftreten müssen, um sich gegen einen Admiral durchzusetzen, Ka'Mehantis. Immerhin sind Sie Mitglied des *Berlen Than*, des Regierungsgremiums des Großen Rates. Aber wenn Ihnen Ihr Leben lieb ist, setzen Sie alles daran, damit Ihr Befehl ausgeführt wird. So, jetzt rufen Sie Geltoschan an!«

Freemush zögerte. Ich zog mich aus dem Bereich der Aufnahmeoptik zurück und sagte ein letztes Mal: »Machen Sie Ihre Sache gut – in unser beider Interesse.«

Erst der Druck meiner Waffe brachte ihn dazu, die Verbindung zur Zentrale herzustellen. Als sich der Bildschirm erhellte und ein Offizier darauf erschien, sagte Freemush: »Ich möchte den De-Keon'athor sprechen.«

»Jawohl, Hochedler.«

Es dauerte nicht lange, bis Geltoschan auf dem Bildschirm erschien. »Ka'Mehantis«, sagte er freudig überrascht. »Sind Sie schon ausgeruht? Kann ich damit rechnen, dass Sie mich in meinem Manöverstand aufsuchen? Sie kämen gerade recht, um den Höhepunkt der Manöver mitzuerleben.«

»Ich konnte nicht schlafen, und da habe ich mir die Manöver in meiner Kabine angesehen«, sagte Freemush gelangweilt; er spielte sich selbst ganz ausgezeichnet – ganz der arrogante Adelige, der mit einem Fingerschnippen über das Wohl und Wehe ganzer Welten entschied. »Aber ich muss sagen, ich bin enttäuscht.«

»Aber ...« Geltoschan verschluckte sich beinahe. »Meine Leute geben ihr Bestes – und noch nie zuvor waren sie bei Manövern so erfolgreich wie diesmal. Immerhin haben wir hier eine Flotte von nahezu hunderttausend Einheiten versammelt!«

»Das mag schon sein, aber das Beste Ihrer Flotte ist meiner Ansicht nach für den Ernstfall nicht gut genug. Die Methans haben keine Schrottraumer! Nehmen Sie es mir nicht übel. Ich bin nicht an Bord Ihres Flaggschiffes gekommen, um Kritik zu üben. Als militärischem Laien steht sie mir gewissermaßen auch nicht zu. Aber finden Sie nicht, dass diese ganzen Manöver ein wenig farblos sind? Sie sollten dafür sorgen, dass etwas Abwechslung hineinkommt.«

»Farblos?«, wiederholte der Dreisonnenträger entgeistert. Ihm war anzusehen, dass er um seine Fassung rang. In Gedanken verfluchte er wohl Politiker wie Freemush, die sich in alle Bereiche einmischten, bevorzugt in solche, von denen sie keine Ahnung hatten. »Mehr Abwechslung? Ich fürchte, ich verstehe nicht ganz, Hochedler.«

»Dann muss ich mich klarer ausdrücken. Glauben Sie wirklich, dass es eine Bewährungsprobe für Ihre Leute ist, dass sie Zielübungen auf einen Haufen Schrott machen – mag dieser noch so groß sein?

Wie wollen Sie daraus auf die tatsächliche Schlagkraft Ihrer Leute schließen?«

»Die Manöver geben mir Aufschluss über unsere Schlagkraft«, sagte Geltoschan eisig, schränkte dann aber sofort ein, um sich Freemushs Gunst zu erhalten: »Ich gebe natürlich zu, dass sie kein Ersatz für eine echte Bewährungsprobe sind. Darin stimme ich mit Ihnen vollkommen überein. Aber Ihre Kritik ist dennoch zu hart. Noch echter können wir einen Ernstfall nicht simulieren. Oder darf ich hoffen, dass Sie einen Vorschlag zu machen haben?«

Die letzte Frage kam etwas spöttisch. Aber der Spott war doch nicht so deutlich, als dass sich der Ka'Mehantis hätte gekränkt fühlen können. Geltoschan war vorsichtig genug, um diesen einflussreichen Politiker nicht zu verärgern.

Freemush sagte leichthin: »Natürlich habe ich mir selbst Gedanken gemacht, wie man die Manöver abwechslungsreicher gestalten könnte.«

Geltoschan nickte mit säuerlich verzogenem Gesicht. »Dann bitte ich Sie, mir Ihre Vorschläge zu unterbreiten. Vielleicht lassen Sie sich verwirklichen.«

»Bestimmt. Was halten Sie davon, den zweiten Planeten des Spergarn-Systems unter Feuer zu nehmen?«

»Kasseb?« Geltoschan wurde blass. »Das Spergarn-System gehört zum Hoheitsgebiet der Stovgiden; Kasseb wird von ihnen ...«

»Soll ich daraus schließen, dass Sie Ihre Zuneigung für die Stovgiden entdeckt haben, Admiral?«

»Davon kann keine Rede sein!« Geltoschan straffte sich. »Aber ich habe Anweisung, *jeden* Zwischenfall mit den Stovgiden zu vermeiden.«

»Sind Sie nicht der Meinung, dass man den überheblichen Stovgiden einen Denkzettel verpassen sollte?«

»Meine persönliche Meinung spielt dabei keine Rolle. Ich halte mich an meine Befehle.«

»Gut, Admiral, diese Einstellung gefällt mir. Dann *befehle* ich Ihnen, Kasseb zu vernichten! Ich habe lange genug mit den Stovgiden um einer angemessene Beteiligung des Tai Ark'Tussan verhandelt. Ohne Ergebnis. Es wird Zeit, ihnen eindeutig zu zeigen, wer das Sagen hat!«

»Das kann ich nicht tun, Hochedler.«

»Haben Sie mich nicht verstanden?« Freemushs Stimme wurde eiskalt. *»Das war ein Befehl!«*

»Jawohl, Hochedler. Aber sind Sie sich auch der Tragweite dieses Befehls bewusst?«

»Sind Sie sich auch bewusst, dass es Ihnen den Kopf kosten kann, wenn Sie sich mir widersetzen?«

Es entstand eine kurze Pause, dann sagte Geltoschan resignierend: »Ich beuge mich Ihren Anordnungen, Ka'Mehantis. Ich werde die Vernichtung Kassebs in die Wege leiten. Aber ich muss Sie darauf hinweisen, dass ich das Flottenzentralkommando von diesem Schritt unterrichten werde.«

»Tun Sie das nur, Admiral.« Zufriedenheit klang aus Freemushs Stimme. Als ich eine drohende Bewegung mit der Waffe machte, fügte er schnell hinzu: »Zuerst führen Sie meinen Befehl aus!«

»Jawohl.« Geltoschan schluckte. »Darf ich Sie in die Zentrale bitten, damit Sie mir auch weiterhin mit Ihrem Rat zur Verfügung stehen können?«

Ich merkte Freemush deutlich an, dass er dieses Angebot nur allzu gerne angenommen hätte. Aber ich machte ihm einen Strich durch die Rechnung. Als er sah, wie ich mit der Waffe eine verneinende Bewegung machte, sagte er: »Ich werde in meiner Kabine bleiben und die Vernichtung des Planeten von hier aus verfolgen. Die Vorbereitungen dauern ja ohnehin noch etwas.«

Zwanzigtausend Raumschiffe aller Größenklassen kreisten in den nächsten Tontas den zweiten Planeten der Sonne Spergarn ein. Das Gewaltige dieses Ereignisses kam auf der Bildwand in Freemushs Kabine nicht deutlich zum Ausdruck. Aber der Mann am Mischpult für die Fernübertragung leistete ausgezeichnete Arbeit, und der raffiniert angeordnete Szenenwechsel verschaffte uns einen guten Überblick über das Geschehen.

Die arkonidischen Kampfschiffe hatten sich in gleichmäßigen Abständen an genau berechneten Punkten verteilt, so dass sie eine imaginäre Kugelschale um den Planeten bildeten. Es kam zu einem regen Funkaustausch zwischen den Planetenstationen und den Raumschiffen der Stovgiden mit der arkonidischen Flotte.

Immerhin gewährten die Arkoniden den Stovgiden eine ausreichende Frist, um den Planeten zu räumen. Nach Ablauf des Ultimatums würde der Planet jedoch unweigerlich zerstört werden. Als die Stovgiden einsahen, dass die Arkoniden es ernst meinten, setzte die Massenflucht von Kasseb ein.

»Ich kann mir immer noch nicht vorstellen, was Ihnen die Vernichtung Kassebs einbringt«, sagte Freemush etliche Tontas später.

»Ich tue Geltoschan einen Gefallen. Jetzt hat er Gelegenheit, einmal richtig zuzuschlagen.«

»Und Ihre wahren Beweggründe?«

»Ich möchte Orbanaschol schaden.«

»Dann arbeiten Sie doch mit Atlan zusammen.«

Ich hätte ihm die Wahrheit sagen können, es hätte nichts geschadet. Doch ich wollte ihn noch zappeln lassen. Es bereitete mir große Befriedigung, den scharfsinnigen Logiker ratlos zu sehen. Er zermarterte sich das Gehirn darüber, was die Motive für meine scheinbar unsinnige Handlungsweise waren – und kam zu keinem Ergebnis. »Ich hasse Orbanaschol, aber deshalb muss ich nicht die gleichen Ziele wie der Kristallprinz verfolgen.«

»Kristallprinz!«, stieß Freemush abfällig hervor. »Er ist ein ganz ordinärer Renegat. Hätte er tatsächlich Anspruch auf den Thron von Arkon, würde er sein Recht auf legalem Wege beanspruchen.«

Ich lachte rau. »Legalität? Die gibt es unter Orbanaschols Regime im Großen Imperium nicht!«

Unser Gespräch verstummte, als eine Durchsage erklang: »Die Frist ist abgelaufen – Feuer!«

Es war ein unglaubliches Schauspiel, als die zwanzigtausend Schiffe gleichzeitig aus allen Rohren zu feuern begannen. Die Energiestrahlen woben sich als Spinnennetz um den Planeten und verloren sich auf dessen Oberfläche. Raketen mit thermonuklearen Sprengköpfen zogen ihre feurigen Bahnen und woben das Netz noch dichter. Zuerst zeigte sich auf dem Planeten überhaupt keine Reaktion, obwohl die Übertragung mit Überlichtgeschwindigkeit vonstatten ging. Dann erschienen überall Lichtpunkte, die sich langsam ausweiteten.

Dazwischen explodierten Feuerblumen, die zwar heller als eine Sonne, aber zuerst nur von minimaler Größe waren. Die Atompilze wuchsen aber ebenso wie die glutflüssigen Riesenkrater, die die Thermostrahler in die Planetenkruste fraßen. Und bald darauf war der Planet ein glühender Ball – das Leuchten einer Sonne ging von ihm aus, das von dichtem Qualm wie von Sonnenflecken durchsetzt war. Die zwanzigtausend Raumschiffe feuerten weiter, und ihre tödlichen Raketen, Torpedos und Marschflugkörper stießen pausenlos auf den Planeten hinunter.

»Wie lange, glauben Sie, Ökonom, wird Kasseb noch seine Stabilität bewahren?«, erkundigte ich mich. »Die Planetenkruste müsste eigentlich jeden Augenblick bersten.«

Der Mann ließ seine Augen nicht vom Bildschirm, während er hervorpresste: »Sie kommen nicht ungestraft davon, Ogh. Das garantiere ich Ihnen!«

Zweifellos dachte er vor allem an den wirtschaftlichen Verlust – immerhin hatte er ein begehrliches Auge auf die reichhaltigen Hyperkristallvorkommen dieser Welt geworfen. Aber als hätten seine Worte das Schicksal beeinflusst, meldete sich gleich darauf Geltoschan über das Bildsprechgerät.

»Ich habe eine Antwort vom *Thektran* erhalten«, sagte er kurz angebunden. »Es tut mir Leid, aber man hat mir aufgetragen, diesen Wahnsinn sofort einzustellen. Jawohl, so nannte man Ihren Befehl, Ka'Mehantis: *einen Wahnsinn!*«

Für einen Moment war auf der Bildfläche wieder Kasseb zu sehen. Die zwanzigtausend Raumschiffe hatten den Beschuss eingestellt. Aber das Atomfeuer war nicht mehr zu löschen; es fraß die Planetenkruste in einer unaufhaltbaren Kettenreaktion auf und drang zum Planetenkern vor. Kasseb war verloren. Doch selbst wenn es gelingen sollte, den Zerfallsprozess zu stoppen – ich hatte mein Ziel erreicht.

»Was haben Sie dazu zu sagen?«

»Sie haben völlig richtig gehandelt«, sagte Freemush rau. »Ich stimme vollkommen darin überein, dass diese Handlungsweise ein Wahnsinn war.«

»Leider kommt Ihre Einsicht zu spät«, entgegnete der De-Keon'athor ohne Bedauern. »Ich muss Sie in Gewahrsam nehmen.«

Der Bildschirm erlosch. Freemush sah mich an. »Jetzt ist das Spiel aus, Ogh.«

»Abwarten.«

Dreisonnenträger Geltoschan erschien persönlich in Begleitung von vier Gardesoldaten. Als er die Kabine betrat und mich sah, war er überrascht. Aber er wollte auf meine Anwesenheit nicht näher eingehen. Und ich hatte mich wohlweislich hinter Freemush gestellt, damit ich den Soldaten kein Ziel bot. Der Ka'Mehantis war mein lebender Schild. Geltoschan kam mit drei strammen Paradeschritten heran und nahm vor Freemush Haltung an.

»Ich muss Sie bitten, mir zu folgen, Hochedler. Sie werden weiterhin mit all den Ihnen zustehenden Ehren behandelt. Doch bis Sie Gelegenheit bekommen, sich vor einem Gremium zu rehabilitieren, sind Sie Ihrer Befehlsgewalt enthoben. Ich bitte Sie nochmals um Verzeihung für dieses Vorgehen, aber ich habe meine Befehle von höchster Stelle.«

Freemush nickte wortlos. Als er einen Schritt nach vorne machen wollte, stoppte ich ihn durch einen Druck mit dem Kombistrahler. »Sie tun dem Hochedlen unrecht, Admiral«, sagte ich über Freemushs Schulter. »Nicht er hat den Befehl zur Vernichtung von Kasseb gegeben, sondern ich.«

Geltoschan blickte irritiert von Freemush zu mir und wieder zurück. »Was soll ich davon halten, dass dieser Ara für Sie spricht?«

»Nichts weiter, als dass er mein Gefangener ist«, antwortete ich an Freemushs Stelle. »In seinem Rücken befindet sich eine Waffe, um deren Abzug sich mein nervöser Zeigefinger spannt. Sobald ich merke, dass Sie irgendetwas gegen mich zu unternehmen gedenken, ist Freemush ein toter Mann.«

Der Admiral war weiterhin verwirrt. »Wie konnte das passieren?« Er wandte sich ratlos an Freemush. »Sie priesen den Ara als Lebensretter, so dass ich keinen Verdacht hegte. Hätten Sie mir nur ein Zeichen gegeben ...«

»Für ihn kam alles so überraschend wie für Sie«, unterbrach ich den Flottenkommandanten und berührte den Schalter am Gürtel, dessen Mikroprojektor Freemush und mich in einen Individualschirm hüllte. »Aber jetzt genug davon! Fragen Sie Freemush, er wird Ihnen bestätigen, dass ich es ernst meine. Wenn Sie nicht auf meine Bedingungen eingehen, werde ich den Wirtschaftsexperten des Großen Imperiums töten. Glauben Sie nicht, dass das ein harter Schlag für Orbanaschol wäre?«

Als ich so respektlos vom arkonidischen Imperator sprach, zuckte Geltoschan zusammen, als hätte ich ihm selbst einen Schlag versetzt.

»Gehen Sie nicht auf seine Bedingungen ein, Admiral«, mischte sich da zum ersten Mal Freemush ein. »Lassen Sie sich von diesem Verräter nicht erpressen und nehmen Sie keine Rücksicht auf mich. Er darf nicht noch mehr Schaden anrichten.«

»Diesmal halten sich meine Forderungen in Grenzen«, versprach ich.

Der Dreisonnenträger wandte sich an mich. »Was sind Ihre Bedingungen?«

»Ich verlange nur ein Beiboot und freies Geleit. Freemush wird mich selbstverständlich begleiten – sozusagen als Garantie dafür, dass Sie die Bedingungen einhalten. Sobald ich in Sicherheit bin, lasse ich ihn frei.«

»Und welche Sicherheiten, außer Ihrem Ehrenwort, können Sie mir geben, dass Sie ihn freilassen?«

»Glauben Sie mir nicht, wird er *sofort* sterben. Ich zwar wohl ebenfalls, aber das schert mich nicht!«

Geltoschan sah Freemush an. Dem Admiral war natürlich die Aktivierung des IV-Schirms nicht entgangen; somit war der Einsatz von Paralysatoren oder Betäubungsgas ausgeschlossen, und jeder stärkere Angriff erforderte Mittel in einer solchen Stärke, dass mit dem Zusammenbruch des Abwehrfelds zwangsläufig unser Tod verbunden sein würde.

»Ich darf Ihr Leben nicht gefährden. Deshalb sehe ich keinen anderen Weg, als mich der Erpressung dieses Fanatikers zu beugen.«

Freemush nickte und sagte dann über seine Schulter an mich gewandt: »Für den Moment haben Sie gewonnen. Aber ich schwöre Ihnen, dass Ihr Triumph nicht von Dauer sein wird. Ich selbst werde es sein, der Sie wie Ungeziefer zerdrückt.«

»Lassen Sie sich nur nicht zu einer Dummheit hinreißen«, warnte ich ihn. »Dasselbe gilt auch für Sie, Admiral. Versuchen Sie nicht, mir auf dem Weg zu den Hangars eine Falle zu stellen. Was Sie auch tun, ich hätte immer noch Zeit genug, Freemush mit in den Tod zu nehmen. Stellen Sie mir jetzt das Beiboot zu Verfügung?«

»Ich habe keine andere Wahl. Aber ich knüpfe eine Bedingung daran. Akzeptieren Sie mich an Freemushs Stelle als Geisel.«

Daran erkannte ich, wie viel Geltoschan am Leben Freemushs lag. Ein guter Grund, den Geiseltausch abzulehnen. »Tut mir Leid, Admiral. Aber ich habe mich so sehr ihn gewöhnt, dass ich seine Gesellschaft nicht missen möchte. Und jetzt geben Sie den Weg frei. Ich erwarte, dass Sie für uns ein Beiboot startklar machen. Ich warne Sie noch einmal eindringlich, irgendwelche Manipulationen vorzunehmen. Sonst wäre das Leben dieses Hochedlen verwirkt.«

Geltoschan und seine Gardesoldaten machten uns Platz, als ich Freemush vor mir auf die Kabinentür zuschob. Ich hatte ihm von hinten den Arm um den Hals gelegt und drückte ihm den Strahler in den Rücken. Auf diese Art verließen wir die Kabine und bewegten uns durch den Korridor in Richtung des nächsten Antigravlifts. Der Admiral musste sofort gehandelt haben, denn noch bevor wir den Schacht erreichten, meldete sich die Stimme eines Orbtons über die Rundrufanlage: »Gehen Sie zu Hangar dreiundzwanzig auf Deck achtzehn. Dort wird für Sie ein Beiboot bereitgemacht.«

Wir schwebten im Antigravschacht zu Deck 18 hinauf, während ich Freemush auf die bewährte Art festhielt. Als er verlangte, dass ich den Griff lockern solle, weil er sonst ersticke, erinnerte ich ihn daran, dass es eine noch viel einfachere Art zu sterben gab. Danach beklagte er sich nicht mehr über eine zu grobe Behandlung.

Auf Deck 18 angekommen, wies mir der Orbton über die Rundrufanlage den Weg zu dem Hangar, in dem das Fluchtschiff bereitstand. Der Weg dorthin war von bis an die Zähne bewaffneten Raumsoldaten gesäumt. Sie kamen mir nicht zu nahe, zeigten aber deutlich, dass sie nur auf eine Chance warteten, um mich überwältigen zu können, ohne Freemush zu gefährden. Ich gab sie ihnen nicht. Geltoschan hatte auch nicht davor zurückgeschreckt, Roboter aufzubieten. Aber von ihnen ließ ich mich ebenso wenig beeindrucken. Dennoch war ich froh, als wir Hangar 23 erreichten.

Die Techniker, die letzte Hand an ein sechzig Meter durchmessendes Kugelschiff gelegt hatten, zogen sich eilig zurück. Nur acht Mann blieben. Sie trugen Raumfahrerkombinationen. Im Hintergrund sah ich mehrere Beiboote der YPTAR-Klasse, raketenförmige Raumflugkörper von dreißig Metern Länge und drei Metern Durchmesser, deren Deltaflügel es erlaubten, sie innerhalb einer gasförmigen Atmosphäre aerodynamisch zu steuern. Aus dem sich zur Spitze hin verjüngenden Bug ragte der Spirallauf einer starr eingebauten Impulskanone.

»Verschwindet!«, herrschte ich die Männer an.

Sie blieben stehen. Einer von ihnen sagte: »Wir sind die Mannschaft. Allein können Sie dieses Schiff nicht steuern.«

Ich hätte mir ohne weiteres zugetraut, dieses Schiff allein unter Kontrolle zu halten, nachdem ich auch mit der größeren POLVPRON zurechtgekommen war, aber ich wollte nicht schon wieder auf die Katastrophenschaltung zurückgreifen – und noch weniger mit einer Mannschaft zu tun haben, die nur darauf lauern würde, mich zu überwältigen. Ich deutete auf einen der YPTAR-Fernaufklärer. Diese Raumschiffe hatten den Vorteil, dass sie mit einem Transitionstriebwerk ausgestattet und äußerst wendig waren. Ein Mann beherrschte ein solches Schiff spielend.

»Wir nehmen dieses Beiboot«, sagte ich und bewegte mich mit Freemush darauf zu.

»Aber das Schiff ist nicht überholt«, wandte einer der Raumfahrer ein. »Es ist gerade erst von einem Einsatz zurückgekommen, und es kann Tontas dauern, bis …«

»Freemush und ich sind es gewohnt, Risiken auf uns zu nehmen, nicht wahr?«

Statt einer Antwort verfluchte er mich. Ich lockerte den Griff um seinen Hals etwas und kletterte rückwärts die ausgefahrene Treppe zur Schleuse hinauf, so dass er mir zusätzlich zum IV-Schirm als Schild diente. Kaum waren wir in der Schleuse, schloss ich das Außenschott. Ich atmete auf. Bisher war alles gut gegangen. Das Schwerste hatte ich hinter mir. Aber bevor ich mich völlig sicher fühlen konnte, durchsuchte ich noch das Schiff vom Heck bis zum Bug. Vielleicht wollte mir Geltoschan eben dieses Schiff schmackhaft machen und hatte mir hier eine Falle gestellt. Aber an Bord hielt sich niemand versteckt, und ich entdeckte nichts Verdächtiges. Ich führte Freemush in die Kanzel und fesselte ihn so an den Kopilotensitz, dass er sich aus eigener Kraft nicht befreien konnte. Dann schaltete ich Hyper- und Normalfunkgerät auf die Frequenz der arkonidischen Flotte. Es kamen aber keine Meldungen herein, die mich betrafen. Wahrscheinlich hatte Admiral Geltoschan diesbezüglich Funkstille befohlen, oder er gab seine Befehle auf einer Geheimfrequenz.

Der Hangar wurde geräumt, das Schott glitt auf. Ein Leitstrahl erfasste das kleine Beiboot und steuerte es sanft aus dem Hangar. Ich hatte den Antrieb anlaufen lassen, und als wir außerhalb des Trägerschiffes waren, beschleunigte ich mit höchsten Werten. Mein Ziel war vorerst die Schrottflotte. Ich wollte sie zwischen mich und die ECCORE bringen und in ihrem Schutz erst die Transition vornehmen. Doch bevor die Schrottflotte erreicht war, fing ich einen Hyperfunkspruch auf, der alle meine Hoffnungen zerstörte.

»Hier spricht das Thektran von Arkon Drei.« Es folgten einige Kodezeichen, danach kam wieder Klartext: »An De-Keon'athor Geltoschan da Saran! Das Beiboot ist augenblicklich zu vernichten. Die Flucht des Verräters muss unter allen Umständen verhindert werden. Wiederholung: Oberstes Gebot ist, die Flucht des Verräters zu verhindern.«

Diese Nachricht traf mich wie ein Blitz aus heiterem Himmel. Der Admiral musste per Hyperfunk-Relaiskette im Permanentkontakt zum Flottenzentralkommando stehen, anders war die rasche Reaktion nicht zu erklären. Aber Freemush wurde davon noch mehr erschüttert. Er kauerte wie ein Häufchen Elend im Kopilotensitz und schien nicht begreifen zu können, dass ihn Orbanaschol einfach fallen gelassen hatte, ja, dass er nun wohl selbst als Verräter eingestuft wurde, denn zwischen ihm und mir wurde in der Anweisung nicht unterschieden.

»Warum sagen Sie denn nichts? Ich hätte Verständnis dafür, wenn Sie Ihre Meinung über Orbanaschol mit einem herzhaften Fluch ausdrücken würden.«

»Das habe ich Ihnen zu verdanken«, presste er hasserfüllt hervor. »Ich bete zu den She'Huhan, dass ich Gelegenheit erhalte, Ihnen alles heimzuzahlen.«

Freemushs Racheschwur ging mir bei einem Ohr hinein und beim anderen wieder hinaus. Anders verhielt es sich da schon mit dem Inhalt des aufgefangenen Funkspruchs. Die Kanoniere der ECCORE brauchten sich nicht einmal besonders anzustrengen, um unser Beiboot in ein Wrack zu verwandeln. Da unser Schutzschirm nicht einmal der ersten Salve standgehalten hätte, schaltete ich ihn erst gar nicht ein, um die Ortung zu erschweren. Dafür ging ich auf Zickzackkurs. Aber der zu erwartende Beschuss blieb aus.

»Gibt es das, dass Geltoschan einen Befehl missachtet?«, wunderte ich mich.

Die Geschütze der ECCORE schwiegen weiterhin. Mir konnte das nur recht sein, denn der gewährte Aufschub verhalf mir, das Beiboot näher an die Schrottflotte heranzubringen. Gerade als ich schon dachte, genügend Zeit zu gewinnen, um auf die für die Transition erforderliche Geschwindigkeit zu beschleunigen, entdeckte ich die Schiffe *vor* uns. Das heißt, in gerader Linie vor dem Beiboot zog sich die Schrottflotte wie ein schier endloser Bandwurm dahin.

Aber etwas oberhalb der Geisterflotte – und in größerer Entfernung – war eine *zweite Flotte* aufgetaucht. Nach den Hyperechos zu schließen, handelte es sich um an die zehntausend Schiffe der oberen Größenklasse von fünfhundert Metern Durchmesser. *Schlachtkreuzer!* Meine erste Befürchtung war, dass uns der De-Keon'athor einen Teil seiner Flotte von dieser Seite entgegengeschickt hatte, um uns den Weg abzusperren. Diesen Gedanken verwarf ich jedoch sofort wieder. *Wahrscheinlicher ist da schon, dass es sich um die Flotte der Stovgiden handelt.*

Ich musterte die Ortungsanzeige und bekam meine Vermutung bestätigt. Die zehntausend Schiffe, die sich uns aus Richtung Schrottflotte näherten, verfügten nicht über die Signatur der Arkonflotte. Jetzt war mir auch klar, warum der Admiral nicht das Feuer auf uns hatte eröffnen lassen. Unser Beiboot befand sich genau zwischen den Fronten. Hätte Geltoschan auf uns geschossen, hätten die Stovgiden annehmen können, der Beschuss gelte ihnen. Wie ich die Stovgiden einschätzte, wären sie um eine Antwort nicht verlegen gewesen und hätten ihre Geschütze antworten lassen. Denn Grund genug für Vergeltungsmaßnahmen hatten sie. Die Vernichtung des Planeten Kasseb durch die Arkoniden hatte immerhin dazu geführt, dass sie ihre Flotte in Kampfformation Stellung beziehen ließen. *Da kann ein einziger Schuss genügen, um sie auch noch den letzten Schritt tun zu lassen. Und das will Geltoschan vermeiden*, dachte ich. »Wir haben Glück. Der Admiral muss uns wohl oder übel ziehen lassen, will er es nicht zu einer Raumschlacht kommen lassen.«

Freemush wollte mir gerade eine entsprechende Antwort geben, als das Hyperfunkgerät anschlug.

»Das wird Geltoschan sein«, vermutete ich. Doch ich irrte.

Als ich auf Empfang schaltete, drang mir aus dem Lautsprecher eine Stimme entgegen, die das *Satron* mit dem breiten Akzent der Stovgiden sprach: »Stoppen Sie sofort Ihren Flug, oder wir schießen Sie ab!« Es handelte sich nur um diesen einen Satz, der sich ständig wiederholte.

»Jetzt sitzen wir zwischen den Fronten«, murmelte Freemush. »Fliehen können Sie nicht mehr. Und wenn Sie sich den Stovgiden ergeben, käme das auf dasselbe heraus, als würden Sie umkehren. Denn ich werde bestimmt nicht zu erwähnen vergessen, dass Sie die Vernichtung von Kasseb auf dem Gewissen haben.«

»Ich denke nicht daran, mich zu ergeben.« Um die Stovgiden nicht vorzeitig zu provozieren, drosselte ich die Geschwindigkeit und änderte gleichzeitig den Kurs, so dass wir nun genau auf die Wracks der Schrottflotte zuhielten. Dann schaltete ich die Zielerfassung des Bug-Impulsgeschützes ein. »Wenn schon meine letzte Tonta erreicht sein sollte, will ich sie mit einem Feuerwerk begehen.«

Ich drückte den Feuerknopf. Der gebündelte Impulsstrahl verließ den Bug, schoss in die Schwärze des Weltraums hinaus und verlor sich darin. Wenig später wurde eins der Stovgidenschiffe von einer gewaltigen Feuerlohe eingehüllt. Es erfolgte jedoch keine Explosion. Die Stovgiden waren vorsichtig genug gewesen, ihre Schutzschirme einzuschalten. Aber mir war es gar nicht darauf angekommen, einen Abschuss zu erzielen, sondern ich wollte nur den zündenden Funken liefern ...

Und das schien mir gelungen zu sein, denn sie antworteten augenblicklich mit einer Salve aus den Geschützen der vordersten Schiffe. Plötzlich schien das All rund um unser Beiboot lichterloh zu brennen. Blitze durchzuckten die Schwärze des Weltraums, atomare Sprengsätze explodierten über und unter uns und an allen Seiten. Die Druckfronten warfen das kleine Boot hin und her, die Bildschirme fielen zeitweise aus, die Energietaster schlugen durch. Obwohl keiner der Schüsse ein Volltreffer war, wurden die Schutzschirme stark belastet. Als sich das All um uns wieder beruhigte und die Ortungsgeräte wieder einwandfrei funktionierten, war der Schusswechsel zwischen Arkoniden und Stovgiden im Gange. Von einer Raumschlacht zu sprechen wäre übertrieben gewesen, denn es handelte sich um ein eher harmloses Scharmützel. Keine der beiden Seiten wollte offenbar bis zum Äußersten gehen. Jeder zeigte nur seine Kampfbereitschaft, ohne dem anderen ernsthaften Schaden zuzufügen.

Über Funk wurden diplomatische Noten ausgetauscht. Die Arkoniden beteuerten ihre Friedfertigkeit und beschuldigten die Stovgiden, das Feuer eröffnet zu haben. Die Stovgiden wiederum beschuldigten die Arkoniden, den ersten Schuss abgegeben zu haben, womit sie zweifellos meine Aktion meinten. Aber mehr noch als alles andere kreideten die Stovgiden den Arkoniden die Vernichtung Kassebs an. Admiral Geltoschan da Saran versicherte, dass es sich um einen bedauerlichen Irrtum gehandelt habe, und garantierte den Stovgiden eine Wiedergutmachung des Schadens. So kamen die Gegner einander näher, während das Scharmützel weiterging, doch Arkoniden und Stovgiden taten einander nicht weh.

Die einzigen Leidtragenden waren Freemush und ich, denn unser Beiboot befand sich genau im Kreuzfeuer beider Parteien und war dem Beschuss praktisch schutzlos ausgeliefert. Es grenzte fast an ein Wunder, dass wir noch keinen Treffer abbekommen hatten. Aber jeden Augenblick konnte es so weit sein.

Deshalb befreite ich Freemush von seinen Fesseln. »Holen Sie zwei Raumanzüge. Es kann sein, dass wir bald aussteigen müssen.«

Er verschwand wortlos. Das Beiboot erhielt einen Treffer, der den ohnehin schwachen Schutzschirm zusammenbrechen ließ und im Heck einschlug. Ein Bildschirm zeigte sofort an, dass der Heckbereich abgeriegelt worden war. Die Energieaggregate fielen aus, so dass ich für den Antrieb nur noch die Notaggregate zur Verfügung hatte. An einen Schutzschirm war natürlich nicht mehr zu denken. Mein Ziel war es nun, wenigstens die Schrottflotte zu erreichen und bei einem der Wracks Schutz zu suchen. Auf dem Bildschirm hatte ich schon eines entdeckt, das groß genug war, um das Beiboot aufnehmen zu können.

Das gigantische Wrack war schon fast erreicht, als Freemush zurückkam. Er trug bereits seinen Raumanzug und warf mir den zweiten zu. Ich schlüpfte hinein, während ich die Steuerung der Automatik überließ, und hatte gerade alle Verschlüsse überprüft, als es an der Zeit war, von Automatik auf manuelle Steuerung umzuschalten. Unverständlicherweise brach mir während des Landemanövers zwischen den bizarren Verstrebungen des Wracks der Schweiß aus allen Poren, obwohl ich mich dabei kaum anstrengte. Das Atmen fiel mir immer schwerer, ich bekam kaum mehr Luft, meinte zu ersticken. Bevor mir schwarz vor Augen wurde, warf ich einen Blick auf den Sauerstoffmesser. *Leer! Freemush hat mich hereingelegt. Er hat mir einen Raumanzug mit leeren Sauerstoffbehältern gegeben!*

Mit letzter Kraft öffnete ich den Helmverschluss und atmete gierig die Luft des Beiboots ein. Als ich mich nach Freemush umsah, musste ich feststellen, dass er verschwunden war. Ich eilte durch den Korridor zur Luftschleuse. Sie war verschlossen. Die Kontrollinstrumente zeigten, dass das Außenschott geöffnet war. Im nächsten Augenblick durchlief eine Erschütterung das Schiff. Sie war so heftig, dass ich von den Beinen gehoben über die ganze Länge des Korridors geschleudert wurde. Erst das geschlossene Schott zum Maschinenraum stoppte meinen Fall. Das Beiboot musste gegen irgendein Hindernis in dem Wrack gekracht sein und hatte sich offenbar verkeilt.

Noch während ich diese Feststellung traf und mich mit schmerzenden Gliedern erhob, vernahm ich ein Geräusch, vor dem sich jeder Raumfahrer fürchtete. Das Zischen entweichender Atmosphäre! Das Beiboot hatte ein Leck, zweifellos beim Treffer im Heck entstanden. Das Schott zum Heckbereich war zwar geschlossen, aber die Trefferwirkung plus der harte Aufprall schienen nicht ohne Folgen geblieben zu sein. Möglicherweise war es nur ein winziger Riss in der Dichtung, aber die Luft entwich – hörbar, wenngleich langsam. Ich hastete zur Ausrüstungskammer, holte einen der letzten beiden Raumanzüge und streifte ihn über. Diesmal vergaß ich nicht, mich davon zu vergewissern, dass alles intakt war und auch die Sauerstoffbehälter voll waren. Aber erst nachdem ich den Helm geschlossen hatte und das Sauerstoffgemisch in vollen Zügen atmete, wusste ich, dass mit dem Raumanzug alles stimmte.

Ich wollte schon die Schleuse öffnen, um das Beiboot zu verlassen, als mir wieder Freemushs Racheschwur einfiel. Jetzt musste ich ihn ernst nehmen. Sicher lauerte er irgendwo dort draußen und beobachtete die Schleuse, um mich zu töten, sobald ich das Schott öffnete. Nein, dieses Risiko wollte ich nicht eingehen. Ich konnte natürlich im Wrack darauf warten, bis Freemush die Initiative ergriff, aber das wäre Feigheit gewesen. Und davon wollte ich nichts wissen. Ich hatte von Atlan nicht alle Eigenschaften bekommen, sein Mut und seine Tatkraft waren jedoch auf mich übergegangen. Ich beschloss, mich Freemush im Wrack zum Kampf zu stellen. Und ich wusste schon, wie ich ungefährdet aus dem YPTAR-Beiboot kam – nämlich durch die Notschleuse. Ich nahm nicht an, dass Freemush, der in Sachen Raumfahrt völlig unbelastet war, von ihrer Existenz eine Ahnung hatte. *Selbst wenn doch, ist zumindest zu hoffen, dass er nicht weiß, wo sie sich befindet.*

4.

Atlan: *Die offenbar von Kolchos Auge übermittelten Impressionen bleiben vage, doch von unabhängiger Seite bekomme ich die Bestätigung, dass ich richtig gehandelt habe. Zumindest teilweise, denn aus den aufgefangenen Funksprüchen geht klar hervor, dass Ogh nicht daran gedacht hat, gemeinsame Sache mit der arkonidischen Flotte zu machen. Wenn er auch nur ein Zerrbild von mir ist, so beseelt ihn derselbe Hass gegen Orbanaschol wie mich. Ogh hat im Namen Freemushs die Vernichtung des Planeten Kasseb angeordnet und ist dann in einem Beiboot und mit dem Ka'Mehantis als Geisel geflüchtet, nachdem man sein Spiel durchkreuzt hat.*

»Das dürfte die Bestätigung dafür sein, dass ich mich in ihm nicht ge-

irrt habe«, sage ich triumphierend zu Fartuloon. Über den bestehenden mentalen Kontakt schweige ich, noch.

»Zugegeben, er hat gegen die Interessen der Arkoniden gehandelt. Aber das heißt noch lange nicht, dass er auf unserer Seite ist. Wenn es darauf ankommt, wird er uns verraten, um sein Leben zu retten. Ogh ist für uns eine Gefahr, solange er lebt.«

Ich widerspreche Fartuloon nicht, denn obwohl ich es nicht zugegeben hätte, muss ich mir eingestehen, dass etwas Wahres an seinen Worten ist – immerhin empfange ich Oghs unbändigen Überlebenswillen!

Wir verfolgen die weiteren Ereignisse im Yagooson-Sektor mit Spannung. Sie lassen sich anhand der empfangenen Funksprüche ziemlich leicht rekonstruieren, zumal ich wiederholt deutlichere Szenen erkennen kann, fast so, als sei ich direkt daran beteiligt. Es ist Ogh und Freemush gelungen, mit einem Beiboot zur Schrottflotte zu flüchten. Danach ist im Funk über das weitere Schicksal der beiden einige Zeit nichts zu hören. Arkoniden und Stovgiden sind damit beschäftigt, die Spannungen abzubauen und die gegenseitigen Beziehungen, die durch die Zerstörung des Rohstoffplaneten Kasseb arg ramponiert wurden, wieder zurechtzurücken. Über Hyperfunk werden langwierige Verhandlungen geführt.

»Ich habe gehofft, dass sich die Stovgiden zum offenen Widerstand gegen Orbanaschols Regime entschließen«, sage ich etwas enttäuscht und denke dabei, dass es Ogh wohl so ähnlich wie mir ergehen muss. Denn ich weiß nun, dass er mit der Vernichtung von Kasseb nur eins bezweckt hat: nämlich Orbanaschol zu schaden und das Tai Ark'Tussan in eine Konfliktsituation zu bringen. Aber was hat ihm dieser Garrabozug schon eingebracht, da die Stovgiden nicht mitspielen und lieber klein beigeben.

Als ich Fartuloon daraufhin sage, dass aus Oghs Handlungsweise ziemlich klar hervorgeht, dass er letztlich doch in unserem Sinn gehandelt hat, stimmt er mir sogar zu. Er gesteht, dass er sich in Ogh getäuscht hat, bleibt aber dabei, dass er für uns eine Gefahr darstellt, solange er lebt …

Yagooson-Schrottflotte: 19. Prago der Prikur 10.497 da Ark

Bericht Ogh

Es war unwahrscheinliches Pech, dass bei dem Zusammenstoß mit dem Wrack ausgerechnet die Notschleuse beschädigt worden war. Ich versuchte die Alarmschaltung einige Male vergebens und bemühte mich mit ebenso wenig Erfolg, das Schott mit der Hand zu öffnen. Es bewegte sich überhaupt nicht. *Was soll ich nun tun?* Durch die Hauptschleuse konnte ich unmöglich, denn davor wartete Freemush, um mir aufzulauern. Mir blieb also nur die Notschleuse, um das Beiboot zu verlassen. Natürlich hätte ich die Notschleuse aufschweißen können. Doch das hätte zu viel Zeit gekostet. Und bis ich draußen gewesen wäre, hätte Freemush längst Gelegenheit gehabt, sich auf die neuen Gegebenheiten einzustellen und vor der Notschleuse Position zu beziehen. Deshalb musste alles rasch gehen. Und so hatte ich keine andere Wahl, als mir einen Weg ins Freie zu sprengen.

Zuerst suchte ich jedoch noch einmal die Pilotenkanzel auf und überprüfte die Armaturen. Obwohl das Beiboot leckgeschlagen worden war, war es immer noch voll flugtauglich. Alle wichtigen Instrumente funktionierten, und auch der Antrieb war unbeschädigt. Mit dem nötigen Fingerspitzengefühl und gut dosierter Schubkraft würde es nicht schwer fallen, das Schiff loszubekommen. Nachdem ich mich davon überzeugt hatte, dass mir eine Flucht mit dem Beiboot selbst offen stand, eilte ich in die Gerätekammer. Ich suchte mir zwei Sprengsätze heraus, von denen jeder die nötige Sprengkraft hatte, um ein Schott aus seiner Verankerung zu reißen, ohne jedoch größere Verwüstung anzurichten. Ich brachte einen Sprengsatz an der Notschleuse und den anderen bei der Hauptschleuse an und koppelte sie mit einem einzigen Funkzünder. Für mein Vorhaben war es wichtig, dass beide Explosionen gleichzeitig stattfanden. Da Freemush bei der Hauptschleuse postiert war, würde er nur die eine Explosion registrieren, ohne etwas davon zu ahnen, dass auf der anderen Seite des Schiffes Gleiches passierte.

Ich zog mich tiefer in den Mittelgang zurück. In der Gewissheit, an alles gedacht zu haben, gab ich den Funkimpuls für die Sprengung. Die Innenschotten der Haupt- und der Notschleuse waren im geöffneten Zustand verriegelt, die Außenschotten wurden mit einer ohrenbetäubenden Detonation aus ihren Angeln gerissen und flogen im Sog der entweichenden Atmosphäre ins Vakuum. So weit ging meine Rechnung auf. Doch zu spät erkannte ich, dass der Luftdruck im Beiboot noch viel größer war, als ich gedacht hatte. Der Sog war so stark, dass ich von ihm erfasst und ebenfalls aus der Hauptschleuse geschleudert wurde.

Ich sah meinen letzten Augenblick gekommen. Denn wenn ich nicht von irgendeiner der herausragenden, bizarren Metallverstrebungen aufgespießt wurde, konnte mich Freemush ohne besondere Anstrengung abschießen. Ich musste ein leichtes Ziel bieten, wurde ihm sozusagen vor den Lauf seiner Waffe getragen. Doch diese Befürchtung erwies sich als grundlos. Zwar blitzte es zwischen den Trümmern des Wracks auf, doch handelte es sich nicht um die Energieentladung eines Strahlenschusses, sondern um Freemushs Helmscheinwerfer. Er musste ihn im Augenblick der Explosion eingeschaltet haben.

Er war hinter einer ausgezackten Metallwand in Deckung gegangen. Als die Trümmer der Hauptschleuse um ihn herum krachend einschlugen, richtete er sich auf. Dabei kam ich für einen Moment in den Lichtkegel seines Helmscheinwerfers. Er hob blitzschnell den Strahler und schoss. Doch da schob sich zwischen ihn und mich ein mächtiger Träger des fremden Schiffes. Ich aktivierte den Antrieb meines flugfähigen Raumanzugs für einen Augenblick, um mich auf diese Weise noch weiter aus Freemushs Bereich zu bringen.

Als ich mich in Sicherheit wusste, schaltete ich kurz meinen eigenen Helmscheinwerfer ein. Gerade im rechten Augenblick, wie sich zeigte. Denn vor mir tauchte eine durchlöcherte und von gewaltigen Energien verformte Wand auf, die mir leicht zum Verhängnis hätte werden können. So aber drosselte ich meinen Flug und landete sanft auf einer Plattform. Dort angekommen, schaltete ich die Magnete meiner Stiefel ein, die mir sofort Halt gaben. Es war ein angenehmes Gefühl der Sicherheit, festen Boden unter den Füßen zu haben, obgleich ich mich weiterhin schwerelos fühlte. Ich hatte vor, auf der Plattform Freemush zu erwarten. *Irgendwann*, dachte ich, *wird er sich zeigen.* Ich wollte kurzen Prozess machen und mich dann zu den Stovgiden durchschlagen. *Sie werden mich mit offenen Armen bei sich aufnehmen, sobald sie von Kapitän Aaltonar erfahren, was ich für ihn und seine Leute getan habe.*

Aber zuerst musste ich Freemush ausschalten. Noch glaubte ich, leichtes Spiel mit ihm zu haben. Doch als die Zeit verging und er sich nicht zeigte, begann ich unruhig zu werden. Erst jetzt machte ich mir die Mühe, die Einrichtungen meines Raumanzugs zu nutzen. Auf dem winzigen Bildschirm meines Armbandtasters sah ich, wie die Trümmer der beiden Schotten des Beibootes durch das Gewölbe des Wracks trieben. Wenn sie gegen ein Hindernis prallten, wurden sie zurückgeschleudert und segelten weiter, bis ein neues Hindernis ihre Flugrichtung abermals änderte. Auf dem Bildschirm zeichnete sich auch das Beiboot als Energiequelle ab. Doch eine zweite Energiequelle wie Freemushs Raumanzug konnte ich in diesem Gewölbe nicht orten. Auch an bekannten Metalllegierungen konnte ich nur das Beiboot und die herumtreibenden Trümmer der Luftschleusen registrieren.

Freemush dagegen war nicht anzupeilen. Das bedeutete, dass er sich abgesetzt hatte, sich der Gefahr einer Ortung durch mich vollauf bewusst war. Langsam sah ich ein, dass ich den Imperialen Ökonomen unterschätzt hatte. Es war ein Fehler gewesen, anzunehmen, dass er sich mit den technischen Einrichtungen eines Raumanzugs nicht zurechtfinden würde, nur weil er mit der Raumfahrttechnik nicht vertraut war. Ich rief mir die Daten in Erinnerung, die ich beim Anflug an dieses Wrack von den Ortungsgeräten erhalten hatte. Es handelte sich um ein Zylinderschiff, das mehr als tausend Meter lang war und einen Durchmesser von gut fünfhundert Metern hatte. Also ein wahrer Gigant.

Es konnte Tage dauern, Freemush in diesem unbekannten Labyrinth aufzustöbern, sofern er es darauf anlegte, sich vor mir zu verstecken. Aber ich glaubte gar nicht, dass er das vorhatte. Vielmehr war ich davon überzeugt, dass er die Auseinandersetzung so rasch wie ich hinter sich bringen wollte. Nur eben mit dem Unterschied, dass ich nach seinem Willen auf der Strecke bleiben sollte.

Es wird ein harter Kampf werden, dachte ich. *Ein Kampf auf Leben und Tod!* Dann drang ich tiefer in die unbekannten Regionen des fremden Schiffes vor.

Da mir die Ortungsgeräte sofort eine Annäherung meines Gegners angezeigt hätten, konnte ich es riskieren, meinen Helmscheinwerfer einzuschalten. Je weiter ich mich von dem großen Leck entfernte, durch das ich mit dem Beiboot in das Riesenschiff eingedrungen war, desto seltener wurden die Zerstörungen. Das fremde Raumschiff war im Großen und Ganzen noch gut erhalten, obwohl es sicherlich schon seit Jahrtausenden führungslos durch das Weltall trieb. Atlans Forscherdrang kam in mir durch, und es hätte mich gereizt, das Schiff genauer unter die Lupe zu nehmen, um mehr über seine Erbauer zu erfahren. Aber ich musste mich mit oberflächlichen Untersuchungen zufrieden geben und mich mehr auf die Gefahr konzentrieren, die Freemush darstellte.

Ich befand mich offenbar in einem der Hauptkorridore, die das Schiff von einem Ende bis zum anderen durchzogen. Der Gang war gut fünf Meter breit und vier hoch. Das ließ nicht unbedingt einen Schluss auf die Größe der ehemaligen Insassen zu, denn auch auf arkonidischen Schiffen gab es Gänge dieses Ausmaßes. Die Abmessungen der Schotten, die die Verbindung zu kleineren Räumen darstellten, gaben schon eher Aufschlüsse über die Körpergröße der Fremden. Sie waren so niedrig, dass ein Arkonide sie nicht aufrecht durchschreiten konnte – und noch weniger ein Ara.

Daraus schloss ich, dass die Fremden um fast zwei Köpfe kleiner gewesen sein mussten als die Arkoniden. Da die Schotten aber breiter als hoch waren, es sich dabei um quer gestellte Ovale handelte, nahm ich an, dass die Fremden mindestens so breit wie groß gewesen waren. An verschiedenen Merkmalen der fremdartigen Einrichtung rekonstruierte ich nach und nach ihre Körperform, so dass ich schließlich in meiner Phantasie folgende Wesen vor mir sah: kleine, gedrungene Geschöpfe mit Tonnenkörpern. Es konnte sein, dass sich ihre »Gesichter« mit den Sinnesorganen in der Körpermitte befunden hatten oder aber ihre Sinnesorgane über den Körper verteilt gewesen waren. Arme und Beine in unserem Sinne schienen sie nicht besessen zu haben. Viel wahrscheinlich erschien es mir, dass ihre Extremitäten tentakelartig gewesen waren, mit Saugnäpfen statt Händen und Füßen. Letzteres schloss ich daraus, dass es nirgends im Schiff Leitern oder Treppen gab, sondern stattdessen nur steile Rampen, die zu anderen Decks hinauf- oder hinunterführten. Es gab zwischen den verschiedenen Decks auch senkrechte Verbindungen, wobei in die Wände Vertiefungen eingelassen waren, deren Fläche aus einem etwas raueren Material bestand. Für mich stand fest, dass es sich dabei um eine Haftfläche für Saugnäpfe handelte.

Der Korridor mündete in einen Sektor, der die gesamte Breite des Schiffes einzunehmen schien. In dieses gewaltige Gewölbe ohne eigentliche Trennwände waren ovale Gebilde gehängt, die zumeist im Dutzend aneinander klebten und durch schmale Stege, deren Oberfläche aus dem bereits bekannten Haftmaterial bestand, miteinander verbunden waren. Jedes der Ovale hatte eine eigene Öffnung, die wie bei den Schotten von ovaler Form war. Nur waren diese Öffnungen nicht verschließbar. Ich nahm an, dass es sich bei den eiförmigen Gebilden um die Mannschaftsunterkünfte handelte. Es gab Tausende davon in diesem riesigen Gewölbe.

Ich schwebte bis ans Ende des Korridors und starrte dort in die scheinbar bodenlose Tiefe. Ich richtete meinen Helmstrahler hinunter, doch erreichte das Licht nicht den Grund, weil die Ansammlungen der eiförmigen Unterkünfte die Sicht versperrten. Es schien, als sei hier für mich Endstation, denn der Korridor führte nicht weiter. Es gab nur diese Stege, die die Wohneinheiten miteinander verbanden. Für mich wäre es kein Risiko gewesen, einen dieser Stege zu betreten und mich darauf fortzubewegen. Es wäre kein besonderer Balanceakt gewesen, da meine magnetischen Stiefel gut hafteten und es keine merkbare Gravitation gab. Aber ich sah keinen Vorteil für mich darin, den Wohnsektor zu betreten.

Ein Blick auf mein Armband-Kombigerät bestätigte meine Vermutung, dass es in diesem ganzen Gewölbe keine einzige Energiequelle gab. Das war aber nicht unbedingt ein Beweis dafür, dass sich Freemush nicht hier befand. Es konnte sein, dass er sich in einem der Eigebilde versteckt hielt und dessen Wandung die Emission seines Raumanzugs abschirmte. Aber selbst wenn das so war, hatte ich nicht vor, hier nach ihm zu suchen. Auf einem der Stege oder gar schwebend bot ich ein zu leichtes Ziel und war dazu noch in meiner Bewegungsfreiheit eingeengt.

Gerade als ich umzukehren beschloss, erklang in meinem Helmempfänger die Stimme Freemushs. »Jetzt habe ich Sie in die Enge getrieben«, rief er triumphierend. »Sie stehen genau vor der Mündung meines Strahlers. Machen Sie keine falsche Bewegung und drehen Sie sich langsam um!«

Ein Blick auf mein Armbandgerät bestätigte mir: Der Ökonom befand sich nicht vor mir, sondern die Energieausstrahlung seines Raumanzuges kam aus meinem Rücken. Auch der Massetaster zeigte, dass er sich hinter mir im Korridor befand. Ich stand nur einen Schritt vom Abgrund entfernt, als ich mich langsam umdrehte.

»So ist es recht.«

Ich stand jetzt mit dem Gesicht zu ihm, konnte ihn jedoch immer noch nicht sehen. Mein Helmscheinwerfers leuchtete den Korridor auf eine weite Strecke aus, doch optisch war Freemush nicht auszumachen. Nur meine Ortungsgeräte verrieten, dass er keine dreißig Schritte von mir entfernt war.

Er hat sich mit einem Deflektorschirm unsichtbar gemacht, durchzuckte es mich. *Aber wie ist er an einen Deflektor gekommen? Als er aus dem Beiboot flüchtete, hat er wohl kaum die Zeit gefunden, eine umfang-*

reiche Ausrüstung mit sich zu nehmen. Hat er in dem fremden Schiff ein Depot mit Ausrüstungen gefunden und bedient sich dieser?

Das erschien mir als zu unwahrscheinlich – und die Wahrheit war auch viel simpler, wie ich sofort erfuhr: »Der Trick mit der gleichzeitigen Sprengung beider Luftschleusen war nicht schlecht. Der Vorfall hat mich so überrascht, dass ich zu keiner Reaktion fähig war. Ich musste Sie entkommen lassen. Aber andererseits kam mir Ihre Flucht gelegen. Denn während Sie sich im Beiboot befanden und sich überlegten, wie sie herauskommen könnten, habe ich darüber nachgedacht, wie ich an Bord gelangen könnte.«

Dass der sonst eher wortkarge Mann auf einmal so redselig war, konnte nur einen Grund haben: Er war von seiner Genialität so eingenommen, dass er es sich nicht entgehen lassen wollte, mich vor meinem Tode noch über seinen raffinierten Schachzug zu informieren.

»Denn mir war eines klar«, fuhr er fort. »Ohne eine gediegene Ausrüstung würde ich gegen Sie keine Chance haben. Als Sie nun das Beiboot auf diese spektakuläre Art und Weise verließen, flüchtete ich nicht tiefer in das fremde Schiff, wie Sie annahmen, sondern ging an Bord des Beiboots. Und während Sie in diesem Labyrinth die Suche nach mir aufnahmen, stellte ich in aller Ruhe meine Ausrüstung zusammen. Mit Hilfe eines Infrarot-Spürers verfolgte ich Ihren Weg dann bis hierher. So einfach war es!«

»Sie sind ein Genie«, schmeichelte ich ihm.

»Und Sie ein Narr. Sie waren so von sich überzeugt, dass Sie mir überhaupt keine Überlebenschance einräumten. Ihre Überheblichkeit wurde Ihnen zum Verhängnis.« Freemush hatte bis zu einem bestimmten Grad Recht, wenn er sagte, dass ich ihn unterschätzt hatte. Selbst als ich seine Gefährlichkeit bereits ahnte, wähnte ich mich ihm noch haushoch überlegen. Aber denselben Irrtum, den ich begangen hatte, wiederholte er jetzt. Er war sich seiner Sache so sicher, dass er glaubte, es sich leisten zu können, den Zeitpunkt meines Todes beliebig hinauszögern zu können, vergaß dabei aber, dass ich so Gelegenheit hatte, die Situation gründlich zu bedenken und nach einem Ausweg zu suchen. *Waffentechnisch ist er mir überlegen, deshalb besteht meine einzige Chance in der Flucht. Und die Gegebenheiten bieten mir nur eine einzige Fluchtmöglichkeit …*

Ich nutzte sie. Kaum hatte Freemush ausgesprochen, stieß ich mich kraftvoll vom Boden ab und schoss wie vom Katapult geschnellt schräg in die Höhe – hinein in das riesige Gewölbe der Wohnsektion.

Freemush wurde davon so überrascht, dass er nicht sofort reagierte. Als er dann das Feuer auf mich eröffnete, war ich bereits aus der Schusslinie. Der gleißende Impulsstrahl seiner Waffe ging unter meinen Beinen vorbei, traf einen der schmalen Haftstege und wurde von diesem komplett absorbiert. Ich dachte mir nichts dabei, weil ich im Augenblick andere Probleme hatte. Kaum dass ich mich vom Boden abgeschnellt hatte, schaltete ich die Düsen meines Raumanzugs ein, um schneller vorwärts zu kommen. Doch es passierte überhaupt nichts. Die Düsen heulten zwar auf, mein Energieaggregat entlud sich rapid, doch ich kam deshalb nicht schneller vom Fleck. Dafür geschah etwas anderes – die eiförmigen Wohneinheiten gerieten in Bewegung. Als dann Freemush auf der Plattform erschien und ein zweites Mal auf mich schoss, löste sich aus seiner Waffe statt eines geradlinigen Energiestrahls ein blitzförmiges Gebilde, das sich hundertfach verästelte und von den verschiedenen Stegen aufgesogen wurde.

Da war mir klar, dass diese Stege Absorber waren, die alle Energieentladungen aufnahmen, umwandelten und selbst verwerteten. Freemush sah ein, dass jeder weitere Schuss nur eine Energieverschwendung gewesen wäre, und stellte das Feuer ein. Ich lachte befreit und spöttisch zugleich auf, um Freemush zu verhöhnen. Er konnte mir in dieser Situation nicht mehr gefährlich werden.

Aber wenn von dem Ökonomen auch keine Gefahr mehr drohte, so ergaben sich für mich trotzdem Probleme. Die von den Stegen aufgesogenen Energien reichten dazu aus, sämtliche Wohneinheiten in Bewegung zu bringen. Und sie rasten entlang den Stegen hin und her, kreuz und quer durch das Gewölbe. Als eines der Gebilde auf mich zukam und ich versuchte, mich von dem Steg, auf dem es wie auf einer Schiene dahinglitt, abzustoßen, um mich in Sicherheit zu bringen, machte ich eine weitere erschreckende Entdeckung: Der Steg besaß plötzlich eine starke Eigengravitation, die mir nur Sprünge von geringer Höhe erlaubte. Ich klebte förmlich an meinem Platz fest – und das wuchtige Gebilde von einem Dutzend aneinander klebenden Eikörpern raste unaufhaltsam auf mich zu.

Die Düsen oder den Antigravprojektor einzusetzen hätte keinen Sinn gehabt, denn die Energie wäre sofort abgeleitet worden. Ich konnte mich also nur auf meine Körperkräfte verlassen.

Noch einmal spannte ich meine Muskeln an und stieß mich dann mit aller Kraft von dem Steg ab. Diesmal sprang ich höher – und ich entkam dem künstlichen Schwerkraftbereich der Führungsschiene. Es war unglaublich, aber in einer Höhe von etwa vier Handspannen hörte die gravomechanische Wirkung auf, herrschte wieder Schwerelosigkeit. Ich schwebte nun im Raum zwischen den Schienen, hing aber bewegungsunfähig zwischen verschiedenen Kraftfeldern. Und die Wohneinheit hatte mich schon fast erreicht. Trotz der fehlenden Schwerkraft hätte der Zusammenprall tödlich für mich enden können. Das vorderste Ei strich jedoch knapp an mir vorbei, ich brauchte nur die Finger zu krümmen, um mich am Öffnungsrand festzuklammern. Es gelang mir, Halt zu finden, und ich wurde von der dahinrasenden Wohneinheit mitgerissen.

Es gab einen Ruck, und ich meinte, mir würden die Arme aus den Schultern gerissen, aber ich hielt durch. In unmittelbarer Nähe des Gebildes herrschte wieder beträchtliche Schwerkraft – das gleiche Phänomen wie mit den Führungsschienen. Ich zog mich an der Öffnung über die glatte Fläche des Ovals ins Innere. Da innerhalb des Wohneis die künstliche Schwerkraft von der der Öffnung gegenüberliegenden Wand wirksam war, fiel ich sozusagen nach »unten«. Ich fiel nur eine halbe Mannslänge tief und schlug weich auf.

Vorerst war ich in Sicherheit. Ich erhob mich auf die Beine, und im Stehen ragte mein Kopf gerade aus der Öffnung des Körpers. Mich schwindelte, als ich aus dieser Perspektive die in allen Richtungen vorbeiflitzenden Eier erblickte, und ich zog mich wieder in das Innere des Ovals zurück. Die Wände waren selbstleuchtend und völlig kahl, aber nachgiebig und weich. Wahrscheinlich handelte es sich bei den Ovalkörpern um nichts anderes als Schlafstätten, in die sich die Insassen des Schiffes begeben hatten, um sich auszuruhen.

Ich tastete trotzdem vorsichtshalber jeden Punkt der Innenwandung ab, jederzeit auf eine Überraschung gefasst. Doch es passierte überhaupt nichts – nur dass ich mich auf einmal müde zu fühlen begann. Mir wurde bewusst, dass ich schon lange nicht geschlafen hatte. Etwas Entspannung konnte mir in Hinblick auf die zu erwartende Auseinandersetzung mit Freemush nicht schaden. Außerdem konnte ich ohnehin nichts unternehmen, solange die Wohneinheiten wie verrückt über die Führungsschienen rasten. Hoffentlich kamen sie überhaupt noch einmal zum Stillstand. Ich war auf alles gefasst.

Unter normalen Umständen hätten die frei gewordenen Energien aus meinem Aggregat und dem Strahler von Freemush nicht einmal ausgereicht, *eine* dieser Wohneinheiten für einige Dauer in Bewegung zu setzen. Meine Überlegungen fielen mir immer schwerer. Die Müdigkeit lastete auf mir. Einmal war ich schon halb eingeschlafen, aber der Gedanke an Freemush ließ mich wieder hochfahren. *Sollte er mich im Schlaf überraschen, ist es für ihn ein Leichtes, mich zu töten*, dachte ich schwerfällig. *Er braucht nur den Verbindungsschlauch von der Sauerstoffflasche zu meinem Helm zu lösen.*

Ich betätigte schnell den Spender für die Wachhaltetabletten und schluckte gleich drei der Pillen, um eine Garantie für eine ausgiebige Wirkung zu haben. Aber während ich noch darauf wartete, dass die Müdigkeit von mir wich, fielen mir die Augen wie von selbst zu …

Plötzlich schrak ich hoch. Durch die heftige Bewegung stieß ich mich vom Boden ab und schwebte aus der Öffnung des Wohneis. *Die Schwerkraft ist aufgehoben!*, war mein erster Gedanke. Und während ich ins Freie schwebte, stellte ich fest, dass sämtliche Wohneinheiten wieder zum Stillstand gekommen waren. Nichts regte sich mehr in dem Gewölbe, die Führungsschienen waren tot, ohne Energie. Ich hütete mich diesmal, meinen Antrieb einzuschalten. Ich ging sogar so weit, die lebenswichtigen Funktionen des Raumanzugs auf ein Minimum zu drosseln, um den Energieverbrauch zu vermindern. Das schien überflüssig zu sein, denn wenn die Führungsschienen auf diese minimale Energieausstrahlung ansprechen würden, hätten sie es schon längst getan.

Trotzdem drosselte ich den Energieverbrauch, denn meine Reserven waren nicht mehr groß. Ein Blick auf den Sauerstoffmesser zeigte mir, dass die Tanks nur noch halb voll waren. Demnach musste ich ziemlich lange geschlafen haben – mindestens zehn Tontas! Ich war mit der Wohneinheit in der Nähe einer Plattform gelandet. Als ich meinen Helmscheinwerfer auf die darüber liegende Öffnung richtete, erkannte ich, dass sich hinter der Plattform eine Halle befand, die mit einer Vielzahl kleinerer Maschinen desselben Typs gefüllt war. Ich schwebte darauf zu, indem ich mich von den meinen Weg kreuzenden Führungsschienen abstieß und meinen Flug in die gewünschte Richtung lenkte. Erst als ich über der Plattform schwebte und die Wohnsektion hinter mich gebracht hatte, atmete ich erleichtert auf. Und zum ersten Mal, seit ich aus meinem unfreiwilligen Schlaf erwacht war, beschäftigte ich mich in Gedanken wieder mit meinem vordringlichsten Problem, der Auseinandersetzung mit Freemush.

Ich betrachtete die Maschinen, die sich in der großen, aber niedrigen Halle aneinander reihten. Es waren einige hundert, und jede hatte die bereits bekannte Eiform, war auf die Spitze gestellt und reichte mir bis zur Hüfte. Die untere Hälfte des Eikörpers war glatt und wies nur rund um die auf dem Boden aufsitzende Spitze einen Kranz von insgesamt zwölf fingerdicken und -langen Auswüchsen auf. Die obere Hälfte war dagegen nicht so ebenmäßig. Es gab Erhebungen, Vertiefungen und eine Reihe von Instrumenten, die aber alle so fremdartig waren, dass ich ihren Sinn durch puren Augenschein nicht erkennen konnte. Die eiförmigen Maschinen selbst dagegen waren nicht so fremdartig, um nicht eine bestimmte Assoziation in mir zu wecken: *Roboter!*

Obwohl ich keinen Beweis dafür hatte, dass es sich tatsächlich um Roboter handelte, reifte in mir bereits ein Plan, wie ich sie zu meinem Vorteil einsetzen könnte. Als die Flotte vor unbekannter Zeit hier havarierte, schien das mit einem Verlust sämtlicher Energievorräte einhergegangen zu sein. Es hatte offensichtlich nicht einmal mehr zu einem »Zündfunken« gereicht, um eine neuerliche Energieerzeugung einzuleiten.

Vielleicht, überlegte ich, *arbeiten diese Roboter nach dem gleichen Prinzip wie die Maschinerie der Wohneinheiten. Sollte dem so sein, genügt eine einzige stärkere Energieentladung, um dieses Roboterheer in Bewegung zu setzen.*

Ich zog meinen Kombistrahler und richtete ihn auf den antennenartigen Auswuchs auf der oberen Hälfte eines der Körper. Ohne lange zu zögern, drückte ich ab. Der Thermostrahl fuhr in die »Antenne« und brachte sie zum Aufglühen. Von dort setzte sich das Glühen fort, breitete sich langsam über das gesamte Ei aus. Nach einiger Zeit erlosch es aber wieder, der Körper verfärbte sich schwarz – und glühte grell auf. Aus dem gerade noch schwarz verfärbten Ei zuckten Energieblitze auf die Antennen der anderen Roboter über und wurden von diesen absorbiert. Das Ei, von dem diese Entladungen ausgingen, verflüchtigte sich, und schließlich war nichts mehr von ihm übrig. Damit erloschen auch die Energieblitze.

Ich begriff, was passiert war. *Mein Strahlschuss hat den Roboter aktiviert und dazu veranlasst, seine Körpermasse in reine Energie umzuwandeln, um damit die anderen Eikörper aufzuladen.*

Die Bestätigung dieser Vermutung erhielt ich, als sich Hunderte der eiförmigen Roboter in Bewegung setzten. Noch hatte ich aber keinen Grund zu triumphieren, sondern wartete erst einmal ab, wie die Roboter auf mich reagierten. Schließlich war ich ein Fremdkörper. Ich schwebte abwartend da, den Strahler schussbereit. Doch die Roboter zeigten keine Feindseligkeit. Einer von ihnen näherte sich mir; die zwölf Stabbeine hatte er nun auf Unterarmlänge ausgefahren. Zwei Schritte vor mir hielt er an, ließ eine Antenne kreisen und zog sich dann wieder zu den anderen zurück.

Für welche Aufgaben diese Roboter auch immer bestimmt gewesen waren, um Kampfmaschinen handelte es sich keineswegs. Das beruhigte mich einigermaßen. Allerdings konnten sie ebenso wenig wie mir Freemush gefährlich werden. Durch ihre Aktivierung hatte ich aber immerhin erreicht, dass der Infrarot-Spürer des Ka'Mehantis nun wirkungslos geworden war. Bis jetzt hatte er sicher sein können, dass jede thermische Spur von mir stammte; er brauchte ihr nur zu folgen, um auf mich zu stoßen. Jetzt waren jedoch zusätzlich noch einige hundert Roboter unterwegs, jeder von ihnen eine thermische Strahlungsquelle, auf die Freemushs Infrarot-Spürer ansprach.

Ich hätte viel darum gegeben, sein Gesicht zu sehen, wenn er am Ende einer Infrarot-Spur anstatt auf mich auf einen der eiförmigen Roboter stieß. Ich sah zufrieden zu, wie die Roboter ausschwärmten und sich mit unbekannten Aufgaben über das Riesenschiff verteilten. Diese Runde ging an mich.

Es wäre sinnlos gewesen, Freemush suchen zu wollen. Er konnte sich überall und an jedem Punkt des Riesenschiffs aufhalten. Aber wo er auch war, früher oder später musste er zum Beiboot zurückkommen. Denn der Sauerstoffvorrat seines Raumanzugs war nicht unbegrenzt, und die lebensnotwendige Atemluft war nirgendwo anders als im Beiboot zu beschaffen.

Ich hatte zwar noch genügend Sauerstoff für zehn Tontas im Tank und eine Notreserve für eine halbe Tonta. Dennoch machte ich mich auf den Weg zum Beiboot. Ich wollte unbedingt vor Freemush dort eintreffen. Ich schloss mich einem der Roboter an, der in die von mir gewünschte Richtung schwebte, blieb aber in einiger Entfernung hinter ihm. Er sollte mir als Lockvogel dienen, denn da er eine stärkere Strahlungsquelle war als das Energieaggregat meines Raumanzugs, würde Freemush ihn eher orten als mich.

Der Roboter kam ziemlich rasch voran, und ich musste mich anstrengen, um ihm folgen zu können. Plötzlich wurde er jedoch langsamer. Und in einem Querkorridor kam er dann endgültig zum Stillstand. Im ersten Augenblick dachte ich, dass seine Energiereserven nun aufgebraucht seien, und wollte den Weg allein fortsetzen. Das Leck, durch das ich das Beiboot ins Innere des Riesenschiffs manövriert hatte, war nicht mehr weit. Ich ließ also den erstarrten Roboter schweben, verließ den Seitengang und wandte mich dem Hauptkorridor zu. Bevor ich jedoch einbog, warf ich noch einen letzten Blick zurück. Als ich im Licht meines Scheinwerfers sah, dass in den vermeintlich energielosen Roboter wieder Leben gekommen war, stutzte ich. Ich beobachtete sein Treiben: Er schwebte vor einer Wand, die bis auf einen trichterförmigen Vorsprung glatt und fugenlos war, fuhr aus seiner Körpermitte einen Stab aus und führte ihn in den Trichter ein.

Eine ganze Weile lang passierte überhaupt nichts. Ich verlor langsam die Geduld und fasste den Entschluss, nicht länger zu warten. Doch gerade in diesem Augenblick glühten die Antennen an seinem oberen Körperende auf. Es schien der gleiche Vorgang zu sein, wie ich ihn schon einmal beobachtet hatte. Das Glühen griff von den Antennen auf den Körpern des Roboters über und steigerte sich zu blendender Grelle. Danach wurde der Roboterkörper unvermittelt schwarz und zerfiel.

Dieselben Symptome hatte ich beobachtet, als der Roboter seine Körpermasse in Energie umgesetzt hatte, um seine Artgenossen damit zu versorgen. Nur vermisste ich diesmal die Blitze, die nach allen Seiten leckten. Es war leicht zu erraten, wieso das so war: Der Roboter leitete diesmal die umgesetzte Energie durch den Trichter dem Schiff selbst zu! Mir schwante nichts Gutes, und ich wich instinktiv etwas zurück. Viele, wenn nicht sogar alle Abteilungen des fremden Raumschiffes waren noch voll funktionstauglich, aber ohne Energie. Führte man den technischen Anlagen die benötigte Energie zu, war es ohne weiteres möglich, dass sie wieder komplett anliefen.

Möglicherweise kam sogar die eigene Energieversorgung wieder in Schwung. Genau das schien der Roboter mit seiner Selbstopferung bezwecken zu wollen. Kaum war er zu Staub zerfallen, als den Korridor eine leichte Erschütterung durchlief. Keine zwei Meter vor mir schob sich ein Schott aus der Wand und schloss den Seitengang hermetisch vom Hauptkorridor ab. Bei dem Gedanken, was mit mir wohl passiert wäre, hätte ich mich auf der anderen Seite des Schotts befunden, brach mir der kalte Schweiß aus. Ich drehte mich schnell um und wollte meinen Weg in die Richtung fortsetzen, in der ich das Beiboot wusste – da kam aus einem anderen Seitengang ein weiterer Roboter und blieb vor einer der Trichteröffnungen im Hauptkorridor schweben. Ich sah, wie er aus seiner Körpermitte den Stab ausfuhr, wartete jedoch nicht erst ab, bis er die Verbindung mit der Trichteröffnung hergestellt hatte.

Ich schoss. Der Roboter absorbierte die Energie des Strahlenschusses scheinbar mühelos. Und während er das tat, führte er gleichzeitig den Stab aus seinem Körper in den Trichter ein. Ich gab den Versuch auf, den Roboter vernichten zu wollen, und begann so schnell zu laufen, wie es meine Magnetstiefel erlaubten. Als ich sah, wie sich zehn Schritte vor mir ein Schott aus der Wand schob, riskierte ich alles. Ich schaltete die Düsen des Rückentriebwerks ein und raste im letzten Augenblick durch die sich schnell schließende Lücke. Hinter mir fiel das Schott zu. Und vor mir baute sich eine Energiebarriere auf. Ich hatte gerade noch Gelegenheit, meinen Flug zu stoppen, und kam durch ein waghalsiges Bremsmanöver zwei Mannslängen vor der tödlichen Energiewand zum Stillstand.

Mir war sofort klar, dass es sich bei dem Projektor um keine der schiffseigenen Einrichtungen handelte, sondern um eine Falle, die Freemush eigens für mich errichtet hatte. Diese Erkenntnis war ein ziemlicher Schock für mich, denn es ließ mich vermuten, dass Freemush in der Umgebung des Beiboots noch weitere Fallen aufgestellt hatte. Aber nachdem ich meine Fassung wiedergewonnen hatte, kostete es mich nur wenig Mühe, den Projektor zu finden. Er war nicht einmal besonders gut getarnt, und wenn ich mich nicht auf der Flucht befunden hätte, wäre er meiner Aufmerksamkeit bestimmt nicht entgangen. Das Gerät war mit einem Individualtaster gekoppelt, der auf jede Art von Gehirnschwingungen reagierte – also auch auf die von Freemush.

Deshalb zerstörte ich die Anlage nicht, sondern entschärfte sie nur, indem ich sie ausschaltete. Nachdem die Energiebarriere zusammengefallen war, montierte ich den Projektor und den Individualtaster ab und baute sie dreißig Meter weiter wieder auf. Ich tarnte die Falle jedoch besser und war überzeugt, dass es Freemush einige Mühe bereiten würde, sie zu entschärfen.

Wenig später erreichte ich unter Anwendung aller erdenklichen Vorsichtsmaßnahmen das Gewölbe, in dem das Beiboot untergebracht war. Ich hatte immer noch genug Sauerstoff, um meine Vorbereitungen für einen heißen Empfang Freemushs in Ruhe treffen zu können. Zuerst suchte ich die Umgebung aber nach weiteren Fallen ab. Und ich fand auch etliche. In allen Korridoren, die zum Beiboot führten, waren ähnliche Vorrichtungen installiert wie die, in die ich beinahe gestolpert wäre. Ich tat nichts anderes, als ihre Positionen zu verändern, mit der winzigen Hoffnung, dass eine von ihnen Freemush zum Verhängnis wurde.

Dann machte ich mich daran, das Beiboot zu untersuchen. Da Freemush in ähnlichen Bahnen wie ich dachte, nämlich, dass jeder von uns beiden irgendwann hierher zurückkommen musste, war ich überzeugt, dass er auch an Bord des Beiboots eine seiner Fallen aufgestellt hatte. Aber wenn es so war, hatte er sich dabei sehr geschickt angestellt. Ich nahm sowohl die Hauptschleuse wie auch den Notausstieg genau unter die Lupe, konnte jedoch nichts Verdächtiges entdecken. Es kostete mich eine ganze Tonta, bis ich überzeugt war, dass ich jeden der beiden Zugänge zumindest bis in die Schleusenkammern ungefährdet betreten konnte. Ich wählte die Hauptschleuse und wagte mich bis dicht an den Rahmen des Innenschotts heran, der durch die von mir vorgenommene Sprengung ziemlich arg in Mitleidenschaft gezogen war. Außer den Explosionsspuren entdeckte ich aber noch etwas: Das Metall des Schottrahmens war an einer Stelle etwas angegriffen, so als hätte jemand Säure darauf geträufelt …

Wenn ich bedachte, aus welch widerstandsfähigen Metalllegierungen arkonidische Schiffe gebaut wurden, konnte ich mir leicht ausrechnen, wie schnell eine solche Säure ein Loch in einen Raumanzug fressen würde. Ich scannte nun den Rahmen vorsichtig mit dem Kombi-Armbandgerät und fand auch bald darauf die primitive Lichtschranke, die in Hüfthöhe quer durch die Schottöffnung verlief. Augenblicke später entdeckte ich an der Decke des Schiffskorridors die fingerkuppengroße Phiole und den an ihr befestigten winzigen Sprengsatz.

Irgendwie musste ich den Einfallsreichtum Freemushs bewundern. Obwohl er alles andere als eine Kämpfernatur war, stellte er in der Tonta der Bewährung seinen Mann. Wäre ich durch den Schottrahmen gegangen, hätte ich den Lichtstrahl unterbrochen. Dadurch wäre die Sprengkapsel gezündet worden, hätte die Phiole mit Säure zerrissen, und die Säure wäre durch den Korridor gespritzt. *Keine Frage, dass ich von einigen Tropfen getroffen worden wäre, was die Zersetzung meines Raumanzugs zur Folge gehabt hätte.*

Alles Weitere war einfach. Nachdem ich auch diese Falle entschärft hatte, durchsuchte ich den gesamten Korridor bis zur Gerätekammer mit peinlichster Sorgfalt, konnte jedoch keine weitere Falle Freemushs mehr entdecken. Ich ruhte mich in der Gerätekammer etwas aus, nahm einen Nahrungskonzentratriegel zu mir und füllte dann am Versorgungstank meine Sauerstoffbehälter auf. Selbst wenn sich Freemush bei der Installation seiner Fallen ebenfalls bedient hatte – jetzt hatte ich in jedem Fall den längeren Atem und war für das Zusammentreffen mit dem Ka'Mehantis bereit.

Es gab nur noch zwei Korridore, durch die Freemush zum Beiboot gelangen konnte. Die anderen waren von den Robotern durch Schotten abgeriegelt worden. Ich hatte Gelegenheit, die Arbeitsmaschinen zu beobachten, während ich die Vorbereitungen für den Empfang des Ökonomen traf. Es musste sich um Reparaturroboter handeln, und es sah ganz so aus, als wollten sie das Riesenschiff wieder flugtauglich machen. Früher oder später würden sie auch das große Leck abdichten. Aber bis dahin wollte ich schon längst von hier fort sein.

Ich nutzte meinen Aufenthalt im Beiboot dazu, die Hyperfrequenzen abzuhören. Die Arkoniden hatten ihre Manöver noch nicht wieder fortgesetzt, sondern fuhrten zähe Verhandlungen mit den Stovgiden. Aus dem diplomatischen Kauderwelsch war aber herauszuhören, dass die Fronten inzwischen einigermaßen entschärft worden und die beiden Parteien sich einander näher gekommen waren.

Die Formel für die Beilegung des Konflikts war relativ einfach: Freemush – und vor allem er – und ich wurden als Schuldige herangezogen und für alles verantwortlich gemacht. *Schade, dass Freemush nicht hören kann, wie ihn seine eigenen Leute verraten. Und das bestimmt auf direkten Befehl von Orbanaschol!* Ich für meinen Teil rechnete mir aber immer noch Chancen aus, bei den Stovgiden unterzutauchen, hatte ich mich Freemushs entledigt. Ich war überzeugt, dass sie mich bei sich aufnehmen würden, sobald ich ihnen den Kopf des Ökonomen präsentierte. *Freemush hat höchstens noch für drei Tontas Sauerstoff. Er kann jeden Augenblick beim Beiboot eintreffen.*

Deshalb arbeitete ich rascher: Zuerst brachte ich in jedem der beiden freien Korridore eine Bildsprechanlage an, damit ich sie jederzeit vom Beiboot aus beobachten konnte. Ich wollte mich davon überzeugen, dass Freemush starb, und auch, wie er starb. Nachdem die Anlagen montiert waren und ich mich davon überzeugt hatte, dass sie auch funktionierten, legte ich die Empfänger einer drahtlosen Energieleitung in die beiden Korridore: Das eine Ende schloss ich an die Fusionsmeiler des Beiboots an, das andere an die Empfangstrichter in den Korridoren. Danach hatte ich nichts weiter zu tun, als auf Freemushs Eintreffen zu warten.

Gerade als ich am wenigsten mit ihm rechnete, tauchte er auf. Ich sah ihn auf dem Monitor in der Pilotenkanzel des Beiboots. Freemush hatte es nicht einmal mehr der Mühe wert gefunden, sich mit Hilfe seines Deflektorfeldes unsichtbar zu machen – sofern es sich dabei nicht um eine Energiesparmaßnahme handelte. Er bewegte sich vorsichtig vorwärts und behielt sein Ortungsgerät im Auge. Als er zu der Stelle kam, wo er mir eine Falle gestellt hatte, blieb er abrupt stehen. Es musste ihm einen gehörigen Schock versetzen, als er entdeckte, dass der Energieprojektor mitsamt dem Individualtaster, der als Auslöser diente, nicht mehr an ihrem Platz waren. Er musste sofort erkennen, was das zu bedeuten hatte, und bewegte sich noch vorsichtiger weiter. Er ging auf alle viere nieder und suchte jede Handbreit des Korridors ab, während er ständig sein Ortungsgerät kontrollierte.

Ich beobachtete ihn gespannt. Wenn er den gut getarnten Energieprojektor nicht entdeckte und in seine eigene Falle tappte, war ich aller meiner Probleme schnellstens enthoben. Aber diesen Gefallen tat er mir nicht. Er stieß zuerst auf den Individualtaster und zerstörte ihn kurzerhand mit einem Strahlschuss. Dadurch war der Projektor lahm gelegt. Aber Freemush gab sich erst zufrieden, als er auch diesen gefunden und zerstört hatte.

Ich fand, dass es jetzt an der Zeit war, ihm zu gratulieren. »Bravo«, sagte ich über den Funk meines Raumanzugs. Auf dem Monitor sah ich, wie er zusammenzuckte und die Waffe in Anschlag brachte. »Es war eine Sonderleistung ganz besonderer Art, dass es Ihnen gelungen ist, Ihre eigene Falle zu entschärfen.«

Er blickte sich lauernd um; ich hörte in den Lautsprechern seinen schweren Atem. »Sie können sich die Mühe sparen. Sie können mich nicht sehen, wogegen ich jede Ihrer Reaktionen ganz deutlich beobachten kann. Ich verrate Ihnen sogar, dass ich bequem im Pilotensitz des Beiboots sitze.«

Er stieß einen unartikulierten Laut aus. Das war nicht mehr der kühle, berechnende Logiker, der sich stets in der Gewalt hatte. Er schoss wild um sich, wohl in der Hoffnung, einen Glückstreffer zu erzielen und so die Aufnahmeoptik zu zerstören, über die ich ihn beobachtete.

»Ich kann Ihre Enttäuschung verstehen, dass die Säure-Falle nicht funktioniert hat«, sprach ich weiter. »Aber es schmerzt mich zu sehen, dass Sie sich deshalb so gehen lassen. Bewahren Sie Haltung, Mann. Sehen Sie dem Tod gefasst ins Auge!«

»Seien Sie nur nicht zu siegesgewiss, Ogh!«, schrie er hasserfüllt. »Am Ende triumphiere ich über Sie!«

»Sie wissen gar nicht, welche Überraschung ich für Sie bereithabe«, entgegnete ich ruhig, den Finger am Auslöseknopf, der den Energiefluss herstellen würde. »Noch einen Schritt – und ich lasse die Falle zuschnappen!«

Er reagierte sofort, schaltete seine Antriebsdüsen ein und flog in die Richtung zurück, aus der er gekommen war. Das war genau das Gegenteil von dem, was ich erwartet hatte, denn für mich war klar gewesen, dass er einen Durchbruchsversuch wagen würde. Deshalb drückte ich sofort den Knopf für die Energieverbindung. Augenblicklich floss Energie über die drahtlosen Leiter in die Speicher des fremden Raumschiffs, wo sie umgewandelt und modifiziert und an die verschiedenen Anlagen weitergeleitet wurden. Augenblicke später fiel ein schweres Schott zu, das den Korridor abriegelte und Freemush den Weg zum Beiboot versperrte.

Ich ließ dem Fremdschiff weiterhin Energie zufließen, während ich über Funk sagte: »Sie haben sich mit dem Rückzug einer letzten Chance beraubt, Freemush. Jetzt sitzen Sie in dem fremden Schiff fest. Darf ich fragen, für wie lange Ihr Sauerstoffvorrat noch genau reicht?«

Er hatte sein Fluggerät längst wieder ausgeschaltet und näherte sich schrittweise dem Schott. Knapp davor hob er den Strahler und drückte ab. Der dünne, konzentrierte Impulsstrahl brandete gegen das Metall, brachte das Schott im Zentrum sogar zum Glühen, richtete aber sonst keinerlei Schaden an. Ich sah, dass Freemush resigniert die Waffe sinken ließ. »Ich finde einen Ausweg«, knurrte er verbissen. »Und es wird mir gelingen, mich zum Beiboot durchzuschlagen.«

Er wirbelte wieder herum und wollte sich tiefer ins Raumschiff zurückziehen, um der Sperre vor ihm durch einen der Querkorridore auszuweichen. Doch bevor er den nächsten Quergang erreicht hatte, schob sich ein Schott aus der Wand und versperrte ihm auch den Rückweg. Er versuchte abermals, sich mit der Waffe den Weg freizuschießen. Doch diesmal flammte nur ein kurzer Energiestrahl auf und erlosch sofort wieder.

»Wie ich sehe, ist das Magazin Ihres TZU-vier leer«, stellte ich ungerührt fest. »Nun sind Sie verloren. Aber lassen Sie den Kopf nicht hängen. Ich bin bis zu Ihrem letzten Atemzug bei Ihnen und unterhalte mich mit Ihnen.«

Ich justierte die Bildvergrößerung, bekam für einen Moment den Sauerstoffmesser seines Raumanzugs ins Bild und konnte daran ablesen, dass er noch für eine gute Vierteltonta Atemluft hatte. Plötzlich benahm er sich, als hätte er den Verstand verloren: Er rannte in dem vierzig Meter langen Korridor, der zwischen den beiden Schotten verblieben war, hin und her und begann, mit den Fäusten gegen die Wände zu hämmern. Und dann geschah etwas, das selbst mich verblüffte: Durch Düsen an der Decke strömte ein nebelartiges Gas in den Korridor, das im Licht von Freemushs Helmscheinwerfer grünlich leuchtete.

»Sie haben Glück«, spottete ich. »Die Sensoren des Schiffes scheinen eruiert zu haben, dass Sie knapp an Atemluft sind, und fluten nun den Korridor mit Atmosphäre. Nur schade für Sie, dass die Erbauer des Schiffes offensichtlich keine Sauerstoffatmer waren.«

Wenig später war Freemush von dichten Schwaden des grünlichen Gases eingehüllt. *Chlor?* Ich konnte ihn durch den Nebel nur noch als verwaschenen Schemen erkennen.

»Ogh, können Sie mich hören?«, drang da seine Stimme aus meinem Helmempfänger.

»Die Verbindung zu Ihnen steht nach wie vor. Haben Sie noch einen letzten Wunsch?«

Ich hörte wieder seinen schweren Atem – wahrscheinlich hatte er die Sauerstoffzufuhr noch weiter gedrosselt, um seine Reserven zu strecken –, dann hörte ich ihn sagen: »Wollen Sie mich wirklich auf diese bestialische Art und Weise umbringen?«

»Was spielt die Todesart für eine Rolle? Es stand von Anfang an fest, dass einer von uns auf der Strecke bleiben würde.«

»Ich dachte, Sie würden wie ein Mann kämpfen.«

»Das haben Sie auch nicht getan. Ich habe nur Ihre Spielregeln angewendet.«

»Geben Sie mir eine Chance, mein Leben zu verteidigen.«

»Sie müssen sterben, egal auf welche Art. Und ich werde Ihnen auch sagen, warum. Ich bin nämlich nicht der Ara Ogh, für den Sie mich halten.«

»Wer dann?«

»Ich bin Atlan!« – Und dann erzählte ich ihm meine Geschichte.

Als ich geendet hatte, sagte er: »Nein, Sie sind nicht Atlan. Sie sind ein Zerrbild von ihm. Sie haben bestenfalls alle schlechten Eigenschaften von ihm geerbt.«

»Wie dem auch sei, ich kann Ihnen keine Chance geben. Selbst wenn ich es wollte, ist es mir nicht möglich, Sie aus Ihrem Gefängnis zu befreien. Ich konnte die Anlagen des fremden Schiffes aktivieren, aber es ist mir nicht möglich, sie wieder abzuschalten.«

»Das ist eine Lüge!«, schrie er. »Ogh – oder Atlan oder wer immer Sie auch sein mögen –, meine Atemluft wird knapp. Ich ersticke.«

»Öffnen Sie den Raumhelm!«, riet ich ihm und stoppte den Energiefluss. Ich war selbst nicht sonderlich glücklich darüber, wie ich den Sieg über Freemush errungen hatte. Doch es stimmte, dass ich nun nichts mehr ändern konnte. Ein Kampf Mann gegen Mann hätte mir selbst mehr behagt. »Nicht ich habe das Urteil über Sie gefällt. Die Erbauer dieses Schiffes haben Ihre Todesart bestimmt. Sie sterben durch die Technik eines unbekannten Volkes.«

Ich war nicht abergläubisch – das heißt, in meinem von Atlan erhaltenen »geistigen Erbgut« zeugte nichts von Aberglauben. Doch als ich dieses längst vergangene Volk ansprach, passierte etwas, das man leicht als etwas Übernatürliches hätte deuten können. Natürlich gab es dafür einfache Erklärungen. Aber es war doch verblüffend, als sich plötzlich die Nebelschwaden lichteten. Die giftige Atmosphäre wurde aus dem Korridor gepumpt! *Die empfindlichen Sensoren des Schiffes müssen erkannt haben, dass das Gas für das eingeschlossene Fremdwesen nicht atembar ist. Es scheint sogar eine Sicherheitsschaltung zu existieren, die verhindern soll, dass Intelligenzleben irgendwelcher Art zu Schaden kommt.*

Deshalb wurde die Giftatmosphäre abgesaugt – und das Schott vor Freemush öffnete sich. Der Mann konnte nur noch Sauerstoff für wenige Zentitontas haben. Aber als er so unverhofft seine Freiheit wiedererlangte und Richtung Beiboot stürmte, rief er siegesgewiss: »Jetzt zeige ich's dir!«

Kurz darauf verlor ich ihn aus dem Aufnahmebereich der Kamera. Als ich durch die Pilotenkanzel blickte, sah ich ihn über dem Beiboot zwischen dem verbogenen und verästelten Gestänge des fremden Schiffes. Ich entschloss mich, ihm die Gelegenheit für einen Kampf Mann gegen Mann zu geben.

Kaum war ich aus der Schleuse, als ich einen gezackten Metallträger geradewegs auf mich zuschweben sah. Ich brachte mich durch einen kurzen Schub meiner Rückendüsen aus der Flugbahn und erkannte, nachdem ich außerhalb der Gefahrenzone war, wie die massige Metallstange mit voller Wucht gegen die Schleuse prallte und zurückgeschleudert wurde. Freemush hatte nicht auf das Ergebnis seiner ersten Attacke gewartet, sondern schickte nun pausenlos weitere Geschosse auf den Weg. Aufgrund der Schwerelosigkeit fiel es ihm nicht schwer, selbst Metalltrümmer, die größer waren als er, von sich zu schleudern.

Ich wechselte ständig meine Position. Freemush ließ mir keine Atempause. Ich gab einige Strahlenschüsse in seine Richtung ab, konnte ihn damit jedoch nicht einschüchtern. Er wurde dadurch zwar veranlasst, seinen Standort ebenfalls ständig zu wechseln, doch ließ er sich dadurch nicht davon abhalten, das Bombardement auf mich fortzusetzen. Mir kam der Verdacht, dass er die Trümmer schon vorher zusammengetragen hatte, um sie in einem Notfall wie diesem einsetzen zu können. Obwohl mir seine Weitsicht, Zähigkeit und Entschlossenheit Bewunderung abnötigte, lachte ich ihn aus. Ich wollte ihn reizen, ihn zu einer Unvorsichtigkeit provozieren, damit ich ihn vor den Lauf meiner Waffe bekam. Bisher waren meine Schüsse alle ins Leere gegangen. Ich erreichte dadurch nur, dass sich die Impulsstrahlen in Schiffsteile bohrten, sie abtrennten und schmolzen – und somit weitere Trümmer auf unberechenbaren Bahnen durch das Gewölbe segelten.

Die Situation wurde immer untragbarer. Hatte ich es mir anfangs leisten können, mein Spiel mit Freemush zu treiben und mir Zeit zu lassen, weil es mir meine Sauerstoffreserven erlaubten, erkannte ich nun betroffen, dass mir der Zeitgewinn nichts einbrachte. Durch die umherirrenden Trümmerstücke, die von einer Seite zur anderen prallten und praktisch nicht zum Stillstand kamen, war ich der Gefahr ausgesetzt, getroffen zu werden. Und es wurde immer schlimmer.

Freemush hatte erkannt, dass dies seine einzige Chance war, mich doch noch zu besiegen. Seine Waffe war leer geschossen, der Sauerstoff fast aufgebraucht. Er konnte nur hoffen, dass ich von einem der Trümmer getroffen wurde.

Es kostete mich einiges Geschick, den Wurfgeschossen auszuweichen. Meist setzte ich nur meinen Antigravprojektor ein, weil mich der Schub der Antriebsdüsen zu weit getragen hätte, was in dem Chaos der durcheinander wirbelnden Trümmer leicht zu einer Kollision geführt hätte. Ich fand keine Zeit mehr, Freemush zu verspotten. Er erkannte es und begann nun, mich zu verhöhnen.

»Ich habe geschworen, mich zu rächen«, vernahm ich seine keuchende Stimme, während ich mir verzweifelt einen Weg durch das tödliche Treibgut suchte. »Und ich werde meinen Schwur halten. Sie sind dem Tod näher als ich, obwohl meine Atemluft fast aufgebraucht ist …« Seinen Worten folgte ein Röcheln. »Ich … ersticke …!«

Ich sah zu seinem Versteck. Er erschien in einem wie von einer Riesenfaust geschlagenen Loch und machte rudernde Handbewegungen, bekam eine verbogene Metallstrebe zu fassen und zog sich daran hoch. Seine Magnetstiefel verloren den Kontakt mit dem Boden, und er segelte, wie von Sinnen um sich schlagend, ins Gewölbe hinein. Ich schaltete den Funk ab, um seinen Kampf gegen den Erstickungstod nicht hören zu müssen. Und ich hob den Strahler, um ihn durch einen Schuss von seinen Qualen zu erlösen. Aber noch bevor ich abdrücken konnte, wurde er von einer Metalltraverse vor die Brust getroffen und davon aufgespießt.

Ich wandte mich ab und suchte mir zwischen den umherschwirrenden Trümmern den sichersten Weg zurück zum Beiboot.

Das Beiboot war nur noch ein Wrack. Aber zum Glück waren die Beschädigungen nur harmloser Natur, und wenn das Beiboot auch aussah, als sei es in den Mahlstrom eines Hypersturms geraten, so war es immer noch flugtauglich. Selbst wenn ich damit keine Transition mehr durchführen konnte, würde es mich zumindest mit Hilfe der Normaltriebwerke aus dem Bereich der Schrottflotte bringen. Es genügte mir, hinter die Frontlinie der Stovgiden zu gelangen. Ich schaltete den Antrieb ein. Es gelang mir beim zweiten Versuch und mit geringster Schubleistung, das YPTAR-Boot freizubekommen. Mit Hilfe der Bugdüsen flog ich rückwärts durch das Leck in den freien Weltraum hinaus. Das Beiboot wurde zwar einige Male erschüttert, als Trümmerstücke dagegen prallten, aber das war auch alles.

Als ich den Riesenraumer verlassen hatte, wendete ich das Schiff. Zu mehr kam ich aber nicht. Gerade als ich den Hauptantrieb einschalten wollte, ortete ich die Flotte, die in einer Entfernung von rund 75.000 Kilometern Position bezogen hatte. Eine rasch vorgenommene Auswertung ergab, dass es sich um fünfzig Kugelraumer von 500 Metern Durchmesser handelte, die vor diesen Abschnitt der Schrottflotte schwebten. In ihrem Mittelpunkt befand sich genau das Riesenschiff, das ich gerade verlassen hatte. Ich schaltete die Bildschirmvergrößerung auf maximale Leistung. Als ein einzelner Kugelraumer in Faustgröße auf dem Bildschirm erschien, erkannte ich, dass er das Hoheitszeichen der Stovgiden trug. Ich war einigermaßen beruhigt. Da ich die Absicht der Stovgiden aber nicht durchschaute, wollte ich mich in einem Funkspruch zu erkennen geben.

In diesem Moment eröffneten die Stovgiden das Feuer. Von allen Seiten leckten Strahlenfinger nach dem wracken Riesenschiff, Raketen mit atomaren Sprengköpfen rasten heran und explodierten in seiner Hülle. Ich beschleunigte das Beiboot mit Höchstwerten, um so schnell wie möglich aus dem Gefahrenbereich zu kommen, und schickte gleichzeitig einen automatischen Notruf aus. *Es wäre verdammtes Pech, wenn ich, die Rettung so nahe vor Augen, noch einen Zufallstreffer abbekäme.*

Die Absicht der Stovgiden war mir natürlich klar. Sie wussten, dass sich Freemush an Bord des Riesenschiffs befand. Und da der Ka'Mehantis von Orbanaschol fallen gelassen worden war, wollten sie die Gelegenheit nutzen, um sich seiner zu entledigen. Freemush war einer ihrer verhasstesten Feinde, weil er seinen Einfluss dahin geltend gemacht hatte, den wirtschaftlichen Ruin der Stovgiden herbeizuführen.

Und mit der Vernichtung der Rohstoffwelt und dem damit verbundenen Verlust ihrer Haupteinnahmequelle würden sie auch wieder in die Abhängigkeit des Großen Imperiums geraten. Kein Wunder also, dass die Stovgiden ihren Hass gegen Freemush auf diese Weise entluden. Schließlich war er ihnen von der arkonidischen Flotte als Verantwortlicher für die Vernichtung Kassebs präsentiert worden. Es war nur logisch, dass sie nun seinen Tod wollten.

Aber ich sah nicht ein, warum ich der Leidtragende sein sollte. Während rund um mich das Inferno tobte und in meinem Rücken das

Fremdschiff verglühte, schaltete ich zusätzlich zur Notruffrequenz noch den Sprechfunk ein.

»Hier spricht der Ara Ogh!«, rief ich verzweifelt ins Mikrofon. »Ich bin ein Freund der Stovgiden. Ich habe Kapitän Aaltonar und seiner Mannschaft das Leben gerettet. Ich befinde mich an Bord eines Beiboots. Ka'Mehantis Freemush Ta-Bargk ist tot! Stellen Sie das Feuer ein!«

Ich ließ den Funkspruch, den ich gespeichert hatte, pausenlos ablaufen. Mehr konnte ich nicht mehr tun, sondern nur noch hoffen, dass mein Hilferuf gehört wurde. Der Beschuss des Schrottschiffs endete so plötzlich, wie er begonnen hatte. Ein Blick auf den Ortungsschirm zeigte mir, dass nichts mehr davon übrig geblieben war. Und mit dem Schrottschiff waren auch die letzten Spuren des Imperialen Ökonomen ausgelöscht. Ich verlor keinen weiteren Gedanken mehr an ihn. Das alles lag hinter mir. *Vor mir liegt die Zukunft: ein Leben in Freiheit und in Unabhängigkeit von meinem Bewusstseinsspender Atlan …*

»An den Ara Ogh«, erklang plötzlich eine Stimme aus dem Empfänger, die den unverkennbaren Akzent der Stovgiden hatte. »Hier spricht der Kapitän der ARILA. Wir haben Ihren Hilferuf empfangen und einen Störsender auf Ihre Frequenz eingepeilt, damit es den Arkoniden nicht möglich ist, Ihren Funkspruch abzuhören. Die Arkoniden sollen glauben, dass Sie zusammen mit Freemush auf dem Schrottschiff umgekommen sind. Andernfalls würden sie Ihre Auslieferung verlangen, um Sie vor ein Kriegsgericht zu stellen.«

»Das war sehr weitsichtig gehandelt, Erhabener«, sagte ich erleichtert. »Ich bin Ihnen zu außerordentlichem Dank verpflichtet.«

»Danken Sie mir besser nicht. Wir wollen Sie nicht dem arkonidischen Kriegsgericht ausliefern, um Sie selbst abzuurteilen!«

»Aber – ich bin ein Freund der Stovgiden«, sagte ich rau.

»Ich weiß alles! Und Sie werden bekommen, was Sie verdient haben.«

Aus der Schwärze des Alls schälte sich ein Kugelraumer, wurde rasch größer und hielt genau auf mich zu. Es war ein Kampfschiff – und die Geschütze waren ausgefahren und drohend auf mein Beiboot gerichtet. Ich versuchte in meiner Verzweiflung, in einen Körper auf dem Stovgidenschiff überzuwechseln. Aber das ging natürlich nicht. Der Androidenkörper war mein Gefängnis …

Kraumon: 20. Prago der Prikur 10.497 da Ark

Bericht Atlan

Als wir die Nachricht auffingen, in der Freemush und Ogh für den Konflikt im Yagooson-Sektor verantwortlich gemacht wurden, begann für uns das große Bangen. Selbst ich glaubte nicht mehr, dass Ogh standhaft bleiben würde, hatte er sich vor einem arkonidischen Kriegsgericht zu verantworten. Schon durch seine Flucht von Kraumon hatte er bewiesen, dass er vor nichts zurückschreckte, um sein Leben zu schützen.

Und diesmal wird er es nur retten können, wenn er dich an Orbanaschol ausliefert, raunte der Extrasinn. Aus den aufgefangenen Funksprüchen ging aber nicht hervor, dass die Arkoniden irgendwelche Aktionen einleiteten, um der beiden Flüchtigen habhaft zu werden. Sie nahmen auch nicht wieder ihre Zielschussmanöver auf die Schrottflotte auf. Dafür feuerten die Stovgiden auf ein einzelnes Schiff der Geisterflotte.

»Das könnte bedeuten, dass uns die Stovgiden von all unseren Problemen befreien«, sagte Fartuloon. »Offenbar glauben sie nicht so recht, dass die Arkoniden ihren Ka'Mehantis aburteilen würden, und wollen ihn auf diese Weise selbst richten.«

Während ich den Bauchaufschneider noch anblickte, verschwamm er vor meinen Augen. Ein merkwürdiges türkisblaues Licht breitete sich aus. Ich spürte, wie ich von einem Schwindel erfasst wurde. Und mir war, als sei ich mitten in einem Inferno aus Strahlenschüssen und explodierenden thermonuklearen Bomben …

Das alles lief wie im Traum vor meinem geistigen Auge ab. Ich hatte keine genauen Eindrücke von meiner Umgebung mehr, wusste nicht, wo ich war, noch, was eigentlich vor sich ging – bis machtvoll fremde Gedanken in meine eigenen vordrangen, verbunden mit eindeutigen *Erinnerungen!* Unvermittelt durchraste mich ein Schmerz, der nicht körperlicher Natur war, sondern geistiger. Eigentlich verspürte ich den Schmerz nicht selbst, sondern fühlte ihn nur *mit*. Ich befand mich inmitten dieser Schmerzexplosion und wurde davon erschüttert, ohne selbst betroffen zu sein. So ähnlich musste es einem Mutanten mit empathischen Fähigkeiten ergehen, der die Leiden eines ihm eng verbundenen Wesens miterlebt.

Plötzlich war alles vorbei. Ich fühlte mich nach diesem eher passiven Schmerzerlebnis wie ausgelaugt, als sei etwas in meiner Seele abgerissen. Als sei ein Teil von mir abgestorben. Und das war genau genommen ja wirklich der Fall. Es beanspruchte eine Weile, bis es mir gelang, meine Gedanken zu ordnen, doch dann war alles präsent, alles, was *Ogh* erlebt hatte – und zwar so, als habe ich selbst es erlebt!

»Atlan, was ist mit dir?«, hörte ich Fartuloons besorgte Stimme. »Geht es dir wieder besser?«

»Ja«, sagte ich mit entrückter Stimme – zumindest klang sie so in meinen Ohren. »Ich fühle mich wieder in Ordnung.«

»Was war los? Was hatte dieser Anfall zu bedeuten?«

Ich sah ihn an. »Ich habe gerade Oghs Tod miterlebt!«

Er atmete erleichtert auf und sagte kühl: »Dann sind wir dieses Problem los. Es gibt nur noch ein kopiertes Bewusstsein von dir – und das sitzt in der Falle der Skinen.«

Ich nickte nur. Mein Blick fiel auf die ovale Perle in meiner Hand: Unbeeindruckt wogten wieder die nebelartigen Schwaden unter der glatten Oberfläche, das Leuchten war erloschen. Unwillkürlich fragte ich mich, ob meine Wahrnehmung mit diesem Rest von Kolchos Auge zusammenhing oder damit, dass Oghs Bewusstsein die Kopie des meinen und letztlich offenbar nie ganz von mir getrennt gewesen war. *Wenn wirklich, wie manche Philosophen behaupten, alles mit allem verbunden ist*, dachte ich, *muss das nicht in Oghs und meinem Fall noch viel mehr der Fall gewesen sein?*

Er war tot, und mit ihm war ein Teil von mir gestorben. Gleichzeitig aber lebte ich, und es konnte durchaus sein, dass er nun auf gewisse Weise wieder mit mir, dem Original, verschmolzen war und durch mich weiterlebte. Ich schüttelte mich und versuchte die Überlegungen zu verdrängen, zumal mir mein Lehrmeister einen mehr als merkwürdigen Blick zuwarf. Ich schloss die Hand um Kolchos Auge und steckte das rätselhafte Ding in die Tasche, nun noch mehr entschlossen, irgendwann sein Geheimnis zu entschlüsseln.

5.

1145. positronische Notierung, eingespeist im Rafferkodeschlüssel der wahren Imperatoren. Die vor dem Zugriff Unbefugter schützende Hochenergie-Explosivlöschung ist aktiviert. Fartuloon, Pflegevater und Vertrauter des rechtmäßigen Gos'athor des Tai Ark'Tussan. Notiert am 24. Prago der Prikur, im Jahre 10.497 da Ark.

Bericht des Wissenden. Es wird kundgegeben: Auf den Prago genau vor drei Votanii hat Kristallprinz Atlan nach dem Erringen des dritten Grades der ARK SUMMIA öffentlich seinen ihm zustehenden Anspruch auf den Kristallthron des Tai Ark'Tussan verkündet. Bezogen auf diese Zeitspanne kann sich unsere Bilanz durchaus sehen lassen: Es ist gelungen, eine sichere Basis in Betrieb zu nehmen, von der aus in Zukunft operiert werden kann; eine Flotte von sechshundert Robotschiffen wurde in die Sogmanton-Barriere gelenkt und in der Person Freemush Ta-Bargks ein Mitglied des Berlen Than ausgeschaltet; mit Corpkor konnte ein auf Atlan und mich angesetzter Kopfjäger für unsere Ziele gewonnen werden (auch wenn mein Misstrauen ihm gegenüber noch nicht vollständig ausgeräumt ist!); und es darf nicht vergessen werden, dass Atlan die Befreiung seiner geliebten Farnathia Declanter gelang – verbunden mit einer Flucht von der berüchtigten Folterwelt des Blinden Sofgart, von der bislang noch nie jemand entkommen konnte.

Sofgart wiederum war in den letzten Arkon-Perioden an Bord seines Flaggschiffs CELIS im Sternenmeer der Öden Insel unterwegs gewesen und kehrte erst im Tedar zur Welt der Kralasenen zurück, um dann von Trumschvaar aus nach Ganberaan weiterzufliegen. Atlan erfuhr, dass Sofgart und seine Kralasenen-Leibgarde in Orbanaschols Auftrag nach dem mysteriösen »Stein der Weisen« suchen, und es ist nur logisch anzunehmen, dass seine Reiseaktivitäten damit zu tun hatten. Als einer der Schlüssel zu diesem Stein der Weisen gilt das als »Vergessene Positronik« oder auch »Vergessene Plattform« umschriebene Objekt, über das unter den Raumfahrern des Großen Imperiums zahllose Gerüchte kursieren; die meisten fürchten es mehr als alle Dunkelsonnen, Hyperstürme und Antimateriekometen zusammen.

Es heißt, dass es das Überbleibsel eines kosmischen Urvolks sei, das angeblich ausstarb, ehe sich die Vorfahren der Arkoniden das Feuer untertan machten. Seitdem treibt das quaderförmige Gebilde angeblich ruhelos durch den Raum, erscheint unvermittelt einmal in diesem, dann in jenem Stellarsektor und bringt Tod und Verbrechen über jene, die ihm begegnen. Der Stein der Weisen wiederum soll dem, der ihn findet und sich seiner würdig erweist, große Macht und großes Glück schenken. Niemand weiß genau, wie dieser Stein der Weisen aussieht oder wo er sich befindet. Viele haben erwiesenermaßen versucht, ihn zu finden. Die Glücklicheren von ihnen haben niemals eine Spur entdeckt; alle anderen sind verschwunden.

Wie schon an anderer Stelle ausgeführt, wurde die »Vergessene Positronik« – oder ein ihr ähnliches Phänomen – in den Votanii Messon und Te-

dar im von den Leuchtsternen Mhalloy, 12-LOKORN und 39-KARRATT sowie der Sogmanton-Barriere markierten Raumbereich dreimal gesichtet! Ein Muster ließ sich aus den Positionen des Erscheinens zwar nicht herauslesen, Tausende Lichtjahre lagen zwischen ihnen, aber die statistische Häufung sprach für die Wahrscheinlichkeit, dass auch ein viertes Erscheinen in diesem Gebiet stattfinden könnte. Diese Erwartung wurde, wie die Auswertung der eingegangenen Nachrichten ergab, sogar übertroffen! Nicht nur eine, sondern gleich zwei Begegnungen mit Raumern der Arkonflotte sind dokumentiert – die erste am 30. Prago des Ansoor in nur 670 Lichtjahren Distanz zur Sogmanton-Barriere, die zweite am 12. Prago der Prikur, diesmal etwa auf halber Strecke zwischen Tsopan und Kraumon!

Da könnte man glatt auf die Vermutung kommen, das Ding bewege sich direkt auf uns zu! *Und der Witz ist, dass das nicht einmal so unwahrscheinlich ist, wie es im ersten Augenblick vielleicht klingen mag – immerhin war ich selbst es, der am 14. Prago des Tedar hier auf Kraumon eine kurzfristige Schockwelle erzeugte, um Atlan und die »Geister« zu retten, deren hyperenergetische Spezifika dem Zusammenbrechen eines geschlossenen Feldsystems eines Ferm-Taàrk ähnelten, aufgrund der multifrequenten Emission jedoch auch eine ganze Reihe unbekannter und nicht beobachteter Nebeneffekte gehabt haben könnten. Unter Umständen auch solche, auf die die »Vergessene Positronik« reagiert wie Eisen auf einen Magneten.*

Als ich Atlan von dieser These berichtete, bekam er wieder einmal dieses ebenso vielsagende wie verräterische Gonozal-Glitzern in die Augen! Übereinstimmend haben wir beschlossen, für die Ortungsstation erhöhte Alarmbereitschaft anzuordnen; fortan ist sie dreifach besetzt. Um den Bereich der Passivortung noch weiter auszudehnen – was ohnehin geplant war, nicht nur unter dem Aspekt der »Vergessenen Positronik« –, wollen wir morgen mit der POLVPRON (II) starten, um eine ganze Reihe automatischer Ortungssatelliten auszusetzen. Mit ihrer Hilfe lässt sich der Messbereichsradius auf mehrere Dutzend Lichtjahre vergrößern sowie die Eingangsschwelle deutlich absenken.

Kraumon: 25. Prago der Prikur 10.497 da Ark

Es gab einen ziemlichen Aufruhr, als eine der Landestützen des Diskusschiffs berstend brach. Splitter sausten durch die Luft. »Sabotage!«, rief der Chretkor Eiskralle, der neben mir stand. »Ein Saboteur hat sich auf Kraumon eingeschlichen.«

Das war auch mein erster Gedanke – bis ich das halbmannslange Pelztier entdeckte, das aus der Öffnung der geborstenen Landestütze huschte und, an den Boden gepresst, zur nächsten Landestütze schlich. »Irrtum! Das war einer von Corpkors Moorgs. Er muss aus seinem Verschlag ausgebrochen sein.«

Ich deutete auf das Tier, das sich an den Landeteller der nächsten Stütze schmiegte und mit seinen scharfen Zähnen am Metallplastik zu nagen begann. Unterdessen hatten einige der Techniker, die zuerst erschrocken weggelaufen waren, das Tier ebenfalls entdeckt und schleuderten zuerst Verwünschungen und dann harte Gegenstände nach ihm.

»Aufhören!«, rief ich ihnen zu. »Moorgs sind äußerst sensibel. Sie dürfen nicht verschreckt werden. Ich gehe zu Corpkor. Er muss den Moorg wieder einfangen.«

»Aber das Biest wird inzwischen auch die zweite Landestütze zernagen«, brummte Eiskralle. »Soll ich es nicht ein bisschen einfrieren?«

Ich musste unwillkürlich lachen. »Nein. Dein ›bisschen einfrieren‹ kenne ich. Der Moorg wäre unrettbar verloren, und für Corpkor ist er eines seiner wertvollsten Tiere.«

Eiskralle verdankte diese Umschreibung nicht nur seiner unheimlich anmutenden Parafähigkeit – er konnte organischer Materie, die er mit einem bestimmten Griff seiner Klauenhände packte, willentlich alle ihr innewohnende Wärme entziehen und auf der Stelle zu Eis erstarren lassen –, auch die Erscheinung des Chretkors war, als sei er aus Eis gehauen. Körper, Kopf und Gliedmaßen waren völlig transparent, so dass das bunte Gewirr von Muskeln, Nervenfasern, Adern und Organen zu sehen war. Von arkonoider Gestalt, wenngleich von zwergenhaftem Wuchs, reichte er mir selbst aufgerichtet mit seinen 1,35 Metern nur knapp bis zur Brust.

»Ihm ist es wert, und uns kommt es teuer!«, rief mir der Chretkor nach, während ich zu meinem Gleiter lief und mich hineinschwang. Ich startete das schalenförmige Fahrzeug, das auf dem kniehohen Prallfeld schwebte, und jagte es zu der rechteckigen Lagerhalle, in der der Kopfjäger mitsamt seiner sonderbaren Menagerie untergebracht war und die nur etwas mehr als hundert Meter vom Rand des Landefelds entfernt war.

Die Hauptkuppel des Stützpunktzentrums erreichte hundert Meter Durchmesser, die wenige hundert Meter entfernten sechs Nebenkuppeln – als Eckpunkte eines gleichseitigen Sechsecks angeordnet –

immerhin noch fünfzig. Neunzehn Hallen, meist in Dreierreihen zwischen und neben den Kuppeln angeordnet, maßen fünfzig zu fünfundzwanzig Meter, die Höhe der drei Funk- und Ortungstürme betrug hundertfünfzig Meter. An das fast einen Kilometer große Areal schloss sich im Süden das Landefeld von fünfhundert Metern Durchmesser an. In den Ausrüstungskammern der Lagerhallen und Kuppeln waren Waffen, Lebensmittelvorräte und technische Geräte gestapelt, mit denen man eine kleine Flotte hätte ausrüsten können. Kampfanzüge gab es zu Hunderten oder Tausenden, hinzu kamen stillgelegte Kampfroboter, Arbeitsmaschinen und alles, was zu einem Stützpunkt dieser Größenordnung gehörte.

Der Eingang der Lagerhalle wurde von zwei *Shwrischschalmnts* bewacht, die wegen ihres Aussehens und weil ihr Name schier unaussprechlich war, kurz »Robos« oder auch »Robotgötzen« genannt wurden. Mit ihrer goldfarbenen, metallisch glänzenden Haut und ihrer in Ruhestellung roboterhaft starren Haltung ähnelten die rund zwei Meter großen Insektenwesen tatsächlich skurrilen Robotern mit platt gedrückten Schädeln, die in ein riesiges starres Antennenpaar ausliefen und an jeder Seite ein großes halbkugelförmiges, mit Goldstaub bepudertes Auge besaßen. Die seitlich angesetzten Körperschilde hatten die Form gigantischer Blätter. Die Robos streckten mir ihre langen dünnen, aber ungemein kräftigen Fangarme entgegen und gaben ein raspelndes Geräusch von sich.

»Corpkor!«, rief ich, denn ich wusste, ich würde nicht an den Robos vorbeikommen, es sei denn, ich hätte sie mit meinem Kombistrahler paralysiert.

»Atlan?«, erklang aus dem Innern der Gebäudes die Stimme des Kopfjägers. »Was wollen Sie? Ich dressiere gerade einen Schwarm Traumsänger.«

»Unterbrechen Sie Ihre Arbeit!«, befahl ich. »Einer Ihrer Moorgs zernagt die Landestützen der GONOZAL.«

Corpkor stieß eine Verwünschung aus. Gleich darauf erschien er, in eine lederne Kombination gekleidet und in jeder Hand eine dünne Haut, die in allen Farben schillerte. Er gab einige Schnalz- und Pfeiftöne von sich. Plötzlich lösten sich die »Häute« von seinen Händen, streckten sich, bewegten sich wellenförmig und segelten in Richtung Raumhafen davon. Corpkor sprang in den Gleiter. »Wir müssen den beiden Membrillas nach. Sie sollen den Moorg fangen, aber ich muss aufpassen, dass sie ihn nicht quälen.«

Ich wendete den Gleiter und flog zurück. Die beiden Tiere, die Corpkor Membrillas genannt hatte, entwickelten eine beachtliche Geschwindigkeit, die nicht nur durch Ausnutzung der Luftströmungen erzeugt werden konnte. Bei der GONOZAL angekommen, ließ sich eins der Hautwesen zu Boden sinken. Plötzlich verformte es sich, ballte sich zusammen und veränderte sein Aussehen. Augenblicke später glich es verblüffend dem Moorg, der weiterhin an der zweiten Landestütze nagte. Der zweite Membrilla senkte sich auf den echten Moorg, umhüllte ihn sanft und hob ihn empor, während er mit dem Rest seines Hautkörpers rasend schnell die Luft peitschte. Der Moorg gab ein schrilles Quietschen von sich, beruhigte sich aber rasch, als der falsche Moorg dicht vor dem Membrilla über den Boden eilte und dabei einige Purzelbäume schlug.

»Darf ich den Gleiter haben?«, fragte Corpkor. »Ich schicke ihn gleich wieder zurück.«

»Bitte.« Ich schwang mich hinaus. »Vergessen Sie nicht, dass wir in einer Tonta aufbrechen.«

»Bestimmt nicht«, sagte der Kopfjäger lächelnd, dann jagte er mit meinem Gleiter davon.

Die Arbeitsteams kehrten zurück. Eine Gruppe fing sofort damit an, die beiden unbrauchbaren Landestützen gegen neue auszutauschen. Die Männer und die Roboter arbeiteten schnell und sicher. Die GONOZAL war eine schnelle diskusförmige Jacht der LEKA-Baureihe mit ausgezeichneten Flugeigenschaften, einem tadellos funktionierenden Ferm-Taàrk-Transitionstriebwerk und allen nur denkbaren technischen Einrichtungen, die man von einem tüchtigen Kleinraumer verlangen konnte – bei fünfzig Metern Durchmesser und zwanzig Metern Höhe.

Ich schaltete meinen Armbandminikom ein und justierte ihn auf die Welle, die mit der Schiffsbesatzung des Leichten Kreuzers vereinbart worden war. Auf dem kleinen Bildschirm erschien das Gesicht von Morvoner Sprangk, der als Erster Offizier fungierte. Der ehemalige Zweimondträger hatte einst als Kommandant der 5. Raumlandebrigade des 94. Einsatzgeschwaders unter dem Oberbefehl von De-Keon'athor Sakál im Dienst meines Vaters gestanden, war dann jedoch für zwei Jahrzehnte zwischen den Dimensionen verschollen gewesen, bis wir ihn diesem Zustand hatten entreißen können. *Und genau damit hängt unter Umständen das vermehrte Erscheinen der Vergessenen Positronik zusammen!*

»War das wieder eines von Corpkors Tierchen?«, fragte er ironisch.

»Stimmt. Ich nehme an, euch hat der Zwischenfall nicht gestört?«

»Wir lassen uns nicht stören. Es ist alles klar. Wir können starten.«

»Danke. Du hast gute Arbeit geleistet. Ende.« Ich schaltete das Armbandgerät ab und dachte nach.

Seit die POLVPRON durch Oghs Aktion im Yagooson-Sektor für uns verloren gegangen war, hatten wir fieberhaft an der Überholung des zweiten Raumschiffs vom gleichen Typ gearbeitet. Wir hatten es in POLVPRON umbenannt, weil sich mit diesem Namen zahlreiche Erinnerungen verbanden. Mit der Überholung verbunden war die Umstellung auf die Handhabung auch mit minimalster Besatzung, galten im Normalfall doch als Stammbesatzung eines Hundert-Meter-Kugelraumers mindestens fünfzig Personen – was im Dreischichtbetrieb plus Mannschaft für die Beiboote 180 bis 200 Besatzungsmitglieder ausmachte. Bislang waren jedoch nur wenig mehr hier auf Kraumon versammelt.

Unser Flug diente einerseits dem Aussetzen der Ortungssatelliten, sollte uns andererseits aber auch zu einem Treffpunkt in rund zweitausend Lichtjahren Entfernung bringen, wo wir das nächste Kontingent Mitarbeiter übernehmen und die Speicher der dort ausgesetzten Hyperfunk-Relaissonde abrufen wollten, in denen die Nachrichten der im Untergrund auf zahlreichen Welten agierenden Helfer aufliefen.

Gleichzeitig würde der Ausflug der Überprüfung unserer Umbauten dienen, während Arctamon und sein Stab weiter an der Stations-KSOL Auswertungen erstellten und Pläne entwarfen. Unsere Aktivitäten waren nur vor zwei Pragos an Farnathias sechzehntem Geburtstag unterbrochen worden; eine besinnliche Feier, die sie und ich in trauter Zweisamkeit hatten ausklingen lassen.

Ich blickte auf mein Armbandgerät. Die Tonta war um, und Corpkor befand sich noch immer nicht an Bord, obwohl die Triebwerke inzwischen bereits im Leerlauf arbeiteten und das Geräusch im gesamten Tal gehört wurde.

»Er muss wohl erst seine Viecher beruhigen«, sagte Fartuloon neben mir. Mein Pflegevater und Lehrmeister trug wieder einmal seinen verbeulten Brustpanzer über dem Raumanzug. Selbstverständlich steckte auch sein Dagorschwert *Skarg* in der Scheide an seinem Gürtel. Ich sagte nichts, sondern blickte zu Morvoner, der in seinem Kontursessel vor dem geschwungenen Schaltpult des Piloten saß und ungeduldig mit den Fingern auf den Seitenlehnen trommelte.

Es wäre sinnlos gewesen, Corpkor über Minikom anzurufen und zur Eile zu drängen. Der ehemalige Kopfjäger würde sich beeilen, so gut er konnte. Endlich erblickte ich auf einem Bildschirm der Panoramagalerie das Spezialfahrzeug des Tiermeisters, wie Corpkor sich oft nannte. Es überflog die blinkenden Warnlichter am Rand des Landefelds, hinter denen Hunderte von Personen standen, mit großer Geschwindigkeit, jagte über den Platzbelag des Raumhafens und bremste erst kurz vor dem Schiff ab.

Kurz darauf meldete mir der Hangarmeister, dass der Gleiter Corpkors sicher im Hangar 7b verankert worden sei. Morvoner Sprangk wandte den Kopf und sah mich fragend an. Ich hob die Hand und ließ sie schnell wieder sinken, womit ich seine unausgesprochene Frage beantwortete. Er presste die Fläche der rechten Hand auf eine bläulich glühende Schaltplatte. Das dumpfe Grummeln der Triebwerke verwandelte sich in ein drohendes Grollen. Auf den Bildschirmen sah ich, dass sich die Menge draußen hinter die Druckwellen-Schutzschilde zurückzog.

Dann wurde es draußen heller. Von den Antigrav-Generatoren gewichtslos gemacht, wurde die POLVPRON vom energetischen Startgerüst des Landefelds sanft in die Höhe getragen. Leider waren die Prallfeldprojektoren noch nicht installiert, mit denen eine Schutzfeldröhre bis zur Hochatmosphäre erstellt werden konnte, die die unweigerlich mit einem Raumschiffsstart verbundenen orkanartigen Luftbewegungen durch die Erstellung eines abgeschirmten Vakuumkanals unterbanden.

Als wir uns in mehreren Kilometern Höhe befanden, wurde das Areal des Stützpunkts in einer grellweißen Lichtflut gebadet, da die Impulstriebwerke nun die geballte Kraft gezähmter atomarer Energien durch die Felddüsen schickten. Majestätisch stieg die POLVPRON auf den lichtschnell aus ihren Felddüsen peitschenden Impulswellenbündeln, verließ die Planetenatmosphäre und raste mit wachsender Beschleunigung in den Weltraum hinaus. Das Geräusch der Triebwerke sank zum schwachen Säuseln ab. Nur das Grollen der Kraftwerksmeiler würde uns weiterhin begleiten.

»Achtung!«, sagte Morvoner über die Rundrufanlage. »Erste Transition über fünfundzwanzig Lichtjahre erfolgt planmäßig nach Automatenprogramm!«

In diesem Augenblick betrat Corpkor die Zentrale. Der Tiermeister trug noch immer seinen Lederanzug, und auf seiner linken Schulter saß ein unterarmlanges Tier mit blauem Fell, das kurze spitze Ohren und gelbe Augen mit schwarzen Schlitzpupillen besaß. Ich hatte ein solches Tier noch nie zuvor bei ihm gesehen. Wahrscheinlich handelte es sich um eine »Neuerwerbung«.

Corpkor lächelte, als er mich erblickte, und sagte: »Wir grüßen dich, Euer Erhabenheit.«

Er? Ich stutzte. Corpkor hatte die Lippen überhaupt nicht bewegt. Außerdem würde er niemals das »Du« mit der Anrede »Euer Erhabenheit« verbinden. Das würde keiner meiner Männer tun.

Das Tier hat gesprochen, teilte mir mein Extrasinn mit.

»Interessant«, sagte ich. »Kann das Tier wirklich echt sprechen, oder plappert es nur nach, was ihm einmal vorgesagt wurde?«

»Shriicat kann nicht so sprechen wie wir. Sie merkt sich Wörter und auch ganze Sätze, bildet aber meist eigene Formulierungen. Allerdings vermag sie auch andere Laute nachzuahmen, und darin liegt ihr Nutzwert für mich.«

Er strich dem Tier über den Kopf, und es sprang von seiner Schulter auf den Boden. Dann sagte er etwas in einer zischelnden Sprache zu ihm, was ich nicht verstand. Shriicat krümmte den Rücken zu einem Buckel, und plötzlich war das dumpfe Grollen einer ipetanischen Raubechse zu hören. Es klang so echt, dass meine Rechte in einer Reflexbewegung an das Griffstück meines Kombistrahlers fuhr. Ich beherrschte mich jedoch und ließ die Hand wieder locker herabhängen.

»Damit kann man nicht nur alten Frauen einen Schrecken einjagen«, stellte ich fest und kauerte mich nieder, um das Tier näher zu betrachten.

Shriicat erwiderte meinen Blick aus rätselhaften Augen, dann gähnte sie und sagte: »Du hast so schöne, große Augen, Liebes.«

Die Besatzung der Zentrale, die den Auftritt des Tieres interessiert verfolgt hatte, lachte schallend. Shriicat blinzelte mir verschwörerisch zu – jedenfalls sah es so aus –, dann sprang sie mit einem federleichten Satz auf Fartuloons linke Schulter und leckte mit ihrer roten Zunge an seinem Ohr.

Mein Pflegevater verdrehte die Augen und sagte: »Bei allen Hyperstürmen, das kitzelt ja direkt unanständig. Schaffen Sie mir das liebe Tierchen vom Hals!«

Der Tiermeister rief einen zischelnden Befehl in der Sprache, in der er sich mit Shriicat verständigte. Das Tier antwortete mit einem heiseren Fauchen, dann sprang es zuerst auf Fartuloons Glatze und von dort auf die glatte Platte des Kartentisches, wo es sich aber nicht halten konnte. Mit einem miauenden Protestschrei rutschte es quer über die Fläche und landete auf dem Sitz eines freien Kontursessels. Ich setzte mich wieder, und auch Fartuloon nahm wieder in seinem Kontursessel Platz. Er stocherte mit dem Zeigefinger in seinem Ohr und meinte: »Das Tier ist ein Schelm, Corpkor.«

Corpkor lächelte und setzte sich ebenfalls. »Shriicat wird mir – und damit uns – sicher noch von Nutzen sein. Ich habe sie von einem der neuen Anhänger des Kristallprinzen erworben.«

Ich wollte etwas sagen, da erklang wieder Morvoner Sprangks Stimme aus den Lautsprechern der Rundrufanlage. »Achtung, Schiff setzt planmäßig zur ersten Transition an!«

Alle Gespräche verstummten. Kurz darauf mischte sich ein neuer Ton in das Grollen der Kraftwerksmeiler. Die Sprunggeneratoren des Strukturfeld-Konverters waren aktiviert worden. Was danach kam, war für kein Gehirn bewusst erfassbar. Das Schiff mitsamt seiner Besatzung wurde von einem Augenblick zum anderen vom Ferm-Taàrk aus seiner normalstofflichen in eine hyperenergetische Zustandsform transformiert und dadurch zum Bestandteil des Hyperraums – zu einem Bestandteil allerdings, der aufgrund des Strukturfelds seinen Zusammenhalt bewahrte und für eine Wiederverstofflichung vorprogrammiert war.

Mit der Wiederverstofflichung, die ohne jeden messbaren Zeitverlust erfolgte, kam der ziehende Rematerialisierungsschmerz. Einen Herzschlag lang wurde mir schwarz vor den Augen. Doch das verging rasch, da die zahlreichen Raumflüge in letzter Zeit meinen Körper und Geist auf derartige Begleiterscheinungen der Transitionen trainiert hatten.

»Erster Orientierungspunkt erreicht!«, meldete Morvoner sachlich. »Navigation und Auswertung laufen an. Ende!«

Ich wartete gespannt auf das Ergebnis der Auswertung. Obwohl die Transitionen mit Hilfe der hochwertigen Bordpositronik vollautomatisch nach einem exakt errechneten Programm abliefen, konnte es doch hin und wieder zu beträchtlichen Abweichungen kommen, beispielsweise dann, wenn ein Raumschiff im entstofflichten Zustand eine Zone des Hyperraums passierte, in der hyperenergetische Turbulenzen tobten. Dann waren mehr oder weniger komplizierte und zeitraubende Positionsberechnungen erforderlich. Aber diesmal war alles planmäßig verlaufen, wie Morvoner nach wenigen Zentitontas mitteilte und dann hinzufügte: »Ortungssatellit Eins planmäßig ausgesetzt.«

Fartuloon und ich wechselten einen kurzen Blick. Die POLVPRON durchmaß zwar nur hundert Meter, aber sie war ein gutes Schiff, und ihre Maschinen arbeiteten einwandfrei. Einige helle Glockentöne kündigten an, dass die Bordpositronik die Berechnungen der minimalen Kurskorrekturen abgeschlossen hatte. Auf einem Monitor erschienen die entsprechenden Daten. Ich nickte Fartuloon zu, der vor den Hauptkontrollen saß. Der Bauchaufschneider strich sich über seinen schwarzen Vollbart und streckte die Hand nach der Schaltplatte aus, die den von der Bordpositronik vorberechneten nächsten Sprung durch Aktivierung des Transitionstriebwerks einleiten würde.

Im nächsten Augenblick erstarrte er mitten in der Bewegung. Ich brauchte nicht nach dem Grund dafür zu fragen, denn ich hörte »es« ebenfalls, jenes Rauschen und Wispern, das urplötzlich aus sämtlichen Lautsprechern der Funkanlage brach. Schlagartig herrschte an Bord unseres Schiffes eine geheimnisvolle, unheimliche Atmosphäre, die knisternde Spannung weckte und gleichzeitig eine unbestimmte Drohung ausstrahlte. Fartuloon zog die Hand von der Schaltplatte zurück und wandte sich mir zu. Seine gelben, hinter Fettwülsten halb verborgenen Augen glitzerten seltsam. Zugleich sandten sie mir eine Frage zu.

»Unterbrechen!«, sagte ich mit gepresster Stimme. Dann kam mir ein Gedanke. »Funkanlage abschalten!«

Der Bauchaufschneider grinste, während er meinen Befehl ausführte. Die Aktivität der Funkgeräte erlosch, die Lautsprecher verstummten. Aber das Rauschen und Wispern verstummte nicht! Es war weiter vorhanden.

Die Übertragung erfolgt sowohl auf elektromagnetischem Wege als auch direkt über Paraschwingungen ins Bewusstsein lebender Wesen!, erklärte mein Extrahirn, während ich sofort meinen Monoschirm verstärkte.

»Es besteht kein Grund zur Besorgnis!«, sagte ich laut, an die übrigen Besatzungsmitglieder gewandt. Farnathia lächelte tapfer; ich erwiderte das Lächeln. Eiskralle saß unbeweglich in einem Kontursessel. Morvoner schien in sich hineinzulauschen. Sein von zahllosen Narben entstelltes Gesicht zeigte keine Regung; die Augen waren halb geschlossen. Als ich sprach, schrak er hoch.

Jemand räusperte sich lautstark. Ich wandte mich um und sah, dass es Corpkor gewesen war, der durch sein Räuspern meine Aufmerksamkeit auf sich gelenkt hatte. Der Kopfjäger deutete auf die Kontrollen unserer Ortungsgeräte. »Energie- und Masseortung! Eindeutig Übereinstimmung mit den Parametern der *Vergessenen Positronik!* Distanz: fünf Komma siebendrei Lichtjahre! Distanz zu Kraumon: nur etwas mehr als dreißig Lichtjahre!«

Die Monitoren zeigten Diagramme an, andere wieder wiesen nur Daten aus. Morvoner stieß einen halb erstickten Schrei aus und sprang auf. Sein Gesicht war leichenblass. Ich spürte, wie meine Augen sich als Folge starker Erregung mit salzigem Sekret füllten. Dennoch ließ ich mich von meinen Gefühlen nicht überwältigen wie Morvoner. Aus den Augenwinkeln nahm ich wahr, dass sowohl Fartuloon als auch Corpkor mich beobachteten.

Unwillkürlich musste ich lächeln. »Glück des Tüchtigen?«

»Jedenfalls eine Chance, die wir uns nicht entgehen lassen!« Fartuloon leitete die Positionsdaten an den KSOL-Bordrechner weiter, um die neuen Transitionsdaten ermitteln zu lassen.

Nach der Transition materialisierten wir in wenigen Millionen Kilometern Abstand und konnten das geortete Objekt per Vergrößerung der optischen Außenbeobachtung direkt in Augenschein nehmen. Es handelte sich um eine riesige schwarze Plattform, die mitten im Raum schwebte und in ein ungewisses Leuchten gehüllt war. Sie besaß keinerlei Erhebungen, Einbuchtungen oder Öffnungen, soweit sich das feststellen ließ.

Alles Mögliche ging mir durch den Kopf, während ich abwechselnd die schwarze Plattform auf der Panoramagalerie und die Gesichter meiner Gefährten musterte. Meine Erregung klang dabei nicht ab, sie konzentrierte sich allerdings auf das Willenszentrum meines Gehirns. Schon oft hatte ich mit dem Gedanken gespielt, nach dem Stein der Weisen zu suchen und mit seiner Hilfe die Macht des Imperators Orbanaschol zu brechen. Wir waren darüber informiert, dass Orbanaschol III. selbst große Anstrengungen unternahm, um sich in den Besitz dieses kosmischen Kleinods zu setzen. Er beschäftigte offenbar zu diesem Zweck ein ganzes Heer von Wissenschaftlern und erfahrenen Raumfahrern, die nach Hinweisen auf den kosmischen Standort des Steins der Weisen suchten und diese Hinweise systematisch auswerteten. Und nun sah ich mich dem Schlüssel zu diesem ebenso geheimnisvollen wie wertvollen Objekt direkt gegenüber.

Abermals blickte ich in Fartuloons Gesicht und las darin bereits Zustimmung zu dem Entschluss, bevor ich ihn bekannt gab. »Wir bleiben hier, bis wir mehr über die Vergessene Positronik wissen.«

Mit geringer Beschleunigung flogen wir kurz darauf der Plattform entgegen. Morvoners nächste Schaltung brachte einen Ausschnitt der Plattformoberfläche scheinbar zum Greifen nahe heran. Nach bisherigen Messungen war die Plattform quaderförmig, wurde also von drei Paaren deckungsgleicher Rechtecke begrenzt. Die Länge betrug sechstausend, die Breite zweitausend und die Höhe tausend Meter. Es war ein gigantisches schwarzes Gebilde, das da vor uns durch den Weltraum schwebte. Ich musste schlucken, als ich die reglosen, in Raumanzüge gehüllten Körper unterschiedlichster Lebewesen sah, die auf der Plattform lagen.

»Ungebetene Besucher«, sagte Fartuloon trocken. »Sie wurden dort festgehalten und getötet.«

»Wir werden ebenfalls sterben, wenn wir diese Gegend nicht schleunigst verlassen«, sagte Farnathia plötzlich mit drängender Stimme. »Vielleicht ist es sogar schon jetzt zu spät.«

»Ich rate zu schneller Flucht«, wandte sich auch Corpkor tonlos an mich. »Schon viele Raumfahrer haben versucht, sich des Schlüssels zum Stein der Weisen zu bedienen. Es heißt, dass sie alle auf grauenvolle Weise ums Leben gekommen sind.«

»Die Wesen, die den Stein der Weisen irgendwo hinterlegten, taten es, damit ihn eines Tages ein anderes Wesen findet und in Besitz nimmt«, entgegnete ich. »Alles andere ist eine Frage der Auswahl.«

»Einer gnadenlosen Auswahl. Man muss nicht nur besonders qualifiziert sein, sondern auch wahrhaft titanische Leistungen vollbringen, um dieses Erbe, das Glück und Macht verheißt, besitzen zu können. Wer diese Voraussetzungen nicht erfüllt, kommt um. So einfach ist das, Erhabener.«

»Aber wer den Versuch nicht wagt, kann nicht gewinnen«, sagte ich grimmig. »Ich bin fest entschlossen, das Geheimnis der Vergessenen

Positronik zu entschleiern. Der Einsatz ist mein Leben. Wer wirft sein Leben mit in die Waagschale?«

Wie pathetisch!, flüsterte der Extrasinn grämlich.

Corpkor wich meinem forschenden Blick aus. Auch Morvoner und Eiskralle wandten sich ab. Nur Farnathia erwiderte fest meinen Blick. Doch sie durfte ich der Gefahr, die dort drüben lauerte, nicht aussetzen.

Einen Gefährten brauchte ich allerdings nicht erst zu fragen, um seine Entscheidung kennen zu lernen: Fartuloon. Mein Lehrmeister hockte behäbig in seinem Kontursessel, hatte die muskelbepackten Arme über dem Harnisch vor der breiten Brust gekreuzt und blickte mich mit gelassenem Lächeln an. Es gab keinen Zweifel: Fartuloon würde mich begleiten, und er hatte natürlich gewusst, wie ich mich entscheiden würde. Der listige Bauchaufschneider kannte keine Furcht. Es konnte für mich keinen besseren Gefährten für die bevorstehende Aufgabe geben.

»Wir beide gehen allein hinüber«, sagte ich. »Fartuloon und ich müssen uns darauf verlassen können, dass die POLVPRON in der Nähe der Vergessenen Positronik bleibt.«

»Wenn ihr Hilfe braucht, greifen wir ein«, versicherte Eiskralle.

»Nein!«, entschied ich nach kurzem Nachdenken. »Wir werden entweder allein mit allen Gefahren fertig, die dort drüben lauern, oder wir sind sowieso verloren. Jedes Eingreifen von außen würde nicht nur uns beide gefährden, sondern das ganze Schiff.«

»Aber was sollen wir tun, wenn ihr nicht zurückkehrt?«, fragte Farnathia besorgt.

»Nichts«, antwortete Fartuloon. »Ich verspreche, dass ich auf Atlan aufpassen werde, als wäre er mein eigener Sohn. Wir wissen natürlich nicht, wie lange wir in der Vergessenen Positronik aufgehalten werden, aber ich nehme an, dass es nach etwa hundert Pragos zwecklos wäre, länger auf uns zu warten.«

Farnathia schluchzte auf und lief auf mich zu. Ich stand auf und nahm sie in meine Arme. Während ich sanft über ihr schulterlanges silberfarbenes Haar strich, blickte ich Fartuloon vorwurfsvoll an.

Er hob die mächtigen Schultern und sagte verlegen: »Ich drücke mich eben nicht so feinfühlig aus wie ein hochgeborener Herr, aber ich habe es ehrlich gemeint.«

Darüber musste ich lachen. Ich küsste Farnathia auf die Stirn und schob sie sanft von mir. »Keine Sorge, Liebste, ich bin sicher, dass Fartuloon und ich wohlbehalten zurückkehren werden.«

Fartuloon schlug mit der flachen Hand an den Knauf seines breiten Dagorschwertes. »Das *Skarg* wird uns beide beschützen, Kristallprinz.«

Ich blickte auf den Knauf, und wieder einmal, wie schon so oft zuvor, fragte ich mich, was es mit der seltsamen silberfarbenen Figur auf sich haben mochte – und wieder einmal fand ich darauf keine Antwort, denn die Konturen der Figur schienen unter meinem Blick zu zerfließen. »Gehen wir!«

Ungefähr eine Tonta später kehrten Fartuloon und ich in die Zentrale unseres Schiffes zurück. Fartuloon trug seinen verbeulten Brustpanzer über einem Raumanzug, und auch den Gürtel mit dem Schwert hatte er über den Raumanzug geschnallt. Zusätzlich trug er jedoch einen Impulsstrahler und einen Paralysator. Ich hatte ebenfalls einen hochwertigen Raumanzug angezogen, dessen Aggregattornister außer einem Kompakt-Fusionsmeiler die Geräte für Sauerstoff- und Klimaversorgung sowie je ein Antigrav- und ein Pulsationstriebwerk enthielt. Meine Bewaffnung bestand ebenfalls aus einem Hochenergie-Luccot und einem Paralysator.

»Soll ich das Schiff noch näher an die Plattform steuern?«, erkundigte sich Morvoner.

»Lieber nicht«, antwortete ich. »Wir wollen kein unnötiges Risiko eingehen. Die Vergessene Positronik könnte auf eine weitere Annäherung feindselig reagieren. Meiner Meinung nach ist es schon eigenartig genug, dass sie bisher nicht auf die Nähe unseres Schiffes reagiert hat.«

»Hat sich in der vergangenen Tonta nichts geändert?«, fragte Fartuloon verwundert. »Weder Entfernung noch Geschwindigkeit des Objektes?«

»Nichts«, antwortete Corpkor. »Es scheint, als würden die Vergessene Positronik und unser Schiff von geheimnisvollen Kräften stetig auf gleicher Distanz gehalten.«

»Ein gutes Zeichen.« Fartuloon grinste und wandte sich an mich. »Fertig, Junge?«

»Fertig«, antwortete ich, küsste Farnathia noch einmal und wandte mich zum Gehen.

Fartuloon und ich verließen das Schiff durch eine Mannschleuse am oberen Pol, schalteten unsere Flugaggregate ein und nahmen

Kurs auf die Plattform, die mit bloßem Auge nur an dem diffusen Leuchten zu erkennen war, das sie umhüllte. Das geheimnisvolle Rauschen und Wispern begleitete uns weiterhin, ob wir die Helmfunkgeräte einschalteten oder nicht. Ich versuchte, es zu ignorieren, aber es ließ sich nicht aus meinem Bewusstsein verdrängen.

In meinem Helmempfänger knackte es, dann hörte ich Fartuloons Stimme: »Wie fühlst du dich?«

»Ich bin gespannt darauf, was uns dort drüben alles bevorsteht.«

»Gut so.«

Nicht in Euphorie verfallen! warnte der Logiksektor eindringlich. *Nur wer nüchtern und sachlich denkt, behält den nötigen Überblick.*

Immer deutlicher war die riesige Plattform zu sehen – und mit ihr sah ich die verkrümmten Gestalten von Raumfahrern, die hier ihr Glück gesucht und den Tod gefunden hatten. Obwohl die teilweise recht plumpen Raumanzüge das Aussehen der Toten verhüllten, erkannte ich doch, dass mindestens acht Raumfahrer in ihrer Körperform uns Arkoniden stark ähnelten. Zwei waren echsenhafte Dron, vier sogar Maahks. Die übrigen Toten stammten von mir unbekannten Völkern und hatten teilweise recht abenteuerliche Körperformen. Aber bei keinem war die Todesursache zu erkennen.

Ganz sicher waren sie nicht mit Strahlwaffen getötet worden; deren Spuren wären unübersehbar gewesen. Die Vergessene Positronik bediente sich sicher subtilerer Mittel, um ungebetene Besucher auszuschalten. Deshalb ließ ich meine beiden Energiewaffen auch in den Gürtelhalftern, als wir zur Landung ansetzten.

Fartuloon und ich kamen gleichzeitig mit den Füßen auf der Oberfläche der Plattform an – und im nächsten Augenblick dachte keiner mehr an den anderen. Energieschauer jagten durch meinen ganzen Körper, ließen mich in schmerzhaften Krämpfen winden und drehen und trieben mir Unmengen salzigen Sekrets in die Augen.

Nicht liegen bleiben!, mahnte mein Extrahirn. Erst dadurch wurde mir bewusst, dass ich nach der Landung zu Boden gestürzt war und mich vor Schmerzen krümmte, ohne mich von der Stelle zu bewegen. Ich kämpfte gegen die Schmerzempfindung an, sah alles nur wie durch einen roten Schleier und versuchte, mich zu bewegen. Nur kurz zuckte das Verlangen durch mein Gehirn, die Flugaggregate wieder einzuschalten und diesen Ort des Grauens zu verlassen. Der Wille zum Durchhalten war stärker.

»Atlan!«, rief jemand. Die Stimme war so entstellt, dass ich im ersten Moment nicht wusste, wer nach mir gerufen hatte, bis mir klar wurde, dass es nur Fartuloon gewesen sein konnte, da sich außer ihm und mir niemand auf der Plattform befand.

»Hier!«, brachte ich mühsam hervor. Ein neuer Krampf schüttelte mich.

»Atlan«, drang es nach einiger Zeit wieder an mein Bewusstsein. »Das *Skarg!* Anfassen!«

Wahrscheinlich hilft eine Berührung, teilte mir die innere Stimme. *Du musst versuchen, Kontakt mit Fartuloons Schwert zu bekommen.*

Abermals kämpfte ich unter Aufbietung aller Willenskraft gegen den paralysierenden Schmerz an. Ich tastete um mich, bekam etwas zu fassen und hielt mich daran fest. Kurz darauf wurden die Schmerzen erträglich, die roten Schleier rissen etwas auf – und ich erkannte in meiner Nähe das verzerrte und schweißüberströmte Gesicht Fartuloons. Im nächsten Moment sah ich auch, dass wir beide den Knauf seines Kurzschwerts umklammert hielten.

Der Bauchaufschneider grinste mühsam und stieß mit rauer Stimme hervor: »Es hilft, nicht wahr?«

Es half tatsächlich, obwohl ich mir den Wirkungsmechanismus nicht erklären konnte. Aber es half nicht völlig gegen den Einfluss der fremden Kraft. Noch immer wurden wir von Krämpfen geschüttelt. Doch ihre Wirkung ließ wenigstens so weit nach, dass wir über die Oberfläche der Plattform kriechen konnten. Einmal legten wir eine kurze Pause ein, und in dieser Zeit versuchte ich, in den Weltraum zu blicken, wo irgendwo die POLVPRON treiben musste. Aber ich sah absolut nichts. Das rätselhafte Leuchten, das die Plattform umhüllte, verhinderte jede Sicht nach draußen. Nicht einmal die Sterne waren zu sehen. Einige bange Herzschläge lang fühlte ich mich in einem leuchtenden Käfig gefangen, und Furcht keimte in mir auf. Doch dann kehrte die klare Überlegung zurück – und mit ihr der Wille, der Vergessenen Positronik ihr Geheimnis zu entreißen, den Schlüssel zum Stein der Weisen zu finden.

Ungeduldig wandte ich mich an Fartuloon. »Worauf wartest du noch? Weiter!«

Fartuloon lächelte wissend und blickte auf unsere Hände, die den Knauf des *Skargs* umklammert hielten. Dann bewegte er sich vorwärts. Ich kroch dicht neben ihm her. Wieder überfluteten mich Schmerzwellen, aber mein Körper war bereits halb betäubt, so dass er kaum noch darauf reagierte. Allerdings wollte er mir nicht mehr recht gehorchen. Ich musste all meine Willenskraft aufbieten, um mich zu bewegen, ohne den Schwertknauf loszulassen. Plötzlich tastete meine freie rechte Hand ins Leere. Ich hielt an.

Auch Fartuloon blieb liegen, nachdem seine Hand beinahe vom Knauf des Schwertes geglitten war. »Was ist los?«

»Ich weiß es noch nicht. Rechts neben mir scheint sich eine Öffnung zu befinden.«

»Ich sehe keine. Du phantasierst, Atlan.«

»Ich denke völlig klar.« Langsam schob ich meine rechte Hand, die unwillkürlich zurückgezuckt war, wieder vorwärts. Sie kroch über die schwarze Oberfläche der Plattform, fand plötzlich keinen Widerstand mehr und verschwand zur Hälfte. Es sah aus, als habe sie sich teilweise aufgelöst, denn ihr hinterer Teil stand schräg auf einer scheinbar völlig intakten, schwarzen, metallischen Fläche.

Eine Öffnung, die durch feldtechnische Tricks getarnt ist, raunte der Logiksektor. *Worauf wartest du noch? Du willst in die Vergessene Positronik eindringen – und hier bietet sich dir ein Weg an.*

»Siehst du es?«, fragte ich meinen Lehrmeister und Pflegevater. »Ich meine, dass sich hier eine Öffnung befinden muss! Wenn sie groß genug ist, krieche ich hindurch. Kommst du mit?«

»Was bleibt mir weiter übrig«, hörte ich Fartuloons Antwort aus meinem Helmempfänger. »Schließlich habe ich Farnathia versprochen, dich zu beschützen.«

Farnathia. Für kurze Zeit verspürte ich den Impuls, umzukehren und mit Farnathia irgendwo ein neues Leben zu beginnen. Doch ich wusste, dass es für uns kein neues Leben geben konnte, wenn wir vor der Pflicht flohen. Und meine Pflicht war es, den Mörder und Diktator Orbanaschol zu stürzen und dem Großen Imperium seinen rechtmäßigen Imperator zu geben. Entschlossen schob ich mich weiter vor.

Meine rechte Hand verschwand ganz, aber ich fühlte, dass sie noch vorhanden war. Langsam ließ ich ihr die rechte Schulter folgen. Die Öffnung erwies sich als weit genug, nur wusste ich noch nicht, was hinter ihr lag, welche neuen Gefahren uns auf der anderen Seite erwarteten. Nach erneutem Zögern schob ich den Kopf durch die unsichtbare »Öffnung«. Meine rechte Hand und die rechte Schulter wurden wieder sichtbar. Durch den runden Klarsichthelm hindurch erkannte ich eine fremdartige, in düsterrotes Licht getauchte Umgebung, eine Art Höhle, zu der eine leicht geneigte Rampe hinabführte. Mein Oberkörper lag halb auf dieser Rampe.

»Der Weg ist gangbar«, sagte ich ins Mikrofon meiner Helmfunkanlage.

»Du wirst den Schwertknauf loslassen müssen. Jedenfalls für kurze Zeit, bis wir beide ›drüben‹ sind. Meinst du, du kannst den Schmerz so lange ertragen?«

Die Frage machte mir bewusst, dass es auf dieser Seite keinen Schmerz mehr gab. Ich ließ den Schwertknauf fahren. »Alles klar. Hier gibt es keinen Schmerz.«

Diesmal zögerte ich nicht mehr, sondern kroch vorwärts, die Rampe hinab. Das, was von oben wie eine natürliche Höhle ausgesehen hatte, erwies sich aus der Nähe als breiter Korridor, dessen Wände und Decke nur deshalb so roh wie natürlicher Fels gewirkt hatten, weil sie dicht an dicht von Tausenden und Abertausenden unterschiedlichster Schalteinheiten besetzt waren. Ich richtete mich auf, drehte mich um und sah, wie Fartuloon auf dem Bauch die Rampe hinabrutschte. Sein Brustpanzer schepperte über den Boden, ein Zeichen dafür, dass es hier eine Atmosphäre gab, ein Phänomen, das sich ziemlich einfach durch einen Energiefeldabschluss erklären ließ, durch den nur feste Masse einer bestimmten Dichte passieren konnte.

Fartuloon erhob sich ebenfalls, schob das *Skarg* in die Scheide zurück und sagte: »Da sind wir. Fehlt nur noch das Begrüßungskomitee.«

Es schien, als hätte »man« nur auf Fartuloons Bemerkung gewartet. Jedenfalls lösten sich wenige Augenblicke später zahllose der Schalteinheiten von der Decke und den Wänden und schwebten auf uns herab. Sie schwebten tatsächlich, folglich mussten diese relativ kleinen Gebilde winzige Flugaggregate besitzen. Das überraschte mich nicht, denn ich war in einem Schiffswrack innerhalb der Sogmanton-Barriere noch viel kleineren technischen Gebilden begegnet, die nicht nur fliegen konnten, sondern eine Art eigenständiges Leben und ein Kollektivbewusstsein entwickelt hatten. Damals waren wir angegriffen worden. Die Schalteinheiten der Vergessenen Positronik erweckten aber nicht den Eindruck, als griffen sie an. Sie umschwärmten uns lediglich, berührten uns ab und zu und schienen lediglich prüfen zu wollen, wer da in ihr Reich eingedrungen war.

Eine der Schalteinheiten schwebte dicht vor meinem Druckhelm, und zum ersten Mal konnte ich eines dieser Gebilde genauer betrachten. Es handelte sich um eine scheinbar sinnlose Ballung aus Metall- und Plastikelementen, die ungefähr den Durchmesser einer Männerfaust hatte. Das Gebilde wirkte irgendwie unfertig, und je länger ich es betrachtete, desto stärker wurde dieser Eindruck, denn hin und wieder wechselten einige der Elemente, aus denen es zusammengesetzt war, ihre Plätze. Das Ding schien sich in einem ständigen Umgruppierungsprozess zu befinden.

Wenig später gesellte sich ein zweites Gebilde zu dem ersten – und plötzlich schwebten die beiden aufeinander zu und schlossen sich zusammen. Ihre Funktionselemente gerieten in turbulente Bewegung; sie wimmelten gleich einem Schwarm aufgescheuchter Insekten durcheinander. Innerhalb weniger Zentitontas hatten sie sich zu einem einzigen Gebilde von der Größe zweier Männerfäuste vereinigt. Dieser Vorgang interessierte mich aber kaum noch, denn bei ihm hatte ich etwas entdeckt, was völlig neue Aspekte eröffnete: Im Innern einer jeden der beiden Schalteinheiten gab es eine formlose hellgelbe Masse, die für kurze Zeit sichtbar geworden war und sich ebenfalls vereinigt hatte.

Organische Materie?

Möglicherweise handelt es sich um eine echte Symbiose zwischen robotischen Elementen und organischem Plasma, teilte mir mein Logiksektor mit. *Vielleicht eine Art Biorobotik.*

Ich teilte meine Überlegungen Fartuloon mit.

»Eine … Biopositronik?«, wiederholte der Bauchaufschneider nachdenklich. »Das ist in dieser Form etwas völlig Neues für uns. Aber ich glaube nicht, dass es sich um eine natürliche Symbiose handelt. Wahrscheinlich haben die Angehörigen jenes legendären Urvolks, das die Vergessene Positronik baute, systematisch positronische Funktionselemente und biologische Zellen zusammengebracht. Wenn es sich so verhielt, muss der Zusammenschluss beider Komponenten die Effektivität der Leistung vergrößern.«

Ich sagte nichts dazu, denn eine andere Gruppe von Schalteinheiten erregte meine Aufmerksamkeit. Es handelte sich um stahlblaue Kugelgebilde vom halben Durchmesser einer Männerfaust, die plötzlich aufgetaucht waren. Diese Gebilde umschwärmten die anderen Einheiten, stießen ab und zu ruckartig vor und versetzten den Schalteinheiten sanfte Stöße. Daraufhin zogen sich die Schalteinheiten allmählich zurück. Sie schwebten zu den Wänden und schlossen sich dort an blanke Kontaktstellen an.

»Gehen wir weiter.« Fartuloon schob mit den Händen einige der blauen Kugeln beiseite, die ihm im Weg waren. Im nächsten Moment schrie er auf und taumelte zurück. Ich konnte nicht erkennen, was ihm zugestoßen war, aber für mich war es klar, dass die blauen Kugeln schuld daran waren. Auch mich umschwirrten sie, ohne mich allerdings zu berühren. Aber sie versperrten mir ebenso den Weg wie Fartuloon.

Ich zog meinen Luccot, schoss aber nicht, sondern wartete darauf, dass Fartuloon sich erholte. *Wenn wir etwas unternehmen, müssen wir es gemeinsam tun.*

Endlich beruhigte sich der Bauchaufschneider. Er wandte mir sein Gesicht zu. »Diese verwünschten Kugeln können fürchterliche Schmerzimpulse aussenden, mein Junge. Komm ihnen lieber nicht zu nahe.«

»Wir müssen weiter, so oder so. Notfalls werden wir die Kugeln zerstören. Bist du bereit?«

»Immer. Strahler auf stärkste Streuung einstellen und immer nur kurze Impulse geben, sonst wird es hier so heiß, dass die Wände schmelzen und uns unter sich begraben.«

Ich nickte ihm zu und stellte meinen Impulsstrahler entsprechend ein. Nachdem er feuerbereit war, richtete ich die Abstrahlmündung auf eine Gruppe blauer Kugeln, die reglos vor mir in der Luft schwebten. Dann drückte ich ab. Ein breit gefächerter Lichtblitz löste sich aus meiner Waffe – und erlosch sofort wieder, als ich den Finger vom Abzug nahm. Etwa zehn Kugelgebilde wurden ganz oder teilweise verdampft. Ein Teil der abgestrahlten Energie traf die Korridorwand und ließ einige der dort verankerten Schaltelemente aufglühen. Bei Fartuloon spielte sich der gleiche Vorgang ab. Wir hatten jedoch keine Zeit, darüber Betrachtungen anzustellen, denn plötzlich griffen die übrigen blauen Kugeln an. Ich feuerte pausenlos. Dennoch kamen einige der Kugeln durch. Wenn sie mich berührten, verkrampfte sich mein Körper jedes Mal unter dem Ansturm einer grauenhaften Schmerzwelle. Ich hatte nur den einen Gedanken, die Waffe festzuhalten, damit sie mir nicht vom Schmerz aus der Hand gerissen werden konnte.

Irgendwo in der Nähe schrie Fartuloon, und als ich begriff, dass er sich damit Erleichterung verschaffte, schrie ich auch jedes Mal, wenn eine neue Schmerzwelle mich durchraste. Der Alptraum dauerte ungefähr eine Dezitonta, dann waren die letzten blauen Kugeln zerstört.

Aber die Energieentladungen hatten den Korridor in eine glühende Hölle verwandelt. Die Schalteinheiten an den Wänden und an der Decke waren nur noch zusammengeschmolzene schwärzliche Klumpen, und die Wandung dahinter glühte kirschrot. Ohne unsere hervorragend isolierten Raumanzüge und die leistungsfähigen Klimaanlagen wären wir verloren gewesen.

Über unseren nächsten Schritt brauchten wir uns nicht erst akustisch zu verständigen. Es gab gar keine andere Möglichkeit, als tiefer in die Vergessene Positronik einzudringen – ein Rückzug kam für uns nicht in Frage. Wir hasteten den Korridor entlang und erreichten eine Zone, in der sich die Energieentladungen nicht mehr verheerend ausgewirkt hatten. Doch auch hier hingen zahllose Schaltelemente an den Wänden und an der Decke.

»Dort, eine Abzweigung!« Fartuloon deutete mit seinem Impulsstrahler auf ein rechteckiges Loch in der linken Wand. Ich winkte ihm auffordernd zu. Mir war klar, dass wir in andere Bereiche der Vergessenen Positronik vordringen mussten. Hier im Korridor konnten jederzeit neue Schwärme der blauen Kugeln auftauchen, und ich spürte kein Verlangen nach einer Wiederholung des alptraumhaften Kampfes. Fartuloon blieb dicht vor der Öffnung stehen und blickte hindurch. »Es sieht relativ harmlos aus. Ein kleiner Saal voller Stahlplastikgestelle.«

Er verschwand durch die Öffnung. Als ich ihm folgte, sah ich, dass wir tatsächlich eine kleine Halle voller Stahlplastikgestelle betreten hatten. Auf den Gestellen hatten früher wahrscheinlich Schaltelemente oder andere kleine Gegenstände gelagert; jetzt waren sie allerdings leer. Harmloser konnte tatsächlich kein Raum aussehen. Doch wie sehr der erste Eindruck täuschen konnte, erfuhr ich schon wenige Augenblicke später.

Fartuloon und ich hatten gerade die Mitte der Halle erreicht, als die Stahlplastikgestelle unverhofft aufglühten. Bevor wir reagieren konnten, war der Saal in ein ultrahelles Leuchten getaucht, das jede optische Orientierung unmöglich machte. Wir versuchten dennoch, den Ausgang zu erreichen, indem wir uns bei den Händen fassten und blindlings vorwärts stürmten. Aber wir kamen nicht weit. Ein hohles Brausen war zu hören, überschwemmte mein Bewusstsein und riss es mit sich in einen unendlich tiefen, nachtschwarzen Abgrund …

6.

Aus: *Fragmentarische Texte von Yxathorm*, Vers a142; Entstehungszeit ungefähr 56.000 v.Chr.

... also sprach der Träger des Lichts: *Ihr, die ihr in der Dämmerung der Unwissenheit zufrieden schlummert, werdet niemals über das Stadium des Vor-Menschtums hinauskommen. Zu Menschen werdet ihr nur, wenn ihr die Verbote missachtet, eure Augen öffnet und euch der Erkenntnis zuwendet.*

Von diesem Augenblick an werdet ihr nicht mehr unschuldig sein, sondern gut und böse zugleich, und ihr werdet wissen, dass ihr gut und böse seid. Große Mühen und Leiden werden über euch kommen, aber wenn ihr unbeirrt weiter nach dem Licht der Erkenntnis strebt, werdet ihr in ferner Zukunft die Vollkommenheit erreichen. Viele Fallen lauern auf euren Wegen, aber auch viele Hilfen erwarten euch.

Eine diese Hilfen ist der Stein der Weisen*; in den richtigen Händen kann er Dinge vollbringen, die euch wie Wunder erscheinen werden. Doch schwer ist es, ihn zu suchen, und noch schwerer, ihn zu behalten.*

Vergessene Positronik: 25. Prago der Prikur 10.497 da Ark

Als ich zu mir kam, war das Brausen noch immer da, nur dröhnte es mir jetzt viel lauter in den Ohren. Doch die Umgebung war eine andere. Es gab kein blendendes Leuchten mehr, keine Halle und keine Gestelle aus Metallplastik. Ich sah zwar einen fahlgelben Schimmer, aber er erhellte eine so fremdartige und alptraumhafte Umgebung, dass ich erschrak. Ich setzte mich auf und merkte dabei, dass die Schwerkraft höher geworden war. Ein erfahrener Raumfahrer spürte das sofort. Benommen tastete ich nach den Schaltungen meiner Tornisteraggregate, die sich in der Gürtelplatte meines Raumanzuges befanden. Ich aktivierte den Gravoneutralisator und erhöhte seine Effektivleistung, bis sich das Schwerkraftgefühl normalisierte. Da mich das Brausen und Dröhnen nervlich zu zermürben drohte, schaltete ich die Außenmikrofone meines Anzugs aus. Der Lärm verstummte augenblicklich.

Dafür hörte ich Fartuloons Stimme im Helmempfänger. »Melde dich, Atlan. Bei allen Dämonen des Tryortan-Schlundes, hoffentlich schaltet der Junge bald seine Außenmikrofone ab!«

»Schon geschehen, Bauchaufschneider. Hast du eine Ahnung, wo wir uns hier befinden?«

Fartuloon atmete hörbar auf. »Endlich! Wo wir uns befinden, möchtest du wissen? Da bin ich überfragt. Schau dich um; vielleicht findest du es heraus.«

Ich befolgte seinen Rat. Zuerst stellte ich fest, dass ich am Fuß eines flachen Hügels saß. Der schildförmige Buckel von ungefähr vierzig Metern Höhe bestand allerdings nicht aus Gestein, sondern aus bläulich schimmerndem Eis, in dem tiefe Risse klafften. Gelblich angestrahlte Wolken zogen dicht darüber hin. Wo sie das Eis berührten, saugten sie es förmlich auf. Jedenfalls entstand dieser Eindruck rein optisch. Auf der anderen Seite erstreckte sich eine wellige Ebene, ebenfalls aus Eis, in der in unregelmäßigen Abständen schwarze, würfelförmige Gebilde lagen, die größten mit einer Kantenlänge von etwa zehn, die kleinsten mit einer Kantenlänge von höchstens drei Metern. Der Himmel war völlig von Wolken verhangen, durch die fahlgelbes Licht schimmerte. An drei Stellen leuchtete es besonders intensiv hinter dem Wolkenschleier; es sah aus, als existierten in dieser Alptraumwelt drei Lichtquellen oder Sonnen.

»Es sieht aus, als wären wir auf einen fremden, lebensfeindlichen Planeten versetzt worden«, sagte ich. »Allerdings möchte ich auch die Möglichkeit nicht ausschließen, dass die Vergessene Positronik uns hypnotisiert und in eine Art Traumwelt geschickt hat, während unsere Körper wehrlos irgendwo im Innern der Plattform liegen.«

Fartuloon knurrte einen Fluch. »Wir sollten diese Welt als Realität ansehen. Da die Instrumente meines Raumanzuges anzeigen, dass die Atmosphäre keinen Sauerstoff enthält und außerdem zu dicht und zu kalt für uns ist, müssen wir versuchen, so bald wie möglich von ihr zu entkommen. Unsere Überlebensaggregate liefern noch rund dreißig Tontas lang Sauerstoff, dann ist der Ofen aus.«

Ich musste gegen meinen Willen über Fartuloons Ausdrucksweise lachen, obwohl sie sehr treffend war. Unsere Körper glichen vergröbert betrachtet Öfen, die nur brannten, solange ihnen ständig Sauerstoff zugeführt wurde. Brach die Sauerstoffzufuhr ab, war tatsächlich »der Ofen aus«. *Die Wahrscheinlichkeit, dass es sich bei der Versetzung auf eine lebensfeindliche Welt um einen Test handelt, ist sehr groß*, sagte mein Extrasinn. *Ihr habt also höchstwahrscheinlich eine reelle Chance, diese Welt zu verlassen, aber ihr müsst euch anstrengen.*

Langsam erhob ich mich ganz. »Wo bist du eigentlich?«, fragte ich, denn ich konnte den Bauchaufschneider nirgends entdecken.

»Ganz in deiner Nähe. Ich habe jedenfalls die Reichweite meines Helmsenders allmählich bis auf einen Radius von fünfzig Metern vermindert und kann dich immer noch gut verstehen.«

»Ich höre dich ebenfalls gut.« Kurz entschlossen verstellte ich die Reichweite meines Helmfunkgeräts auf einen Radius von zwanzig Metern. »Kannst du mich noch gut empfangen?«

»Ausgezeichnet.«

»Dann sind wir weniger als zwanzig Meter voneinander entfernt. Dennoch sehen wir uns nicht, obwohl ich mindestens fünfhundert Meter weit blicken kann.«

»Das könnte bedeuten, dass nur unsere Bewusstseinsinhalte fortgeschickt wurden – und zwar auf eine Traumreise, in eine Umgebung, die von der Vergessenen Positronik lediglich simuliert wird.«

»Ich vermute, das ändert nichts daran, dass unser Leben gefährdet ist«, entgegnete ich. »Handelt es sich bei der Versetzung, ob real oder nicht, um einen Eignungstest, erwartet uns bei einem Nichtbestehen mit Sicherheit der Tod. Vergiss nicht, dass wir den Schlüssel zum Stein der Weisen finden wollen und dass die Angehörigen des ausgestorbenen Urvolks dafür gesorgt haben, dass nur Wesen mit bestimmten Voraussetzungen ihr Erbe bekommen können.«

Fartuloons Stimme bekam einen grimmigem Ton: »Also, wonach suchen wir?«

»Nach einer technischen Einrichtung, die uns den Rücktransport zur Plattform ermöglicht. Ich denke, wir sollten erst einmal unsere Helmempfänger auf maximale Reichweite stellen. Vielleicht fangen wir Funkgespräche auf.«

Ich schaltete das Gerät hoch und lauschte angestrengt. Mit meinem arkonidischen Minikom konnte ich, da er hyperenergetisch arbeitete, normalerweise jeden ungefähr gleich starken oder stärkeren Sender empfangen, der sich auf einem Planeten von Normalgröße befand. Eine Weile hörte ich das Knistern und Rauschen atmosphärischer Störungen, dann klang plötzlich eine Stimme auf. Die Stimme gehörte bestimmt keinem lebenden Wesen, denn sie klirrte so wie die Stimmgeräte eines schadhaften Roboters. Aber wenigstens sprach sie ein klares *Satron*.

»Willkommen auf Chropanor, Atlan und Fartuloon«, sagte die Stimme. »Ihr habt den ersten Test bestanden und werdet aufgefordert, euch dem zweiten Test zu stellen. Die Bedingungen sind einfach. Ihr könnt euch nicht sehen, wohl aber über eure Helmfunkgeräte verständigen. Und ihr habt eure Waffen. In drei Tontas eurer Zeit wird dieser Planet aufhören zu existieren. Nur einer von euch hat die Möglichkeit, ihn vorher zu verlassen und in die Vergessene Positronik zurückzukehren. Derjenige, der den anderen im Kampf tötet!«

Ich merkte, wie die Erregung mir salziges Sekret in die Augen trieb. Für Augenblicke war ich vor Entsetzen wie erstarrt und konnte nichts tun. Dann schaltete ich die Leistung meines Helmsenders ebenfalls auf das Maximum und schrie voller Empörung: »Diese Bedingung ist unannehmbar! Fartuloon und ich werden nicht gegeneinander kämpfen und keiner von uns wird den anderen töten.«

»Dann werdet ihr beide sterben«, antwortete die seelenlose Stimme. »Denkt logisch. Der Sieger wird überleben und eine neue Chance erhalten, den Schlüssel zum Stein der Weisen zu erlangen.«

»Wir sind keine Mörder«, hörte ich Fartuloons Stimme.

»Diese Äußerung entspricht nicht der Mentalität Ihres Volkes. Bei Ihnen gilt der Sieger in einem ehrlichen Kampf als Held, aber nicht als Mörder.«

»Bei uns pflegen aber nur Feinde gegeneinander zu kämpfen, niemals Freunde«, entgegnete ich.

»Diese Haltung ist unlogisch!« Die Stimme klirrte stärker. »Ihr könnt nur zwischen zwei Möglichkeiten wählen: Entweder sterbt ihr beide oder ihr kämpft gegeneinander und nur der Verlierer stirbt. Warum wollt ihr beide sterben, wo doch einer sein Leben retten kann und überdies eine große Chance gewinnt?«

Fartuloon lachte rau. »Gut, bleiben wir logisch, du seelenlose Maschinenstimme. Ich werde Atlan ganz gewiss nicht töten, denn ich liebe ihn wie meinen eigenen Sohn. Außerdem muss sein Leben für eine große Aufgabe erhalten werden. Atlan, hörst du mich?«

»Ich höre dich.«

»Ausgezeichnet. Schalte den Richtungspeiler deines Funkgeräts ein. Ich verlasse meinen Platz nicht, so dass du mich mühelos anpeilen kannst. Danach tötest du mich. Für Atlan und Arkon – auf Leben und Tod!«

»Du bist verrückt!«, sagte ich entrüstet. »Niemals werde ich meinen Pflegevater und besten Freund töten. Lieber sterbe ich mit ihm zusammen. Besser wäre es aber, wenn du mich töten würdest. Du bist ein erfahrener und kluger Mann und kannst dem Großen Imperium sicher mehr nützen als ich. Sobald Orbanaschol gestürzt ist, such bitte einen geeigneten Mann für das Amt des Imperators.«

»Für diese Zumutung sollte ich dich übers Knie legen, Junge«, sagte Fartuloon grollend. »Nichts und niemand wird mich dazu bringen, dich zu töten. Hallo, du Stimme aus dem Hintergrund, hast du das gehört?«

»Drei Tontas vergehen schnell«, erklärte die Stimme. Danach schwieg sie.

Ich schaltete meinen Sender wieder auf geringe Reichweite. »Wir sind uns also einig, alter Bauchaufschneider. Wir überleben entweder zusammen oder sterben zusammen. Aber wenigstens habe ich die Richtung noch angepeilt, in der der Sender steht, über den die Stimme zu uns sprach. Wir können also versuchen, diesen Sender in der verbleibenden Zeit zu erreichen.«

»Einverstanden. Selbst wenn ich vor meinem Tod weiter nichts mehr tun kann, als diesen seelenlosen Apparat zu zerstören, der uns aufforderte, gegeneinander zu kämpfen. Wohin müssen wir uns wenden?«

Ich wollte in die betreffende Richtung zeigen, besann mich aber noch, dass Fartuloon mich ja ebenso wenig sehen konnte wie ich ihn. Aufmerksam blickte ich mich nach besonderen Geländemerkmalen um. »Am Fuß dieses Hügels, den du wahrscheinlich sehen wirst, stehen mehrere unterschiedlich große würfelförmige Gebilde. Zwei davon stehen besonders dicht zusammen. Wenn du dich zwischen sie stellst und vom Hügel wegblickst, wirst du einen einzelnen großen Würfel sehen. Er liegt genau auf der Linie, die uns zu dem Sender führen sollte.«

Eine Weile herrschte Stille, dann sagte Fartuloon: »Gut, ich habe die Richtung angepeilt und aktiviere jetzt mein Flugaggregat. Höchstgeschwindigkeit?«

»Höchstgeschwindigkeit!«

Mein Flugaggregat arbeitete auf höchsten Touren. Dennoch kam ich nur mit einem Drittel der normalen Höchstgeschwindigkeit voran. Die hohe Schwerkraft der Alptraumwelt und die hohe Luftdichte fraßen den größten Teil der Aggregatleistung. Dazu kamen die niedrig treibenden, gelblich angestrahlten Wolken, die sich als chemisch äußerst aggressiv erwiesen. Einmal streifte ich eine solche Wolke im Vorbeiflug – und sah, dass die drei äußeren Beschichtungen meines

Raumanzuges an der rechten Seite innerhalb eines Augenblicks aufgelöst wurden. Danach mied ich diese Wolken, was mich jedoch zu Energie fressenden Ausweichmanövern zwang und zudem immer wieder Zeit kostete. Fartuloon, mit dem ich in ständigem Funksprechkontakt blieb, hatte naturgemäß mit den gleichen Schwierigkeiten zu kämpfen. Er schimpfte ständig auf die Wesen, die diese gemeine Falle errichtet hatten. Ich schimpfte nicht, denn ich hielt es für sinnlos, mich über etwas aufzuregen, was vor sehr langer Zeit von einem Volk errichtet worden war, dessen Mentalität sich in gewissen Dingen eben von der unseren unterschied.

Zu meiner Verwunderung fürchtete ich mich auch nicht vor dem Tod, obwohl der Zeitpunkt, an dem er eintreten sollte, immer näher rückte. Fartuloons und mein Tod war etwas, das ich innerlich akzeptierte, weil es unabwendbar schien. Dennoch suchte mein Verstand unermüdlich nach Möglichkeiten, dem Ende zu entgehen. Ich wollte nicht kampflos aufgeben, sondern versuchen, die fremde Macht zu überlisten.

Die Stimme hat erklärt, dass dieser Planet zu einem bestimmten Zeitpunkt zu existieren aufhört, dachte ich. Das war etwas, das mich besonders beschäftigte. *Sofern ich nicht von vornherein davon ausgehe, dass diese Welt nur eine paramechanisch erzeugte Traumwelt ist, die unseren Bewusstseinsinhalten aufgeprägt wird, muss der unbegreifliche Mechanismus in der Lage sein, einen Großplaneten völlig zu vernichten. Oder sind Fartuloon und ich lediglich auf eine Welt versetzt worden, die durch eine natürliche Katastrophe dem Untergang geweiht ist?*

Als mein Flugaggregat aussetzte, weil die Luft plötzlich von energetischen Entladungen erfüllt war, schien sich die Vermutung über eine natürliche Katastrophe zu bestätigen. Ich landete unsanft auf einem von schwarzen Würfeln bedeckten Eishang und musste sogleich Deckung vor einem Sturm suchen, der urplötzlich losbrach. Die Atmosphäre verwandelte sich in einen reißenden Mahlstrom.

»Musstest du auch landen?«, wisperte Fartuloons Stimme aus den Lautsprechern. Dazwischen krachten Störgeräusche.

»Ja. Ich befinde mich hinter einem der schwarzen Würfel auf einem Eishang.«

»Ich auch. Bei diesem Sturm kommen wir nicht weiter. Wir werden sein Ende abwarten müssen.«

Ich sagte nichts, denn uns blieben nur noch rund anderthalb Tontas Zeit. Danach sollte der Planet aufhören zu existieren, sofern die Stimme die Wahrheit gesprochen hatte. Ich presste mich an einen der größten Würfel, denn der Sturm wurde so stark, dass er einige der kleineren Würfel umwarf. Erfasste er mich voll, würde er mich fortreißen. Aber auch der stärkste Sturm legte ab und zu eine Pause. In einer solchen konnte ich mich etwas entspannen. Ich rückte ein Stück von meiner Deckung ab und blickte nach oben. Der Sturm hatte die Wolken weggefegt, so dass ich durch die getrübte Atmosphäre einen ersten Blick in den Weltraum erhaschen konnte. Ich sah drei weißgelbe Sonnen, die die Eckpunkte eines gleichseitigen Dreiecks über der Alptraumwelt bildeten. Als die Sonnen sich aufblähten, schloss ich geblendet die Augen. Dennoch erkannte ich, dass zwischen den Sonnen grelle Energiebahnen übersprangen, so dass das Sonnendreieck plötzlich nicht nur aus gedachten, sondern aus realen Linien bestand. Im nächsten Moment schrumpften die Sonnen wieder zusammen. Die Energiebahnen erloschen, und eine fahlgelbe Dämmerung senkte sich über den Planeten.

»Hast du das gesehen?«, rief Fartuloon.

»Ja. Es scheint, als würde dieser Welt der Untergang bevorstehen.«

»Diese Sonnenkonstellation ist so seltsam, dass sie kaum natürlichen Ursprungs sein kann. Sie erinnert mich an die Schilderung des *Sonnentors von Tzlapucha*, von dem mir ein alter Raumfahrer auf Junktor berichtet hat.«

»Das Sonnentor von Tzlapucha? Was soll das sein? Ich habe noch nie davon gehört.«

Fartuloon lachte leise. »Es gibt vieles, von dem du noch nichts gehört hast, mein Junge. Das Sonnentor von Tzlapucha soll die Strömungen aus Vergangenheit und Zukunft in sich vereinen, so dass sich derjenige, der dort hineingerät, in der Zeit verliert. Nur wenige mutige Männer sollen von dort zurückgekehrt sein, aber kaum einer in seine eigene Zeit.«

Ich spürte, wie ich erschauderte. »Könnte das bedeuten, dass diese Welt nur in unserer Zeit aufhört zu existieren? Sollte die Stimme das gemeint haben?«

»Ich weiß es nicht. Ich weiß ja nicht einmal, ob diese drei Sonnen überhaupt identisch sind mit dem Sonnentor von Tzlapucha. Aber der Sturm hat aufgehört.«

Ich richtete mich auf. Der Sturm hatte tatsächlich aufgehört. Als ich die Außenmikrofone meines Raumanzugs einschaltete, nahm ich nur ein mattes Raunen und Wispern wahr. Offenbar gab es auch keine energetischen Entladungen in der Atmosphäre mehr. »Wir starten wieder.«

»Einverstanden.«

Ich schaltete mein Flugaggregat ein und stieg beinahe senkrecht empor, bis ich eine Höhe von tausend Metern erreicht hatte. Danach ging ich zum Horizontalflug über. Alle Aggregate arbeiteten einwandfrei. Allerdings blieb die Behinderung durch die hohe Luftdichte und die starke Schwerkraft. Und die Zeit verrann …

Als bis zum Ablauf der Frist, die die Stimme uns gesetzt hatte, nur noch eine halbe Tonta blieb, kamen mir erste Zweifel, ob ich den fremden Sender wirklich genau angepeilt hatte. Es konnte ja sein, dass die Peilung durch starke Störungen verfälscht worden war. Jedenfalls war von einem Sender nichts zu sehen. Als nur noch zwei Dezitontas verblieben, überflog ich ein Gebirge, das aus zusammengebackenem Magma zu bestehen schien und in allen Farben des Spektrums schimmerte. Plötzlich stutzte ich. Mitten in dem Gebirge stand ein golden leuchtender Obelisk. Er ragte gleich einer riesigen Nadel oder einem riesigen Finger hoch in die trübe Atmosphäre und war unverkennbar ein Fremdkörper in dieser wüsten Welt.

»Siehst du den Obelisken?«, rief ich. »Er ist mindestens zweihundert Meter hoch, und die Grundfläche muss eine Kantenlänge von zwanzig Metern haben. Das könnte doch der Standort des Senders sein.«

»Ich sehe ihn, mein Junge. Ich schlage vor, wir fliegen ihn an und untersuchen ihn. Uns bleibt nicht mehr viel Zeit.«

»Einverstanden.« *Vielleicht kommen wir in ihn hinein?*, dachte ich. *Er erscheint mir in diesem wüsten Alptraum wie ein sicherer Hort. Vielleicht können wir uns doch noch retten.*

Langsam ging ich tiefer. Nur noch eine Vierteltonta verblieb uns!

»Hoffentlich stoßen wir nicht zusammen«, rief Fartuloon. »Ich fliege den Obelisken von rechts an. Und du?«

»Ebenfalls von rechts. Ich halte mich etwas mehr links, damit wir nicht kollidieren.«

»Ich ebenfalls.«

»Was soll das?«, fragte ich verwundert. »Wenn wir uns beide links halten, erhöht sich die Kollisionsgefahr doch, anstatt sich zu vermindern.«

Ich steuerte wieder etwas nach rechts und wartete auf Fartuloons Antwort. Doch er sagte nichts. Als ich am Fuß des Obelisken aufsetzte, atmete ich auf. Wir waren nicht zusammengestoßen.

Plötzlich ertönte wieder die klirrende Stimme in meinem Helmempfänger: »Ihr habt nur noch eine Dezitonta Zeit, Atlan und Fartuloon. Danach wird dieser Planet aufhören zu existieren – und ihr werdet beide sterben, sofern nicht einer vorher den anderen besiegt und tötet.«

»Du erzählst uns damit keine Neuigkeit«, brummte Fartuloon. »Ich bleibe bei meiner Entscheidung.«

»Ich auch! Wir sterben lieber zusammen, als gegeneinander zu kämpfen.« Während ich sprach, suchte ich nach einer Öffnung in dem Obelisken. Ich hatte mich schon während des Anflugs danach umgesehen, aber nichts dergleichen entdecken können.

»Noch neun Zentitontas«, sagte die seelenlose Stimme.

»Sollte es einen Eingang geben, ist er wahrscheinlich getarnt«, sagte Fartuloon. »Ich schlage vor, wir brennen mit den Impulsstrahlern eine Öffnung. Dann warten wir wenigstens nicht untätig auf unseren Tod.«

»Einverstanden.« Ich zog meinen Luccot, richtete ihn auf den unteren Teil des goldfarbenen Obelisken und drückte ab, als Fartuloon »Jetzt!« sagte. Ein blendend heller Strahl raste auf den Obelisken zu – und verschwand kurz davor. Ein Energiestrahl! »Hast du nicht geschossen?«

»Das wollte ich dich auch fragen. Ich habe jedenfalls geschossen.«

»Ich auch. Warum habe ich dann nur einen einzigen Energiestrahl gesehen?«

»Probieren wir es noch einmal. Achtung, fertig, los!«

Bei »los« drückte ich ab. Aber auch diesmal raste nur ein einziger Energiestrahl auf den Obelisken zu – und verschwand, bevor er auftreffen konnte. »Wir scheinen auf verschiedenen Seiten des Obelisken zu stehen.«.

»Wahrscheinlich.«

Dieser Schluss ist unlogisch, meldete sich mein Extrahirn. *Ihr seid aus der gleichen Richtung gekommen und direkt gelandet, folglich müsst ihr auch auf derselben Seite des Obelisken stehen.*

»Aber warum sehen wir dann immer nur einen Impulsstrahl, obwohl wir gleichzeitig feuern?«, fragte ich laut.

»Na, wenn wir auf verschiedenen Seiten stehen ...«, sagte Fartuloon, der nicht erfasst hatte, dass ich die Frage an meinen Logiksektor richtete.

»Nein, wir können nicht auf verschiedenen Seiten stehen. Aber ...« Plötzlich schoss mir ein Gedanke durch den Kopf, der so ungeheuerlich war, dass sich mein Verstand zuerst dagegen sträubte, ihn überhaupt zu akzeptieren. Erst als ich mir sagte, dass es im Universum praktisch nichts gab, was es nicht gab, erkannte ich diesen verrückt erscheinenden Gedanken als Hypothese an. Ich blickte zu Boden. Unter mir war geschmolzener und dann erkalteter Felsen, der von feinen Rissen durchzogen war, die den Hautlinien einer Fingerkuppe glichen. Ich stand mit dem linken Fuß auf einem Wirbel, der an einen Kinderkopf erinnerte, und bei meinem rechten Fuß bildeten die Linien ein Muster, das den Gravitationslinien eines Planetensystems glich.

»Beschreibe mir die Linienmuster des Felsens, auf dem du stehst!«, forderte ich meinen Partner auf. Fartuloon kam der Aufforderung nach, und was er mir beschrieb, waren *die gleichen Muster*, auf denen ich stand. »Wir beide haben einen einzigen gemeinsamen Körper. Deshalb kann auch nur einer schießen, obwohl wir beide abdrücken.«

»Verrückt!«

»Nein, nur logisch. Erinnere dich! Als wir anflogen, flogen wir beide den Obelisken von rechts an, dann hielten wir uns beide mehr nach links, obwohl das doch unsinnig war. Sollte meine Erklärung stimmen, war das aber gar nicht anders möglich.«

»Hm!« Plötzlich lachte er schallend.

»Worüber lachst du? In zwei Zentitontas werden wir sterben.«

Sein Lachen brach ab. »Ich muss lachen, weil ich daran denken musste, dass wir uns gar nicht hätten töten können, da wir ja auf dieser Alptraumwelt nur einen Körper haben. Demnach ist die ganze Bedingung unsinnig.«

»Sie war nicht unsinnig«, fiel wieder die klirrende Stimme ein. »Wenn ihr versucht hättet, den anderen zu töten, hättet ihr euch beide getötet. Es wäre Selbstmord gewesen.«

»Dann war deine Bedingung Betrug!«, rief ich.

»Nein. Sie war ein Test. Ihr habt ihn bestanden, denn ihr habt die ethische Qualität, die ein Sucher nach dem Stein der Weisen vorweisen muss. Indem ihr euch entschiedet, lieber gemeinsam zu sterben, als euch zu bekämpfen, und diesen Entschluss beibehieltet, wurdet ihr als würdig für die nächsten Tests eingestuft. Ihr werdet bald in die

Vergessene Positronik zurückkehren. Aber ihr habt noch nicht den hundertsten Teil der Hindernisse überwunden, die auf dem Weg zum Stein der Weisen liegen. Die Verhältnisse *dort oben* werden nicht mehr kontrolliert. Deshalb kann nichts versprochen werden.«

Die Stimme schwieg. Plötzlich begann der goldene Obelisk zu leuchten. Ein unheimliches Rauschen und Wispern war zu hören – und von irgendwoher erklang ein monotones Ticken. Ich spürte, wie ich – Fartuloon und ich! – Teil des Leuchtens wurde, dann schien das gesamte Universum zu wanken und kippte hinüber in eine inzwischen vertraute Dunkelheit …

Als ich diesmal zu mir kam, schwebte ich in einem scheinbar endlosen, von mattem blauem Licht erfüllten Raum – und wenige Meter neben mir schwebte Fartuloon. »Hallo, Bauchaufschneider«, sagte ich ins Mikrofon meines Helmminikoms. »Wie hast du den Weltuntergang überstanden?«

Er gebrauchte einen Kraftausdruck, dann meinte er ruhiger: »Der ominöse Stein der Weisen liegt mir schwer auf der Seele, mein Junge. Willst du nicht lieber aufgeben? Was nützt dir der schönste Zauberstein, wenn er dir nur als Grabstein dient?«

»Ich bezweifle, dass es sich beim Stein der Weisen um einen Zauberstein handelt. Vermutlich ist er überhaupt kein Stein, sondern etwas, das wir uns noch nicht vorstellen können.«

»Stein oder nicht Stein, ich drehe jedenfalls durch, wenn ich weiter in diesem blauen Leuchten schweben muss, ohne dass etwas passiert.«

Wie zur Antwort darauf erlosch das blaue Leuchten plötzlich. Es wurde deswegen nicht etwa dunkel, aber die neue Helligkeit kam von einer gelblichen Wandung, die uns kugelförmig in etwa zehn Metern Entfernung umgab. Wenig später bildeten sich in dieser Wandung Öffnungen, und aus den Öffnungen tauchten roboterähnliche Gebilde auf. Sie glichen in vielen Dingen den kleinen Schalteinheiten, denen wir in der Vergessenen Positronik begegnet waren, nur waren sie erheblich größer – und sie verfügten über unterschiedlich geformte Arme mit Greifklauen. Fartuloon zog seinen Impulsstrahler. »Ich vermute, die wollen etwas von uns.«

Ich zog meinen Paralysator und sagte: »Wir sollten es zuerst mit den Lähmwaffen versuchen. Sollten diese Roboter einen organischen

Gehirnteil haben, müssten sie sich mit Paralysatoren ausschalten lassen, ohne dass unerwünschte Wärme frei wird.«

Fartuloon gab ein missbilligendes Knurren von sich, vertauschte seinen Impulsstrahler jedoch ebenfalls gegen den Paralysator. Inzwischen hatten die Roboter sich uns weiter genähert. Als einer seine Greifklauen nach mir ausstreckte, zielte ich auf ihn und feuerte. Der Roboter überschlug sich in der Luft, prallte gegen die Wandung und kam wieder zurück. Seine Arme pendelten hin und her. Fartuloon und ich mussten uns unterdessen gegen die anderen Roboter wehren. Zwischendurch versuchten wir immer wieder, mit Hilfe der Flugaggregate auf eine der Öffnungen in der Kugelwand zuzusteuern. Doch jedes Mal wurde uns der Weg von Robotern versperrt. Einmal erhielt ich einen so heftigen Schlag gegen den Druckhelm, dass ich schon dachte, das Material würde zerspringen. Ein andermal traf mich ein Roboterarm am Halsring, und ich drehte mich halb betäubt einige Male um mich selbst.

»So wird es nichts«, knurrte Fartuloon schließlich. Er schlug mit seinem *Skarg* auf die Roboter ein, und die Klinge des Dagorschwertes schnitt durch die stählernen Maschinen, als bestünden sie aus weichem Fleisch. »Wir müssen uns mit den Impulsstrahlern den Weg freischießen.«

Ich wollte bereits zustimmen, da erklang ein markerschütternder Schrei – und plötzlich stoben die Roboter auseinander. In einer der Öffnungen erschien zuerst ein schmales Gesicht, das von strähnigem weißem Haar umrahmt war und in dem rötliche Augen leuchteten. Dann schob sich eine fast bis zum Skelett abgemagerte Gestalt in den Kugelraum. Es handelte sich, wie am üppigen Bartwuchs zu erkennen war, um ein Wesen männlichen Geschlechts mit dem Körperbau eines Arkoniden. Der Mann trug eine zerschlissene Bordkombination. Das verdreckte Symbol auf dem Brustteil der Kombination bewies, dass das Kleidungsstück aus den Beständen der Kampfflotte des Großen Imperiums stammte. Mit großer Wahrscheinlichkeit war der abgemagerte Mann also ein Arkonide und ein ehemaliger Raumfahrer der Imperiumsflotte. Die Roboter wichen vor ihm zurück.

»Verschwindet!«, schrie er sie auf *Satron* an. »Ich, der dreihundertneunundsechzigste Vrogast, befehle euch, von hier zu verschwinden!«

Zu meinem Erstaunen gehorchten die Roboter. Als sie die Hohlkugel verlassen hatten, kehrte auch die normale Schwerkraft zurück.

Fartuloon und ich sanken zu Boden und blickten dem ehemaligen Raumfahrer erwartungsvoll entgegen. »Wir danken Ihnen«, sagte Fartuloon. »Diese Roboter wurden allmählich lästig. Mein Name ist Fartuloon, und mein Begleiter heißt Atlan.«

Der Raumfahrer blickte uns an. In seinen Augen glomm das düstere Feuer des Wahnsinns. Doch zurzeit schien er einigermaßen klar denken zu können. »Ich bin der dreihundertneunundsechzigste Vrogast und heiße euch an Bord dieses Schiffes willkommen. Bei mir seid ihr sicher.« Er wandte sich ab und kicherte. Als er sich wieder zu uns herumdrehte, tropfte Speichel aus seinen Mundwinkeln. »Ihr seid mir sogar sehr willkommen. Würdet ihr mir bitte folgen?«

»Einen Moment noch!«, rief ich über die Außenlautsprecher meines Raumanzugs. Noch zögerte ich, den Helm zu öffnen, obwohl die spärliche Kleidung des »369. Vrogast« bewies, dass die Atmosphäre für Arkoniden verträglich war.

Der Mann blickte mich an. »Ja?«

»Wieso gehorchen Ihnen die Roboter? Welchen Rang nehmen Sie hier ein?«

»Ich bin der dreihundertneunundsechzigste Vrogast«, antwortete der ehemalige Raumfahrer, als würde das alles erklären. »Bitte, kommen Sie. Es wurde höchste Zeit, dass jemand kam.«

Ich wusste zwar mit seiner Antwort und seiner Bemerkung nichts anzufangen, entschloss mich aber, vorerst nicht weiter zu fragen und erst einmal abzuwarten, wohin der Mann, der sich als 369. Vrogast bezeichnete, uns führen wollte.

»Vorsicht!«, raunte Fartuloon. »Der Bursche kommt mir nicht geheuer vor.« Er klopfte auf den Knauf seines Schwerts, das er in die Scheide zurückgeschoben hatte. »Aber mein *Skarg* wird notfalls schon mit ihm fertig.«

Der 369. Vrogast kletterte durch eine der Öffnungen und wartete auf der anderen Seite auf uns. Danach führte er uns zu einem Antigravschacht. Wir schwebten in dem Schacht ungefähr hundert Meter tiefer, bevor unser Führer wieder ausstieg. Als wir ihm folgten, sah ich, dass wir uns in einer Art Solarium befanden, wie es sie ähnlich auf arkonidischen Fernraumschiffen gab, damit die Besatzung nicht jahrelang völlig auf eine heimatliche Umgebung verzichten musste. Dieses Solarium war allerdings nicht für Arkoniden gebaut worden, sondern offensichtlich für die Angehörigen eines andersartigen Volkes. Durch runde Deckenöffnungen strahlte das Licht einer dunkelgrünen Kunstsonne und erhellte eine Landschaft aus schaumbedecktem Sumpf, durch den sich schmale weiße Pfade schlängelten. Wände aus erstarrtem violettem Schaum teilten das Solarium in unterschiedlich große Nischen ein, und aus der Schaumdecke des Sumpfes ragten hier und da blaugraue, stumpfe Säulen, die an die Bauten von Insekten erinnerten. Es war still. Die Außenmikrofone meines Raumanzugs übertrugen nur die Geräusche, die wir selber erzeugten.

Der 369. Vrogast führte uns auf einen der Pfade. Wir kamen an den Nischen vorbei. In ihnen befand sich ebenfalls Sumpf; er war hier jedoch nicht von Schaum bedeckt, sondern von Gespinsten aus hauchdünnen silbrigen Fäden überzogen. Darunter stand eine schwarze Schlammbrühe. Als wir die siebte Nische passierten, blieb Fartuloon, der vor mir ging, stehen und hob die Hand.

»Was gibt es?«, fragte ich. Unser Führer konnte mich nicht hören, da ich die Außenlautsprecher vorher ausgeschaltet hatte.

»Sieh dir das an!« Fartuloon deutete in die siebte Nische. Ich sah, dass hier der Sumpf ausgetrocknet war. Das silbrige Gespinst über dem harten Schlamm wirkte glanzlos und tot – und auf ihm lag ein Schädel. *Der Schädel eines humanoiden Wesens.*

Fartuloon zog sein *Skarg* und drehte mit der Schwertspitze den Schädel so weit herum, dass ich das beinahe faustgroße Loch im Scheitelbein erkennen konnte. Es war mit einem harten Gegenstand hineingeschlagen worden. Es bedurfte keines Kommentars. Das Bild war eindeutig. Überall, wo in unserer Galaxis Kannibalismus vorkam, fanden sich in den Schädeln der Opfer vergleichbare Löcher, durch die die Hirnmasse herausgeholt wurde. Fartuloon warf einen bezeichnenden Blick auf den 369. Vrogast, der noch nicht gemerkt hatte, dass wir stehen geblieben waren.

»Meinst du, er …?«, fragte ich.

Der Bauchaufschneider hob die Schultern. »Was weiß ich? Aber von etwas muss dieser Mann gelebt haben, und seine Magerkeit beweist, dass er lange gehungert hat. Außerdem ist er nicht richtig im Kopf. Ich kann mir vorstellen, dass er uns als seine Nahrungslieferanten betrachtet.«

In diesem Augenblick blieb der ehemalige Raumfahrer stehen. Er wandte sich um und sah, dass wir zurückgeblieben waren. »Kommen Sie! Bald sind wir in Sicherheit.«

»Wir verraten ihm nichts von unserem Fund«, sagte ich. »Aber wir müssen noch wachsamer sein.«

Fartuloon nickte und folgte dem 369. Vrogast. Er behielt sein *Skarg* in der Hand. Ich ließ ihn zwei Schritte vorausgehen und blickte mich aufmerksam nach allen Seiten um, als ich ihm folgte. Aber wir erreichten das andere Ende des Solariums, ohne dass sich unsere Befürchtungen bewahrheitet hätten. Der 369. Vrogast wartete neben dem Ausgang auf uns, hatte sich an die Wand gelehnt und die Augen halb geschlossen. Fartuloon befand sich ungefähr drei Schritte vor ihm, als sich von der Decke eine Wolke jenes silbrigen Gespinstes herabsenkte, das wir in den Sumpfnischen gesehen hatten. Es hüllte uns ein, bevor wir begriffen, dass wir uns in Gefahr befanden. Fartuloon versuchte noch, sich mit dem *Skarg* zu befreien, aber er verstrickte sich bei seinen Bewegungen nur immer mehr in dem Netz aus silbrigen Fäden.

Der 369. Vrogast lachte leise und flüsterte: »Ich danke dir, du Großer Geist, dass du mir frisches Fleisch geschickt hast! Atlan und Fartuloon, ihr seid mir willkommen, willkommener als die Männer Orbanaschols, die sich weigerten, mir den kleinen Gefallen zu tun, mein Leben zu erhalten.«

Fartuloon stieß eine grobe Verwünschung aus. »Die Männer Orbanaschols! Hast du das gehört?«

»Natürlich habe ich es gehört«, gab ich grimmig zurück. »Demnach hat Orbanaschol die Vergessene Positronik vor uns gefunden. Ich wünschte, der verrückte Vrogast hätte ihn verspeist. Wer weiß, vielleicht hat Orbanaschol inzwischen den Schlüssel zum Stein der Weisen. Wir müssen hier heraus!«

»Im Augenblick können wir nichts tun. Aber wenn uns dieser Verrückte verspeisen will, muss er an uns heran. Dann kann er was erleben.«

Ich klammerte mich ebenfalls an diese Hoffnung. In gewisser Weise tröstete mich die Tatsache, dass Orbanaschols Leute sich ebenfalls aus der Gewalt des Verrückten befreit hatten. Daran, dass Orbanaschol – beziehungsweise seine Beauftragten – in der Vergessenen Positronik gewesen waren, zweifelte ich nicht. Der Mann, der sich 369. Vrogast nannte, musste schon sehr lange in dieser Plattform hausen und hatte wahrscheinlich vor dem Auftauchen von Orbanaschols Leuten überhaupt nichts von dessen Existenz gewusst. Mich beschäftigte die Frage, was Orbanaschol in der Vergessenen Positronik erreicht hatte.

Ist er erfolgreich gewesen – etwa erfolgreicher als wir? Hat er vielleicht einen brauchbaren Hinweis auf den Ort erhalten, an dem der Stein der Weisen verborgen ist? Und wenn, wird er diesen Ort finden und sich in den Besitz dieses kosmischen Kleinods setzen? Wie verläuft wohl die politische Entwicklung im Großen Imperium, wenn ein Mörder und Usurpator wie Orbanaschol eines Tages über den Stein der Weisen verfügt, der ihm noch größere Macht verleiht? Das Ergebnis all dieser Überlegungen war eine Stärkung meines Willens, lebend aus der Falle des 369. Vrogast herauszukommen und einen Hinweis auf den Standort des Steins der Weisen zu erhalten, damit ich möglichst vor Orbanaschol und seinen Leuten dort ankam. *Niemals darf der Usurpator in den Besitz dieses Steins gelangen! Aber vorerst bin ich zur Untätigkeit verurteilt.*

Das silbrige Gespinst umklammerte mich und ließ mir keinen Bewegungsspielraum. Im Gegenteil, es schien sich immer fester zusammenzuziehen. Der Verrückte schrie einige Worte in einer fremden Sprache. Ich konnte ihn durch das Gespinst einigermaßen sehen. Er tanzte herum und freute sich anscheinend auf die bevorstehende Mahlzeit. Kurz darauf tauchten einige Roboter auf. Sie packten das Gespinst, in dem Fartuloon und ich eingeschlossen waren, und schleppten uns davon. Es war offensichtlich, dass sie Helfer des 369. Vrogast waren. Fartuloon fluchte am laufenden Band. Ich hätte am liebsten mein Helmfunkgerät ausgeschaltet, aber ich kam nicht an die betreffende Schaltung heran.

»Hör endlich auf damit!«, fuhr ich ihn schließlich an. »Wenn du weiter so fluchst, wirst du völlig ungenießbar – und ich auch, weil ich alles mit anhören muss.«

»Ungenießbar? Ha, dann sollte ich vielleicht die wirklich schmutzigen Flüche vom Stapel lassen, mein Junge, damit sich der Verrückte erbricht.«

Er machte seine Ankündigung jedoch nicht wahr. Die Roboter schleppten uns in einen ovalen Raum und hängten die Gespinstballen an Haken auf, die sich an der Decke befanden. Danach zogen sie sich an die Wände zurück und schlossen sich an Kontakte an, die dort herausragten. Der 369. Vrogast gesellte sich zu ihnen, und ich sah zu meiner Verblüffung, dass er sich ebenfalls an einem Kontakt zu schaffen machte. Es schien, als versuche er sich anzuschließen. *Wahrscheinlich hält er sich ebenfalls für eine Schalt- beziehungsweise Speichereinheit*, durchfuhr es mich. *Wahnsinn, jedoch mit Methode …*

Ich beobachtete weiter. Der Verrückte hatte beim ersten Versuch keinen Erfolg, aber er probierte es beim nächsten Kontakt. Diesmal wurden seine Bemühungen von einem gewissen Erfolg gekrönt; jedenfalls schüttelte er sich plötzlich, als würde er von Strom durchflossen. Seine bleiche Haut lief bläulich an. Als er sich von dem Kontakt losriss, rief ich ihm zu: »Weiter so, Vrogast! Irgendwann muss es einen perfekten Kontakt gegen. Sie müssen es nur immer wieder versuchen.«

»Danke, Atlan«, antwortete der Verrückte mit schwacher Stimme. »Ich habe wahrscheinlich zu wenig Energie; deshalb gelingen die Kontaktversuche nur unvollkommen. Ich werde erst etwas essen, bevor ich es wieder versuche.« Er trat an den Gespinstballen heran, in dem Fartuloon hilflos gefangen war, und musterte meinen Pflegevater. »Du gefällst mir.« Er leckte sich über die Lippen. »An dir ist mehr Fleisch, als ich auf einmal essen könnte. Es wird genügen, wenn ich ein Stück herausschneide und die Wunde mit Heilplasma versorge.«

»Ich bin hochgiftig!«, schrie Fartuloon. »Wer von meinem Fleisch isst, stirbt unter furchtbaren Qualen.«

»Dann nehme ich eben ein Stück Atlan.« Der 369. Vrogast blickte mich durchdringend an. »Er ist zwar recht mager, aber besser als nichts.«

»Atlan ist noch giftiger als ich. Er hat über fünf Jahre auf dem Planeten Tbarotobt gelebt. Kennst du diesen Planeten?«

Der Verrückte zuckte zusammen. »Tbarotobt!«, flüsterte er erschrocken. »Die Welt der giftigen Symbionten! Wie kann ein Arkonide dort länger als eine Tonta überleben?«

»Er hat sich angepasst. Deshalb ist sein Zellgewebe genauso giftig wie das der Symbionten von Tbarotobt. Schon ein Tropfen Blut oder eine einzige Zelle von ihm würde deinen Körper verfaulen lassen.«

»Ihr enttäuscht mich. Und ich hielt euch für meine Freunde.« Er seufzte. »Aber solltet ihr tatsächlich so giftig seid, muss ich euch im Konverter vernichten lassen, damit ihr kein Unheil anrichtet.«

»Das ist nicht erforderlich«, sagte ich. »Wir sind wirklich deine Freunde. Wir könnten dir beispielsweise helfen, dich an die Kontakte der Plattform anzuschließen. Du bist doch selbst eine Schalt- oder Speichereinheit, nicht wahr?«

»Ich bin eine Speichereinheit. Der dreihundertneunundsechzigste aller Vrogasten. Wollt ihr mir wirklich helfen?«

»Ja. Dazu ist es jedoch erforderlich, dass wir aus diesen Gespinstballen befreit werden. Wir können dir nur helfen, sofern wir ausreichend Bewegungsfreiheit haben.« *Verrückt!*, dachte ich. *Alles in dieser Vergessenen Positronik ist auf perverse Weise verrückt.*

Die Vergessene Positronik muss uralt sein, warf der Logiksektor ein. *Du kannst nicht erwarten, dass alles noch reibungslos funktioniert. Und der Arkonide, der sich für eine Speichereinheit hält, ist lediglich ein Opfer der Zustände.*

Und wir sind seine Opfer!

Nicht, wenn du deinen Plan kompromisslos weiterverfolgst, Kristallprinz.

Ich zuckte innerlich zusammen, weil mir erst jetzt bewusst wurde, welche Art von Plan ich mit dem 369. Vrogast verfolgte, und weil mir mein Logiksektor klar gemacht hatte, dass ich den Plan umsetzen musste, wollte ich Fartuloon und mich retten. Der Verrückte sagte ein paar Worte, wiederum in einer uns unbekannten Sprache. Die Roboter jedoch verstanden ihn offenbar. Sie lösten sich von ihren Kontakten und machten sich an unseren Gespinstballen zu schaffen. Nach kurzer Zeit hatten sie an jedem Ballen zwei Öffnungen geschaffen, durch die wir unsere Beine stecken konnten. Die Arme blieben allerdings gefesselt. Lediglich die Köpfe wurden noch freigelegt. Danach befreiten uns die Roboter von den Deckenhaken.

»Das muss genügen«, wandte sich der 369. Vrogast wieder an uns. »Folgt mir!«

»Ich könnte ihn mit einem kräftigen Tritt außer Gefecht setzen«, meldete sich Fartuloon über Helmfunk, nachdem er die Außenlautsprecher seines Raumanzugs ausgeschaltet hatte.

Ich desaktivierte meine Außenlautsprecher ebenfalls. »Sobald wir ihn angreifen, fallen wahrscheinlich die Roboter über uns her. Halte dich also zurück, Alter.«

Wir folgten dem Verrückten und kamen nach kurzer Zeit in eine Halle, deren Wände mit Schaltkontakten geradezu übersät waren. Manche waren durch große Schalt- und Speichereinheiten besetzt; die meisten aber waren noch frei.

»Das Vrogasten-System!« Die Stimme des Verrückten klang ehrfürchtig. »Bisher ist es mir nicht gelungen, mich hier anzuschließen. Vielleicht gelingt es mir mit eurer Hilfe.« Er ging zu einer Kontaktstelle, einer Einbuchtung in der Wand, die mit einer silbrig schimmernden Masse verkleidet war. Der Verrückte steckte seinen Kopf in die Einbuchtung, zog ihn aber nach einer Weile wieder heraus. »Es gelingt nicht«, klagte er. »Ihr hattet mir Hilfe versprochen. Warum passiert nichts? Ich muss … ich muss …«

»Es genügt nicht, deinen Kopf in die Einbuchtung zu stecken«, sagte ich. »Siehst du die beiden schwarzgrauen Erhebungen links und rechts davon?«

»Ich sehe sie.«

»Gut. Du musst sie mit den Händen umfassen, während du deinen Kopf in die Einbuchtung steckst. Versuche es!«

Die Augen des Verrückten leuchteten auf. »Danke, Atlan! Danke! Du bist ein echter Freund. Wenn ich mich diesmal anschließen kann, werde ich dir ewig dankbar sein.«

»Schon gut«, sagte ich erschaudernd. Ich fühlte mich elend, als ich beobachtete, wie der 369. Vrogast tatsächlich die schwarzgrauen Erhebungen mit den Händen umfasste und danach den Kopf in die Einbuchtung schob. *Werde ich ihn damit töten – und werde ich das vor meinem Gewissen jemals rechtfertigen können?*

Ich hielt den Atem an, als ein Zittern durch den Körper des Verrückten lief. Kurz darauf stieß er einen tiefen Seufzer aus. Sein Körper leuchtete plötzlich von innen heraus, und sein Haar stellte sich knisternd auf. In meinem Helmempfänger ertönte ein intervallartiges Zirpen. Augenblicke später eilten die Roboter wieder herbei und befreiten Fartuloon und mich von dem Gespinst. Danach zogen sie sich zurück. Fartuloon reckte sich. »Gut gemacht, mein Junge!«

Ich blickte zu dem 369. Vrogast hinüber. »Ich weiß nicht, ob es wirklich gut war, was ich getan habe.«

»Du musstest es tun«, sagte der Bauchaufschneider hart. »Auf deinem Weg wirst du noch sehr oft in Situationen geraten, die dich in einen Gewissenskonflikt stürzen – und oft wirst du kompromisslose Entscheidungen treffen müssen. Außerdem glaube ich nicht, dass der Verrückte tot ist.«

»Nein, er lebt weiter. Er lebt jedoch auf eine unbegreifliche Art und Weise weiter – auf eine Art und Weise, in der ich nicht leben möchte.«

»Wahrscheinlich ist er glücklich. Wir sollten zusehen, dass wir weiterkommen.«

Wir gingen durch die Korridore, schwebten einen Antigravschacht hinauf und erreichten eine lang gestreckte Halle voller offenbar energetisch toter Maschinen, ohne dass uns weitere Roboter oder Verrückte begegnet wären. Plötzlich begann die Vergessene Positronik zu singen. Fartuloon und ich blieben erstarrt stehen und lauschten den Klängen. Gewiss, es musste unmöglich erscheinen, dass eine Positronik sang, aber diese tat es. Jedenfalls empfand ich das aus Lautsprechern und Lüftungsschächten hallende Summen, Pfeifen, Klappern und Zirpen als Gesang. Es war das Zusammenspiel all jener vielfältigen Geräusche, das sie melodisch machte.

Fartuloon blieb stehen und blickte mich an. »Ich weiß nicht, warum dieses Spukhaus ›Vergessene Positronik‹ genannt wird. ›Verrückte Positronik‹ wäre meiner Meinung nach der treffende Name.«

Ich blieb ebenfalls stehen. »Die Stimme auf der Alptraumwelt sagte, das die Verhältnisse in der Vergessenen Positronik nicht mehr kontrolliert würden. Ich nehme an, sie meinte damit, dass die ganze Apparatur hier aus der Kontrolle der ursprünglichen Programmierung geraten ist. Deshalb kommt es wohl zu diesen irregulären Ereignissen.«

Fartuloon nickte. »Und deshalb bezweifle ich, dass dieser Schlüssel zum Stein der Weisen überhaupt noch brauchbar ist.«

»Wenn ich daran denke, dass Orbanaschol oder seine Leute hier waren, sollte ich eigentlich hoffen, dass die Vergessene Positronik als Schlüssel unbrauchbar ist. Aber ich tue es nicht, denn ich will diesen Schlüssel benutzen – zum Wohl des Tai Ark'Tussan, das von außen angegriffen und von innen unterhöhlt wird.«

Er seufzte und musterte mich von der Seite. »Du bist sehr hartnäckig. Sollte es einer schaffen, den Stein der Weisen zu erhalten, dann du!«

Ich winkte ab. »Ich denke, Orbanaschol hat die gleichen Aussichten, den Stein der Weisen zu bekommen – und er hat viele Helfer. Notfalls setzt er die gesamte Flotte des Imperiums zur Suche ein, ohne Rücksicht darauf, ob er dadurch zahlreiche Kolonialwelten den Angriffen der Methans preisgibt. Wir müssen uns beeilen.«

Ich blickte mich um, während ich immer noch dem eigentümlichen Gesang der Positronik lauschte. Vielleicht konnte ich diesem Gesang einen Hinweis entnehmen. Für einige Zeit versank mein Bewusstsein in den geheimnisvollen Akkorden. Vage erschien vor meinen geistigen Auge eine nebelhafte Gestalt. Sie winkte mir zu, dann deutete sie mit ausgestrecktem Arm in eine bestimmte Richtung.

»Halt!«

Fartuloons Ausruf riss mich aus der Vision. Aufgeschreckt griff ich nach meinem Impulsstrahler und zog ihn, bevor ich erkannte, was wirklich geschehen war. Fartuloon stand mit gezücktem Schwert schräg vor mir, aber von mir abgewandt. Seine drohende Haltung galt offensichtlich der seltsamen Erscheinung, die im Gang zwischen den Maschinen aufgetaucht war. Es handelte sich um eine nackte Männergestalt, deren Körperbau auf arkonidische Abstammung schließen ließ. Dennoch konnte er kein gewöhnlicher Arkonide sein, denn das Gesicht war kaum oder gar nicht ausgeprägt. Ich sah lediglich ein Paar rötlich glimmende Augen. Das war eigentlich schon alles, denn sobald ich schärfer hinsah, um mehr zu erkennen, verschwamm alles vor meinen Augen. In dieser Beziehung glich das Gesicht des Nackten der Figur auf dem *Skarg*-Schwertknauf.

»Wer bist du?«, herrschte Fartuloon den Fremden an.

In dem konturlosen Gesicht des Mannes bewegte sich etwas, ohne dass ich erkennen konnte, was. Gleich darauf erklang eine volltönende Stimme, die akzentloses *Satron* sprach: »Ich heiße Segmasnor und bin Sprecher der Zentrale. Ihr habt große Schwierigkeiten überwunden, deshalb wurde ich zu euch geschickt. Die Zentrale will euch auf eure Eignung prüfen lassen, an das System angeschlossen zu werden.«

»Hradschirs Lakhros-Ranton!«, entfuhr es dem Bauchaufschneider. »Ich verspüre nicht die geringste Lust, an irgendein System angeschlossen zu werden. Heb dich hinweg, Mann ohne Gesicht!«

»Warte!«, rief ich. »Schalte deine Außenlautsprecher ab.« Ich schaltete ebenfalls meine Außenlautsprecher ab, damit der Nackte nicht hören konnte, was ich sagte. »Ich möchte ebenfalls an kein System angeschlossen werden. Aber dieser Segmasnor kann uns vielleicht in die Zentrale der Vergessenen Positronik führen und uns dadurch eine zeitraubende und gefährliche Suche ersparen. Das sollten wir ausnutzen.«

Er senkte das Schwert. »Das sehe ich ein. Gefahr lauert schließlich überall.«

»Führe uns zur Zentrale, Segmasnor«, sagte ich zu dem Mann ohne Gesicht, nachdem ich die Außenlautsprecher wieder aktiviert hatte. Er hob die Hände, ließ sie wieder sinken und wandte sich um. Ich beobachtete ihn genau, als er sich in Bewegung setzte, denn insgeheim vermutete ich, er würde über den Boden schweben. Doch er setzte beim Gehen wie jeder normale Arkonoide einen Fuß vor den anderen. Dennoch schlief meine Wachsamkeit keineswegs ein. Segmasnor war kein normaler Arkonide, sondern vielleicht sogar ein absolut fremdartiges Wesen, das nur die Gestalt eines Arkoniden angenommen hatte, aber nicht in der Lage gewesen war, auch das Gesicht nachzuahmen.

Der Logiksektor fügte hinzu: *Und es braucht keineswegs zu stimmen, dass Segmasnor euch in die Zentrale der Vergessenen Positronik führen will!*

7.

Cunnard Rezkladides: *Zahlen, Zenturien, Ziele und Zeugnisse – aus der Arbeit des USO-Historischen Korps*; Sonderdruck Pounder City, Mars 3435

Jedem, der sich die Größe unserer Sterneninsel bewusst macht, wird mehr als deutlich vor Augen geführt, dass die Rätsel und Geheimnisse selbst dann wohl noch überwiegen werden, sollte es einmal gelingen, die Basisdaten mit größter Exaktheit und Detaildichte zu ermitteln. Denn sogar die komplette kartografische Erfassung bliebe nur eine Momentaufnahme – ein Nichts gegenüber dem bisherigen Alter von zehn bis zwölf Milliarden Jahren und einer Sonnenanzahl, die mehrere hundert Milliarden erreicht.

In den rund zwanzigtausend Jahren ihrer Geschichte haben die Arkoniden Immenses geleistet. Sogar heute, nach dem Niedergang dieses Volkes und der Zersplitterung ihres ehemaligen Großen Imperiums in einen Flickenteppich rivalisierender Kleinreiche, Fürstentümer, System-Republiken, ständig wechselnder Allianzen und Koalitionen und Duodez-Monarchien, gilt der Nordwestquadrant der Milchstraße als der datentechnisch besterfasste. Und doch: Selbst wenn wir die natürlichen Phänomene einmal ausklammern, die uns bis heute unverständlich bleiben, zwingen die weißen Flecke und verbliebenen Fragezeichen den unvoreingenommenen Betrachter zur Demut.

Eins der größten Rätsel ist und bleibt seit Jahrtausenden das als »Vergessene Positronik« umschriebene Objekt. Einem kosmischen Fliegenden Holländer gleich taucht es weiterhin nach einem nicht nachvollziehbaren, vermutlich völlig zufälligen Muster an den verschiedensten Orten auf, gewinnt für eine kurze Zeit Stofflichkeit und verschwindet dann ebenso plötzlich, wie es erschienen ist. Die mit diesem Prozess verbunde-

nen, auch heute noch nicht erforschten Randbedingungen und hyperphysikalischen Grundlagen machen eine gezielte Erforschung illusorisch, da jede Beobachtung ebenfalls rein zufällig bleibt.

So darf es nicht verwundern, dass sogar in unserer Zeit das Erlebnis aus der Jugendzeit von Lordadmiral Atlan vor inzwischen fast elfeinhalb Jahrtausenden nach wie vor die beste Dokumentation darstellt. Im Gegensatz zu allen Analysten war er höchstpersönlich an Bord und ist überdies einer der wenigen, die die Plattform auch wieder lebend verließen. Dennoch wirft sein Bericht letztlich mehr Fragen auf, als er beantwortet. Als gesichert kann festgehalten werden, dass der schwarze Quader in der Zeit um 10.500 da Ark in der Tat als einer der Hinweisgeber und auch als eine der Prüfungsstellen bei der Suche nach dem ominösen »Stein der Weisen« fungierte. Als ebenso sicher gilt allerdings auch, dass das keineswegs die ursprüngliche Aufgabe war.

Vieles deutet darauf hin, dass die Plattform selbst ein Produkt lemurischer Technologie war. Anderes wiederum muss unzweifelhaft als varganisch eingeordnet werden. Unklar bleibt, ob eventuell schon die Lemurer auf varganische Hinterlassenschaften stießen und diese in die Plattform integrierten oder ob es Varganen waren, die dieses Objekt nach dem Untergang des Großen Tamaniums »nur« für ihre Zwecke nutzten. Es ist nicht einmal ausgeschlossen, dass beides seine Richtigkeit hat und es darüber hinaus vielleicht in eine noch weiter zurückliegende Vergangenheit weist, in jene, die uns zu den Cyén, den Barkoniden und den als Galaktische Ingenieure umschriebenen Petroniern führt – Letztere auch als so genannte Oldtimer bekannt …

Vergessene Positronik: 25. Prago der Prikur 10.497 da Ark

Ungefähr eine halbe Tonta später erhärtete sich der anfangs nur vage Verdacht. Segmasnor hatte uns durch einige unbeleuchtete Korridore und zwei mit Maschinen angefüllte Hallen geführt und schlug danach eine Richtung ein, die uns praktisch zurückführte. Ich stellte ihn deswegen zur Rede.

»Es stimmt«, antwortete er. »Aber ich muss Umwege einschlagen, weil in diesem Sektor Rebellen umherstreifen.«

»Rebellen? Wesen aus Fleisch und Blut?«

»Nein, halborganische Schalteinheiten, die sich gegen die Zentrale empört haben. Niemand ist vor ihnen sicher.«

Fartuloon warf mir einen skeptischen Blick zu. »Sollte dieses System von seinen Erbauern als Schlüssel zum Stein der Weisen geschaffen worden sein, kann mit dem Stein selbst auch nicht viel los sein.«

Segmasnor blieb stehen und wandte sich zu uns um. »Ihr sucht den Stein der Weisen?«

»Natürlich«, antwortete ich. »Ich weiß keinen anderen Grund, warum ich mich in dieses Durcheinander wagen sollte.«

»Viele haben schon nach dem Stein der Weisen gesucht. Die Vergessene Positronik ist nicht der einzige Weg zum Stein der Weisen.«

»Wie wir hörten, war auch schon ein Mann namens Orbanaschol hier«, warf Fartuloon ein. »Stimmt das?«

»Davon weiß ich nichts. Aber das besagt nichts. Er kann einen der vielen anderen Wege gegangen sein und ist inzwischen entweder tot oder hat die Zentrale erreicht.«

»Und damit den Schlüssel zum Stein der Weisen?«, fragte ich gespannt.

»Nicht unbedingt. Doch wir müssen weiter. Die Zeit drängt.«

Ich wusste zwar nicht, warum die Zeit plötzlich drängen sollte, nachdem die Vergessene Positronik Tausende, Hunderttausende oder gar Millionen von Jahren auf jemand gewartet hatte, der würdig war, mit dem Schlüssel zum Stein der Weisen umzugehen. Doch mir war es nur recht, dass Segmasnor sich beeilte, denn meine Sorge, Orbanaschol könnte Erfolg gehabt haben, stieg.

Der Mann ohne Gesicht führte uns zu einem Antigravschacht, streckte lauschend den Kopf hinein und zog ihn wieder zurück. »Wir müssen die Nottreppe benutzen. Im Schacht befinden sich Rebellen.«

Ich trat neben Segmasnor, hütete mich aber, ihn zu berühren, und lauschte ebenfalls in den Antigravschacht. Es war fast völlig dunkel darin, deshalb konnte ich nichts sehen, aber ich hörte ein an- und abschwellendes Summen, das durchaus von fliegenden Schalteinheiten stammen konnte. »Gut, benutzen wir die Nottreppe.«

Er wandte sich nach rechts, blieb vor einer dunkelgrauen Metallplastikwand stehen und strich mit den Fingern darüber. Ein Teil der Wand glitt zur Seite. Eine ovale Öffnung wurde sichtbar, und weiter hinten sah ich eine schraubenförmig gewendelte schmale Treppe mit ungewöhnlich niedrigen Stufen. Sie mussten einst für Wesen gebaut worden sein, die entweder kleinwüchsig gewesen waren oder ihre Beine nur wenig hatten anheben können. Vielleicht hatten sie auch überhaupt keine Beine. Segmasnor trat durch die Öffnung – und im gleichen Moment stürzten einige halborganische Schalteinheiten aus der Öffnung des Antigravschachts. Der Mann ohne Gesicht stieß einen gellenden Schrei aus und rannte die Wendeltreppe hinauf.

Fartuloon und ich reagierten so, wie wir es gewohnt waren: Wir flohen nicht, sondern stellten uns nebeneinander mit dem Rücken an die Wand und zogen unsere Waffen, um einen eventuellen Angriff abwehren zu können. Vorerst aber griffen die Schalteinheiten nicht an. Sie bildeten einen Halbkreis vor uns, während immer mehr ihrer »Artgenossen« aus dem Antigravschacht quollen und sich in die Formation einreihten.

Ich musterte die Einheiten. Sie hatten unterschiedliche Formen. Einige sahen aus wie armlange Insekten, die jemand aus Kunststoffteilen unordentlich zusammengebastelt hatte, andere glichen großen Vogelnestern und wieder andere erinnerten mich an künstliche Bäume aus Blech und Kunststoff. Keins der Gebilde hatte Fortbewegungsteile. Sie schwebten ausschließlich mit Hilfe von Antigravaggregaten. Aber die meisten hatten tentakelähnliche Arme mit drei- bis vierfingrigen Greifklauen. Sie schienen nur neugierig zu sein, denn sie verharrten beinahe völlig reglos und beobachteten uns mit kleinen Augenzellen, die über ihre Körper verstreut waren.

Dieses Verhalten wiegte Fartuloon und mich zwar nicht in Sicherheit, es veranlasste uns jedoch zu einer passiven Haltung. Das war ein Fehler. Unvermittelt stürzten sich alle Einheiten gleichzeitig auf uns, als gehorchten sie einem unhörbaren Kommando. Fartuloon und ich feuerten, doch im nächsten Augenblick wurden unsere Arme umklammert, und die Waffen wurden uns entrissen. Wir wurden von je einer Traube der Schalteinheiten emporgehoben. Dann schwebten wir in den Antigravschacht hinein.

Die Schalteinheiten transportierten uns in einen kleinen Kuppelsaal, in dem etwa zwanzig enge Gitterkäfige standen. In zehn Käfigen befanden sich Gefangene: meist humanoide Lebewesen, aber auch zwei Dron-Echsen und ein quallenähnliches Lebewesen, dessen Haut ausgetrocknet war, zahlreiche Risse aufwies und mich an einen Therborer erinnerte. Fartuloon und ich wurden in zwei Käfige gesperrt, dann wurden uns alle Waffen, die Druckhelme und Anzughandschuhe sowie die Konzentratnahrung abgenommen. Danach verschwanden die Schalteinheiten wieder.

»Mein *Skarg*«, schimpfte Fartuloon. »Die Biester haben mein Schwert mitgenommen.«

»Beruhige dich! Meine Waffen sind ebenfalls fort.«

Ich musterte die arkonoiden Lebewesen und erkannte, dass zwei von ihnen tatsächlich Arkoniden waren. Ich sah es nicht nur an ihren Körperformen, sondern auch an den Raumanzügen, die sie trugen. Und ich erkannte noch mehr. Die Ärmelschilder der Raumanzüge zeigten ein Symbol, das mir nur zu vertraut war: das der Leibgarde von Imperator Orbanaschol III.! *Hier also sind zwei Helfer des Usurpators gelandet. Schade, dass nicht auch Orbanaschol selbst in einem Käfig hockt.*

Einer der beiden Männer blickte zu mir, während der andere reglos auf dem Boden seines Käfigs saß und keine Notiz von seiner Umgebung nahm. »Du bist Arkonide?«

»Ja«, antwortete ich. »Mein Name ist Larknor.« Den Namen Atlan, obwohl er keineswegs selten war, wollte ich einem Leibgardisten Orbanaschols gegenüber nicht erwähnen. Immerhin konnte es sein, dass die Männer die Übertragung von Largamenia gesehen hatten und mich nur nicht wieder erkannten. Mein Name hätte allerdings den Chronner fallen lassen.

»Und ich bin Tarmagh.« Er lachte bitter. »Spezialist für Energiefallen in der Leibgarde des Höchstedlen. Und ein paar lächerliche Schalteinheiten haben mich eingefangen.« Er deutete auf seinen Kameraden. »Das ist übrigens Hudror. Er hat aufgegeben. Ich denke allerdings nicht daran, aufzugeben. Sobald sich eine Gelegenheit zum Kämpfen oder zur Flucht ergibt, nehme ich sie wahr. Wer ist eigentlich dein Begleiter? Kein Arkonide, nehme ich an, sondern ein Primitivweltler.«

Ich blinzelte dem entrüstet dreinschauenden Fartuloon zu und antwortete: »Er heißt Vasaf und stammt von Aurigor. Ein Primitivweltler, gewiss, aber er kann mit einer Strahlwaffe ebenso gut umgehen wie mit seinem Schwert – er kann sogar ein Raumschiff steuern.«

Tarmagh wölbte die Brauen. »Ein Mann von Aurigor. Ja, ich habe gehört, dass diese Leute sehr anpassungsfähig sein sollen.«

»Nicht so sehr, dass ich mich an meinen Käfig gewöhnen könnte.« Fartuloon packte die Stäbe und zog prüfend daran. »Vielleicht lassen sich die Dinger aufbiegen.«

»Warte noch! Bevor wir etwas unternehmen, möchte ich mehr über die Lage wissen.« Ich wandle mich wieder an Tarmagh. »Was weißt du über diese halborganischen Schalteinheiten, die uns gefangen halten?«

»Sie wurden aus unbekannten Gründen vom System ausgeschlossen und sollten desaktiviert werden. Das passte ihnen nicht; deshalb zogen sie sich in einen entlegenen Winkel der Plattform zurück und fingen an, nach und nach ein Gegensystem aufzubauen. Wir sind an einen der von ihnen umprogrammierten Großspeicher geraten, als wir nach der Zentrale suchten.«

»War der Imperator persönlich dabei?«, erkundigte ich mich.

»Ja.« Plötzlich sah er mich argwöhnisch an. »Warum fragst du danach?«

»Aus Sorge um Seine Erhabenheit! Das ist doch logisch. Du trägst das unübersehbare Emblem der Leibgarde des Imperators, daraus schließe ich, dass du zur Begleitmannschaft Orbanaschols gehört hast.«

Tarmagh nickte zögernd. »Das stimmt.«

»Und was wurde aus dem Imperator? Konnte er entkommen?«

»Ich weiß es nicht. Es gab ein ziemliches Durcheinander, aber es ist schon möglich, dass der Zhdopanthi entkommen ist, schließlich wurde er von weiteren sechsunddreißig Leibgardisten begleitet.«

»Die Menge macht es nicht.« Fartuloon winkte den beiden Dron. Die Echsenwesen standen aufrecht in ihren Käfigen, hielten sich an Gitterstäben fest und blickten zu uns herüber. »Wie seid ihr hierher geraten?«

»Wir kamen mit einem arkonidischen Kauffahrer«, sagte einer der Echsenabkömmlinge. »Er selbst wagte sich nicht auf die Vergessene Positronik, aber er versprach uns reiche Belohnung, sollte es uns gelingen, einen sicheren Weg auszukundschaften. Leider wurden wir von einem verrückten Arkoniden eingefangen, der uns als Nahrungsmittel betrachtete. Die rebellierenden Schalteinheiten befreiten uns und sperrten uns hier ein.«

»Seid ihr schon lange hier?«, erkundigte ich mich.

»Fast ein ganzes Jahr. Wir haben nur wenig Nahrung bekommen. Könnten wir nicht von Natur aus lange hungern, wären wir längst tot.«

»Da ihr schon fast ein Jahr hier seid, müsst ihr doch mehr über die Rebellen wissen. Hat während dieser Zeit noch niemand versucht, aus der Gefangenschaft zu fliehen?«

»Mehrere versuchten es. Zwei wurden wieder eingefangen und zurückgebracht.« Er deutete auf zwei Arkonoide, die apathisch in ihrem

Käfig lagen. »Der dritte Mann entkam durch das Tor. Aber die Schalteinheiten teilten uns mit, dass man durch das Tor nicht in die Freiheit gelangt, sondern in eine Todeswelt, in der man nicht lange überlebt.«

»Das käme auf einen Versuch an«, murmelte der Bauchaufschneider.

Ich wandte mich an Tarmagh. »Hast du das gewusst?«

»Ich habe nicht gefragt«, antwortete Tarmagh kalt. Seine Miene drückte deutlich aus, dass er zu arrogant gewesen war, sich mit einem Fremdwesen zu unterhalten, und dass er es missbilligte, dass wir das Gespräch mit den Dron eröffnet hatten.

Ich störte mich nicht weiter daran, denn ich war es gewohnt, dass hoch gestellte Arkoniden verächtlich auf angeblich »minderwertige Arten« herabsahen. Nun schwor ich mir, auf eine Änderung dieser Einstellung hinzuarbeiten, sobald es mir gelungen war, Orbanaschol III. zu stürzen.

»Wie lange seid ihr schon hier?« Ich wies auf Tarmagh und Hudror.

»Seit dem sechzehnten Tedar.«

»Ich schlage vor«, sagte Fartuloon, »dass wir ausbrechen. Kommen wir auf dem normalen Weg nicht heraus, nehmen wir das bewusste Tor, was immer uns dahinter erwartet. Seid ihr einverstanden?«

»Wie kommt ein Mann von Aurigor dazu, Arkoniden Vorschläge zu unterbreiten, ohne dass er dazu aufgefordert wurde?«, wandte sich Tarmagh an mich.

Fartuloon sah mich grimmig an. »Soll ich ihm den Hals umdrehen?«

Ich lächelte. »Das wird nicht nötig sein, Vasaf.« An Tarmagh gewandt, sagte ich kühl: »Vasaf ist ein berühmter Krieger seines Volkes und mein gleichberechtigter Partner. Ich bitte Sie, Tarmagh, jede Bemerkung zu unterlassen, die ihn diskriminieren könnte!«

Tarmagh starrte mich eine Weile schweigend an. »Ihre Haltung ist zwar eines wahren Arkoniden unwürdig, aber angesichts unserer Lage akzeptiere ich sie und auch den Status, den Sie Vasaf zugestehen.«

Damit war die Lage vorerst geklärt, obwohl es mir auch unmöglich erschien, das anfängliche vertrauliche Du wieder zu verwenden.

»Na schön«, knurrte Fartuloon. »Also, darf ich meinen Vorschlag als angenommen betrachten?«

»Sie dürfen«, antwortete Tarmagh steif. »Allerdings wird Hudror uns nicht begleiten. Er wäre nur eine Last für uns.«

Ich blickte den zweiten Arkoniden an. Der Mann tat mir Leid, aber es war wirklich sinnlos, jemanden, der sich selbst aufgab, mitnehmen zu wollen. Wir hätten ihn wahrscheinlich tragen müssen. Dennoch wollte ich ihm wenigstens eine Chance geben. »Fragen Sie ihn.«

Tarmagh machte eine Handbewegung, die Resignation ausdrückte. Dann wandte er sich an seinen Kameraden und rief: »Hudror, hörst du mich?«

»Lass mich in Ruhe.«

»Wir wollen fliehen. Willst du mitkommen oder hier bleiben und langsam verschmachten?«

Hudror antwortete nicht, sondern drehte uns den Rücken zu, was auch eine Antwort war. Ich nickte Fartuloon zu. »Versuche, die Gitterstäbe aufzubiegen.«

Fartuloon spuckte in die Hände, packte zwei Gitterstäbe gleichzeitig und zog daran. Auf seiner Stirn schwoll eine Ader an, Schweißtropfen perlten in seinem Bart.

»Er schafft es nicht«, behauptete Tarmagh. »Die Stäbe sind aus Metallplastik.«

Der Bauchaufschneider verzog das Gesicht zu einem verzerrten Grinsen. Plötzlich gaben die beiden Stäbe nach, bogen sich allmählich nach außen, bis sie an die nächsten Stäbe stießen. Er zwängte sich durch die Öffnung und grinste den Leibgardisten an. »Für blutarme Schwächlinge ist das freilich nichts.« Er wandte sich meinem Käfig zu, und innerhalb weniger Zentitontas waren ich und Tarmagh frei. »Wollt ihr mitkommen?«, fragte Fartuloon die beiden Dron. Sie bejahten, und er befreite sie ebenfalls. Wir sahen uns nach Waffen um, fanden aber keine. »Ich werde mir mein Schwert zurückholen, so wahr ich – ähem – Vasaf heiße.«

Er stapfte auf die Tür zu, durch die die Schalteinheiten uns hereingebracht hatten, ein relativ kleiner, aber unglaublich breit gebauter Mann mit einem Körper voller stahlharter Muskeln und einem unbeugsamen Willen.

»Nur Mut!«, sagte ich und folgte meinem Pflegevater.

Wir kamen nicht weit. Die Schalteinheiten hatten Wachtposten aufgestellt, die bei unserem Anblick sofort Alarm gaben. Es handelte sich um zwei radförmige Gebilde mit Tentakelarmen. Wir hätten uns sicher sofort zurückgezogen, aber eine der Schalteinheiten hielt Fartuloons Schwert umklammert. Mit einem Wutschrei stürzte sich der Bauchaufschneider auf die beiden Einheiten und demolierte sie mit Fußtritten und Fausthieben. Dann nahm er sein Schwert an sich. In diesem Augenblick tauchte auch schon Verstärkung auf, ein ganzer Schwarm von mindestens dreißig Einheiten. Fartuloon zerstörte die ersten drei mit seinem *Skarg*, dann mussten wir uns zurückziehen.

Hudror blickte auf, als wir in die Kuppelhalle zurückkehrten. Sein Gesicht zeigte keine Regung.

»Wo ist das Tor?«, fragte Fartuloon die Dron.

»Folgt uns!« Die Echsenwesen liefen flink voran, und wir folgten ihnen. Hinter uns ergoss sich die Horde der rebellischen Schalteinheiten in die Kuppelhalle. Auf der anderen Seite der Halle verschwanden die Dron scheinbar durch die feste Wand. Tarmagh zögerte, als er sie nicht mehr sah, Fartuloon und ich packten ihn jedoch an den Armen und zogen ihn mit. Wir konnten uns denken, dass die Öffnung, durch die die Dron verschwunden waren, durch den gleichen Trick unsichtbar gemacht wurde wie die Öffnung in der Oberfläche der Plattform.

Und so war es tatsächlich: Als wir uns auf der anderen Seite befanden, sahen wir die beiden Echsenwesen wieder. Sie standen in einem Raum, der auf unserer Seite höchstens vier Meter breit war und sich mit zunehmender Entfernung verbreiterte. Die gegenüberliegende Seite war rund fünfzehn Meter breit. Doch das interessierte mich weniger als das, was in der Mitte dieses Raumes stand: zwei mächtige, nach oben konisch zulaufende Säulen, die von innen heraus rötlich glühten. Zwischen ihnen befand sich ein gelber, rot eingefasster Kreis.

»Das Tor!«, rief einer der Dron.

»Ich nehme an, dass es sich um eine Art Transmitter handelt«, sagte Fartuloon. »Allerdings um eine unbekannte Konstruktion.«

»Wahrscheinlich wird er aktiviert, sobald jemand den Kreis betritt«, sagte ich.

»Und man wird in eine Todeswelt abgestrahlt«, ergänzte Tarmagh.

Ich blickte zurück. Die Öffnung, durch die wir gekommen waren, war auch von dieser Seite aus unsichtbar – und die Schalteinheiten waren uns nicht gefolgt. »Wollen Sie lieber zurück und sich wieder in einen Käfig sperren lassen?«

»Nein! Lieber sterbe ich im Kampf!«

»Wir auch«, riefen die Dron.

Fartuloon räusperte sich. »Also, gehen wir durch das Tor! Wenigstens habe ich mein *Skarg* zurück.«

Er presste es an sich und marschierte entschlossen in den Kreis. Wir folgten ihm schnell, damit wir nicht getrennt werden konnten. Eine Weile geschah nichts, dann flammten plötzlich zwei blauweiße Energiebögen auf, vereinigten sich hoch über uns und erzeugten ein schwarzes, wesenloses Wallen, das sich auf uns herabsenkte und uns einsog. Im nächsten Augenblick verschwand das wesenlose Wallen schon wieder. Die Energiebögen über uns erloschen; nur die beiden Säulen glühten unverändert. Es war, als sei nichts geschehen. Und doch war etwas geschehen, denn wir standen nicht mehr in dem Raum, sondern auf einer hellgrauen, mit dunklen Flecken übersäten Plattform, die sich mitten aus einer paradiesischen Landschaft erhob. Über uns spannte sich blauer, wolkenloser Himmel, und das Licht einer gelbweißen Sonne beleuchtete Bäume mit großen grünen Blättern, Gras und Teppiche aus bunt blühenden Pflanzen.

Tarmagh atmete auf. »Das soll eine Todeswelt sein? Nur Dron können auf solche Schauermärchen hereinfallen.«

»Sie haben bis vor kurzem selbst daran geglaubt«, sagte ich.

»Es ist kein Schauermärchen«, sagte Fartuloon. »Ich spüre, dass uns hier Gefahr droht.«

»Unsinn!« Tarmagh lachte. »Natürlich wissen wir nicht, ob es hier Tiere gibt, die uns gefährlich werden könnten, aber vorläufig droht uns keine Gefahr. Ich kenne mich aus. Wären hier größere Tiere, Pflanzenfresser, meine ich, könnte es in der Nähe auch Raubtiere geben. Da wir hier aber keine Pflanzenfresser sehen, gibt es keinen Grund, warum sich hier Raubtiere aufhalten sollten.«

»Vielleicht, weil in diesem Transmitter ab und zu lebende Nahrung auftaucht«, spottete Fartuloon.

Die Dron sahen sich unbehaglich um. »Befürchtest du wirklich, dass wir von Raubtieren angegriffen werden könnten?«

Mein Pflegevater wurde ernst. »Nein, denn ich kann in unserer Nähe überhaupt kein Tier feststellen. Die Gefahr scheint von einer anderen Seite zu drohen.«

Tarmagh lächelte geringschätzig. »Jedenfalls können wir nicht ewig auf dieser Plattform stehen bleiben. Wir müssen Nahrung suchen und ...« Er stockte und schaute die Dron erschrocken an. »Wie kommen wir eigentlich zurück?«

»Zurück?«, fragte der eine Dron. »Wollen Sie denn zurück?«

»Dachtet ihr, ich möchte den Rest meines Lebens auf einer Urwelt verbringen, auf der nie ein Raumschiff landet? Ich habe eine Karriere vor mir, will mich im Methankrieg auszeichnen und später in den diplomatischen Dienst des Großen Imperiums treten. Das alles werde ich doch nicht opfern.«

»Mein Partner und ich haben ebenfalls große Pläne für die Zukunft«, tröstete ich ihn. »Ich denke, es wird uns gelingen, diesen Transmitter so zu schalten, dass er uns in die Vergessene Positronik zurückbefördert. Aber damit sollten wir noch etwas warten. Nach einiger Zeit dürfte die Zentrale die Rebellen besiegt haben, so dass wir bei unserer Rückkehr nicht wieder eingesperrt werden.« In Gedanken fügte ich hinzu: *Jedenfalls nicht sofort.*

»Das denke ich auch.« Tarmagh schlenderte über die Plattform und ging zu einem mannshohen Strauch, der mit dunkelroten Trichterblüten besetzt war. Mit affektierter Bewegung riss er eine Blüte ab, roch daran und rief: »Heiße uns willkommen, schöne Blume!«

Lachend warf er sie über seine Schulter auf die Plattform. Er lachte auch noch, als er mit federndem Schritt über das weiche Gras ging und zwischen Bäumen und Sträuchern unseren Blicken entschwand. Fartuloon blickte mich an. »Mit dem Kerl stimmt etwas nicht.«

»Wir sollten ihm folgen, damit er sich nicht verirrt.«

Mein Pflegevater machte eine abwehrende Handbewegung. »Ihr bleibt hier. Ich folge ihm allein. Mit meinem *Skarg* kann ich es mit vielen Gefahren aufnehmen. Ihr dagegen seid unbewaffnet.«

Widerstrebend gehorchte ich seinem Rat. Ich blickte ihm nach, wie er, das *Skarg* in der Rechten, leicht geduckt und wie ein Raubtier schleichend, der Spur des Arkoniden folgte. Im Hintergrund stieß ein Baum eine Wolke Pollen oder Samen aus. Ganz schwach konnte ich das Gelächter Tarmaghs hören. Dann wurde es wieder völlig still.

»Es sieht eigentlich nicht gefährlich aus hier«, sagte einer der Dron. »Wir haben uns noch nicht vorgestellt. Ich bin Chrekt-Son, und mein Gefährte heißt Cham-Hork. Darf ich Ihnen sagen, dass wir Ihnen außerordentlich dankbar dafür sind, dass Sie uns nicht wie Wesen behandeln, die zu gering sind, als dass man das Wort an sie richtet?«

Diese Worte machten mich verlegen. Ich schämte mich für Tarmagh, der schließlich ein Arkonide war wie ich – und ich schämte mich für alle Arkoniden, die so arrogant waren wie er. »Chrekt-Son, bitte, glauben Sie nicht, dass alle Arkoniden sind wie Tarmagh. Es gibt auch bei unserem Volk viele, die die Angehörigen anderer Völker als gleichwertige Intelligenzen achten und entsprechend behandeln. Ich hoffe, dass eines Tages alle Arkoniden so denken werden.«

»Wir sind sehr froh, dass wir Ihnen begegnen durften, Larknor«, sagte Cham-Hork.

»Bitte, lassen wir dieses Thema fallen. Da mein Partner uns gebeten hat, hier zu bleiben, sollten wir zwar die Plattform nicht verlassen, aber die Umgebung genau beobachten.«

Die Dron stimmten mir zu, und wir stellten uns so auf, dass wir gemeinsam eine Rundumblick hatten. Als Tarmagh nach unserer Ankunft gesagt hatte, dass wir hier keine Pflanzenfresser sehen könnten, hatte ich angenommen, dass würde sich bald ändern. Aber bisher war weder ein Pflanzenfresser noch ein Raubtier aufgetaucht. Ja, es hatte sich noch kein einziges Tier blicken lassen, nicht einmal ein Insekt. Das gab mir zu denken, denn ich kannte keinen Planeten mit so reichhaltiger und vielfältiger Flora wie hier, auf der sich nicht eine ebenfalls vielfältige Fauna entwickelt hatte. *Tier und Pflanze gehören zusammen, bilden überall in der Galaxis Lebensgemeinschaften. Auf dieser Welt, die man die Todeswelt nennt, scheint das anders zu sein. Allmählich kommt sie mir unheimlich vor.*

Deshalb atmete ich auf, als überraschend Tarmagh auftauchte. Der Leibgardist kam allerdings von der Seite, die der, in die er gegangen war, genau gegenüberlag. Er wirkte frisch und lachte uns zu. »Alles in Ordnung! Hier gibt es keinerlei Gefahren. Ich nehme an, die Schalteinheiten nannten diese Welt nur deshalb Todeswelt, um ihre Gefangenen abzuschrecken.«

»Haben Sie etwas Essbares gefunden?«

Tarmagh zog einige rosa Früchte aus den Beintaschen seines Raumanzugs und warf sie uns zu. »Sie schmecken vorzüglich. Ich habe sie probiert.«

Die Dron und ich fingen je eine Frucht auf. Ich sah, wie die Augen der beiden Echsenabkömmlinge aufleuchteten; sie freuten sich darüber, dass Tarmagh ihnen ebenfalls etwas abgegeben hatte. Die paradiesische Umwelt schien den Mann verwandelt zu haben. Ich betrachtete meine Frucht genau. Sie war fast so groß wie eine Männerfaust, oval geformt und rosa. An zwei Seiten befand sich je eine weiße Narbe, wahrscheinlich die Stellen, an denen Blüte und Stiel gesessen hatten. Als ich daran roch, nahm ich einen leichten Moschusgeruch wahr.

Aus den Augenwinkeln sah ich, wie die Dron herzhaft in ihre Früchte bissen. Sie schmeckten ihnen offensichtlich gut. Dennoch zögerte ich.

Etwas gefiel mir nicht, aber mir fiel nicht gleich ein, was mich störte – bis Fartuloon aus den Büschen auf die Plattform sprang. »Nicht essen! Werft die Früchte weg!«

»Aber sie schmecken ausgezeichnet«, entgegnete Chrekt-Son.

Und Tarmagh versicherte: »Sie sind völlig harmlos!«

»Wie kommen Sie so schnell hierher?«, fragte mein Pflegevater lauernd. »Ich sah Sie vor wenigen Zentitontas; da waren Sie weit draußen und gingen in einer Richtung, die von der Plattform fortführte.«

Tarmagh lachte. »Ich bin eben wieder umgekehrt.«

»Dann hätten Sie nicht vor mir hier sein können.«

»Wollen Sie mich der Lüge bezichtigen?«

»Nicht unbedingt. Vielleicht lügen Sie gar nicht.« Fartuloon ging langsam auf den Leibgardisten zu. Die Dron und ich beobachteten nur. Chrekt-Son und Cham-Hork aßen nicht weiter, und ich warf meine Frucht nach kurzem Zögern fort. Mein Pflegevater musste einen triftigen Grund haben, vor ihrem Genuss zu warnen.

»Kommen Sie nicht näher, Vasaf!«, sagte Tarmagh drohend.

»Wie wollen Sie das verhindern?« Fartuloon hob sein Schwert.

Plötzlich stürzte sich Tarmagh auf meinen Pflegevater. Dieser wich tänzelnd aus und schlug mit dem Schwert zu. Die breite Klinge schnitt mühelos durch das Material von Tarmaghs Raumanzug und durch das Fleisch des linken Armes und halbierte ihn. Entsetzt starrte ich auf die klaffende Wunde. Kein Tropfen Blut floss, und das durchschnittene Fleisch war nicht das Fleisch eines Arkoniden, sondern von feinkörniger Struktur und gelblich weißer Färbung.

»Es ist nicht Tarmagh!« Fartuloon trennte dem Geschöpf den Kopf ab. Das, das wie Tarmagh aussah, drehte sich um und lief davon. Bald war es zwischen den Büschen verschwunden. Der »Kopf« und der abgetrennte Teil des Armes verformten sich zu einer braunen, stinkenden Masse. »Seht ihr?«

»Was war das?« Chrekt-Son war fassungslos, warf seine angebissene Frucht weg, und Cham-Hork folgte seinem Beispiel.

»Ich weiß es noch nicht«, antwortete mein Pflegevater. »Ich weiß nur, dass es nicht Tarmagh war. Wahrscheinlich bestand die Nachbildung nicht einmal aus tierischer Substanz.«

»Pflanzlich?«, fragte ich.

»Ich nehme es an.«

»Was wurde dann aus dem richtigen Tarmagh?«, erkundigte sich Cham-Hork.

»Ich denke, das werden wir noch erfahren«, antwortete Fartuloon.

»Was ist mit den Früchten?«, fragte Chrekt-Son. »Sind sie giftig, Vasaf?«

»Giftig im Sinne des Wortes wohl nicht, aber sehr aggressiv.« Fartuloon wandte uns seine linke Gesichtshälfte zu, und ich sah, dass dort zwei große Wunden klafften. »Pflanzensporen. Sie wurden von einem Baum auf mich abgeschossen und gruben sich sofort ins Fleisch. Ich holte sie mit dem *Skarg* heraus. Ein Glück, dass ich meinen Harnisch trage; von ihm prallten die Sporen ab. Der Raumanzug schützt nicht dagegen.« Er deutete auf ein Loch neben der linken Beintasche. »Hier fraß sich so eine Spore durch. Ich habe sie ebenfalls mit dem *Skarg* entfernt – und ein Stück Fleisch dazu.« Er musterte aufmerksam die Gesichter der Dron. »Hoffentlich wirken die Früchte nicht ähnlich.«

»Wir haben jeder nur zwei Bissen gegessen«, wiegelte Chrekt-Son ab. »Das dürfte eigentlich nicht schaden.«

Fartuloon zuckte mit den Achseln. Ich spürte ein Jucken auf der Innenseite der rechten Hand und hob sie hoch, um mir die Stelle anzusehen. Fartuloon wurde aufmerksam, trat zu mir und besah sich die Hand ebenfalls. »Punktförmige Rötung. Wahrscheinlich hervorgerufen durch winzige Gifthaare der Frucht, die du in der Hand gehalten hast. Ich hoffe, dass es nichts Schlimmeres ist. Eigentlich …« Er stockte.

»Eigentlich …?«

Fartuloon senkte den Blick und sagte tonlos: »Eigentlich sollten wir deine rechte Hand sofort amputieren. Später könnte es zu spät sein.«

Ich betrachtete abermals meine Hand. Natürlich konnte ich mir jederzeit eine gute Bio-Zuchtprothese anfertigen lassen, die genauso aussah wie die Originalhand und auch genauso funktionierte. Aber sie würde eben doch niemals das Original sein. »Wir warten noch. Ich werde die Stelle ständig beobachten.«

»Ich habe Kopfschmerzen«, sagte Cham-Hork. »Und vor meinen Augen flimmert es. Ob das die Wirkung der Frucht ist?«

»Mir geht es genauso!«, rief Chrekt-Son.

Fartuloon blickte sie ernst an. »Ich will euch nichts vormachen. Bestenfalls sind Kopfschmerzen und Augenflimmern eine Abwehrreaktion des Körpers auf Bestandteile der Früchte, die euer Organismus nicht verträgt. Der Metabolismus von Dron stellte sich allerdings leichter und besser auf fremdartige Nahrung um als der von beispielsweise Arkoniden. Ich schlage deshalb vor, ihr legt euch hin, damit eure Körper ihre ganzen Kräfte auf die Abwehr der Fremdstoffe konzentrieren können.«

Die beiden Echsenabkömmlinge befolgten seinen Rat. Fartuloon musterte noch einmal meine Handfläche. »Die Rötung hat sich verstärkt, aber nicht ausgebreitet. Vielleicht haben wir Glück, und es handelt sich nur um eine allergische Reaktion.«

»Und worum handelt es sich bei den Dron?«, fragte ich leise, damit die Echsenwesen es nicht hörten.

»Ich weiß es wirklich nicht. Ich befürchte allerdings, dass die Fruchtzellen sich in ihren Körpern vermehren und überall festsetzen.«

»Es ist also doch eine Todeswelt. Immerhin scheinen wir auf der Plattform sicher zu sein, solange wir nichts von den Früchten anrühren.«

»Womit wir wieder beim Nahrungsproblem wären. Die Schalteinheiten haben uns ja nicht nur die Waffen, Druckhelme und Handschuhe weggenommen, sondern auch unsere Konzentrate. Mit dem Trinkwasser in den Notbehältern kommen wir einige Pragos aus, und ohne Nahrung werden wir es notfalls sogar vierzehn Pragos aushalten. Aber dann ist Schluss. Dann müssen wir zurück. Ich untersuche den Transmitter. Hoffentlich begreife ich sein Funktionsprinzip, damit ich ihn auf Rückkehr schalten kann. Sonst sitzen wir hier fest.«

»Aber nur für vierzehn Pragos.«

»Du machst makabre Witze. Na ja, es ist ja auch eine makabre Situation, in die wir geraten sind.« Er ging zu einer der beiden Transmittersäulen, und ich begleitete ihn, um ihm zu helfen. Die Dron lagen ruhig auf der Plattform, aber sie folgten uns mit ihren Blicken. Ich hoffte, dass sie nicht ernstlich erkrankten. Nach kurzer Untersuchung entdeckten Fartuloon und ich eine magnetisch angeheftete Platte. Mein Pflegevater hob sie mit seinem *Skarg* ab. Dahinter lag ein verwirrender Komplex von Schalt- und Speicherelementen. Ein Teil der

Anordnung kam mir bekannt vor, aber der größte Teil wirkte völlig fremdartig.

»Irgendwo in einem Achtzehnplanetensystem jenseits des galaktischen Zentrums soll ein Volk leben, das ähnliche Torbogentransmitter benutzt wie diesen hier. Ich traf einmal einen Händler und seine Tochter.« Fartuloon lächelte verklärt. »Die Tochter lernte ich näher kennen. Sie weihte mich in Verschiedenes ein, unter anderem auch in einige Geheimnisse der Torbogentransmittertechnik. Sie war nämlich Hypertransportfeldtechnikerin.« Er zwinkerte mir zu. »Ich glaube, das hilft mir jetzt. Merk dir, Atlan, weiche nie einer schönen Frau aus; du kannst dabei nur lernen.«

Er tastete vorsichtig die Schalt- und Speicherelemente ab. Mir sträubten sich im ersten Augenblick die Haare, als ich das sah, denn ein Transmitter arbeitete mit Ultrahochspannung. Kam jemand damit in Berührung, blieb bestenfalls ein Häufchen Asche übrig. Schaltelemente kamen jedoch meist mit Niederspannung aus, so dass mein Pflegevater ein kalkuliertes Risiko einging. Nach einiger Zeit richtete er sich auf. »Genug für heute. Ich werde schätzungsweise noch drei Pragos brauchen, um dieses System völlig zu durchschauen und die Säule hier umzuschalten. Danach dürfte ich an der zweiten nur einen Prago zu arbeiten haben.«

»Das heißt, dass wir schon in vier Pragos zurückkehren könnten?«

»Wenn wir dann noch leben. Zeig mir deine Hand!« Die roten Punkte hatten sich nicht verändert, zwischen ihnen waren jedoch dünne schwarze »Haare« gewachsen. Fartuloon grinste. »Vielleicht haben wir ein wirksames Haarwuchsmittel gefunden, mein Junge.«

Ich schielte auf seinen Kahlkopf. »Soll ich eine Frucht holen und mit ihr deinen Schädel einreiben? Das wäre doch die beste Methode, das neue Mittelchen zu erproben.«

Er hob abwehrend die Hände. »Ich verzichte. Erstens habe ich mich an meinen kahlen Schädel gewöhnt und würde unter einer Haarmähne nur schwitzen, und zweitens wissen wir noch nicht, ob es sich bei den Borsten tatsächlich um Haar handelt.«

»Sollte es Haar sein, befindet es sich bei mir an der falschen Stelle.« Damit war das Thema vorerst für mich erledigt. Ich ging zu den Dron, um mich nach ihrem Befinden zu erkundigen. Aber sie schliefen, und ich weckte sie nicht.

Als ich mich wieder aufrichtete, sah ich am Rand der Plattform einen Mann im Raumanzug stehen. Es war Tarmagh – jedenfalls glich er äußerlich dem Leibgardisten. Er blickte zu mir herüber, legte einen Finger auf die Lippen und winkte mir, zu ihm zu kommen. Ich sah mich nach Fartuloon um. Mein Pflegevater saß auf dem Boden, lehnte mit dem Rücken an der Transmittersäule und reinigte sein Schwert mit einem Lappen. Er hatte Tarmagh nicht gesehen. Langsam ging ich auf den Leibgardisten zu, blieb aber zehn Meter vor ihm stehen. »Können Sie beweisen, dass Sie der echte Tarmagh sind?«

»Kommen Sie und fühlen Sie meinen Pulsschlag!« Er streckte eine Hand aus. Gleichzeitig trat er einen Schritt näher.

»Bleiben Sie stehen! Und suchen Sie sich einen Beweis aus, bei dem die Distanz zwischen uns nicht verringert werden muss!«

»Wovor fürchten Sie sich, Larknor?«, fragte Tarmagh – oder das, was wie Tarmagh aussah.

Ich lächelte. »Der echte Tarmagh würde nicht so dumm fragen. Verschwinden Sie, was immer Sie sind!«

»Zu spät!« Das Wesen kam weiter auf mich zu.

Ich wusste, dass jede Berührung gefährlich sein konnte, deshalb wich ich langsam zurück und rief: »Fartuloon, leihe mir das *Skarg*.«

Aber Fartuloon antwortete nicht. Als ich mich umwandte, sah ich, dass mein Pflegevater verschwunden war – genau wie die Dron. Ich wandte mich wieder dem falschen Tarmagh zu. Beinahe zu spät. Das Wesen hatte sich in eine Wolke Sporen oder Ableger verwandelt, eine trübe Masse aus fingernagelgroßen Gebilden, die auseinander strebten und mich einzukreisen versuchten. Dagegen konnte ich nicht kämpfen, also wandte ich mich um und lief in die Wildnis hinein. Die Sporenwolke folgte mir noch kurze Zeit, dann entschwand sie meinen Blicken. Doch ich wusste, dass ich noch nicht gerettet war. Überall ringsum lauerten Gefahren, die ich größtenteils nicht einmal kannte. Ich musste versuchen, ihnen auszuweichen und Fartuloon zu finden.

Und alles, weil ich auf der Suche nach dem Stein der Weisen bin. Ich lachte trotzig. *Nein, ich gebe nicht auf. Nicht nach all den Schwierigkeiten, die Fartuloon und ich schon gemeistert haben.*

Vorsichtig wich ich einem mit irisierenden Blüten übersäten Strauch aus und schlug die Richtung ein, in die Fartuloon beim ersten Ausflug gegangen war.

Vor wenigen Zentitontas hatte ich von der Kuppe eines kleinen Hügels aus die Ruine entdeckt, und nun stand ich unmittelbar davor. Es musste sich bei dem Bauwerk um eine Anordnung von fünf großen würfelförmigen Gebäuden gehandelt haben, die um einen Kuppelbau gruppiert waren. Die Kuppel war äußerlich fast unversehrt; alle anderen Gebäude waren eingestürzt. Das wunderte mich bei näherem Hinschauen nicht, denn die würfelförmigen Bauten waren aus bearbeiteten Natursteinen errichtet worden, der Kuppelbau dagegen aus Metallplastik oder einem vergleichbaren hochwertigen Material. Etwas an dem Kuppelbau störte mich allerdings, und es dauerte einige Zeit, bis ich herausgefunden hatte, was mich störte, nämlich die mangelhafte Symmetrie der Bauteile, aus denen die Kuppel zusammengesetzt worden war.

Von da an brauchte ich nicht mehr lange, um zu begreifen, dass die Kuppel aus Teilen der Außenhülle eines Raumschiffs zusammengesetzt worden war. Offenbar waren die früheren Bewohner dieser Bauten mit ihrem Raumschiff auf der Todeswelt notgelandet und hatten später versucht, aus den Raumschiffsteilen ein Heim zu schaffen, wie sie es von zu Hause her gewohnt waren. Die Steinbauten schienen zu beweisen, dass die Fremden lange genug auf der Todeswelt überlebt hatten, um Nachkommen zu zeugen und sich zu vermehren. Es musste sich um unglaublich zähe und hartnäckige Intelligenzen gehandelt haben.

Doch auch sie sind schließlich den Gefahren dieses Planeten zum Opfer gefallen, raunte der Extrasinn. *Oder sie haben ihn wieder verlassen.*

Ich stieg über die Trümmer eines Steingebäudes und drang zur Kuppel vor. Nirgends hatte sich Vegetation festgesetzt. In der Kuppel befand sich eine Öffnung. Ich spähte hinein und erkannte in der Dämmerung einen großen Saal, der etwa fünf Meter hoch war. Da die Gesamthöhe der Kuppel etwa fünfzig Meter betrug, musste es über dem Saal noch mehrere Etagen geben. Nachdem sich meine Augen an das Dämmerlicht in dem Saal gewöhnt hatten, ging ich hinein. Er enthielt keine Einrichtungsgegenstände, was die Wahrscheinlichkeit vergrößerte, dass die Bewohner diese Welt wieder verlassen und alles mitgenommen hatten, was sich transportieren ließ.

Im Hintergrund entdeckte ich zwei große Röhren aus Metallplastik, die je eine rechteckige Öffnung aufwiesen. Ich brauchte nicht zweimal hinzusehen, um zu erkennen, dass es sich um die Röhren von Antigravschächten handelte, die aus einem Raumschiff ausgebaut worden waren. Die Abmessungen und die Form der Öffnungen entsprachen ungefähr den gleichen Einrichtungen auf den Raumschiffen des Großen Imperiums. Deshalb vermutete ich erst, die Bewohner könnten Arkoniden gewesen sein – bis ich die Gravuren an den Wänden sah. Jemand hatte mit einem auf feinste Bündelung eingestellten Strahler Schriftzeichen und Bilder in das Metallplastik graviert.

Die Schriftzeichen hatten zwar Ähnlichkeit mit unseren *Satron*-Schriftzeichen, waren aber nicht identisch mit ihnen. Und die Bilder zeigten ein Sonnensystem mit neun Planeten, das mir unbekannt war. Einer der Planeten war sehr groß, ein anderer hatte ein imponierendes Ringsystem, und zwischen dem vierten und fünften Planeten klaffte eine mit Pünktchen gefüllte Lücke, die früher wahrscheinlich von einem zehnten Planeten ausgefüllt worden war. Offenbar war er explodiert. Der eingravierte Trümmerring deutete darauf hin. Über dem dritten, relativ kleinen Planeten waren je ein weiblicher und männlicher Vertreter des Volkes eingraviert, zweifellos die ehemaligen Bewohner dieses Baues. Da der Graveur sicher typische Vertreter seiner Art ausgewählt hatte, bestätigte sein Werk die Annahme, dass die Fremden keine Arkoniden gewesen sein konnten.

Sie waren etwas kleiner und stämmiger als Arkoniden, hatten an Stelle der Knochenplatte gebogene Knochenstäbe als Brustkorb und waren allgemein stärker behaart als wir Arkoniden. Ihre Gesichter wirkten irgendwie derber und größer. Dennoch waren sie mir sympathisch, diese Wesen, die sich viele Jahre, vielleicht sogar Jahrzehnte, auf dieser Todeswelt behauptet hatten. Ich wünschte mir, ich würde dieses Volk irgendwann kennen lernen. *Würde das Tai Ark'Tussan diese Intelligenzen als Verbündete gewinnen*, dachte ich, *könnten wir den grausamen Krieg gegen die Methans vielleicht in absehbarer Zeit zu einem glücklichen Ende bringen.*

Sofern es diese Wesen überhaupt noch gibt, meldete sich mein Extrasinn rau und ließ die Bilder in mir aufsteigen, die ich auf Trumschvaar gesehen hatte. Unvermittelt erwachten die Szenen und gewannen ein Eigenleben, perfekt von meinem fotografischen Gedächtnis reproduziert, über das ich seit der Aktivierung des Extrasinns verfügte.

Als der Scheinwerferkegel die Decke der Kuppelhalle trifft, stockt mir unwillkürlich der Atem. Dort oben ist unverkennbar die Zeichnung eines Sonnensystems mit zehn Planeten eingraviert, wahrscheinlich mit Hilfe eines scharf gebündelten Energiestrahls. Das ist unzweifelhaft das Werk intelligenter Wesen, die zumindest die interplanetarische Raumfahrt beherrscht haben. Ich nehme jedoch an, dass sie die überlichtschnelle interstellare Raumfahrt gekannt haben, denn es gibt einen eindeutigen Hinweis darauf: »Sie müssen aus einem anderen Sonnensystem gekommen sein. Das Trumsch-System hat nur vier Planeten, hier aber sind zehn eingezeichnet.« Ich blicke mich um. »Wie alt ist diese Halle?«

»Unsere Analysen ergaben ein ungefähres Alter von dreißigtausend Arkonjahren«, antwortet Kelatos alias Trontor Semian.

»Die Fremden beherrschten also schon zwanzigtausend Jahre vor Beginn unserer Zeitrechnung die interstellare Raumfahrt!«, sage ich beeindruckt. »Was mag aus ihnen geworden sein? Unsere Forschungsschiffe stießen nie auf ein Volk, das schon seit so langer Zeit interstellare Raumfahrt betreibt. Es gibt nur die Artefakte des Großen Alten Volkes.«

Und später sagt Kelatos: »In einer anderen Kuppelhöhle wurde übrigens eine Zeichnung gefunden, die nur neun Planeten zeigt.«

»Vielleicht das Heimatsystem der Feinde jener Raumfahrer, die diese Festung anlegten«, überlege ich, fühle mich angesichts der Kuppelhöhlen an Gortavor erinnert und frage mich, ob die gleichen Baumeister am Werk waren.

»Nein, es handelt sich um das gleiche Sonnensystem. Dort, wo in unserer Kuppelhalle der fünfte Planet eingezeichnet ist, klafft in dieser anderen Zeichnung eine Lücke, in die viele winzige Punkte eingraviert sind. Es scheint, als sei der fünfte Planet im Verlauf jenes Krieges zerstört worden.«

»Ich kann mir nicht vorstellen, dass ein Volk, das interstellare Raumfahrt betreibt, durch einen Krieg völlig ausgelöscht worden sein soll. Es muss auf vielen entlegenen Welten zumindest Gruppen von Überlebenden gegeben haben. Warum sind wir niemals ihren Nachkommen begegnet?«

»Vielleicht, weil man sich nicht selbst begegnen kann …«

»Vertreter des Großen Alten Volks?«, fragte ich mich unwillkürlich beim Anblick der Gravuren. »Es gibt keinen Zweifel, dass es sich um das gleiche Sonnensystem handelt, das hier und auf Trumschvaar abgebildet wurde!«

Ich zuckte unwillkürlich zusammen, als ich draußen ein Geräusch hörte. Leise wich ich an die Wand zurück und beobachtete den Eingang des Kuppelbaues. Plötzlich tauchte eine untersetzte Gestalt vor dem Eingang auf, beleuchtet vom Schein der Sonne. Sie trug über ihrem Raumanzug einen verbeulten Brustpanzer und hielt ein kurzes breites Schwert in der Rechten.

»Fartuloon!«

Die Gestalt zuckte zusammen, kniff die Augen zusammen und spähte in das ungewisse Dämmerlicht des Saales. »Atlan, bist du es?«

»Ja, und ich freue mich, dich wiederzusehen! Warum warst du plötzlich verschwunden? Und was ist mit den beiden Dron?«

»Das ist eine lange und traurige Geschichte.« Fartuloon kam langsam in die Halle. Als er mich entdeckte, blieb er stehen. »Woher willst du eigentlich wissen, dass ich der echte Fartuloon bin?«

»Ich fühle, dass du es bist.«

»Und ich fühle, dass du der echte Atlan bist.«

Unsinn!, meldete sich der Logiksektor. *Das, was ihr für das Ergebnis von Gefühlen haltet, ist die Summe von charakteristischen vertrauten Kleinigkeiten.*

Fartuloon blickte sich um. »Fremde Raumfahrer haben das gebaut – und sie haben eine Botschaft hinterlassen. Interessant.« Er wandte sich mir zu. »Die Dron griffen mich plötzlich an, überwältigten mich und schleppten mich in die Wildnis. Sie waren nicht mehr sie selbst, sondern von innen heraus umgewandelt worden – in Vertreter der hiesigen Flora.«

»In Pflanzen?«

»Ich bin nicht sicher, ob man das, in was sie verwandelt worden waren, als Pflanzen bezeichnen darf. Möglicherweise ist die Flora der Todeswelt keine Flora in unserem Sinne, sondern ein Zwischending von Tier- und Pflanzenwelt. Die Evolution muss hier einen grundlegend anderen Verlauf genommen haben als auf den meisten anderen Planeten.« Er schob sein Dagorschwert in die Scheide zurück. »Wahrscheinlich ist das, war wir als Bösartigkeit oder Aggressivität empfinden, hier weder das eine noch das andere, sondern lediglich der Versuch, fremdartige Lebensformen in eine planetarische Lebensgemeinschaft zu integrieren.«

»Dann sind diejenigen, die integriert werden, vielleicht gar nicht zu bedauern. Dennoch möchte ich ich selbst bleiben. Wie bist du den Umgewandelten entkommen?«

Er grinste müde. »Ich bin ihnen nicht entkommen. Das Kollektiv hat mich *nicht angenommen!* Als ich wieder zu mir kam, fand ich mich allein auf einem Felsplateau, auf dem charakteristische Glasierungen verrieten, dass dort früher einmal ein Raumschiff gelandet und wieder gestartet ist. Von diesem Platz aus sah ich die Ruinen, und so kam ich hierher.«

»Es muss das Raumschiff gewesen sein, das die Bewohner dieser Gebäude abgeholt hat. Offenbar dachte die kollektive Lebensform dieses Planeten, dass man dich ebenso abholen würde.«

»Könnte sein.« Fartuloon nickte. »Und wie kamst du hierher?« Als ich berichtet hatte, nickte er mir nachdenklich zu, dann sah er sich die Gravuren näher an, während ich von denen auf Trumschvaar erzählte. »Dieses Volk möchte ich kennen lernen. Seine Individuen müssen unglaublich zäh und listig sein, wenn einige von ihnen sich so lange hier halten konnten, ohne von der Natur des Planeten integriert zu werden.«

»Wir brauchen nur nach dem abgebildeten Sonnensystem zu suchen. Weißt du was? Ich glaube, es ist nicht allein der Stein der Weisen, der seinem Besitzer Glück und Macht bringt. Schon die Suche nach diesem Kleinod scheint einen Teil der großen Verheißung zu erfüllen.«

»Vielleicht liegt sogar in der Suche nach dem Stein der Weisen der wirkliche Sinn des Erbes, das jenes Urvolk hinterlassen hat. Meist ist ja der Weg schon das Ziel«, sagte Fartuloon nachdenklich. Er blickte zum Eingang. »Die Sonne geht bald unter, deshalb schlage ich vor, wir verbringen die Nacht hier. Morgen kehren wir zum Transmitter zurück und setzen die Arbeit fort.«

»Einverstanden.«

8.

Cunnard Rezkladides: *Zahlen, Zenturien, Ziele und Zeugnisse – aus der Arbeit des USO-Historischen Korps*; Sonderdruck Pounder City, Mars 3435

… erstaunt es immer wieder, wie verbreitet die auf die Lemurer zurückgehenden Hinterlassenschaften sind. Und das umso mehr, wenn wir die in jüngster Vergangenheit gewonnenen Erkenntnisse einbeziehen (die bei den so genannten Nullzeitdeformator-Expeditionen ermittelten Daten unterliegen bis auf weiteres der strikten Geheimhaltung, stehen dem His-

torischen Korps der USO jedoch zur Verfügung). In nicht einmal zweitausend Jahren nahezu ungebremster Expansion schwang sich die Erste Menschheit mit den 111 Tamanien des Großen Tamaniums zu einer Macht auf, die offensichtlich den Großteil, wenn nicht sogar die gesamte Milchstraße umfasste!

Niemand vermag sich vorzustellen, wie die Entwicklung ausgesehen hätte, wenn diese Expansion, die über die Verbindung der Sonnentransmitter bereits auf den benachbarten Andromedanebel ausgeweitet wurde, ohne den Bruch verlaufen wäre, der mit dem fürchterlichen halutisch-lemurischen Krieg verbunden war. Denn schon für unsere Vorfahren galt zweifellos jener maßgebliche Faktor, den der Lemur-Historiker Ian Matzwyn mit Blick auf »die Menschen« folgendermaßen umschrieb:

»Es handelt sich um kleine, fähige, zähe und meistens respektlose Stinker, die nicht totzukriegen sind. Manchmal gehen sie falsche Wege, oft hadern sie mit sich selbst und prügeln wie weiland im kleinen gallischen Dorf aufeinander ein – aber als Gegner sind sie der *Alptraum!«*

Unserem verehrten Herrn Lordadmiral, ebenso spöttisch wie liebevoll mitunter als »Beuteterraner« tituliert, mag es vielleicht nicht recht sein, aber er hat viel mehr von eben dieser Mentalität, als er sich selbst eingestehen will – und das hat nicht etwa nur in der von ihm häufig erwähnten Verbannungszeit unter den Barbaren von Larsaf III auf ihn abgefärbt, sondern ist bestenfalls verstärkt worden. Die Berichte aus seiner Jugendzeit bestätigen das ganz unzweifelhaft!

Dass Atlan darüber hinaus deutlich mehr über »Lemur« und die »Lemurer« wusste, als er im Allgemeinen zugab, bestätigten schon die Ereignisse am 26. April 2404, als die CREST III um rund 50.000 Jahre in die Vergangenheit versetzt wurde und es nur Atlans rascher Reaktion zu verdanken war, dass das Flaggschiff des Solaren Imperiums nach seinem Erscheinen über Kahalo, der Justierungswelt des galaktozentrischen Sonnensechsecktransmitters, nicht vernichtet wurde. Insbesondere die Tatsache, dass der Lordadmiral die korrekte Distanz Kahalo-Lemur angeben konnte, wurde mit einer gewissen Erschütterung aufgenommen. Von Perry Rhodan danach befragt, antwortete er (zitiert nach der Bordaufzeichnung der CREST, 2404-04-26/Moe-264):

»Freund, ich bin um einige tausend Jahre älter als du. Lemur ist mir ein vertrauter Begriff aus dem terranische Sagenschatz. Du weißt selbst, dass viele Sagen einen wahren Kern enthalten. Sie überlieferten sich von Generation zu Generation. Der Begriff Lemur ist identisch mit Lemuria, dem sagenhaften terranischen Erdteil, der noch lange vor Atlantis im

heutigen Pazifischen Ozean versunken sein soll. Die Osterinseln mit ihren seltsamen Skulpturen und ihrer noch eigentümlicheren Tierwelt sollen das letzte Überbleibsel davon sein. Der Untergang muss vor meiner Ankunft auf der Erde geschehen sein; sehr lange vorher sogar. Ich landete vor zehntausend Jahren auf Terra. Damals erzählten sich die Atlanter schon die Geschichte Lemurias, dessen Bewohner sehr mächtig gewesen sein sollen. Deshalb gab ich die Entfernung zur Erde an. Sie erwies sich als richtig.«

In den »gut informierten Kreisen« ist man sicher, dass Atlan damals bestenfalls die »halbe Wahrheit« ausgesprochen und eine ganze Menge verschwiegen hat! Ein Grund dafür war zweifellos, dass sich vieles eher im Bereich von Vermutung und Spekulation bewegte, ein anderer mag mit der Manipulation von Atlans Erinnerungen zusammenhängen. Der wichtigste dürfte jedoch gewesen sein, dass er zu diesem Zeitpunkt schlicht und einfach nicht mehr sagen wollte!

Todeswelt: 26. Prago der Prikur 10.497 da Ark

Wir hatten eine ungestörte Nacht verbracht und standen auf, als die Helligkeit des neuen Tages in die Halle sickerte. Als wir nach draußen kamen, sahen wir, dass sich nichts verändert hatte. Die Vegetation stand so gesund und üppig da wie am Vortag. Von den Dron und Tarmagh oder deren Nachbildungen war nichts zu sehen. Wir wurden auf dem Weg zum Transmitter weder belästigt noch angegriffen, woraus ich schloss, dass die planetarische Lebensgemeinschaft uns beide inzwischen als ungeeignet zur Integrierung ansah. Als wir die Transmitterplattform erreichten, erwartete uns eine Überraschung. Fünf roboterähnliche Schalteinheiten standen auf der Plattform.

Sie verhielten sich passiv, und als wir die Plattform betraten, sagte eine von ihnen auf *Satron*: »Die Überlebenden der Todeswelt werden vom Gegensystem als ›Freie‹ angesehen und als Verhandlungspartner akzeptiert.«

Die Schalteinheit sprach zu uns nicht mit Hilfe eines Lautsprechersystems, sondern übermittelte uns die Botschaft des Gegensystems auf funkmechanischem Wege. Ich fragte: »Worüber wollt ihr mit uns verhandeln?«

»Über gegenseitige Hilfe. Die Schalt- und Speicherzentrale arbeitet seit langer Zeit irregulär, was die Weiterexistenz der Plattform insgesamt gefährdet. Deshalb bauten wir ein Gegensystem auf. Wir können jedoch nicht viel ausrichten, solange wir weiterhin von den Einheiten der Zentrale angegriffen werden. Die Zentrale selbst muss desaktiviert werden.«

»Warum erledigt ihr das nicht?«, wollte Fartuloon wissen.

»Niemand von uns kommt in die Zentrale hinein. Es gibt eine Materieprogrammierung, die das nicht zulässt.«

Ich runzelte die Stirn. »Was ist das, eine Materieprogrammierung?«

»Eine Programmierung der Moleküle, aus denen wir bestehen. Sämtliche Moleküle außerhalb der eigentlichen Zentrale sind so hyperenergetisch aufgeladen, dass sie sich der Zentrale nur bis auf eine bestimmte Entfernung nähern können. Deshalb werden Sie gebeten, für uns in die Zentrale einzudringen und sie zu desaktivieren.«

Fartuloon sah mich an. »Was bietet ihr uns als Gegenleistung?«

»Rücktransport von der Todeswelt in die Plattform und Führung zur Zentrale. Weiterhin die Zusicherung absoluter Bewegungsfreiheit innerhalb der Plattform.«

Wieder tauschten Fartuloon und ich einen Blick. »Ich denke, wir können das akzeptieren«, sagte er. »Aber wir sollten uns unsere Waffen und vor allem unsere Druckhelme und Handschuhe wiedergeben lassen. Ohne diese können wir die Plattform nicht verlassen, um zu unserem Schiff zu fliegen.«

»Ihre Ausrüstung steht drüben zur Verfügung. Was die Energiewaffen angeht, liegt keine Information über deren Verbleib vor. Aber Sie werden sie nicht brauchen, da wir Ihnen freies Geleit garantieren.«

Ich wollte nicht länger diskutieren, da ich es für möglich hielt, dass das Gegensystem tatsächlich nichts über den Verbleib unserer Waffen wusste. Außerdem hielt ich das Angebot für gut. Wir hätten allein noch Pragos gebraucht, um den Transmitter auf Rückkehr zu schalten, und noch wichtiger war, dass wir unsere Anzüge wieder hermetisch schließen konnten. Ohne sie hätten wir die Vergessene Positronik nicht verlassen können. »Einverstanden«, sagte ich deshalb. »Sobald wir wieder drüben sind, könnt ihr uns zur Zentrale führen.«

»Akzeptiert«, antwortete die Schalteinheit, die für das Gegensystem sprach. »Bitte, treten Sie in den Entstofflichungskreis!«

Fartuloon und ich traten in den Kreis, die fünf roboterähnlichen Schalteinheiten folgten. Kurz darauf schossen zwei blauweiße Energiestrahlen aus den Säulen, vereinigten sich über uns zu einem ultrahell wabernden Torbogen – und das schwarze wesenlose Wallen schlug über uns zusammen. Als es sich zurückzog, standen wir auf dem gelben Kreis in dem Raum innerhalb der Vergessenen Positronik.

Mehrere Schalteinheiten erwarteten uns, zwei von ihnen hielten unsere Druckhelme und Handschuhe. Mein Pflegevater und ich vervollständigten unsere Raumanzüge, ließen die Helme jedoch zurückgeklappt, da die Atmosphäre atembar war und wir sparsam mit dem Rest des Sauerstoffvorrats umgehen wollten.

Erst in diesem Augenblick erinnerte ich mich an die übrigen Gefangenen, die auf der anderen Seite der Wand in ihren Käfigen schmachteten. Ich schämte mich, dass ich nicht früher an sie gedacht und ihre Freilassung als Teil unseres Abkommens ausgehandelt hatte. »Was ist mit den anderen Gefangenen? Wir haben zwar nicht über sie verhandelt, aber wenn wir Verbündete sein sollen, müssen sie ebenfalls frei sein.«

»Wir haben sie freigelassen, ehe wir zu Ihnen kamen. Sie versprachen uns, als Gegenleistung die Zentrale zu desaktivieren. Doch sie konnten ihr Versprechen nicht einlösen.«

Fartuloon hüstelte. »Was geschah mit ihnen?«

»Sie gingen in die Zentrale und kehrten nicht zurück.«

Fartuloon lächelte mich ironisch an. »Darum also holte man uns, mein Junge. Jetzt wissen wir Bescheid. Ich hoffe nur, dass es uns besser ergehen wird als den anderen Gefangenen.«

Ich wandte mich an den Sprecher des Gegensystems. »Führt uns zur Zentrale!«

Während uns die aufständischen Schalteinheiten durch Korridore, Antigravschächte und Hallen führten, dachte ich darüber nach, ob Fartuloon und ich überhaupt berechtigt waren, in die Auseinandersetzungen biopositronischer Elemente innerhalb der Vergessenen Positronik einzugreifen. Im Grunde genommen wussten wir kaum etwas über die Plattform, einmal davon abgesehen, dass sie den Schlüssel zum Stein der Weisen darstellen sollte. Ob sie noch andere Funktionen erfüllte und welche das waren, das wussten wir nicht. Der Torbogentransmitter war sicher nicht der einzige an Bord, und sicher gab es auf vielen Welten entsprechende Gegenstationen.

Vielleicht, überlegte ich, *war die Plattform ursprünglich sogar nur eine Art Relaisstation oder Bahnhof und wurde erst später zur Prüfungsstelle bei der Suche nach dem Stein der Weisen? Immerhin arbeitet die Zentrale irregulär …*

Ich kam zu dem Schluss, dass wir unsere Entscheidung, welche der streitenden Parteien wir letzten Endes unterstützen sollten, erst in der eigentlichen Zentrale treffen sollten. Erst dort konnten wir – hoffentlich – klar genug sehen, um uns endgültig zu entscheiden. Zwar hatten wir ein Abkommen mit dem Gegensystem getroffen, doch war dieses Abkommen nur unter dem Druck der Verhältnisse zustande gekommen, in die wir durch das Verschulden des Gegensystems geraten waren. Folglich bestand unsererseits keine moralische Verpflichtung, solche Absprachen einzuhalten. Wir mussten das System als Ganzes betrachten und das tun, was ihm als Ganzes nützte. Als die Schalteinheiten, die uns führten, in einer düsteren Halle anhielten, begann die Positronik abermals zu singen. Unsere Schalteinheiten bewegten sich plötzlich wieder. Sie schwebten durcheinander, stießen zusammen und prallten gegen die Wände. Es schien, als verwirre sie der »Gesang«. Fartuloon und ich mussten mehrmals ausweichen, um nicht gerammt zu werden. Schließlich gelang es uns, in einen engen Korridor zu entkommen. In der Halle flogen die Schalteinheiten weiterhin ziellos durcheinander. Zwei prallten so hart zusammen, dass sie zu Boden stürzten und reglos liegen blieben.

»Verrückt!«, ächzte Fartuloon. »Alles hier ist verrückt. Und wenn wir noch lange bleiben, werden wir ebenfalls noch verrückt.«

»Ich hoffe, wir brauchen nicht mehr lange zu bleiben. Aber noch haben wir nicht erfahren, was wir wollten.« Ich zog den Handschuh aus und betrachtete meine rechte Hand. Die Behaarung der Innenfläche kräuselte sich, aber es sah aus, als seien die einzelnen Haare spröde geworden. Als ich daran zupfte, fielen sie aus. Ich hörte nicht eher auf, als bis alle Haare fort waren. Darunter kamen kleine weiße, punktförmige Narben zum Vorschein.

»Du hast Glück gehabt.«

»Wahrscheinlich hattest du sogar befürchtet, dass ich mich innerlich so verwandeln würde wie die beiden Dron.«

Mein Pflegevater zuckte mit den Achseln. »Ich kann nicht leugnen, dass ich mit einer solchen Möglichkeit rechnete. Allerdings hoffte ich auf die ungewöhnlich starke Widerstandskraft deines Organismus.«

»Was hättest du getan, wenn ich mich verwandelt hätte?«

Fartuloon sah mich ernst an. »Ich hätte dich auf die Todeswelt zurückgebracht, denn dann wäre die dortige Lebensgemeinschaft deine neue Heimat gewesen.«

Ich zog den Handschuh wieder an und legte ihm die Hand auf die Schulter. »Danke, mein Freund. Aber nun wollen wir zusehen, dass wir in die Zentrale kommen. Die Schalteinheiten können sich offenbar nicht wieder beruhigen.«

In dem Augenblick verstummte der »Gesang« der Positronik. Die Schalteinheiten verlangsamten ihre Bewegungen allmählich, senkten sich schließlich auf den Boden und standen still. Wir verließen den engen Korridor, und ich fragte: »Seid ihr bereit, uns weiterzuführen?«

»Wir sind bereit«, antwortete der Sprecher des Gegensystems, ohne auf den Vorfall einzugehen. Bis auf die beiden Schalteinheiten, die nach dem Zusammenprall abgestürzt waren, setzten sich alle wieder in Bewegung und führten uns den letzten Teil der Strecke. Vor einer transparenten Wand hielten sie schließlich an. Der Sprecher des Gegensystems streckte einen Metalltentakel aus und deutete auf die riesige Stahlplastikkuppel von einigen hundert Metern Durchmesser, die auf einem freien Platz hinter der Wand zu sehen war. »Dort ist die Zentrale. Wir können nicht weiter und werden hier warten.«

»Es scheint nicht ganz ungefährlich zu sein, sich der Zentrale zu nähern.« Fartuloon deutete auf die zahlreichen schlaffen Raumanzüge, die auf dem freien Platz vor der Stahlplastikkuppel lagen. »In den Anzügen befinden sich entweder die Skelette oder die mumifizierten Körper von Raumfahrern, je nachdem, ob sie im Augenblick ihres Todes ihre Druckhelme geöffnet oder geschlossen hatten.«

»Außerhalb der Zentrale besteht keine Gefahr mehr. Diese Raumfahrer kamen ums Leben, als die Zentrale noch einwandfrei funktionierte. Aber das Sicherheitssystem arbeitet schon lange nicht mehr.«

»Lassen wir uns überraschen!« Fartuloon zog sein Schwert aus der Scheide. Die Klinge schien plötzlich von innen heraus zu leuchten. »Das *Skarg* spürt, dass sich große Dinge anbahnen!«

Wir gingen an der transparenten Wand entlang, bis wir eine Öffnung fanden, ein ovales Tor, durch das ein schwerer Gleiter hätte fliegen können. Sein Rand leuchtete hellblau. Wir traten hindurch, ohne dass etwas geschah. Doch als wir uns umwandten, konnten wir weder die transparente Wand noch die Schalteinheiten sehen, die uns geführt hatten. Wir nahmen lediglich ein dunkelblaues Leuchten wahr, das sich bis in die Unendlichkeit zu erstrecken schien.

»Ich denke«, sagte Fartuloon bedächtig, »es gibt für uns nur dann eine Rückkehr, wenn wir uns entweder mit der Zentrale einigen oder sie besiegen. Das ist das *Leuchten des Hoagh*, und es verschlingt jeden, der es unbefugt betritt!«

»Woher weißt du das?«

»Es gibt zahllose Erzählungen über das *Leuchten des Hoagh*, und ich nehme an, sie haben sich im Verlaufe ungezählter Generationen aus Informationen gebildet, die einst von dem Urvolk, das die Vergessene Positronik schuf, ausgestreut wurden.«

Ich erschauderte, als ich eine Ahnung von dem Umfang des Erbes bekam, das die Erbauer der Vergessenen Positronik hinterlassen hatten. *Dieses Urvolk muss große Macht über die Elemente besessen haben, und es war offenbar gewillt, diese Macht auch nach seinem Untergang zu bewahren, hinüberzuretten in ein neues Zeitalter, damit ihr Leben und Streben nicht umsonst war.* Laut sagte ich: »Gehen wir!«

Wir gingen auf die riesige Kuppel zu. Kein Eingang war zu sehen, doch wir vertrauten darauf, dass es einen geben musste – und unser Vertrauen wurde nicht enttäuscht. Als wir noch etwa fünf Schritte von der Kuppel entfernt waren, bildete sich in ihrer Wandung eine Öffnung von der Form eines gleichschenkligen Dreiecks. Dahinter lag scheinbar nichts – scheinbar, denn es musste etwas dahinter liegen, obwohl wir nichts sahen außer grauem Dämmer oder auch einem formlosen grauen Nebel. Fartuloon und ich wechselten einen Blick, dann traten wir in das graue Etwas hinein. Im nächsten Augenblick schlossen wir geblendet die Augen. Wir standen plötzlich in strahlender Helligkeit, in einer Helligkeit, die von der Innenwandung der Kuppel ausging. Als ich mich umsah, entdeckte ich, dass die dreieckige Öffnung verschwunden war. Die Stelle, an der sie sich befunden hatte, strahlte ebenso hell wie die gesamte Wandung.

Ich blickte wieder nach vorn. Meine Augen hatten sich inzwischen an die Helligkeit gewöhnt, und ich sah deutlich den runden Riesenspeicher, der den größten Teil der Kuppel einnahm – und ich sah auch die pulsierende graugelbe Masse, die über den Rand des Speichers quoll. Doch ich sah nicht nur, ich hörte auch. Ich hörte ein Wispern und Raunen, das die gesamte Halle ausfüllte, aber diesmal wusste ich sofort, woher es kam. Es kam von der monströsen, quallenartigen graugelben Masse!

»Die Organmasse der Positronik!« Als Fartuloon nicht antwortete, drehte ich mich nach ihm um – und erschrak. Er stand starr und blickte gebannt hinauf zu der pulsierenden Masse. Die Hand mit dem

Skarg hing schlaff herab, und die Augen schienen seltsam trüb zu sein. »Fartuloon!«

Ich packte seine Schultern. Er öffnete den Mund und stöhnte leise. Im nächsten Moment spürte auch ich die starken hypnotischen Impulse, die von der monströsen Plasmamasse ausgingen und gegen meinen Monoschirm hämmerten. Sie wollten mich zwingen, meinem Pflegevater das *Skarg* zu entreißen und mir selbst in die Brust zu stoßen. Ich kämpfte gegen diesen paranormalen Zwang an, bis ich schweißgebadet war, aber ich merkte, dass ich den hypnotischen Impulsen auf die Dauer nicht widerstehen konnte.

Es gibt nur eine Rettung: die Quelle der Impulse auszuschalten!, bestätigte der Logiksektor.

Entschlossen entriss ich meinem Pflegevater das *Skarg*. Es schien zu leben und verwandelte sich plötzlich in eine Schlange, die mir aus der Hand glitt und auf den Boden fiel. Als ich danach griff, bekam die Schlange Flügel. Sie erhob sich flatternd, umkreiste einmal meinen Kopf und stieg dann höher und höher empor. Das Wispern und Raunen schwoll zu einem schmerzhaften Pochen und Dröhnen an. Vor meinen Augen tanzten rosa Schleier. Durch sie hindurch verfolgte ich den Flug der geflügelten Schlange, sah, wie sie die Organmasse erreichte und auf sie herabstieß. Ein unhörbarer Schrei gellte in meinem Gehirn, dann wurde es dunkel. Ich spürte noch, wie der hypnotische Bann wich, aber die Erschöpfung war zu stark, als dass ich bei wachem Bewusstsein hätte bleiben können. Dennoch wusste ich, dass wir es geschafft hatten.

Als ich zu mir kam, nahm ich als Erstes einen ekelhaft süßlichen Geruch wahr, der mir penetrant in die Nase stieg. Ich öffnete die Augen und sah mich um. Vor mir und unter mir entdeckte ich eine schmutzig graue Substanz. Sie fühlte sich so schlaff wie ein leerer Plastikbeutel an und gab unter mir nach, als ich mich bewegte. Aus Rissen in ihrer Oberfläche quoll der ekelhafte Geruch. Neben mir lag Fartuloon, offenbar noch bewusstlos, und zwischen uns beiden entdeckte ich das *Skarg*. Die breite Klinge war mit halb eingetrockneter graugelber Masse bedeckt.

Plötzlich wusste ich, wo wir lagen: auf der in sich zusammengefallenen Organmasse eines Riesenspeichers in der Zentrale der Vergessenen Positronik! Ich schüttelte benommen den Kopf, denn diese Erkenntnis ließ sich mit meinen letzten Erinnerungen nicht in Einklang bringen. Ich wusste nichts davon, dass mein Pflegevater und ich auf die Organmasse geklettert waren. Neben mir regte sich etwas. Ich sah, dass Fartuloon zu sich gekommen war und mich anstarrte. »Wie geht es dir?«

Er sah sich um. »Gut. Und dir? Dieses Monstrum hatte dich völlig in seinen parahypnotischen Bann gebracht.«

»Irrtum! Du warst hypnotisiert, nicht ich.«

Fartuloon runzelte die Stirn. »Aber ich habe doch gesehen, dass du hypnotisiert warst, Atlan! Du hast dich überhaupt nicht bewegen können. Wenn ich nicht das *Skarg* genommen und …« Er brach ab und musterte sein Schwert. »Das *Skarg!*«, sagte er tonlos. »Es verwandelte sich in meiner Hand in eine Schlange, die plötzlich Flügel bekam und hier heraufflog. Aber wie kommen dann wir herauf?«

»Ich nehme an, wir waren beide hypnotisiert. Meiner Erinnerung nach war ich es nämlich, der das *Skarg* nahm, worauf es sich verwandelte und hier heraufflog. In Wirklichkeit müssen wir beide heraufgeflogen sein und haben wahrscheinlich abwechselnd mit dem Schwert auf die Organmasse eingeschlagen.«

»Wenn wir beide hypnotisiert waren, müssen wir von unserem Unterbewusstsein zu diesem Kampf befähigt worden sein.« Er stand auf, und ich tat es ihm nach. Erst jetzt bekam ich einen Überblick über die gesamte Organmasse. Ich sah, dass sie aus dem Oberteil des Riesenspeichers herausgequollen war.

»Wahrscheinlich ist sie durch irgendwelche Einflüsse, vielleicht eine Strahlung, im Laufe der Zeit mutiert.« Ich zeigte auf die Organmasse. »Sie vermehrte sich ungesteuert und geriet außer Kontrolle. Offenbar hat sie versucht, ihrerseits den positronischen Teil zu kontrollieren.«

Fartuloon nickte. »Und sie stand dicht davor, sich zu teilen.« Er deutete auf eine Einschnürung in der leblosen Masse. »Wäre ihr das gelungen, hatte der neue Teil wahrscheinlich weitere Großspeicher ›übernommen‹. Und an dieses System sollten wir eventuell angeschlossen werden, wie Segmasnor erklärte!«

»Er muss unter dem hypnotischen Bann des Plasma gestanden haben. Der dreihundertneunundsechzigste Vrogast wahrscheinlich auch, und er wurde wahnsinnig. Er tut mir Leid.«

»Wir können uns weder um ihn noch um Segmasnor kümmern. Wichtig ist nur, Informationen über den Stein der Weisen zu bekommen. Kannst du mir sagen, wie wir der Positronik solche Informationen entlocken sollen?«

»Sie muss noch intakt sein. Aber es dauert sicher eine gewisse Zeit, bis sie auch ohne Organik wieder voll funktionsfähig ist. Danach sollten wir versuchen, diese Informationen abzurufen.«

Fartuloon machte eine bejahende Geste, danach reinigte er sein Schwert und schob es in die Scheide zurück. Wir schalteten unsere Flugaggregate ein und flogen zum Hallenboden, um dort nach Schaltungen zu suchen, mit deren Hilfe wir die benötigten Informationen aus dem Riesenrechner abrufen konnten. Doch wir fanden keine solche Anlage, keine Steuerpulte, nichts dergleichen. Plötzlich wehte ein Luftzug durch die Zentrale, und als wir aufblickten, sahen wir Segmasnor, der durch die dreieckige Öffnung schritt, durch die wir ebenfalls gekommen waren. Der Nackte wirkte verändert. Sein fahler Körper leuchtete matt von innen heraus, und das Gesicht war nun stärker ausgeprägt. Ich konnte sogar die Andeutungen von individuellen Zügen erkennen.

Fartuloon griff unwillkürlich nach seinem Schwert, doch Segmasnor hob die Hände und sagte: »Ihr braucht nicht gegen mich zu kämpfen, denn ich komme in Frieden. Habt Dank für eure Hilfe, durch die ich befreit wurde.«

»Wovon befreit?«, fragte ich.

»Von dem hypnotischen Zwang, den die mutierte Organmasse auf mich ausübte. Ihr habt das Monstrum getötet, und jetzt bin ich frei. Dafür danke ich euch.«

»Ich freue mich, dass wir dir helfen konnten. Wenn du willst, kannst du uns später zu unserem Raumschiff begleiten. Aber vielleicht bist du in der Lage, uns ebenfalls zu helfen. Du weißt, wir suchen Informationen über den Stein der Weisen. Weißt du, wie wir diese Informationen aus der Zentralen Positronik abrufen können?«

»Überhaupt nicht. Die Zentrale Positronik hat diese Informationen gar nicht. Aber ich will euch helfen, weil ihr mir geholfen habt. Wenn ihr wirklich fest entschlossen seid, die Suche nach dem Stein der Weisen fortzusetzen, dann fliegt in den *Dreißig-Planeten-Wall*. Fragt dort nach dem *Weisen Dovreen*.« Segmasnor schloss seine Ausführungen mit den Worten: »Im Bereich der zentralgalaktischen Sternenballung ...«

In rascher Folge rasselte er eine Buchstaben- und Zahlenkombination herunter, bei der es sich zweifellos um Koordinaten handelte. Ein

Seitenblick auf meinen Lehrmeister zeigte mir, dass er mehrmals nickte; offensichtlich war ihm das zugrunde liegende Koordinatensystem nicht völlig unbekannt. Ein Flackern glitt über die hell strahlende Innenfläche der Kuppel. Das strahlende Leuchten erlosch – und kam zurück. Im Innern der Zentralen Positronik summte und knisterte es geheimnisvoll und bedrohlich.

»Sprich weiter!«, forderte Fartuloon den Nackten auf.

Eine heftige Erschütterung durchlief den Boden. »Ich kann nicht. Flieht, bevor ihr getötet werdet. Durch den Ausfall der Organik sind zahllose Schalteinheiten vorübergehend außer Kontrolle geraten. Bald wird hier ein Chaos herrschen, und kein Lebewesen ist mehr sicher.«

»Komm mit uns!«, rief ich, von einer eine Explosion übertönt – krachend barst die Kuppelwand. Ein Schwarm von Lichtpunkten erschien plötzlich wie aus dem Nichts heraus und raste auf uns zu. Fartuloon und ich mussten blitzschnell ausweichen, um nicht getroffen zu werden. Wir wussten nicht, ob die Lichtpunkte uns etwas anhaben konnten, hielten aber Vorsicht für angebracht. Ich sah, dass Segmasnor die Kuppel durch einen Spalt verlassen wollte. »Segmasnor! Warte! Du kannst uns begleiten und uns den Weg zum Dreißig-Planeten-Wall zeigen!«

»Ich kann nicht, denn ich bin ein Teil des Systems! Flieht, ehe es zu spät ist!« Er schwang sich nach draußen. Die Lichtpunkte explodierten gleich Feuerwerkskörpern. Sie richteten keinen erkennbaren Schaden an, aber draußen donnerten neue Explosionen, und die Spalten in der Kuppel erweiterten sich.

»Komm!«, rief Fartuloon. »Wir sollten den Rat befolgen und die Verrückte Positronik so schnell wie möglich verlassen.«

Wir schalteten unsere Flugaggregate ein und steuerten durch einen Spalt, der sich in der Kuppeldecke gebildet hatte. Als wir draußen waren, sahen wir, dass es richtig gewesen war, die Kuppel nicht zu Fuß zu verlassen. Ringsum wimmelte es von skurrilen Maschinen. Augenblicke später hatten sie uns entdeckt und stiegen empor. Sie flogen nur langsam, und anfangs fiel es uns leicht, ihnen auszuweichen. Doch dann wimmelte es überall von ihnen – und der einzige Fluchtweg war der in das blaue *Leuchten des Hoagh*, ein Weg, der das Ende bedeuten konnte. Fartuloon und ich verständigten uns durch Handzeichen, klappten die Druckhelme zu und schalteten die Funkanlagen ein. »Meinst du, dass wir jetzt befugt sind, das *Leuch-*

ten des Hoagh zu betreten?«, fragte ich meinen Pflegevater, während ich zwei Maschinen auswich, die sich auf mich stürzten. »Es ist der einzige Weg!«

»Das hängt davon ab, ob die Zentrale Positronik noch in der Lage war, unsere Handlung als positiv einzustufen.« Er schlug mit dem *Skarg* nach einer Maschine, die ihm zu nahe kam, und trennte ihr einen Tentakelarm ab. »Aber ich fürchte, wir müssen es versuchen, ohne Gewissheit zu haben.«

Ich wich mit Mühe drei weiteren Maschinen aus und beschleunigte. »Also los, ehe es zu spät ist.«

Ich blickte mich nicht um, denn ich wusste, Fartuloon würde mir auf jeden Fall folgen. Die Maschinen versuchten, mich einzuholen, schafften es aber nicht. Dann war plötzlich nur noch das blaue Leuchten um mich …

Ich dachte schon, das *Leuchten des Hoagh* hätte mich für alle Zeiten verschlungen, als es schlagartig verschwand. Ich sah mich dort wieder, wo die rebellierenden Einheiten zurückgeblieben waren, vor der transparenten Wand – und jenseits der Wand erblickte ich die beschädigte Kuppel der Zentralen Positronik. Die skurrilen Maschinen kurvten ziellos herum. Im nächsten Moment erschien Fartuloon dicht neben mir. Es war, als erschiene er aus dem Nichts. Möglicherweise funktionierte das blaue Leuchten prinzipiell wie ein Transmitter. Wir bremsten ab und landeten.

»Geschafft!«, sagte ich erleichtert. »Jetzt brauchen wir uns nur immer in eine Richtung zu halten, um wieder aus der Vergessenen Positronik zu gelangen.«

Der Bauchaufschneider deutete nach vorn. »So einfach dürfte das nicht sein.«

Ich sah, dass in ungefähr hundert Metern Entfernung ein Schwarm kleiner Schalteinheiten aus den Wänden quoll, und als ich mich umdrehte, erblickte ich hinter uns weitere. Wir sahen uns an, dann eilten wir vorwärts. Ich erinnerte mich daran, dass wir bei unserer Ankunft aus einem Korridor gekommen waren, der etwa zwanzig Meter vor uns liegen musste. Waren wir früher dort als die Schalteinheiten, würden wir vielleicht durch ihn entkommen. Wir schafften es knapp: Als wir in den Korridor abbogen, rasten die Schalteinheiten draußen an ihm vorbei. Wir warteten nicht ab, ob sie umkehrten und die Verfolgung wieder aufnahmen, sondern rannten weiter. Nach etwa hundert Metern gelangten wir an die Öffnung eines Antigravschachts. Wieder verständigten wir uns durch Blicke, sprangen in den Schacht und stießen uns so ab, dass wir nach oben trieben. Zusätzlich schalteten wir die Pulsationstriebwerke unserer Flugaggregate ein. Hätten wir eine vollständige Kampfausrüstung bei uns gehabt, wäre es leicht gewesen, eventuellen Verfolgern Fallen zu stellen. Doch wir besaßen nicht einmal mehr unsere Waffen und konnten uns nur auf unsere Schnelligkeit und unser Glück verlassen.

Wieder musste ich an Orbanaschol denken. *Er muss, falls er tatsächlich persönlich hier war und nicht nur seine Handlanger geschickt hat, mit ähnlichen Schwierigkeiten und Gefahren zu kämpfen gehabt haben. Durchaus möglich, dass er dabei umgekommen ist – aber es ist auch möglich, dass er noch lebt und wir umkommen.*

Augenblicke später füllte sich der Antigravschacht über uns mit Schalteinheiten. Fartuloon und ich zögerten nicht, sondern verließen den Schacht durch die nächste Öffnung. Wir kamen in eine Maschinenhalle und sahen im Hintergrund einen weiteren Schwarm von Schalteinheiten auftauchen. Der Weg nach vorn war uns damit ebenso versperrt wie der Weg zurück. Fartuloon deutete auf die vergitterte Öffnung einer Lüftungsanlage. Er wartete meine Reaktion nicht ab, sondern entfernte das Gitter mit Hilfe seines Schwertes. Danach schob er mich hinein und folgte mir. »Schnell«, raunte er. »Wenn uns die Schalteinheiten geortet haben, werden sie uns folgen. Wir können nur hoffen, dass sie unseren Fluchtweg nicht sofort entdecken.«

Ich bezweifelte, dass ihnen entgangen war, wohin wir uns gewandt hatten, kroch aber dennoch so schnell wie möglich vorwärts. Das Lüftungssystem, in das wir geraten waren, bestand aus ähnlichen Röhren, wie sie an Bord arkonidischer Raumschiffe und Raumstationen verwendet wurden. Sie waren ausreichend groß, dass ein Mann sich ohne große Mühe hindurchzwängen konnte, aber auf die Dauer führte diese Art der Fortbewegung zu Muskelkrämpfen. Rings um uns war es keineswegs still. Die Lüftungsrohre leiteten die vielfältigen Geräusche der Vergessenen Plattform und verstärkten sie noch. Bald waren wir halb taub. Die Muskeln meines linken Beines hatten sich verkrampft, und meine rechte Hand zitterte und wollte mir nicht mehr gehorchen. Ich blieb liegen und flüsterte: »Kurze Pause. Kannst du etwas von Verfolgern hören?«

»Nicht bei diesem Lärm. Die Plattform scheint endgültig verrückt zu spielen. Wir müssen weiter, Atlan! Wir müssen so schnell wie möglich aus dem Kasten hinaus!«

»Ich weiß.« Nach einiger Zeit erreichte ich eine Erweiterung in dem Röhrensystem. Ich schaltete meine Helmlampe an und sah im hellen Scheinwerferkegel, dass die Röhre an dieser Stelle über ein großes Wasserbecken geleitet wurde. »Ein Becken voll Wasser. Aus ihm ragen bleiche Pflanzenstängel.«

»Bleiche Pflanzenstängel«, echote Fartuloon. »Das könnte die sagenhafte Yrska-Pflanze sein, die von einem Volk am Rande des Galaxis gezüchtet werden soll. Yrska-Pflanzen nehmen schnell Wasser auf und verdunsten es ebenso schnell; sie wuchern nicht und bekommen keine Lücken. Aus diesen Gründen eignen sie sich zur Luftbefeuchtung für wartungsfreie Anlagen besser als alle Maschinen.« Mein Pflegevater wusste eine Menge Dinge. Ich konnte nur immer wieder staunen. »Es muss einen Wasserzufluss geben«, fuhr er fort. »Durch ihn können wir entkommen. Da die Schalteinheiten nicht isoliert sind, werden sie sich hüten, uns ins Wasser zu folgen.«

»Gut, versuchen wir es.« Ich kroch weiter, schloss den Helm und ließ mich vorsichtig in das Wasserbecken hinab. Als ich mit dem Kopf unter die Wasseroberfläche tauchte, sah ich das weit verzweigte Faserwurzelwerk der Pflanzen. Es schwamm dicht unter dem Wasserspiegel. Neben mir tauchte der Bauchaufschneider ins Wasser. Er hatte seinen Helmscheinwerfer ebenfalls eingeschaltet, und der Lichtkegel fiel auf eine runde, von kleinen Wirbeln umgebene Öffnung.

»Der Zufluss! Er ist etwas eng, aber wir schaffen es schon.« Ich musterte Fartuloons breite Schultern, aber er lachte nur und bestand darauf, dass ich vorauskroch. »Wenn du es nicht schaffst, bleibe ich ebenfalls hier.«

»Red keinen Unsinn!«, fuhr er mich an. »Vorwärts!«

Ich schob mich in den Zufluss hinein. Die Strömung leistete zwar Widerstand, war aber nicht so stark, dass sie mich aufhalten konnte. Als ich etwa fünf Meter weit vorgedrungen war, vernahm ich hinter mir über die Außenmikrofone ein Knirschen und Knacken. »Wie geht es?«

»Gut. Ich muss nur das Rohr ein wenig dehnen.« Wieder knirschte und knackte es. Die Körperkräfte meines Pflegevaters waren wirklich so außergewöhnlich, dass er es schaffte, ein Stahlplastikrohr mit den Schultern zu dehnen. Glücklicherweise brauchten wir keine lange Strecke zurückzulegen.

Nach ungefähr sechzig Metern endete das Rohr in einem riesigen Wassertank. Ich drehte und wendete mich, damit der Lichtkegel meines Helmscheinwerfers einen möglichst großen Teil des Behälters ausleuchtete. Zu meiner Verwunderung entdeckte ich zahllose winzige Lebewesen in dem Wasser. Sie trieben überall und wurden von fingerlangen Fischen gefressen, die in kleinen Schwärmen durch das Wasser streiften. In meinen Helmlautsprechern ertönte ein lautes Schnaufen, dann tauchte Fartuloon neben mir auf.

»Geschafft!«, stieß er hervor. Er musterte die Kleinstlebewesen und die Fische und sagte anerkennend: »Ökobiologische Regenerierung! Das beste Regenerierungssystem, das es gibt. Auf diesem Höllenkahn scheint wenigstens das noch zu funktionieren, so, wie es soll.«

»Das ist alles schön und gut. Aber die Frage bleibt, wie wir hinauskommen.«

»Nur Geduld, mein Junge. Wenn wir uns einige Tontas ruhig verhalten, dürften sich die Schalteinheiten beruhigt haben. Die Zentrale Positronik braucht eine gewisse Zeit, bis sie das Gesamtsystem unter Kontrolle bekommt, aber sie wird es schaffen.«

»Diesmal bin ich anderer Meinung. Sicher wird die Zentrale Positronik das System unter ihre Kontrolle bringen, und ebenso sicher beruhigen sich die Schalteinheiten wieder. Aber ich wette, dass die Vergessene Positronik nicht mehr lange in diesem Raumsektor bleibt. Sie ist bisher nirgendwo lange geblieben. Ich will jedenfalls nicht mehr hier sein, wenn sie ihre galaktische Position wechselt.«

»Gut, brechen wir also aus. Aber ich wette dagegen. Ich sage, die Vergessene Positronik bleibt mindestens noch einen ganzen Prago! Ich setze eine Schiffsladung Duftholz von Molniag.«

»Ich halte die Wette.«

»Gut!« Fartuloon schaltete sein Antigravaggregat ein und stieg schnell nach oben. Dort zog er sein Schwert und schnitt eine runde Öffnung in den Wassertank. Der Bauchaufschneider zog sich durch die Öffnung hinaus und half mir dann beim Aussteigen. Als wir beide draußen waren, klappten wir unsere Druckhelme zurück und lauschten.

Das dumpfe Dröhnen und Vibrieren von Maschinen drang durch die Wände des Raumes, in dem der Wassertank stand, an unsere Ohren. sonst war nichts zu hören. Es schien, als hätten die Schalteinheiten sich wieder beruhigt. Ich löste abermals den Handschuh und betrachtete meine rechte Hand. Die ausgefallenen Haare waren nicht nachgewachsen. Nur die punktförmigen Narben würden mich noch einige Zeit an den Aufenthalt auf der Todeswelt erinnern – und an die Personen, die dort geblieben waren. Ich zog den Handschuh an, ließ aber wie Fartuloon den Druckhelm geöffnet, um Sauerstoff zu sparen.

Wir fanden das Schott, das in den angrenzenden Raum führte, und öffneten es. Als es sich hinter uns wieder geschlossen hatte, befanden wir uns in einem vollpositronisch gesteuerten Maschinenleitstand. Er war in Betrieb, wie die blinkenden Kontrolllampen und die summenden und zirpenden Geräusche der Automatikschaltungen bewiesen. Das hätte mich beruhigt, wäre nicht das in kurzen Intervallen aufleuchtende Warnlicht gewesen, das wahrscheinlich das Loch anzeigte, das Fartuloon mit seinem *Skarg* in den Wassertank geschnitten hatte.

»Gehen wir weiter«, flüsterte ich. Zwei Schotten führten nach draußen. Wir wählten das linke und öffneten es. Im nächsten Augenblick waren wir von zahllosen kleinen Schalteinheiten umgeben, die sich auf uns stürzten und uns einhüllten, bevor wir nur an Gegenwehr denken konnten. Lediglich unsere Helme blieben frei. Ich sah, dass Fartuloon das Aussehen einer wimmelnden Insektentraube angenommen hatte, aus der ein von Schalteinheiten bedeckter Arm ragte, der Arm, der das *Skarg* hielt. Der Anblick war eher komisch als bedrohlich, und unwillkürlich musste ich auflachen.

»Lach nur!«, grollte er. »Der Spaß wird dir noch vergehen.«

»Warten wir erst einmal ab, was man mit uns vorhat. Fürchten können wir uns immer noch.« Ich sagte das nicht grundlos, denn die Schalteinheiten hatten uns zwar umhüllt und bewegungsunfähig gemacht, trafen jedoch keine Anstalten, uns Schaden zuzufügen. Augenblicke später setzten sie sich in Bewegung. Sie transportierten uns durch Hallen, Korridore und Antigravschächte. Einmal kamen wir dort vorbei, wo sich der 369. Vrogast an das System angeschlossen hatte. Er bewegte sich schwach, und plötzlich dröhnte eine hohle Stimme aus den Lautsprechern, die überall in der Vergessenen Positronik installiert waren.

»Danke, Freunde«, sagte die Stimme. »Ihr habt mir geholfen, in das System einzugehen, und ich sorge dafür, dass euch kein Leid geschieht.«

»Vrogast?«, sagte Fartuloon. »Ich würde es nicht glauben, würde ich es nicht mit eigenen Augen sehen und hören.«

Ich sagte nichts, denn die Schalteinheiten transportierten uns unaufhaltsam weiter. Allmählich ahnte ich, was sie mit uns vorhatten. Eigentlich hatte ich nichts dagegen, aber unsere Druckhelme waren geöffnet! Als man uns in eine Schleusenkammer beförderte, merkte auch Fartuloon, was gespielt wurde. »Lasst uns los! Wir müssen unsere Helme schließen, ehe ihr uns in den Weltraum stoßt!«

Doch die Schalteinheiten hörten entweder nicht oder kümmerten sich nicht darum. Sie hielten uns umklammert, während sich das Innenschott schloss. Gleich musste sich das Außenschott öffnen. Hielten uns die Schalteinheiten dann noch immer umklammert, konnten sich die Druckhelme nicht schließen. Dann würden wir sterben. Plötzlich begann die Vergessene Positronik wieder zu singen. Doch diesmal klang ihr Gesang anders. Es war ein dumpfes Summen, und es intonierte die Melodie eines alten arkonidischen Raumfahrerliedes. »Das ist der Vrogast!«, stieß Fartuloon hervor. »Vielleicht will er uns helfen.«

Ich fragte mich, wie uns sein Gesang helfen könnte, außer vielleicht psychologisch, doch da ließen die kleinen Schalteinheiten von uns ab. Kaum waren meine Hände frei, schloss ich den Helm. Fartuloon tat das Gleiche, dann schob er das *Skarg* in die Scheide. Einen Herzschlag später öffnete sich das Außenschott. Da die Luft in der Schleuse vorher nicht abgepumpt worden war, schoss sie fontänengleich ins Vakuum des Weltraums, wo sie beinahe augenblicklich zu einer Eiskristallwolke erstarrte. Die Schalteinheiten und wir wurden mitgerissen, wirbelten umher und sahen unter uns die Vergessene Plattform zusammenschrumpfen.

Ich schaltete mein Helmfunkgerät auf maximale Reichweite und sagte: »Atlan an POLVPRON! Meldet euch!«

Ich hatte kaum ausgesprochen, als eine aufgeregte Stimme rief: »Hier POLVPRON! Wo bist du, Erhabener? Können wir helfen?«

»Wir sind in Sicherheit. Bleibt, wo ihr seid, und gebt Peilimpulse – Ende.«

Nach der Begrüßung, die vor allem zwischen Farnathia und mir stürmisch ausfiel und einige Zeit beanspruchte, berichteten mein Pflegevater und ich über unsere Erlebnisse in der Vergessenen Positronik. Unsere Gefährten lauschten wie gebannt.

»Orbanaschol war also schon vor uns hier«, knurrte Eiskralle, als wir unseren Bericht beendet hatten, und bewegte seine Klauenhände, als wolle er einen Unsichtbaren würgen.

»Nicht hier, sondern in der Vergessenen Positronik«, korrigierte Fartuloon sanft. »Er muss eingedrungen sein, als sich die Plattform an einer anderen Position befand, sonst wären wir seinem Schiff begegnet.«

»Immerhin könnte er ebenfalls die Information über den *Dreißig-Planeten-Wall* erhalten haben«, sagte Farnathia. »Wo befindet er sich übrigens? Ich habe noch nie zuvor von ihm gehört.«

»Ich auch nicht.« Ich blickte Fartuloon fragend an.

Mein Pflegevater hob die breiten Schultern. »Ich weiß zwar sehr viel und kenne zahlreiche geheime Orte, aber auch ich habe zum ersten Mal in der Vergessenen Positronik davon gehört. Falls Orbanaschol ebenfalls im Besitz dieser Information ist, kann er wie wir nicht direkt hinfliegen, sondern muss zuerst herausfinden, wo sich der *Dreißig-Planeten-Wall* befindet.«

»Du sagst es. Er muss suchen – aber wir ebenfalls. Oder kannst du auf Anhieb die von Segmasnor genannten Koordinaten in unser System umrechnen?«

»Das nicht, und es wird zweifellos eine Weile beanspruchen, bis wir Genaueres wissen. Aber hast du sie in deinem fotografischen Gedächtnis gespeichert? Das dürfte mehr sein, als dem Dicken zur Verfügung steht!«

Ich seufzte. »Der Weg zum Stein der Weisen ist mit Schwierigkeiten und Gefahren gepflastert, und ich denke, wir haben in der Plattform erst einen Vorgeschmack von dem bekommen, was uns erwartet, sollten wir die Suche fortsetzen.«

Fartuloon sah mich misstrauisch an. »Das klingt fast, als wolltest du aufgeben.«

»Aufgeben, ich?« Ich lächelte. »Kennst du mich so schlecht? Ich will nur niemanden im Unklaren darüber lassen, was ihm bevorsteht, wenn er mich auf dem langen Weg zum Stein der Weisen begleiten will.« Als einige der Männer sprechen wollten, hob ich die Hand. »Nein, entscheidet euch noch nicht. Dazu ist später Zeit, sobald ihr gründlich nachgedacht habt.«

Ich stand auf und blickte auf den Bildschirm, der die Vergessene Plattform zeigte.

»Sie ist noch da«, sagte Fartuloon leise. »Wahrscheinlich werde ich die Wette gewinnen.«

»Ich dachte nicht an unsere Wette«, sagte ich, ohne mich umzudrehen.

Fartuloon lachte leise, aber als er sprach, war er wieder ernst. »Ich weiß, woran du denkst. Aber ich warne dich. Wenn die Plattform verschwindet, während du dort bist, kommst du vielleicht am anderen Ende des Universums heraus – und von dort führt kein Weg hierher.«

Ich drehte mich um. »Es führen von überall Wege zu jedem Ort. Man muss nur nach ihnen suchen. Fartuloon, ich bin entschlossen, das Wagnis einzugehen und die Plattform noch einmal zu betreten. Wir brauchen mehr Informationen über den *Dreißig-Planeten-Wall*. Diesmal bereiten wir uns gründlicher vor und nehmen eine Ausrüstung mit, die wirksam vor Überfällen durch die Schalteinheiten schützt.«

Er blickte mich prüfend an. Plötzlich sah er an mir vorbei – und im nächsten Augenblick packte er meine rechte Schulter und drehte mich herum, so dass ich wieder den Bildschirm mit dem Ortungsbild der Vergessenen Positronik vor mir sah. Die schwarze Plattform schwebte weiterhin im Raum, eingehüllt in das ungewisse Leuchten. Aber ihre Umrisse wirkten nun unscharf, und bald darauf erkannte ich, dass der riesige Quader beziehungsweise sein Abbild flimmerte. Während ich genauer hinsah, verstärkte sich das Flimmern. Die Plattform wurde zu einem undeutlichen Schemen – und verschwand schlagartig ganz vom Bildschirm.

»Ich habe die Wette verloren. Das ist bedauerlich. Dennoch bin ich froh darüber, denn so konntest du dich wenigstens nicht erneut in Gefahr begeben.«

Ich blickte Fartuloon an. »Nicht in diese Gefahr. Aber ganz gleich, wohin wir kommen, es wird immer und überall wieder Gefahren geben.«

Er hob die Augen zur Decke und seufzte. »Leider.«

»Wir werden, schlage ich vor, zuerst weiter nach Plan vorgehen: Neumitglieder aufnehmen, die Speicher der ausgesetzten Hyperfunk-Relaissonde abrufen und die Ortungssatelliten aussetzen. Dann kehren wir nach Kraumon zurück und sehen weiter.«

»Einverstanden.« Der Bauchaufschneider kratzte sich den Bart, sah mich schief an und brummte dann: »Fragt sich nur, wo ich jetzt die Schiffsladung Duftholz von Molniag herbekomme ...«

Ich lächelte und winkte ab. Eiskralle wies auf die Panoramagalerie, wo nun nur noch die für diesen Raumsektor typisch dicht gedrängt stehenden Sterne zu sehen waren. »Was meint ihr? Jetzt, da die Positronik nicht mehr mit dem mutierten Plasma zu tun hat – wird sie weiterhin mal hier und mal dort erscheinen?«

Er erhielt keine Antwort.

9.

1146. positronische Notierung, eingespeist im Rafferkodeschlüssel der wahren Imperatoren. Die vor dem Zugriff Unbefugter schützende Hochenergie-Explosivlöschung ist aktiviert. Fartuloon, Pflegevater und Vertrauter des rechtmäßigen Gos'athor des Tai Ark'Tussan. Notiert am 27. Prago der Prikur, im Jahre 10.497 da Ark.

Bericht des Wissenden. Es wird kundgegeben: Zwei Pragos nach Arkon-Zeitmaß sind seit dem plötzlichen, aber keineswegs unerwarteten Auftauchen der Vergessenen Positronik vergangen. Bedauerlicherweise haben Atlan und ich erfahren müssen, dass Orbanaschol schon vor uns dort war und möglicherweise ebenfalls einen Hinweis auf jenen geschützten und versteckten Ort erhalten hat, an dem sich das begehrte »Kleinod« befinden soll. Der Stein der Weisen, Erbe eines uralten Volkes, soll dem, der ihn in seinen Besitz bringt, Glück und Macht bescheren. Die Zahl der Legenden und Erzählungen, die sich um ihn ranken, wird wohl nur von jenen übertroffen, die sich auf die Unsterblichkeit beziehen. Und es ist nicht einmal ausgeschlossen, dass es Berührungspunkte oder gar Überschneidungen zwischen beiden Themen gibt!

Genau wie von Atlan vorgeschlagen, wurde zunächst weiter nach Plan verfahren; wir trafen uns mit der AGIRAL, übernahmen weitere zweihundert Mitstreiter und sichteten deren Berichte wie auch die der Hyperfunk-Relaissonde. Aus ihnen geht unzweifelhaft hervor, dass Imperator Orbanaschol zwischen Anfang und Mitte des Tedar die Kristallwelt mit unbekanntem Ziel verlassen hatte, derzeit aber wieder im Kristallpalast weilt. Das passt zur Aussage des Leibgardisten Tarmagh, dass er seit dem 16. Prago des Tedar an Bord der Plattform gewesen sei, wie auch zur Ankunft des Blinden Sofgart am 23. Prago des Tedar auf Trumschvaar.

Eine Befragung Farnathias, die sich damals an Bord von Sofgarts CELIS befand, ergab, dass sie an dem genannten Datum in der Tat ein schon fast vergessenes Erlebnis hatte, das dem paramechanischen Raunen vergleichbar war, welches wir beim Erscheinen der Vergessenen Positronik beobachtet haben. Wir müssen demnach davon ausgehen, dass Orbanaschol zwei Votanii »Vorsprung« hat und inzwischen die Suche nach dem Stein der Weisen fortgesetzt haben dürfte.

Mir ist klar, dass zwischen ihm und Atlan eine Art galaktischer Wettlauf begonnen hat, denn wer immer von den beiden den Stein der Weisen zuerst findet – und in seinen Besitz bringt –, wird im Gesamtkampf Sieger bleiben. Ich weiß, dass es dem Jungen unerträglich ist, sollte ausgerechnet der Mörder seines Vaters Gonozal VII. erfolgreich sein und das Große Imperium weiterhin regieren. Doch wir können nicht den zweiten Schritt vor dem ersten tun. Atlan darf nicht ungeduldig werden, das hätte alles verdorben.

Die von Segmasnor genannten Koordinaten des »Dreißig-Planeten-Walls« im Bereich der zentralgalaktischen Sternenballung werden sich, dessen bin ich sicher, als harter Brocken erweisen. Ich muss wohl tief in meine Trickkiste greifen, um mit ihnen etwas anfangen zu können. Zum Glück nannte Segmasnor neben den eigentlichen Positionsdaten auch den Koordinatenursprung sowie einige zweifellos als Bezugspunkt dienende Vergleichswerte. Dennoch wird es schwierig werden. Selbst bei exakter Kenntnis der Koordinaten ist jeder Flug ins galaktische Zentrum ein unkalkulierbares Risikounternehmen: dicht stehende Sonnen, brodelnde Materie, tobende Hyperstürme, Transitionen nur über kürzeste Strecken – dorthin kann man sich nur mit einem leistungsfähigen Raumschiff wagen!

Aus verständlichen Gründen liegt unser Hauptaugenmerk fortan auf allem, was irgendwie mit dem Stein der Weisen und Orbanaschols Suche nach ihm zu tun haben könnte. Normalerweise wäre uns der Hinweis vermutlich entgangen oder nicht weiter beachtet worden, so jedoch hat er sofort unsere Aufmerksamkeit geweckt, obwohl es auf den ersten Blick eher nach einer Randnotiz aussieht: Es wurde ein Hyperfunkspruch aufgefangen, in dem Grahn Tionte, Kommandant des Forschungskreuzers KARRETON, angewiesen wird, das Slohraeder-System anzufliegen und dort auf dem Kolonialplaneten Dargnis zu landen. Tionte soll sich bei Kur Zammont melden, dem arkonidischen Sektorenstatthalter, und von ihm einen »geheimnisvollen Fremden« in Empfang nehmen. Dieser Fremde scheint für Orbanaschol sehr wichtig zu sein, denn der Einsatzbefehl kam über das Flottenzentralkommando direkt vom Imperator!

Zum Glück wurde auch die Ursprungsnachricht von Kur Zammont empfangen, so dass wir in der Lage waren, den Hintergrund einzuordnen. Demnach hat ein Schatzsucher den Fremden angeblich auf dem dritten Planeten einer gelben Sonne eingefangen, die sich in einem Seitenarm der Öden Insel befindet. Anschließend brachte er ihn zu einem der »halboffiziellen« Sklavenmärkte des Imperiums. Kur Zammont befand sich zu dieser Zeit dort, kaufte den Fremden und nahm ihn mit nach Dargnis. Weil im Zusammenhang mit diesem Fremden vom Stein der Weisen die Rede war, fühlte sich Zammont veranlasst, einen Bericht an Orbanaschol zu schicken – es gibt inzwischen eine Dienstanweisung an alle Tatos und Kurii, diesbezügliche Hinweise sofort weiterzuleiten! –, und dieser veranlasste nun, dass die KARRETON nach Dargnis geschickt wird, um den Fremden abzuholen und nach Arkon zu bringen.

Als ich Atlan nach seiner Meinung befragte, erwiderte er fest meinen Blick und sagte: »Wir wissen, dass Orbanaschol nach dem Stein der Weisen sucht. Vielleicht ist er deshalb so sehr an diesem geheimnisvollen Fremden interessiert, weil der wirklich etwas über jenes kosmische Kleinod weiß?«

»Könnte sein.«

Er lächelte kühl. »In dem Fall ist es besser, wenn wir uns mit dem Fremden unterhalten, als wenn Orbanaschol es tut. Wir schnappen uns also die KARRETON und fliegen nach Dargnis. Nebenbei: Ein Forschungskreuzer hat in unserer Ausstattung ohnehin gefehlt …«

Ich hatte nichts anderes erwartet, gemeinsam entworfen wir den Einsatzplan. Die Zeit ist zwar knapp, aber es müsste gelingen …

An Bord der POLVPRON: 27. Prago der Prikur 10.497 da Ark

Der Leichte Kreuzer beschleunigte mit Hilfe der Ringwulst-Impulstriebwerke bis dicht an die Lichtgeschwindigkeit, dann schaltete der Autopilot die Sprunggeneratoren ein. Als wir rematerialisierten, leuchtete im Frontbereich der Panoramagalerie der große rotgelbe Leuchtfeuerstern 10-LOK. Es handelte sich um einen kurzperiodisch Veränderlichen, dessen Periode bei 37 Pragos und einer Amplitude von drei Größenklassen lag.

Dieser Stern befand sich im sphärischen Halobereich unserer Sterneninsel; fast genau auf halber Strecke zwischen dem Kugelsternhaufen Thantur-Lok und der galaktischen Hauptebene, 21.973 Lichtjahre von Kraumon entfernt. Er diente der Imperiumsflotte seit langem als Navigations- und Transitionspunkt. Wir hatten nach insgesamt fünf Transitionen unser Zielgebiet erreicht, da die KARRETON unweigerlich hier vorbeikommen würde.

»Alle Maschinen stopp!«, befahl ich. »Intern-Energieversorgung herunterschalten und bei Anmessung von Strukturerschütterungen auf Speicherstrom umschalten. Mechanikergruppe an die Sprungaggregate zum Austausch des Hyperwandlungsgleichrichters. Ende!«

Fartuloon und ich tauschten einen Blick. »Jetzt heißt es warten, mein Junge.«

Ich lächelte. »Wir werden nicht allzu lange warten müssen.«

Wir befanden uns knapp drei Tontas am Transitionspunkt, als die Strukturtaster eine starke Erschütterung des Raum-Zeit-Gefüges anzeigten. »Auf Speicherstrom schalten!«, rief ich. »Das ist ein ganzer Verband von Schiffen.«

Die Passivortung verriet uns, dass ein Verband von achtzig mittelschweren Einheiten den Transitionspunkt erreicht hatte. Wir wussten, dass der Absprungpunkt zu diesem Transitionspunkt bei einem blauen Riesenstern am diesseitigen Rand des Kugelsternhaufens lag, in dem sich das Zentralsystem des Großen Imperiums befand. Da die Stärke einer Strukturerschütterung sich nicht nur nach der Masse der Raumschiffe richtete, sondern auch nach der im Hyperraum zurückgelegten Entfernung, konnte folglich aus ihrer Stärke nur dann auf die Gesamtmasse der transitierten Einheiten geschlossen werden, sofern man wusste, aus welcher Entfernung sie gesprungen waren. Die zweite Strukturerschütterung, die eine halbe Tonta nach der ersten erfolgte, bestätigte die Daten.

Die nächste Strukturerschütterung verriet, dass es sich entweder um ein Großkampfschiff oder zwei mittlere Einheiten handelte. Unsere Geduld wurde auf die Probe gestellt, denn nach der letzten Strukturerschütterung vergingen zwei Tontas, bevor die Strukturtaster abermals ansprachen. Doch auch diesmal war es nicht die KARRETON. Mindestens dreihundert schwere und mittlere Einheiten mussten bei dem kosmischen Leuchtfeuer rematerialisiert sein, denn die Feldsicherungen der Strukturtaster schlugen durch und mussten neu geschaltet werden.

Anderthalb Tontas später zeigten die Bildschirme der Passivortung uns einen lockeren Verband von rund dreihundert Kugelraumschiffen, der simultan rematerialisiert war. Wir erkannten, dass mindestens hundertzwanzig der Schiffe schwere Schäden aufwiesen. Ihre Impulstriebwerke waren teilweise ausgefallen, und teilweise strahlten ihre Außenhüllen stark radioaktiv. Einige Schiffe wurden beim Absprung von anderen Schiffen »mitgenommen«, was bedeutete, dass ihre Sprungtriebwerke ausgefallen waren.

»Sie kehren von einer Raumschlacht zurück«, sagte Fartuloon düster. »Sicher von einer Raumschlacht gegen die Maahks.«

»Hoffentlich haben die Methans große Verluste erlitten!«, rief Morvoner zornig. »Es wird höchste Zeit, dass diese gefühllosen Ungeheuer aus der Galaxis entfernt werden.«

Beifälliges Gemurmel der Besatzung folgte seinem Zornesausbruch. Ich verhielt mich schweigsam, obwohl ich wusste, dass der Hass auf die Maahks aus Gründen der Selbsterhaltung lebensnotwendig für alle Arkoniden war. Ich wusste jedoch auch, dass dieser Hass Gefahren in sich barg, die nach dem Methankrieg, dessen Ende noch nicht abzusehen war, die Entwicklung des Tai Ark'Tussan auf eine falsche Bahn drängen konnten.

Wieder mussten wir warten. Rund anderthalb Tontas verstrichen, bevor die Strukturtaster ansprachen. Diesmal deutete die Massenauswertung auf ein einzelnes Raumschiff mittlerer Größe hin – die KARRETON? »Hypertaster aktivieren!«

Die auf hyperschneller Basis arbeitenden Ortungsgeräte wurden eingeschaltet. Ihre Tasterimpulse erreichten das betreffende Objekt ohne merkliche Zeitverzögerung und kehrten praktisch im gleichen Augenblick in die Empfangsantennenblöcke zurück. Ein positronisches Wandlersystem transformierte sie zu einer grünlich leuchtenden Silhouette auf dem Wiedergabeschirm, während das KSOL-Rechnersystem die technischen Daten ermittelte. Der Monitor zeigte uns ein einziges Objekt von Kugelform. Diese Abbildung ließ aber noch keine Rückschlüsse auf die Größe zu. Diese Daten lieferte Augenblicke später das Rechnersystem.

»Durchmesser fünfhundert Meter«, plärrte die robotische Stimme aus den Lautsprechern. »Mit hoher Wahrscheinlichkeit Spezialschiff des Forschungskommandos der Imperiumsflotte. Ergebnisse der Energieortung weisen darauf hin.«

Fartuloon und ich sahen uns an. »Das ist unser Schiff! Notsignal aussenden!«

Während unser Notsignal wieder und wieder die Hyperkomantennen verließ, beobachteten wir das Kugelschiff weiter. Vorläufig war noch keine Reaktion auf unsere Funksignale zu erkennen. Das Schiff trieb antriebslos durch den Weltraum, aber die energetische Aktivität hinter seiner Hülle bewies, dass es die Energiespeicher der Sprungaggregate mit voller Kraft auflud.

»Es bereitet sich auf die nächste Transition vor.« Corpkor strich über den Kopf des Tieres, das sich auf seinen Knien niedergelassen hatte.

»Aber es hat noch nicht mit dem Anlaufmanöver begonnen«, warf Morvoner ein.

»Und es hat uns in der Hypertastung«, sagte Fartuloon.

Ich hörte ebenfalls das in rascher Folge ertönende »Piieng«, mit dem unsere Fremdortungsmesser die einfallenden Hypertasterimpulse akustisch wahrnehmbar machten. Kein Zweifel, die Besatzung des Forschungsschiffes hatte uns auf ihren Ortungsschirmen und überlegte wohl noch, wie sie sich verhalten sollte. Der Krieg mit den Maahks hatte es mit sich gebracht, dass arkonidische Raumschiffskommandanten sehr vorsichtig geworden waren. Es war schon vorgekommen, dass Maahks ein erbeutetes Kugelraumschiff benutzten, um arkonidischen Raumfahrern eine Falle zu stellen. Der umgekehrte Fall war eher selten, weil maahksche Raumfahrer ihr Schiff zu sprengen pflegten, sobald ihre Situation aussichtslos war. Sie schätzten dabei ihr eigenes Leben geringer ein als die Gefahr, die für die Methanvölker entstand, fiel eines ihrer Schiffe in die Hände des Todfeindes.

Es wurde Zeit, dass wir der Besatzung des Forschungsschiffes einen optischen Beweis dafür lieferten, dass sie es nicht mit Maahks, sondern mit Arkoniden zu tun hatten. Ich ging zum Hyperkom, schaltete das Notsignal aus und blendete dafür eine Bildton-Übermittlung in den hyperschnellen Abstrahlkegel. Auf dem Hyperkomschirm des anderen Schiffes musste jetzt mein Abbild zu sehen sein.

»Achtung!«, sagte ich. »Hier spricht Tronth Are, Kommandant des Raumschiffs POLVPRON, Heimatplanet Huertain. Wir befinden uns auf dem Weg nach Arkon, um mit Seiner Erhabenheit, Imperator Orbanaschol dem Dritten, über unsere Beteiligung am Kampf gegen die Methans zu verhandeln. Leider blieben wir an diesem Transitionspunkt hängen, weil unser Hyperwandlungsgleichrichter versagte und wir niemand an Bord haben, der ihn reparieren könnte. Wir bitten um Hilfe, sollte es Ihnen möglich sein. Bitte, melden Sie sich!«

Ich wiederholte die Botschaft nicht, sondern wartete. Der Kommandant des Forschungsschiffs würde natürlich erst seinen Datenspeicher abfragen. Er würde dabei erfahren, dass es den Planeten Huertain tatsächlich gab und dass dieser Planet von den Nachkommen arkonidischer Kolonisten bewohnt wurde. Der Hinweis darauf, dass wir mit dem Imperator über unsere Beteiligung am Kampf gegen die Maahks verhandeln wollten, musste, so hoffte ich, den Ausschlag geben. Jeder Arkonide wusste, dass die größte Schwierigkeit beim Kampf gegen die Wasserstoffatmer auf unserer Seite das Personalproblem war. Angesichts der ungeheuerlichen Fortpflanzungsrate der eierlegenden Fremdintelligenzen mangelte es ihnen nie an Ersatz für ausgefallene Raumschiffsbesatzungen, während die Flotte des Großen Imperiums von Jahr zu Jahr mehr Mühe hatte, ihre Schiffsneubauten ausreichend zu bemannen. Robotschiffe waren bisher nur ein ungenügender Ausgleich, da die betreffende Technologie sich noch in der Entwicklung befand und immer wieder schwerwiegende Mängel auftraten.

Ich hatte nicht umsonst auf derartige Überlegungen spekuliert, denn kurz darauf erhellte sich auch unser Hyperkomschirm. Das volle, etwas weich wirkende Gesicht eines Arkoniden mittleren Alters war zu sehen. Er trug sein seidig glänzendes Haar, der Mode entsprechend, schulterlang.

»Hier spricht Grahn Tionte, Kommandant des Forschungskreuzers KARRETON«, klang eine Fistelstimme aus den Lautsprechern. »Wie kommt es, dass Sie keine qualifizierten Techniker an Bord haben, die den vergleichsweise geringfügigen Schaden selbst beheben können?«

Er versucht also, sich zu drücken, dachte ich. Von diesem weichen Typ hatte ich nichts anderes erwartet. Aber er irrte sich, sollte er hoffen, dass ich mich abschütteln lassen würde. Meine Erfahrungen sagten mir, dass ich diesem Mann psychologisch beikommen konnte, sofern ich seiner Eitelkeit und seinem Überlegenheitsdrang schmeichelte. »Ich bin beschämt, dass ich es sagen muss, Kommandant Tionte, aber die Bevölkerung meines Planeten hat die Raumschiffstechnik lange Zeit vernachlässigt, so dass wir stets auf die technische Hilfe des Imperiums angewiesen waren. Sie können unserer untertänigsten Ergebenheit sicher sein, würden Sie einige Leute Ihrer sicher hoch qualifizierten Besatzung abkommandieren, die unseren Schaden beheben.«

Er lächelte tatsächlich geschmeichelt. Herablassend sagte er: »Sie haben Grund, sich zu schämen, Kommandant Tronth Are. Aber ich will Sie nicht für die Versäumnisse Ihrer planetarischen Verwaltung büßen lassen und werde Ihnen ein Technikerteam hinüberschicken.«

Ich neigte den Kopf. »Ergebensten Dank, Erhabener. Ich werde Ihre selbstlose Hilfsbereitschaft erwähnen, wenn ich mit Seiner Erhabenheit spreche.«

Er leckte sich über die Lippen. Überlegte er, welche Vorteile für seine Karriere sich daraus ergeben könnten, dass ich dem Imperator gegenüber erwähnte, dass Huertain sein Angebot zur Stellung von Männern für den Krieg gegen die Maahks nur dank seiner Hilfe vorlegen konnte? Oder hielt er das Ganze nur für Aufschneiderei eines Hinterwäldlers, der vermutlich nicht einmal die Chance erhielt, den Kristallpalast aus der Ferne zu sehen, ganz zu schweigen von einer Audienz beim Höchstedlen selbst? »Das ist selbstverständlich«, log er aalglatt. »Warten Sie auf mein Team. Ende.«

Ich schaltete das Gerät ab und wandte mich an Corpkor. »Haben Sie alles vorbereitet?«

»Selbstverständlich. Ich werde mich zu meinen ›Mitarbeitern‹ begeben, damit wir nachher schnell aufbrechen können.«

Ich winkte Fartuloon und Eiskralle. »Gehen wir, um das Technikerteam gebührend zu empfangen!«

Fartuloon, Eiskralle und ich erwarteten das Verbindungsboot in einem kleinen Schleusenhangar der POLVPRON. Nachdem sich das Außenschott hinter dem Boot geschlossen und der Hangar mit Luft gefüllt hatte, klappten wir unsere Druckhelme zurück. In dem Boot öffnete sich ein Luk. Nacheinander traten sechs Männer in den Arbeitskombinationen von Raumschiffstechnikern heraus. Irgendwie taten sie mir Leid, denn sie waren lediglich Angehörige des Forschungskommandos der Imperiumsflotte und keinesfalls für Orbanaschols Verbrechen verantwortlich zu machen. Dennoch musste ich handeln, wie es die Logik mir vorschrieb.

Ich deutete auf das Raumboot. »Ist noch jemand an Bord?«

»Nein«, antwortete einer der Techniker. Die Gesichter der Männer verzogen sich in jähem Schreck, als wir unsere auf Paralyse umgeschalteten Kombistrahler zogen. Im nächsten Augenblick stürzten die sechs Männer betäubt zu Boden. Einige Leute unserer Besatzung stürmten durch das innere Mannluk und legten die regungslosen Techniker auf Antigravtragen, um sie fortzubringen. In spätestens sechs Tontas würden sie wieder zu sich kommen. Dann mussten sie sicher untergebracht sein. Ich hoffte, dass wir das Forschungsschiff bis dahin schon in unseren Besitz gebracht hatten. Als Corpkor erschien, gingen wir vier an Bord des Verbindungsboots. Der Tiermeister grinste, als er meinen fragenden Blick sah. »Ich brauche keinen Behälter für meine Helfer. Die Traumsänger stecken in meinem Raumanzug.«

»Gut. Beeilen wir uns. Wir müssen uns an Bord des Forschungsschiffes befinden, bevor dort jemand in der Lage ist, sein Erstaunen über die schnelle Rückkehr in Misstrauen zu verwandeln.«

Fartuloon aktivierte den Kodeimpulsgeber, den er mitgebracht hatte. Das Außenschott öffnete sich. Die hinausschießende Luft zog unser kleines Raumboot mit, dann aktivierte ich die Impulstriebwerke. Auf dem vorderen Bildschirm war die KARRETON deutlich zu sehen. Das Forschungsschiff hatte sich uns bis auf wenige hunderttausend Kilometer genähert, bevor es sein Technikerteam losgeschickt hatte.

Die Distanz war bereits zu zwei Dritteln überwunden, bevor unser Funk ansprach und eine Stimme fragte: »Was ist los? Hallo, KARRETON an Verbindungsboot! Warum kehren Sie schon zurück? Melden Sie sich!«

Wir meldeten uns nicht, bis wir fast die Schleuse erreicht hatten, aus der das Verbindungsboot ausgeschleust worden war. Die Stimme war unterdessen immer drängender geworden. Ich schaltete den Sendeteil des Hyperkoms ein, nachdem Eiskralle die Aktivierungsschaltung des Bildübermittlers unterbrochen hatte. »Verbindungsboot an KARRETON«, sagte ich. »Wir benötigen dringend Ersatzteile. Öffnen Sie die Schleuse!«

Wie wir kalkuliert hatten, reagierte der Schleusenmeister des Forschungsschiffes, ohne bei der Kommandozentrale nachzufragen. Für ihn waren wir schließlich nur das zurückkehrende Raumboot, das er aufzunehmen hatte. Das Boot hing bereits in den magnetischen Verankerungen seines Schleusenhangars, als sich die Stimme abermals meldete. »Was ist mit Ihrer Bildübermittlung?«

»Ausgefallen«, sagte ich lakonisch. Inzwischen hatte Eiskralle bereits das Mannluk des Bootes geöffnet, da der Schleusenhangar wieder mit atembarer Luft gefüllt war. Corpkor stieg zuerst aus. Ich kam gerade zurecht, um zu sehen, wie er seinen Raumanzug öffnete und daraus ein Schwarm winziger Käfer gleich einer grauen Wolke flog. Der Schwarm sammelte sich in der Mitte des Schleusenhangars, dann teilte er sich in Untergruppen auf, die gleich Rauchschwaden zu den Öffnungen der Klimaanlage flogen.

Plötzlich krachte es in den Lautsprechern der Rundrufanlage. Eine Stimme, die ich als die von Grahn Tionte wieder erkannte, sagte voller Panik: »Alarm für das ganze Schiff! Die Internbeobachtung zeigt drei Fremde, die mit dem Verbindungsboot des Technikerteams eingedrungen sind. Der entsprechende Schleusenhangar ist abzuriegeln. Notfalls muss mit Waffengewalt gegen die Eindringlinge vorgegangen werden.«

Corpkor blickte mich an und lächelte. »Meine kleinen Traumsänger werden ihm seine finsteren Absichten sehr schnell austreiben.«

Ich erwiderte das Lächeln, denn ich wusste, dass ich mich auf Corpkor und seine Tiere verlassen durfte.

»Versuchen Sie, ob Sie etwas hören!«, forderte der Tiermeister uns auf. Ich lauschte angestrengt und nach einer Weile glaubte ich, einen wispernden Gesang zu hören, der meine Sinne zu verwirren drohte. Corpkor lachte leise. »Der Gesang meiner Traumsänger wirkt teils akustisch, teils parahypnotisch. Auf diese Entfernung unterliegen wir seinem Einfluss allerdings nicht.«

»Was ist das?«, ertönte die Stimme von Tionte abermals aus den Lautsprechern der Rundrufanlage. »Sphärenklänge? Sie klingen so süß. Alles ist voller Harmonie. Oh, lasst uns alle Freunde sein! Kommt alle in der Zentrale zusammen!« Seine Stimme sank zu einem kaum noch hörbaren Flüstern ab. »Kommt zu mir!«, hauchte er. Dann schwieg er.

»Wir wollen ihn nicht länger warten lassen.« Corpkor sah mich zufrieden an. »Es ist alles klar.«

Wir verließen den Schleusenhangar und benutzten den nächsten Antigravlift, um auf das Deck der Hauptzentrale zu kommen. Niemand hielt uns auf, ja wir trafen überhaupt niemanden. Offenbar hatte die Besatzung vollzählig der Aufforderung ihres Kommandanten Folge geleistet und war in die Zentrale gegangen. Als wir die Zentrale betraten, sahen wir die Männer. Sie saßen oder lagen auf Kontursesseln und auf dem Boden. Ihre Gesichter zeigten ausnahmslos den Ausdruck der Verzückung, und sie schienen zu schlafen. Über ihnen aber summte der Schwarm der Traumsänger und sandte Impulse aus, die mich trotz des verstärkten Monoschirms fast geistig zu überwältigen drohten. Corpkor zog eine kleine Flöte aus einer Tasche seines Raumanzugs, setzte sie an die Lippen und blies hinein. Ich hörte nichts, aber die Traumsänger vernahmen offensichtlich etwas, denn sie stellten ihr betörendes Summen ein und schwebten als zarter Schleier zu ihrem Herrn und Meister herab und verschwanden wieder in seinem Raumanzug.

Ich deutete auf die »träumenden« Männer in der Zentrale. »Wie lange hält dieser Zustand an?«

Der Tiermeister steckte seine Flöte weg und schloss den Magnetsaum seines Raumanzugs. »Ungefähr drei Tontas. Danach werden sie noch längere Zeit benommen sein und sich wie Schlafwandler bewegen.«

»Danke. Es war faszinierend, wie Ihre Traumsänger die Besatzung überwältigt haben. So etwas habe ich noch nicht erlebt.« Ich ging zum Hyperkom des Forschungsschiffs, schaltete ihn ein und sagte: »Atlan an POLVPRON. Die KARRETON befindet sich in unserer Gewalt. Morvoner, schicke das Übernahmekommando an Bord.«

Sein Abbild erschien auf dem Schirm. »Wird sofort erledigt. Meinen Glückwunsch.«

»Danke.« Ich schaltete den Hyperkom aus. Erst jetzt wurde mir voll bewusst, dass ich nunmehr Herr über ein fünfhundert Meter durchmessendes Großraumschiff war. *Ein weiterer Schritt auf dem Weg zum Sturz Orbanaschols ist getan – und ihm werden immer größere Schritte folgen.*

Nach Ankunft des fünfzigköpfigen Übernahmekommandos, das die bisherige Besatzung der KARRETON ersetzte, brachten wir unsere wertvolle Beute erst einmal mit einer Kurztransition aus der Gefahrenzone des Transitionspunkts. Die POLVPRON war simultan gesprungen und schwebte nun in geringer Entfernung neben der KARRETON. Meine Leute hatten die Besatzung des Forschungsschiffes, die mit dem Kommandanten aus nur dreiundvierzig Personen bestand, vorläufig in einen leeren Frachtraum gesperrt, während das eigentliche »Gefängnis« von anderen vorbereitet wurde. Nur der Kommandant selbst war in der Zentrale geblieben. Die KARRETON war zwar ein Forschungskreuzer, hatte für den Transportauftrag allerdings keinen der Wissenschaftler an Bord, sondern war nur mit der kosmonautischen Stammbesatzung aufgebrochen.

»Er wird gleich zu sich kommen.« Der Bauchaufschneider hatte Grahn Tionte eine Injektion verabreicht, die die Traumwirkung von Corpkors Insekten etwas schneller aufheben sollte als normal. Der Kommandant lag in einem Kontursessel, eine füllige, schlaffe Gestalt, deren Gesicht deutlich die Ausschweifungen verriet, denen er frönte. Wahrscheinlich hatte Tionte niemals in seinem bisherigen Leben an einem Raumgefecht teilgenommen, sondern nur die Privilegien genossen, die das Flottenkommando den Besatzungsmitgliedern und Wissenschaftlern von Forschungsschiffen zugestand.

Als seine Lider zuckten, wusste ich, dass er zu sich kam. Nach einigen tiefen Atemzügen schlug Grahn Tionte endlich die Augen auf. Er musste mich sehen, denn ich stand genau in seinem Blickfeld. Dennoch erkannte er mich nicht sofort wieder. Er starrte mich verwundert und etwas geistesabwesend an, doch dann zuckte er zusammen. »Tronth Are?«

»Ja. Und ich bedaure, dass ich Ihnen einige Ungelegenheiten bereiten muss. Ihr Schiff ist in meinen Besitz übergegangen, und leider muss ich Sie und Ihre Leute vorläufig als Gefangene behandeln.«

Sein Unterkiefer zitterte. »Ein Pirat! Bei den Kristallobelisken von Arbaraith! Ich befinde mich in den Händen von Piraten!«

»Wir sind keine Piraten! Vielleicht erkläre ich Ihnen später alles. Wir werden Sie anständig behandeln, das verspreche ich Ihnen.«

Tionte atmete erleichtert auf, doch gleich darauf verriet sein Gesicht Verzweiflung. Er streckte mir seine Hände in flehender Gebärde entgegen und fistelte: »Warum mussten Sie ausgerechnet mein Schiff kapern? Meine Karriere ist … Das wird mir der Imperator niemals verzeihen.«

Die Augen des Kommandanten weiteten sich schreckhaft, als er unter der durchsichtigen Haut von Eiskralles Gesicht und den durchsichtigen Schädelknochen die grauweiße Ballung von Gehirnsubstanz und das Adernetz sah, mit dem es durchflochten war. Die Augen des Chretkors schienen infolge der Transparenz der Knochen frei vor dem Gehirn zu schweben, nur gehalten von einem dünnen Nervenstrang und ebenfalls dünnen Adern. Grahn Tionte brachte ein ersticktes Gurgeln zustande. Seine Lippen zitterten und zogen sich von den Zähnen zurück.

»Beruhigen Sie sich!«, fuhr ich ihn scharf an. »Als Kommandant eines Forschungsschiffs sollten Sie an die unterschiedlichsten Lebensformen gewöhnt sein. Ich verstehe gar nicht, warum Sie der Anblick meines Freundes so erschreckt.«

Er schluckte einige Male, ehe er tonlos sagte: »Ich bitte um Vergebung, Are. Sie müssen verstehen, ich hatte einen seltsamen Traum, und so kurz nach dem Erwachen mit einem …«

Er unterbrach sich und biss sich auf die Unterlippe. »… mit einem Monstrum konfrontiert zu werden, wollten Sie wohl sagen«, ergänzte Eiskralle. »Sprechen Sie es ruhig aus; mich kann man nicht so leicht kränken. Ich behalte immer einen klaren Kopf.«

»Nein, ich …«

»Kommandant Tionte«, sagte ich eindringlich, »es wird wesentlich von Ihrer Bereitschaft zur Zusammenarbeit abhängen, wie sich Ihre Zukunft gestaltet.«

Er blickte von Eiskralle zu mir, erschauderte und seufzte resignierend. »Sollte ich jemals nach Arkon zurückkehren, wird mich Seine Erhabenheit degradieren und der Kampfflotte zuteilen lassen.«

»Millionen Arkoniden kämpfen in der Imperiumsflotte gegen die Methans!«, entgegnete ich heftig. »Sie alle wissen, dass viele von ihnen bei diesem Kampf sterben werden; dennoch tun sie ihre Pflicht, weil sie ebenfalls wissen, dass der Feind keine Gnade kennt und alle Planeten des Großen Imperiums entvölkern würde, sollte er diesen Krieg gewinnen.«

Grahn Tionte senkte den Kopf. »Ich weiß.«

»Nehmen Sie Ihr Schicksal wie ein Mann hin. Außerdem werden Sie vorerst nicht nach Arkon zurückkehren.«

Nach erstem Zögern antwortete er bereitwillig, da ich durchblicken ließ, genau über seinen Auftrag informiert zu sein. Er schien sich damit abgefunden zu haben, dass er die Mission, die ihm für seine Karriere so förderlich erschienen war, nicht erfüllen konnte. Tionte sagte, dass Terphis Kur Zammont und er sich nicht persönlich kannten und dass es auf Dargnis auch keinen anderen Arkoniden gäbe, der ihn schon einmal gesehen hätte. Ich glaubte ihm, denn er konnte keinen Grund haben, mich auf Dargnis vorsätzlich in Schwierigkeiten zu bringen. Wenn es zu einem Kampf kam, wären er und seine Leute ebenfalls gefährdet gewesen.

Ich winkte zwei unserer Männer herbei und befahl: »Sperrt ihn zu den anderen!«

Sie brachten Grahn Tionte in das provisorische Gefängnis, in dem sich inzwischen seine Leute aufhielten. Es ging ihnen, den Umständen entsprechend, nicht schlecht, obwohl wir sie im Innern eines leeren Stützmassentanks untergebracht hatten – der derzeit sicherste

Ort an Bord, damit niemand heimlich entkommen und sich etwa auf Dargnis von Bord schleichen könnte. Wir hatten sanitäre Einrichtungen installiert, für gepolsterte Liegestätten gesorgt und ließen den Gefangenen die gleiche Verpflegung zukommen, wie wir sie erhielten. Später wollte ich die Personaldaten der Männer aus der Bordpositronik abrufen und überprüfen. *Vielleicht können wir einige von ihnen gebrauchen. Die übrigen lassen wir vor dem Start von Dargnis frei.*

Nachdem die POLVPRON unter dem Befehl von Morvoner Sprangk abgeflogen war, um nach Kraumon zurückzukehren – der Abschied von Farnathia war ihr wie mir schwer gefallen, aber unvermeidlich gewesen –, bereiteten wir alles für den Weiterflug zum Slohraeder-System vor. Es gab vorläufig keinerlei Schwierigkeiten, da der Autopilot der KARRETON bereits das gesamte Transitionsprogramm eingespeichert erhalten hatte. Die betreffenden Etappen brauchten nur noch durch Tastendruck aktiviert zu werden.

Während das Schiff mit Maximalwerten beschleunigte, um die zur ersten Transition erforderliche Geschwindigkeit zu erreichen, sagte Fartuloon: »Nächster Schritt: Auf Dargnis wirst du als Kommandant Grahn Tionte auftreten und dir diesen geheimnisvollen Fremden übergeben lassen.«

Ich nickte. »Es ist die einzige Möglichkeit, diesen Fremden kampflos in unsere Gewalt zu bekommen. Die KARRETON wurde, wie ich das Oberkommando der Imperiumsflotte einschätze, bei Statthalter Zammont angekündigt, so dass es in dieser Beziehung keinerlei Schwierigkeiten geben dürfte.«

Einem Sektorenbeauftragter oder -statthalter unterstand im Gegensatz zu einem Tato als planetarischem Gouverneur stets ein Machtbereich von mehr als einem Sonnensystem; sofern sich das Hauptlehen eines Fürsten mit dem Status eines Kur vereinte und der Titel eines Sonnenträgers hinzukam, wurde die Bezeichnung zu »Sonnenkur« – Shekur – zusammengezogen.

»Die einzige Schwierigkeit bestünde darin, dass Zammont zufällig den richtigen Grahn Tionte persönlich kennt«, warf Corpkor ein.

Ich nickte. »Ich werde mich bei ihm danach erkundigen. Selbstverständlich müssen wir auch den unwahrscheinlichen Fall in unsere Überlegungen einbeziehen, dass Zammont uns durchschaut. Deshalb schlage ich vor, dass Sie uns mit einigen Ihrer Tiere begleiten. Die Traumsänger beispielsweise haben sich hervorragend bewährt.«

Der Tiermeister lächelte geheimnisvoll. »Dazu bin ich mit Freuden bereit. Ich werde zusätzlich einen Schwarm Ims mitnehmen.«

»Ims? Was sind das für Tiere?«

»Lassen Sie sich überraschen. Ich habe sehr lange gebraucht, sie zu dem zu machen, was sie heute sind.«

»Manchmal kommen Sie mir mit Ihrer Menagerie unheimlich vor«, brummte Fartuloon, »und ich wundere mich nachträglich noch, wie es uns damals gelang, Sie zu besiegen.«

»Damals verfügte ich zwar auch schon über eine ganze Tierarmee, habe euch jedoch unterschätzt. Heute dürfte es Ihnen unmöglich sein, mich zu besiegen. Allerdings sind wir inzwischen Freunde, so dass wir – hoffentlich – nie wieder gegeneinander kämpfen werden.«

»Das hoffe ich auch«, sagte ich.

Unterdessen hatte die KARRETON ihre Sprunggeschwindigkeit fast erreicht. Eiskralle saß am Pilotenpult und beobachtete aufmerksam die Kontrollen. »Achtung! Schiff setzt planmäßig zur Transition an!«

Kurz darauf mischte sich ein neuer Ton in das Grollen der Kraftwerksmeiler. Die Sprunggeneratoren waren vom Autopiloten aktiviert worden. Dann erlosch für uns das wahrnehmbare Universum. Wir wurden mitsamt dem Schiff zu einem genau vorprogrammierten energetischen Bestandteil des Mediums Hyperraum, überwanden ohne messbaren Zeitverlust die Grenzen von Zeit und Raum und kehrten genau nach Plan in den Normalraum zurück. Als der ziehende Rematerialisierungsschmerz abklang und ich wieder klar sehen konnte, erblickte ich auf dem Frontbereich der einem Fensterband gleichenden Panoramagalerie zwei blaue Sonnen.

»Hyperenergieortung läuft … Auswertung liegt vor«, meldete Eiskralle. »Die Sonnen sind identisch mit Hela-Ariela, dem Leuchtsternpaar …«

Die beiden Sonnen dienten den Raumfahrern des Großen Imperiums nicht grundlos als kosmisches Leuchtfeuer und als Transitionspunkt. Sie schickten intervallartig an- und abschwellende Schauer von Hyperenergie in den Raum und waren deshalb über viele Lichtjahre hinweg eindeutig auszumachen. Hela-Ariela gehörte zum »Nebelsektor-Zentrum« exakt unterhalb des Kugelsternhaufens Thantur-Lok auf der galaktischen Hauptebene. Mit der Transition hatten wir eine Distanz von 10.257 Lichtjahren überwunden.

»Fremdortung! Wir werden von Hypertasterimpulsen getroffen. Quelle der Impulse liegt außerhalb unseres eigenen Ortungsradius.«

»Alles vorbereiten zum Notsprung!«, befahl ich. »Versuch dennoch, das fremde Schiff ortungstechnisch zu erreichen!«

Fartuloon runzelte die Stirn. »Wenn uns ein arkonidisches Schiff anmisst, müssten wir es ebenfalls orten können.«

»Es sei denn, es handelt sich um ein Testschiff der Flotte, das neue und bessere Taster erprobt«, warf Corpkor ein.

»Man würde ein so wertvolles Schiff niemals allein in die Galaxis schicken«, widersprach ich. »Es könnte den Methans in die Hände fallen und mit ihm das neue Ortungsgerät.«

»Es ist kein arkonidisches Raumschiff.« Fartuloon zog das *Skarg*. Unwillkürlich hielt ich den Atem an, als ich sah, dass es von innen heraus in einem pulsierenden Leuchten erstrahlte.

»Was hat das zu bedeuten?«

»Da bin ich überfragt, mein Junge. Ich vermute, dass das *Skarg* durch etwas, das sich unseren Sinnen und unseren Messgeräten entzieht, getroffen und von ihm zum Leuchten angeregt wird.«

»Sprungenergiespeicherbänke sind zu einem Viertel aufgeladen!«, meldete Eiskralle. »Soll ich das Schiff beschleunigen, damit eine Nottransition nicht zu viel Speicherenergie verbraucht?«

»Beschleunige, aber führe die Nottransition nur auf meinen ausdrücklichen Befehl durch.«

»In Ordnung.«

Plötzlich summte der Alarmmelder des Maschinenraums. Ich sprang auf. »Corpkor, übernehmen Sie das Pilotenpult. Eiskralle, wir gehen mit Fartuloon in den Maschinenleitstand.«

Der Chretkor verließ seinen Platz, während Corpkor zum Pilotenpult eilte und Fartuloon und ich zum Panzerschott liefen, um die Zentrale zu verlassen und durch den nächsten Antigravschacht das Deck zu erreichen, in dem sich der Maschinenleitstand befand. Aber wir erreichten das Schott nicht, denn plötzlich materialisierten dort drei zwergenhafte Wesen mit grüner Haut, blauen Umhängen und spitzen blauen Hüten. Sie starrten uns aus großen roten Augen an, und nach einem Herzschlag spürte ich, wie ich die Kontrolle über Geist und Körper verlor. Fartuloon stieß einen Kampfruf aus und stürzte sich mit gezücktem Schwert auf die grünhäutigen Zwerge. Ich sah völlig unbeteiligt, wie die vom pulsierenden Leuchten umgebene Klinge durch die Körper der Fremden glitt, als wären sie gar nicht materiell vorhanden. Auf irgendeine Weise mussten sie aber doch vorhanden sein, denn sobald eine der Erscheinungen getroffen war, verschwammen ihre Konturen. Für wenige Augenblicke glaubte ich säulenähnliche Gebilde zu erkennen, die keinen Schatten warfen, dann gab es drei lautlose Lichtexplosionen – und die Zwerge waren verschwunden.

Allmählich gewann ich die Herrschaft über Körper und Geist zurück. Ich sah, dass es außer Fartuloon den anderen ebenso ergangen war wie mir. Auch sie schienen aus einer Art Trance zu erwachen. »Ich glaube nicht an Gespenster«, sagte Eiskralle mit schwerer Zunge. »Aber das müssen Gespenster gewesen sein.«

Der Alarmsummer war wieder verstummt. Im Maschinenraum war also alles wieder in Ordnung. Ein Blick auf die Anzeigen bewies es ebenfalls. Ich wandte mich an Eiskralle, der wieder an seinen Platz zurückgekehrt war. »Werden wir noch von Fremdortungsimpulsen getroffen?«

»Nein. Aber einmal erhielten wir von dem anderen Schiff einen Reflex. Der Wandlerschirm zeichnete seine Silhouette.«

»Das sehe ich mir an. Rufe die gespeicherten Daten ab.«

Der Chretkor betätigte einige Schaltungen, und kurz darauf sahen wir auf dem Wandlerschirm eine scheibenförmige dunkle Silhouette aufzucken und wieder verschwinden. »Hol das Bild zurück und halte es an.«

Augenblicke später konnten wir das Ortungsbild des fremden Raumschiffes genauer betrachten. Es handelte sich um ein scheibenförmiges Objekt, an dem keinerlei Öffnungen oder Ausbuchtungen zu sehen waren, die Rückschlüsse auf die Art und das Funktionsprinzip seines Antriebs erlaubt hätten. Ich sah meinen Pflegevater an. »Hast du so ein Raumschiff schon einmal gesehen?«

»Nein. Noch nie. Und ich habe auch noch nie von Raumschiffen dieser Art gehört. Es muss sich um ein Fahrzeug eines absolut unbekannten Volks handeln.« Er sprach so kategorisch, dass ich fast schon wieder misstrauisch wurde, sagte mir dann aber, dass sogar er nicht alles wissen *konnte*.

»Und die Erscheinungen?«, warf Eiskralle ein. »Sie wurden mit dem *Skarg* vertrieben, folglich kann es sich nicht um gewöhnliche Projektionen gehandelt haben.«

»Nicht um Projektionen, die von Maschinen erzeugt wurden«, sagte mein Pflegevater nachdenklich.

Der Logiksektor meldete sich mit schmerzhafter Intensität: *Alle Phänomene lassen sich durch das Walten von natürlichen Kräften erklären, die Naturgesetzen unterliegen. Wahrscheinlich handelte es sich um halbmaterielle Projektionen paranormal begabter Bewusstseine.*

»Was immer es auch war«, seufzte ich, »wir sind es los. Eiskralle, normale Transition – genau nach Programm!«

»Verstanden.«

Die Pause bis zu nächsten Transition verlief ohne besondere Vorkommnisse. Schließlich materialisierten wir nach einem Sprung über nur noch vierzehn Lichtjahre hoch über die Bahnebene des Slohraeder-Systems.

Während alle Ortungsgeräte arbeiteten, beobachtete ich das System mit Hilfe des sehr leistungsfähigen Bordteleskops. Slohraeder war eine große gelbrote Sonne und wurde von neunzehn Planeten mit insgesamt siebenundachtzig Monden umlaufen. Der positronische Katalog verriet uns, dass nur ein Planet des Systems besiedelt worden war. Es handelte sich um Nummer acht. Dargnis hatte etwa die gleiche Größe und Masse wie Arkon I, erhielt aber weniger Sonnenenergie. Das hätte ihn eigentlich zu einem kühlen, unwirtlichen Planeten machen müssen. Aber eine natürliche Schicht kohlendioxidreicher Luft am oberen Rand der Atmosphäre bewirkte durch ihren »Treibhauseffekt«, dass der Planet erheblich weniger Wärme abstrahlte, als er mit dem Sonnenlicht empfing. Somit herrschten an seiner Oberfläche ungefähr die gleichen mittleren Temperaturen wie auf den drei Arkon-Planeten. Im Unterschied zu ihnen gab es hier jedoch keine künstliche Wetterregelung, so dass die Treibhaushitze zu starker Wolkenbildung führte, wodurch Dargnis fast lückenlos von Wolken verhüllt wurde.

»Ich möchte dort nicht wohnen«, sagte ich zu Fartuloon. »Kein blauer Himmel, immer nur düsteres Licht und niemals die Sterne sehen – nein, das wäre nichts für mich.«

Er lächelte verständnisvoll. »Für mich wäre es auch nichts. Aber manchmal, weißt du, manchmal beneide ich die einfachen Kolonisten, selbst wenn sie auf Welten wie Dargnis leben. Ihnen bleibt vieles von dem erspart, was ein Mann unserer Art auf sich nimmt, der den

Weg wählt, der die Sterne kreuzt.« Er legte mir eine Hand auf die Schulter. »Dennoch würde ich niemals mit diesen Kolonisten tauschen – und du wirst es auch nicht tun.« Sein Blick schien in weite Fernen zu schweifen. »Dein Weg liegt zwischen den Sternen, mein Junge, und du wirst mehr zu sehen bekommen und mehr erleben als der alte Fartuloon. Du, Atlan, bist zu Großem bestimmt, ich spüre es.«

Darauf konnte und mochte ich nichts sagen, denn was hätte ich schon sagen sollen? Die Zukunft lag im Verborgenen.

»Wir sollten Dargnis anfunken«, sagte Eiskralle.

»Zuerst möchte ich weitere Ortungsergebnisse haben.«

»Ortung läuft. Aber die Auswertung der bisherigen Ergebnisse beweist, dass sich kein einziges Schiff im Raum befindet.«

»Man stellt sich tot«, sagte Fartuloon. »Normalerweise hat ein Statthalter des Großen Imperiums dafür zu sorgen, dass in seinem Planetensystem ständig Aufklärungsschiffe patrouillieren. Zammont fürchtet offenbar, zufällig vorbeikommende Schiffe der Methans könnten durch die Streustrahlung aufmerksam gemacht werden.«

»Dann wird er aufatmen, dass wir uns melden«, sagte ich. »Auf jeden Fall muss es auf Dargnis Strukturtaster geben, und diese haben unsere Rematerialisation registriert.«

Ich justierte den Hyperkom auf die Wellenlänge, die für Kolonialwelten vorgesehen war. Danach sandte ich ein Anrufsignal aus, das den Erkennungskode der Imperiumsflotte enthielt. Augenblicke später wurde der Bildschirm hell. Ein Arkonide in hellblauer Kombination war zu sehen. Sein Gesichtsausdruck wirkte gespannt, als er sagte: »Hier Hyperkom-Hauptstation Dargnis. Wer sind Sie und was führt Sie hierher?«

»Hier Forschungsschiff des Großen Imperiums KARRETON, Kommandant Tionte. Wir kommen im Auftrag des Oberkommandos. Ich soll mich bei Kur Zammont melden.«

Der Mann atmete auf. »Sie wurden uns angekündigt, Kommandant Tionte. Kur Zammont hat angeordnet, dass die KARRETON auf dem Raumhafen Dhor Muang landen soll. Ich veranlasse, dass Sie entsprechende Leitimpulse erhalten, und informiere den Statthalter über Ihre Ankunft.«

»Dafür wäre ich Ihnen sehr verbunden«, sagte ich, obwohl ich sicher war, dass Zammont unser Hyperkomgespräch mithörte. Er musste schließlich interessiert sein zu erfahren, was für ein Schiff über seinem System angekommen war. Kurz darauf erlosch die Abbildung des Funktechnikers. Dafür erschien ein Symbol auf dem Bildschirm – das der Leitimpulssendung, die automatisch auf das Pilotenpult überspielt wurde.

»Peilzeichen kommen klar herein«, meldete Eiskralle. »Ziel liegt jedoch auf der von uns abgewandten Seite des Planeten.«

»Steuere es an!«

Der Chretkor schaltete den Autopiloten ein und aktivierte eine Funktionsschablone, die für solche Peilzeichenlandungen vorgesehen war. Die Impulstriebwerke des Schiffes erwachten wieder zu ihrem dröhnenden »Leben«. Von den Peilimpulsen geleitet, folgte der Autopilot dem Programm der Funktionsschablone und steuerte die KARRETON auf den Planeten zu. Weit vor Dargnis schwenkte das Schiff nach Steuerbord ab, beschrieb einen riesigen Halbkreis und schwenkte nach dem Passieren des Planeten auf die andere Seite von Dargnis ein. Auf dem Bildschirm des Teleskops waren deutlich die Einzelheiten zu sehen. Das Gerät arbeitete nicht nur innerhalb des sichtbaren Lichtwellenbereichs, so dass die dichte Wolkendecke, die Dargnis umhüllte, kein Hindernis darstellte.

»Insgesamt hat Dargnis elf Kontinente«, murmelte ich mit Blick auf die Auswertungstextblöcke, die den Speicherdaten gegenübergestellt wurden. »Davon sind aber nur zwei von beachtlicher Größe. Auf beiden Großkontinenten gibt es kleinere Ansiedlungen. Die größte Ansiedlung – Spolton Pya – befindet sich auf dem Großkontinent Darg, auf dem wir landen werden. Sie liegt am Ostufer einer halbkreisförmig geschwungenen Bucht eines großen Binnensees. Westlich davon, am gegenüberliegenden Ufer erkenne ich den kleinen Raumhafen, Dhor Muang. Der See misst in Nord-Süd-Richtung rund elfhundertfünfzig und in West-Ost-Richtung etwa siebenhundertsechzig Kilometer.«

»Gibt es sonst noch etwas Wichtiges?«, erkundigte sich Fartuloon.

»Ja. Ziemlich genau in der Mitte des Binnensees wird ein größeres kompaktes Bauwerk angemessen. Südwestlich davon liegt eine Insel unter einer Nebeldecke, die ungefähr ebenso groß ist wie diese Insel. Durchmesser rund fünfzig Kilometer.«

»Kunstnebel, mit Spuren von Hyperkristallen versetzt«, sagte er nach einem Blick auf einen Datenschirm. »Jemand hat dort ein Geheimnis im wahrsten Sinne des Wortes eingenebelt, wahrscheinlich der Statthalter.«

»Ich bin gespannt auf Zammont«, rief Eiskralle.

»Du wirst ihm nicht persönlich gegenübertreten«, sagte ich. »Es tut mir Leid, aber deine Erscheinung ist zu auffällig. Zammont würde sich wundern, wie so etwas wie du an Bord eines Forschungsschiffes des Tai Ark'Tussan kommt.«

»Schade.«

»Aber nicht zu ändern.«

Unterdessen hatten wir die obersten Ausläufer der Atmosphäre erreicht. Auf Dargnis gab es offenbar ebenfalls keine Geräte zum Aufbau energetischer Start- und Landegerüste, denn keine fremde Kraft bremste unseren Abstieg. Impulstriebwerke und Antigravgeneratoren gestatteten dennoch eine beinahe lautlose Landung, ohne in der bodennahen Atmosphäre Druckwellenturbulenzen hervorzurufen. Sanft wie ein welkes Blatt setzten wir schließlich im genauen Mittelpunkt des Raumhafens Dhor Muang auf.

Kurz danach meldete sich über Hyperkom ein prunkvoll gekleideter Orbton und teilte mir mit, dass der Edle, Statthalter Zammont, mich sowie meine Vertreter auf Dargnis willkommen heiße und uns bitte, ihn in seinem Teaultokan aufzusuchen. Die Residenz, so erklärte mir der Protz auf eine entsprechende Frage, befände sich auf einem riesigen Sockel inmitten des Swatchon-Sees, an dessen Nordufer Dhor Muang lag.

Nachdem ich den Hyperkom ausgeschaltet hatte, sagte ich: »Kur Zammont scheint nicht nur großen Wert auf Etikette zu legen, sondern auch eine Vorliebe für Pomp und Luxus zu haben. Wäre ich schon Imperator, ich würde ihn feuern und für zwei Jahre zu den aktiven Raumlandetruppen stecken, damit er lernt, dass man nicht im Überfluss schwelgen sollte, wenn Millionen unter härtesten Bedingungen gegen die Maahks kämpfen müssen.« Ich schaltete den Interkom ein. »Corpkor, ich erwarte Sie in einer halben Tonta bei dem Gleiter, den ich für den ersten Landausflug auf Dargnis ausgesucht habe. Bitte, vergessen Sie Ihre lieben Tierchen nicht.«

10.

Aus: *Die Ära Orbanaschols III.*, Hemmar Ta-Khalloup, Imperialer Archivar und Historiker; Arkon I, Kristallpalast, Archiv der Hallen der Geschichte, 19.020 da Ark

Bezeichnend für den Brudermörder war seine phänomenale Fähigkeit, den Wunsch der Arkoniden nach dem Niedagewesenen und Einmaligen auf perfekte Art und Weise befriedigen zu können.

Aufgrund einer Beschwerde des imperialen Pressesprechers ließ er in zahlreichen arkonidischen Kriegsschiffen automatische Sprengladungen anbringen, die bunte, effektvolle Explosionswolken erzeugten, wenn das Schiff getroffen wurde. Den Arkoniden der Heimatfront sollte schließlich etwas geboten werden …

Dargnis: 28. Prago der Prikur 10.497 da Ark

Als ich mit Fartuloon den Gleiterhangar betrat, erwartete Corpkor uns bereits. Aber er war nicht allein. Neben dem ehemaligen Kopfjäger stand ein Mann mittleren Alters und mit der Statur eines durchschnittlichen Arkoniden. Er hatte auch die helle Haut und das schulterlange, silbrig schimmernde Haar des Arkoniden. Nur seine Augen waren anders. Sie waren schwarz und glitzerten, als bestünden sie aus zahllosen geschliffenen Glasstücken. Ich blieb unwillkürlich stehen und sah aus den Augenwinkeln, dass auch Fartuloon stehen blieb.

Corpkor lächelte, deutete auf den Fremden, der mit einer arkonidischen Raumfahrerkombination bekleidet war – wie wir alle –, und sagte: »Darf ich Ihnen meinen Freund Chelao vorstellen, meine Herren? Ich denke, er wird sich als nützlich erweisen.«

Ich wollte nicht unhöflich erscheinen, deshalb legte ich die zur Faust geballte Hand auf meine linke Brustseite und sagte: »Willkommen an Bord meines Schiffes, Chelao! Obwohl es, Sie werden das sicher verstehen, mir bisher nicht bekannt war, dass Sie sich an Bord befinden.«

Seltsamerweise schmunzelte Corpkor verstohlen, während Chelao ebenfalls die geballte rechte Hand auf die linke Brustseite legte und mit schnarrender, eigentümlich akzentuierter Stimme sagte: »Danke, Erhabener. Ich stehe Ihnen vollzählig zu Diensten.«

Diese Antwort befriedigte mich nicht, denn sie beantwortete meine angedeutete Frage überhaupt nicht, ganz einmal abgesehen von der eigenartigen Formulierung. Was sollte das bedeuten: »Ich stehe Ihnen *vollzählig* zu Diensten«? Ich wandte mich an den Tiermeister: »Ich denke, Sie sind mir eine Erklärung schuldig.«

»Chelao sieht aus wie ein Arkonide, spricht wie ein Arkonide, ist aber keiner.«

»Das ist mir klar. Seine Augen verraten, dass ...« Während ich sprach, war ich dicht an Chelao herangetreten und hatte seine Augen genau betrachtet. Plötzlich wurde mir klar, was das für Augen waren. Sie setzten sich aus unzähligen winzigen Facetten zusammen. *Insektenaugen!* Ich schluckte hörbar. Im nächsten Augenblick machte ich eine weitere Entdeckung. Unter der Haut der rechten Hand, die noch immer auf Chelaos Brust lag, bewegte sich etwas – und es waren keine Muskeln, die sich bewegten, sondern schemenhaft erkennbare kleine Körper.

Chelao ist kein Einzelwesen, teilte mir mein Extrasinn mit. *Er besteht aus zahllosen kleinen Insekten, die eine koordinierte Gemeinschaft bilden.*

»Faszinierend. Ich nehme an, Chelao dient dem unauffälligen Transport Ihrer kleinen Helfer?«

»Sie haben es durchschaut? Und ich dachte, die Tarnung sei vollkommen.«

Fartuloon trat neben mich und lachte glucksend. »Die Tarnung ist fast vollkommen, aber eben nur fast. Ich rate dazu, dass er die Eigenbewegungen der Einzelkörper unterlässt, sobald er vor Zammont und dessen Leuten steht.«

»Ich werde mich bemühen«, sagte das Kollektiv mit seiner schnarrenden Stimme. Es war wirklich ein phantastisches Meisterstück der Tierdressur, das Corpkor da geliefert hatte. Ich fragte mich, wie die Insekten es zuwege brachten, ihre Aktivitäten so zu koordinieren, dass sie zusammen wie ein Wesen handelten. Doch ich scheute davor zurück, die Frage auszusprechen, weil ich ahnte, dass die Antwort darauf mir nur neue Rätsel aufgegeben hätte.

Später einmal – vielleicht ... Ich holte tief Luft. »Gehen wir. Zammont wartet.«

Als wir mit unserem Gleiter das Schiff verließen, starteten am östlichen Rand des Raumhafens drei große gelbe Luxusgleiter und setzten sich vor uns. Die Eskorte nahm Kurs nach Süden, und bald darauf überflogen wir das Ufer des Sees. Fartuloon steuerte unseren Gleiter, und ich beobachtete die Umgebung. Hinter uns, nördlich von Dhor Muang, lag eine wellige Hügellandschaft unter dem wolkenverhangenen Himmel, der das Licht zu einem düsteren Zwielicht machte. Westlich des Raumhafens stachen schroffe Felsberge in die Wolkendecke, die ihre Gipfel verhüllte. Als wir etwa eine Tonta dicht über den bleifarbenen Wellen des Swatchon-Sees geflogen waren, sah ich an Steuerbord eine Nebelbank über den südlichen Horizont ragen. Sie hob sich nur durch eine etwas hellere Färbung gegen den dunklen Untergrund der Wasseroberfläche ab. Dort musste die Insel liegen, die von künstlichem Nebel verhüllt wurde. Vermutlich verbarg Statthalter Zammont dort einige seiner Geheimnisse vor allzu neugierigen Blicken.

Kurz darauf tauchte ein skurriles und mächtiges Bauwerk auf, und ich vergaß vorübergehend alles andere. Es handelte sich zweifellos um das Teaultokan, die Residenz des Statthalters. Aber was für eine Residenz war das! Ein riesiges Bauwerk, zusammengesetzt aus unterschiedlichsten Stilelementen wie wuchtigen Würfeln, transparenten Halbkugeln, Stufenpyramiden, auf den Spitzen stehenden Trichterbauten, schlanken Türmen, kühn geschwungenen Brücken und verschachtelten Terrassen, ruhte auf einem mächtigen Felssockel mitten im See.

Das Resultat eines überspitzten Geltungsbedürfnisses, sagte mein Extrahirn. *Zammont muss ein von Komplexen geplagter Mann sein. Vorsicht! Einem solchen Mann ist nicht zu trauen.*

Die drei vorausfliegenden Gleiter schwenkten zur höchsten und größten Terrasse des Palastes und verharrten so über ihr, dass sie ein nach hinten offenes Dreieck bildeten. Dahinter erblickte ich eine Formation von Soldaten, die offenbar zu unserer Begrüßung angetreten waren.

»Lande in dem Dreieck«, sagte ich.

Fartuloon knurrte etwas, das ich nicht verstehen konnte, und setzte unseren Gleiter geschickt im Dreieck auf, so dass der Bug auf die Öffnung und auf die Ehrenformation wies. »Naats!«

Ich erkannte, dass es sich tatsächlich um Naats in den Uniformen arkonidischer Raumsoldaten handelte, drei Meter große Giganten mit Kugelköpfen, drei Augen und nasenlosen Gesichtern. Ihre Körperhaut war braunschwarz, wirkte lederartig und war unbehaart. Die Beine waren kurz und stämmig, die Arme überlang. Es war lange her, seit ich einige Naats gesehen hatte. Auf Gortavor hatten einige von ihnen zur Wache des Tatos gehört. Was ich über sie wusste, stammte aus Fartuloons Erzählungen. Es handelte sich um die intelligenten Bewohner des fünften Arkon-Planeten Naat, einer riesigen kalten und wüstenartigen Sauerstoffwelt mit einer Schwerkraft von 2,8 Gravos. Dort tobten grauenhafte Unwetter, Stauborkane und Kälteeinbrüche. Entsprechend war die körperliche Konstitution der Naats. Sie waren unempfindlich gegen Hitze und Kälte und hohe Schwerkraftwerte, stark und unglaublich ausdauernd. Deshalb waren sie schon vor langer Zeit als wertvolles Hilfsvolk des Großen Imperiums eingestuft worden. Allerdings konnten die Naats keine hohen Positionen besetzen; das blieb ausschließlich Arkoniden vorbehalten. Aber die männlichen Angehörigen dieses Volkes wurden für den Dienst in den Raumlandeeinheiten der Imperiumsflotte eingezogen und galten dort als die gefürchtetsten Kämpfer.

Ich wunderte mich darüber, dass der Statthalter außerhalb des Kugelsternhaufens über eine eigene Truppe aus Naats verfügte. Sonst wurden die Naats ausschließlich bei bodengebundenen Kämpfen eingesetzt, weil sie den Wasserstoffatmern konditionsmäßig gleichwertig waren, während arkonidische Raumsoldaten wegen ihrer körperlichen Unterlegenheit gegenüber den Maahks bei solchen Kämpfen stets benachteiligt waren, sofern dieser Mangel nicht durch kostspieliges technisches Gerät ausgeglichen wurde.

»Steigen wir aus und lassen wir die Prozedur über uns ergehen«, sagte ich zu meinen Gefährten.

Ich beobachtete verstohlen Chelao und stellte fest, dass er sich außerordentlich geschickt bewegte. Kaum waren wir ausgestiegen, erklang aus Lautsprechern ein raues Kommando. Die Naats standen stramm und präsentierten überschwere Strahlgewehre. Ihre Augen blickten über die Mündungen der Hochenergiewaffen genau auf uns. Eine positronische Orgel schickte ihre hallenden Töne über die Plattform der Terrasse. Neben mir stöhnte Chelao unterdrückt. Da wurde mir klar, dass das Insektenwesen empfindlich auf die für uns unhörbaren Ultraschallwellen reagierte, die neben den hörbaren Tönen von der Orgel erzeugt wurden. Ich trat einige Schritte vor, und die Orgel verstummte. Neben der Naatformation erschien der arkonidische Orbton in seiner Prunkuniform, den ich bereits per Funkverbindung kennen gelernt hatte. Er stieß den alten arkonidischen Kampfruf aus – und die Naats wiederholten ihn mit rauen Kehlen: »Mein Leben für Arkon!«

Ich grüßte, indem ich die rechte Faust gegen die linke Brustseite schlug. Der Orbton erstattete Meldung. Dann erschien Zammont persönlich. Ich erkannte den Kur augenblicklich an seiner Haltung und der Art seines Auftritts. Er kam locker und jovial über die Terrasse geschritten und war betont schlicht gekleidet, wodurch er sich von seinem protzig gekleideten Offizier wohltuend abhob.

Ein beabsichtigter Effekt, teilte mir mein Logiksektor mit.

»Schiffskommandant Grahn Tionte grüßt den Zhdopandel, den ehrenwerten Statthalter von Dargnis, Terphis Kur Zammont«, sagte ich laut und dem Reglement entsprechend. Ich wandte mich um, zeigte nacheinander auf meine Begleiter und stellte sie vor.

Zammont musterte sie flüchtig. Wahrscheinlich erkannte er nicht einmal, dass Chelao sich von normalen Arkoniden unterschied. Danach wandte er sich mir zu und sagte: »Kommandant Tionte, ich heiße Sie auf Dargnis willkommen und bitte Sie und Ihre Begleiter, für die Dauer Ihres Aufenthalts meine Gäste zu sein.«

»Danke. Ich nehme Ihr Angebot gern an, Edler.«

Zammont drehte sich halb um und gab dem Prunkoffizier einen Wink. Ein Befehl erklang, dann nahmen die Naats ihre Strahlgewehre schräg vor die Brust, vollführten eine halbe Kehrtwendung und marschierten auf einen neuen Befehl mit stampfendem Gleichschritt an uns vorbei. Als sie durch ein Tor verschwunden waren, konnte ich meine Wissbegier nicht länger zähmen. »Ich beglückwünsche Sie, Zhdopandel, zu Ihrer Leibwache aus Naats. Ihr Kampfwert ist enorm.«

Zammont lächelte geschmeichelt. »Danke, Tionte. Ich verdanke die Naats Seiner Erhabenheit, Imperator Orbanaschol, der in seiner unübertroffenen Weisheit entschied, dass auf dem zwölften Planeten dieses Systems, einem Giganten, naatsche Rekruten zu Raumlandetruppen ausgebildet werden. Sie üben dort auf der Wasser-Ammoniak-Welt den Angriff auf Maahk-Planeten. Ich konnte ein kleines Kontingent in meine Dienste stellen.«

»Interessant. Hoffentlich erfahren die Methans nicht, dass im Slohraeder-System Elitetruppen ausgebildet werden.« Die Nähe zum Leuchtfeuer-Doppelstern Hela-Ariela war zugleich Vor- und Nachteil: Einerseits handelte es sich beim Nebelsektor-Zentrum um ein strategisch wichtiges Raumgebiet, andererseits überdeckte die Vielzahl der ständigen Transitionen die mit dem Slohraeder-System verbundenen Emissionen.

Zammonts Miene verdüsterte sich. »Das hoffe ich auch. Wir haben schon unsere Patrouillenflüge eingestellt, um niemanden auf uns aufmerksam zu machen, aber jedes Mal, wenn die Naats bei ihren Manövern schwere Energiewaffen einsetzen, besteht natürlich die Gefahr einer zufälligen Entdeckung.« Er winkte wieder, und der Prunkoffizier eilte dienstbereit herbei. »Nothasab, führen Sie meine Gäste zu Ihren Unterkünften!«, befahl er. Zu uns sagte er: »Bitte, erfrischen Sie sich etwas. Anschließend erwarte ich Sie in der Audienzhalle.«

Ich neigte leicht den Kopf. »Wir werden kommen, Edler. Sie wissen, mit welchem Auftrag wir nach Dargnis kamen?«

»Ich weiß es«, antwortete Zammont, und seine Stimme klang kühl, als er es sagte. »In der Audienzhalle werde ich Ihnen den Fremden vorstellen.«

Er schritt davon, und Nothasab führte uns zu unseren Unterkünften. Sie lagen in einem Trichterbau und waren mit allem Komfort ausgestattet. Zammont war bemüht, uns seine Gastfreundschaft zu beweisen. *Mir hat nur der kühle Ton nicht gefallen, mit dem er meine Frage nach dem geheimnisvollen Fremden beantwortet hat. Etwas stimmt nicht. Aber ich werde schon herausbekommen, was.*

Nachdem ich mich etwas erfrischt und meine »Standardmaske« kontrolliert hatte, verließ ich meine Zimmerflucht und ging über die Innengalerie des Trichterbaus zu Fartuloons Unterkunft. Mein Pflegevater erwartete mich bereits. Er legte einen Finger auf die Lippen und warf einen bedeutungsvollen Blick in die Runde. Ich wusste, was das bedeutete. Die Wände hatten Ohren, das heißt, Zammont hatte Abhörgeräte installieren lassen, so dass jedes Wort gehört werden konnte, das seine Gäste sprachen. Wahrscheinlich wurden alle Gespräche auf Speicherkristallen aufgenommen, so dass dem Statthalter später nur eine ausgesuchte Auswahl vorgespielt zu werden brauchte. Das war zwar lästig, aber da wir nicht beabsichtigten, längere Zeit auf Dargnis zu bleiben, würden wir es schon aushalten. Wir mussten eben belanglose Gespräche führen. »Der Edle wird uns bereits erwarten. Kommen Sie, Mysitch!«

Ich hatte ihn dem Statthalter unter dem Namen Mysitch vorgestellt, da die Nennung seines wirklichen Namens natürlich zu gefährlich gewesen wäre. Orbanaschol III. ließ nicht nur nach mir, sondern auch nach Fartuloon fahnden, wie schon die Ereignisse auf Gortavor gezeigt hatten. Wir holten Corpkor und Chelao ab, die gemeinsam eine Zimmerflucht bewohnten. Unterwegs verständigten wir uns mittels Zeichensprache und machten dem Tiermeister klar, dass er und Chelao ebenfalls nicht offen sprechen konnten, es sei denn, außerhalb des Palastes.

Die Audienzhalle erwies sich als ein großer runder Kuppelsaal, in dessen gewölbter Decke sechs kleine Kunstsonnen eine blau schillernde Deckenfläche beleuchteten.

Ein Ersatz für den fehlenden blauen Himmel über Dargnis, raunte der Logiksektor.

In der Halle waren ungefähr hundert Personen versammelt: Orbtonen mit ihren Damen, Verwaltungsbeamte, Wissenschaftler und Sklavinnen, die für das leibliche Wohl der Herrschaften zu sorgen hatten. Ich ließ mir meine Empörung über die Verwendung von Sklaven nicht anmerken. Es wäre auch unrealistisch gewesen, sie zu zeigen, denn leider war die Haltung von Dienstsklaven im gesamten Großen Imperium noch weit verbreitet, obwohl Dienstroboter im Endeffekt billiger gewesen wären und auch keine Probleme geschaffen hätten. Die Menge wich nach beiden Seiten auseinander, als ich mit meinem Gefolge die Halle betrat.

Statthalter Zammont stand in der Mitte der Halle, und neben ihm, von zwei hünenhaften Gardisten bewacht, sah ich einen mittelgroßen Mann mit dunkelbrauner Haut, bis zum Nacken reichendem schwarzem Haar und kohlschwarzen Augen. Unter der einfachen Kombination zeichneten sich wahre Muskelpakete ab. Die Stirn war im Vergleich zu uns Arkoniden niedrig; das vorspringende wuchtige Kinn zeugte von einem starken Selbstbehauptungswillen. Ich sah auf den ersten Blick, dass das jener geheimnisvolle Fremde war, den Orbanaschol zu sich holen lassen wollte. Und ich sah auch, dass es sich um einen »Primitivweltler« handelte, den man lediglich in arkonidische Kleidung gesteckt hatte, der sich aber nicht besonders wohl darin fühlte. Sein Gesicht und seine Hände, obwohl inzwischen durch sorgsame kosmetische Behandlung gegangen, verrieten, dass der Mann den größten Teil seines bisherigen Lebens bei Wind und Wetter im Freien verbracht hatte. Das waren im Grunde genommen keine sonderlich bedeutsamen Fakten, und im ersten Augenblick fragte ich mich, was an diesem Barbaren wohl Besonderes sein sollte. Doch dann fing ich einen Blick von ihm auf, und ich spürte, dass der Mann mehr wusste und auch war als ein »beliebiger Barbar«. *Er hat etwas!*

Inzwischen hatten wir den Statthalter und den Fremden erreicht. Zammont deutete auf ihn und sagte: »Das ist Ra, wegen dem Seine Erhabenheit, Imperator Orbanaschol, Sie zu mir geschickt hat, Kommandant Tionte.« Er lächelte spöttisch. »Ich weiß allerdings nicht, was sich Seine Erhabenheit von diesem stupiden und ungeschickten Barbaren verspricht. Ich habe ihn mir von Shrill Oprann auf Mervgon aufschwatzen lassen.«

Oha! Mervgon gilt als einer der größten Sklavenmärkte der Öden Insel; ist von Dargnis … hm, knapp dreieinhalbtausend Lichtjahre entfernt. Ich wölbte die Brauen. »Versteht Ra *Satron?*«

»Leidlich. Er kann offenbar auch *Satron* sprechen – sofern er spricht. Ra ist nämlich sehr schweigsam. Was sollte er auch sagen? Er ist unfähig, kultivierte Gespräche zu führen.«

Achtung!, wisperte mein Extrahirn. *Zammont versucht diesen Barbaren herabzuwürdigen. Das kann nur einen Grund haben: Er möchte ihn selbst behalten. Er ist mit keinem Wort auf den Stein der Weisen eingegangen, obwohl das Ausgangspunkt für Orbanaschols Interesse an Ra war!*

»Ich kann nicht beurteilen, welchen Wert dieser Sklave für den Imperator hat, Edler. Meine Aufgabe ist lediglich, ihn zur Kristallwelt zu bringen.«

Während ich sprach, beobachtete ich aufmerksam das Gesicht Ras. Gewiss, es war das wettergegerbte Gesicht eines Mannes, der unter primitiven Verhältnissen auf einer Welt ohne echte Zivilisation aufgewachsen war, aber der Blick, mit dem er mich offen musterte, verriet mir, dass er einige Eigenschaften besaß, die ihn weit über das allgemeine Niveau seiner Artgenossen emporhob. Ra war zweifellos stolz und mutig und listenreich, ein Mann, der zum Herrschen geboren war und nicht zum Dienen. Irgendwie erinnerte er mich an die Abbildung jener Raumfahrer, die ich im Kuppelbau der Todeswelt gefunden hatte. Wie hatten die Informationen über Ra gelautet? Ein Schatzsucher hätte den Fremden auf dem dritten Planeten einer gelben Sonne eingefangen. Und die Zeichnungen an der Innenwand des Kuppelbaus auf der Todeswelt übermittelten die Botschaft, dass die unbekannten Raumfahrer ihre Heimat auf dem dritten Planeten hatten. Einer gelben Sonne?

Eben!, sagte mein Extrahirn. *Es waren Raumfahrer, dieser Barbar jedoch stammt von einer Primitivwelt. Folglich kann seine Heimat nicht identisch sein mit der Heimat dieser Raumfahrer.*

Zammont lachte unsicher. »Ich verstehe, dass Sie Ihren Auftrag ausführen wollen, Tionte. Aber darf ich Ihnen einen persönlichen Rat geben? Lassen Sie Ra hier und nehmen Sie an seiner Stelle einen meiner Sklaven mit. Sollten Sie diesen Tölpel unter die Augen des Imperators bringen, laufen Sie Gefahr, in Ungnade zu fallen.«

Während er sprach, musterte ich wieder das Gesicht Ras. Er verzog keine Miene, obwohl er doch jedes Wort Zammonts verstand und folglich auch die diskriminierenden Äußerungen. Er hatte sich vollendet in der Gewalt.

Er kennt seinen Wert, raunte der Logiksektor. *Deshalb können ihn Zammonts Äußerungen nicht beleidigen.*

Ich neigte meinen Kopf. »Ich danke Ihnen für Ihren gut gemeinten Rat, Edler«, sagte ich höflich, aber bestimmt. »Dennoch ich möchte lieber diesen Mann mitnehmen. Nähme ich einen anderen und der Höchstedle durchschaut den Betrug, wäre mein Leben zu Recht verspielt.«

»Wie Sie wollen.« Es klang ärgerlich. »Doch nun lassen Sie uns feiern. Es kommen selten gebildete Gäste nach Dargnis. Kommen Sie, ich stelle Sie den Anwesenden vor. Morgen können Sie Ra auf Ihr Schiff bringen lassen.«

»Einverstanden«, sagte ich, obwohl ich Ra lieber noch heute auf die KARRETON hätte bringen lassen. Ich ahnte, dass es zu Komplikationen kommen würde. Zammont bedachte mich mit einem nachdenklichen Blick, dann führte er mich herum, während meine Gefährten sich unter die Anwesenden mischten und Ra von seinen Bewachern abgeführt wurde. Er hatte kein Wort gesprochen.

Ich lernte alle möglichen Personen kennen. Meist waren es ältere, schon etwas behäbige Orbtonen, die fernab der Kämpfe des Methankrieges das Leben genossen. Ihre meist jüngeren Freundinnen und Frauen waren größtenteils überzüchtete Luxusgeschöpfe. So mancher einladende Blick traf mich, aber das ließ mich kalt. Die meisten der Namen hätte ich ohne fotografisches Gedächtnis augenblicklich wieder vergessen. Einige Frauen gehörten zweifellos zu Zammont – Geliebte, Konkubinen, was auch immer, alle jedoch ausnehmend hübsch. Die silberhaarige Lelia warf mir recht glutvolle Blicke zu …

Nachdem der Statthalter und ich uns getrennt hatten, verweilte ich bei Jasprunt, einem alten Galakto-Philosophen, der mir sofort sympathisch gewesen war, als Zammont uns miteinander bekannt gemacht hatte. Wir nahmen jeder ein Glas Wein und stellten uns in die

Nähe eines imposanten farbigen Springbrunnens. Jasprunt blickte mich über den Rand seines Weinglases an und lächelte. »Für Sie wäre das ständige Leben im Palast kaum das Richtige, nicht wahr?«

Ich lächelte ebenfalls. »Weder in diesem noch in einem anderen Palast. Ich liebe den Weltraum.«

»Nun ja, als Kommandant eines Raumschiffs lieben Sie natürlich das freie Leben zwischen den Sternen. Aber Sie sehen mir nicht so aus, als ob das allein Sie vollkommen erfüllen könnte. Meiner Meinung nach sind Sie ein Mann, der größere Verantwortung braucht, jemand, der nicht nur Abenteuer sucht.«

»Da mögen Sie Recht haben.« Ich trank einen Schluck von dem wirklich köstlichen Wein. »Aber ich bin noch jung und muss noch viele Erfahrungen sammeln, bevor ich daran denken kann, mir größere Verantwortung aufzubürden.«

Jasprunt lächelte verstohlen und senkte die Stimme, so dass außer mir niemand hören konnte, was er sagte. »Eben. Sie sind noch jung, eigentlich zu jung, um schon den Posten eines Raumschiffskommandanten zu bekleiden.«

Ich lachte leise, um meine Besorgnis zu kaschieren. Dieser Galakto-Philosoph durchschaute mich mit einer Leichtigkeit, dass ich fürchtete, er könnte dabei auf die Spur meiner wirklichen Identität kommen. »Sie vergessen, dass es viele Raumschiffskommandanten in meinem Alter gibt. Manche sind sogar noch jünger. Der Methankrieg lässt uns allmählich ausbluten. Viele ältere Orbtonen sind gefallen, und die Jungen rücken an ihre Stellen.«

»Ja, es ist traurig. Ich meine, es ist traurig, dass zwischen den Maahks und uns Krieg herrscht. Dabei sind wir Völker aus ganz unterschiedlichen Umweltbedingungen. Die Maahks können mit unseren Sauerstoffwelten nichts anfangen, und wir könnten auf ihren Wasserstoff-Ammoniak-Welten nicht leben. Unter diesen Umständen erscheint mir dieser opfervolle Krieg nicht sinnvoll.«

»Nicht wir, sondern die Methans haben ihn begonnen und forciert!«, entgegnete ich heftiger, als ich es eigentlich hatte tun wollen. »Wir kämpfen nur, um die restlose Vernichtung unseres Volkes zu verhindern. Die Maahks haben noch nie Friedenswillen gezeigt.«

Schon zur Regierungszeit von Imperator Arthamin I. gab es erste militärische Zusammenstöße im Taponar-Sektor. Die inzwischen *Methankrieg* genannte Eskalation begann am 34. Prago der Prikur 10.457 da Ark, als das Iskolart-System im Bereich der gleichnamigen Dunkelwolken von Methans erobert wurde. Die Monde der Gasriesen waren reich an Hyperkristallfundstätten und wurden von beiden Seiten beansprucht; es war unsere erste Niederlage.

Jasprunt blickte mich forschend an. »Haben wir denn jemals unseren Friedenswillen bekundet? Angenommen, Sie würden eines Tages Imperator des Tai Ark'Tussan werden, würden Sie dann versuchen, Friedensgespräche mit den Maahks anzubahnen?«

Ich blickte den Alten aus zusammengekniffenen Augen an. *Wie kommt er dazu, auch nur zu erwähnen, dass ich eines Tages eventuell Imperator sein könnte? Hat er mich etwa trotz der Standardmaske erkannt? Verflucht, der Medienauftritt auf Largamenia war zwar notwendig, aber zu viele kennen seither mein echtes Gesicht.*

Er ahnt etwas, warnte mein Logiksektor. *Vielleicht kannte er deinen Vater. Dann muss ihm deine Ähnlichkeit mit ihm aufgefallen sein. Und da bekannt ist, dass der Kristallprinz lebt, kann er sich zusammenreimen, dass du dieser Atlan sein könntest. Meide möglichst weitere Kontakte mit ihm.*

»Das ist mir zu abstrakt, um nach einer Antwort darauf zu suchen. Falls Orbanaschol der Dritte eines Tages sterben sollte, wird sein Nachfolger aus einer Linie der fürstlichen Khasurn bestimmt werden. Ein einfacher Raumschiffskommandant hat da keine Chance.«

»Das stimmt natürlich. Denken Sie dennoch darüber nach, welchen Sinn dieser Krieg hat, in dem sich Völker gegenseitig zerfleischen, die friedlich nebeneinander existieren könnten.«

»Ich werde darüber nachdenken. Doch nun entschuldigen Sie mich bitte. Ich muss mich um mein Gefolge kümmern.«

Ich neigte den Kopf, stellte mein Weinglas auf das leere Tablett einer vorbeieilenden Sklavin und schlenderte davon.

Narr! Du hast von deinem Gefolge gesprochen. Ein Raumschiffskommandant hat kein Gefolge, sondern nur Untergebene. Jasprunt hat durch deine unbedachte Äußerung gemerkt, dass du kein gewöhnlicher Arkonide bist. Das wird seinen Verdacht bestärken.

Ich zuckte mit den Achseln. Gewiss, ich hatte einen Fehler gemacht. Aber ich hielt ihn für relativ geringfügig. Schließlich konnte ich meine Leute im Scherz als »Gefolge« bezeichnet haben; immerhin war die KARRETON kein Schiff der normalen Raumflotte, sondern ein Forschungskreuzer. Dennoch wich ich dem Galakto-Philosophen während der weiteren Feier vorsichtshalber aus. Nachdem meine Freunde und ich uns lange genug aufgehalten hatten, so dass die guten Formen gewahrt blieben, verabschiedeten wir uns von Zammont und kehrten in unsere Unterkünfte zurück.

Ich lag noch lange wach und dachte über Ra nach. Der »Barbar«, wie ich ihn inzwischen in Gedanken ebenfalls schon nannte, gefiel mir. Aber das beschäftigte mich weniger als meine Vermutung, er könnte ein wichtiges Geheimnis mit sich herumtragen. Grundlos hatte Orbanaschol nicht nach ihm verlangt, und grundlos hatte Zammont nicht versucht, ihn zu behalten. Vielleicht wusste Ra tatsächlich etwas, das mir bei der Suche nach dem Stein der Weisen weiterhalf. Obwohl mir mein Extrahirn mitteilte, dass es bislang keinerlei Beweise geben würde, hielt mich dieser Gedanke noch lange wach. Ich nahm mir vor, am Morgen so schnell wie möglich mit Ra zu verschwinden. Mit diesem Gedanken schlief ich schließlich ein.

Ich erwachte frisch und ausgeruht, stand auf, duschte und kleidete mich an. Danach bestellte ich mir über den Interkom-Anschluss mein Frühstück. Zwei junge Sklavinnen brachten es kurz darauf. Sie lächelten mich unter gesenkten Augenlidern einladend an. Ich nahm an, dass Zammont ihnen bestimmte Anweisungen gegeben hatte. Mit mir konnte man solche Spielchen natürlich nicht treiben. Ich behandelte die Sklavinnen, die nur Werkzeuge des Statthalters waren, freundlich, hielt aber auf Distanz und schickte sie bald wieder fort. Das Frühstück, das sie mir gebracht hatten, war ein üppiges Schlemmermahl. Ich aß nur etwa den fünften Teil davon, denn ich hielt nichts davon, den Magen mit Dingen voll zu stopfen, die der Körper nicht unbedingt brauchte. Außerdem ärgerte ich mich wieder über die Verschwendung in Zammonts Teaultokan, die in krassem Gegensatz zu den Entbehrungen stand, die inzwischen Zivilbevölkerung und Soldaten in den Schwerpunktgebieten des Methankrieges litten.

Nach dem Frühstück fragte ich über Interkom nach dem Statthalter. Ich wurde mit seinem Vertreter verbunden und erhielt die Auskunft, dass Kur Zammont unterwegs zu meiner Unterkunft sei. Kurz darauf summte tatsächlich der Türmelder. Als ich öffnete, stand Zammont vor mir. Er wirkte verlegen und bedrückt, aber er kam mir sehr unecht vor.

»Bitte, treten Sie ein, Zhdopandel.«

»Verzeihen Sie, Kommandant Tionte, aber ich habe wenig Zeit. Ich muss die Suche nach einem entflohenen Sklaven leiten.«

Der entflohene Sklave ist Ra, behauptete der Extrasinn. *Aber die Flucht ist zweifellos nur vorgetäuscht. Zammont versucht, den Barbaren für sich zu behalten.*

»Ist es Ra, der geflohen ist?«

»Ja, es ist Ra. Ich bin untröstlich, Kommandant. Aber vielleicht klärt sich bald alles auf. Bisher weiß ich nur, dass der Barbar aus seiner Unterkunft verschwunden ist. Natürlich muss ich annehmen, dass er geflohen ist, doch möglicherweise kehrt bald wieder zurück.«

»Bald ist zu spät, Edler. Ich wollte noch heute wieder abfliegen.«

Im Hintergrund von Zammonts Augen funkelte schlecht verhohlener Triumph. Er hatte demnach die »Flucht« des Barbaren tatsächlich inszeniert, um ihn nicht fortgeben zu müssen. »Wenn Sie schon heute wieder abfliegen müssen, lassen Sie sich nicht aufhalten. Sobald Ra wieder auftaucht, sorge ich dafür, dass er nicht wieder entfliehen kann, und schicke ihn mit einem anderen Schiff nach Arkon.«

Nachdem er alle Geheimnisse aus ihm herausgeholt hat, sagte mein Extrahirn. *Er betrügt seinen Imperator!*

»Sie sind sehr zuvorkommend. Ich werde das in meinem Bericht erwähnen. Und nun möchte ich Sie nicht länger von Ihren Pflichten abhalten.«

Terphis Kur Zammont wirkte erleichtert, als er mich verließ. Er kannte mich eben nicht. Selbstverständlich dachte ich nicht im Traum daran, diesen Planeten ohne Ra zu verlassen. Der Barbar von dem dritten Planeten einer gelben Sonne erschien mir immer wichtiger. Ich rief über Interkom meine Gefährten an und bat sie, sich in einer halben Tonta mit mir auf einer der Gartenterrassen zu treffen. Sie erschienen pünktlich. Wir begaben uns vorsichtshalber in unseren Gleiter, um die Abhörgefahr völlig auszuschließen. Draußen herrschte ein trübes Zwielicht, und der See lag unter den Wolken wie erstarrtes Blei. Am Horizont war die Nebelglocke zu erkennen, die die Insel Forghan den neugierigen Blicken entzog.

Nachdem ich meinen Freunden und dem Insektenwesen berichtet hatte, dass Ra verschwunden war und dass ich den Statthalter verdächtigte, ihn zu verstecken, sagte ich: »Wir bleiben nicht untätig und suchen selbst nach ihm. Fartuloon, du hängst dich am besten an den Statthalter, verwickelst ihn in Gespräche und lenkst ihn von unseren Aktivitäten ab.«

Mein Pflegevater lächelte breit. »Ich überrede ihn zu einem Gelage, an das er den Rest seines Lebens denken wird! Du kannst ganz beruhigt sein. In spätestens einer Tonta verschwendet der Edle keinen Gedanken mehr an Ra. Er wird gar nicht mehr wissen, dass es diesen Barbaren gibt.«

Ich lachte. »*Dir* traue ich das zu, Bauchaufschneider.«

Er lachte ebenfalls. »Ich versuche, ihn über seine Nebelinsel auszuhorchen. Vielleicht lässt er sich sogar zu einem Abstecher dorthin überreden.«

Ich nickte; da ich Fartuloons »Überredungskunst« kannte, konnte ich sicher sein, dass er mit dem Kur letztlich dort landen würde.

»Chelao und ich helfen Ihnen, Ra aufzuspüren«, versprach Corpkor. »Ich halte es jedoch für besser, dass Chelao sich noch nicht auflöst. Diesen Trumpf sollten wir uns für einen späteren Zeitpunkt aufheben.«

»Einverstanden.«

Wir verließen den Gleiter, und Fartuloon machte sich auf die Suche nach Zammont, während Corpkor, Chelao und ich scheinbar gelangweilt durch die Korridore des Palastes schlenderten und dabei Augen und Ohren offen hielten. Ich war überrascht, wie viele Personen sich im Teaultokan des Kur aufhielten. Am Vortag hatte ich, außer in der Audienzhalle, nur wenige Personen angetroffen. Nun wimmelten Tausende durch die Gänge und Hallen. »Es wird schwierig sein, in diesem Durcheinander eine einzelne Person zu finden. Sehen wir uns erst einmal im Ausstellungstrakt um. Ich habe während der Feier erfahren, dass Zammont ein leidenschaftlicher Sammler von Versteinerungen aller Art ist und seine Schätze in mehreren großen Ausstellungshallen präsentiert.«

»Vielleicht hat er Ra als Versteinerung getarnt«, scherzte Corpkor.

»Möglich ist alles.« Ich nahm allerdings an, dass Zammont den Barbaren irgendwo eingesperrt hatte. Dadurch, dass wir unsere Suche in den Ausstellungshallen begannen, wollte ich die Beobachter, die zweifellos vorhanden waren und jeden unserer Schritte verfolgten, in Sicherheit wiegen. »Wir werden sehen.«

Nachdem wir eine Menge von versteinerten Tieren und Pflanzen betrachtet hatten, kamen wir zu einer Energieglocke, unter der eine besonders schöne Versteinerung stand. Es handelte sich um ein etwa zehn Meter großes arkonoides Lebewesen mit klobigem Schädel, in dessen Stirn eine Einbuchtung verriet, dass das Original hier sein einziges Auge gehabt hatte.

»Phantastisch!«, flüsterte Corpkor. »Wie ist es möglich, dass ein Fossil so gut erhalten bleibt?«

Ich musterte die Versteinerung genauer. »Das ist kein Körperfossil. Der Körper dieses Lebewesens wurde wahrscheinlich von Gestein umschlossen und später abgebaut. Danach füllte sich der Hohlraum mit Sedimenten, so dass wir hier den Steinkern vor uns sehen, das heißt, einen Ausguss des Körperinnern.«

»Konos«, las Corpkor von dem Schild ab, das hinter der Energieglocke am Sockel angebracht war. »Erworben von einem ghuranischen Händler auf Syops. Herkunft unbekannt. Alter rund hundertsiebzigtausend Arkonjahre.«

»So alt?«, entfuhr es mir. Ich musterte die Versteinerung mit einer Mischung aus wissenschaftlichem Interesse und emotionaler Bewegung. Vor rund 170.000 Jahren waren also solche Giganten über die Oberfläche ihrer Heimatplaneten gestapft. Diese Vorstellung erzeugte in mir die Ahnung, dass wir viel zu wenig über die Kulturen wussten, die vor dem Großen Imperium in unserer Galaxis existiert hatten. *Wahrscheinlich zerstört der Methankrieg viele Überreste alter und uralter Zivilisationen, denn täglich werden Planeten vernichtet!* Aber vielleicht lebten die Nachkommen jener *Konos* noch immer in irgendeinem Winkel der Galaxis. *Und vielleicht begegne ich ihnen eines Tages …*

Diese Gedanken beschäftigten mich so stark, dass ich vorübergehend vergaß, warum ich mich in dieser Ausstellungshalle befand. Und beinahe hätte ich die Hand nicht bemerkt, die sich verstohlen in eine Außentasche meiner Raumfahrerkombination schob, in die Tasche, in der ich Tiontes Kreditkarte mit dem Impulssiegel des Zentralen Bankinstituts des Großen Imperiums aufbewahrte. Als meine Hand das Handgelenk des Diebes packte, schrie ein etwa dreizehn Jahre alter Bursche unterdrückt auf. Aber ich hielt ihn fest. »Du wolltest mich also bestehlen«, sagte ich zu dem Burschen, der eigentlich gar nicht wie ein Dieb aussah. »Was hast du dir dabei gedacht?«

Ich hatte so leise gesprochen, dass die Umstehenden gar nicht merkten, was sich zwischen uns abspielte. Nur Corpkor hatte begriffen, was vorgefallen war. Chelao dagegen stand unbeteiligt da. Dieses Wesen interessierte sich naturgemäß weder für Versteinerungen noch für kleine Taschendiebe.

»Bitte, bringen Sie mich nicht zur Palastwache, Erhabener!« Auch der Bursche sprach leise. »Ich habe keine Kreditkarte und deshalb keine Möglichkeit, irgendetwas zu kaufen oder eine Arbeit anzunehmen.«

»Warum hast du keine Kreditkarte? Wie heißt du?«

»Harun. Meine Eltern waren Sklaven im Dienst des Kur. Sie wollten nicht, dass ich ebenfalls Sklave wurde. Deshalb versteckten sie mich nach meiner Geburt in einem Haus der verlassenen Altstadt von Spolton Pya. Sie brachten mir stets Nahrung und Kleidung, aber als sie vor einem halben Jahr bei einem Unfall umkamen, brachte mir niemand mehr etwas. Ich musste stehlen, um leben zu können und kein Sklave zu werden.«

»Und du hast das seit einem halben Jahr getan, ohne erwischt zu werden?«

»Ja, Erhabener.«

Bemerkenswert, raunte der Extrasinn. *Und wahrscheinlich gelogen!*

»Dann musst du sehr intelligent sein, mein Junge. Du siehst gut genährt aus und trägst fast neue Kleidung, also muss dir dein ... hm, ›Beruf‹ einiges eingebracht haben. Aber du bist dir hoffentlich klar darüber, dass das nicht ewig so weitergeht.« In Gedanken fügte ich hinzu: *Er ist nicht der, für den er sich ausgibt! Selbst die äußere Erscheinung eines Halbwüchsigen wirkt auf mich nur wie eine Maske.*

»Was dauert schon ewig, Erhabener?«

Ich lachte leise. »Auf den Mund gefallen bist du auch nicht. Hättest du Lust, auf meinem Raumschiff Dienst zu tun? Anfangs würdest du nicht viel verdienen, und du müsstest viel lernen und hart arbeiten, aber wenigstens wärest du ein freier Mann und brauchtest keine Not zu leiden.«

Die Augen des Burschen weiteten sich. »Auf Ihrem Raumschiff, Erhabener? Auf der KARRETON?«

»Ah, das weißt du also!« Corpkor wandte sich an mich. »Ein wirklich aufgeweckter Junge.«

Ich lächelte versonnen. »Das ist er – und aufgeweckte ›Jungen‹ wie ihn können wir brauchen. Also, Harun, wie entscheidest du dich?«

»Ich komme selbstverständlich auf Ihr Schiff, Erhabener«, antwortete er mit leuchtenden Augen, ohne auf meine Betonung zu reagieren, und blickte zu Chelao. »Sie haben kein gewöhnliches Schiff, wenn Sie so ungewöhnliche Wesen wie dieses als Begleiter haben.« Seine Stimme wurde noch leiser. »Er ist kein Arkonide, nicht wahr?«

Corpkor und ich wechselten einen schnellen Blick. Wir waren alarmiert, denn wenn Harun Chelao durchschaut hatte, konnten auch andere früher oder später dahinter kommen, dass Chelao kein Arkonide war. »Nein, er ist kein Arkonide«, flüsterte ich. »Bleib bei uns. Wir nehmen dich später mit zu meinem Schiff. Vorher aber müssen wir noch jemanden suchen.«

»Den Barbaren, den Zammont kürzlich mitbrachte?«

»Alle Achtung! Jetzt bin ich froh, dass wir dich getroffen haben. Wenn du so weitermachst, wirst du eines Tages Flottenadmiral werden. Was weißt du über Ra?«

Harun lächelte verschmitzt. »Lelia, eine von Zammonts Konkubinen, hat ihn auf Befehl des Statthalters bei sich aufgenommen. Sie soll ihn so beschäftigen, dass er gar nicht daran denkt, ihre Wohnung zu verlassen.«

»So ein Bengel«, sagte Corpkor. Aber es klang nicht tadelnd, sondern eher achtungsvoll. Mich dagegen überzeugten Haruns Reaktionen, dass mich mein Instinkt nicht trog.

»Willst du uns zu Lelias Gemächern führen?« *Dass* er es konnte, stand für mich außer Frage. *Dieser Bursche weiß wahrscheinlich alles, was im Palast vorgeht, und kennt sich besser als der Statthalter selbst aus.*

»Für Sie tue ich alles, Erhabener. Bitte, folgen Sie mir.« Er ging voran, führte uns durch eine zweite Ausstellungshalle und zu einem Antigravlift, der auf einer Plattform endete. Von dieser ging es über eine geschwungene Brücke zu einem halbkugelförmigen Bauwerk, dessen gewölbte Ostseite aus transparentem Material bestand, das wie die Facetten eines Insektenauges in Sechsecksegmente aufgeteilt war. »Hier wohnen Zammonts Konkubinen.«

Der Zugang erwies sich als Pforte aus Metallplastik, die durch ein Kodeimpulsschloss abgesperrt war. Doch das stellte für Harun kein Problem dar. Er holte ein kleines Gerät aus einer seiner vielen Taschen, das sich bei genauem Hinsehen als hochwertiger Impulskodesucher entpuppte.

»Solche Geräte hat nur die Polizei«, sagte Corpkor. »Wo hast du es her?«

»Von der Polizei selbstverständlich.« Harun presste die Abtastfläche des Impulskodesuchers gegen die markierte Fläche der Pforte, hinter der sich das Impulsschloss befand. Es klickte einige Male, dann glitten die beiden Hälften der Pforte lautlos auseinander. Schwacher Parfümdunst schlug uns entgegen, als wir die Verteilerhalle betraten. Die Wände waren mit kostbarem Leder verkleidet und teilweise mit spiegelnden Metallplatten bedeckt. Auf dem Boden lag ein Teppich aus hochelastischem Synthobiogewebe, das unsere Schritte unhörbar machte. Niemand begegnete uns, als wir eine kleine Liftkabine betraten. Harun bediente die Sensortafel, und die Kabine glitt drei Etagen höher. Wir betraten einen Korridor, der an einer Tür aus echtem Holz endete.

»Hier ist es.« Harun hob den Impulskodesucher hoch, um ihn gegen die Tür zu drücken.

»Nein!«, sagte ich rasch. »Man bricht nicht in die Gemächer einer Dame ein, schon gar nicht, wenn sie Herrenbesuch hat.«

»Das würde ich auch sagen, Kommandant!«, sagte eine tiefe Stimme hinter uns.

Ich fuhr herum – und blickte in die Abstrahlmündungen von drei Kombistrahlern, die in den Händen von drei Angehörigen der Palastwache ruhten. Der mittlere der drei Männer lächelte spöttisch. »Unbefugten ist das Betreten dieses Wohnsektors nicht gestattet, Kommandant Tionte. Ich muss Sie leider bitten mitzukommen.«

»Chelao!«, sagte Corpkor scharf. Chelao rührte sich nicht, jedenfalls nicht als Ganzheit. Und die Palastwächter konnten nicht sehen, dass unter dem Halswulst der Kombination Chelaos winzige Insekten krochen und beinahe lautlos davonflogen.

»Wir sind Gäste des Statthalters«, sagte ich, um die Wachen hinzuhalten, bis die Insekten ihre Ziele erreicht hatten. »Falls wir versehentlich in einen verbotenen Sektor geraten sind, werden wir uns beim Statthalter entschuldigen. Verhaften lassen wir uns nicht.«

»Sie sind nicht verhaftet, sondern nur vorläufig festgenommen«, sagte der mittlere der Männer. »Dieser Bursche allerdings ...! Wer ist das?«

»Er heißt Harun und ist ein Mitglied meiner Besatzung. Genauer gesagt, er ist ein jüngerer Vetter von mir. Sein Vater hat ihn mir anvertraut, damit er den Beruf des Raumfahrers von der untersten Ebene an erlernt.«

»Wir werden das überprüfen. Uns ist jedenfalls nicht bekannt, dass er mit Ihnen angekommen ist.«

Ich lächelte entschuldigend. »Er hatte sich heimlich im Gleiter versteckt ...«

Der Mann schlug mit der freien Hand nach den Insekten, die

ihn umschwirrten. »He, was ist das? Wo kommen diese Insekten her?«

Auch seine Begleiter versuchten inzwischen, die sie umschwirrenden Insekten abzuwehren. Das war natürlich aussichtslos, und unterdrückte Schmerzensrufe verrieten, dass die drei Männer wieder und wieder gestochen wurden. Plötzlich erschlafften ihre Körper. Sie sanken zu Boden, und die Kombistrahler entglitten ihren kraftlos gewordenen Händen. Die Insekten kehrten zu Chelao zurück.

»Bei Chymir, was war das?« Harun starrte aus geweiteten Augen auf die Insekten, die wieder unter Chelaos Halswulst verschwanden.

»Für Erklärungen ist später Zeit.« Mit einer Handbewegung bedeutete ich meinen Gefährten, zur Seite zu treten, dann stellte ich mich in den Erfassungsbereich der Türoptik und drückte auf die Meldetaste.

Augenblicke später fragte eine melodische Stimme aus einem verborgenen Lautsprecher: »Was wünschen Sie, Kommandant Tionte?«

Lelia war gestern in der Audienzhalle und hat dich erkannt, sagte mein Extrasinn. *Die Silberhaarige! Sie weiß, dass du Ra suchst.*

»Ich habe Sie gestern gesehen, Lelia, und ich kann diesen Planeten nicht eher verlassen, als bis ich mit Ihnen unter vier Augen gesprochen habe.« Ich trat dicht an die Tür, so dass meine linke Hand von der Optik nicht erfasst werden konnte, als ich sie auf der Tür in Richtung Harun schob. Der Junge begriff sofort und legte seinen Impulskodesucher in meine hohle Hand.

»Leider kann ich Sie jetzt nicht empfangen«, sagte Lelia. »Ich werde Sie benachrichtigen, sobald es mir möglich ist.«

Ich presste den Impulskodesucher gegen das Impulsschloss. »Aber ich kann nicht warten. Verzeihen Sie mir, dass ich deshalb etwas ungestüm eindringe.«

Es klickte mehrmals, und die Tür schwang zurück. Lelia stand dahinter, mit nichts anderem als ihrer Haut bekleidet. Sie stieß einen halb erstickten überraschten Schrei aus und wich zurück.

»Bitte, verzeihen Sie!« Ich eilte an ihr vorbei. Meine Gefährten folgten mir. Corpkor verschloss die Tür wieder und befahl Chelao, auf Lelia aufzupassen, damit sie keinen Alarm schlagen konnte. Wir anderen durchsuchten in aller Eile die Gemächer der Konkubine. Es gab eindeutige Beweise dafür, dass sich hier bis vor kurzem ein Mann aufgehalten hatte. Aber er war verschwunden. Ich kehrte zu Lelia zurück. »Wo ist Ra? Er war hier. Das wissen wir. Es hat keinen Zweck, es abzustreiten.«

Corpkor reichte ihr einen Umhang, den Lelia sich um den Körper schlang. Sie beeilte sich nicht sonderlich dabei. »Er wurde abgeholt. Jemand von der Palastwache teilte mir über Funk mit, ich solle den Notausgang öffnen. Ich gehorchte. Kurz darauf kamen zwei Gardisten und schleppten den Fremden fort.«

»Wo ist der Notausgang?« Wir hatten ihn bei unserer Suche nicht entdeckt.

Lelia raffte ihren Umhang zusammen und führte uns in ihr Schlafgemach. Nur »Schlafzimmer« zu sagen wäre diesem Luxusraum mit seiner üppigen Ausstattung nicht gerecht geworden. Wir hatten auch diesen Raum durchsucht, deshalb sah ich sofort, dass sich etwas verändert hatte. Dort, wo vorhin ein Feldspiegel an der Wand gewesen war, klaffte eine dunkle Öffnung.

»Jemand hat das Spiegelfeld ausgeschaltet«, rief Lelia.

»Harun!«, brummte Corpkor. »Dieser Schlingel!«

Ich merkte erst jetzt, dass Harun verschwunden war. *Er muss die Suche heimlich fortgesetzt haben, hat Verdacht geschöpft und den Feldspiegel desaktiviert. Er ist tatsächlich mit allen Wassern gewaschen. Aber wenn er allein versucht, Ras Spur aufzunehmen, begibt er sich in große Gefahr. Ihm gegenüber werden die Palastwachen kaum Skrupel kennen.* »Hinterher!«

Ich zog eine flache Lampe aus einer Beintasche meiner Raumfahrerkombination, die ihren Strom aus einem kleinen Energiemagazin bezog und sehr hell leuchtete. In ihrem Schein erkannte ich, dass hinter der Öffnung eine schraubenförmig gewendelte Treppe in die Tiefe führte. So schnell es ging, eilte ich die Stufen hinab. Meine Gefährten folgten mir, während Lelia mir lachend hinterher rief: »Besuchen Sie mich ein andermal, Kommandant!«

Die Treppe schien kein Ende nehmen zu wollen. Wir blieben unterwegs immer wieder stehen und untersuchten die Wände des Treppenschachts auf verborgene Türen, doch sie waren glatt und fugenlos aus Metallplastik gegossen. Inzwischen schätzte ich, dass wir etwa zweihundert Meter tiefer gekommen waren. Irgendwo musste die Treppe schließlich aufhören. Aber noch immer zeigte der Lichtkegel meiner Lampe kein Ende. Wir mussten noch rund hundert Meter tiefer steigen, erst dann beleuchtete der Lichtkegel festen Boden und damit das Ende der Treppe. Der Schacht erweiterte sich hier unten etwas, und in der rechten Wand befand sich ein Panzerschott.

Das Schott war mit einem Kodeimpulsschloss gesichert, und ohne Haruns Impulskodesucher hätten wir unverrichteter Dinge wieder umkehren müssen. Mit Hilfe des Geräts war es jedoch ein Kinderspiel. Als das Schott sich öffnete, schlug uns feuchtkalter Modergeruch entgegen. Der Lichtkegel meiner Lampe glitt über feuchte Glasfaserbetonwände, erfasste eine Rampe – und beleuchtete dahinter Wasser, das plätschernd gegen die Rampe schlug. Und sie beleuchtete einen kleinen Körper, der im dunklen Wasser trieb! *Harun!*

Ich zögerte keinen Augenblick, drückte Corpkor meine Lampe in die Hand und sprang ins Wasser. Mit einigen kräftigen Schwimmstößen hatte ich den treibenden Körper erreicht. Es konnte nur Harun sein. So schnell es ging, brachte ich ihn zur Rampe. Corpkor half mir, ihn aus dem Wasser aufs Trockene zu ziehen. Ich legte ihn, mit dem Gesicht nach unten, über mein Knie und presste das Wasser aus seinen Lungen. Danach wandten Corpkor und ich abwechselnd künstliche Beatmung an. Wir waren erleichtert, als Harun nach einiger Zeit endlich die Augen aufschlug und von selbst atmete. Behutsam legten wir ihn etwas bequemer hin. Ich fühlte seinen Puls; er ging noch schwach, aber regelmäßig. Der Junge würde es überleben.

»Am Hinterkopf ist eine Schwellung«, sagte Corpkor. »Man hat ihn bewusstlos geschlagen und dann ins Wasser geworfen, in der Hoffnung, er würde ertrinken.«

»Was … ist?«, flüsterte Harun.

Ich beruhigte ihn: »Du bist in Sicherheit und wirst dich bald wieder besser fühlen. Ruhe dich aus.«

»Sie sind fort. Sie haben Ra mit einem Boot weggebracht. Als sie mich entdeckten, schlugen sie mich …« Er griff an seinen Hinterkopf und stöhnte, als er mit den Fingern an die Schwellung stieß.

»Du musst noch lernen, nicht übereilt zu handeln. Als du den Notausgang entdeckt hast, hättest du uns Bescheid sagen müssen, statt allein die Treppe hinabzulaufen. Mit etwas weniger Glück wärst du jetzt tot.«

Harun versuchte ein Lächeln, und es gelang ihm sogar. »Ich wollte sehen, wohin man Ra brachte. Da durfte ich keine Zeit verlieren. Wir müssen ein anderes Boot finden.«

»Und wohin sollen wir mit einem anderen Boot fahren?« Corpkor machte eine vage Handbewegung. »Wir wissen doch nicht, wohin die Leibwächter den Barbaren bringen wollen.«

»Ich kann mir denken, wohin.« Haruns Stimme klang schon kräftiger. »Bestimmt fahren sie zur Insel Forghan. Dort hebt Zammont seine wertvollsten Schätze auf. Deshalb ist die Insel auch schwer bewacht.«

»Die von Kunstnebel verschleierte Insel südwestlich vom Teaultokan?«

»Ja, Erhabener.« Harun versuchte aufzustehen. Corpkor und ich halfen ihm dabei. »Danke.«

»Die Insel wird also scharf bewacht«, sagte der Tiermeister. »Da wird es schwierig sein, auf ihr zu landen – und noch schwieriger, Ra zu finden und zu entführen.«

Harun blinzelte uns verschlagen zu. »Sie wissen doch bestimmt, wie man so etwas macht.«

Corpkor lachte leise. »Was denkst du nur von uns, Junge? Hältst du uns für Piraten?«

»Nein. Aber Sie sind auch keine normalen Raumfahrer.« Er musterte mich aufmerksam. »Sie, Kommandant Tionte, strahlen eine Autorität aus, die direkt unwiderstehlich ist. Sie sind viel mehr als nur ein Raumschiffskommandant. Was sind Sie wirklich?«

»Du bist ein sehr guter Beobachter. Sobald wir auf der KARRETON sind, werde ich deine Fragen beantworten. Wo könnten wir hier ein Boot finden? Ich habe keines gesehen.«

»Hier ist auch keines. Kommen Sie, Erhabener!« Er führte uns zu einem schmalen Sims, der der Wand des kleinen Bootshafens folgte. Die Wellen klatschten darüber und gegen unsere Stiefel, aber sie waren flach und besaßen wenig Kraft, so dass wir durch sie nicht gefährdet waren. Wir gingen auf dem Sims entlang, bogen um die Wand – und sahen einen zweiten Bootshafen vor uns. Hier gab es, im Unterschied zum ersten, eine dämmerige Notbeleuchtung, bläulich glimmende Platten an der Decke. In ihrem Schein entdeckten wir ein schlankes Sportboot mit acht Riemen und ein Kanu mit zwei Paddeln. Das Sportboot schied von vornherein aus, da wir nur vier Personen waren und eine davon zu schwach, um eine längere Strecke rudern zu können. Wir eilten zu dem Kanu. Corpkor und Chelao griffen sich jeder ein Paddel, und wir legten ab. Ich setzte mich mit Harun in die Mitte des Kanus.

Als wir ins Freie kamen, sah ich über uns die Wand des riesigen

Felssockels aufragen, auf dem Zammonts Palast stand. Wir mussten uns auf der Westseite befinden, da wir ja direkt aus dem halbkugelförmigen Kuppelbau nach unten gestiegen waren. Da wir wussten, wo sich die Insel Forghan befand, ließ sich der Kurs relativ leicht festlegen. Ich fragte mich nur, ob man uns nicht bald auf die Spur kommen würde. Die drei Wächter, die von den Insekten gestochen und betäubt worden waren, mussten irgendwann wieder zu sich kommen. Berichteten sie dem Statthalter, was geschehen war, und befragten sie die Konkubine, konnten sie sich zusammenreimen, dass wir Ra zur Insel folgten. Allerdings wusste ich Zammont bei Fartuloon in »guten« Händen. Der dicke Bauchaufschneider verstand es meisterhaft, andere Leute zu etwas zu bringen, was sie eigentlich gar nicht wollten, und er konnte so spannend von seinen wirklichen und erfundenen Erlebnissen berichten, dass er alle Zuhörer in seinen Bann schlug.

Bald hatten wir das Teaultokan weit hinter uns gelassen. Das ruhige Wasser des Swatchon-Sees klatschte rhythmisch gegen die Bootswände, und der Wolkenhimmel hing düster und deprimierend über uns. Aber die Fahrt zur Insel Forghan würde mindestens anderthalb Tontas dauern – und dort mussten wir möglichst ungesehen an Land gehen. Unterwegs berichtete Harun einiges über die Situation auf Dargnis. Wir erfuhren, dass die Stadt Spolton Pya, die an der Halbkreisbucht im Norden des Sees lag, die größte Stadt und die Hauptstadt der Kolonie war. Ihre Bewohner lebten von Dienstleistungen, arbeiteten teilweise im Palast und auf dem Raumhafen Dhor Muang und in der Nahrungsmittelindustrie, die ihre Rohprodukte aus den Agrosiedlungen in den sumpfigen Ebenen bezog, die sich vom Nord-, Ost- und Südufer des Sees aus weit ins Hinterland erstreckten. In anderen Gebieten auf Dargnis sah es ähnlich aus. An den Meeresküsten lagen kleine Fischerorte, deren Bewohner Meeressäuger züchteten und nach Perlen tauchten. Mehrere Bergwerke förderten Mineralien und Edelmetalle. Es gab hier sogar geringe Spuren von Luurs-Metall, das sonst ausschließlich auf dem Planeten Luurs gefunden wurde. Die Besonderheit war die stets gleich bleibende, von den Außenbedingungen unabhängige Temperatur von exakt 3,4336715781 Grad, die auf einer den Hyperkristallen verwandten hyperenergetischen Aktivität beruhte.

Für meine Begriffe war es eine unterentwickelte, trostlose Welt, die allerdings entwicklungsfähig war. Nur verbrauchte der Statthalter wohl die meisten Steuergelder für seinen aufwendigen Hofstaat, für

Konkubinen, rauschende Feste und die Anschaffung immer neuer Versteinerungen für seine Privatsammlung. Unter Orbanaschol III. würde sich an diesen Zuständen auch nichts ändern. Dieser Verbrecher interessierte sich nicht für das Los einfacher Bürger des Imperiums. Er wollte nur seine persönliche Macht festigen und ausbauen. Da waren ihm Subjekte wie Zammont nur recht; sie konnten sich nicht gegen ihn auflehnen, denn im Allgemeinen hatte er sie in der Hand.

Dass der Kur jedoch Ra selbst seinem Imperator vorenthalten wollte, zeigte mehr als deutlich, welche Auswüchse diese erschreckende Kombination aus Korruption, purem Egoismus und Falschheit inzwischen angenommen hatte. Ich nahm mir vor, auf Dargnis gründlich aufzuräumen, sobald ich erst einmal Imperator des Tai Ark'Tussan war. *Es wird höchste Zeit, dass sich hier und anderswo etwas ändert!*

Ich schrak aus meinen Überlegungen auf, als Harun mich anstieß und flüsterte: »Dort, Erhabener! Die Insel!«

Als ich nach vorn blickte, entdeckte ich eine hellgraue Nebelbank, die direkt aus der Wasseroberfläche zu steigen schien und sich in ständiger träger Bewegung befand. Offenbar standen die Nebelgeneratoren auf flachem Grund vor dem Ufer der Insel.

»Halten Sie.« Corpkor und Chelao zogen ihre Paddel aus dem Wasser und blickten mich fragend an. »Die Umgebung der Insel wird sicher mit Infrarotgeräten kontrolliert. Unter diesen Umständen kann unser Boot der Überwachung nicht entgehen, sobald es näher an die Insel herankommt. Es wäre somit falsch, würden wir uns im Boot dem Ufer nähern. Ich schlage vor, nur Chelao bleibt darin und löst sich am Ufer auf. Wir anderen sollten von hier aus zur Insel schwimmen. Wahrscheinlich werden die Wächter durch das Kanu so abgelenkt, dass sie drei Schwimmer nicht entdecken.«

»Einverstanden.« Corpkor wandte sich an Chelao: »Was meint ihr dazu?«

»Der Plan klingt gut«, antwortete das Insektenwesen mit schnarrender Stimme. »Wir werden ausschwärmen und Sie beobachten, um im Falle von Gefahr eingreifen zu können. Sollen wir tödliche Waffen einsetzen?«

»Auf gar keinen Fall!«, sagte ich. »Wer betäubt wird, ist auch ausgeschaltet. Das genügt.«

»In Ordnung.«

»Also los!« Ich wandte mich an Harun: »Halte dich immer dicht bei uns, damit wir dich ziehen können, falls deine Kräfte dich verlassen.«

»Keine Sorge, Erhabener. Ich schwimme wie ein Fisch.« Er ließ sich so geschickt ins Wasser gleiten, dass kaum etwas zu hören war. Corpkor und ich folgten ihm. Wir blickten Wasser tretend Chelao in seinem Kanu nach, dann schwammen wir schräg von seinem Kurs Richtung Ufer.

Wir waren ungefähr zwanzig Meter von der Nebelwand entfernt, als wir östlich von uns einen scharfen Ausruf hörten. Augenblicke später fauchten Strahlbahnen durch die Luft. Für einen Moment sahen wir das Kanu, bevor es zerschmettert und zerstrahlt wurde. Hoffentlich hatte Chelao sich rechtzeitig aufgelöst. Wir schwammen weiter, noch vorsichtiger als bisher, denn die aufgescheuchten Wächter mussten früher oder später auf den Gedanken kommen, das gesamte Ufer in der Nähe der Stelle abzusuchen, an der das Boot angekommen war. Als wir in die Nebelwand eintauchten, sahen wir nur noch grauen wallenden Nebel. Ich fragte mich, wie wir unter diesen Umständen Ra finden sollten. Aber nach etwa zehn Metern wurden die Schwaden dünner. Ich schätzte, dass die verdünnte Zone ungefähr dreihundert Meter hoch reichte, denn bis in diese Höhe ragten die Berge der Insel. Wir wandten uns nach Westen, um erst einmal eine größere Strecke zwischen uns und die Wächter zu bringen, die das Boot zerschossen hatten.

Nach wenigen Zentitontas stießen wir auf drei Wächter. Sie lagen regungslos auf dem Boden und hatten jedes Interesse an fremden Eindringlingen verloren. Corpkor flüsterte: »Chelao!«

»Zwei der Wächter sind Naats.« Ich deutete auf die Gigantenkörper, die neben dem erheblich kleineren Körper eines Arkoniden lagen. »Sie werden sich bald wieder von den Insektenstichen erholt haben. Naats sind unglaublich widerstandsfähig. Schnell, weiter!«

Von dort, wo die drei Wächter lagen, erklangen dumpfe Stimmen. Die Naats waren demnach wieder zu sich gekommen.

»Wir müssen weiter zum Inselinneren«, sagte Harun. »Dort soll es Schluchten und Höhlen geben, in denen man sich gut verstecken kann.«

Wieder liefen wir los. Ich wusste, dass wir ständig mit einer Entdeckung rechnen mussten. Es brauchte nur ein Gleiter in der Nähe vorbeizukommen, der mit Infrarotsichtgeräten ausgerüstet war, und seine Besatzung würde uns ausmachen. Doch wir erreichten unbehelligt den Ausläufer eines relativ flachen Gebirgszuges und fanden eine Höhle, in die wir krochen. Hier wollten wir warten, bis sich die erste Aufregung gelegt hatte. Nach einiger Zeit erschien vor dem Höhleneingang ein kleiner Insektenschwarm. Er tanzte summend auf und ab, dann verschwand er wieder.

»Zwei Suchketten wollen die Insel durchkämmen«, übersetzte Corpkor. »Es sind Kampfroboter dabei sowie mehrere fremdartige Tiere.« Die von Brandnarben entstellte untere Gesichtspartie des Tiermeisters verzog sich zu einem grimmigen Lächeln. »Wahrscheinlich handelt es sich um abgerichtete Tiere, die sich nach Gerüchen orientieren.«

»Werden sie uns nicht aufspüren?« Harun gab sich abgebrüht, kommentierte mit keinem Wort und keiner Geste die Möglichkeiten Chelaos.

»Wir werden sehen.« Corpkor postierte sich in der Nähe des Eingangs, hockte sich auf den Boden und versank in düsteres Schweigen. Irgendwo draußen summte ein Gleitermotor auf. Das Geräusch verlor sich aber bald wieder. Die Zeit verrann. Plötzlich kratzte draußen etwas auf den Felsen, ehe wir lautes Schnaufen hörten. Vor dem Höhleneingang erschien ein großes Tier mit schwarzem Pelz, großen runden Ohren und einem Furcht erregenden Gebiss. Es fauchte, als es Corpkor sah. Doch der Tiermeister wich nicht zurück. Er redete in einer mir unbekannten Sprache auf das Tier ein. Ich wusste, dass er eine geheimnisvolle Beziehung zu Tieren hatte, die wahrscheinlich auf einer paranormalen Begabung beruhte. Schließlich hatten wir bei unserer ersten Begegnung gegen Corpkor und seine Tierarmee gekämpft und beinahe verloren.

Nach einiger Zeit beruhigte sich das Tier. Es näherte sich dem Tiermeister, der ihm die flache Hand auf den Kopf legte und ununterbrochen weiterredete. Zuletzt flüsterte er einen scharfen Befehl. Das Tier wandte sich um und war kurz darauf aus meinem Blickfeld verschwunden. Ich fragte: »Was haben Sie ihm befohlen?«

Corpkor wandte mir den Kopf zu. Seine dunklen Augen schienen zu glühen. »Es wird die Entdeckung einer Spur vortäuschen, die von uns wegführt. Folgt der Suchtrupp dieser Spur, können wir weitergehen.«

Wir warteten geduldig, während draußen immer wieder Nebelschwaden vorbeitrieben. Der künstliche Nebel, der Zammonts »Schatzinsel« vor den Blicken Neugieriger verbarg, war zu unserem Bundesgenossen geworden. Nach einiger Zeit tauchte abermals ein Insektenschwarm vor dem Höhleneingang auf. Die winzigen Tiere tanzten und summten nach einem bestimmten Rhythmus, dessen Bedeutung mir unklar blieb. Corpkor dagegen verstand genau, was seine Tiere ihm mitteilen wollten.

Als sie wieder abgeflogen waren, wandte er sich um. »Ra wurde wahrscheinlich in eine Zitadelle gebracht, die sich genau in der Mitte der Insel auf einem Berg befindet. Die Zitadelle wird durch einen Schockschirm geschützt, der den Insekten ein Durchfliegen unmöglich macht.« Erneut verzog sich sein entstelltes Gesicht zu einem düsteren Lächeln. »Aber gegen meine Dämonenfäden schützt er nicht.«

»Was sind das: Dämonenfäden?«

»Reptilien. Schlangen mit dem Durchmesser einer Nähnadel, aber mit Längen von bis zu hundertzwanzig Metern. Sie können mit Hilfe von Ultravibrationen das molekulare Gefüge jedes bekannten Materials so erschüttern, dass sie sich einen Weg bahnen können. Wenn sie jagen oder sich verteidigen, schicken sie Giftblasen aus, die wie winzige Seifenblasen fliegen und beim Aufprall ein starkes Nervengift freigeben.«

»Wo waren diese Dämonenfäden? Wie haben Sie sie transportiert?«

»In Chelaos Körper. Sie bildeten dort das Skelett, während einige Membrillas als Haut dienten.«

»Ich wusste doch gleich, dass Sie keine gewöhnlichen Raumfahrer sind«, sagte Harun.

»Dennoch wolltest du mich bestehlen«, versetzte ich vorwurfsvoll. Er sah mich seltsam an und lächelte.

Er hat dich niemals bestehlen wollen, sagte der Logiksektor. *Andernfalls hättest du nichts gemerkt. Er wollte dich nur auf sich aufmerksam machen. Er will von Dargnis fort.*

Ich lächelte ihn viel sagend an und merkte an dem Wechsel seines Gesichtsausdrucks, dass er verstand, dass ich ihn durchschaut hatte. Er erschrak zuerst, doch als meine Augen ihn wissen ließen, dass ich ihm nichts übel nahm, atmete er verstohlen auf. Wir sprachen kein

Wort. *Es gibt Dinge zwischen zwei Personen, die nicht ausgesprochen werden müssen. Nichts ist schöner, als ein Geheimnis mit jemandem zu teilen, dem man vertrauen kann.*

Erneut tauchte ein Insektenschwarm auf. Diesmal strengte ich mich an, um aus seinem rhythmischen Tanzen und Summen einen Sinn herauszufinden, doch wieder misslang es. »Der Suchtrupp ist abgelenkt«, sagte Corpkor. »Wir können gehen.«

11.

Aus: *Untersuchung über Altvölker der Galaxis, rätselhafte Hinterlassenschaften, Legenden und ihre Auswirkungen*, 3. korrigierte Auflage; Hemmar Ta-Khalloup, Historiker und Imperialer Archivar, 19.020 da Ark

EINLEITUNG: *Niemanden, der sich mit der Historie der vielen Einzelspezies beschäftigt, mit ihrem evolutionären Werdegang und den dabei zu überwindenden Problemen sozialer, kultureller und technischer Art, dürfte verwundern, dass an Planeten gebundene Legenden in ungezählter Form existieren. Da mag es bemerkenswert erscheinen, dass die Zahl galaktischer Legenden, Mythen, Sagen und Erzählungen keinesfalls geringer ist.*

Dem entgegen steht nur auf den ersten Blick die offensichtliche Wissenschaftlichkeit und sachliche Betonung, die mit der Ausbreitung ins All verbunden wird. Wer sich jedoch zu Bewusstsein führt, dass hinter allem denkende und fühlende Geschöpfe stehen, mit ihren Ängsten, Sorgen, Wünschen, Hoffnungen und Trieben, darf sich nicht der Erkenntnis verschließen, dass gerade angesichts der Größe des Alls und seiner Wunder, Rätsel und Phänomene ein nährreicher Boden für neue Legenden von speziesübergreifender Wirkung vorhanden ist.

Wir marschierten durch ein Tal, überquerten zwei bewaldete Hügel und umgingen einen kreisrunden See, dessen Wasser von innen heraus hellrot leuchtete. »Das Auge des roten Dämons!«, flüsterte Harun. »In der Stadt erzählt man sich, dass es jeden verschlingt, der ihm zu nahe kommt.«

Corpkor blieb stehen und hob die Hand. »Still! Er kommt! Nicht bewegen!«

Wir gehorchten und blieben ebenfalls stehen. Harun wagte kaum zu atmen; ich sah ihm an, dass er sich fürchtete. Nach einer Weile kam Bewegung in das bis dahin völlig ruhige Seewasser. Die Oberfläche schien zu sieden, und die Farbe des Wassers wechselte von Hellrot zu einem dunkelroten Leuchten. Plötzlich hob sich etwas aus dem Wasser. Zuerst sah es aus, als wölbte sich das Wasser selbst empor, doch dann sahen wir, dass es ein riesiges, quallenähnliches Tier war, mit einem Durchmesser von mindestens zweihundert Metern, das sich ein Stück aus dem Wasser hob und lange dünne Fangarme zum Ufer streckte. Das Tier leuchtete purpurn.

Corpkor legte den Kopf in den Nacken und stimmte einen lauten, fremdartigen Singsang an, bei dem mir eisige Schauer den Rücken hinabrieselten. Die Riesenqualle streckte ihre Fangarme nach allen Richtungen aus. Einige kamen auch zu uns und tasteten über unsere Stiefel, krochen an unseren Körpern empor und schwankten vor unseren Gesichtern wie Grashalme im Wind.

Wenn ich nicht gewusst hätte, dass ich Corpkors Fähigkeit, sich mit Tieren aller Art zu verständigen und sie für sich zu gewinnen, voll vertrauen konnte, wäre ich vielleicht in Panik geraten. Ich musste Harun bewundern, der Corpkors Fähigkeiten erst zu einem geringen Teil kannte und dennoch reglos verharrte. Vielleicht hatte ihn auch nur die Furcht gelähmt. Der Tiermeister setzte seinen Singsang fort – und plötzlich zog die Qualle ihre Fangarme zurück und tanzte im Rhythmus des Singsangs auf und ab. Das von dem Riesenkörper verdrängte Wasser schwappte über das Ufer und umspülte unsere Beine bis zu Kniehöhe.

Nach einigen Zentitontas, die mir wie eine halbe Ewigkeit vorkamen, bildete sich in der Mitte der Riesenqualle eine Öffnung von ungefähr fünf Metern Durchmesser, deren Ränder konvulsivisch zuckten. Dann blähte sich so etwas wie eine dünne, farblose Haut darüber auf, verformte sich zu einer Art Ballon und löste sich ab. Lautlos und fast unsichtbar segelte der Ballon durch den dünnen Nebel in Richtung Süden davon, zum Mittelpunkt der Insel. Das Loch in der Oberfläche der Qualle schloss sich wieder, und bald darauf versank das riesige Tier in den Fluten. Eine Weile strahlte der See noch in dunklem Purpurrot, dann wechselte seine Farbe wieder zu dem ursprünglich leuchtenden Hellrot.

Corpkor stellte seinen Singsang ein und drehte sich zu uns um. »Loorna wird uns helfen.«

Er taumelte und wäre gestürzt, hätte ich ihn nicht festgehalten. Sein Atem ging schwer. Die Kommunikation mit dieser Riesenqualle hatte ihn überanstrengt. Aber nach kurzer Zeit erholte er sich wieder, und wir konnten unseren Marsch fortsetzen.

Rund eine Tonta später lichtete sich der Nebel. Die Sicht verbesserte sich erheblich. Wir sahen vor uns eine vegetationslose, mit Felsbrocken übersäte Ebene und mitten darin einen etwa zweihundert Meter hohen Berg, auf dem ein wuchtiges dunkelgraues Bauwerk thronte. *Zammonts Zitadelle!* Ich fragte mich, was das wohl für Schätze sein mochten, die Zammont in dieser schmucklosen Zitadelle auf einem von Kunstnebel verschleierten Eiland aufbewahrte, anstatt sie in seinem Palast aufzuheben, wo er sie täglich besichtigen konnte.

Es müssen Dinge sein, die ihm gefährlich werden können, sagte mein Extrasinn. *Das würde erklären, warum er sie nicht in seiner unmittelbaren Nähe aufbewahrt.*

Ich musterte Corpkors Gesicht. Es wirkte geistesabwesend, ungefähr so, als lausche er gleichzeitig in sich hinein und in die Ferne. Ich hütete mich, ihn anzusprechen und ihn in seiner Konzentration zu stören. Nach einiger Zeit entspannte sich sein Gesicht wieder. Die Augen blickten wieder normal, als er sagte: »Drei Dämonenfäden sind von unten durch den Fels in die Zitadelle eingedrungen. Aber eine unbekannte Ausstrahlung lähmt ihre Aktivität. Sie können vorläufig nicht angreifen. Ich hoffe, dass Loorna uns helfen kann.«

Wieder konzentrierte er sich, aber diesmal blickte er auf eine Stelle in der Luft, ungefähr hundert Meter über der Zitadelle. Ich sah ebenfalls dorthin, und plötzlich entdeckte ich den durchscheinenden Ballon, den die Riesenqualle ausgestoßen hatte. Er senkte sich langsam auf die Zitadelle herab. Zu gern hätte ich gewusst, was dieses Gebilde war. Aber wenn der ehemalige Kopfjäger es nicht von selbst erklärte, würde ich ihn vergebens fragen. Ich musste damit zufrieden sein, dass er sich aus dem verschlossenen Schweiger, der er bis zu unserem ersten Kontakt gewesen war, allmählich in einen halbwegs mitteilsamen Mann verwandelt hatte. Als der Ballon noch fünfzig Meter über der Zitadelle war, schillerte er wie eine riesige Seifenblase im Sonnenlicht. Das bunte Schillern breitete sich aus und hüllte die Zitadelle halbkugelförmig ein.

Irgendwo erhob sich das Schrillen von Alarmsirenen. Da wusste ich, was die halbkugelförmige Ausbreitung des Schillerns zu bedeuten hatte. Es markierte das Schockfeld, das von Projektoren um die Zitadelle gelegt wurde und die Insekten bisher davon abgehalten hatte, in die Festung einzudringen. Ich wunderte mich, dass die Besatzung der Zitadelle nichts gegen Loornas Angriff unternahm, dass kein Energiestrahl zu dem ballonförmigen Wesen hinaufschoss, um es zu vernichten.

»Vorwärts!«, rief Corpkor. »Wir müssen dort sein, wenn das Schockfeld zusammenbricht und bevor Truppen von außerhalb ankommen!«

Wir rannten los. Das Schillern wurde greller. Wir hatten ungefähr zwei Drittel der Strecke zurückgelegt, die uns von der Zitadelle trennte, da erbebte der Boden. Die Bergfestung schien zu schwanken. Dann erlosch das Schillern. Eine nur faustgroße hellrote Blase trieb langsam davon, zurück zum See. Ich rief ihr hinterher: »Danke, Loorna!«

Wir erreichten den Berg in dem Augenblick, als mehrere Gleiter aus dem Hochnebel herabstießen und die Umgebung der Festung planlos mit Thermowaffen beschossen. Die Mauern der Festung wiesen große Risse und Spalten auf, und ich erkannte einige verschmorte Abstrahlprojektoren. Loorna hatte also die Schutzschirmprojektoren – und wahrscheinlich auch die Strahlgeschütze – der Zitadelle zerstört, indem sie sie mit Energie beschickt und überlastet hatte. Wir zwängten uns durch einen Spalt und erreichten einen Korridor, dessen Decke teilweise geborsten war und der von einigen wenigen Leuchtplatten der Notbeleuchtung spärlich erhellt wurde. Am Ende des Korridors gähnte eine dunkle ovale Öffnung, wahrscheinlich die Öffnung eines Antigravschachts. Es bedurfte keiner Worte zwischen uns, um unseren nächsten Schritt festzulegen. Draußen landeten die Gleiter, die Zurufe von Arkoniden und Naats waren zu hören.

Uns blieb also gar kein anderer Weg als der tiefer in die Zitadelle hinein, und da bot sich der Antigravschacht geradezu an. Außerdem mussten wir ohnehin in die Zitadelle eindringen, denn wir wollten Ra finden und mitnehmen. Dieser Barbar vom dritten Planeten einer gelben Sonne schien tatsächlich die Bedeutung einer Schlüsselfigur haben, weil Zammont ihn mit derart großem Aufwand vor mir – und Orbanaschol! – zu verbergen suchte. Ich war entschlossen, Dargnis nicht ohne ihn zu verlassen.

Wir mussten eine schmale Nottreppe verwenden, die nur nach unten führte, da der Antigravlift nicht funktionierte und es keine Notfallleiter gab. Wahrscheinlich waren die meisten Hochenergiesysteme der Zitadelle ausgefallen. Das konnte uns nur recht sein. In einem düsteren Gewölbe fand unser Weg ein vorläufiges Ende. Auch hier brannten nur einige Notleuchten.

Wir rannten durch das lang gestreckte Gewölbe und mussten dann feststellen, dass der Ausgang am anderen Ende durch herabgestürzte Trümmer blockiert war. Als wir umkehren wollten, hörten wir aus der Richtung des Antigravschachts und der Nottreppe Schritte. Deshalb drückten wir uns in eine dunkle Ecke, zogen unsere Kombistrahler und warteten. Wir zuckten unwillkürlich zusammen, als von irgendwoher schauerliches Geheul erklang. Ich blickte zu Corpkor und sah sein wachsam lauschendes, angespanntes Gesicht. Die dichten Augenbrauen zogen sich zusammen. Die Schritte verstummten, doch das Geheul hielt unvermindert an. Bald darauf ertönten abermals Schritte. Sie klangen lauter als die von vorher – und plötzlich tauchten am anderen Ende des Gewölbes zwei Naats auf.

Die klobigen Wesen trugen schwere Energiewaffen in den riesigen Händen und spähten herein. Da ihr Gesichtssinn stark ausgeprägt war, mussten sie uns entdecken. Augenblicke später verriet ihre Reaktion, dass sie uns gesehen hatten. Sie richteten ihre Waffen auf uns und marschierten mit stampfenden Schritten näher. Dennoch blieb ihre Haltung irgendwie respektvoll, denn zumindest ich war unverkennbar ein Arkonide und damit ein Angehöriger des Herrschervolkes des Großen Imperiums. Fünf Schritte vor uns blieben sie stehen. »Wir bitten um Vergebung, Erhabener«, sagte einer von ihnen in dumpf rollendem *Satron*. »Aber wir haben Befehl, drei Personen zu suchen und festzunehmen, und die Beschreibung dieser Personen passt auf Sie.«

»Ihr irrt euch«, erwiderte ich mit jener Arroganz, die ich im Grunde verabscheute. Hier schien sie mir jedoch angebracht zu sein.

Sie wechselten einen Blick. »Vielleicht irren wir uns. Aber wir müssen darauf bestehen, dass Sie mit uns kommen, Erhabener.«

Ich überlegte, ob wir sie mit den Kombistrahlern lähmen sollten. Sicher würden sie aus anerzogener Scheu vor reinblütigen Arkoniden zögern, ihre tödlichen Waffen einzusetzen. Andererseits konnten wir sie nicht schnell genug lähmen, um eine Gegenreaktion auszuschließen. Naats hielten Paralysatorbeschuss kurze Zeit stand. Die Entscheidung wurde mir abgenommen. Aus einem Riss in der Decke des Gewölbes schnellte plötzlich ein fadenartiges Gebilde hervor, umschlang die beiden Naats und wickelte sie so schnell ein, dass sie wehrlos am Boden lagen, bevor sie begriffen, wie ihnen geschah. Ihre Strahlwaffen entglitten ihren Händen, als eine gelbe Nebelwolke sie einhüllte. Ich nahm einen schwachen Geruch nach exotischen Gewürzen wahr.

»Ist das ein Dämonenfaden?«, fragte Harun.

»Ja, mein Junge«, antwortete Corpkor tonlos.

»Hoffentlich hat er die Naats nicht getötet«, sagte ich.

»Nein, aber sie sind bestimmt für zehn Tontas außer Gefecht gesetzt.«

»Das Geheul ist verstummt«, sagte Harun.

Die Aktion des Teufelsfadens hatte mich so in ihren Bann geschlagen, dass mir der Abbruch des schauerlichen Geheuls vollkommen entgangen war. »Wir müssen das Gewölbe verlassen.«

»Erst müssen wir wissen, wo wir Ra finden«, sagte Corpkor. »Ich denke, wir werden es bald erfahren.« Die gelbliche Gaswolke breitete sich allmählich aus, und ich fürchtete, wir könnten ebenfalls betäubt werden, wenn sie uns erreichte. Der Tiermeister schien meine Besorgnis zu spüren, denn er sagte: »Die Wirksamkeit bleibt immer nur Augenblicke erhalten, dann ist das Gas ungefährlich.« Seine Augen leuchteten auf. »Ah, da kommen meine Boten!«

Ich sah einen kleinen Schwarm Insekten durch das Gewölbe fliegen. Er schlug, wahrscheinlich instinktiv, einen Bogen um die gelbliche Wolke, verharrte vor Corpkor in der Luft und absolvierte den sattsam bekannten Tanz, mit dem ich immer noch nichts anfangen konnte. »Ra wird im Gläsernen Labyrinth gefangen gehalten«, übersetzte der Tiermeister. »Ansonsten geht in der Zitadelle alles drunter und drüber. Vermutlich wissen die Wächter nicht, wie sie sich verhalten sollen. Zammont scheint nicht in Funkverbindung mit ihnen zu stehen.«

Ich nickte. »Das dürfte Fartuloons Verdienst sein.«

Fehler, du Narr!, kreischte meine innere Stimme.

Im nächsten Augeblick wiederholte Harun auch schon atemlos: »Fartuloon? Erhabener, der dicke Mann, der mit Ihnen in den Palast kam, ist der *Bauchaufschneider Fartuloon?*«

Ich konnte mir denken, was er als Nächstes fragen würde, und an Corpkors Gesicht erkannte ich, dass der Tiermeister es sich ebenfalls dachte. »Ja. Aber darüber wirst du schweigen, denn auf Dargnis heißt er Mysitch. Ist das klar?«

»Ja, Erhabener!«, flüsterte Harun ehrfurchtsvoll. Er wusste also, dass ich der Kristallprinz war, weil Fartuloon mit mir nach Dargnis gekommen war.

»Tionte!«, korrigierte ich streng. »Hier bin ich Grahn Tionte.«

Haruns Augen leuchteten. »Jawohl, Kommandant Tionte!«

»Genug der Worte. Unsere Zeit wird knapp.« Corpkor zog eine kleine silberne Flöte hervor und blies darauf. Die Insekten schwirrten summend davon. Wir eilten hinterher. Als wir an den beiden Naats vorbeikamen, sah ich, wie der Dämonenfaden sich wieder von ihnen löste und auf einen Spalt in der Wand des Gewölbes zukroch. Danach musste ich mich beeilen, denn der Insektenschwarm flog ziemlich schnell vor uns her. Er verließ das Gewölbe, schwenkte nach links in einen Korridor ab, der in einer Halle endete, wo fünf Naats regungslos auf dem Boden lagen. Unter der Hallendecke sah ich einen Knäuel Dämonenfäden, die sich durch ein Gitter der Klimaanlage schlängelten. Von der Halle aus ging es zum nach oben führenden Nottreppenschacht eines zweiten Antigravlifts, und von dort kamen wir in einen riesigen Saal, in dem ein großes Gebilde aus ineinander verschachtelten spiegelnden Wänden bestand. *Ein Gläsernes Labyrinth!*

Am Eingang wälzten sich zwei Naats und drei Arkoniden, deren Körper fast völlig von Membrillas eingehüllt wurden. Die Arkoniden gaben nach kurzer Zeit auf und wurden bewusstlos. Die Naats dagegen kämpften noch gegen die lebenden Umhüllungen an, als sich ein dunkelhäutiger Mann aus einer scheinbar lückenlosen Glaswand des Labyrinths schob.

Ra!

Er hat den Weg aus dem Labyrinth längst gefunden, wisperte mein Extrasinn. *Dieser Barbar verfügt nicht nur über stark ausgeprägte Instinkte, sondern auch über eine wache Intelligenz. Kein Arkonide hätte sich im Gläsernen Labyrinth schneller als er zurechtfinden können. Er wartete nur euer Erscheinen ab.*

Der Barbar sagte nichts, sondern blickte mich nur an. Meinen Gefährten schenkte er keinen Blick. Ich lächelte. »Gehen wir!«

Ra folgte mir, ohne zu zögern. Es war offensichtlich, dass er keinen Wert darauf legte, wieder zu Zammont zurückzukehren. Er wollte fort von Dargnis, und da kam ich ihm gerade recht. Natürlich machte ich mir keine Illusionen darüber, dass er etwa tiefer gehende Beweggründe hatte. Er konnte nicht wissen, dass ich in Wirklichkeit gar kein Abgesandter Orbanaschols war und ihn nicht nach Arkon bringen würde. Für ihn war ich nur Mittel zum Zweck, seine einzige Möglichkeit, von Zammont und Dargnis fortzukommen.

Wir stiegen die nächste Nottreppe hinab und kamen in die Halle, in der die fünf Naats noch immer reglos auf dem Boden lagen. Von den Dämonenfäden war nichts mehr zu sehen. Corpkor bückte sich und hob eine der schweren Strahlwaffen auf, die den Naats entfallen waren. »Sie sollten sich lieber auch mit einer dieser Waffen ausrüsten. Wir wissen nicht, was uns draußen erwartet.«

Dieses Argument war logisch fundiert, deshalb nahm ich eine der Hochenergiewaffen an mich. Sie war so schwer wie vier normale Zweihandstrahler. Als Harun auch nach einer Waffe griff, sagte ich: »Du nicht, mein Junge! Sie ist erstens zu schwer für dich, und zweitens würdest du damit nur das Feuer unserer Gegner auf dich ziehen – und du bist kein erfahrener Kämpfer.«

Wir verließen die Halle und eilten zur Nottreppe. Corpkor, der voranging, wollte durch die Öffnung gehen, die in den Treppenschacht führte, aber plötzlich prallte er so heftig zurück, dass er gegen mich stieß und wir beide stürzten. Als wir uns aufgerappelt hatten, erschien in der Öffnung eine nebelhafte Gestalt. Sie glich ihrer Form nach einem Arkoniden, schien aber keinen festen Körper zu haben, sondern aus blassgrauen Gasen zu bestehen, die innerhalb der Form hin und her wallten und wogten. Harun keuchte entsetzt: »Was ist das?«

Ra wich langsam zurück, den Blick auf die Erscheinung geheftet. Seine Lippen bewegten sich lautlos. Anscheinend murmelte er eine Beschwörung. Primitivweltler wie er hatten meist einen starken Aberglauben. Ich überlegte, was zu tun sei. Bisher gab es kein Anzeichen dafür, dass die seltsame Erscheinung uns angreifen wollte oder sonst wie schaden konnte. Aber ich spürte die dumpf pochende Warnung meines Extrasinns. Bevor ich mich entschieden hatte, was zu tun sei, schwebte einer der Membrillas herbei, dehnte sich zu einer hauchdünnen Haut und versuchte die geisterhafte Erscheinung zu umschließen. Aber als er sie berührte, durchfuhr es ihn wie ein elektrischer Stromstoß. Er gab einen klagenden Ton von sich und schrumpfte zusammen. Im nächsten Moment war von ihm nur noch ein schwarzbrauner Klumpen übrig, der auf dem Boden klebte. Die nebelhafte Gestalt dagegen war größer geworden und schwebte langsam auf den Tiermeister zu.

»Zurück!«, stieß Corpkor hervor und brachte seinen überschweren Luccot in Anschlag. Wir wichen zurück. Der ehemalige Kopfjäger feuerte. Die sonnenhelle, fast fingerdicke Impulsbahn schoss auf die Erscheinung zu, umfloss sie und raste in den Treppenschacht, wo sich die Energie mit einem Donnerschlag und einem grellen Blitz entlud. Die Luft brodelte förmlich und raubte mir den Atem.

Plötzlich erklang grauenhaftes Gelächter, brach sich an den Wänden und wurde durch seine vielfachen Echos verstärkt. Die nebelhafte Erscheinung zog sich zusammen, schrumpfte und verwandelte sich in ein Gebilde aus fester Masse. Genauer gesagt, in eine Statue aus grauweißem Stein, die jedoch nicht stillstand, sondern im Zeitlupentempo an uns vorbeischritt. Das Gelächter brach ab. Wir versuchten nicht, sie aufzuhalten, sondern traten zur Seite. Die Steinfigur kam an mir vorüber, und ich erhaschte einen Blick auf die starren grauweißen Augäpfel, über die unheimliche Lichtreflexe tanzten. Als Corpkor seine Waffe hob, drückte ich den Lauf nieder und bedeutete ihm durch einen Blick, nichts zu unternehmen. Die Statue ging weiter und verschwand hinter einer Biegung des Korridors, aus dem wir gekommen waren. Im nächsten Augenblick war ein grausiger Schrei zu hören – der Todesschrei eines Naats.

Diesmal konnte ich nicht passiv bleiben. Ich hastete den Weg zurück in die Halle und sah gerade noch, wie die Statue sich über einen zweiten Naat beugte und ihm das Genick brach. Dann schoss ich. Der Energiestrahl traf die Statue – und verwandelte sich dicht vor ihr in eine Wolke glitzernder Kristalle. Die Statue wandte sich mir zu. Die Lichtreflexe auf den steinernen Augäpfeln vereinigten sich zu zwei grellen Glutflecken. Ich ahnte, dass diese Flecken im nächsten Moment tödliche Blitze gegen mich schleudern würden, und sprang zur Seite. Aber kein Blitz zuckte herüber. Plötzlich standen in der gegenüberliegenden Öffnung der Halle zwei bizarr geformte Roboter, deren Arme in halbkugelförmigen Projektorköpfen endeten. Von diesen gingen flimmernde Kegel aus, umspielten die Statue und brachten das grelle Leuchten auf den Augäpfeln sofort zum Verlöschen. Die Gestalt verharrte unbeweglich in ihrer Haltung. Die Roboter gingen auf sie zu und bewegten ihre Arme. Ihre Projektoren erzeugten Druck- und Fesselfelder, die die Statue anhoben und vor den Robotern herschweben ließen. Wir wurden von den Maschinen nicht beachtet und gingen zur Treppe zurück.

»Dieses Ding stammt bestimmt aus einer von Zammonts Schatzkammern!« Corpkors Stimme war belegt. »Da wundert es mich nicht, dass er seine geheimsten Schätze auf der Nebelinsel verbirgt.«

Er ging zu den Überresten des Membrillas, blickte auf sie hinab, und seine Miene verdüsterte sich. Dann riss er sich von dem Anblick los. Wir eilten zum Treppenschacht. Corpkors Schuss hatte den unteren Meter der Treppe total zerschmolzen, aber Ra sprang mit einem raubtierhaften Satz zum unversehrten Ende, hielt sich fest und streckte uns seine Hand entgegen. Corpkor und ich hätten es auch ohne seine Hilfe geschafft, aber wir nahmen sie dennoch erfreut an, symbolisierte sie doch seinen Willen zur Zusammenarbeit, obwohl er immer noch kein Wort gesagt hatte. Nachdem wir Harun nachgezogen hatten, liefen wir die Treppe hinauf, eilten durch den beschädigten Korridor und durch den Spalt, durch den wir die Zitadelle betreten hatten. Bisher hatten wir großes Glück gehabt, aber als wir ins Freie traten, erkannte ich, dass es damit ein Ende hatte.

Über der Zitadelle kreisten an die fünfzehn Gleiter. Noch hatten ihre Besatzungen uns nicht entdeckt, aber sobald wir uns von dem Felssockel lösten, mussten sie uns sehen. Wahrscheinlich würden sie schießen. Ich hielt unwillkürlich den Atem an, als Ra sich von uns löste und gelassen ins Freie schritt …

Im nächsten Augenblick begriff ich, was er wollte. Er konnte sich denken, dass die Wächter nicht auf ihn schießen würden, weil sie wussten, dass er für ihren Herrn sehr wertvoll war. Aber sie mussten natürlich versuchen, ihn wieder einzufangen. Ich wandte mich an Corpkor, schloss aber meinen Mund wieder, als ich sah, dass der Tiermeister bereits handelte. Sein Blick verriet, dass er mit seinen Tieren in Verbindung stand. Die Männer in den Gleitern hatten ihre ganze Aufmerksamkeit auf Ra gerichtet, während sie zur Landung ansetzten. Deshalb bemerkten sie nicht, wie sich bei ihnen eine Wolke summender und tanzender Insekten sammelte. Bevor sie sich der Gefahr bewusst wurden, die ihnen von den Traumsängern drohte, erschlafften sie in ihren Fahrzeugen. Einer konnte noch aussteigen, verlor aber gleich darauf die Orientierung, setzte sich hin und lehnte sich an einen Felsbrocken, um vor sich hin zu träumen. Die unheimliche Ausstrahlung der Traumsänger wirkte sich aber auch auf uns aus, jedoch erheblich schwächer.

Ich merkte, wie die Umgebung sich scheinbar veränderte, wie die Formen der Gegenstände zerflossen und es zugleich absolut still wurde. Das änderte sich allmählich wieder, als die Insekten davonstoben. Aber ich fühlte mich noch immer benommen, während ich zum nächsten Gleiter eilte und dabei Harun mit mir zog. Corpkor zog seinerseits Ra am Arm mit sich. Wir hoben die Besatzung, die mit offenen Augen und verklärten Mienen träumte, aus dem Fahrzeug und legten sie daneben auf den Felsboden. Dann setzte ich mich hinter die Steuerung.

»Warten Sie noch«, bat der Tiermeister. Ich blickte ihn fragend an, aber da war sein Blick schon wieder geistesabwesend geworden. Er konnte mich nicht mehr sehen.

»Worauf sollen wir warten?«, flüsterte Harun.

»Wahrscheinlich auf Chelao«, antwortete ich leise. »Ich hoffe, er kann sich wieder zusammenfügen.«

Warum sollte er?, spottete mein Extrahirn. *Es handelt sich doch nicht um eine echte Person, sondern um eine Ballung verschiedenster Tiere. Folglich spielt es keine Rolle, welche Gestalt sie diesmal annehmen und ob es eine »vollständige« Gestalt sein wird.*

Ich ärgerte mich ein wenig über die überheblichen Formulierungen meines Extrahirns. Schließlich war es ein Teil von mir, der ohne mich nicht existieren und demnach auch nicht funktionieren konnte. Als Chelao endlich erschien, war dieser Ärger jedoch vergessen. Das Insektenwesen kam hinter einem großen Felsblock hervor, sah nicht anders aus als vorher, sondern war nur ein wenig kleiner und schmaler infolge der Verluste, die unausbleiblich gewesen waren. Auch bewegte es sich etwas unbeholfen. Corpkor streckte die Hände aus und half Chelao in den Gleiter, dann nickte er mir zu. Ich startete das Fahrzeug, zog es steil hoch und nahm Kurs nach Nordosten. Um mich besser orientieren zu können, zog ich den Gleiter so hoch, dass er durch die Nebeldecke über der Insel stieß. Das hätte ich lieber unterlassen. Kaum war der Nebel unter uns zurückgeblieben, gab es ein hartes metallisches Klicken – und sämtliche Kontrollanzeigen sanken auf null zurück.

Die Gleiter dürfen die Nebelzone nicht verlassen, sagte der Logiksektor. *Tun sie es dennoch, desaktiviert eine Sicherheitsschaltung den Antrieb.*

Nicht nur den Antrieb, sondern auch die Steuerung. Ich konnte mir jedoch nicht denken, dass wir haltlos abstürzen und am Boden zerschellen würden. Zammont musste einkalkuliert haben, dass jemand, der die Nebeldecke durchflog, kostbare Beute aus der Zitadelle bei sich haben konnte – und wie ich den Kur einschätzte, würde er vorgesorgt haben, dass die geraubten Schätze nicht beschädigt wurden. Folglich durfte er keinen Gleiter abstürzen lassen. Meine Vermutung bestätigte sich, kaum dass wir wieder in den Nebel eingetaucht waren. Ein Notaggregat sprang summend an und verwandelte den Absturz in einen sanften Gleitflug. *Aber …* »Die Steuerung reagiert nicht.«

»Wahrscheinlich bleibt sie blockiert.« Corpkor seufzte. »Normalerweise wird ein Gleiter bestimmt mittels Fernsteuerung zur Zitadelle zurückgeholt. Aber die Fernsteuerungsanlage dürfte ausgefallen sein wie so manches dort.«

»Dann kommen wir ein ganzes Stück nach Nordosten, in die Richtung, in die wir sowieso wollten. Nur werden wir mit diesem Fahrzeug die Insel nicht verlassen können.«

»Vielleicht lässt sich die Sicherheitsschaltung irgendwie umgehen«, sagte Harun. »Ich kenne mich mit Gleiterantrieben recht gut aus.«

Wahrscheinlich hat er hin und wieder fremde Gleiter gestohlen und die Sicherheitsschaltungen gegen Diebstahl umgangen, dachte ich. »Wir müssen es versuchen.«

Der Gleiter sank langsam, aber unaufhaltsam tiefer. Ich überlegte, was geschehen würde, sollte auf dem Landekurs ein größeres Hindernis, ein Berg, ein Baum oder ein großer Felsblock, auftauchen. Ausweichmanöver waren wegen der blockierten Steuerung nicht möglich. Doch alles ging glatt, einmal davon abgesehen, dass das Fahrzeug mitten in einem klaren See landete und wir es schnell verlassen mussten, um nicht mit in die Tiefe gezogen zu werden. Wir schwammen zum Ufer, kletterten an Land und sahen uns an.

»Verflucht«, knurrte Corpkor. »Nun müssen wir doch zu Fuß gehen.«

Wir hatten ungefähr die Hälfte der Strecke bis zum nordöstlichen Ufer der Nebelinsel zurückgelegt, als die Sonne unterging und es völlig dunkel wurde. »Chelao, übernimm du die Führung«, sagte Corpkor. »Du kannst im Dunkeln fast ebenso gut sehen wie bei Tag.«

»Ja, Erhabener.« Das Insektenwesen schritt voran, und wir folgten ihm. Ich ließ Harun zwischen dem Tiermeister, der unmittelbar hinter Chelao ging, und mir gehen. Die Dunkelheit war so vollkommen, dass wir die Hände auf die Schultern des Vordermannes legen mussten, um den Anschluss nicht zu verlieren. Dennoch gab es Lebewesen, die in der Nacht über die Insel streiften. Die verschiedenartigen Laute verrieten sie, und manchmal streiften sogar die Schwingen von Flugwesen unsere Gesichter. Wir wurden jedoch nicht angegriffen.

Etwa eine halbe Tonta nach Anbruch der Dunkelheit hörte ich ein schwaches Summen. Es kam aus westlicher Richtung, entfernte sich aber wieder nach Norden. Doch kurz darauf kehrte es zurück.

»Eine Aufklärungssonde. Hinlegen!« Wir streckten uns aus und bewegten uns nicht, obwohl zumindest Corpkor und ich wussten, dass das gegen eine hochwertige Aufklärungssonde wenig nützen würde. Unsere körpereigene Wärmestrahlung musste uns im Infrarotbereich deutlich gegen die kältere Umgebung abheben. Das Summen näherte sich tatsächlich, verhielt über uns und entfernte sich in südwestlicher Richtung. »Sie fliegt Richtung Zitadelle. Das bedeutet, dass dort noch jemand aktionsfähig ist und mit Hilfe dieser Sonde nach uns sucht.«

»Jetzt hat er uns gefunden«, sagte der Tiermeister.

»Ja. Ob ihm das etwas nützt, kommt darauf an, ob er allein ist oder noch – beziehungsweise wieder – über Kämpfer verfügt.«

»Mich wundert, dass er keine Verstärkung vom Palast angefordert hat.«

»Er fürchtet sich davor, Zammont sein Versagen eingestehen zu müssen. Deshalb wird er alles tun, um uns Ra wieder abzunehmen. Ich schlage vor, wir ändern unsere Marschrichtung etwas und schwimmen dann zum Teaultokan. Zammont wird es nicht wagen, offen gegen die Abgesandten Orbanaschols vorzugehen oder sich ganz offen zu weigern, uns Ra auszuliefern. Deshalb ist es klüger, wenn wir mit Ra vom Palast aus zur KARRETON fliegen.«

Sofern wir überhaupt schwimmen müssen, überlegte ich und dachte an Fartuloon und daran, wie es inzwischen dem Kur erging. *Würde mich überhaupt nicht überraschen, sollten die beiden plötzlich Arm in Arm auftauchen …*

Der ehemalige Kopfjäger wies Chelao die Richtung, dann marschierten wir weiter. Wir schritten trotz der Dunkelheit etwas schneller aus, damit uns eventuelle Verfolger nicht finden konnten. Allerdings gab ich mich nicht der Hoffnung hin, wir würden völlig unbehelligt bleiben. Wurden wir nicht in dem Gebiet angetroffen, in dem die

Sonde uns entdeckt hatte, würde sie sicher erneut ausgeschickt werden, um uns zu suchen – und sie würde uns abermals finden.

Als Chelao plötzlich stehen blieb, prallten wir aufeinander. »Ein Sumpf«, teilte uns das Insektenwesen mit. »Er zieht sich von Nordosten nach Südwesten, und zwar auf einer Länge von mindestens tausend Metern. Weiter kann ich nicht sehen.«

Ich überlegte. Es konnte durchaus sein, dass der Sumpf sich über eine Länge von weit mehr als einem Kilometer erstreckte. Wandten wir uns nach Südwesten, würden wir unter Umständen viel Zeit verlieren und eine erheblich größere Strecke zu schwimmen haben. Wandten wir uns aber nach Nordosten, kamen wir früher oder später wieder auf die gedachte Linie, die von dem Punkt, an dem die Sonde uns geortet hatte, zu dem ursprünglich anvisierten Punkt am nordöstlichen Ufer führte. »Gibt es keine Möglichkeit, durch den Sumpf zu kommen?«

»Ich kann versuchen, einen Pfad zu finden. Es kann aber sein, dass wir mitten im Sumpf nicht weiterkommen.«

»Versuchen wir es. Notfalls müssen wir eben wieder umkehren.«

Chelao setzte sich wieder in Bewegung, langsamer diesmal, damit wir nicht den Berührungskontakt untereinander verloren. Es wurde ein mühseliger Marsch. Immer wieder sanken wir bis zu den Knien ein. Dann wieder konnten wir eine längere Strecke auf fast trockenem Boden gehen. Rings um uns gluckste und gurgelte es Unheil verkündend. Plötzlich rauschte und schwappte etwas vor uns. Eine Woge Sumpfwasser rollte über unsere Füße. Chelao blieb stehen. »Ein Tier, vermutlich ein kleiner Saurier. Er lebt hier im Sumpf und scheint uns gewittert zu haben.«

»Wie groß ist der kleine Saurier?«

»Ungefähr fünfzehn Meter lang und vier Meter hoch, Erhabener, soviel ich sehen kann.«

»Das ist nicht gerade ein Schoßtier«, sagte ich ironisch. »Wie ist es, Tiermeister? Können Sie es beeinflussen?«

»Ich versuche es. Obwohl ich es lieber hätte, könnte ich das Tier sehen.« Abermals rauschte es, dann klatschte es laut. Wahrscheinlich peitschte der Saurier den Sumpf mit seinem Schwanz. Er war erregt und fühlte sich vermutlich bedroht. Sofern Corpkor ihn nicht beeinflussen konnte, würden wir auf ihn schießen müssen. Die starken Entladungen aber mussten unseren Standort auf große Entfernung verraten. Corpkor gab einige Laute von sich, die sich wie dumpfes Glucksen, hohles Pfeifen und disharmonisches Heulen anhörten. Der Saurier antwortete darauf mit lautem Schnauben und erneuten Schwanzschlägen. Dann näherte er sich uns stampfend und platschend. »Ich glaube, ich habe es geschafft.«

»Aber er kommt näher«, sagte Harun.

»Nicht in feindlicher Absicht.«

Ich war skeptisch, denn die Annäherung des Riesentiers hörte sich immer bedrohlicher an. Kurz darauf wehte uns ein übel riechender Luftschwall entgegen: der Atem des Sauriers. Danach ertönten ein paar klatschende Schläge.

»So ist es brav, mein Kleiner!« Corpkor sprach wieder in einer mir unbekannten Tiersprache auf den Saurier ein. Die Antwort war ein lautes Schnauben, das mir üblen Geruch und Speichel ins Gesicht wehte. »Er will uns zur anderen Seite des Sumpfes tragen. Kommen Sie, wir steigen auf seinen Rücken! Es geht relativ leicht, da der Rücken mit Zacken besetzt ist, an denen wir uns festhalten können.«

Keiner von uns sagte darauf etwas. Ich gab es auf, über die mitunter fast beängstigenden Fähigkeiten des Tiermeisters nachzudenken. Nacheinander zogen wir uns an den großen stumpfen Zacken auf den Rücken des Tieres, das sich anschließend auf ein Kommando Corpkors in Bewegung setzte. Anfangs hatte ich das Gefühl, ich könnte mich nur noch wenige Augenblicke halten, doch dann gewöhnte ich mich bald an den holperigen Trab. Als das Tier uns auf der anderen Seite des Sumpfes ablud, waren wir ziemlich durchgeschüttelt, aber wir hatten Zeit gewonnen. Corpkor lobte den Saurier und schickte ihn wieder zurück.

»Weiter!«, sagte ich. »Wie sieht es vor uns aus, Chelao?«

»Vor uns liegt offenes Gelände«, antwortete das Insektenwesen.

»Es wäre besser, es gäbe einige Verstecke«, sagte Harun.

Ich wollte fragen, wie er das meinte, aber es erübrigte sich, als ich die Lichterkette sah, die, von Nordosten kommend, genau in unsere Richtung flog. *Ein Suchkommando. Es hat uns vielleicht noch nicht entdeckt, doch das ist nur noch eine Frage der Zeit.* »Ra und Harun, ihr bleibt hier! Corpkor, Chelao und ich gehen ein Stück weiter, dann seid ihr bei dem bevorstehenden Kampf nicht unmittelbar gefährdet.«

Wir entfernten uns ungefähr hundert Meter von Harun und dem Barbaren, dann knieten wir uns hin und zogen unsere Kombistrahler. Die schweren Energiewaffen wollten wir nur im äußersten Notfall einsetzen. »Ich könnte mich auflösen, um die Verfolger anzugreifen«, sagte Chelao, »aber das sind keine Lebewesen, sondern Roboter …«

»Das ändert die Lage.« Ich steckte den Kombistrahler ins Gürtelhalfter zurück und hob den schweren Beutestrahler. »Auf Roboter nehmen wir keine Rücksicht. Wir schießen mit den schweren Waffen, sobald sie sich uns auf etwa fünfhundert Meter genähert haben.«

Die Lichterkette hatte sich inzwischen so weit genähert, dass ich erkannte, dass es sich um Scheinwerfer handelte, mit denen die Roboter das Gelände unter sich absuchten. Ich fragte mich, wie sie unsere Fluchtrichtung so genau ermittelt hatten, fand aber keine Antwort darauf. Als die ersten Roboter auf etwa fünfhundert Meter herangekommen waren, sagte ich: »Jetzt!«

Zwei sonnenhelle Strahlbahnen zuckten hinüber, erfassten die ersten beiden Roboter und gleich darauf die nächsten. Drei Roboter stürzten aufglühend in den Sumpf; der vierte explodierte mit der Gewalt einer Miniaturbombe. Für Augenblicke war die Landschaft in grelles Licht getaucht, und mindestens zwei weitere Roboter vergingen in der Glut. Als meine Augen sich von der Blendwirkung erholt hatten, konnte ich keinen Roboter mehr entdecken. Das bedeutete allerdings nicht, dass sie alle zerstört waren. *Es muss noch mindestens acht Maschinen geben*, raunte der Extrasinn. *Sie haben nur ihre Scheinwerfer ausgeschaltet, um euch kein Ziel zu bieten.*

»Stellungswechsel«, flüsterte ich Corpkor und Chelao zu. Wir liefen nach drei verschiedenen Seiten auseinander. Als ich meine neue Position bezogen hatte, horchte ich in die Dunkelheit, um anfliegende Roboter an den Geräuschen ihrer Flugaggregate auszumachen. Doch es blieb seltsam still.

Plötzlich rief Chelao mit seiner schnarrenden Stimme: »Neun Roboter sind südwestlich von uns gelandet. Sie haben eine Kette gebildet und marschieren auf uns zu.«

Sie sollen euch jemandem zutreiben, sagte der Logiksektor. *Versucht, nach Südosten auszuweichen.*

Ich überlegte kurz, dann entschied ich mich dagegen. »Chelao, hol Ra und Harun! Wir tun so, als ließen wir uns nach Nordosten treiben. Ich will wissen, wer uns dort erwartet.«

Chelao gehorchte. Bald darauf waren wir zusammen. Wieder führte uns das Insektenwesen und berichtete ab und zu, dass uns die Roboter in ständig gleichem Abstand folgten. »Schick einen kleinen Schwarm nach Nordosten!«, befahl Corpkor. »Wir müssen erkunden, was dort auf uns lauert.«

Bald darauf hörte ich das Summen eines Insektenschwarms, das sich schnell von uns entfernte. Wir marschierten unterdessen weiter, so schnell es das Gelände und die Dunkelheit erlaubten. Als eine halbe Tonta später der Mond des Planeten aufging, atmete ich auf. Wir konnten wenigstens wieder etwas sehen, wenn auch nicht sehr weit. Dann kehrte der Insektenschwarm zurück und summte und tanzte vor dem Tiermeister, der für uns übersetzte. »Drei Arkoniden und einundzwanzig … monströse Lebewesen erwarten uns am Nordostufer der Insel. Dort stehen drei Lastengleiter.«

»Monströse Lebewesen?«

Wieder fand eine geheimnisvolle Kommunikation zwischen dem Tiermeister und dem Insektenschwarm statt. »Es sind Quadroos. Weder echte Tiere noch echte Pflanzen, sondern Zwischendinger von Fauna und Flora. Sie leben auf dem Dunkelplaneten Rachoor im Pydonis-Sektor. Leider kann ich sie nicht beeinflussen.«

»Das ist bitter. Aber sie dürften auf Paralysatoren ebenso reagieren wie andere Lebewesen.«

»Eben nicht. Sie sind wegen ihres völlig andersartigen Nervensystems dagegen immun, und sie reagieren so schnell, dass wir höchstens zwei von ihnen mit den Luccots treffen können, bevor die anderen über uns sind.«

Ich nickte. Paralysatoren waren Strahlenwaffen, die das dem Willen unterworfene periphere Nervensystem von Lebewesen lähmten. Das für die lebenswichtigen Körperfunktionen notwendige autonome Nervensystem blieb weitgehend unbeeinflusst, nur die dem bewussten Willen unterstehende Muskulatur wurde gelähmt, das Schmerzempfinden ausgeschaltet.

»Werden sie uns töten?«, fragte Harun.

»Nein, Quadroos töten nicht. Sie lähmen ihre Opfer mit einem Gift, das sie aus ihrer Oberfläche ausscheiden.«

»Demnach will man uns gefangen nehmen. Wir können meiner Meinung nach weiter nichts tun, als uns so gut wie möglich zu wehren. Ich nehme an, wir werden anschließend in den Palast gebracht. Dort werde ich es mit einem Bluff versuchen, damit wir Ra doch noch mitnehmen können.« Ich wandte mich an Harun: »Keine Angst, mein

Junge. Du kommst auf jeden Fall mit uns. An dir hat Zammont kein Interesse.«

Er winkte ab. »Ich habe es mir anders überlegt. Ich habe einen alten Bekannten entdeckt, den ich nicht im Stich lassen möchte.«

Es rauschte plötzlich in der Luft über uns. Schemenhaft erkannte ich ein riesiges Flugwesen, das auf den Jungen herabstieß und zwei große krallenbewehrte Beine ausstreckte. Harun griff danach und rief mit seiner hellen Knabenstimme: »Vielleicht sehen wir uns irgendwann wieder, *Kristallprinz!*« – Im nächsten Moment hatte das Flugwesen ihn unseren Blicken entzogen …

»Wir gehen weiter«, sagte ich knapp. Corpkor sah mich von der Seite prüfend an, verzichtete aber auf jeden Kommentar. Ich konnte mir vorstellen, dass ihn meine Reaktion ebenso irritierte wie Haruns plötzlicher »Abgang«. Ich schwieg mich aus. Es gab zwar keinen Beweis, aber ich war mir nun ganz sicher, dass dieser »Harun« nicht der gewesen war, für den er sich ausgegeben hatte. *Ganz sicher war er kein einfacher Junge*, dachte ich, *das war bestenfalls eine sehr gute Maske.*

Wir mussten noch eine gute Tonta marschieren, bis wir einen Hügelkamm erreichten, von dem aus wir das Ufer sehen konnten. Und wir sahen auch die drei Lastengleiter und davor drei bewaffnete Arkoniden und eine Meute grünhäutiger Wesen, die mir wie eine Kreuzung von Eiswölfen, Flugechsen und Riesenorchideen vorkamen. »Das sind also die Quadroos! Corpkor, wir werden nicht auf sie schießen. Diese Kreaturen sind nichts weiter als arme Lebewesen, die zu kriminellen Handlungen missbraucht werden.«

»Wie Sie meinen«, sagte der Tiermeister. In diesem Augenblick entdeckten uns die drei Arkoniden. Sie stimmten ein triumphierendes Gelächter an, dann nahm einer von ihnen ein Schaltgerät in die Hände. »Ein Hirnsteuergerät. Mit ihm werden die Quadroos über kleine Implantate gesteuert, die man ihnen ins Zentralnervensystem einoperiert hat. Es wird schmerzhaft für uns werden.«

»Das glaube ich nicht.« Ich deutete auf das große Prunkboot, das aus der Nebelwand über dem Swatchon-See tauchte und mit schwachem Summen zum Ufer glitt. Die drei Arkoniden hörten das Summen noch deutlicher als wir. Sie fuhren herum und starrten auf die beiden Gestalten, die unter einem Baldachin saßen. Ich konnte von hier aus erkennen, dass es sich um Fartuloon und Zammont handelte.

Sie hielten sich an den Schultern, schwankten hin und her und grölten ein altes Raumfahrerlied.

»Total besoffen!«, brummte Corpkor neben mir.

Ich bezweifelte zwar, dass der trinkfeste Bauchaufschneider ebenfalls total betrunken war, aber Zammont war es ganz ohne Zweifel. Die drei Arkoniden erkannten es ebenfalls, dennoch nahmen sie Haltung an. Wir waren vorerst vergessen.

»Kommen Sie!«, sagte ich zu meinen Gefährten. Wir schritten den Hang hinab. Die Quadroos kümmerten sich nicht um uns. Ohne entsprechende Funksteuerung waren sie offenbar harmlos. Als das Prunkboot das Ufer erreichte, erhob sich Fartuloon und zog den schwankenden Statthalter mit hoch.

»Wir haben den singenden Stern geraubt und dem Nebeldämon eine Nase gedreht«, sangen die Männer. Sie brachen ab, als Zammont von einem fürchterlichen Schluckauf heimgesucht wurde. Fartuloon kniff den Kur kräftig in die gerötete Nase, und der Schluckauf endete.

»Da siehst du wieder, dass ich dein wahrer Freund bin, Terphis«, sagte der Bauchaufschneider mit schwerer Zunge. »Aber ich habe noch etwas anderes für dich. Schau dir die Männer an, die dort am Ufer stehen! Nein, nicht die drei Nachtwächter, sondern die anderen!« Zammont starrte mit glasigen Augen in unsere Richtung. »Es sind meine Freunde, und sie haben dir einen großen Dienst erwiesen, du Weinfass. Sie haben nämlich den entflohenen Barbaren Ra gefunden und damit dein Ansehen bei Imperator Orbanaschol gerettet.« Er tätschelte Zammonts Wange. »Ist dir das klar, Terphis?«

Der Statthalter brabbelte etwas, das sich wie eine Bejahung anhörte. Die drei Arkoniden blickten verblüfft auf Zammont und dann auf uns. »Mysitch hat Recht«, sagte ich. »Wir haben Ra gefunden. Sie brauchen sich also nicht weiter zu bemühen. Immerhin, vielen Dank für Ihre Hilfe.«

Die drei Männer sahen sich betreten an, dann wandten sie sich ab und gingen zu den Quadroos.

»Wartet!«, rief Fartuloon ihnen nach. »Wir brauchen einen eurer Gleiter. Würden wir mit dem Kahn zurückfahren, muss sich der Edle bestimmt übergeben. Einer von euch mag das Boot zum Palast bringen.«

»So ... soll es – hupp – sein«, lallte der Statthalter und stieß so laut auf, dass die Quadroos scheuten und mit unwahrscheinlich anmutender Geschwindigkeit durchgingen. Den drei Arkoniden blieb weiter nichts übrig, als gute Miene zum bösen Spiel zu machen. Sie brachten uns einen Lastengleiter und halfen dem Bauchaufschneider, Zammont hineinzubugsieren.

Als wir abhoben, standen sie verloren wirkend am Ufer und blickten uns nach. Fartuloon versetzte mir einen heimlichen Rippenstoß. »Nun, wie habe ich das gemacht, mein Junge? Bin ich nicht genau im psychologisch richtigen Augenblick gekommen?«

Ich lächelte. »Ganz genau. Vielen Dank. Ich wusste, dass ich mich auf dich verlassen konnte.«

Mich zurücklehnend, genoss ich den ruhigen Flug, der nur unwesentlich gestört wurde, als Zammont einschlief und leise schnarchte.

Wir hatten den Palast fast erreicht, als das Funkgerät ansprach. Eine aufgeregte Stimme sagte: »Ulwin an Zammont! Wir haben eine wichtige Durchsage. Ein ehemaliger Kralasene, der bei der Palastwache dient, glaubt, in Mysitch den Bauchaufschneider Fartuloon erkannt zu haben. Sollte das stimmen, befindet sich der ebenfalls gesuchte *Kristallprinz Atlan* bei ihm.« Zammont hörte auf zu schnarchen und stierte umher. »Hören Sie mich, Edler?«

Ich schaltete das Gerät ab. Der Kur schlief schon wieder. Er hatte überhaupt nichts begriffen. Unter diesen Umständen verzichtete ich darauf, beim Palast zu landen. Ich änderte sofort den Kurs und flog mit Höchstgeschwindigkeit zum Raumhafen Dhor Muang. Als wir neben der KARRETON landeten, tauchten über dem See die Positionslichter von Gleitern auf. Wir ließen den Statthalter weiterschnarchen und liefen zu unserem Schiff. Unterwegs wies ich Eiskralle an, alles für einen Notstart vorzubereiten und den Schutzschirm aufzubauen. Die Gleiter konnten natürlich mit ihren leichten Waffen nichts gegen ein fünfhundert Meter großes Raumschiff ausrichten. Das begriffen ihre Besatzungen auch. Sie beschränkten sich darauf, den Lastengleiter mit ihrem Statthalter aus der Gefahrenzone zu schleppen.

Wenige Zentitontas später brüllten die Impulstriebwerke der KARRETON auf, das Schiff hob ab und schoss mit Maximalbeschleunigung in den Nachthimmel. Unter uns donnerte eine Druckwelle über den Raumhafen. Wir hatten die Atmosphäre noch nicht verlassen, als Bodenforts das Feuer aus mittleren Strahlgeschützen eröffneten. Unser Schutzschirm flackerte zwar etwas, hielt aber stand. Gefährlich wurde es erst, als ein Raumabwehrfort im Gebirge südlich von Dhor Muang mit schweren Geschützen eingriff. Die Kugelzelle des Schiffes schwang wie eine Glocke, und der Schutzschirm pulsierte beängstigend.

»Achtung, Nottransition!«, rief Eiskralle.

Das normale Universum verschwand – und erschien sofort wieder. Auf den Bildschirmen leuchteten die Sterne in ihrer altbekannten Pracht. Das Slohraeder-System und der Planet Dargnis aber waren verschwunden. Ich drehte den Kopf und blickte zu Ra, der angeschnallt in dem Kontursessel neben mir saß. Der Barbar erwiderte meinen Blick gelassen. Er hatte bisher noch kein Wort gesprochen, doch ich hoffte, dass sich das bald ändern würde – vor allem, wenn ich ihm sagte, dass Orbanaschol mein Feind war. *Hoffentlich bringt mich Ras Geheimnis ein Stück weiter auf dem Weg zum Stein der Weisen …*

12.

Tharg'athor Sarn Lartog knirschte mit den Zähnen. Innerlich wünschte er seinem Kommandanten sämtliche kosmischen Seuchen einschließlich der Zentrumspest an den Hals; schon immer hatte Lartog vermutet, dass dem dicklichen Kapitän mit der Fistelstimme die Pflege seines schulterlangen Haares wichtiger war als das Wohlergehen seiner Besatzung. Hauptsache, die Kommandantenhaare glänzten seidig, was aus der Besatzung und dem Schiff wurde, war zweitrangig.

Im Innern des Stützmassentanks stank es erbärmlich. Natürlich hatte der riesige Raum vorher von allen Rückständen gereinigt werden müssen, und jetzt hing der Geruch des Reinigungsmittels in der Luft und brachte einen ständigen Niesreiz mit sich. Die Irren, die es gewagt hatten, ein arkonidisches Schiff zu kapern, waren immerhin so freundlich gewesen, ein paar Lampen im Raum zu installieren. In dem Dämmerlicht hatte der Tharg'athor zufrieden feststellen können, dass sein Dosimeter am Handgelenk auf null stand. Der Tank war wirklich frei von strahlenden Resten.

»Wir müssen hier heraus«, knurrte der untersetzte Mann.

»Bravo. Weißt du, wie du hier herauskommen willst?«

Die Stimme gehörte einem von Lartogs Freunden, einem hageren Mann von extremer Größe. Aus größerer Entfernung sah Tharg'athor Ipraha einer Antenne ähnlicher als einem Menschen.

»Wir stecken in einem Stützmassentank«, stellte Ipraha trocken fest. »Daraus gibt es nur wenige Fluchtmöglichkeiten. Du kannst dich durch die Leitungen zwängen und als Impulsbündel aus den Triebwerken gestrahlt werden. Oder du versuchst es durch den Tankdeckel. Wenn du Zähne und Nägel nimmst, wirst du nach einigen Jahrtausenden den Arkonstahl durchgekratzt haben.«

»Haha!«, machte Lartog düster, aber er wusste, dass Ipraha Recht hatte. »Immerhin – was, glaubst du, wird man mit uns anstellen, sobald das Schiff dort gelandet ist, wo es die neuen Schiffsführer gerne hätten?«

»Sie werden den Tank wieder seiner Bestimmung zuführen«, sagte Ipraha spöttelnd. »Sie werden die Verdichterfelder einschalten und Stützmasse einfüllen. Die geringen Verunreinigungen, die von unseren zerquetschten Körpern stammen, verdaut ein arkonidisches Impulstriebwerk problemlos.«

Unwillkürlich zuckte Lartog zusammen. Die Vorstellung, von den gewaltigen Feldprojektoren innerhalb einiger Millionsteltontas zu winzigen Klumpen zusammengepresst zu werden, hatte etwas Grauenvolles an sich.

»Ich wäre Ihnen sehr verbunden, meine Herren«, erklang das fistelnde Organ des Kommandanten, »würden Sie derartige Reden fürderhin unterlassen. Ich fürchte um die Moral der Mannschaft!«

In Gedanken gestattete Lartog dem Kommandanten einige Freizügigkeiten, von denen er mit Sicherheit Abstand genommen hätte, wären die Gedanken laut geäußert worden. Plötzlich hatte Lartog einen Einfall. Es war eine selbstmörderische Idee, aber bei näherer Betrachtung war der Plan durchführbar. Wortlos stand Lartog auf; er winkte Ipraha, ihm zu folgen. Ächzend entfaltete der Tharg'athor seine knochige Gestalt und ging hinter Lartog her. Ab und zu waren knurrende Laute zu hören – dann, wenn einer der Männer irgendeinem auf die Füße trat.

»Kannst du mir verraten, was du eigentlich vorhast?«, erkundigte sich Ipraha halblaut. Wortlos deutete Lartog auf ein Gestell, das sich zehn Meter vor ihnen aus dem Boden des Tanks erhob. Ipraha erkannte die zerbrechlich wirkende Konstruktion eines Projektors. Etwa dreißig solche Projektoren gab es in jedem Tank. Sie emittierten das Verdichterfeld, das die Stützmassen zusammenpresste und auf einen Bruchteil ihres ursprünglichen Volumens verdichtete.

»Pass auf«, flüsterte Lartog. »Sind alle Projektoren eingeschaltet, ergibt sich an den Rändern des Tanks eine Interferenzzone, die Wirkung der

Emissionen wird aufgehoben. Andernfalls würden nämlich auch die Wände und das übrige Schiff verdichtet, und das …«

»Wäre ziemlich peinlich. Das weiß ich. Worauf willst du hinaus?«

»Wenn wir nur einen Projektor einschalten, wird auf der gegenüberliegenden Seite die Wand verdichtet. Und durch diese Lücke können wir fliehen.«

»Heiliges Arkon!«, stöhnte Ipraha auf. »Mann, bist du von Sinnen? Was, glaubst du, wird mit uns geschehen, sollten wir versuchen, durch dieses Loch zu fliehen? Wir werden genauso verdichtet wie die Stützmassen! Und überhaupt – woher willst du die Energie nehmen, um auch nur einen der Projektoren in Betrieb zu setzen?«

»Der Reihe nach. Als Energiequelle werden wir die kleinen Batterien unserer Armbandgeräte nehmen.«

»Damit kannst du nicht einmal die Kabinenbeleuchtung des Kommandanten betreiben, geschweige denn einen solchen Projektor.«

»Lass mich ausreden. Natürlich reicht die Energie nicht aus, aber sie wird für einen Augenblick wirken, sofern wir mehrere Batterien zusammenschalten. In dieser kurzen Zeitspanne wird die gegenüberliegende Wand vermutlich so sehr in ihrer Molekularstruktur erschüttert, dass wir uns einen Weg bahnen können. Eine Gefahr für uns besteht nicht, das Feld bricht ja blitzschnell wieder zusammen.«

»Hört sich nicht schlecht an.« Ipraha nickte anerkennend. »Und wie willst du die nötige Zahl von Batterien zusammenbekommen?«

»Wir müssen den Kommandanten bitten, uns zu helfen.«

Ipraha lachte kurz, dann ahmte er die Stimme des Kommandanten nach: »Meine Herren, ich bin entsetzt. Sie werden doch nicht allen Ernstes mein Schiff beschädigen wollen? Warten Sie ab, es wird sich schon alles zum Guten wenden. Wo ist bloß mein Kamm geblieben, meine Haare sind ganz verfilzt. Diese Barbaren in der Zentrale! Sie hätten mir wenigstens mein Haarwasser lassen können.«

Lartog biss sich in den Unterarm, um nicht laut loszuplatzen; Iprahas Karikatur war fast noch treffender als der Kommandant selbst. Lartogs Körper schüttelte sich in Krämpfen, denn er durfte um keinen Preis lachen. So weichlich der Kommandant normalerweise sein mochte – bei Disziplinverstößen griff Grahn Tionte unerbittlich durch. Als sich Lartogs Lachen wieder gelegt hatte, murmelte der Tharg'athor: »Es wird nicht anders gehen, wir müssen zum Kommandanten.«

»Wie du meinst. Aber du weißt hoffentlich, worauf du dich einlässt?«

»Nur zu gut«, lautete Lartogs brummige Antwort. »Mit dem Ausbruch

allein ist es ja nicht getan. Wir müssen diese verfluchten Viecher blitzschnell ausschalten, die maßgeblichen Schaltstellen unter unsere Kontrolle bringen, die verstreuten Besatzungsmitglieder erwischen und natürlich die Hauptzentrale erobern – und das alles am besten gleichzeitig und im höchsten Grad effizient. Nun ja, unsere bessere Ortskenntnis erleichtert das Vorgehen natürlich, aber jeder Garrabozug muss exakt auf den anderen abgestimmt sein. Es wird alles andere als leicht …«

Grahn Tionte hörte sich den Vorschlag und die weitere Planung der beiden Orbtonen aufmerksam an, nickte langsam und antwortete: »Können Sie die Garantie übernehmen, dass der Projektor uns nicht zermalmt, wenn Ihr Versuch fehlschlägt?«

»Dafür gibt es keine Garantie, Erhabener. Aber ich glaube, dass die Wahrscheinlichkeit eines solchen Fehlschlags wesentlich geringer ist als die Wahrscheinlichkeit, kurz nach der Landung von den Kaperern abgeschlachtet zu werden. Wir wissen zwar nicht, was sie planen, aber sie legen sicherlich keinen Wert auf überflüssige Zeugen.«

»Sie haben Recht.« Tionte fuhr nachdenklich mit den Fingern durch sein schulterlanges Haar. »Wir müssen wohl oder übel etwas unternehmen.«

Er winkte den beiden Männern, sich zu entfernen. Sofort machten sich Lartog und Ipraha an die Arbeit. Es dauerte nur kurze Zeit, dann lagen vor ihren Füßen knapp dreißig Batterien aus Armbandgeräten. Mehr wollte Lartog nicht einsetzen. Kam es zum Kampf, mussten wenigstens ein paar Männer übrig bleiben, mit denen man sich per Funk verständigen konnte. Mühsam wurde die Arbeit erst, als es galt, die einzelnen Batterien miteinander zu koppeln. Lartog musste ein Armband völlig demontieren, um genügend Kabel zu bekommen, mit denen er die Batterien verbinden konnte. Beide Männer gingen mit größter Vorsicht vor. Je mehr Batterien sie zusammensteckten, desto größer wurde das Risiko, eine Detonation heraufzubeschwören.

Nach einer halben Tonta atmete Lartog erleichtert auf und wischte sich den Schweiß von der Stirn. Die Männer legten eine Pause ein, denn das große Luk über ihren Köpfen öffnete sich und Roboter versorgten die Gefangenen mit Lebensmitteln und Wasser. Sobald die Robots verschwunden waren, begannen Ipraha und Lartog damit, die Verkleidung des Projektors zu entfernen. Hätte es nicht einer der Gefangenen geschafft, ein Flottenmesser aus Arkonstahl in die Haft einzuschmuggeln, wäre Lartogs Versuch zum Scheitern verurteilt gewesen. Die Schrauben an der Verkleidung des Projektors waren in der Werft von Robotern ange-

zogen worden. Lartog blieb nichts anderes übrig, als die Bleche regelrecht aufzuschneiden – eine Arbeit, die seine Kräfte stark beanspruchte.

Nach mehr als zwei Tontas lag endlich der Projektor frei vor den beiden Männern. Behutsam unterbrach Lartog die Energiezufuhr des Geräts. Immerhin konnte er nicht wissen, was geschah, wurde eine neue Energiequelle in den Kreislauf eingeschaltet. Interessiert stellte Lartog fest, dass der Projektor sechzehnfach gesichert war. Ihm war klar, warum der Aufwand getrieben wurde. Fiel einer der Projektoren aus, blähte sich das verdichtete Material der Stützmassen in rasender Geschwindigkeit auf. Es gab kein Material, das dem Ansturm solcher Gewalten gewachsen war. Selbst bester Arkonstahl wäre einer solchen Belastung erlegen. Die Folge wäre die völlige Vernichtung des Schiffes gewesen.

»Ich glaube, wir sollten noch etwas warten«, schlug Ipraha plötzlich vor. »Kennst du das Geräusch?«

Mit einer Handbewegung schaffte Lartog Ruhe, dann lauschte er. Er brauchte einige Zeit, bis er herausgefunden hatte, was Ipraha gemeint hatte. Sobald Lartog die Verschiebungen begriffen hatte, die sich aus seinem jetzigen Aufenthaltsort ergaben, konnte er das Geräusch identifizieren. Diesen Lärm konnte man – allerdings stark verändert – in der Zentrale hören, liefen die Triebwerke mit voller Belastung. Dazwischen mischten sich die typischen Geräusche hochgefahrener Sprungfeldgeneratoren.

»Eine weitere Transition wird vorbereitet«, flüsterte Ipraha. »Wir sollten noch etwas warten. Nach dem Sprung lässt die Aufmerksamkeit in der Zentrale nach.«

Lartog wusste, dass sein Freund Recht hatte. Normalerweise waren die ersten Augenblicke nach einer Transition spannungsgeladen, schließlich wusste man nie zu hundert Prozent, in wessen Nähe man wieder aus dem Hyperraum heraustrat. Immer wieder kam es vor, dass dreiste Piraten mit geradezu atemberaubender Sicherheit genau in Schussweite standen, wenn voll beladene Frachter rematerialisierten. Bevor die überraschte Crew des Frachters überhaupt begriff, was geschehen war, hatten einige Salven bereits den weiteren Verbleib der Ladung entschieden. War dieser kritische Zeitpunkt vorbei, ließ die Aufmerksamkeit der Männer in der Zentrale meist schlagartig nach. Diesen Augenblick wollte Lartog ausnutzen. Er wartete geduldig ab, bis der ziehende Schmerz im Nacken abgeklungen war, und stellte die Verbindung zwischen dem Batteriepaket und dem Projektor her.

Der verzweifelte Sprung, mit dem er sich augenblicklich zur Seite warf, rettete sein Leben. Eine meterlange Stichflamme schoss aus dem Projektor, dann detonierten mit gewaltigem Krachen die zusammengeschalteten Batterien. Die meisten Männer hatten sich vorsichtshalber schon in Sicherheit gebracht, nur Lartog und Tionte wurden von den Auswirkungen des Experiments betroffen. Lartog wurde noch im Sprung von der Druckwelle erfasst. Er wirbelte umher, prallte hart auf den stählernen Boden des Tanks und überschlug sich mehrfach. Er stöhnte unterdrückt auf, als er sich aufrichtete, aber der Schmerz verging schlagartig, als er seinen Kommandanten sah. Tionte war genau in die Ausläufer der Stichflamme hineingeraten.

Viel geschehen war ihm nicht. Die Kraft der Flamme hatte nicht dazu ausgereicht. Aber sein prachtvolles Haar: Links war das Gesicht völlig geschwärzt, darüber waren die schwärzlichen Stummel des abgesengten Haares zu sehen. Tiontes Augen begannen zu tränen; der Kommandant wischte sich mit der Hand über das geschwärzte Gesicht, versuchte sein Haar zu ordnen. Es war eine Bewegung, die jeder an Bord kannte. Er sah nicht, wie ihn die Mannschaft anstarrte, mit angehaltenem Atem auf das Unvermeidliche wartete. Tiontes Hand hielt inne; er blinzelte. Langsam bewegte sich die Hand des Kommandanten weiter; gleichzeitig weiteten sich die roten Augen. Mit zitternden Fingern strich er über die versengte Zierde seines Hauptes, schluckte nervös. Langsam tastete der Kommandant auf dem Kopf herum, bis er sich zeitlupenhaft langsam umdrehte. In seinen Augen flackerte Mordlust. Der Blick galt Lartog, der zögernd zurückwich.

»Sie …«, sagte Tionte drohend. »Sie …!« Er stieß ein undeutliches Knurren aus und kam langsam näher. Als er sich mit einem Satz auf Lartog werfen wollte, sprang dieser rasch zur Seite. Der Weg zurück wurde ihm von der stählernen Wand des Tanks beschnitten. Tionte verfehlte den Tharg'athor und prallte gegen die Wand. Eine Wolke feinsten Metallstaubs wallte auf, und der Kommandant verschwand darin, nur der Schrei war zu hören, mit dem er auf der anderen Seite der Tankwand landete.

»Geschafft!«, jubelte Ipraha. »Wir sind frei!«

»Noch nicht«, wehrte Lartog ab; eine Gruppe von Männern hatte ihn umringt und strengte sich nach Kräften an, auf seine Schultern zu klopfen. »Wir brauchen Waffen – und dann müssen wir zuerst den Privatzoo der Kaperer vernichten. Ihr wisst hoffentlich, wie gefährlich diese Biester sind?«

Langsam legte sich der Staub, und die Sicht wurde frei. Lartog beugte sich über den Rand des Loches, das der Projektor in die Tankwand gerissen hatte. Auf der anderen Seite erkannte er zwei Meter unter sich seinen Kommandanten, der sich gerade mühsam aufrichtete und seine Glieder betastete. Über und über war Tionte mit schwärzlichem Metallstaub bepudert.

»Der Ärmste wird allerhand Mühe haben, sich zu bewegen.« Ipraha hatte seinen Kopf neben den Lartogs geschoben. Er sah den fragenden Blick seines Freundes und sagte: »Ich schätze, dass unser verehrter Herr Kommandant knapp die Hälfte des Staubes am Körper mit sich herumträgt – und dieser Staub entspricht in seinem Gesicht genau der Hälfte der Masse, die jetzt in der Tankwand fehlt!«

Lartog sah sich das Loch an, schätzte die Dicke der Wand und grinste boshaft. Nach seiner Berechnung schleppte Tionte jetzt annähernd sechzig Kilogramm Metallstaub mit sich herum, aufgeteilt in mikroskopisch kleine, aber dafür sehr schwere Körnchen aus hoch verdichtetem Stahl, dessen Dichte 23,6 Gramm pro Kubikzentimeter betrug. Tionte schien nach einiger Zeit begriffen zu haben, warum seine Beine plötzlich so sehr beansprucht wurden.

Ein düsteres Grollen klang zu Lartog herauf. Immerhin hatte er den Sturz ohne ärgere Blessuren überstanden; die Männer hatten es einfacher als er, da sie ihren Sprung in die Tiefe berechnen konnten. Allerdings passten sie höllisch auf, nach Möglichkeit keinen Staub mitzunehmen – das Beispiel des Kapitäns hatte deutlich genug gezeigt, welche Folgen dies mit sich brachte. Es dauerte nur wenige Zentitontas, dann waren die Männer frei.

»Vorwärts!«, kommandierte Tionte und winkte mit dem Arm, der sich anfühlte, als hinge ein olgscher Mumbral daran. Er machte zwei, drei Schritte und brach in die Knie. Zwei seiner Männer sprangen zu ihm und halfen ihm wieder auf die Beine. Der Blick, den Lartog von seinem Vorgesetzten zugeworfen bekam, besagte eindeutig, dass nur noch außerordentliche Heldentaten geeignet waren, ihm eine einseitige und recht kurze Bekanntschaft mit dem Innenleben eines Konverters zu ersparen.

An Bord der KARRETON: 29. Prago der Prikur 10.497 da Ark

Das Ziehen und Zerren saß irgendwo zwischen den Schulterblättern, kroch von dort nach oben und wühlte in meinem Schädel. Ich war mir sicher: Selbst wenn ich zehntausend Jahre leben sollte, würde ich mich daran nie gewöhnen können. Der Schmerz bei der Wiederverstofflichung war zwar nicht unerträglich heftig, aber äußerst lästig. Während die Zentrale der KARRETON um mich herum in nicht messbarer Zeit wieder stabil geworden war, brauchte ich einige Augenblicke, um zu begreifen, dass sich das Bild auf der Panoramagalerie verändert hatte.

Natürlich stöhnte ich nicht; als Kristallprinz konnte ich mir dergleichen nicht leisten. Dennoch sah ich mit leichtem Neid auf meine Freunde, die sich ebenfalls in der Zentrale des erbeuteten Schiffes aufhielten. Ich hatte den Sitz des Piloten übernommen, Fartuloon assistierte mir. Corpkor überwachte die Maschinen, während Chretkor für Funk und Ortung zuständig war.

Im Hintergrund stand wie festgewachsen der Wilde. Nur an seinem Lidschlag und den regelmäßigen Bewegungen seines Brustkorbs war überhaupt zu erkennen, dass es sich nicht um eine Statue handelte. Ra zeigte keinerlei Anzeichen von Überraschung oder Erschrecken. Diese Tatsache machte mich nachdenklich. Für einen Barbaren waren normalerweise Sonnen etwas Unbegreifliches. Die gewaltigen Entfernungen, die mit dem Verstand eines raumfahrtkundigen Volkes praktisch nicht zu begreifen waren, die rätselhaften Bewegungen der Sterne – all dies führte bei vielen Völkern dazu, aus ganz simplen Sonnen geheimnisvolle Wesen, häufig sogar Gottheiten zu machen.

Ganz simple Sonnen?, bemerkte mein Extrahirn mit unverhohlenem Spott. Selbstverständlich hatte er Recht. Was die arkonidischen Schulkinder im Schlaf herunterbeten konnten, musste für Leute von Ras Schlag die höchste Stufe der Wissenschaft sein. Und doch, als sich das Bild der Sterne in der Panoramagalerie schlagartig verändert hatte, war von Ra kein Zeichen der Überraschung zu sehen gewesen. Er verhielt sich abgebrüht wie ein im Dienst ergrauter Raumfahrer. Oder hatte er den Wechsel einfach nicht bemerkt? Es genügte ein Blick, der mir zeigte, dass seine schwarzen Augen unablässig die Zentrale musterten und jeden Eindruck festhielten. Ra war hellwach und spürte deutlich, was um ihn herum vorging.

»Wir sollten die nächste Transition vorbereiten«, sagte Eiskralle. »Ich habe den Funk in unserer Nähe abgehört, irgendwo treibt sich in diesem Sektor eine kleine Kampfflotte herum!« Ich sah besorgt auf, aber Eiskralle winkte schnell ab. »Es ist nur ein Manöver. Ich habe den Admiral gehört, der mit der Leistung seiner Leute offenbar nicht zufrieden ist. Er brüllte wie ein Vulkan.«

»Lassen wir ihn brüllen. Wir sollten uns beeilen.« Corpkor machte eine kurze Bewegung mit dem Daumen, die auf den Boden zielte. Fünf Decks tiefer steckten dreiundvierzig Arkoniden in einem leeren Stützmassentank. Leider hatten wir sie wegen des abrupten Starts von Dargnis nicht – wie von mir eigentlich beabsichtigt – auf der Kolonialwelt zurücklassen können. Dennoch hätte ich mich besser gefühlt, wären sie von Bord gewesen; Männer dieses Schlages hatten letztlich das gewaltige Sternenimperium der Arkoniden aufgebaut. Man war daher nie vor unliebsamen Überraschungen sicher.

Ich trommelte mit den Fingern auf die Verkleidung des Schaltpults. Ra machte mir Sorgen. Dieser junge Mann hatte nicht nur höchst beeindruckende Muskeln; er konnte sie auch sehr gut einsetzen, und Angst schien er nicht zu kennen. Es waren jedoch nicht diese Eigenschaften des dunkelhäutigen Barbaren, die mir Sorge bereiteten. Im Tai Ark'Tussan gab es vermutlich einige hunderttausend Männer mit vergleichbaren körperlichen Qualitäten. Ra war offenkundig Mittelpunkt eines Geheimnisses. Das machte es umso interessanter, herauszufinden, ob Ra wirklich etwas über den Stein der Weisen wusste.

»Hast du den Lärm gehört?« Eiskralle hatte den Kopf zur Seite geneigt, um besser hören zu können. Ich verneinte; in der Zentrale war der übliche Lärm zu hören, den eine Transition fast zwangsläufig mit sich brachte. Nur in Luxusjachten wurden so starke Isolatoren eingebaut, dass man das Triebwerksgeräusch nicht mehr hören konnte. »Aber ich habe etwas gehört!«, beharrte der Chretkor. »Ich bin doch nicht taub!«

Im Hintergrund bewegte Ra den Kopf auf und ab; falls seine Gestik arkonidischen Gepflogenheiten entsprach, bedeutete das eine Bejahung.

Unsinn!, meldete sich mein Extrahirn. *Wie soll der Wilde unter etlichen Raumschiffsgeräuschen eines herausfinden, das ungewöhnlich wäre?*

Ich nickte, obwohl ich meine Zweifel an der Richtigkeit dieser These hatte. Natürlich gehörte jahrelange Erfahrung dazu, aus dem Lärm in der Zentrale eines Raumschiffes die einzelnen Geräuschquellen herauszuhören – das leise Surren und Summen der Innenklimatisierung, das Knattern und Piepsen, das jeden Funkverkehr begleitete, das Klicken der Automatiken. Kamen dann noch das Brüllen und Toben der großen Reaktoren oder die Vibrationen von Resonanzerscheinungen dazu, gehörte schon ein extrem feines Ohr dazu, Veränderungen auszumachen. Allerdings wusste ich, dass es viel gereiste Raumfahrer gab, die im Schlaf kleinste Veränderungen der Arbeitsgeräusche erkennen konnten. Der Chretkor schaltete eine Verbindung zu den Maschinenräumen und ließ die Kameras alle Winkel abfahren. Es war nichts Ungewöhnliches zu erkennen; ein Maschinendefekt wäre im Übrigen längst angezeigt worden.

»Die Maschinen sind in Ordnung. Ich sehe nach meinen Tieren. Die mögen Transitionen ebenso wenig wie wir!« Mit einem Handgriff aktivierte Corpkor den Interkom, sofort flammte ein kleiner Bildschirm auf und zeigte den großen Lagerraum, in dem wir die Tiere untergebracht hatten. Ein dumpfes Stöhnen kam über Corpkors Lippen, und ich sah, wie sein Gesicht weiß wurde. Seine Hände klammerten sich um die Lehnen seines Sessels; Corpkor richtete sich halb auf, als wolle er in das Bild hineinspringen.

»Verdammt!«, knurrte Fartuloon, der rasch an Corpkors Seite geeilt war. »Die Tiere sind tot!«

Ein Handgriff genügte, um das Bild auch auf meinem Monitor aufleuchten zu lassen. Der Bauchaufschneider hatte Recht: Auf dem Boden des Lagerraumes waren die Tiere verstreut. Deutlich waren die Spuren eines kaltblütigen Gemetzels zu sehen. Zwischen den Kadavern lagen zwei Männer, die den Tieren offenbar zum Opfer gefallen waren. *Die Gefangenen!*, belehrte mich mein Extrasinn. *Sie sind ausgebrochen und haben als Erstes die Tiere ausgeschaltet.*

Ich knirschte mit den Zähnen. Ohne Corpkor und seine Tiere waren wir den Arkoniden klar unterlegen. Zwar waren zwei Besatzungsmitglieder tot, aber das half uns nur wenig. Im Gegensatz zu uns kannte sich die Originalbesatzung der KARRETON an Bord des Forschungskreuzers bestens aus, während sich die fünfzig Leute, die von der POLVPRON übergewechselt waren, in dem fünfhundert Meter durchmessenden Schiff förmlich verloren. Andererseits erwies sich gerade diese Dezentralisierung vielleicht als Vorteil. So recht glauben mochte ich jedoch nicht daran. Dass es der KARRETON-Besatzung gelungen war, Corpkors Tiere auszuschalten – wenn auch unter Ausnutzung der mit der Transition verbundenen Aufregung, Irritation und Desorientierung –, bewies mehr als deutlich, dass wir sie nicht unterschätzen durften.

Instinktiv warf ich einen Blick auf Ra, der sich in aller Ruhe das

Bild auf dem Monitor betrachtete und grinste. Ob das Lächeln den getöteten Tieren galt oder den getöteten Männern, vermochte ich nicht zu sagen. Während ich noch beobachtete, wie Ra seine Muskeln probeweise spannte, hatte Corpkor bereits einen Waffenschrank geöffnet und warf uns die Waffen zu. Es waren langläufige Paralysatoren. Ich verzog anerkennend die Lippen, hatte ich doch damit gerechnet, dass der Tiermeister ohne Zögern zu tödlichen Waffen greifen würde. Immerhin starb mit jedem seiner Tiere ein Stück von ihm selbst. Ich erinnerte mich an unsere erste Begegnung; erst die Drohung, seine Lieblingstiere zu erschießen, hatte ihn damals zur Vernunft gebracht.

Ich zuckte zusammen. Mit einem geschickten Handgriff hatte Ra einen Paralysator aufgefangen, das Magazin einschnappen lassen und den Sicherungshebel umgelegt. *Woher hat er die Kenntnisse, die mit diesen Handgriffen verbunden sind?* Hätte er den Paralysator wie eine Keule gehandhabt, wäre ich nicht weiter aufmerksam geworden, aber er schien ganz offenkundig schon mehr als einmal arkonidische Waffen in Händen gehabt zu haben. *Und es sieht nicht danach aus, als wisse er nicht ganz genau, was man mit diesen Geräten anzustellen vermag.*

»Wie werden sie vorgehen?« Fartuloon betrachtete fast liebevoll sein Schwert. »Vermutlich durch den zentralen Antigravschacht!«

Insgesamt mündeten vier Schächte in die Zentrale, aber der Mittelschacht war der größte und wichtigste und ...

»Verschlusszustand!«, befahl ich.

Der Chretkor wandte sich dem Pult zu, fluchte lauthals und meldete: »Blockiert! Keine Reaktion bei den Schotten und Pforten.«

Somit würde auch der Mittelschacht am schwersten zu verteidigen sein. Ich warf mich auf den Boden und robbte auf die Mündung zu; vorsichtig schob ich den Kopf über den Rand und sah nach unten. Der Boden des Schachtes war leer, aber ...

Ich spürte einen harten Griff an meinem rechten Bein, dann riss mich eine unwiderstehliche Kraft zurück. Mein Kinn prallte mehrmals hart auf Boden und ließ mich fast bewusstlos werden. Dennoch erkannte ich, wie einige Meter vor mir, genau dort, wo ich gelegen hatte, der Boden aufglühte. Ra hatte mich gerade noch rechtzeitig zurückgerissen; er grinste mich freundlich an und deutete mit dem Daumen in die Höhe.

»Der Bursche ist raffinierter, als er aussieht«, kommentierte der

Bauchaufschneider anerkennend. »Er hat geahnt, wie die Kerle vorgehen werden.«

Der große Stützmassentank lag unterhalb der Zentrale. Es war nahe liegend, zu vermuten, dass auch ein Angriff von dort aus vorgetragen wurde. Aber die Männer waren so gerissen gewesen, die Zentrale zu umgehen und von oben anzugreifen – und dieser Plan wäre um Haaresbreite auch erfolgreich gewesen. Hätte Ra mich nicht unsanft zurückgerissen, hätte mich der Strahlschuss getroffen und getötet.

»Besten Dank«, sagte ich leise und undeutlich; der Unterkiefer schmerzte, ihm war der Kontakt mit dem Boden nicht gut bekommen.

Mein Extrasinn versicherte ironisch: *Der Strahlschuss hätte ihn noch übler zugerichtet.*

»Ich gehe runter«, entschied Fartuloon. »Wir müssen die Reserveleitstelle besetzen, ehe sie …«

Natürlich, daran hätte ich fast nicht gedacht. Wie fast jedes Schiff im Tai Ark'Tussan konnte auch unser Schiff von mindestens zwei verschiedenen Stellen aus gelenkt werden. Normalerweise diente dazu die Zentrale, aber im Gefahrenfall gab es eine oder mehrere Reserveleitstellen, von denen aus das Schiff in Katastrophenschaltung gesteuert werden konnte. Gelang es den Gefangenen, diesen Ort vor uns zu erreichen, sah es übel aus. Vermutlich wusste Tionte sehr genau, mit welchen Schaltungen er die Zentralsteuerung völlig wirkungslos machen konnte. Gelang ihm das, brauchte er nur noch die Zentrale abriegeln zu lassen. Der Rest war simpel. *Wenn wir nicht aufpassen, steht meinen Gefährten und mir ein erneuter Besuch beim Blinden Sofgart in Aussicht, der mit Sicherheit ein anderes Ende nehmen wird als der erste.*

Während Fartuloon verschwand, versuchten wir, uns in der Zentrale zu verschanzen. Betrübt stellte ich fest, dass die KARRETON diesen Absichten nicht sonderlich entgegenkam. Das Schiff war ein Forschungsschiff. Das bedeutete, dass die Zentrale auch Wissenschaftlern zugänglich war, mithin einer entschieden zu großen Zahl von Personen. Der Versuch, sich hier wirkungsvoll zu verteidigen, glich dem Experiment, einen Wasserfall mit der bloßen Hand aufzuhalten – die Blockade der Pforten verhinderte sogar, dass wir sie manuell schließen konnten. Ich fürchtete, dass Fartuloon zu spät kommen würde. Es sah ganz danach aus, als hätte die ausgebrochene KARRETON-Besatzung schon die maßgeblichen Schaltstellen unter ihrer

Kontrolle. Auf Eiskralles Rundruf antworteten die wenigsten unserer Leute.

Zeit zu weiterem Nachdenken blieb uns nicht. Vier Mann versuchten, die Zentrale im Frontalangriff zu nehmen: Sie kamen mit großem Tempo angeschwebt, diesmal von unten, und nahmen im Vorbeiflug die Halle unter Feuer. Offenbar legten sie Wert darauf, die Zentrale möglichst unbeschädigt zurückzuerobern, denn sie verwendeten wie wir Paralysatoren, mit denen sie pausenlos quer durch die Zentrale feuerten, aber niemanden trafen. Corpkor richtete sich abrupt auf und erwiderte das Feuer. Zwei Männer wurden getroffen und schwebten regungslos neben ihren Waffen in die Höhe. Ein zweiter Angriff dieser Art endete mit dem Ausfall von vier weiteren angreifenden Männern.

»Wenn die Burschen ihre Taktik nicht ändern«, brummte Eiskralle, »können wir sie bald wie reife Früchte einsammeln.«

Corpkor, der sichtlich Mühe hatte, seinen Hass auf die Tiermörder im Zaum zu halten, unternahm einen wagemutigen Ausfall zum Zentralschacht. Er kam gerade rechtzeitig, um zwei weitere Männer noch im Anflug zu überraschen und auszuschalten. Kurze Zeit später erschienen wieder vier Gestalten, die wir aber unbehelligt ließen. Sie waren schon betäubt.

Corpkor stieß ein unterdrücktes Kichern aus. »Prachtvoll!« Er grinste. »Die Männer, die wir betäubt haben, hängen entweder frei in der Luft, oder sie fahren auf und ab, je nachdem wie das Feld geschaltet ist.«

Er hatte drei weitere Schüsse in die Höhe abgegeben, aber keine weiteren Angreifer außer Gefecht gesetzt. Es blieben also noch dreißig Gegner übrig – mehr als genug. Immer wieder tauchten Gestalten in den vielen Türen und Öffnungen auf, gaben ein paar kurze Feuerstöße ab und verschwanden wieder. Dabei erwies sich die Geräumigkeit der Zentrale für uns als Vorteil. Meist feuerten die Angreifer blindlings und trafen nicht einmal annähernd. Sobald sie aber versuchten, sich Zeit zum Zielen zu nehmen, wurden sie zur Beute unserer Waffen. Dennoch war abzusehen, wann der Kampf ein Ende finden würde. Corpkor wurde von einem Schuss am Bein gestreift und teilweise ausgeschaltet. Irgendwann würde einer der blinden Schüsse besser treffen.

Ich warf einen Blick auf Ra. Der Barbar grinste über das ganze braun gebrannte Gesicht; seine Augen leuchteten. Offenbar fand er am Kampf Gefallen. Seinen Paralysator handhabte er mit Geschick und Präzision. Ra schoss nur, wenn er sich seines Zieles sicher war, und er traf jedes Mal. Ich konnte mich zu diesem prachtvollen Mitkämpfer nur beglückwünschen. Umso überraschter war ich, als Ra plötzlich seine Waffe ablegte und zu den Schaltpulten hinüberging. Ich wollte ihn zurückhalten, aber mit einer herrischen Handbewegung scheuchte er mich zurück. Als ich sah, dass er die Verkleidungen der Pulte abmontierte, überlief mich ein Frösteln.

Keine Aufregung, ermahnte mich mein Extrasinn. *Ra weiß, was er tut.*

Es blieb keine Zeit, das Extrahirn nach der Quelle seiner Erkenntnis zu fragen, denn im gleichen Augenblick erschien Fartuloons Gesicht auf einem Monitor. »Es wird langsam brenzlig hier«, sagte er finster. »Die Burschen rücken mir immer näher auf die Haut. Ich bin allein und werde mich hier nicht mehr lange halten können. Wie sieht es in der Zentrale aus?«

Ich rechnete kurz nach. »Wir haben dreizehn bis fünfzehn Mann getroffen und ausgeschaltet.«

»Weitere sechs kannst du unter meinem Namen abbuchen«, sagte er grinsend. »Nur weiter so. Habt ihr Kontakt zu unseren Leuten?«

Ich sah zu Eiskralle, doch der schüttelte den transparenten Kopf. »Leider nicht.«

Fartuloon schaltete nicht ab, damit ich jederzeit über das Geschehen in der Reserveleitstelle informiert war. Mein Blick galt wieder Ra. Der Barbar hantierte mit selbstmörderischer Gelassenheit in dem Wirrwarr von Kabeln, Leitungen und Schaltungen herum: machte er einen falschen Handgriff, war er verloren. Entgeistert sah ich zu, wie er mit den Zähnen an ein Kabel heranging – und es tatsächlich schaffte, das Kabel zu lösen. Glücklicherweise ließ sich Corpkor nicht auch von diesem Anblick faszinieren, er sorgte weiter dafür, dass keiner der Angreifer um mehr als einen Fußbreit in die Zentrale gelangte. Langsam begriff ich, was Ra eigentlich tat. Er hatte sich die Feldregler für die Antigravs vorgenommen, außerdem fingerte er an den Hauptleitungen herum; die von den Antennen zum Funkgerät führten. Er verband die beiden Schaltblöcke in einer haarsträubenden Art und Weise, dann grinste er zufrieden und nahm seine Waffe wieder auf.

Im gleichen Augenblick erschienen wieder drei Gestalten im zentralen Antigravschacht; sie kamen mit hoher Geschwindigkeit herabgeschossen und richteten ihre Paralysatoren auf die Zentrale. Aber sie schossen nicht. Ihre Bewegung wurde jäh gebremst, und vor Schreck ließen sie ihre Waffen los. Ihre Körper ruckten aufwärts, sanken langsam ein Stück, um dann einen Meter tief zu fallen. Eine unheimliche Gewalt schüttelte die Männer durch, deren Gesichter sich grünlich verfärbten. Zweifellos wurden sie so hin und her geschüttelt, dass ihr Gleichgewichtssinn außer Rand und Band geriet.

»Has'athor an Flottenstab«, las der Chretkor grinsend. »Das Manöver ist völlig verpfuscht worden. Besonders ...«

Ich begriff schlagartig. Ra hatte die eingehenden Impulse der Antennen auf die Antigravregler geschaltet; jetzt pulsierten die Schwerkraft aufhebenden Felder im Rhythmus, den die einlaufenden Funksprüche diktierten. Auch ich musste grinsen. Das waren die ersten Männer, die buchstäblich nach den Worten ihrer Vorgesetzten tanzten. Für einen geübten Funker war es ein Leichtes, aus den ruckartigen Bewegungen der drei Männer den Text des Funkspruches abzulesen.

Die Freude über diesen prächtigen Einfall Ras hielt nicht lange vor. Tionte ließ die verbliebenen Männer zum Sturmangriff auf die Zentrale antreten. Zur Vorbereitung warfen einige Männer rasch improvisierte Gasbomben. Zunächst bemerkten wir sie nicht, aber als für wenige Augenblicke der Kampflärm völlig verflachte, hörte ich hinter mir ein leises Zischen. Sofort ließ ich die Helmkapuze meines Anzugs hochschnappen; der Anzug stellte sich auf Eigenbelüftung um und füllte rasch den Innenraum, bis die Kapuze zur Kugel aufgeblasen war und meinen Kopf vor dem Gas schützen konnte.

Auch meine Gefährten hatten blitzartig reagiert, aber zu spät. Ich hatte nicht viel von dem Gas abbekommen, doch die Menge reichte. Ich warf den Paralysator weg und versteckte mich hinter dem Kommandantensessel.

»Sucht mich doch!«, rief ich den eindringenden Männern entgegen. Auch meine Gefährten hielten sich die Bäuche vor Lachen, als weitere Männer in die Zentrale stürmten. Zwei stürzten sich auf mich und rissen mich zu Boden. Das ging dann doch zu weit. Ich verabreichte einem einen kräftigen Fußtritt, der ihn einige Meter weit über den Boden kollern ließ. Dabei riss er noch einen weiteren Mann zu Boden, der eine Sammlung erlesener Flüche zum Besten gab.

Sofern es Schönheitsprädikate für Keilereien gab, hätte diese Schlägerei einen besonderen Orden verdient. Das Gas hatte eine teuflische Wirkung, mit der weder wir noch die Angreifer gerechnet hatten. Ich hielt die ganze Angelegenheit für einen grandiosen Spaß und verhielt mich demgemäß. Ich trat und schlug um mich, ließ die Männer durch die Luft fliegen und ergötzte mich an den skurrilen Bewegungen. Besonderen Spaß machte es, Ra zuzusehen. Von der Raffinesse, mit der er vor wenigen Zentitontas noch in den technischen Einrichtungen der Zentrale gewütet hatte, war nichts mehr zu sehen. Er benutzte seinen Paralysator als Keule und drosch auf seine Gegner ein. Für einige Augenblicke glaubte ich, er sei überwältigt, als sich vier Männer gleichzeitig auf ihn stürzten und ihn unter sich begruben. Dann aber ließ der Barbar seine Muskeln spielen: Wie Spielzeug flogen die Angreifer durch die Luft und krachten auf den Boden der Zentrale. Laut lachend sprang Ra wieder auf die Füße und stürzte sich mit freudigem Brüllen auf die nächststehenden Männer, die erschrocken zurückwichen. Mit ungeheurer Körperkraft griff Ra nach einem Mann, stemmte ihn in die Höhe und schleuderte ihn den anderen entgegen.

Bevor ich dazu kam, mich über die durcheinander purzelnden Männer zu freuen, erklang ein Geräusch, das innerhalb weniger Augenblicke alle Euphorie hinwegfegte. Das auf- und abschwellende Heulen bedeutete höchste Lebensgefahr! Wir alle waren so in unsere Auseinandersetzung vertieft gewesen, dass wir die einfachsten Vorsichtsmaßregeln außer Acht gelassen hatten. Niemand hatte auf die Maschinen geachtet. Jetzt war einer der Reaktoren heißgelaufen, vielleicht sogar mehrere. In jedem Augenblick konnte eines der Aggregate seine Energie entladen – in das Schiff hinein. Ein bulliger Tharg'athor reagierte als Erster. Er sprang zum Schaltpult des Kommandanten und hieb mit der geballten Faust auf den dunkelrot leuchtenden Alarmknopf, ehe er sich in den Pilotensessel warf. Während der größte Teil der Männer fassungslos stehen blieb und sich entgeistert anstarrte, eilte ich zum Sessel des Kommandanten und ließ mich hineinfallen. Jetzt erwies es sich als fürchterlicher Nachteil, dass die Ausbrecher zumindest einen Teil der Zentralesteuerung umgeleitet oder blockiert hatten. Die KSOL-Automatik war weitgehend überbrückt und griff nicht ein, so dass die meisten Schaltungen manuell vorgenommen werden mussten.

So schnell es ging, betätigte ich die Luftumwälzbedienung; das Gas musste rasch abgepumpt werden. Innerlich fluchend leitete ich die Reaktorenergien per Notschaltung auf die Triebwerke. Die KARRETON beschleunigte abrupt mit Irrsinnswerten. Wegen der mangelnden Synchronisation schlugen trotz der Andruckneutralisatoren etliche Gravos durch und pressten uns in die Sitze. Aus den Augenwinkeln heraus sah ich, wie die Männer in der Zentrale zu Boden stürzten.

Ein Höllenlärm brach in der Zentrale los. In das Tosen der Triebwerke mischte sich das Heulen der Reaktoren, Umwandler und überlasteten Speicherbänke. Männer schrieen wild durcheinander, und über allem lag das nervtötende Gewimmer der Alarmsirenen. Ich schnappte nach Luft, als sich der Andruck kurzfristig verstärkte; vor meinen Augen wallten farbige Schleier. Mit letzter Kraft gelang es mir, einen Teil der Energie, die die hochfahrenden Reaktoren im Übermaß erzeugten, auf die Inerter zu schalten. Schlagartig wich der mörderische Druck.

Es dauerte nur wenige Augenblicke, bis die Besatzung der KARRETON reagierte – so, wie man es von Männern erwarten konnte, die das Große Imperium aufgebaut hatten. Die Männer eilten auf ihre Positionen und setzten sich hinter die Kontrollen. Jetzt kam uns das Gefecht teuer zu stehen. Die Männer, die wir so wirkungsvoll ausgeschaltet hatten, fehlten nun an allen Enden. Zwar ließen sich Schiffe im Katastrophenfall auch von einem Bruchteil der Besatzung führen, aber nur grob. Meist war dies bei Fluchtbewegungen der Fall. Hier aber standen wir vor rein technischen Aufgaben, bei denen jeder Mann dringend gebraucht wurde.

»Tharg'athor Ipraha«, rief der Mann neben mir. »Versuchen Sie, in die Maschinenzentrale zu kommen. Ich möchte wissen, was genau dort vorgeht.«

Der hagere Arkonide, dem die Anrede galt, hetzte davon. Anerkennend stellte ich fest, dass er genügend Geistesgegenwart hatte, nicht den Versuch zu unternehmen, den zentralen Antigravschacht zu benutzen; der war noch immer eine Falle. In dem kurzen Augenblick, den die Kontrollen mir ließen, sah ich mich nach Ra um. Er stand teilnahmslos an die Wandung der Verkleidung eines Antigravschachts gelehnt und schien nicht wahrzunehmen, was um ihn herum geschah. Mir entgingen auch nicht die respektvollen Blicke einiger Männer, die unsanfte Bekanntschaft mit den Muskeln des Barbaren gemacht hatten. Ich hatte keine Zeit, mich um Ra zu kümmern. Das Schiff erforderte meine ganze Aufmerksamkeit. Allerdings konnte ich mir gratulieren, dass ich neben mir einen Mann sitzen hatte, der den nötigen klaren Kopf behielt, um diese Notlage nicht zur Katastrophe werden zu lassen.

»Ipraha an Schiffsführung.« Der hagere Arkonide auf dem Monitor grinste verwegen; offenbar fand er Gefallen an dem Umstand, dass nicht der eigentliche Kommandant in seinem Sessel Platz genommen hatte. »Die Lage sieht düster aus. Die Reaktoren sieben und acht sind heißgelaufen. Der Automatlader nimmt keine Gegenprogrammierung an und schickt immer größer werdende Mengen Stützmasse in die Konverter. Wenn nicht bald etwas geschieht, fliegt uns der ganze Laden um die Ohren!«

Schade, dass diese Männer meine Gegner sind, dachte ich unwillkürlich, als ich die lässige Meldung des Tharg'athors hörte.

Eines Tages werden diese Männer auf deiner Seite sein, mischte sich mein Extrasinn ein.

»Uns bleibt nur eine Möglichkeit«, sagte ich. »Wir müssen versuchen, die überschüssigen Energien bei einer Kurztransition aufzuzehren.«

»Und einen Notruf absetzen«. Eine Stimme erklang aus einem Winkel der Zentrale, die ich als die Grahn Tiontes wieder erkannte. Der Mann selbst machte einen arg zerrupften Eindruck.

»Kein Piepser geht aus den Antennen!« Der Chretkor hatte wieder die Rolle des Funkers übernommen. Eiskralle hatte in doppeltem Sinne Recht. Ein Funkspruch hätte uns keinen Vorteil gebracht. Bis Rettungsschiffe eingetroffen wären, hätte der Reaktor zehnmal Zeit gehabt, das Schiff in eine Glutwolke zu verwandeln. Und mir musste daran gelegen sein, keine Zeugen in der Nähe zu wissen. Einstweilen hatte ohnedies keiner der wenigen Männer Zeit, sich mit Eiskralle um die Kontrolle des Funkgerätes zu raufen. Wir waren vollauf damit beschäftigt, die unerbittlich nahende Katastrophe noch abzuwenden.

»Programmieren Sie eine Kurztransition!«, befahl ich dem Tharg'athor im Pilotensitz. Ich sah, wie der stämmige Mann die Lippen zu einem Grinsen verzog. Es war eine höchst eigentümliche Lage, dass wir für vermutlich kurze Zeit zusammenarbeiten mussten, um unser nacktes Leben zu retten. Alles andere war jetzt völlig nebensächlich. Er wandte sich dem Terminal der Positronik zu, die den komplizierten Transitionsvorgang steuerte und überwachte. Ich konnte nur hoffen, dass der junge Mann ein gutes Gedächtnis hatte, denn er verzichtete darauf, den Kartentank zu benutzen und dort ein Ziel auszusuchen. Rings um uns steigerte sich das Heulen der Reaktoren zu einem infernalischen Kreischen. Der gesamte Schiffskörper begann zu schwingen. In der Zentrale verbreitete sich der widerliche Geruch zerschmorter Kabel.

»Noch eine Dezitonta«, rief Ipraha, der plötzlich wieder in der Zentrale aufgetaucht war. »Reicht die Zeit?«

Es wurde ein Wettlauf mit dem Tod, das wurde mir beim ersten Blick auf die Kontrollen klar. Bis zum Erreichen einer genügend hohen Geschwindigkeit mussten noch knapp neun Zentitontas verstreichen. Rauch wallte auf und zwang zum Husten, obendrein wurde der Gestank immer unerträglicher. Einstweilen konnten wir nicht viel tun. Wir mussten warten, bis die KARRETON in Transition ging. Einen Sprung mit niedriger Fahrt wollte ich nicht wagen; er hätte das Schiff in Stücke gerissen, zumindest aber so schwer beschädigt, dass wir ohne Werfthilfe nicht mehr flottgekommen wären. Und an dem Besuch einiger Rettungsschiffe war mir aus offenkundigen Gründen wenig gelegen.

Trotz meiner Zusatzschaltung kamen wegen der unzureichenden Synchronisierung immer wieder einige Gravos durch und pressten uns in die Sitze. In der Zentrale begannen die Temperaturen rasch zu steigen; Schweiß trat mir auf die Stirn und lief mir in die Augen. Hinter mir hörte ich das Stöhnen und Keuchen der Männer, die ebenfalls vom Qualm und vom Andruck gepeinigt wurden. Dann rissen die Strukturfeld-Konverter die KARRETON in den Hyperraum.

Wir hatten Glück gehabt, die Transition war gelungen. Aber die KARRETON machte einen üblen Eindruck; zwei große Löcher klafften in der Außenwand. Einer der Reaktoren war detoniert, hatte seine Energie aber glücklicherweise – von Notfall-Prallfeldern ausgerichtet – weitgehend in den Raum abgegeben. Die Zentrale bot ein Bild der Verwüstung, aber ich sah schnell, dass die Schäden nur halb so schlimm waren, wie es den Anschein hatte. *Diese* Schäden konnten mit Bordmitteln in kurzer Zeit behoben werden. Die anderen waren weit ernster, und was noch schlimmer war – es hatte Verwundete und Tote gegeben! *Es ist unumgänglich, dass wir uns einen geeigneten Planeten aussuchen, dort landen und die Reparaturen dort durchführen.*

In der Zentrale herrschte eine gespannte Atmosphäre; für uns kam alles darauf an, dass wir in der nächsten Zeit bestimmten, was an Bord geschah. Vor allen Dingen durften wir nicht funken – und dieser Wunsch stieß natürlich auf keine große Gegenliebe bei der Besatzung der KARRETON. Einstweilen hatten wir jedoch die Oberhand. In dem allgemeinen Durcheinander nach der Transition hatte sich der Chretkor den Impulswandler des Funkgeräts angeeignet. Ohne dieses Bauteil konnte der Sender nicht betrieben werden. Da keiner der Arkoniden wusste, wer von uns das Gerät bei sich trug, waren ihnen vorläufig die Hände gebunden. Zudem erforderte die Lage des Schiffes die Arbeit aller. Hätten wir unseren Streit in der beschädigten KARRETON ausgetragen, wäre das für alle das Ende gewesen. So mussten wir notgedrungen zusammenarbeiten; die Sicherheit des Schiffes ging vor.

Während die Besatzung sich damit beschäftigte, die Schäden in der Zentrale auszubessern, betrachtete ich mir den Sektor des Raumes, in den uns die verzweifelte Kurztransition getragen hatte. Ich wusste nicht, warum sich der Tharg'athor ausgerechnet für diese Koordinaten entschieden hatte. Immerhin war seine Wahl aus meiner Sicht gut getroffen. Wir waren in einem völlig bedeutungslosen Sonnensystem herausgekommen. Um eine blassrote Sonne kreiste ein einsamer Planet, der nach den ersten Berechnungen der Positronik dennoch zur Landung geeignet war. Nach den Messergebnissen hatte er eine Sauerstoff-Stickstoff-Atmosphäre, allerdings eine geringe Schwerkraft von nur 0,6 Einheiten. Kalt würde es vermutlich ebenfalls werden; die Positronik berechnete die durchschnittliche Temperatur auf deutlich unter neun Grad. Kein einladender Planet, aber für unsere Zwecke brauchbar.

Während sich die KARRETON mit stotternden Triebwerken in langsamer Fahrt dem Planeten näherte, mussten wir eine sehr unangenehme Feststellung machen. Bei der Detonation des Reaktors war eine beträchtliche Strahlungsdosis frei geworden, und der größte Teil der Radioaktivität steckte nun in den Lagerräumen für Konzentratnahrung oder den primären Lebenserhaltungssystemen. Auch der größte Teil des Trinkwassers brachte die Zählrohre zum Pfeifen. Viel schlimmer war allerdings die Nachricht, dass die meisten unserer Leute umgekommen oder so schwer verwundet waren, dass sie kaum die nächsten Tontas überstehen würden.

Siebenundzwanzig von fünfzig auf unserer Seite, fünfzehn von noch einundvierzig bei den »Karretonii« – eine zutiefst erschütternde Bilanz, zumal es nur ein vorläufiges Ergebnis der Zählung ist!, dachte ich betroffen. *Da ist es kaum ein Trost, dass meine engsten Freunde überlebt haben und nahezu unversehrt sind …*

»Hoffentlich gibt es auf dem Planeten wenigstens ein paar attraktive Frauen«, sagte ein Mann niedergeschlagen. »Ich glaube nämlich nicht, dass wir je wieder von dort abfliegen werden.«

»Es sei denn«, setzte Tionte den Gedanken fort, »wir funken um Hilfe.«

Die Männer in der Zentrale starrten mich finster an, aber ich zuckte gleichmütig mit den Achseln. »Abwarten. Schließlich habe auch ich keine Lust, mein Leben auf dieser Welt zu beschließen.«

Dieses Argument schien Eindruck zu machen; ich sah, wie einige Männer zustimmend brummten und nickten. Noch kettete uns die gemeinsame Notlage zusammen. Fraglich war, was geschehen würde, wenn die KARRETON wieder voll raumtauglich war. Ich musste mir etwas einfallen lassen für den Zeitpunkt, an dem die Zwangsverbrüderung ein Ende fand.

Das Schiff zitterte in allen Verbänden, als wir uns langsam auf den Planeten hinabbewegten. Wir mogelten uns förmlich auf den Boden, nutzten jeden Trick aus, der die Triebwerke entlasten konnte. In der Zentrale waren weiße Gesichter vorherrschend. Nur Ra strahlte eine fast unnatürliche Ruhe aus. Er schien eine besondere Beziehung zu dem Antigravschacht zu haben; den größten Teil der Zeit verbrachte er dort und musterte die Besatzung.

Die letzten dreißig Meter bis zum Boden legten wir im freien Fall zurück; die Antigravgeneratoren gaben abrupt den Geist auf und ließen das Schiff absacken. Ich glaubte sehen zu können, wie die Hydraulikflüssigkeit aus den Landebeinen spritzte, als das Schiff aufsetzte. Langsam neigte sich die KARRETON, mindestens drei der zwölf Teleskop-Landestützen fanden keinen sicheren Grund und ließen das Schiff seitlich abkippen. Ein gewaltiger Schlag ging durch den Rumpf, als die Bordwand auf dem Boden des Planeten auftraf. Kreischend gab das Metall nach und verformte sich; in der Zentrale flogen Männer und Geräte durcheinander. Als sich die Kugel endlich beruhigt hatte, sah die Zentrale wieder so wüst aus wie nach der Transition – und die Männer machten den gleichen zerschmetterten Eindruck.

Als Erstes schickte ich ein halbes Dutzend Robots los, mit dem Auftrag, die nähere Umgebung zu erkunden. Ich wollte nicht Gefahr laufen, plötzlich von einer Horde Schwert schwingender Barbaren überrascht zu werden. Außerdem wollte ich sichergehen, nicht von irgendeiner unbekannten Pestilenz dahingerafft zu werden. Dieses System war offenbar noch nie von Arkoniden angesteuert worden, folglich enthielt die Positronik auch keine genaueren Angaben, sondern verfügte laut Datenbank nur über eine Kodebezeichnung: XRO-17351-0075.

»Nennen wir den Planeten *Xiros*«, murmelte ich und wandte mich an den stämmigen Mann, der den Sprung programmiert hatte.

»Ganz einfach«, erklärte der Mann auf meine Frage. »Vor etlichen Jahren musste ich schon einmal einen Verzweiflungssprung wagen, weil uns eine Flotte von Fremdwesen auf den Fersen war. Damals sind wir genau neben einer beginnenden Nova herausgekommen und konnten nur mit letzter Kraft entkommen. Seit diesem Prago läuft permanent ein kleines Zusatzprogamm, das ich geschrieben habe: Nach jeder Transition wird automatisch mindestens ein Ausweichziel ermittelt, wo garantiert keine Gefahr besteht. Die Koordinaten für den Sprung berechnet die KSOL.«

Ich nickte anerkennend; der hatte Umsicht und einen klaren Kopf. Zudem war er entschlussfreudig und selbstbewusst – wie sich aus der Art ergab, mit der er seinen Kommandanten behandelte. Tionte war seit seiner Gefangennahme ein gebrochener Mann, und seine Männer hielten ohnehin nicht sehr viel von ihm. Der Verlust seiner Haarpracht hatte ihn vollends zerstört. Immer wieder betrachtete er sich schaudernd in irgendeinem spiegelnden Metallteil.

Nach einiger Zeit kehrten die Robots zurück; ihre Botschaft war nicht allzu stimmungshebend. Intelligentes Leben hatten sie nicht bemerkt – aber auch kein anderes. Wir hatten uns offenbar eine Region des Planeten ausgesucht, die so kahl war wie Tiontes Schädel. Endgültig schockiert waren die Männer, als die Robots leidenschaftslos berichteten, sie hätten auch kein Wasser gefunden.

»Ausgeschlossen«, protestierte der Tharg'athor. »Auf Welten dieser Art gibt es immer Wasser!«

»Hier offenbar nicht, Gebieter«, antwortete einer der Robots.

Der Mann sah mich an. »Es wird einen anderen Ausweg geben. Wir müssen funken und um Hilfe bitten!«

Von Ra kam ein verächtliches Grunzen. Der Barbar machte eine herrische Kopfbewegung. Er bedeutete mir, ihm zu folgen. Zusammen verließen wir das Schiff. Der Anblick der KARRETON erforderte starke Nerven. Drei Landestützen ragten verdreht in die klare Luft; das Metall war geschwärzt – austretende Hydraulikflüssigkeit war verbrannt und hatte den Überzug gebildet, der auch große Teile der eingedrückten Bordwand bedeckte. Die KARRETON war im Bereich der Bodenschleuse eingedrückt, und an den Versorgungsleitungen des Ringwulstes hing ein ausgebranntes Triebwerksteil und pendelte langsam hin und her. Ich brachte mich rechtzeitig in Sicherheit, bevor der tonnenschwere Block abstürzen und mich zerquetschen konnte. In der Bordwand klafften etliche Löcher. Teils stammten sie von der Explosion des Reaktors, teils waren sie beim Herausbrechen der Landestützen entstanden. Ich wusste nicht, wie die KARRETON mit Ersatzteilen bestückt war, aber dass eine höllische Arbeit vor uns lag, war auf den ersten Blick zu sehen. Wenn überhaupt, konnten wir das Schiff nur notdürftig wieder zusammenflicken – endgültig raumtüchtig machen konnten wir die KARRETON nur auf Kraumon.

Oder auf einer Arkonwerft, kommentierte mein Extrasinn mit leisem Spott.

Hinter mir war ein leises Stöhnen zu hören; es stammte von dem Orbton, der mir gefolgt war und ziemlich bedrückt dreinschaute. »Glauben Sie, dass wir das beseitigen können?«

»Es wird uns wohl nichts anderes übrig bleiben«, gab ich freundlich zurück; er bedachte mich mit einem skeptischen Blick, dann hob er die Schultern.

Ich atmete erheblich schneller als gewöhnlich, sah auf das Kombigerät am rechten Handgelenk und nickte grimmig. Die Lufthülle des Planeten war ungefähr so dicht wie in einem Hochgebirge; es würde einige Zeit dauern, bis der Körper genügend rote Blutkörperchen gebildet hatte, um dieses Handikap auszugleichen. *In der Zeit während der Umstellung müssen wir uns vor großen körperlichen Anstrengungen hüten. Lange hält der Körper die doppelte Belastung nicht aus.*

Die Reparatur wird länger als fünf Pragos dauern, sagte der Extrasinn. Ich seufzte leise. Fünf Pragos war viel Zeit, besonders für einen Mann, der wie ich ein Gejagter war.

Inzwischen hatte sich Ra eingehend mit dem Boden beschäftigt; was er dort suchte, war mir unklar, aber der Barbar stieß ein zufriedenes Knurren aus. Er deutete auf den Boden und zog mich näher. Ich sah nur Fels, eine Hand voll Staub lag darauf, aber sonst war nichts von Bedeutung zu sehen. Ra sah mich leicht verwundert an, dann schüttelte er den Kopf. Sein Gesicht nahm einen Ausdruck an, der für mich alles andere als schmeichelhaft war. Er kniete nieder und zerrte mich ebenfalls in die Knie. Dann wischte er ganz sanft über den Staub. Darunter erschienen ein paar Kratzer auf dem harten Fels. Ra seufzte, als er mein verständnisloses Gesicht sah, dann formte er mit der Hand eine Kralle und kratzte über den Fels.

»Er meint, dass dieses eine Tierspur ist«, rief der Tharg'athor freudig, verzog aber sofort wieder das Gesicht. »Glauben Sie wirklich, dass dieser Bursche mehr erkannt hat als unsere Spezialroboter?«

»Es sieht so aus.«

Ra hatte inzwischen aus dem herumliegenden Schrott der KARRETON ein handliches Stück Metall gefunden, mit dem er sich bewaffnete. Zufrieden brummend marschierte er zwischen den Felsen weiter bergauf; vor einem Felsen blieb er stehen und betastete den Stein, dann holte er mit der improvisierten Keule aus und schlug zu. Ein Stück des Felsens splitterte ab, poröses Gestein wurde sichtbar – und ein breiter Strahl klaren, kalten Wassers. Der Tharg'athor zwinkerte überrascht, und auch ich brauchte einige Zeit, bis ich begriffen hatte.

Kalkgestein, sagte mein Extrasinn. *Der Fels ist im Innern porös und hat das Wasser gespeichert. Nur die äußere Schale ist undurchdringlich. Sobald sie entfernt wird, tritt das Wasser zutage.*

Eine einleuchtende Erklärung für einen Vorgang, der auf den ersten Blick stark nach einem Wunder aussah. Während der Mann und ich tranken, war Ra verschwunden. Ich versuchte gar nicht erst, nach ihm zu rufen. Er würde sicherlich nicht auf mich hören. Unter diesen Umständen wog der Instinkt des Barbaren die Kalkulationsfähigkeit großer Positroniken auf. Wir setzten uns neben der Quelle auf den Boden und warteten.

Es dauerte nicht lange, bis Ra wieder erschien, über das ganze Gesicht grinsend. Auf seinem Rücken trug er ein Stück Wild – offenbar eines der Tiere, deren Spuren er vorher gefunden hatte. Vom Schädel des Tieres war nicht mehr viel zu sehen, Ra hatte seine Keule wirkungsvoll eingesetzt. Der Rest aber ließ hoffen, dass wir unsere Nahrungsprobleme wenigstens zum Teil gelöst hatten. Dass Ra unter dem Arm auch noch ein dickes Bündel Feuerholz schleppte, war nach dem Vorhergegangenen nicht weiter verwunderlich. Beim Ausweiden des Tieres benutzte Ra ein neues Werkzeug – einen faustgroßen Stein, der deutliche Zeichen von Bearbeitung aufwies. Dank der scharfen Kanten war das erbeutete Wild in kurzer Zeit ausgenommen und zerlegt. Das Fleisch des Tieres war in gebratenem Zustand fast eine Delikatesse. Sogar die Knochen verwandelten sich durch das Feuer in eine zwar zähe, aber hervorragend schmeckende Masse.

Neben mir erklangen merkwürdige Geräusche; ich drehte mich um und sah Ra. Dass er beim Essen eine wahre Geräuschlawine hören ließ, hatte mich nicht weiter verwundert. Jetzt hockte der Barbar mit untergeschlagenen Beinen vor dem Feuer und sang – gutturale, unverständliche Laute, die auf merkwürdige Weise wehmütig klangen. Er schien völlig in den Anblick der lebhaft züngelnden Flammen versunken zu sein. Bisher hatte er sich meist nur mit Handbewegungen verständlich gemacht. Der Gesang, den er jetzt produzierte, enthielt genügend Laute, die auch in der Einheitssprache des Tai Ark'Tussan auftauchten – und intelligent genug für ein Gespräch war Ra mit Sicherheit. Ein Mann, der mit traumwandlerischer Sicherheit in dem Kabelgewirr der Schaltpulte wühlen konnte, musste fähig sein, vernünftige Sätze von sich zu geben. Die unbeantwortete Frage war, warum er es nicht tat.

Xiros: 33. Prago der Prikur 10.497 da Ark

Ohne den Barbaren wären wir verloren gewesen. Immer wieder war es Ra, der Wild aufspürte, Wasserquellen entdeckte und uns so mit dem Notwendigsten versorgte. Während der Barbar jagte, waren die anderen Männer mit dem Ausbessern der KARRETON beschäftigt. Wie sich herausstellte, waren die Schäden nicht ganz so groß, wie ich zunächst befürchtet hatte. Zudem waren die Möglichkeiten, Reparaturen durchzuführen, besser als erwartet. Die Lager der KARRETON waren bis an den Rand gefüllt. So dauerte es uns nur wenige Tontas, die Antigravprojektoren des Schiffes wieder instand zu setzen und die KARRETON aufzurichten. Anschließend wurden die Landestützen wiederhergestellt und die tiefen Beulen in der Bordwand ausgebessert. Was dann noch zu tun blieb, war größtenteils arbeitsintensive Kleinarbeit: Zahllose Leitungen mussten geflickt und anschließend geprüft werden, bevor man sie wieder verwenden konnte, von den übrigen Aufräum-, Abdichtungs- und Wiederherstellungsarbeiten ganz zu schweigen.

Mit diesen und ähnlichen Arbeiten waren wir tagelang beschäftigt. Aber immer wieder kippten Männer um, die sich zu viel zugemutet hatten. Mehr als eine Tonta angestrengter Arbeit war nicht möglich, dann musste erst eine Tonta lang gerastet werden. Das Atmen schmerzte fast, aber ich glaubte bemerkt zu haben, dass sich die Anpassung von Tag zu Tag verbesserte. Verwundungen und die körperlichen Belastungen hatten auch in anderer Hinsicht ihren Tribut gefordert: Drei weitere Männer waren gestorben; wir hatten gemeinsam die Rhudhinda gesprochen …

Ich wischte mir den Schweiß von der Stirn und setzte mich auf den sandigen Boden; ächzend folgte Fartuloon meinem Beispiel. Das scheppernde Geräusch verriet, dass er sich auch jetzt nicht von seiner Rüstung getrennt hatte. »Ich muss mit dir sprechen«, sagte er keuchend. »Erinnerst du dich an den Einbau der dritten Landestütze?«

Ich verneinte, während ich mit den Händen einen Becher umklammert hielt, der eine dunkle Flüssigkeit enthielt, die aromatisch schmeckte und vor allem heiß war. Auch dies war eine kleine Überraschung von Ra. Er hatte einen Strauch aufgestöbert, seine Blätter gepflückt und auf geheimnisvolle Weise bearbeitet, natürlich an seiner Feuerstelle. Seit unserer Bruchlandung brannte bei Tag und Nacht ein Feuer auf dem Planeten, und Ra sorgte mit nimmermüdem Eifer dafür, dass die Flammen nie erloschen. Auf dem Feuer hatte er einige Liter Wasser zum Kochen gebracht, einen Leinwandbeutel mit den Blättern des Strauches gefüllt und für kurze Zeit in das Wasser gehalten. Dann hatte er uns die dunkle Brühe vorgesetzt. Sie schmeckte gut, wirkte leicht anregend auf das zentrale Nervensystem – und war heiß. Das war das Wichtigste, denn außerhalb des Schiffes waren die Nächte des Planeten empfindlich kühl, und auch tagsüber stiegen die Temperaturen nur selten über den Gefrierpunkt.

»Wir waren mit unserer Arbeit fast fertig«, sagte Fartuloon, nachdem er einen kleinen Schluck aus seinem Becher genommen hatte, »als uns auffiel, dass in der Landestütze der Druckausgleichsregler fehlte.« Er sah mich bedeutungsvoll an, und ich überlegte, welche Aufgabe dieses Gerät hatte. Es wollte mir nicht einfallen, aber nach Fartuloons Gesichtsausdruck zu schließen, musste es sehr bedeutungsvoll sein. Er sah mir an, dass ich ihm nicht recht folgen konnte, und seufzte leise. »Ein kleiner Kasten, quaderförmig und nicht wesentlich größer als unsere Becher. Ohne Druckausgleichsregler ist eine Landestütze nicht mehr wert als ihr Material. Wir sahen im Lagerraum nach. Natürlich erklärte uns die Positronik, dass das Ersatzteil genau in dem Raum gelagert war, der von der Bruchlandung am empfindlichsten getroffen worden war. Schätzungsweise drei- bis viertausend verschiedene Geräte lagen in dem Raum herum, hübsch unordentlich, versteht sich! Wir hätten lange suchen können …«

»… wäre nicht zufällig Ra vorbeigekommen«, setzte ich seinen Bericht grinsend fort. »Rein zufällig schleppte er den gesuchten Regler schon geraume Zeit mit sich herum.«

»Genau das meine ich. Übrigens hat er den Regler auch eingebaut. Keine Werftmannschaft hätte es besser machen können! Woher hat er diese Kenntnisse?«

Ich zuckte mit den Achseln. Das Rätsel Ra wurde täglich größer. Es gab Augenblicke, da konnte der Verdacht aufkommen, er habe die KARRETON eigenhändig zusammengebaut, so sicher waren seine Handgriffe. Kurze Zeit später konnte er sich wieder wie ein Wilder betragen und kiloweise Fleisch in sich hineinschlingen. »Er trägt am Hals einen Faustkeil aus Stein. Das lässt darauf schließen, dass er einer ziemlich ausgereiften Steinzeitkultur entstammt!«

»Gewiss«, bestätigte Fartuloon grimmig. »Sein Volk kennt zwar keine Metallmesser, aber dafür liegen allenthalben Druckausgleichsregler herum, und jeder Barbar weiß genau, wie man die Kästen in arkonidische Landestützen einzubauen hat.«

Wider Willen musste ich lachen; er hatte auf sarkastische Art den Widerspruch offen gelegt, der auch mich beschäftigte. Bedächtig sagte ich: »Ich vermute, dass Ras Volk schon einige Male Kontakt mit Raumfahrern gehabt hat.«

»Und wer sollte das gewesen sein? Arkoniden mit Sicherheit nicht, sonst wüssten unsere Positroniken davon. Wahrscheinlich sind es Fremde gewesen, ein Volk, das wir noch gar nicht kennen. Das würde übrigens erklären, warum Orbanaschol Ra unbedingt haben will. Mit Sicherheit hat der Imperator nach Zammonts Benachrichtigung auf Mervgon selbst nachforschen lassen; bei diesem Sklavenhändler Oprann, den der Kur erwähnt hat. Wie ich den Dicken kenne, würde er niemals nur auf die Nachricht eines Kur reagieren. Zammonts Interesse an Ra belegt übrigens, dass er ebenfalls weiter gehende Informationen gehabt haben muss.«

»Hhm. Was ist mit dem Schatzsucher, der Ra auf Mervgon verkauft hat? Vielleicht hat der Barbar von diesem eine Hypnoschulung erhalten.«

»Würde seine unzweifelhaft vorhandene Sprachkenntnis erklären. Aber die Technik eines Raumschiffes? Ich glaube nicht, dass ein Schatzsucher solche Schulungsprogramme hat.«

Eine neue Vermutung drängte sich mir auf; sie war zwar abwegig, aber nicht gänzlich von der Hand zu weisen. *Ist es möglich, dass die Spur zum Stein der Weisen über Ra selbst führt? Dass er einer der Schlüssel ist?* Diese Vermutung würde die Gier Orbanaschols nach dem Barbaren noch besser verständlich machen als Fartuloons Überlegungen. Ich sagte dem Bauchaufschneider, was mir eingefallen war, und er wiegte den Kopf.

»Eine etwas gewagte Schlussfolgerung. Sie stützt sich eigentlich nur auf zwei Umstände: erstens Orbanaschols Wunsch, Ra in seine Gewalt zu bringen, und zweitens den Faustkeil, den Ra auf der Brust hängen hat.«

Wahrscheinlichkeit dreiundzwanzig Prozent, erklärte mein Extrasinn knapp. Das war nicht viel. Aber ich hatte im Stillen mit einer weit geringeren Wahrscheinlichkeit gerechnet. Immerhin – ich nahm mir vor, diese Fährte zu verfolgen, sobald ich Gelegenheit dazu fand. Es konnte nur noch einen Prago dauern, dann war die KARRETON wieder so weit instand gesetzt, um den Flug nach Kraumon wagen zu können.

13.

»Morgen wird die KARRETON startklar sein«, sagte Lartog in das Dunkel der Kabine hinein.

»Bekannt«, kam die Stimme Iprahas aus der Finsternis. »Lass mich schlafen, diese Arbeit zermürbt mein graziles Knochengestell.«

Lartog grinste; sein Freund war so hager, dass viele sich fragten, wo sich die Muskeln versteckt hatten, die zur Bewegung der einzelnen Skelettteile nötig waren. »Ich frage mich, wer morgen bestimmen wird, wohin die Reise geht.«

»Das wird dieser Tronth Are – selbstverständlich nicht sein echter Name! – morgen schon rechtzeitig bekannt geben. Tionte wird ohnedies erst wieder Arkon aufsuchen wollen, wenn seine Haare nachgewachsen sind – und das kann dauern.«

»Ich fürchte, du hast Recht.« Lartog drehte sich ächzend im Bett herum. »Und wie stellst du dich dazu? Wo möchtest du gerne hinfliegen?«

»Ganz gleich«, kam die undeutliche Antwort, weil Ipraha das Gesicht in die Kissen gedrückt hatte. »Hauptsache, es gibt genug zu essen.«

Das war eine weitere Eigentümlichkeit Iprahas; er verzehrte Nahrungsmittel in Mengen, die eine vielköpfige Familie gesättigt hätten. Trotz dieser Mast blieb der Tharg'athor dürr und knochig. In Gedanken ließ Lartog die Genüsse vor sich aufbauen, die das Arkonsystem zu bieten hatte, anschließend überlegte er, was ihn erwarten mochte, sollte Are den Kurs bestimmen. Der Vergleich fiel zugunsten Arkons aus. »Auf Arkon Zwei werde ich erwartet.«

»Sollte es die Steuerfahndung sein«, klang es dumpf von Ipraha, »kannst du dir gratulieren. Die holen dich selbst aus dem Innern einer Supernova wieder heraus.«

»Ich meine ein Mädchen.«

»Dann ist nur die Frage, wer von euch beiden sich als Erstes bei Are für die geplatzte Ehe bedankt.« Iprahas Stimme klang nun klarer; er hatte sich aufgerichtet, da die Unterhaltung einen Verlauf nahm, der ihm zusagte.

Lartog gab ein Knurren von sich und fuhr fort: »Denk nach! Wir haben nur drei Möglichkeiten. Erstens: Wir schließen uns Are an.«

»Dann drehen uns die Behören bei erster sich bietender Gelegenheit die Hälse um. Der Bursche verbirgt etwas, wird zweifellos verfolgt.«

»Zweitens«, fuhr Lartog fort. »Wir fliegen mit ihm, bleiben aber seine Gegner.«

»In diesem Fall sind wir für unabsehbare Zeit seine Gefangenen. Oder ebenfalls tot.«

»Drittens: Wir nehmen ihn und seine Helfer gefangen und liefern sie den zuständigen Behörden aus.«

»Nicht übel. Vielleicht gibt es sogar Belobigungen oder eine Belohnung? Was hast du vor?«

Nachdem Lartog seinen Plan entwickelt hatte, zogen sich die beiden Männer an und verließen ihre Kabine, um die ersten Vorbereitungen zu treffen, ehe sie sich auf den Weg zum Kommandanten machten.

Im Schiff rührte sich weiterhin nichts. Nach kurzer Zeit hatten die beiden Orbtonen die Kabinenflucht des Kommandanten erreicht. Um keinen Lärm zu machen, schlüpften sie in das Innere, ohne vorher anzuklopfen. Im Inneren herrschte ein schwaches Dämmerlicht, in dem Lartog deutlich den Kommandanten in seinem Bett sehen konnte. Ohnedies verriet Tionte seinen Standort durch ausdauerndes Schnarchen. Geräuschlos trat Lartog an das Bett und legte eine Hand über den Mund Tiontes. Der Mann erwachte und bäumte sich auf; genau damit hatte Lar-

tog gerechnet, und der Hilferuf Tiontes erstickte zwischen seinen Fingern. Während Ipraha Licht machte, flüsterte Lartog: »Leise!«

»Was fällt Ihnen ein!«, zischte Tionte wütend; seine erste Bewegung galt der Perücke, die er über den Schädel stülpte. »Sind Sie wahnsinnig geworden?«

»Keineswegs. Wir haben einen Plan, wie wir Are überwinden können!«

Grahn Tionte warf Lartog einen abschätzenden Blick zu. »Gut. Reden Sie!«

»Er hat den Impulswandler. Wir können also nicht um Hilfe funken. Zum Ausgleich bauen wir den Decoder aus, der zwischen Kartentank und Positronik sitzt. Ohne ihn fliegt die KARRETON keine Lichttonta weit.«

»Wir haben nachgesehen«, fuhr Ipraha fort. »Es gibt kein zweites Gerät dieser Art an Bord. Wir hatten einmal fünf Stück, aber die haben die Bruchlandung nicht überstanden.«

»Und was haben Sie anschließend mit dem Gerät vor?« Tionte war anzusehen, wie sehr er die Aussicht genoss, Tronth Are endlich als der Stärkere gegenübertreten zu können. »Einen Kampf können wir uns nicht leisten. Das Schiff ist so wrack, und die Verluste sind so groß, dass wir jeden Mann zum Start brauchen.«

»Auch daran haben wir gedacht«, sagte Lartog. »Wir verlassen zusammen mit ein paar Freiwilligen das Schiff und verstecken uns auf dem Planeten. Are hat es eilig, er kann es sich nicht leisten, auf uns zu warten, bis wir freiwillig zurückkehren. Folglich wird er uns verfolgen müssen. Während er durch die Wüste tappt, kehren wir zurück, überwältigen den Rest seiner Truppe und starten die KARRETON.«

»Ihr Plan hat einen Haken.« Tiontes Züge hatten sich gestrafft, und er wirkte wieder wesentlich selbstbewusster. »Wegen der Anpeilungsgefahr können Sie keinen Gleiter benutzen. Sie und Ihre Truppe werden marschieren müssen. Are aber kann sich einen Gleiter oder ein Beiboot nehmen und Sie in kürzester Zeit ausfindig machen!«

»Schwerlich.« Ipraha lächelte. »Wir haben bereits sämtliche Fahrzeuge unschädlich gemacht, auch die drei Sechzig-Meter-Schiffe. Von denen startet auf absehbare Zeit kein einziges. Are kann nicht einmal Transportanzüge verwenden, weil wir die leicht anpeilen werden – was er natürlich weiß. Are wird laufen müssen wie wir!«

»Ausgezeichnet!«, lobte Grahn Tionte. »Wie viele Männer wollen Sie mitnehmen?«

»Außer Ipraha noch sechs Mann. Wenn wir Are zwingen, seine Truppe aufzuteilen, wird ihr Kampfwert erheblich sinken. Acht Männer genügen, um ihm nötigenfalls Widerstand leisten zu können.«

»Sie haben sehr umsichtig gehandelt, Tharg'athor. Setzen Sie Ihren Plan um. Viel Glück!«

Xiros: 34. Prago der Prikur 10.497 da Ark

Vor mir stand ein völlig verwandelter Grahn Tionte; er grinste mich höhnisch an. Fartuloon murmelte Flüche, während Corpkor die Hände ballte. Eiskralle spielte mit seinen todbringenden Händen und betrachtete dabei den Kommandanten. Die »Karretonii« – acht Mann fehlten, wie wir rasch herausgefunden hatten – sahen teilnahmslos drein. Die besten Männer waren von den Reparaturarbeiten ausgelaugt und abgestumpft. Der Decoder war verschwunden, zusammen mit den acht Männern; die Gleiter und Beiboote waren unbrauchbar, die KARRETON ein bewegungsunfähiger Metallhaufen. Ich wusste auch, wer an diesem Dilemma die Schuld trug. Der junge Tharg'athor, der seine Fähigkeiten zum zweiten Male unter Beweis stellte, diesmal leider gegen mich.

»Sie haben die Wahl«, sagte Tionte höhnisch. »Entweder beschließen Sie Ihr Leben auf dieser Ödwelt – oder als Gefangener.«

Er sprach brutal aus, was sich aus meiner Lage ergab, und beide Möglichkeiten erschienen mir nur wenig verlockend. Es gab nur eine Alternative: Ich musste das Schiff verlassen und Lartog aufstöbern.

Mein Blick fiel auf Ra, der ruhig auf seinem Lieblingsplatz stand; er nickte mir grinsend zu. Ich drehte mich auf dem Absatz herum, ließ Tionte stehen und suchte mir meine Ausrüstung zusammen. Sie musste vor allen Dingen leicht sein, denn in der dünnen Luft des Planeten wog jedes überflüssige Gramm doppelt und dreifach. Wer mein Begleiter sein würde, war klar. Es kam nur Ra in Frage. Vorsichtshalber gab ich meinen Freunden den Rat, sich einen wichtigen Punkt des Schiffes auszusuchen und unausgesetzt zu bewachen. Ich wollte verhindern, dass die KARRETON ohne uns abflog. Doch ich war mir darüber im Klaren, dass meine Aussichten verzweifelt schlecht waren.

Wer die ARK SUMMIA erhalten wollte, musste körperlich und geistig in Höchstform sein. Die Ereignisse, die dieser Prüfung folgten, hatten mir gar keine Zeit gelassen, Speck anzusetzen. Ich fühlte mich leistungsfähig, aber die Ödwelt Xiros war stärker. Dem Tempo, das Ra vorlegte, vermochte ich nur mit Mühe zu folgen. Der Barbar schien genau zu wissen, wo der Tharg'athor sich versteckt hatte. Ohne zu zögern, hatte er sich nach dem Aufbruch nach Osten gewandt und war losmarschiert. Mir blieb nichts anderes übrig, als ihm vertrauensvoll zu folgen. Ich vertraute ihm tatsächlich. Ra sprach nicht, und ich konnte nicht einmal annähernd ahnen, was dieser Mann dachte und empfand. Aber er hatte mir bis zu diesem Zeitpunkt geholfen, und ich sah keinen Grund, seinen Handbewegungen nicht Folge zu leisten. Ab und zu grinste er unverschämt, während ich nach Luft schnappend stehen blieb.

»Warte nur«, murmelte ich. »Eines Tages wird auch dir die Luft wegbleiben.«

Ra machte eine wegwerfende Handbewegung. Zweifellos hatte er meine leisen Worte nicht nur gehört, sondern auch verstanden. Wieso redete der Barbar nicht?

Vielleicht hat er ein Schweigegelübde abgelegt? überlegte mein Logiksektor. *Gesungen hat er jedenfalls.*

Das Grübeln über Ra half mir nicht weiter. Vor uns türmte sich eine Felswand auf, die wir erklimmen mussten. Das jedenfalls besagten die Handzeichen, mit denen Ra mich vorwärts trieb. Wir hatten knapp zweihundert Meter zu ersteigen, was unter normalen Umständen nicht sehr schwierig gewesen wäre, da es überall guten Halt gab. Aber unter den Bedingungen dieses Planeten wurde der Aufstieg zu einer mörderischen Strapaze. Ra und ich hatten darauf verzichtet, schwere Kampfanzüge zu benutzen, die flugtauglich waren und uns wesentlich geholfen hätten, aber die Energiequellen in den breiten Gürteln und Aggregattornistern konnten leicht angepeilt werden. So mussten wir die Felswand nach Bergsteigerart bezwingen. Auf halber Höhe überkam mich der erste Anfall. Vor meinen Augen verdunkelte sich alles, und in meinen Ohren glaubte ich den Schlag meines Herzens tausendfach verstärkt zu spüren. Mein Puls raste, und ich spürte, wie meine Knie weich wurden. Hätte nicht Ra gedankenschnell zugegriffen und mich gehalten, hätte ich Sekunden später zerschmettert am Fuß der Felswand gelegen.

Es dauerte fast zwei Tontas, bis wir dieses Hindernis überwunden hatten. Vor wenigen Tagen noch hatten die Robots hier keinerlei Leben feststellen können; inzwischen musste Regen gefallen sein. Die Hochebene glänzte jedenfalls in saftigem Grün, durchsetzt von betäubend duftenden, großkelchigen Blumen in allen Farben des Spektrums. Vermutlich würde die Pracht ebenso schnell wieder verschwinden, wie sie gekommen war. Diese Welt war rau und hart, aber auch hier hatten es Lebensformen geschafft, sich anzupassen. Ra beugte sich nieder und untersuchte die Spuren. Ich konnte nichts sehen. Dort, wo die Männer hätten Fußspuren hinterlassen müssen, wuchs dichtes Gras mit langen, seidenweichen Blättern. Ich ging einige Schritte und blickte zurück. Es dauerte nur wenige Augenblicke, dann hatten sich die Gräser, die mein Tritt geknickt hatte, wieder aufgerichtet. Von meinen Schritten war nach kurzer Zeit nichts mehr zu sehen. Für mich nicht – wohl aber für Ra. Er zögerte keinen Augenblick, dann marschierte er los. Der Mann hatte die Instinktsicherheit eines Raubtiers; ich ahnte, dass sich für mich eine Quelle von Kenntnissen und Informationen auftat, sobald es mir gelang, den rätselhaften Barbaren zum Reden zu bringen.

Wenn es dir überhaupt gelingt, schränkte der Extrasinn ein.

Wäre die dünne Luft nicht gewesen, hätte mich der Spaziergang erfreuen können. Auf diesem Planeten hatte das Leben eine unheimlich wirkende Geschwindigkeit entwickelt. Innerhalb weniger Tontas hatte sich der Grasteppich gebildet, und während wir marschierten, entstand vor unseren Augen ein dichter, fast undurchdringlich erscheinender Urwald. Man konnte förmlich sehen, wie sich die Keimlinge aus der Erde schoben und in die Höhe strebten. Während einer Rast, die wir meiner Erschöpfung wegen einlegen mussten, wuchs ein Baum in der Nähe unseres Rastplatzes um mehr als zwei Meter. Gleichzeitig verkümmerte das Gras so schnell, dass man den Vorgang sehen konnte. Ra nickte zufrieden. In dem Maße, in dem sich das Gras zurückbildete, wurden die Spuren deutlicher, die Lartog und seine Männer hinterließen. Missmutig stellte ich fest, dass sie an der gleichen Stelle gerastet hatten wie wir. Es war uns also nicht gelungen, ihren Vorsprung zu verkürzen. Wir marschierten weiter. Als sich die Dämmerung über Xiros senkte, stellte Ra einige Fackeln her; nach den vorhergegangenen Ereignissen empfand ich es als selbstverständlich, dass er ohne Zögern sofort die harzhaltigste Baumsorte herausfand. Leicht überrascht war ich, als wir gleichzeitig begannen, abgebrochene Äste handlich zurechtzuschneiden, und ich meine Arbeit mit dem Flottenmesser aus Arkonstahl wesentlich später beendete als Ra, der sich seines Faustkeils mit artistischer Gewandtheit bediente.

Im Licht der Fackeln marschierten wir weiter, so lange, bis sich der Wald zurückzubilden begann. Im Verlauf einer Tonta schrumpften die bis zu dreißig Meter hohen Bäume zu kaum hüfthohen Krüppelgewächsen zusammen, die vermutlich bis zum Morgen ebenfalls verschwunden sein würden. Auch unsere Fackeln unterlagen diesem Prozess. Sie zerbröckelten zwischen unseren Fingern. Es blieb uns nichts anderes übrig, als zu rasten. Zwar führten wir für den Notfall starke Handscheinwerfer mit, aber deren Licht hätte kilometerweit gesehen werden können. Da die Ödwelt keinen Mond hatte, war es nachts absolut dunkel, zumal die Sonne des Planeten in einem sternenarmen Sektor stand. Bevor ich mich zum Schlafen niederlegte, horchte ich noch sorgfältig, aber es war nichts zu hören außer dem leisen Geräusch des Sandes, der vom Wind bewegt wurde.

Ursprünglich hatte ich vorgehabt, noch in der Nacht einige Kilometer weit zu gehen, aber Ra hatte mich mit kräftigen Rippenstößen davon abgebracht. Als sich die blassrote Sonne über den Horizont schob und Ra mich mit einem ermunternden Fußtritt aufschreckte, konnte ich sehen, wie Recht der Barbar gehabt hatte: Nur hundert Meter vor uns klaffte ein Felsspalt, in den wir mit Sicherheit abgestürzt wären. Ich schluckte betroffen, während der Barbar Grimassen schnitt. Er musste schon geraume Zeit vor mir erwacht sein, denn neben uns brannte ein Feuer. Auf einem improvisierten Grill drehte Ra zwei gerupfte Vögel, die einen appetitanregenden Geruch verströmten.

Für sich selbst hätte er die Tiere nicht gebraten, stellte mein Extrasinn lakonisch fest. *Er nimmt Rücksicht auf deine Essgewohnheiten.*

Diese Aufmerksamkeit ließ mich die rüde Art vergessen, in der er mich geweckt hatte. Die Tiere schmeckten hervorragend. Ra hatte einen guten Fang gemacht, obwohl mir rätselhaft war, woher die Vögel gekommen waren.

Während wir aßen, sah ich in einiger Entfernung eine dünne Rauchsäule aufsteigen. Dort saßen vermutlich Lartog und seine Männer beim Frühstück.

Sobald wir unsere Mahlzeit beendet hatten, setzten wir den Marsch fort, aber die Felsspalte gebot uns sofort Halt. Ich versuchte, die Distanz zu schätzen. Sie war auf jeden Fall größer, als wir überspringen konnten. Wie Lartog und seine Gefährten das Hindernis überwunden hatten, wusste ich nicht, aber einer aus seiner Gruppe würde ihm fehlen: Wir sahen den zerschmetterten Körper des Unglücklichen auf dem Boden der Felsspalte liegen. Vermutlich war er beim Abstieg abgestürzt. Ra grunzte verächtlich, als er den Leichnam sah. Gelassen hockte er sich auf den Boden, rupfte büschelweise das Gras aus, das über Nacht gewachsen war, und begann ein Seil zu flechten. Ich sah ihm mit gemischten Gefühlen zu. *Will er sich tatsächlich diesem Behelf anvertrauen?*

Ra streckte schnell den Fuß aus, hakte ihn hinter meiner Ferse ein und riss mich zu Boden. Knurrend drückte er mir ein Büschel Gras in die Hand. Obwohl er nicht sprach, konnte er sich sehr verständlich ausdrücken. Ich sah ihm auf die Finger, bevor ich daranging, seinem Beispiel zu folgen. Nach einiger Zeit überprüfte Ra meine Arbeit, verzog angeekelt das Gesicht und warf mein Seil kurzerhand in den Spalt. Im ersten Augenblick war ich nahe daran, wütend zu werden. Was fiel diesem Barbaren ein, den Kristallprinzen des Tai Ark'Tussan derart verächtlich zu behandeln? Dann wurde mir klar, dass ich einstweilen keine Veranlassung hatte, auf meine Abstammung übermäßig stolz zu sein. Ich würgte meinen Ärger hinunter und startete einen zweiten Versuch. Nach einem halben Meter Seil – Ra hatte schon mehr als sechs Meter fertig gestellt – erfolgte die Kontrolle. Mit dem gleichen Ergebnis. Diesmal wirkte Ra fast verärgert, als er meine Arbeit in den Abgrund warf.

»Gut, gut«, murmelte ich in dem schauderhaften *Satron*-Dialekt, das in einigen Randgebieten des Imperiums gesprochen wurde. »Die gute alte Faustpädagogik. Einmal, ich dir zeigen, zweimal, ich dir sagen, dreimal, ich dir schlagen Schädel ein.«

Ra grinste mich an, als habe er die Worte genau verstanden. Immerhin hörte sich sein Knurren schon wesentlich freundlicher an, als er von meinem dritten Versuch nur die Hälfte vernichtete und mir den Rest zurückgab. Es dauerte fast eine Tonta, dann hörte Ra auf; das Seil hatte inzwischen eine Länge von fast zwanzig Metern erreicht, dazu kamen noch einmal vier Meter aus meiner Produktion. Geschickt verband Ra die beiden Teile, griff wortlos nach meinem Zweihand-Luccot und verknotete das Seil daran.

Auf der gegenüberliegenden Seite der Schlucht waren zwei Felsen zu erkennen, die dicht nebeneinander standen, in einem Abstand von wenigen Zentimetern. Ich begriff rasch, was der Barbar plante. Er wollte den Luccot so werfen, dass er hinter den Felsen niederfiel, das Seil aber zwischen den Steinen zu liegen kam. Hielt sein Flechtwerk, hatten wir einen fast bequemen Übergang gefunden.

Das Seil wird halten, prophezeite mein Extrasinn. *Ra ist kein Narr wie du.*

Der erste Wurf verfehlte sein Ziel. Ra knurrte finster, und ich klopfte ihm unverschämt grinsend auf die Schulter. Ra antwortete mit einem Brummen, in dem ich einen leicht sarkastischen Unterton zu hören glaubte. Auch sein zweiter Wurf landete neben dem Ziel.

»Brauchst du Hilfe, mein Freund?«, erkundigte ich mich freundlich; Ras Antwort bestand in einem Knurren. Beim dritten Versuch war er erfolgreich; er brüllte triumphierend auf und schlug mir befriedigt auf die Schulter. Hätte er nicht rechtzeitig zugegriffen, hätte mich sein Begeisterungsausbruch in die Felsspalte befördert.

Mit geschickten Handgriffen befestigte Ra das freie Ende des Seiles an einer Felsnadel auf unserer Seite der Schlucht; mit kräftigen Rucken prüfte er die Haltbarkeit der Verbindung und nickte zufrieden. Dann griff er mit beiden Händen zu und hangelte sich hinüber. Ich hielt unwillkürlich den Atem an und seufzte erleichtert auf, als ich die Gestalt des Barbaren glücklich auf der anderen Seite ankommen sah. Ra winkte mir zu. Ich atmete tief ein und griff nach dem Seil, das sich wie eine seidene Schnur anfühlte. Ein Aufstöhnen kam über meine Lippen, als das Seil unter meinem Gewicht nachgab und dann wieder zurückfederte. Der geflochtene Strick straffte sich, aber er hielt. Langsam hangelte ich hinüber. Ra half mir, als ich den anderen Rand der Felsspalte erreicht hatte. Er grinste vergnügt, dann löste er den Strick von meinem Luccot und übergab ihn mir.

Er gab ein Knurren von sich und stemmte sich kraftvoll gegen einen der beiden Felsen, zwischen denen das Seil verlaufen war. Es gab ein Knirschen, dann bewegte sich der Stein und rollte auf den Abgrund zu, in dem er polternd verschwand. Ra lachte laut auf, während ich spürte, wie etwas Kaltes meinen Rücken hinunterlief.

Allmählich verkürzte sich der Vorsprung, den Lartogs Trupp vor uns hatte; das zeigte uns der immer kleiner werdende Abstand zu den Rauchfahnen, die von den Feuern der Männer aufstiegen. Wir selbst konnten nicht gesehen werden. Ra verstand es meisterlich, rauchlose Feuer zu entfachen. Der Boden fiel allmählich ab, auch der Bewuchs wurde schwächer. Es sah danach aus, als müssten wir bald ein ausgesprochenes Wüstengebiet durchwandern. Ich hatte leise Zweifel, ob sich die Instinktsicherheit, mit der sich der Barbar in der fremden Natur des Planeten bewegte, auch auf diesen Landstrich erstrecken würde. Bisher war es ihm immer gelungen, wie aus dem Nichts die Dinge hervorzuzaubern, die wir brauchten – vor allem Wasser und Nahrungsmittel.

Am späten Nachmittag des Tages hatten wir die Wüste erreicht, eine endlos erscheinende Fläche, gewellt wie die Oberfläche eines Meeres. Die Spur unserer Gegner zeichnete sich klar in dem feinkörnigen Sand ab; jeder Fußtritt war deutlich zu erkennen. Wir folgten dieser Spur und marschierten in die Wüste hinein. *Wenn ihr mit dieser Geschwindigkeit weitermarschiert*, teilte mir mein Logiksektor mit, *habt ihr Lartog in zwei bis drei planetaren Tagen eingeholt.*

Zwei bis drei Tage zu 9,5 Tontas. Für meine Vorstellungen ein entschieden zu langer Zeitraum, aber mir blieb keine Wahl. Auf diesem lebensfeindlichen Planeten war ich auf den Barbaren angewiesen, und Ra nahm keine Kommandos von mir an. Er knurrte nur unwillig, wenn ich ihm etwas vorschlug. Er betrachtete sich als den Führer dieser Expedition, und ich war ehrlich genug, zuzugeben, dass er damit Recht hatte. Trotz der dünnen Luft marschierten wir bis zum Einbruch der Dämmerung fast zwanzig Kilometer weit in das Wüstengebiet; allerdings verließen wir die deutliche Spur der Männer vor uns. Ra führte mich einen anderen Weg, der am Abend an einer Wasserstelle sein Ende fand.

Dort gab es keine Fußspuren – der Tharg'athor hatte die Oase verfehlt; wahrscheinlich würde er teuer für diesen Fehler bezahlen müssen. Unsere Vorräte waren völlig erschöpft, als wir das Wasserloch erreichten. Wir tranken in langen, gierigen Zügen von dem leicht brackig schmeckenden Wasser, dann füllten wir unsere Flaschen. Ra hatte einige Früchte anzubieten, ich steuerte eine Hand voll Konzentratnahrung bei. Die Anstrengungen des vorhergegangenen Tages hatten uns so erschöpft, dass wir innerhalb von Augenblicken einschliefen.

Ich erwachte, weil mich etwas kitzelte. Der Logiksektor warnte eindringlich: *Keine Bewegung!*

Sofort bekämpfte ich den Impuls aufzuspringen und rührte mich nicht. Das kitzlige Etwas hatte sich an meiner rechten Hand bewegt;

ich spürte den Druck kleiner, harter Füße, die sich langsam meinen Handteller hinaufbewegten. Das Kribbeln verstärkte sich, als ein zweites Tier den gleichen Weg einschlug – und ich bemerkte entsetzt, dass es noch wesentlich mehr dieser Plagegeister gab. Der Sand um mich herum knisterte von dem Krabbeln der Füße. Es konnten zehn Exemplare sein, ebenso gut aber auch tausend. Die ersten Strahlen der aufgehenden Sonne schossen über den Horizont; ich spürte das Ansteigen der Temperatur auf dem Gesicht und öffnete langsam die Augen. Ein Tier war inzwischen bis auf meine Brust gelangt. Deutlich konnte ich den Körper sehen. Ich zählte sechs Beine, vier Augen und einen langen, hornigen Schwanz. Unerfreulich war das Ende des Schwanzes – ein fingerlanger Stachel, der im Licht der frühen Sonne feucht schimmerte.

Skorpione oder etwas Ähnliches, analysierte mein Extrasinn. *Bei der kleinsten Bewegung werden sie stechen.*

Ich schloss wieder die Augen und lauschte. Nach den Geräuschen zu urteilen, die um mich herum erklangen, war eine größere Zahl dieser Tiere auf den Beinen. Ich spürte die Füße fast überall auf dem Körper, hörte das Knistern unmittelbar an meinen Ohren. Ich konzentrierte mich ganz auf meinen Körper, zwang ihn mit psychischer Gewalt zur Ruhe. Nur so konnte ich ein instinktives Zusammenzucken vermeiden, als eines der Tiere sich anschickte, mein Gesicht zu erklimmen. Die Füße krallten sich in die Haut, als das Tier seinen Aufstieg begann. Es schmerzte, aber ich rührte mich nicht.

Dein Haar, signalisierte die innere Stimme. *Falls sich eines der Tiere darin verfängt, wird es stechen.*

Das klang alles andere als ermutigend. Ich hatte große Mühe, meine unnatürliche Ruhe zu bewahren. Als sich der Skorpion langsam unterhalb meiner Nase bewegte, begann meine Nase zu jucken, und der Niesreiz wurde immer stärker. Ich öffnete wieder die Augen und versuchte, so viel wie möglich von meiner Umgebung zu erkennen. Es hatte den Anschein, als hätten Ra und ich uns ausgerechnet eine Art Prozessionsstraße der skorpionähnlichen Tiere ausgesucht. Das Krabbeln und Knistern schien kein Ende nehmen zu wollen. Endlich war mein Gesicht wieder frei, das quälende Jucken in der Nase verschwand. Ich atmete so flach wie irgend möglich. Zwar hätte das Material meines Anzugs einen Stich wohl aufgefangen, aber mein Gesicht und die Hände waren frei. Und auf jeder Hand bewegte sich eines der Tiere.

Die Zeit verging mit nervtötender Langsamkeit; ich konnte fast sehen, wie die blassrote Scheibe der Sonne über den Horizont kroch. Der Morgen war zur Hälfte verstrichen, als die Prozession der Skorpione ein Ende hatte. Vorsichtshalber blieb ich noch geraume Zeit still liegen, bevor ich mich aufrichtete. Auf einem Felsblock in der Nähe saß Ra und sah mich aufmerksam an.

Ra hat die Tiere noch rechtzeitig bemerkt, konnte dir aber nicht mehr helfen, meldete der Logiksektor. *Er mag dich!*

Ich kletterte zu Ra auf den Felsen und sah in die Richtung, die er mir mit der Hand wies. Der Boden in Blickrichtung war schwarz – ein Millionenheer von Skorpionen wälzte sich über die Dünen. Wir waren nur am Rande von diesem Heerzug überrollt worden, im Zentrum musste die von Skorpionen bedeckte Strecke in Kilometern gemessen werden.

»Wir haben noch einmal Glück gehabt!«, stellte ich erleichtert fest. Dennoch brauchte ich einige Zeit, bis ich wieder völlig Herr meiner selbst war. Meine Hände zitterten, und überall am Körper juckte es teuflisch. Es war ein Hochgenuss, sich nun ungefährdet kratzen zu dürfen.

Ra trieb mich jedoch mit einem herrischen Knurren vorwärts. In einiger Entfernung sah ich eine dünne Rauchfahne aufsteigen. Es mochten vier bis fünf Kilometer sein, die uns von Lartog und seiner Gruppe trennten. Wir hatten unsere Wasservorräte ergänzt und schlugen ein hohes Tempo an; mit etwas Glück konnten wir Lartog schon am Abend erreicht haben.

Auch der Weg der anderen war nicht ohne Gefahren. Als wir den Rastplatz erreicht hatten, den wir von fern wegen des Rauches hatten erkennen können, stießen wir auf zwei Leichen. Beide Männer wiesen mehrere Einstiche auf. Am Boden lagen Hunderte erschlagener und erschossener Skorpione. Es musste einen wüsten Kampf gegeben haben, aber offenbar war es Lartog gelungen, den größeren Teil seines Trupps in Sicherheit zu bringen.

»Wie lange wird Atlan wohl brauchen?«, murmelte Corpkor.

Eiskralle zuckte mit den Achseln. »Ich tippe auf einige Tage. Dieser Lartog ist ein zäher Bursche. Er wird Atlan sicher zu schaffen machen.«

Sie saßen zusammen mit dem Bauchaufschneider in der Reserveleitstelle; für den Fall, dass der Tharg'athor samt Decoder eher zurückkehrte als Atlan, konnten die Männer von diesem Raum aus jeden Start unterbinden. Nach einigem Suchen hatte Fartuloon alle Sperren aufgestöbert, die von der Reserveleitstelle aus aktiviert werden konnten; er hatte herausgefunden, dass sich der größte Teil der Hindernisse durch andere Schaltungen beseitigen ließ, aber nicht alle Blockierungen konnten mit Bordmitteln aufgehoben werden. Solange die Männer also die Reserveleitstelle unter Kontrolle hatten, waren Tionte die Hände gebunden.

Auf der anderen Seite war die KARRETON auch für Fartuloon und seine Freunde wertlos. Ohne den Decoder konnte das Schiff zwar starten, aber kein Ziel genau anfliegen. Es wäre zwar möglich gewesen, mit Hilfe der Astronomischen Abteilung neue Daten der näheren Umgebung zu erstellen und danach zu fliegen, aber das wäre gleichbedeutend mit dem Versuch gewesen, mit verbundenen Augen eine bestimmte Adresse in einer unbekannten Großstadt ausfindig zu machen.

Die Stimmung an Bord der KARRETON war gespannt; die Männer hielten ständig einen Ausguck besetzt, um sofort wissen zu können, wer das Rennen gemacht hatte. Es war eine Zerreißprobe für die Nerven. Immer und immer wieder hatten sich die Männer die möglichen Situationen ausgemalt und durchkalkuliert. Was geschah, wenn Lartog als Erster das Schiff erreichte, zusammen mit dem Decoder? Tionte konnte trotz des Geräts nicht starten. Er hätte erst Fartuloons Gruppe ausschalten müssen. Auf der anderen Seite war Atlans Sieg ebenfalls nicht vollständig, kam er mit dem Decoder zurück. Ohne die Hilfe der Besatzung war die KARRETON nicht flugtauglich, wenigstens nicht in einem vertretbaren Maß. Zwar traute sich Fartuloon zu, notfalls nur mit Atlan zusammen das Schiff nach Kraumon zu bringen, aber es würde ein Risikounternehmen werden.

Eiskralle trommelte mit den Krallen nervös auf einem Schaltpult herum. Es klang wie ein Trommelwirbel, der gewöhnlich bei Hinrichtungen zu hören war. Corpkor warf dem Chretkor einen belustigten Blick zu, dann verließ er geräuschlos den Raum. Als er nach einer Tonta zurückkehrte, saß ein großer Vogel auf seiner rechten Schulter und beäugte die anderen Männer.

»Wenn ich vorstellen darf, das ist Dschebe Noion, was so viel bedeutet wie Fürst Pfeil!«, sagte Corpkor. Der Vogel legte den Kopf auf die Seite und stieß ein Krächzen aus.

Eiskralle und Fartuloon sahen sich an und grinsten verlegen; sie wussten nicht genau, ob Corpkor im Ernst sprach oder sie nur veralbern wollte. Sie wussten, dass Corpkor buchstäblich mit Tieren reden konnte, al-

lerdings nur mit einigen Arten. Bei anderen Spezies war Corpkor nicht ganz so erfolgreich, aber er konnte sich hervorragend mit Tieren verständigen. Es war durchaus möglich, dass er mit dem Vogel gesprochen hatte. Fasziniert hörten die beiden Männer zu, wie Corpkor mit dem Tier redete. Er gab pfeifende, krächzende und kreischende Geräusche von sich, die der Vogel mit ähnlichen Klängen beantwortete.

»Diese Spezies kann besonders gut und ausdauernd fliegen«, sagte Corpkor. »Ich werde Dschebe Noion als Kurier zwischen Atlan und uns verwenden. Vielleicht können wir ihm helfen, sobald er nahe genug am Schiff ist.«

Eiskralle und Fartuloon nickten anerkennend; Corpkors Vorschlag hatte viel für sich. Vor allem konnten sie durch den Vogel in Erfahrung bringen, wo sich Atlan befand und wie es ihm ging; Atlan wiederum würde im Gegenzug erfahren, was im Schiff vor sich ging: Corpkor schrieb einen kurzen Lagebericht, rollte den Plastikstreifen zusammen und befestigte ihn am rechten Fuß des Vogels.

»Ich schicke unseren gefiederten Freund auf die Reise«, sagte er, bevor er die Reserveleitstelle verließ. »Ich bin sicher, er wird Atlan finden.«

Ra zog mich am Arm und deutete nach vorne. Ich folgte dem Wink, aber ich sah nur ein paar unscheinbare Wolken. Vielleicht brachten sie etwas Regen. Wir waren seit unserem Abenteuer mit den Skorpionen fast ohne Pause marschiert. Mein Körper schien sich an die besonderen Anforderungen dieses Planeten leidlich gewöhnt zu haben. Ra gab ein heulendes Geräusch von sich und rollte mit den dunklen Augen.

»Ein Sturm?«

Ra nahm eine Hand voll Sand auf, ließ sie fallen und heulte dazu.

»Ein Standsturm?«

Er nickte zufrieden. Unwillkürlich sah ich mich nach einer Deckung um; ich hatte keinerlei Verlangen, dem Sturm auf freier Fläche entgegenzutreten. Wie gefährlich Sand sein konnte, wusste ich; wie lästig er war, hatte ich während des Marsches bemerkt. Sand, wohin man sah – auch dort, wo man ihn nicht brauchen konnte: unter der Kleidung an empfindlichen Stellen scheuernd, zwischen den Zähnen knirschend. Die Augen quollen zu, und die Nase rötete sich, weil wir nur durch die Nasen atmeten. Dennoch geriet immer wieder feinkörniger Sand zwischen die Zähne. Es war eine Tortur besonderer Art.

Außerdem fror ich jämmerlich. Sowohl Kraumon als auch Arkon lagen in ihren Mittelwerten weit über der Durchschnittstemperatur dieser Welt. Es gab keine Deckungsmöglichkeit, so weit ich sehen konnte. Auch Ra schien dieser Umstand nicht zu behagen – so deutete ich jedenfalls die Folge von Geräuschen, die er von sich gab.

Es war mir immer noch nicht gelungen, tiefer in den Barbaren einzudringen; er wehrte jeden Kontaktversuch ab. Ich hatte mir während der Pausen immer wieder Zeit genommen, mit ihm ein Gespräch anzufangen. Aber er hatte auf meine Annäherungsversuche immer nur mit Zeichen und Lauten geantwortet. Ich kramte aus meiner Erinnerung sämtliche psychologischen Tricks, aber sie fruchteten nichts. Das Geheimnis des Barbaren blieb im Dunkeln. Nur eines wusste ich inzwischen ziemlich genau: Es war mir gelungen, die Freundschaft des Mannes zu gewinnen. Alles, was er tat, die Gesten und Grimassen, mit denen er meine Fragen zu beantworten pflegte, sagten mir, dass ich ihm sympathisch war.

Wir beschleunigten unseren Schritt. Ra hatte den Wind geprüft, und seine empfindliche Nase schien etwas gefunden zu haben. Während wir einem noch unbekannten Ziel zustrebten, formte sich in der Richtung unseres Weges eine düstere Wolkenwand, die nach kurzer Zeit den Horizont zur Gänze einnahm. Um uns herum schien die Natur den Atem anzuhalten. Außer dem Knirschen des Sandes unter unseren Füßen war kein Geräusch zu hören. Die Luft war völlig ruhig und unbewegt. Diese unnatürliche Ruhe legte sich auf die Psyche. Angst machte sich in mir breit, und ich merkte, dass ich nervös wurde. Auch Ra war dem Einfluss der Verhältnisse erlegen. Er vergrößerte seinen Schritt, so dass ich nur mit Mühe folgen konnte. Als wir einen Dünenkamm erreichten, wusste ich, dass der Instinkt den Barbaren einmal mehr sicher geführt hatte: Vor uns lag eine Wasserstelle, nicht viel mehr als ein großes Loch im Boden, mit Wasser gefüllt und von einer Ansammlung Felsen umgeben.

Ich hatte meine Zweifel, ob uns die Steine einen ausreichenden Schutz vor dem Sturm boten, aber Ra ging zielstrebig auf das Wasserloch zu. Als Erstes füllte er seine Flasche mit dem nicht eben appetitlich aussehenden Wasser, dann hockte er sich hinter einen Felsen und begann zu essen. Für ihn schien alles in bester Ordnung zu sein. Mir erging es gänzlich anders. Ich wusste, dass ein so rapider Wetterumschwung Folgen auch für den arkonidischen Verstand hatte. Eigentlich hätte ich mich beherrschen müssen, aber es gelang mir nicht. Irgendetwas schien meine Kehle zusammenzuziehen und auf die Brustplatte zu drücken. Meine Bewegungen wurden fahrig. Meine Hände bebten, als ich – Ras Beispiel folgend – meine Flasche füllte. Ich rüttelte an den Felsen, die nicht um Haaresbreite zu bewegen waren. Ra grinste mich verächtlich an.

Als er seine Mahlzeit beendet hatte, griff er ohne weitere Umstände zu den Waffen. Als habe er ein solches Gerät bereits in seiner Wiege gefunden, entsicherte er den Kombistrahler, schaltete auf *Desintegrator* und legte die Waffe auf einen der Felsen an. Grünliche Schwaden stiegen auf und verwehten, dann hatte Ra eine mannshohe Öffnung in den Felsen geschnitten. Er stellte sich versuchsweise hinein und grunzte zufrieden.

Dann kam ich an die Reihe; auch für mich schuf der Barbar eine Nische im Fels. Ich bewunderte trotz meiner Nervosität das Augenmaß des Mannes, denn die Nische hatte nur eine Abweichung von einem halben Zentimeter.

Inzwischen hatte der Sturm seine Vorboten bereits bis zu uns vorangetrieben. Ein Summen war zu hören, das sich langsam, aber unaufhaltsam zu einem infernalischen Heulen verstärkte. Der Sand um uns herum begann sich zu bewegen. Ra stellte sich in seine Nische und zog seinen Kombistrahler. Er hatte ihn einem von Lartogs getöteten Männern abgenommen. Ich fragte mich, was er mit der Waffe anstellen wollte, als auch ich mich in die Nische zurückzog. Durch Erfahrung gewitzt, zog auch ich meinen Kombistrahler. Ohne den Barbaren, das wurde mir von Tag zu Tag klarer bewusst, war ich verloren. Ich wusste nicht, was er mit der Waffe bewerkstelligen wollte, aber ich ahnte, dass es sich wieder um jene merkwürdige Verbindung zwischen primitiven Instinkten und der Anwendung moderner Technik handeln würde, die ich schon oft bei ihm gesehen hatte.

Ich hatte den plötzlichen Verdacht, dass Ra regelrecht programmiert war. Solange die Verhältnisse normal waren, benahm er sich so, wie es von einem wilden Barbaren erwartet werden konnte. Drohte Gefahr, kam spontan ein Wissen zum Ausbruch, das unmöglich seinem Volk entspringen konnte. Mir fiel ein, dass ich ihm erst hatte erklären müssen, wie man sich der sanitären Anlagen an Bord der KARRETON zu bedienen hatte. Auf der anderen Seite konnte er mit wesentlich schwierigeren Anlagen notfalls artistisch umgehen.

Wenn deine Überlegung stimmt, meldete sich mein Extrasinn, *und Ra wirklich von Fremden, wie du sagst, programmiert worden ist, kannst du seiner Freundschaft nicht sicher sein. Wer Wissen aufpfropfen kann, wird auch den Charakter beeinflussen können.*

Ich wehrte mich gegen die Schlussfolgerung, obwohl sie vollkommen logisch war, aber mein Gefühl war in diesem Fall stärker.

Narr!, kommentierte der Logiksektor lakonisch.

Dann brach der Orkan mit voller Gewalt über uns herein. Ich sah, wie die ersten Schwaden aufgewirbelten Sandes an den Felsen vorbeigepeitscht wurden. Immer staubhaltiger wurde die Luft, und nach kurzer Zeit hatten Staubwolken die Sonne völlig verdeckt. Es war finster, und um uns tobte der Sturm mit vernichtender Heftigkeit. Für Augenblicke beschlich mich die Furcht, der Sand könnte den gesamten Felsen förmlich abschmirgeln und zerreiben.

Narr!, wiederholte der Logiksektor. *Dazu braucht es Jahrtausende.*

Das half nicht viel. Auch wer sich unter dem rettenden Netz der Logik weiß, wird die Angst auf dem schmalen Seil der Gefühle nicht los. Was mich besonders bedrückte, war die völlige Hilflosigkeit in dieser Lage. Gegen Feinde konnte man kämpfen, Unfälle durch Technik und Kalkül verhindern. Hier aber konnte ich überhaupt nichts zu meiner Rettung tun, nur warten und hoffen, dass der Sturm irgendwann wieder nachließ. Ich fühlte mich wie ein Gefesselter in einer Arena, dessen Leben von der Laune einer Bestie abhing, die ihn beäugend abwägte, ob sie ihn fressen sollte oder nicht. Meine Furcht verstärkte sich, als ich spürte, dass meine Füße langsam im Sand verschwanden. Von den Kubikkilometern Sand, die jetzt durch die Luft gewirbelt wurden, prallten nur Hände voll gegen den Felsen und wurden so abgefangen, dass sie zu Boden fielen und die Füße bedeckten, aber ich spürte förmlich, wie sich auf der windgeschützten Seite des Felsens eine Verwehung aufbaute – dort, wo Ra die Nischen geschaffen hatte. Ein Geräusch mischte sich in das Heulen des Sturmes. Ich brauchte eine Zeit lang, bis ich den Klang identifiziert hatte.

»Guter Ra«, seufzte ich erleichtert. Der Barbar hatte wieder einen glänzenden Einfall gehabt. Ich richtete meinen Strahler gegen die Finsternis vor mir und drückte ab. Röhrend brach der Feuerstrahl aus der Waffe und erhellte etwas die Sicht. Zwar reichte der Schein des Strahls nur wenige Schritte weit, aber es war deutlich zu sehen, dass er zahlreiche Wirbel schuf, die den herunterrieselnden Sand wieder von mir fortsogen und -wirbelten. Wieder fragte ich mich, woher Ra dieses Wissen bezog. Was hätte er gemacht, wären wir ohne Waffen losmarschiert? Ohne den Kombistrahler hätte er die Nischen nicht aus dem Felsen schneiden können, ohne die Waffe wären wir wahrscheinlich verschüttet worden. Ich war mir sicher, dass auch in diesem Fall Ra eine Lösung gefunden hätte. Dieser Mann war eine wahre Fundgrube an Kenntnissen und Informationen. Fraglich war nur, welche Methode die beste war, an diesen verborgenen Schatz heranzukommen.

Immer noch spie der TZU-4 in meiner Hand seinen todbringenden Strahl, der hier dazu diente, Leben zu erhalten. Sorgenvoll sah ich auf das Magazin. Die Ladekontrolle wechselte langsam die Farbe, wanderte von Grün über Blau auf einen leichten Rotton zu. Zwar war das Magazin gut für etliche hundert Schüsse, nicht aber für ein langes Dauerfeuer. Ich zerrte ein Ersatzmagazin aus dem Gürtel und hielt es bereit, während ich gleichzeitig auf den Sturm hörte. In einem Augenblick, in dem das Heulen für kurze Zeit schwächer wurde, wechselte ich in rasender Eile die Magazine aus. Eine Sturzflut von Sand brach über mich herein; irgendwo auf seiner rasenden Fahrt musste der Sturm einen Baum zerfetzt haben. Ein Ast fiel auf mich herab und traf den Waffenarm. Ich schrie schmerzerfüllt auf – und verlor den Strahler. Instinktiv bückte ich mich, um ihn wieder aufzuheben.

Gnadenlos peitschte der Sturmwind auf mich ein; die kleinen Sandkörner prasselten wie Schrotkörner auf die Haut. Ich konnte nichts sehen, und unerbittlich zerrte und riss der Orkan an meinem Körper, vor allem an dem rechten Arm, mit dem ich nach der Waffe suchte. Die Zeit arbeitete mit einer fürchterlichen Geschwindigkeit gegen mich. Ich spürte, wie der Sand an meinen Füßen in die Höhe stieg. Und je höher die Verwehung wurde, desto geringer waren meine Aussichten, den lebenswichtigen Strahler wieder zu finden. Blind tastete ich in dem kalten Sand nach der Waffe. Als meine Fingerspitzen endlich den Lauf streiften, stöhnte ich erleichtert auf. Wenige Augenblicke später feuerte ich wieder gegen den Sturm an. Mit den Füßen schleuderte ich den angewehten Sand in die Höhe, wo er von den Wirbeln des Strahls erfasst und davongeschleudert wurde.

Hoffentlich hat auch Lartog einen halbwegs sicheren Unterschlupf gefunden, machte sich mein Logiksektor bemerkbar.

Ich stöhnte erneut auf. War der Tharg'athor dem Sandsturm ungeschützt ausgesetzt, gab es für uns keine Rettung mehr. Selbst wenn wir Jahre hindurch suchten, würden wir den kleinen Kasten des Decoders nicht mehr finden. Wahrscheinlich hatte der Sturm auf seiner Vernichtungsbahn Tausende von Tonnen Sand hochgerissen und an anderer Stelle wieder abgelagert. Der Decoder konnte unter meterdicken Sandmassen begraben sein, und dort würde ihn nicht einmal der untrügliche Spürsinn Ras ausfindig machen.

Langsam ließ der Orkan nach, das Heulen verebbte, aber immer noch ging der Wind scharf und trieb den feinkörnigen Sand vor sich her. Noch war es nicht möglich, dass wir die sicheren Verstecke verließen. Noch einmal musste ich das Magazin des TZU-4 austauschen, diesmal allerdings ohne Komplikationen, bis der Sturm endlich so weit nachgelassen hatte, dass wir uns wieder ins Freie wagen konnten. Es dauerte nur knapp eine Dezitonta, dann war der Sandsturm endgültig vorbei. Der Wind war frisch, aber ohne viel Sand. Eine schwarze Wolkenwand zog in die Richtung, aus der wir gekommen waren. Falls es Fartuloon oder den anderen eingefallen sein sollte, uns zu folgen, würden sie keinerlei Spuren mehr finden. Das zeigten die Veränderungen, die die Landschaft durch den Sturm erfahren hatte. Nichts war so geblieben, wie wir es vor dem Orkan angetroffen hatten. Wo sich das trübe Wasser befunden hatte, lag jetzt Sand. Rings um das ehemalige Wasserloch herum hatten sich vierzig Meter hohe Dünen aufgetürmt – nur die Stellen waren frei geblieben, die wir mit unseren Schüssen gesäubert hatten.

Ra grinste zufrieden und schlug mir auf die Schulter.

»Gut gemacht«, sagte ich anerkennend und erwiderte die Geste. Wir hatten noch einige Tontas Zeit bis zum Sonnenuntergang, also machten wir uns sofort auf den Weg, dem Tharg'athor hinterher. Ra schien meine Sorgen zu ahnen, denn er machte gewaltige Schritte. Wäre er nicht kleiner gewesen als ich, hätte ich ihm nur für kurze Zeit folgen können. Ra war verärgert, und ich begriff auch, warum: Der Sturm hatte alle Hinweise, nach denen er sich normalerweise zu richten pflegte, verschüttet. Unter diesen Umständen konnten auch Ras besondere Fähigkeiten nicht viel ausrichten. Er marschierte mit wütender Entschlossenheit, mit dem Willen, irgendetwas zu tun, selbst wenn es sich als falsch erweisen würde.

Ra bemerkte den Vogel als Erster. Als er sich umdrehte und ich seinem Blick folgte, erkannte ich das Tier in einiger Entfernung. Als es wenig später mit den Flügeln schlug, hörte ich ein schwaches Geräusch. Dieser Klang hatte Ra vermutlich aufmerksam gemacht. Ich verspürte leichten Hunger und legte die Waffe an, aber Ra stieß ein unwilliges Knurren aus und hielt meine Hand fest. Seine scharfen Augen hatten gefunden, was ich erst entdeckte, als sich der Vogel näherte und vor unseren Füßen landete. Vom Boden beäugte mich das Tier und krächzte.

Ra streckte vorsichtig die Hand aus, und das Tier hüpfte furchtlos auf die Fläche. Behutsam löste der Barbar den Plastikstreifen, den der Vogel am Bein trug, und übergab ihn mir. Die Zeit, die er verwendete, um einen Blick auf den Text zu werfen, war weder so kurz, dass ich daraus hätte folgern können, Ra könne nicht lesen, noch so lang, dass ich das Gegenteil hätte behaupten können.

Corpkor an Atlan, las ich. *Es ist mir gelungen, diesen Vogel aufzutreiben; er kann als Kurier zwischen uns dienen. Das Tier wird auf dein Zeichen hin (Armzeichen) zu mir zurückkehren. An Bord der KARRETON ist alles einigermaßen ruhig, aber ich befürchtete, dass es in absehbarer Zeit Ärger geben wird. Hast du Lartog schon aufgestöbert?*

Ich las den Text nochmals laut in der Hoffnung, von Ra irgendeinen Kommentar zu bekommen, er jedoch stand neben mir wie eine Statue und verzog keine Miene. Ich kramte aus meinen Taschen einen Lichtschreiber hervor und setzte die Antwort auf.

Atlan an Corpkor, schrieb ich auf die Rückseite des Plastikstreifens. *Wir haben durch einen Sandsturm den Kontakt zu Lartog verloren. Kannst du deinen Boten dazu bringen, nach ihm zu suchen und uns zu ihm zu führen?*

Ich rollte den Streifen zusammen und befestigte ihn am Bein des Vogels. Das Tier sah mich an und folgte mit den Augen meiner Handbewegung. Der Vogel stieß ein Krächzen aus, dann schwang er sich in die Luft und flog davon – genau in der Richtung, in der die KARRETON liegen musste.

Ra und ich marschierten verbissen weiter. Es verstrich eine Tonta, dann kam der Vogel zielsicher zu uns zurück. Eine ganze Weile kreiste er über unseren Köpfen, dann schraubte er sich wieder höher. Offenbar hatte Corpkor es geschafft, den Vogel in unserem Sinne zu beeinflussen. Während er über uns immer größere Kreise beschrieb, gingen wir weiter. Mit etwas Glück hatten wir die richtige Richtung getroffen und konnten so den Vorsprung Lartogs verkürzen.

Auf meiner Uhr waren zwei Tontas vergangen; Corpkors Bote war längst unseren Blicken entschwunden, als Ra plötzlich nach vorn deutete. Wir hatten wieder einmal großes Glück gehabt, denn das Tier flog gradlinig auf uns zu. Es kreiste ein paarmal um unsere Köpfe und flog dann in der Richtung zurück, aus der es gekommen war. Bald kehrte es wieder zu uns zurück und folgte, in großer Höhe über unseren Köpfen Kreise ziehend, unserem Marsch.

Es wurde langsam dunkel, als wir das Ende des Wüstenstreifens erreichten. Von Lartog hatten wir keine Spur gefunden. Der Sandsturm hatte sie verwischt. Vor uns erstreckte sich eine Kette sanft ansteigender Hügel, in der Mitte durch einen weithin sichtbaren Einschnitt getrennt. Ich vermutete, dass Lartog diesen Weg gegangen war, und marschierte darum auf das Tal zu. Ra schien damit einverstanden zu sein, denn er folgte mir ohne Murren. Lartog würde sich ausrechnen, dass wir durch den Sturm seine Spur verloren hatten. Er konnte demnach jetzt seine Richtung ändern und auf dem kürzesten Wege zum Schiff zurückkehren, während wir weiter nach ihm suchten und uns immer weiter von der KARRETON entfernten. Dass uns Corpkor einen Kundschafter besorgt hatte, konnte der Tharg'athor nicht ahnen.

Ich spürte einen Anflug von Mitleid mit dem Mann. Er hatte alles gewagt, um unsere Pläne zu vereiteln. Besonders seine letzte Altopm hatte uns in große Gefahr gebracht, alles zu verlieren. Offenbar hatte er es ebenfalls geschafft, dem tödlichen Sandsturm zu entgehen – und das ohne die Hilfe, die ich in Ra hatte. Ich konnte mir vorstellen, wie sich der Mann fühlen würde, wenn er – schon in Sichtweite seines Zieles – nach all den Strapazen dennoch der Verlierer sein musste.

Narr!, schalt mich der Logiksektor. *Was machst du, wenn er den Decoder verloren hat?*

Dagegen war nichts sagen; mein Extrasinn hatte zweifellos Recht. Als wir den Rand des Tales erreichten, sahen wir eine schmale Rauchsäule in der klaren Luft. Wir konnten das Zeichen erst sehen, als wir schon ein Stück bergauf gegangen waren. Der tiefste Punkt des Tales lag unter dem Niveau der Wüste, und die Felswände stiegen fast lotrecht rechts und links in die Höhe. Der Rauch des Feuers stieg vom Ausgang des Tales auf. Wir mussten erst durch die Niederung, bevor wir Lartog erreichen konnten. In krassem Gegensatz zu den kahlen Felsen ringsum wies das Tal einen starken Bewuchs auf. Vermutlich gab es hier eine ergiebige Wasserquelle. Das kam uns sehr gelegen, denn unsere Flaschen waren nahezu leer.

Vorsicht!, alarmierte mich der Logiksektor. *Die Szenerie ist zu ruhig!*

Ein Wäldchen lag vor uns; zwischen den schlanken Stämmen wiegten sich üppige Blumen in einer sanften Brise. Der Gesang zahlreicher Vögel lag in der Luft, dazwischen war das verheißungsvolle Plätschern von Wasser zu hören. Ich folgte genau den Spuren, die sich deutlich abzeichneten. Offenbar hatte Lartog keinen Wert darauf gelegt, seine Fährte unkenntlich zu machen. Eine kleine Lichtung tat sich vor uns auf. Ein fast kreisrunder Fleck sandigen Bodens; in der Mitte des Platzes sah ich eine Quelle sprudeln. Meine Lippen waren ausgetrocknet, und ich ging rasch auf das Wasserloch zu.

Halt!, gebot mir die innere Stimme. Die Warnung kam zu spät. Mein rechter Fuß versank augenblicklich in dem Sand, der unter dem Druck wie eine Flüssigkeit nachgab. Ein leises Schmatzen war zu hören, dann ein Geräusch von Ra – ein unwilliges Knurren.

»Hilfe!«, schrie ich unwillkürlich – und spürte, wie mich der Treibsand in die Tiefe zog. Zwar hatte ich versucht, mich zurückzuwerfen, aber den dazu nötigen Druck konnte nur der rechte Fuß liefern; er verschwand im Sand. Es gelang mir, mich herumzudrehen, wobei ich bis ans Knie tiefer in den Treibsand geriet. Auch das zweite Bein sank langsam in die weiche Masse ein. Wenn ich nicht rasch Hilfe bekam, würde ich gänzlich versinken. Es war eine reine Zeitfrage. An einem bestimmten Punkt würde der Sog des Treibsandes stärker sein als Ras und meine Muskelkraft. Dann gab es kein Entrinnen mehr. Ich spürte, wie ich immer tiefer in die weiche Masse geriet. Mit den Händen versuchte ich am Rand des tödlichen Gebiets Halt zu finden, aber meine Schritte waren zu raumgreifend gewesen. Nur mit aller Körperkraft konnte ich verhindern, dass auch meine Hände in dem Sand verschwanden. Dabei sank ich allerdings bis zur Mitte der Oberschenkel ein. Jede noch so geringe Bewegung führte rasch zu einem weiteren Versinken.

Ra löste den Strick von seinen Schultern, den er während der Pausen geflochten hatte. Ich hatte ihn angegrinst, jetzt aber versprach das Seil die einzige Rettungsmöglichkeit zu werden. Ra holte aus und warf mir ein Ende zu. Er hatte prachtvoll gezielt – das Seil landete genau zwischen den Fingern meiner rechten Hand. Blitzartig fasste ich zu und spannte die Armmuskeln an, während sich Ra mit aller Kraft gegen den Zug stemmte. Ich begann zu keuchen. Der Treibsand hielt mich in seinem tödlichen Griff; ich bewegte mich um keinen Zentimeter. Allerdings sank ich auch nicht tiefer ein, aber lange Zeit würde ich die Kräfte nicht aufbringen können, die ich jetzt nur dazu brauchte, um nicht weiter abzusacken. Schweiß trat mir auf die Stirn und lief mir in die Augen. Ra brüllte dumpf und warf sich zurück. Ich sah, wie er seine Muskeln anspannte, und tatsächlich bewegte ich mich ein paar Zentimeter vorwärts. Vor meinen schreckgeweiteten Augen glitt der Barbar aus und stürzte, aber er hielt das Seil fest. Es gluckste leise, als ich ein Stück zurückglitt. Der Treibsand hielt inzwischen meine Hüften umklammert.

Ich versuchte, Schwimmbewegungen zu machen, während sich Ra erneut gegen den Sog stemmte. Sein knurrendes Stöhnen klang zu mir herüber. Ein widerliches Geräusch erklang, als ich erneut eine Handbreit näher an den festen Rand gezerrt wurde. Mein Atem ging pfeifend, ich fühlte, dass mir eine Ohnmacht drohte. Zwar hatte ich mich an den Planeten gewöhnt, aber diesen Anstrengungen unter verschärften Bedingungen waren meine Lungen nicht gewachsen. Aber ich durfte keine Pause einlegen. In jeder Zentitonta ließen meine Kräfte mehr nach, und wenn ich das Seil nicht mehr halten konnte, war auch Ras Hilfe vergeblich. Ich sah, wie der Barbar, ohne den Zug auf das Seil zu verringern, einige Schritte zurückwich. Das Seil war lang genug – mehrere Meter lagen aufgerollt hinter dem Mann. Zerrend und stemmend wich Ra Schritt für Schritt zurück, bis er einen schlanken Baum erreicht hatte. Eine Ewigkeit schien zu vergehen, bis es Ra gelungen war, sich einmal um den Stamm zu bewegen. Es stieß ein befriedigtes Grunzen aus, dann stemmte er die Füße gegen den Baumstamm und drückte sich ab.

Ich fühlte das Seil in das Fleisch schneiden; ich hatte mir den Strick zweimal ums Handgelenk gewunden, um ihn unter keinen Umständen zu verlieren. An diesen Stellen färbte sich das helle Braun der getrockneten Gräser rot von meinem Blut, aber ich fühlte noch etwas anderes: Der Druck auf die Hüften ließ nach, ich begann mich langsam aus dem tödlichen Bereich zu lösen. Ra stemmte sich wieder gegen den Baum, ein neuer Ruck zerrte mich weiter aus dem Sand ins Freie. Ich seufzte erleichtert auf, doch noch war die Gefahr nicht abgewendet. An Ras Schrei merkte ich zuerst, dass etwas geschehen war, dann spürte ich, wie mich der Treibsand zurückholte.

Das Seil war gerissen! Ich schloss die Augen, als könnte ich das unvermeidliche Ende auf diese Weise aufhalten, aber gleichzeitig spürte ich einen gewaltigen Ruck an den Handgelenken. Ra hatte in Gedankenschnelle reagiert, das freie Ende des Stricks gepackt und sich mit dem ganzen Körper gegen den tödlichen Sog geworfen. Während ich schmerzerfüllt aufschrie, zerrte mich Ra mit ungeheurer Körperkraft endgültig aus dem Treibsand. Meine Hände fühlten festen Boden, und mein Knie prallte unsanft auf einen Stein – ich war frei. Ich sank vornüber und pumpte stöhnend die Lungen voll Luft. Vor meinen Augen wallten bunte Schleier. Ich war nahe daran gewesen, bewusstlos zu werden. Ra rappelte sich auf und stieß ein Freudengebrüll aus – aufgeregt schlug er mir auf die Schulter.

»Besten Dank, Ra!«, keuchte ich. »Das werde ich dir nicht vergessen!«

Er lachte auf, als hätte ich einen Witz gemacht. Geschickt verband er mit Blättern und den Resten des Seiles meine Verletzungen am Handgelenk, von denen Blut tropfte.

Du hättest die Gefahr sehen müssen, schalt mich das Extrahirn. Ich nickte instinktiv. Ich war ungeheuer leichtsinnig gewesen. Sand und Wasser waren für sich genommen keine Lebensbedrohung, aber es gab eine teuflische Mixtur dieser beiden Bestandteile. Drang Wasser von unten nach oben durch den Sand, schwamm jedes Körnchen auf einer hauchdünnen Wasserschicht und gab jedem Druck nach. Strömte das Wasser aus anderen Richtungen, konnte man die Flächen ungefährdet betreten. An dem Wasserloch hätte ich sehen müssen, was mir drohte.

Wie kann es sein, dass direkt neben einer Quelle nichts wächst, in einiger Entfernung jedoch eine Menge Pflanzen wuchern?, bohrte der Logiksektor.

Genau das hätte ich bedenken müssen. Obendrein hätte mir auffallen müssen, dass die Fußspuren, denen wir gefolgt waren, am Rand des Treibsandgebiets abrupt endeten. Ra hatte diesen Umstand bemerkt, aber keine Zeit mehr gefunden, mich zu warnen. Auch die Warnung des Logiksektors war zu spät gekommen. Jetzt beugte Ra sich über die Fährten, folgte ihnen ein Stück und hielt dann zwei Finger in die Höhe. Ich folgerte daraus, dass Lartog zwei seiner Männer verloren hatte – sie waren im Treibsand versunken und einen grauenvollen Tod gestorben.

Sobald ich mich wieder halbwegs erholt hatte, setzten wir unseren Weg fort. Zwar brannten die Kräuter, die Ra mir auf die Wunden gelegt hatte, als würden glühende Eisen durch das Fleisch gezogen, aber darauf konnte ich keine Rücksicht nehmen. Ich musste den Tharg'athor so schnell wie möglich finden. Ich sah nach oben, doch unser Begleiter, der Vogel, den Corpkor aufgetrieben und abgerichtet hatte, war verschwunden.

14.

»Ausgeschlossen!«, widersprach Fartuloon. »Der Vogel lügt!«

Corpkor verzog die Lippen zu einem resignierenden Lächeln, als er niedergeschlagen antwortete: »Tiere können nicht lügen. Dazu braucht man Intelligenz. Atlan ist tot!«

»Ich glaube es nicht«, mischte sich Eiskralle ein. »Ich kann es einfach nicht glauben! Ich will nicht!«

»Was hat der Vogel gesehen?«, wollte der Bauchaufschneider wissen. »Berichte ganz genau, was dir das Tier erzählt hat. Jede Kleinigkeit ist wichtig.«

»Dschebe Noion hat gesehen, wie Atlan auf ein Treibsandgebiet gestoßen ist. Er sah genau, wie Atlan halb versank und Ra ihm zu Hilfe kommen wollte. Ra hat versucht, Atlan mit einem Seil aus dem Sand zu ziehen, aber der Vogel hat auch gesehen, dass das Seil riss! Mehr ist wohl nicht nötig.«

Eiskralle ballte verzweifelt die Hände, und Fartuloon stöhnte dumpf auf. »Verloren! Alles verloren!«

Verzweiflung hatte die Männer befallen, so dass sie die primitivsten Sicherheitsvorkehrungen vergaßen. Niemand achtete darauf, dass die Kontrolllampe des Interkoms brannte. Wer immer sich eingeschaltet hatte, er wusste nun Bescheid. Es war sinnlos geworden, auf Atlan zu warten. Der Tharg'athor würde zurückkommen, mit dem Decoder, wahrscheinlich lange vor Ra. Tionte würde wieder das Kommando über die KARRETON übernehmen, und das Schicksal von Corpkor und seinen Freunden würde in den Händen des Blinden Sofgart liegen – was mit dem Tode gleichbedeutend war.

Als die Tür zur Reserveleitstelle plötzlich aufgestoßen wurde und sechs Männer in die Zentrale stürmten, leisteten die Männer nur geringen Widerstand. Es wirkte eher wie eine Formalität denn als Auseinandersetzung. Es dauerte nur wenige Zentitontas, dann waren bis auf Corpkor alle überwältigt. Der Tiermeister riss sich los und versuchte zu fliehen. Auf den Gängen der KARRETON entwickelte sich eine wilde Hetzjagd, die ihr Ende in einem Beiboothangar fand. Dort hielten sich vier Männer auf, die sich sofort auf Corpkor stürzten. Nach kurzer Zeit war auch er überwältigt und gefesselt. Die Männer waren zu deprimiert, um auf den Spott zu antworten, mit dem der triumphierende Tionte sie überschüttete.

»Ich liefere euch bei den Kralasenen ab«, versprach der Kommandant.

»Einstweilen könnt ihr euch in euren Kabinen auf diese Übergabe vorbereiten. Vielleicht fallen euch dort ein paar Sprüche ein, mit denen ihr die Kralasenen gnädig stimmen könnt. Schafft sie fort!«

Seine Männer führten den Befehl aus; sie stießen die Gefangenen vor sich her. Jeder bekam eine Kabine, wurde dort an sein Bett gefesselt und zusätzlich von Posten vor der Tür bewacht – die meisten waren Roboter. Die Niederlage konnte nicht vollständiger sein.

Xiros: 35. Prago der Prikur 10.497 da Ark

Der Vogel war verschwunden, und er kehrte auch nicht zurück. Ich wusste nicht, was das bedeutete, fühlte mich dadurch jedoch nicht beunruhigt. In ziemlicher Nähe des fatalen Wasserlochs entdeckten wir eine zweite Quelle, die nicht von der Natur zur Todesfalle ausgebaut worden war. Nach kurzer Zeit hatten wir auch die Spur Lartogs wieder gefunden. Der Fährte nach zu schließen, war der Mann am Ende seiner Kräfte.

Du bist ebenfalls nicht mehr frisch, ermahnte mich der Logiksektor. *Überschätze dich nicht.*

Ich warf einen Blick auf Ra. Der Barbar schritt kraftvoll aus, aber an seinem Gesicht war mühelos zu erkennen, dass er längst nicht mehr die Kräfte besaß, die er zu Beginn unseres Marsches gehabt hatte. Sein Atem ging schneller und geräuschvoll, aber vom Zusammenbruch war der Wilde noch weit entfernt. Wieder gratulierte ich mir zu diesem Gefährten.

Keine übertriebenen Hoffnungen, Kristallprinz. Vermutlich ist Ra unter wesentlich härteren Bedingungen aufgewachsen als du. Seine körperlichen Kräfte werden sich allmählich auf einem niedrigeren Niveau einpendeln.

Das mochte stimmen, aber weit wichtiger für mich waren die Informationen, die in dem von dunklem Haar bewachsenen Schädel steckten und an die offenbar nicht heranzukommen war. *Kann ich noch mehr tun, um das rätselhafte Schweigen des Barbaren zu brechen?* Ich hatte alles versucht. Natürlich, es gab auch andere Verfahren, aber diese Methoden wollte ich lieber dem Blinden Sofgart überlassen. Es wäre mir nicht im Traum eingefallen, Ra unter eine Psychohaube zu setzen, obwohl dieses Verfahren mit Sicherheit alle Informationen eingebracht hätte, über die der Barbar verfügte. Nur hätte dieses Vorgehen aus Ra einen lallenden Idioten gemacht. Derglechen würde ich selbst an meinen erbittertsten Feinden nicht zulassen.

Warte ab, bis du Kraumon erreicht hast, schlug der Extrasinn vor. *Dort hast du mehr Zeit, bessere Berater und wesentlich friedlichere Verhältnisse.*

Hoffentlich, fügte ich in Gedanken hinzu. *Vor den Häschern des Mörders Orbanaschol ist man genau genommen nirgendwo endgültig sicher.*

Ra legte die Hand vor den Mund und bedeutete mir zu schweigen. So leise wie möglich bewegten wir uns weiter vorwärts. Ra verzog einige Male sein Gesicht, als ich mit den Füßen auf Dinge trat und dabei kaum hörbare Geräusche machte.

Vermutlich kann er einer Tiermutter das Junge von den Zitzen stehlen, ohne dass er bemerkt wird. Ich war mir sicher, dass ich es nicht fertig bringen würde, Ra im Ernstfall zu beschleichen. Wie ein Tier zog er prüfend die Luft ein und schnupperte. Ich roch die Gerüche des Waldes, die fremdartig waren und fast betäubend wegen der vielen Blumen. Ras Nase schien mehr wahrgenommen zu haben. Er duckte sich und kroch langsam weiter. Ich folgte in geringem Abstand und strengte mich an, meine Hände und Füße präzise in die kaum erkennbaren Spuren zu setzen, die Ra hinterlassen hatte. Bei näherem Zusehen erst entdeckte ich die zahlreichen Fallen, die von der Natur für uns vorbereitet worden waren. Dünne Äste, die unter einigen großflächigen Blättern lagen. Hätte ich meine Hand darauf gesetzt, wären die trockenen Äste garantiert mit lautem Knacken gebrochen und hätten uns verraten. Mir fiel ein, dass Ra logischerweise nicht der einzige Bewohner seiner Welt sein konnte. Zweifellos gab es Millionen dieser Barbaren. Wahrscheinlich nicht alle so bewundernswerte Kämpfer wie Ra, aber bei der Vorstellung, dass Ras Volk eines Tages überlichtschnelle Schiffe mit entsprechender Bewaffnung besitzen könnte, überlief mich ein Frösteln. *Das werden Gegner sein, die Arkon in den Grundfesten erschüttern können!*

Stell dir vor, diese Barbaren stünden auf deiner Seite, lockte der Logiksektor.

Ich fand keine Zeit dazu, den Gedanken fortzuspinnen; vor uns wurden Geräusche laut. Stimmen waren zu hören, und jetzt nahm auch ich den Geruch des Feuers wahr. Lautlos bewegten wir uns vorwärts. »Atlan sind wir los!«, hörte ich Lartog sagen. »Andernfalls hätten wir von den Hügeln aus längst das Rauchen seines Feuers sehen müssen. Wahrscheinlich ist er schon an der Felsspalte gescheitert.«

»Willst du unsere Lage anders nennen?«, fragte Ipraha düster. »Wir sind nur noch zu dritt – und wir müssen zur KARRETON zurück. Sollte der Rückmarsch ähnlich wie der zurückgelegte Weg verlaufen, wird keiner von uns das Schiff wiedersehen. Höchstens als Leiche, sofern Tionte nach uns suchen lässt.«

»Das wird er wohl oder übel müssen«, mischte sich der dritte Mann ein. »Ohne den Decoder kann er nichts unternehmen. Wenn wir nicht zurückkehren und dieser Are ebenfalls nicht, muss er nach dem Gerät suchen lassen.«

»Haha!«, machte Ipraha bitter. »Er weiß nicht, wohin wir gegangen sind. Der Sandsturm hat unsere Fährte längst verwischt. Kannst du dir vorstellen, was es bedeutet, auf einem Planeten ein einziges Gerät wieder zu finden, selbst wenn drei Leichen in der Nähe herumliegen? Es tut mir fast Leid, an diesem Unternehmen teilgenommen zu haben. Ehrlich gesagt, fast wäre ich lieber mit Are geflogen.«

»Bist du irre?«, fragte Lartog erregt. »Wie stellst du dir das vor? Wenn er erwischt wird, wandern wir mit in die Gefängnisse. Oder Are macht uns bereits vorher um einen Kopf kürzer.«

»Das glaube ich nicht!«, sagte Ipraha entschlossen. »Er sieht nicht danach aus, als würde er ehrbare Gegner schlecht behandeln, schließlich hätte er uns längst einen Spaziergang im Raum ohne Anzug machen lassen können.«

Eines Tages, dessen war ich mir sicher, würde ich den Thron einnehmen, den der Mörder Orbanaschol mir streitig machte, und dann, so schwor ich mir, würde ich diese Männer auszeichnen. Sie hatten für ihre Tapferkeit Orden weit mehr verdient als das Gesindel, das sich am Hofe des Mörders meines Vaters tummelte. Lartog und Ipraha waren Arkoniden, wie ich sie im Imperium wissen wollte: hart und zäh, unbedingt ehrlich, intelligent und entschlussfreudig, wohl wissend, wann die starren Schablonen des Herkömmlichen durchbrochen werden mussten, um ein vorher überlegtes Ziel zu erreichen. Ich war mir sicher, dass sie ohne Zögern jeden Befehl verweigern würden, der ihnen aus moralischen Gründen unausführbar erschien.

Tionte war von genau entgegengesetzter Art. Er würde nötigenfalls mit eigener Hand die Eltern erschlagen, sofern man ihm nur lange genug einbläute, dass dies aus staatspolitischen Gründen erforderlich sei. Er war genau die widerliche Sorte Mann, die unsinnige Befehle prompt ausführte, vorausgesetzt, der Befehlshaber sah imponierend aus und brüllte laut genug.

Ich wusste nur zu genau: *Werden Leute von Tiontes Art für Arkon typisch, ist das Imperium verloren. Dickschädlige Querköpfe sind zwar wesentlich schwerer zu regieren, aber dafür wesentlich länger. Männer wie Tionte, die ohne Befehle nicht leben können, weil sie immer geführt werden müssen, sind in kritischen Situationen hilflos.* Stumm wie Schlachtvieh warteten sie für gewöhnlich das Unvermeidliche ab. Wenn man ihnen befahl: »Spring!«, dann sprangen sie. Aber Lartog und Ipraha wussten nicht genug über Orbanaschol, um meine Gefährten zu werden. *Mit Sicherheit werden sie mir erst dann folgen, wenn ich ihnen unverrückbar bewiesen habe, dass ihr Herrscher ein Mörder ist.*

»Selbst wenn es dich gelüstet, Are die Füße zu küssen«, sagte Lartog düster, »wirst du dazu kaum mehr in der Lage sein, weil er tot ist.«

»Und was ist mit diesem Wilden?«, fragte Ipraha spöttisch. »Wenn einer fähig ist, diese Ödwelt zu bezwingen, dann er. Ihr habt selbst gesehen, wie der Barbar Wasser und Wild heranschaffte, obwohl unsere Robots behaupteten, es gebe dergleichen nicht.«

Ich hatte mich inzwischen so weit vorgearbeitet, dass ich die drei Männer deutlich sehen konnte. Sie machten einen verzweifelten Eindruck. Von dem, was sie beim Aufbruch an Wasser und Ausrüstung mitgenommen hatten, war so gut wie nichts mehr vorhanden. Auch die Kleidung machte einen mitgenommenen Eindruck. Die Männer waren hochgradig erschöpft, und der Verlust ihrer Gefährten hatte ihre Stimmung gedrückt. Dennoch reagierten sie mit rasender Geschwindigkeit, als ich mich aufrichtete und auf sie zuging: Sie sprangen überrascht auf und wollten nach ihren Waffen greifen, aber sie ließen die Hände sinken, als sie die Mündung des Kombistrahlers bemerkten, den ich auf sie gerichtet hatte. Lartog verzog das Gesicht zu einer enttäuschten Grimasse und spuckte auf den Boden. Ipraha schielte auf den Strahler, den er in den Händen Ras erkennen konnte. »Wie habt ihr uns gefunden?«

»Ihr habt deutliche Spuren hinterlassen. Wer von euch hat den Decoder?«

»Ich nicht.« Lartog grinste mich an, auch die beiden anderen Männer schüttelten die Köpfe. »Es wird wohl einer unserer Freunde sein, die im Treibsand umgekommen sind. Wir haben das Gerät jedenfalls nicht.«

Ich spürte Wut in mir aufkeimen. Vor allem durch das impertinente Grinsen Lartogs wurde ich gereizt. Drohend sagte ich: »Ich kann nötigenfalls unhöflicher werden, als ich es eigentlich möchte. Wo habt ihr den Decoder?«

Sie gaben keine Antwort. Geschützt durch Ras Waffe machte ich mich daran, die Männer abzutasten. Sorgfältig überprüfte ich alles, was mir in die Finger fiel. Bei Lartog fand ich endlich den Kasten, den ich suchte. Ra grunzte zufrieden, als er das Gerät in meiner Hand sah, und auch ich fühlte mich wesentlich wohler. Nur das ständige Grinsen der Männer trübte meine Freude. *Was verbergen die drei?*

»Vorwärts!« Ich trieb die drei Männer vor mir her, den Weg zurück, den wir gekommen waren.

Als wir das Wasserloch passierten, warf ich einen misstrauischen Blick auf den trügerischen Sand. Vielleicht hatte Lartog nicht gelogen, und ein Mann mit dem unersetzlichen Decoder war versunken. Der Kasten, den ich an mich genommen hatte, konnte alles Mögliche enthalten. Es gab etliche tausend Geräte an Bord eines Raumschiffs, und ich konnte natürlich nicht alle kennen. Es war durchaus möglich, dass Lartog mir ein völlig unbedeutendes Gerät ausgehändigt hatte, während der Decoder irgendwo versteckt lag. Denn dass das Gerät noch aufzutreiben war, wusste ich sehr wohl. Zu hart wäre der Verlust auch für Lartog und seine Freunde gewesen. Ihre Belustigung musste andere Gründe haben, ihr Grinsen sah nicht so aus, als freuten sich Todeskandidaten, dass auch noch andere in die tödliche Falle getappt waren.

Am 36. Prago der Prikur lag die KARRETON bläulich schimmernd im Licht der fahlen Sonne vor uns. Wir waren am Ende unserer Kräfte. Der Weg zurück war zwar nicht ganz so strapaziös gewesen wie der Hinweg, aber zu Beginn dieses Unternehmens waren wir noch bei Kräften gewesen. Es hatte sich keine Ruhemöglichkeit ergeben. Der dritte Mann aus der Besatzung musste immer wieder von Lartog und Ipraha getragen werden, da er zu erschöpft war, um sich auf den Beinen halten zu können. Sogar Ra machte einen müden Eindruck, und an dem Hämmern meines Herzschlages konnte ich spüren, wie sehr ich ausgepumpt war.

Es war mir nicht gelungen, aus Lartog herauszuholen, wo er den Decoder versteckt hatte. Immer wieder hatte ich bewährte Psychotricks versucht, um Lartog zu überlisten, ihm ungewollte Angaben zu entlocken. Immer war das Ergebnis nichts sagend. Lartog behauptete, den Decoder nicht mehr zu haben und auch nicht zu wissen, wo er sich befand. Mir imponierte die Hartnäckigkeit des Mannes, der nichts unversucht ließ, seinen entschlossenen Willen durchzusetzen. Wir setzten uns auf den Boden und ruhten uns für kurze Zeit aus.

An Bord ist das Gerät nicht, sagte der Logiksektor. *Tionte wäre sonst rücksichtslos gestartet.* Ich war mit dieser Schlussfolgerung nicht einverstanden, denn immerhin hatten meine Freunde die Reserveleitstelle fest in der Hand, und gegen ihren Willen konnte Tionte die KARRETON nicht zum Ziel bringen. *Sie sind längst gefangen!*

Ich wollte das nicht glauben, aber nur wenig später erhielt ich die Bestätigung. Irgendjemand an Bord des Schiffes hatte uns offenbar ausgemacht; aus den Lautsprechern hörte ich Tiontes Stimme brüllen: »Geben Sie auf, *Atlan!* Ihre Freunde sind bereits gefangen. Wenn Sie uns den Decoder nicht übergeben, werden wir hier so lange warten, bis Sie am Ende sind. Lange werden Sie es vermutlich auf dem Planeten nicht aushalten.«

Vermutlich länger als der verweichlichte Kommandant der KARRETON, dachte ich. Allerdings hatte der Mann Recht. Selbst mit Ras Hilfe war ein Daueraufenthalt auf der Ödwelt nicht zu ertragen. Ich sah Lartog grinsen, und ich musste mich beherrschen, ihn nicht anzubrüllen. Immerhin verdankten wir dieses nervenzerfetzende Psychospiel ausschließlich ihm. Hätte ich nur gewusst, wo der verdammte Decoder war. So musste ich einen hohen Einsatz wagen, ohne die Garrabofiguren überhaupt richtig zu kennen. Aber ich war mir so sicher, dass ich das notwendige Gerät in meinen Besitz bringen würde, dass ich nicht daran dachte, mich Lartog zu ergeben. Also blieben wir auf dem Boden sitzen und sahen zur KARRETON hinüber, wo man offenbar auf ein Zeichen von uns wartete.

»Atlan!«, hörte ich Tionte über die Lautsprecher rufen. »Muss ich erst das Leben Ihrer Freunde bedrohen, bevor Sie aufgeben? Ich mache Ihnen ein Angebot: Schicken Sie mir Lartog und seine Männer herüber, und ich lasse Ihre Freunde frei. Unter Umständen lasse ich Ihnen beim Start ein Funkgerät zurück, damit Sie Ihre Verbündeten um Hilfe bitten können.«

»Ganz sicher scheint er sich nicht zu sein«, sagte Lartog grinsend. Auf den Namen *Atlan* hatte er nicht weiter reagiert, obwohl ich sicher war, dass er nun genau wusste, wer ich wirklich war. »Sonst würde er Ihnen nicht solche Angebote unterbreiten.«

Ich nickte. *Was soll ich nun unternehmen? Im Innern des Schiffes wartet eine gewaltige Übermacht auf uns.* Ich hätte nur dann versuchen können, in das Innere einzudringen, wenn wenigstens die Hälfte der Mannschaft von Bord war. Ra schien zu ähnlichen Schlussfolgerungen gekommen zu sein; sein Gesicht verfinsterte sich. Plötzlich gab er ohne Warnung drei Schüsse auf unsere Gefangenen ab, die bewusstlos vornüberkippten. Mit einer gedankenschnellen Handbewegung hatte er mir den Decoder entrissen und rannte davon. Ich sprang auf, um ihm zu folgen.

Stopp!, befahl mein Extrahirn. *Ra will dir helfen!*

»Hat der Wilde den Decoder?«, hörte ich Tiontes Stimme; sie klang unsicher. »Wenn ja, feuern Sie zweimal.«

Rasch feuerte ich zwei Impulsschüsse ab, die an Bord leicht zu sehen waren. Aus den Lautsprechern hörte ich Tiontes verzweifeltes Gebrüll. Jetzt war die Lage auch für ihn gefährlich geworden. Solange er mich im Besitz des Gerätes wusste, konnte er mit Vernunft und Kalkül vorgehen. Da er Ra nicht kannte, musste er nun annehmen, dass der Barbar den Verstand verloren hatte. Ich sah, wie sich die Ladeluken öffneten und Tiontes Männer aus dem Schiff strömten. Ich zählte mehr als zwanzig Gestalten, die sich anschickten, auf Ra Jagd zu machen. Rasch versteckte ich mich zwischen den Felsen. Ich versuchte vorzutäuschen, dass ich mich ebenfalls an der Hatz beteiligen wollte. Sobald ich ausreichende Deckung fand, verließ ich meine bisherige Spur und wandte mich seitwärts.

Während sich die Männer der KARRETON mit entschieden zu viel Lärm auf die Jagd machten, huschte ich zwischen den Felsen in einem weiten Bogen um den Landeplatz der KARRETON herum. Zwar konnte auch dieses Gebiet von den Außenbordkameras erfasst werden, aber ich war mir sicher, dass sich Tiontes Aufmerksamkeit voll und ganz auf das Gebiet richten würde, in dem Ra verschwunden war. Um den Barbaren machte ich mir keine Sorgen – der Lärm, den die Verfolger machten, reichte sogar für mich, um jederzeit genau zu wissen, wo sich die Männer befanden. Wahrscheinlich hatte Ra längst die Kette durchbrochen, und die Sucher liefen ins Leere. Vorsichtig bewegte ich mich an das Schiff heran. Die Bodenschleuse, aus der die Jäger gekommen waren, stand weit auf. Als ich hineinhuschte, sah ich keine Wache.

Schlamperei!, sagte der Logiksektor. So geräuschlos wie möglich bewegte ich mich weiter. Ich wusste nicht, wo die Freunde gefangen gehalten wurden, aber es war anzunehmen, dass man sie in ihre Kabinen gesperrt hatte. Als ich den Posten vor Eiskralles Kabinentür sah, wusste ich, dass meine Vermutung richtig gewesen war. Der Mann war entschieden zu unvorsichtig; er beschäftigte sich mit einem Buch und las, den Rücken an die Korridorwand gelehnt. Aufmerksam wurde er erst, als er meinen Schatten wahrnahm, aber das Zusammenzucken des Mannes kam zu spät. Ein Dagor-Griff ließ ihn besinnungslos zusammenbrechen. Ich fing den stürzenden Körper auf, bevor er auf dem Boden aufprallen und Lärm verursachen konnte. Behutsam legte ich den Mann ab, dann öffnete ich leise die Tür. Ich wusste, dass meine Freunde starke Nerven hatten, aber ich hatte nicht damit gerechnet, Eiskralle schlafend vorzufinden. Ich stieß ihn leise an, um ihn zu wecken. Der Chretkor schlug die Augen auf, sah mich und stieß einen Schrei aus, den ich nicht mehr verhindern konnte. Mit einem Satz war ich an der Tür und lauschte in den Gang. Niemand schien den Schrei wahrgenommen zu haben.

»Bist du von Sinnen? Dein Geschrei kann gehört werden.«

Ich sah, wie das Blut in Eiskralles Adern pulsierte; er musste sehr aufgeregt sein. Ich hörte ihn erschüttert flüstern: »Atlan?«

»Nein!«, gab ich bissig zurück. »Orbanaschol persönlich! Was ist mit dir? Kennst du mich nicht mehr?«

»Wir hielten dich für tot!« Der Chretkor war verlegen und berichtete knapp, was Corpkors tierischer Kurier mit seiner unvollständigen Meldung angerichtet hatte.

»Los!«, zischte ich. »Wir müssen weiter. Viel Zeit haben wir nicht.«

Eiskralle nickte. Mit seinen Fesseln banden und knebelten wir den Posten, der Eiskralle hätte bewachen sollen. Dann gingen wir möglichst lautlos weiter zu Corpkors Kabine. Auch dort hielt ein Mann Wache, und dieser Posten schlief nicht. Wie der erste stand er mit dem Rücken an die Wand gelehnt, aber unablässig wanderte sein Blick über den Gang. Ihn zu übertölpeln würde nicht leicht sein.

»Warte auf mich. Ich versuche, von der anderen Seite an ihn heranzukommen.« Der Chretkor schlug mir aufmunternd auf die Schulter, dann huschte er davon. Es dauerte nur wenige Zentitontas, dann sah ich ihn auf der anderen Seite des Ganges auftauchen und in aller Ruhe auf den Posten zugehen. Ich sah, wie der Mann die Augen aufriss und Eiskralle wie ein Wunderwesen anstarrte. Offenbar begriff er nicht, wie der Chretkor aus seiner Kabine herausgekommen war.

»Könntest du mir den Weg zu meiner Kabine zeigen, mein Freund? Ich fürchte, ich habe mich verlaufen.«

Ich sah, wie der Posten nach Fassung rang; diese Begegnung ging offenbar über seine Kräfte. Er legte dem Chretkor die Hand auf die Schulter und drehte ihn herum. Ich nutzte die Chance, sprang auf den Posten zu und setzte einen Dagor-Griff an. Grinsend fing Eiskralle den Mann auf, als er leise ächzend zusammenbrach. Wir schafften ihn in die Kabine, wo Corpkor gefesselt auf seinem Bett lag und bei meinem Eintreten nicht minder verblüfft die Augen aufriss als Eiskralle. Er fasste sich rasch und half uns, den Posten an seine Stelle zu schaffen und zu fesseln. Den Posten vor Fartuloons Kabine auszuschalten bedurfte keiner großen Anstrengung; der Mann schnarchte laut und vernehmlich, als wir ihn fanden. Allerdings hielt ich es für besser, ihn zu betäuben, damit er für einen längeren Zeitraum nicht in die Auseinandersetzungen um die KARRETON eingreifen konnte.

»Was nun?«, wollte Fartuloon wissen, nachdem wir ihn befreit hatten; liebevoll streichelte er sein *Skarg*. »Bei den anderen sind Roboter postiert!«

»In die Zentrale!«, bestimmte ich. »Wir bereiten Grahn Tionte eine unangenehme Überraschung.«

In der Zentrale hielten sich nur wenige Männer auf, die gebannt auf den großen Bildschirm starrten. Ra war darauf zu sehen. Zwei Arkoniden hatten ihn aufgestöbert. Er stand auf einem hohen Felsen, grinste höhnisch und winkte den Arkoniden zu. In der Hand hielt er den vermeintlichen Decoder. Die Männer wagten nicht zu schießen. Zu groß war die Gefahr, auch das unersetzliche Gerät zu treffen. Selbst wenn sie nur betäubende Waffen verwendeten, bestand immer noch die Gefahr, dass Ra abstürzte und der Decoder beim Aufprall beschädigt wurde. In der Zentrale der KARRETON wurden wütende Rufe laut. Die Männer erregten sich über den Barbaren, der sie zum Narren hielt. Tionte hatte die Zähne zusammengebissen und umklammerte mit den Fäusten die Lehnen seines Sessels.

»Ein prachtvoller Bursche, dieser Barbar, nicht wahr?«, sagte ich freundlich. Tionte erstarrte, dann drehte er sich mit dem Sessel herum. Seine Augen schienen aus den Höhlen zu quellen, als er mich in fassungslosem Erschrecken anstarrte. Hinter mir erkannte er Fartuloon in seiner malerischen Kleidung, Corpkor und Eiskralle – drei

Männer, die er in sicherem Gewahrsam wähnte. Tionte stand zeitlupenhaft langsam auf, während seine Leute unter dem Eindruck unserer Bewaffnung langsam zurückwichen. »Damit haben Sie wohl nicht gerechnet?«

Er gab ein dumpfes Röcheln von sich. Ohne sich um die teils erschreckten, teils ergrimmten Besatzungsmitglieder zu kümmern, ging Fartuloon zum Kommandanten, nahm ihm das Mikrofon aus der Hand und sagte: »Ra! Du kannst an Bord kommen!«

Ich hörte die Flüche, als wir die Männer in der Zentrale entwaffneten und in einer Ecke zusammendrängten. Während Fartuloon und Eiskralle die Männer abführten und einsperrten, untersuchte ich den Kartentank. Deutlich war die Lücke zu erkennen, in die der Decoder gehörte. Hinter mir erklang ein leises Keuchen. Ich fuhr herum und erkannte Ra, der mich unverschämt angrinste. Als handele es sich um Abfall, warf er mir den Decoder zu. Ich schluckte und fing das wertvolle Gerät auf. Behutsam legte ich den Decoder an seinen Platz zurück und schaltete den Kartentank ein. Nichts regte sich, kein Holo entstand. Ich wiederholte den Einbau und gab sorgsam auch auf die kleinste Einzelheit Acht. Jeder Kontakt rastete an der richtigen Stelle ein, auch die Steckverbindungen stimmten. Dennoch war das Ergebnis niederschmetternd; der Kartentank nahm seine Arbeit nicht auf. Ich hätte schreien können vor Wut und Enttäuschung. *Die tagelangen Märsche, die mörderischen Gefahren, denen wir ausgesetzt waren – soll das alles vergeblich gewesen sein?*

Es war möglich, dass nur eine einzige Kontaktstelle einen Riss bekommen hatte, eine Beschädigung, die mit bloßem Auge nicht zu erkennen war. Zwar waren die Männer der KARRETON überdurchschnittlich spezialisiert, aber ich bezweifelte, dass es darunter jemanden gab, der einen Decoder wieder hätte instand setzen können. Ich schloss die Augen, dann unternahm ich einen dritten Versuch.

»Gib auf«, sagte Corpkor leise, nachdem auch der fünfte Einbauversuch zu keiner Verbesserung der Lage geführt hatte. »Es hat keinen Zweck.«

Ich senkte den Kopf. Ein winziger Fehler in einem Gerät, an das beim Flug kaum jemand dachte. Alle Pläne waren vereitelt. Was blieb? Eine Hand voll Männer, müde und ausgemergelt, ohne Hoffnung auf ein halbwegs erträgliches Leben auf dieser Ödwelt. Und ein fünfhundert Meter durchmessendes Gebirge aus Arkonstahl, ein Wunderwerk der Technik, das nicht von der Stelle zu bewegen war, ein waidwunder Koloss. Die Konsequenzen waren tödlich. Entweder für alle oder nur für meine Begleiter und mich. Noch fühlte ich in der Tasche jenes Gerät, das ich aus der Funkpositronik ausgebaut hatte, noch war es möglich, um Hilfe zu tunken. Aber ich wusste genau: Diesen Funkspruch konnte jedermann hören. Verstehen würden ihn Orbanaschols Häscher wahrscheinlich nicht, aber es war kein Kunststück, den Sender von Automatiken anpeilen zu lassen. Funkten wir im Klartext, waren wir verloren – und ein verschlüsselter Spruch würde die Kralasenen ebenfalls alarmieren. Wenn wir funkten, waren zwar meine Freunde und ich verloren, aber wenigstens hatten die Männer der KARRETON eine hauchdünne Chance. Ich konnte mir allerdings nicht vorstellen, dass die Kralasenen es zuließen, dass Mitwisser ihrer Mordtaten frei herumliefen. Niemals würden sie das Überleben der Karretonii gestatten, da diese Männer dann wussten, dass die Kralasenen den Kristallprinzen erschossen hatten. Funkte ich indes nicht, würden wir für alle Zeit auf diesem Planeten festsitzen.

Fartuloon und Eiskralle hatten ihre Arbeit beendet und kamen in die Zentrale zurück. Ich berichtete ihnen kurz, was vorgefallen war; sie waren sichtlich betroffen, aber noch verzagten sie nicht. Sie waren älter als ich und konnten Schicksalsschläge dieses Kalibers offenbar besser verdauen. Der Tharg'athor fiel mir ein, der immer noch bewusstlos dort lag, wo ich ihn verlassen hatte. Ich dachte an das selbstsichere Grinsen des Mannes. *Hat er gewusst, wie der Einbauversuch enden würde? Hat er vielleicht einen doppelten Streich geführt, das gewaltige Schiff durch den Diebstahl des Decoders und den Decoder durch den Ausbau eines kleinen Bausteins lahm gelegt?*

Vorsichtshalber öffnete ich den Decoder; es fehlte tatsächlich eine kleine Platte mit aufgedampften Schaltungen. »Dieser Lakhrosbraten«, sagte ich wütend; innerlich grinste ich. »Lartog ist ein verdammt gerissener Bursche – und zäh obendrein.«

Jetzt wurde mir klar, was ihn während des Rückmarsches amüsiert hatte. Er hatte einen Schritt weiter geplant und gehandelt, als ich angenommen hatte. Auf dem Bildschirm konnte ich sehen, dass er sich gerade wieder aufrichtete und seinen vermutlich stark schmerzenden Schädel betastete. »Kommen Sie bitte an Bord, Lartog«, sagte ich in das Mikrofon. »Sollten Sie wegzulaufen versuchen, nehme ich Sie mit den Bordgeschützen unter Feuer!«

Die hervorragenden Optiken zeigten mir die Reaktion des Mannes: Er lachte laut auf.

Warum auch nicht, da du so albern drohst, rügte mich der Logiksektor. *Weil du etwas von ihm willst, wirst du schwerlich mit Kanonen auf ihn schießen wollen. Und er weiß genau, was du von ihm willst.*

Ob Lartog sich Ähnliches dachte, konnte ich nicht wissen. Jedenfalls folgte er meiner Aufforderung. Kurz darauf stand er vor mir in der Zentrale, nicht im Geringsten von den Waffen beeindruckt, die auf ihn gerichtet waren. Er verzog nur das Gesicht, als die Nachwirkungen des Paralysatorschusses ihm neue Kopfschmerzen bereiteten. »Was kann ich für Sie tun?«

Ich hatte inzwischen sämtliche Luken schließen lassen, wollte es den Männern im Freien nicht ganz so leicht machen, wie es Tionte bei mir getan hatte. Ich hielt Lartog den geöffneten Decoder unter die Nase, deutete auf die fehlende Schaltung und erkundigte mich freundlich: »Sie wissen nicht zufällig, was hier fehlt?«

Er sah mich vergnügt an und antwortete unbefangen: »Tut mir Leid, ich kenne mich mit diesen Geräten nicht gut aus. Vielleicht sehen Sie einmal im Lager nach; dort findet sich oft allerlei, was man brauchen kann.«

»Tharg'athor Lartog«, sagte ich sehr leise. »Ich weiß genau, dass Sie dieses Bauteil aus dem Decoder entfernt haben. Und ich erwarte von Ihnen, dass Sie mir dieses Teilstück zurückgeben.«

»Und wenn ich das nicht tue?« Er hatte sich in einen freien Sessel gesetzt und sah mich von unten herauf grinsend an. Es sah nicht danach aus, als ließe sich dieser Mann so ohne weiteres zu Zugeständnissen zwingen.

»Ich könnte Eiskralle bitten, Sie einmal zärtlich in die Arme zu nehmen!« Allmählich nahm das Gespräch eine sehr merkwürdige Richtung.

»Sollten Sie glauben, dass Sie auf diese Weise den Decoder wieder reparieren können«, sagte Lartog liebenswürdig, »stehe ich Ihnen zur Verfügung.«

»Ich kann Sie auch eigenhändig verprügeln, sofern Ihnen das mehr behagt.«

Ra packte mit einer Hand den Mann am Nacken und drückte langsam zu. Dieses Verfahren erschien mir etwas sehr barbarisch zu sein, aber viele Argumente hatte ich nicht mehr. Also sah ich scheinbar gelangweilt zu, wie sich das Gesicht des Lartogs verfärbte und dunkel anlief. Es war unglaublich, der Bursche hatte die Frechheit, selbst bei Ras Würgegriff zu grinsen und die Beine verschränkt zu halten. Erst als er kurz davor war, das Bewusstsein zu verlieren, begann er mit den Händen zu schlagen und zu zucken. In diesem Augenblick lockerte Ra seinen Griff. Lartog schnappte keuchend nach Luft. Aber sobald sein Gesicht wieder eine normale Farbe aufwies, nahm er die vorige Haltung wieder ein, und er lächelte auch wieder.

»So geht es nicht«, stellte Corpkor trocken fest; ich hörte an seiner Stimme, dass er für Lartog eindeutig etwas übrig hatte. »Dieser Bursche ist so zäh, dass selbst das *Skarg* an ihm stumpf werden wird.«

»Das kommt auf einen Versuch an.« Fartuloon zückte das Schwert. Sein Hieb kam ansatzlos und auch für mich überraschend; knapp einen Finger über dem Scheitel Lartogs zischte die Klinge durch die Luft. Aber auch das brachte diesen dickschädligen Mann nicht zur Besinnung. Er grinste nur noch breiter.

Ich gab auf und fragte resignierend: »Welche Bedingungen stellen Sie?«

»Ich möchte ebenso wenig auf diesem Planeten mein Leben fristen wie Sie. Ich weiß selbst nicht genau, wie wir zu einem Arrangement kommen können, aber ich bin nicht gewillt, das Teil herauszurücken, ehe wir nicht eine Lösung gefunden haben.«

»Wir lassen Ihnen ein Funkgerät zurück.«

Er sah mich wie einen Geisteskranken an. »Wollen Sie den großen Sender der KARRETON ausbauen?«, erkundigte er sich spöttisch. »Und wenn – liefern Sie mir auch gleich noch den Reaktor dazu, den ich brauche, um das Gerät zu betreiben? Bevor Sie noch einen Vorschlag dieser Güte machen, einen Beibootsender kann ich auch nicht brauchen. Die Anlage ist viel zu sendeschwach, um nennenswerte Entfernungen überbrücken zu können.«

Das Argument wog schwer; er hatte in jedem Punkt Recht.

»Ich habe einen Vorschlag«, sagte Lartog plötzlich. »Überlassen Sie uns das Schiff. Ich verspreche Ihnen, dass ich Ihre Freunde so schnell wie möglich benachrichtige, wo Sie zu finden sind.«

Diese Lösung kam nicht in Frage. »Unbefugten die Position zu verraten, wo Sie meine Freunde finden könnten, ist zu gefährlich. Man würde Sie erwischen und meine Freunde auch. Das wäre der Beginn einer Katastrophe. Wie wäre es mit der entgegengesetzten Lösung?«

»Überlegen Sie selbst. Sie und Ihre Freunde sind offenbar Männer einer Art, die vom Imperium nicht gerne gesehen wird. Würden Sie sich in meiner Lage auf Ihr Versprechen verlassen? Ich glaube kaum.«

Ich hätte aus der Haut fahren können, mir wollte nichts einfallen, wie diese vertrackte Lage zu bereinigen gewesen wäre.

»Wir könnten Ihnen eines der Beiboote überlassen«, schlug Eiskralle vor. »Sie sind zwar nicht flugklar, aber ...« Er stockte, denn er sah selbst ein, wie lächerlich dieser Plan klingen musste, aber zu meiner Überraschung nickte der Tharg'athor.

»Mit vereinten Kräften müsste es uns gelingen, eins der Boote wieder flottzubekommen. Damit wäre beiden Parteien gedient. Einverstanden?«

Ich nickte erleichtert. Gespannt sah ich zu, wie Lartog in die Tasche griff und nach einigem Suchen eben jenes Plättchen zum Vorschein brachte, das wir so dringend brauchten. Es dauerte nur wenige Augenblicke, bis ich das Teil in den Decoder wieder eingebaut und das Gerät geschlossen hatte; der Einbau in den Kartentank war nun fast schon Routine.

»Das, das ...«, stammelte Lartog, und sein Gesicht wurde fahl.

Auch ich fühlte mich, als habe mir ein Riese auf den Kopf geschlagen. Die Zentrale flimmerte vor meinen Augen. Keiner der Bildschirme leuchtete auf; der Kartentank blieb leblos. Ich fuhr herum, packte den Mann und brüllte ihn wütend an: »Was wollen Sie mit diesem Trick jetzt wieder erreichen?«

Er schüttelte verzweifelt den Kopf, dabei blieb sein Blick auf den nutzlosen Kartentank gerichtet. »Das habe ich nicht gewusst. Das war nicht geplant.«

Offenbar hatte der Decoder oder die Schaltplatte beim Transport einen Defekt bekommen. Unsere letzte Hoffnung war erloschen. Auch für Lartog, der die Hände vors Gesicht schlug und laut aufstöhnte.

Xiros: 2. Prago der Coroma 10.497 da Ark

Tionte und seine Männer waren gebrochen. Auf dem Höhenzug in der Nähe des Landeplatzes hatten sich die Männer versammelt, neben der Gruppe stand ein Beibootsender auf dem felsigen Boden. Wir hatten ihnen ein Dutzend Roboter und mehrere Container mit Basismaterial übergelassen. Tionte und seine Männer hatten sich für den Planeten entschieden; auch Lartog und Ipraha hatten ihre Wahl getroffen, und sie war *nicht* auf die KARRETON gefallen. Über das Beiboot war nicht mehr gesprochen worden. Ich hatte Lartog versprochen, Hilfe für ihn zu organisieren, sofern es gelang, das Schiff in den Raum zu bringen. Lartog hatte mir aufmerksam zugehört und dann leicht genickt. Der Mann schien mit dem Leben abgeschlossen zu haben.

Ich hatte mich entschlossen, den Versuch zu wagen, die KARRETON *ohne* Kartentank zu fliegen. Ich hatte etwas dagegen, untätig auf ein Wunder zu warten, das sich vermutlich nie ereignen würde. Mein Plan sah vor, das Schiff zunächst in den Raum zu bringen. Schon das war riskant genug. Zwar hatten wir uns in tagelanger Arbeit bemüht, alle verbliebenen Schäden zu beheben, aber es erschien mir zweifelhaft, dass unsere Arbeit größeren Belastungen gewachsen war. Ich merkte den Unterschied schon beim Warmlaufen der Aggregate. Die Reaktoren liefen stotternd, und aus den Schlünden der Ringwulsttriebwerke quoll dichter Qualm. Dieser Auftakt war alles andere als verheißungsvoll. Als ich die Antigravtriebwerke aktivierte und langsam hochfuhr, erklang aus dem Schiffsinnern ein grelles Heulen und Pfeifen.

»Der Kasten fliegt uns um die Ohren«, murmelte Eiskralle düster.

»Noch kannst du aussteigen. Ich nehme niemanden mit, der nicht unbedingt will.«

»Sieh zu, dass du den verdammten Kasten in die Höhe bekommst!«, knurrte Corpkor; er kümmerte sich um die Maschinen und zeigte ein sorgenvolles Gesicht. Die Lichtzeiger auf den Instrumenten vor ihm – ich sah es aus den Augenwinkeln heraus – pendelten beängstigend hin und her. Ohne dauernde Überwachung ließen sich diese unangenehmen Effekte nicht vermeiden, aber dazu fehlte uns die notwendige Besatzung. Tionte hatte mich wie einen Wahnsinnigen angesehen, als ich ihm vorgeschlagen hatte, mit uns zu fliegen. Für Augenblicke hatte sein Gesicht aufgeleuchtet, wahrscheinlich freute er sich darauf, uns zerplatzen zu sehen.

Dafür hat er sich einen sehr ungünstigen Platz ausgesucht, kommentierte mein Logiksektor trocken. Ich konnte Tionte auf den Monitoren sehen, als sich die KARRETON langsam und ungleichmäßig in die Höhe hob. Sollte das Schiff tatsächlich explodieren, würde sich ein mörderischer Trümmerhagel auf ihn ergießen und ihn mit Sicherheit erschlagen. Die KARRETON quälte sich in die Höhe; schmetternde Schläge ließen den Rumpf erzittern, als ich die Landestützen einfahren ließ. Zufrieden konnte mich nur die Tatsache stimmen, dass keine der Stützen das Einfahren verweigerte. Die KARRETON startete mit einer lebensgefährlichen Schlagseite. Ich spürte nicht, wie sich meine Hände um die Instrumente krampften.

Immer wieder musste ich den fehlenden Schub ausgefallener Triebwerksdüsen durch vermehrte Belastung anderer Triebwerke ausgleichen – und sofort korrigieren, wenn sich eine ausgefallene Düse, launisch wie eine Primadonna, plötzlich dazu entschloss, doch für wenige Zentitontas ihren Dienst zu tun. Längst hatten uns die Rettungsautomatiken an unsere Sitze gefesselt, andernfalls hätten uns die wilden Bewegungen des Schiffes längst aus unseren Sesseln geschleudert, weil natürlich auch die Synchronisation der Andruckabsorber nicht stimmte.

»Wäre es dir möglich, verehrter Freund«, hörte ich Corpkor höflich sagen, »den Schub der Backborddüsen um dreißig Prozent zu verstärken? Auf dieser Seite werden nämlich bald sämtliche Antigravs ausfallen!«

Derlei kannte ich schon. Es gab eine gewisse Sorte von Leuten, die eine sehr eigentümliche Art von Humor gerade dann entwickelten, wenn es brenzlig wurde. Ich folgte der Aufforderung des Tiermeisters. Mit dem Ergebnis, dass sich die KARRETON wild zu drehen begann. Ich versuchte gegenzusteuern. Diesmal liefen alle Vorgänge leidlich normal ab, einmal davon abgesehen, dass aus zwei der Ringwulstdüsen Wasserdampf strömte. Was der Mann sich gedacht haben mochte, der die sanitären Einrichtungen mit dem Antrieb gekoppelt hatte, würde mir für alle Zeiten ein Rätsel sein. Sehr wirkungsvoll war die Verbindung nicht; es dauerte knapp eine Dezitonta, dann arbeiteten die Düsen wieder normal.

Ich sah auf den Höhenmesser. In einer halben Tonta war es uns gelungen, die KARRETON auf zwei Kilometer Höhe zu bringen. Das wild tanzende Schiff schien auch Tionte zur Besinnung gebracht zu haben. Ich sah auf dem Monitor, wie er sich mit seinen Männern in wilder Flucht absetzte und der Wüste entgegenrannte. Das Funkgerät wurde von den Robots geschleppt; wenigstens so schlau war er gewesen, das Gerät nicht einfach stehen zu lassen.

Plötzlich jagte die KARRETON förmlich in den Himmel. Erschrocken starrte ich auf die Instrumente. Alle Systeme arbeiteten einwandfrei. Ich konnte nur hoffen, dass dieser Zustand anhielt. Es dauerte nur wenige Zentitontas, bis wir die kritische Grenze erreicht hatten. Die KARRETON war im freien Raum. Jetzt gab es kein Zurück mehr. Eine erneute Landung hätte das schwer angeschlagene Raumschiff nicht überstanden. Das Übelste waren nicht einmal die Schäden, die das Schiff davongetragen hatte, die größte Gefahr erwuchs aus dem Umstand, dass wir zu wenig Männer waren. Wir hätten die gesamte Besatzung der KARRETON gebraucht, um einen halbwegs ordentlichen Start durchführen zu können. Die Stammbesatzung eines arkonidischen Schlachtkreuzers von fünfhundert Metern Durchmesser, einschließlich jener für die Beiboote, betrug *neunhundert! Wir dagegen …*

Der gefährlichste Teil unserer Wahnsinnsreise lag indes noch vor uns. Ich hatte einen Kurs programmiert, der seine Werte ausschließlich aus astronomischen Beobachtungen bezog. Wir flogen praktisch nach Sicht. Was mit einem atmosphäregebundenen Fahrzeug noch angehen mochte, war im Sternenraum jedoch blanker Wahnsinn. Aber nach dem Ausfall des Kartentanks hatte ich keine andere Möglichkeit mehr gesehen, den öden Planeten zu verlassen. Wir hatten Zeit gewonnen; die Triebwerke liefen einwandfrei und stießen die KARRETON mit immer höher werdender Fahrt vor sich her. Bis zur Transition mussten wir noch eine Tonta warten, vielleicht sogar noch länger, sollten uns die Triebwerke enttäuschen. *Und dann … Von XRO-17351-0075 bis nach Kraumon sind es 11.335 Lichtjahre!*

Ra trat zu mir und servierte mir einen Becher, den er mit dem merkwürdigen heißen Trank aus Kräutern gefüllt hatte. Ich lächelte ihm dankbar zu. Während ich langsam das heiße Getränk schlürfte, dachte ich an den Barbaren. Würde er nur reden; er hätte uns in dieser verzweifelten Lage sicher wesentlich helfen können. So aber stand er in der Zentrale, die Arme verschränkt, mit gleichgültiger Miene, als gehe ihn das Geschehen ringsum überhaupt nichts an. Langsam rückte der Zeitpunkt der Transition heran. Mein Herz schlug ungewöhnlich oft und hart, die Aufregung zerrte an den Nerven. Der Sprung würde gelingen, das war mir klar. Es war nur die Frage, wo genau er enden würde. Die reichlich groben Werte, die ich ermittelt hatte, mussten von den Positroniken aufgearbeitet werden. Dabei würden sich meine Rechen- oder Beobachtungsfehler ins Unermessliche aufschaukeln. Ich hatte vor, förmlich von einem Stern zum nächsten zu hüpfen – so lange, bis Kraumon erreicht war.

Es ist aber ebenso gut möglich, wisperte der Extrasinn kühl, *dass euch die Maschinen der KARRETON zu einem ganz anderen Sektor des Raumes führen.*

Corpkor murmelte finster: »Hoffentlich hast du dich nicht allzu sehr verrechnet. Dieser Sektor ist zwar recht sternenarm, aber wenn wir in einem Sternhaufen herauskommen …«

»Es wird nicht gleich Orbanaschols Palast sein«, gab Eiskralle bissig zurück.

Unter unseren Füßen tobten die Reaktoren. Sie liefen zwar nicht mit höchsten Werten, aber die erreichten Obergrenzen galten für gewöhnlich nur für voll funktionsfähige Anlagen. Ob wir den Maschinen zu viel abverlangten, konnten wir nicht wissen. *Wir werden es aber früh genug merken*, dachte ich sarkastisch. Die Positronik spie einen langen Streifen aus, ich las den Text und nickte. Meine Werte fand ich nur mit Mühe wieder. Was den Rechner bewogen haben mochte, die Daten für die Transition so und nicht anders zu wählen, blieb mir unbekannt. Ich konnte nur hoffen, dass die Maschine tatsächlich intelligenter war als ich. Ich fütterte die Sprungautomatik mit den Daten und schnallte mich wieder an; ich spürte, dass meine Hände feucht wurden vor Erregung. *Jetzt kommt die entscheidende Phase unseres Versuchs.*

Ich fühlte das Zittern des Bodens, die von den Maschinen ausgehenden Geräusche steigerten sich zu einem Orkan, in dem jedes Wort unterging. Der Boden vibrierte stärker, als wollten die Maschinen das Schiff buchstäblich zerreißen. Dann heulte der Strukturfeld-Konverter infernalisch auf, ich spürte einen fürchterlichen Schmerz im ganzen Körper, dann wurde es Nacht um mich herum.

Der Sprung war gelungen; ich merkte es an den qualvollen Schmerzen, die vor allem im Nacken saßen. Die KARRETON hatte eine Transition ausgeführt und war dabei nicht in einer gewaltigen Explosion vergangen. Allerdings war der Sprung äußerst unangenehm gewesen. Vermutlich hatten die Generatoren nicht mit der nötigen Präzision unsere Entstofflichung und Rematerialisation bewirkt. Diesmal war der Transitionsschock so gewaltig gewesen, dass sogar Ra schmerzerfüllte Grimassen schnitt.

»Glück gehabt«, knurrte Corpkor, der als Erster wieder auf den Beinen war. »Wir haben verdammt viel Glück gehabt.«

Er wies auf den Boden der Zentrale, der mit Splittern übersät war. Ein Knopfdruck ließ einen Reinigungsrobot herbeischnurren, der sich mit maschineller Sturheit und Präzision daranmachte, die Splitter aufzusaugen. Ich schaltete die Panoramagalerie auf höchste Stärke und betrachtete das Gebiet, das wir angeflogen hatten. Es war – ich hatte es geahnt – nicht der Stern, für den ich mich entschieden hatte. Eine weißblaue Sonne war in unserer Nähe zu erkennen; sie hatte keine Planeten, was uns nur lieb sein konnte. Das bedeutete, dass in der Nähe des Sternes keine arkonidischen Schiffe zu erwarten waren.

Eiskralle, der die Ortung übernommen hatte, stieß einen erstickten Schrei aus. »Ein Schiff! Und zwar ein unangenehm großes!«

Ich sah auf den Monitor. Der Massetaster hatte ein Objekt erfasst, dessen Konturen sich deutlich auf dem Schirm abzeichneten. Ein kugelförmiges Gebilde, mit einem ringförmigen Wulst versehen und fünfhundert Meter groß. Es musste sich um ein arkonidisches Schiff handeln. Selbst wenn es nur ein relativ schwach bewaffneter Frachter war, saßen wir in der Klemme; mit unserer schwachen Besatzung war an Gegenwehr nicht zu denken.

»Das Schiff fliegt mit hoher Fahrt, aber ohne Antrieb«, teilte Eiskralle mit. »Es sieht so aus, als sei das Schiff verlassen.«

»Wer verlässt ein Fünfhundert-Meter-Schiff, ohne die Beiboote mitzunehmen?«, fragte Corpkor lakonisch und deutete auf das Bild des Schiffes. In der glatten Außenwand klaffte keine Lücke, folglich war entweder jemand an Bord geblieben, der die Hangars wieder verschlossen hatte, oder aber sämtliche Beiboote befanden sich noch im Innern.

»Was mag dort drüben geschehen sein?«, überlegte Fartuloon laut. »Ich habe das Schiff vermessen. Dort drüben wird kein Fünkchen Energie erzeugt. Wo mag die Besatzung geblieben sein?«

Eiskralle hüstelte. »Vielleicht ein Seuchenschiff?«

»Mir ist es gleichgültig, um was für ein Schiff es sich handelt«, sagte ich entschlossen. »Ich weiß nur eins: Dieses Schiff hat einen genormten Kartentank, und in dem ...«

»... und in diesem Tank«, setzte Corpkor grinsend fort, »steckt genau der gleiche Decoder, wie wir ihn auch benützen würden, wenn wir könnten. Du willst dir den Decoder des Frachters holen?«

»Genau«, bestätigte ich, während ich mir einen raumtauglichen Anzug überstreifte.

Fartuloon sorgte inzwischen dafür, dass wir nach der Bewegungsanpassung so nahe bei dem Frachter schwebten, wie es aus Sicherheitsgründen zu verantworten war.

»Wie willst du hineinkommen?«, erkundigte sich Corpkor; aus dem Funkgerät kam nur das Prasseln der Statik. Er hatte versucht herauszufinden, ob der Fremde auf Normalfunk einen Sender betrieb. »Mit den Handstrahlern müsstest du Jahre arbeiten, denn sämtliche Luken sind arretiert – da funktioniert nicht mal mehr das Prinzip Handkurbel!«

Auch auf diese Frage war mir schon eine Antwort eingefallen; während ich die Verschlüsse des Anzuges überprüfte und arretierte, sagte ich: »Eiskralle verwendet das kleinste Desintegratorgeschütz und schneidet damit ein Loch in die Bordwand!«

»Sollte dort drüben noch jemand leben, wird er sich darüber nicht sehr freuen. Immerhin ist der Frachter bewaffnet.«

»Und noch etwas«, sagte Fartuloon. »Du bleibst hier! Ich habe festgestellt, dass der Kasten drüben strahlt wie zehn primitive Spaltreaktoren zusammen. Wahrscheinlich hat die hohe Radioaktivität auch verhindert, dass sich jemand von der Besatzung retten konnte.«

Hier ergab sich die einmalige Möglichkeit, unsere Lage entscheidend zu verbessern. Hatten wir erst einmal den Decoder, war der Flug nach Kraumon nur noch halb so gefährlich. Da sich Eiskralle weigerte, meinem Befehl zu folgen, bediente ich den Desintegrator selbst und schuf mir einen Einstieg in das Schiff. Aus der Öffnung entwich Sauerstoff und verwehte in einer weißen Wolke.

Wahrend ich das Triebwerk des Rückentornisters justierte und langsam zu der Öffnung hinüberschwebte, redete Fartuloon beständig auf mich ein, mein Vorhaben aufzugeben. Aber ich war fest entschlossen. Nur einen Vorsatz hatte ich abgeschrieben: Ich hatte geplant, bei der ersten sich bietenden Gelegenheit Besitz von diesem Schiff zu ergreifen. Diese Möglichkeit verbot sich von selbst. Das zeigte mir ein Blick auf das Kombigerät an meinem Arm; das Dosimeter zeigte Werte an, die mich nachdenklich hätte stimmen sollen. Hielt ich mich länger als eine Tonta in der Nähe der Radioaktivität auf, bestand die Gefahr ernsthafter Schädigungen. Vor Strahlung schützte der Anzug nur wenig. Ich erreichte die Öffnung, und mein Dosimeter zeigte Rotwerte. In den Helmlautsprechern hörte ich Fartuloons Stimme – er beschwor mich weiterhin, den Versuch abzubrechen.

»Ich habe das Schiff erreicht und dringe ins Innere vor!«

Es gab eine kurze Phase der Übelkeit, als ich den ersten Gang erreichte und den Toten sah. Es handelte sich um einen jungen Arkoniden. Die Strahlung hatte ihn zwar auf grauenvolle Weise getötet, gleichzeitig aber seinen Leichnam für Jahrtausende konserviert. Ich konnte nicht feststellen, wann sich die Katastrophe ereignet haben mochte. Genau wissen würde ich es, wenn der Decoder nicht passte, weil er zu einer älteren Bauserie gehörte.

Im Schiffsinnern herrschte Schwerelosigkeit, da eine Automatik offenbar alle Systeme abgeschaltet hatte. Ich suchte daher zunächst die Maschinenzentrale auf und versuchte, einen Reaktor in Gang zu bringen. Dass ich dabei hohe Strahlungsdosierungen abbekam, ließ sich nicht vermeiden, denn ohne eingeschaltete Gravitation hätte ich zu viel Zeit verloren und noch mehr Strahlung eingefangen. Nach kurzer Zeit erwachte der Reaktor zu neuem Leben. Schlagartig flammten die Lichter auf, und die künstliche Schwerkraft setzte mich unsanft auf den stählernen Boden. Sofort verließ ich den Maschinenraum und machte mich auf den Weg zur Zentrale. Sie befand sich im Schiffsmittelpunkt. Auch den Kartentank hatte ich rasch gefunden. Meine Erregung stieg, als ich das Gerät auseinander baute und nach dem Decoder suchte. Leider hatte der Konstrukteur dieses Schiffes sehr eigene Ansichten über eine zweckmäßige Bauweise von Frachtschiffen gehabt. Ich verrenkte mir fast den rechten Arm, als ich die Steckverbindungen löste.

»Ich habe den Decoder!«

»Beeil dich!«, ermahnte mich Fartuloon. »Die Strahlung wird zusehends gefährlicher, die Intensität steigt an. Hast du etwa ausgerechnet den Unglücksreaktor in Betrieb genommen?«

»Kann sein.« Die Freude über den Decoder ließ meine Wachsamkeit bedenklich schrumpfen. Ich vermied es, beim Rückmarsch in die Gesichter der Toten zu sehen. Sie machten einen grauenvollen Eindruck. Wahrscheinlich hatte der Tod sie alle innerhalb weniger Augenblicke dahingerafft. Ich wollte das Unglücksschiff so schnell wie möglich verlassen – Fartuloons Warnung klang mir noch in den Ohren. Obwohl ich die Gefahr kannte, ging ich nicht zurück, um den Reaktor auszuschalten. Das Risiko, von einer Detonation zerrissen zu werden, erschien mir geringer als die heimtückische Bedrohung durch die Radioaktivität.

Langsam schwebte ich zur KARRETON hinüber. Eiskralle stand hinter einem mobilen Traktorfeldprojektor in der geöffneten Hangarschleuse und holte mich mit ziemlicher Rücksichtslosigkeit heran. Noch während sich hinter mir der Hangar schloss, nahm die KARRETON Fahrt auf. So schnell es ging, rannte ich in die Zentrale und nahm wieder meinen Platz ein. Es wurde höchste Zeit, das bewies mir ein Blick auf die Instrumente. In jedem Augenblick konnte der Reaktor explodieren, und es war einer der größten Reaktoren, über die der Frachter verfügte.

Wir hatten wenige tausend Kilometer Abstand gewonnen, als der Reaktor detonierte. Ich glaubte, auf den Bildschirmen sehen zu können, wie die Hülle des Frachters auseinander platzte, und dann verschwand das Schiff in einer künstlichen Sonne, deren Glut zu uns herüberstrahlte. Die KARRETON wurde von den Auswirkungen der Explosion am Rande getroffen. Das Schiff knirschte in allen Verbänden, aber es trug keinen Schaden davon. Sobald sich der Raum wieder beruhigt hatte, machte ich mich an den Einbau des erbeuteten Decoders. Ich hielt den Atem an, als das Gerät eingebaut war. Ich drückte den Einschaltknopf und hörte das leise Surren, mit dem die Anlage ihren Betrieb aufnahm.

Ra schien zu begreifen, was vorgefallen war. Er brüllte laut auf, tanzte durch die Zentrale und schlug uns wild auf die Schultern. Eiskralle und die anderen waren nicht minder erfreut, aber sie beherrschten sich und zeigten ihre Erleichterung nur in einem Grinsen. Auf den Bildschirmen zeichnete sich eine rot glühende Gaswolke ab, wo vor wenigen Minuten noch der Frachter gestanden hatte. Die Detonation des Reaktors hatte ihn völlig zerrissen. Fartuloon tippte mir auf die Schulter. »Ich weiß, dass du vor Freude strahlst. Aber für meinen Geschmack strahlst du etwas *zu heftig.*«

Ich hatte völlig verdrängt, dass mein Anzug von Radioaktivität förmlich troff. So rasch es ging, stellte ich mich unter eine neutralisierende Dusche, den Anzug beförderte ein Robot in den Konverter. Es dauerte mehr als eine Tonta, bis ich wieder frei von Strahlung war. Fartuloon untersuchte mich gründlich. »Wieder einmal Glück gehabt! Du hast zwar etwas abbekommen, aber wenn du in der nächsten Zeit entsprechend enthaltsam lebst, gibt es keine Schäden.«

Ich machte eine weit ausholende Armbewegung. »Dort draußen«, sagte ich grinsend, »ist mehr Strahlung als irgendwo sonst. Kannst du mir sagen, wie ich mich davor wirkungsvoll schützen soll? Oder willst du mir den Weltraum verbieten?«

»Eine hübsche Vorstellung«, sagte der Bauchaufschneider belustigt. »Atlan, der heldenhafte Kristallprinz, hinter einem warmen Ofen hockend, auf dem Kopf eine von Farnathia gestrickte Nachthaube …«

Er kam nicht dazu, weiterzusprechen, wir bogen uns vor Lachen. Die Vorstellung hatte etwas Absurdes an sich. Nein, so würde ich niemals leben wollen. Mein Traum war, den Raum durchstreifen zu können – mit einem guten Schiff und guten Freunden. Wie Fartuloon, dem Bauchaufschneider in dem altmodischen Harnisch und mit seinem *Skarg*. Corpkor, dem Mann, der mit Tieren reden konnte, der früher Tiere geliebt und Arkoniden verachtet hatte – jetzt war er ein zuverlässiger Freund seiner Freunde. Oder Eiskralle, dem zwergenhaften Wesen, dem man tatsächlich ansehen konnte, was in ihm vorging. Und natürlich Ra. Ich wusste, dass er mein Freund war; wir würden ein zwar seltsames, aber prachtvolles Gespann abgeben.

Ich schloss die Augen und dachte an Farnathia. Nun endlich war ich mir wirklich sicher, dass ich sie bald wieder in die Arme schließen konnte. Das Glück war ein launischer Geselle, und noch so großes Selbstbewusstsein konnte nicht über die tief im Inneren bohrenden Zweifel hinweghelfen. Beim »Ausflug« auf der Ödwelt hatte mir der Barbar mehr als deutlich vor Augen geführt, wie jung, unerfahren und weiterhin von guten Lehrmeistern abhängig ich bei allem bislang Erreichten war. Der errungene dritte Grad der ARK SUMMIA mochte eine sehr gute Basis sein, ein Grund zum Ausruhen war es keineswegs. Ganz im Gegenteil. Nachträglich wurde mir heiß und kalt zugleich, denn die Vorstellung, meine Geliebte wäre mit an Bord gewesen und vielleicht im Verlauf der Ereignisse umgekommen, raubte mir fast den Verstand.

Ist da überhaupt etwas zu rauben, Narr?, spottete der Extrasinn.

Ich ignorierte standhaft diese unqualifizierte Bemerkung, schmunzelte jedoch.

15.

1147. positronische Notierung, eingespeist im Rafferkodeschlüssel der wahren Imperatoren. Die vor dem Zugriff Unbefugter schützende Hochenergie-Explosivlöschung ist aktiviert. Fartuloon, Pflegevater und Vertrauter des rechtmäßigen Gos'athor des Tai Ark'Tussan. Notiert am 5. Prago der Coroma, im Jahre 10.497 da Ark.

Bericht des Wissenden. Es wird kundgegeben: Bei den Prulths von Frossargon – dieser Kerl treibt mich über kurz oder lang zur Weißglut! Spricht nach wie vor kein Wort, gebärdet sich als primitiver Wilder, ist aber ohne Zweifel intelligenter als mancher Arkonide und lacht sich ver-

mutlich ins Fäustchen, wenn er mal wieder Erstaunen, Widerwillen oder gar Ekel hervorruft. Gleich nach unserer Ankunft auf Kraumon hat er die arkonidische Raumfahrerkombination abgelegt und sich zu meinem Leidwesen aus einem Kontursessel der KARRETON einen Schurz geschnitten, und das war noch die harmloseste seiner Aktionen. Am liebsten hätte ich ihn so lange eingesperrt und unter Beobachtung gehalten, bis wir mehr über ihn wissen. Doch davon will Atlan nichts wissen.

Die Untersuchungen erbrachten widersprüchliche Ergebnisse. Körperlich ist der Bursche einerseits in Bestform, zeigt andererseits aber auch die »Abnutzungserscheinungen«, wie sie für ein Leben unter Primitivbedingungen typisch sind. Die Individualtasteranalyse hat eindeutig belegt, dass ihm immense Wissensmengen vermittelt wurden, und er kann diese Informationen, wie er gezeigt hat, auch sachgerecht anwenden. Einige sonderbare Spitzen in den Diagrammen zeigen, dass die Schulung nicht oder nur zum Teil auf einem arkonidischen Hypnoprogramm basiert. Hinzu kommen geringe, aber deutlich über dem Durchschnitt liegende Emissionen, die in den extrem hochfrequenten Hyperbereich hineinreichen. Insgesamt also Werte, die das Geheimnis dieses Barbaren eher vergrößern und mich ratlos machen, da ihm weder mit Gewalt noch mit Psychotricks beizukommen ist.

Ich habe sogar schon mit dem Gedanken gespielt, Atlan einen Flug nach Alfonthome vorzuschlagen. Mein alter Freund Valvpiesel hat dort ein Sanatorium errichtet. Es gab mal eine Zeit, da waren wir unzertrennlich, durchliefen mehrere Fächer während der gemeinsamen Studienzeit. Wilde, bewegte Jahre! Später haben wir uns für geraume Zeit aus den Augen verloren, aber der alte Kopfabschneider ist ein Arzt, wie es ihn kaum einen zweiten in der Öden Insel gibt. Nun, ich behalte diese Idee einmal im Hinterkopf.

Die Rückkehr nach Kraumon gelang uns letztlich recht problemlos, obwohl wir von einer Landung absahen. Seither kreist die KARRETON im Orbit und wird dort instand gesetzt. Als hilfreich erweisen sich nun unsere Kontakte zu den Piraten der Sterne; Richmonds Teaultokan bietet an Ersatzteilen, was das Herz begehrt. Wir werden zwar einige Zeit benötigen, aber am Ende haben wir mit dem Fünfhundert-Meter-Forschungskreuzer einen Großraumer zur Hand, mit dem sich unser Aktionsradius ebenso deutlich vergrößert wie die uns zur Verfügung stehenden Möglichkeiten. Das wird auch nötig sein, denn in absehbarer Zeit steht der Flug zum Dreißig-Planeten-Wall an. Ich konnte zwar die Koordinaten noch nicht eindeutig bestimmen, aber auch dieses Problem lässt jemanden wie mich nicht verzweifeln – schließlich kann ich zum Glück auf die alten calurischen Datenbanken zurückgreifen.

Heute ist eine weitere Mitstreitergruppe eingetroffen, so dass sich unsere Gesamtzahl auf mehr als tausend erhöht hat. Mit Blick auf die KARRETON und weitere auf absehbare Zeit einzusetzende Raumschiffe wurde begonnen, in etlichen Kilometern Entfernung vom Stützpunkt ein deutlich größeres Landefeld anzulegen, das dann die Umschreibung Raumhafen auch verdient. Den Stützpunkt selbst haben wir inzwischen »Gonozal-Mitte« getauft. Sobald sich die Gelegenheit dazu ergibt, werde ich einen großen OMIRGOS aufstellen, genau wie am Nordpol von Gortavor.

In dieser Hinsicht entwickelt sich also alles sehr positiv und zufrieden stellend. Leider scheinen uns Orbanaschol und Sofgart bei der Suche nach dem Stein der Weisen einige Schritte voraus zu sein; unsere Mittelsmänner und Vertrauten berichten jedenfalls von erhöhten Aktivitäten, ohne bislang Einzelheiten herausgefunden zu haben. Verflucht, es wäre einfacher, würde dieser Wilde endlich sein Schweigen brechen und uns sagen, was er wirklich weiß …

Kraumon: 8. Prago der Coroma 10.497 da Ark

Ein ohrenbetäubendes Krachen ließ mich zusammenzucken. Ein metallischer Ton hallte durch den Raum. Ich stellte das Erfrischungsgetränk auf die Schaltkonsole und schaute den angrenzenden Gang hinunter. Doch da war nichts Außergewöhnliches zu sehen. Die Orientierungstafeln schimmerten grünlich, und die Warnblinkleuchten waren nicht einmal eingeschaltet worden. Ich schlug auf die Taste der Interkom-Anlage. »Hier Atlan … wo steckst du, Fartuloon?«

Der Bauchaufschneider ließ nicht lange auf sich warten. Der Bildschirm über dem Schaltfeld flammte auf und übertrug das Gesicht des dicken Mannes, dessen Gesicht von einem schwarzen Kräuselbart eingerahmt war. Fartuloon sah mich mit mürrischem Blick an. »Ich wollte doch nicht gestört werden. Du weißt genau, dass die Analyse der Koordinaten ungemein schwierig ist. Was gibt's also?«

Das klang nicht gerade freundlich. Aber ich wusste, dass er seit mehreren planetaren Tagen nicht geschlafen hatte. »Hast du den Lärm nicht gehört? Ich befürchtete, dir sei ein Stahlträger ins Kreuz gefallen.«

»Unsinn! Ich würde mich an deiner Stelle im Ersatzteillager umsehen.«

Ich runzelte die Stirn. »Ersatzteillager?«

»Ganz recht. Möglich, dass der Barbar wieder am Werk ist.«

Das war es also! Fartuloon hatte Ra im Verdacht. Der Kämpfer einer steinzeitlichen Welt hatte sich bereits als gewaltiger Maschinenstürmer erwiesen. Fartuloon war von Anfang an dagegen gewesen, ihn frei im Stützpunkt herumlaufen zu lassen. Ich hatte es nicht leicht gehabt, dem Bauchaufschneider diese Erlaubnis abzutrotzen. Sollte Ra tatsächlich größeren Schaden an den Maschinen verursacht haben, würde Fartuloon mir ernsthaft zürnen.

»Ich sehe nach.« Ich beeilte mich, die Verbindung zu unterbrechen, legte den Waffengürtel mit dem Kombistrahler um und ging vorsichtig in den Gang hinaus. Sicher war sicher. Ich wusste, dass Ra einen unbändigen Freiheitsdrang hatte. Trotz eines langsam wachsenden Verständnisses für seine Probleme hatte ich eine unerklärliche Scheu vor dem Barbaren. Seine ungestüme Vitalität war trotz der vorangegangenen Ereignisse ungebrochen.

Entgeistert starrte ich auf die zerfetzte Lifttür. Ein scharfkantiger Gegenstand hatte die gegeneinander verschiebbaren Türhälften aus den Gleitschienen gerissen. Vom Bedienungsfeld fehlten sämtliche Knöpfe und Hebel.

Der Barbar wollte in die untere Etage eindringen, wisperte mein Extrasinn. *Ein Lebensmitteldepot liegt genau ein Stockwerk tiefer.*

Weshalb sollte er einen solch sinnlosen Vorstoß unternommen haben?

Ganz einfach! Er ist Jäger. Er wird sich niemals damit abfinden, täglich die schmackhaftesten Speisen einfach nur vorgesetzt zu bekommen. Er will darum kämpfen. Er will jagen.

Die Erklärung meines Extrasinns klang plausibel. Jetzt erkannte ich auch, weshalb Ra bei den gemeinsamen Mahlzeiten lustlos und mürrisch auf den Algensteaks herumgekaut hatte. Es war mir damals schon aufgefallen, dass der Barbar anscheinend mehr Wert darauf legte, Fartuloon heimlich die besten Brocken wegzuschnappen, als sich bedienen zu lassen. Ich musste unwillkürlich grinsen. Fartuloons verblüfftes Gesicht war mir noch genau gegenwärtig. Zuerst hatte er mich in Verdacht gehabt, ihm das Essen gestohlen zu haben, dann war Eiskralle dran gewesen. Die Schimpftirade des Bauchaufschneiders war in unserem Gelächter untergegangen. Ra dagegen hatte sich stumm und teilnahmslos verhalten. *Sollte diese Erklärung stimmen, werde ich bei der erstbesten Gelegenheit mit Ra zu einem Jagdausflug starten.* Der Stützpunkt war von dichten Wäldern, Bergen und fischreichen Seen umgeben. Ich beschloss, Ra bei einer solchen Gelegenheit nach seiner Vergangenheit auszufragen. Es ließ mir keine Ruhe, so wenig über den kraftvollen Barbaren zu wissen. *Wir haben ihn praktisch Orbanaschol vor der Nase weggeschnappt. Warum ist dieser Mann so wichtig für meinen Todfeind? Was kann der Barbar einem Herrscher über das arkonidische Sternenreich schon geben?*

Zum Stein der Weisen führen anscheinend viele Wege, stellte mein Extrasinn orakelhaft fest.

Selbst wenn Ra wichtige Hinweise zum sagenhaften Stein der Weisen kennen sollte, selbst wenn er selbst ein Bindeglied dazu war, wie sollte ich ihm dieses Wissen entreißen? Ra hatte bis jetzt beharrlich geschwiegen. Zuerst hatte ich vermutet, ihn durch ein Stichwort zum Reden bringen zu können. Doch diese Versuche waren von vornherein zum Scheitern verurteilt gewesen. Er war weder durch Zureden noch durch barsche Worte zu einer Entgegnung zu bewegen.

Ich hatte inzwischen die Treppe erreicht, die die oberen mit den darunter liegenden Geschossen verband. Solange der defekte Lift nicht repariert worden war, konnte ich nur hier zum Nahrungsdepot gelangen. Die Treppe lag im Dunkeln. Plötzlich stolperte ich über einen metallischen Gegenstand. Ich roch eine ölige Substanz, die sich langsam auf dem Boden ausbreitete, sprang blitzschnell beiseite und berührte den Sensor der Beleuchtungsanlage. Augenblicke später wurde der Treppenschacht von gleißendem Licht überflutet.

Ein gutturaler Laut ließ mich zusammenzucken. Ich erkannte das wüste Durcheinander um mich herum. Vor mir lag ein zertrümmerter Arbeitsroboter. Ein Fußtritt schien den Brustbereich des Roboters eingedrückt zu haben. Der rechte Handlungsarm war herausgerissen worden. An vielen Stellen fehlten die Wandverkleidungsplatten, lagen zerschrammt und verbeult auf den Treppenstufen. Dann sah ich Ra. Er hockte auf dem untersten Treppenabsatz und hielt etwas Zappelndes in der Hand. Ich sah, dass er den Arm des Roboters als Waffe quer über seine Schenkel gelegt hatte. »Warum hast du hier wie ein Wahnsinniger herumgetobt?«

Er schien mich überhaupt nicht wahrzunehmen, sondern hantierte mit etwas Lebendigem. Ich konnte noch nicht sehen, was es war. »Ra …«, versuchte ich es noch einmal, aber er reagierte nicht.

Ich ging langsam hinab. Erst als ich seinen muskulösen Rücken vor mir sah, hielt ich an. Sein Körper verströmte einen intensiven Geruch nach Schweiß und Öl. Erst jetzt sah ich, dass er sich völlig mit Maschinenöl des Arbeitsroboters eingerieben hatte. Der Barbar drehte sich plötzlich um und starrte mich aus seinen schwarzen Augen an. Seine geöffneten Lippen entblößten ein starkes Gebiss. Das verlieh seinem Gesicht ein wildes Aussehen. Ich trat unwillkürlich einige Schritte zurück. Seine Nasenflügel bebten. Er grinste, als er mein Zögern bemerkte. Seine Hand ruckte vor, und er amüsierte sich köstlich über meine vorsichtige Haltung. Er hielt mir ein kleines, echsenähnliches Tier entgegen, das sich in seiner fettglänzenden Klaue wand.

Ich schüttelte den Kopf. »Lass den Unsinn, Ra! Wir gehen zurück. Fartuloon wird nicht gerade begeistert sein, wenn er von diesem Durcheinander erfährt.«

Als ich Fartuloons Namen erwähnte, zuckte Ra nur verächtlich mit den Mundwinkeln. Fest stand jedenfalls, dass beide nicht allzu viel Sympathie füreinander empfanden. Vermutlich, weil sie sich auf ihre Art ähnlicher waren, als sie sich selbst eingestanden. Auch der Bauchaufschneider hatte mitunter etwas Urtümliches und Barbarisches an sich.

Konkurrenten!, stimmte mein Extrasinn zu. *Deine Position als »Platzhirsch« ist unumstritten, Kristallprinz. Sie ringen quasi um Platz zwei.*

Ra streckte mir noch einmal die kleine Echse entgegen. Nachdem ich erneut abgelehnt hatte, riss er dem Tier den Kopf ab und saugte das gelbliche Fleisch aus dem Panzer. Er schnalzte verzückt und schleuderte den Rest in eine Ecke.

»Woher hast du das Tier?« Da hätte ich auch eine Wand fragen können. Ra blieb so schweigsam wie immer. Er zog eine weitere Echse aus seinem Gürtel, der den Plastikschurz um seine Hüften hielt. Ich gab es auf, weiter nach der Herkunft dieser Echsen zu fragen. Ra würde es mir ja doch nicht verraten. Ich ahnte, dass ein Jäger wie er niemandem sagen würde, wo sich die Beutetiere versteckt hielten. Das war das Gesetz der Wildnis, und Ra handelte augenscheinlich weiterhin danach. Verwundert stellte ich fest, dass ich langsam in den Bahnen Ras dachte. Anfangs hatte ich noch darauf bestanden, dass der Barbar die arkonidische Wesensart annehmen sollte – ohne Erfolg natürlich.

»Wir gehen jetzt nach oben!« Er knurrte unwillig, schloss sich mir aber an. Den abgerissenen Roboterarm hielt er lässig in seiner Rechten. Ra schien auf diese Neuerwerbung nicht verzichten zu wollen.

Fartuloon empfing uns mit einer Schimpfkanonade, die selbst mich das Fürchten lehrte. »Ich lasse diesen Barbaren vierteilen! Der Unhold macht unseren Stützpunkt noch dem Boden gleich!«

Ich sah, wie der Bauchaufschneider nach Atem rang. Sein Gesicht hatte eine dunkelrote Färbung angenommen. Die Halsadern quollen wild pochend hervor. Ich konnte mich nicht daran erinnern, den Bauchaufschneider jemals so wütend gesehen zu haben.

Ich versuchte, ihn zu beruhigen. »Du musst dich in Ras Psyche versetzen. Für ihn ist das hier alles fremd und beängstigend. Er ist ein Naturbursche.«

Ra grinste provozierend und ließ den Roboterarm vor sich hin und her pendeln.

»Naturbursche – hah! Sieh dir diese Kreatur doch an! Eine einzige Herausforderung für einen Kulturarkoniden wie mich ... Ich war immerhin Bauchaufschneider am Hofe des göttlichen Gonozal, deines Vaters!«

Ra beeindruckte das nicht im Mindesten. Im Gegenteil, er stieß kehlige Laute aus, die wie das Gurren eines Balzvogels klangen. Das brachte den armen Fartuloon nur noch mehr auf, zumal ich bei seiner Formulierung »Kulturarkoniden wie mich« das Schmunzeln nicht unterdrücken konnte. Er war nur einen Meter fünfundsechzig groß und ziemlich korpulent. Auf den ersten Blick wirkte er sogar ungemein fett und unbeholfen. Aber wer ihn kannte, der wusste nur zu gut, wie schnell und behände er sich bewegen konnte, wenn es darauf ankam. Was man für Fett hielt, waren in Wirklichkeit Muskelstränge, die ihm ungewöhnliche Kräfte verliehen. Seine Glatze glänzte, umso dunkler war der gekräuselte Vollbart. Die gelben Augen lagen zwischen dicken Wülsten und verschwanden beinahe darin. Er aß gern und gut und hatte eine ganze Menge für hübsche, schlanke Frauen übrig. Viele hatten auf Gortavor sogar behauptet, dass er nicht einmal ein Arkonide sei, was angesichts seiner gedrungenen Gestalt und seiner gelben Augen nicht einmal so unglaubwürdig klang. Aber darüber lachte Fartuloon nur – und schwieg sich aus.

Er riss plötzlich sein *Skarg* aus der Scheide und ließ die Klinge durch die Luft pfeifen. Ra sprang gewandt wie eine Wildkatze zurück. Seine Augen blitzten. Die Arme waren vom Körper abgespreizt. In der Rechten drohte der scharfkantige Roboterarm. Eine furchtbare Waffe, wenn man damit zuzuschlagen verstand. Und Ra konnte! Seine Stirnnarben – irgendwelche Stammeszeichen – schienen auf einmal von innen heraus zu glühen. Mir war, als würde ich sein Blut pochen sehen. Der Barbar war bereit ...

Greif ein!, schrie der Extrasinn.

Ich sprang zwischen die beiden. »Seid ihr von Sinnen? Ihr schlagt euch hier die Schädel ein, während draußen womöglich die Wachflotte Orbanaschols in den Orbit geht.«

Das war natürlich übertrieben. Nichts deutete darauf hin, dass fremde Raumschiffe auch nur in die Nähe des Kraumon-Systems gekommen waren. Aber ich musste die beiden Streithähne unbedingt zur Vernunft bringen. Ra stieß einen tierischen Schrei aus. Ich zuckte zurück und entging seiner Faust um Haaresbreite. Da traf mich sein Fuß und raubte mir für einen Augenblick den Atem. Ich taumelte bis an die Wand zurück und verfolgte aus brennenden Augen den Zweikampf zwischen Ra und Fartuloon.

Er wird den Bauchaufschneider nicht töten, versicherte mein Logiksektor.

Hoffentlich nicht! Sollte der Barbar aber ungeschickt zuschlagen, war es um Fartuloon geschehen. Andererseits konnte es so nicht weitergehen. Fartuloon und Ra konkurrierten wirklich miteinander. Die dauernden Reibereien mussten sich einmal im Kampf entladen. Und jetzt war es so weit. Fartuloon ließ Ra nicht erst an sich herankommen. Er stürzte mit einer Gewandtheit, die man seinem fetten Körper eigentlich gar nicht zugetraut hätte, auf den Gegner zu, holte blitzschnell zum Schlag aus und ließ sein *Skarg* mit aller Kraft herabsausen. Normalerweise hätte er seinem Gegner damit den Schädel gespalten. Doch Ra parierte den Hieb mit Leichtigkeit. Das *Skarg* glitt schrammend über den Roboterarm und fetzte mehrere Drahtbündel aus dem Drehscharnier heraus.

Ra lachte, was dem Bauchaufschneider erneut die Zornesröte ins Gesicht trieb. Bevor Fartuloon zum nächsten Schlag kam, hatte Ra ihn am Bart gepackt und mehrmals um die eigene Achse gewirbelt. Fartuloon keuchte wütend auf und trat ungezielt nach dem Barbaren, der ihm jedoch tänzelnd ausweichen konnte. Fartuloon riss sich los. Er stand breitbeinig da und ließ das *Skarg* abschätzend auf- und niederschwingen. Ra schnalzte mit der Zunge, was so etwas wie Verachtung für den Gegner signalisieren sollte. Das konnte sich der Bauchaufschneider unmöglich gefallen lassen. Er brachte einen raschen Hieb mit dem *Skarg* an, lockte Ra aus der Reserve und riss dem Barbaren den Roboterarm aus der Hand. Doch Ra packte sofort Fartuloons schwertführenden Arm und drückte mit aller Kraft zu. Der Bauchaufschneider erstarrte zu einer kraftgeballten Statue. Er wich um keinen Deut zurück. Auf seiner Stirn bildeten sich Schweißperlen. Er begegnete dem Blick Ras, ohne mit der Wimper zu zucken. Da knickte Ra in den Knien ein, ließ sich fallen und riss den überraschten Fartuloon mit sich zu Boden. Das Schwert fiel klirrend gegen die Schaltkonsole unter der Bildschirmreihe.

»Einen schönen Bauchaufschneider haben wir hier, was?« Eiskralle und Corpkor waren soeben in den Raum gekommen. Sie verfolgten amüsiert, wie sich Fartuloon und Ra am Boden wälzten. »Es wird schon wieder unverschämt heiß! Bei dieser Prügelei kein Wunder, dass die Klimaanlage versagt. Die beiden schwitzen ja wie Tiere.«

Eiskralle hatte wieder einmal Angst, dass sich sein durchsichtiger Körper bei der herrschenden Temperatur verflüssigen würde. Ein echtes Trauma, von dem ihn wohl auch der geschickteste Galakto-Psychologe nicht mehr befreien konnte, obwohl er auch ganz bewusst darauf herumritt. Ra starrte ernüchtert auf den Chretkor. Ich wusste nicht, ob er den Durchsichtigen für ein übernatürliches oder doch zumindest sehr mächtiges Wesen hielt. Aber wer Eiskralle einmal kämpfen gesehen hatte, hielt garantiert Abstand zu ihm. Fartuloon wollte seinen Gegner durch einen blitzschnellen Dagor-Griff niederstrecken. Doch er glitt auf der eingefetteten Haut Ras ab und schrammte sich die Faust auf dem Boden blutig. Der Kampf stand wieder unentschieden.

»Sieht aus, als hätte der gute Fartuloon seinen Meister gefunden.« Eiskralle lachte respektlos, während Corpkor nur die Stirn runzelte.

»Was steht ihr hier überhaupt herum?« Fartuloon scheuchte die Freunde mit einer unwirschen Armbewegung zur Seite. Er hob das *Skarg* auf und schob es in die Scheide. »Und was diesen … diesen … betrifft …« Er hielt einen Augenblick inne, als suchte er nach der passenden Formulierung. »Eines Tages werfe ich ihn ganz bestimmt und höchstpersönlich in den Konverter. Er ist hier Gast und benimmt sich wie ein Kralasene. Von feinster arkonidischer Art ganz zu schweigen. *Barbar!*«

Abgesehen davon, dass Fartuloon selbst sehr häufig und zu allen mehr oder weniger unpassenden Gelegenheiten die Sitten des arkonidischen Adels missachtete, hatte sich Ra wirklich nicht sehr höflich benommen. Der Bauchaufschneider schien meine Gedanken zu erraten. »Was wissen wir denn schon von diesem Wilden?« Er deutete auf

Ra, der nachdenklich unter den Bildschirmen stand. Nichts im Gesicht des halb nackten Barbaren deutete darauf hin, dass er Fartuloons Worte verstand. »Wir haben gesehen, dass er sich im Ernstfall mit unseren technischen Apparaten auskennt. Er kann sogar ein Raumschiff steuern, wenn man ihm dabei ein wenig zur Hand geht. Ich frage euch, ist das etwa normal? Ein Wilder, dessen Heimatwelt irgendwo am Rande der Galaxis liegen muss, jedenfalls weit außerhalb der Grenzen des Großen Imperiums, kennt die arkonidische Technik. Anstatt uns mehr über sich zu berichten, schweigt er beharrlich.«

Fartuloon schüttelte ärgerlich den Kopf. Ich versuchte abermals, meinen Lehrmeister zu beruhigen. »Du darfst nicht voreilig über ihn urteilen. Wir wissen nicht genau, was man mit ihm gemacht hat. Nicht alle Arkoniden sind so zartbesaitet wie du.«

»Fang jetzt nicht auch noch an«, stieß gereizt hervor.

Plötzlich glaubte ich, meinen Ohren nicht trauen zu dürfen: *Ra hat etwas gesagt!*

Der schweigsame Barbar stammelte Worte in reinstem *Satron*. Erregt packte ich Fartuloon am Arm. Er war ebenso verblüfft wie ich, hatte wohl am allerwenigsten damit gerechnet, von Ra vernünftige Worte zu hören. Wir sahen, wie sich Ras Körper versteifte. Sein vorher noch stahlharter Blick wurde matt und willenlos. Der hilflose Glanz verschreckter Kinderaugen verdrängte das Bild des kampferprobten Jägers. Stammelnde Worte verließen die bebenden Lippen.

Erst jetzt bemerkte ich, dass hinter uns Farnathia den Raum betreten hatte. Sie hatte die Auseinandersetzung zwischen Ra und Fartuloon beobachtet. Erst als sie über den Zorn des dicken Bauchaufschneiders lachen musste, wurde ich ihrer gewahr. Sie trug ein langes, goldschimmerndes Kleid, das ihre wohlgeformten Brüste frei ließ. Sie hatte sich den Körper nach arkonidischer Sitte mit einem duftenden Mehinda-Puder bestäubt, der ihrer Haut einen blassmetallischen Glanz verlieh. Eine Goldhaube bedeckte ihren Kopf. Sie hatte sogar die Lidschatten mit dem Glanz ihres Kleides abgestimmt, die Lippen grün gefärbt. Über dem Schlüsselbein glänzten hochkarätige Edelsteine. Mein Blick streifte den zitternden Barbaren. *Hat Farnathia ihn derart liebestoll gemacht, dass er sein Schweigen bricht?*

»Ischtar …«, kam es bebend über seine Lippen. »Ischtar!«

»Wer ist Ischtar?«

Ra ging nicht auf meine Frage ein. Er wagte jedoch auch nicht, näher an Farnathia heranzutreten. Sie schien ebenfalls bemerkt zu haben, dass sie der Grund für seinen offensichtlich geistesabwesenden Zustand war, und sah mich hilflos an. Ich winkte ab. Schließlich war sie weder für Ra noch für sonst jemanden auf Kraumon verantwortlich.

»Ischtar … du bist zu mir zurückgekommen!« Ras Gesicht hatte eine fleckige Färbung angenommen. »Du bist von den Sternen herabgestiegen, um deinem Liebsten die Welt seiner Brüder zu Füßen zu legen. Du trauerst nicht mehr um deinen Himmelsstier. Nein, du willst mit mir auf die Jagd gehen. Du willst mich lieben und mit mir über die grünen Hügel meiner Welt ziehen. Wir werden das Geschlecht der Mächtigen begründen und als Unsterbliche bis in alle Ewigkeiten herrschen …«

Er hatte seine Hand ausgestreckt. Sie zitterte, als ihre Finger Farnathias Wangen streiften. Ich griff nicht ein. Eifersüchtig brauchte ich gewiss nicht zu sein, denn Ras Zustand glich einer ekstatischen Entrückung. »Wer ist diese Ischtar?«

»Ischtar …«, begann Ra und senkte den Blick. »Ischtar, die Sterngeborene, die ihrem Liebsten die ewige Jugend verheißt. Ischtar, die gewaltige Jägerin. Ischtar, die ewig junge Göttin!«

Ich konzentrierte mich auf Ras Worte, während gleichzeitig »etwas« an meinen Monoschirm zu pochen schien, was eindeutig von Ra ausging! Ein türkisfarbener Schein lenkte mich ab. Ich zog die Kolcho-Perle aus der Hosentasche, von der das kalte Leuchten ausging. Ich seufzte, weil sich der mentale Druck verstärkte. Türkisglanz breitete sich aus, wob unsichtbare Fäden, die uns miteinander verbanden.

Plötzlich verschwamm alles um mich herum. Das Letzte, was ich erkennen konnte, waren meine Freunde, die gebannt den Worten des Barbaren lauschten. Ra war in die Hocke gegangen. Seine Hände breiteten sich über ein imaginäres Lagerfeuer aus. Seine Stimme war leise und beschwörend geworden. Voller Inbrunst und Zärtlichkeit beschrieb er seine Heimatwelt. Und vor meinen Augen entstand die Landschaft eines jungfräulichen Planeten, der eine kleine gelbe Sonne umkreiste. Des Nachts spendete ihm ein Mond silbernes Licht. Ein wilder Planet, bewohnt von kraftvollen Jägern und Nomaden, die erst am Anfang ihrer Geschichte standen …

16.

Aus: *Die Beschreibung der Welt*, Jarkon dom Auschiya, zitiert nach Sheffal da Sisaals *Botanische Exkurse*, niedergeschrieben mit Chimon-Tinte auf echtem Khasurn-Blatt, 3800 da Ark

Tief in der Savanne, wo das Wasser so kostbar ist, dass nach jedem Regen Dorfkatanen gefeiert werden, gedeiht die unscheinbare Essoya, in ihrem Inneren das kostbare Nass speichernd.

Ras Welt

»Aiaaaaia … aiaaaaia!«

Die Jäger stampften im Kreis um das lodernde Feuer. Es roch nach Harz und verbrennendem Fleisch. Funken stoben wie Insekten über der Glut, setzten sich zischend auf die schweißbedeckte Haut der Tanzenden und erloschen.

»Aiaaaia … aiaaaaia!«

Solange der weiße Rauch über dem Grabhügel stand, war sie noch bei ihnen. So überlieferten es die Erzählungen der Sippe. Ein Wisent hatte ihren Körper in den Schlamm gedrückt, und bevor die Krieger das Tier getötet hatten, war ihr Leben erloschen. Und mit ihr das Leben des ungeborenen Kindes, das sie unter dem Herzen getragen hatte.

Ras Mutter war tot. Morgen würde keiner mehr daran denken. Ihr Sohn vielleicht, aber sonst niemand mehr. Auch ihr Mann nicht. Das Leben musste weitergehen. Heute starb ein Zweibeiner, morgen ein Tier. Das Gesetz der Wildnis kannte keine Gnade. Ra saß neben seinem Vater und kaute lustlos an einem halbgaren Bratenstück. Er musste daran denken, wie seine Mutter ihn als Kind durch die eisigen Winternächte gebracht hatte. Als der Frost den Höhleneingang verschlossen hatte und die Wölfe vorbeigeschlichen waren. Sie hatte ihn vor dem tobenden Säbelzahntiger bewahrt, indem sie mutig mit einem brennenden Holzscheit aus der Deckung gesprungen war. Sie hatte ihm von ihrer Milch gegeben, sie hatte ihm die Wunden versorgt, als er im Kampf gegen die Feuerdiebe einer anderen Sippe verletzt worden war.

»Aiaaaaia … aiaaaaia!«

Von den finsteren Hügeln drang das Heulen eines Wolfsrudels herüber. Ra glaubte, die funkelnden Augen der grauen Räuber erkennen zu können. Er griff unwillkürlich nach seiner Feuersteinaxt. Sein Vater reichte ihm wortlos ein dampfendes Bratenstück. Jäger machten selten viele Worte um Selbstverständlichkeiten. Sie handelten oder ließen es sein. Es war immer richtig. Jedenfalls für den Betreffenden. Kauend starrte Ra in die prasselnde Glut. Er hatte die Beine angezogen und das Kinn auf die von Narben bedeckten Knie gelegt.

»Mutter ...«, kam es von seinen Lippen. Doch als er den Kopf hob, war der weiße Rauch über dem Grabhügel erloschen. Seine Mutter war endgültig gestorben. Auch wenn er sich eines wehmütigen Gefühls nicht erwehren konnte, beschloss er, sich nun anderen Dingen zuzuwenden. Er blickte zu den jungen Mädchen hinüber. Sie warfen kichernd mit kleinen weißen Sumpfhühnerknochen um sich. Das flackernde Feuer verlieh ihren gut gewachsenen Körpern einen bronzenen Farbton. Er sah lächelnd zu, wie sich ihre Hüften im Takt der tanzenden Männer bewegten. Ein Zeichen, dass sie mit der Werbung einverstanden waren. Aber welche mochte Ras Auserwählte sein?

Ra wollte aufstehen und sich ein weiteres Bratenstück abschneiden, doch sein Vater drückte ihn sachte nieder. Der alte Jäger brauchte nur mit den Brauen zu zwinkern, und Ra blickte in die angedeutete Richtung. Dort saß Pror, der Sohn des Starken Wisent. Ein kräftiger Bursche, narbenbedeckt, kampferprobt. Ras geheimer Konkurrent im Wettstreit um die Sippenführerwürde. Pror nutzte jede nur denkbare Möglichkeit, um Ra zu demütigen, war aber verschlagen und listig genug, seinen Gegner niemals offen anzugreifen. Ras Vater wusste, dass der Junge in dieser Nacht um seine Mutter trauerte. Er würde dem gefährlichen Gegner in die Falle gehen. Es war sicher, dass Pror die Chance nutzen würde, um Ra während der Werbung um ein Weib lächerlich zu machen.

»Aiaaaaia ... aiaaaaaia!«

Die Männer zerrten letzte Holzscheite aus der Glut und liefen schreiend über den Lagerplatz. An einigen Ständen brannte das trockene Gras lichterloh. Beißender Qualm zwang Ra zum Aufstehen. Er folgte seinem Vater, der zum Grabhügel hinaufging. Zwei mächtige Mammutzähne lagen über der Mulde. Ra blickte in die sternenflammende Nacht hinauf. Er hatte schon oft versucht, die gleißenden Lichtpünktchen zu zählen. Diesmal war es besonders beeindruckend. Die Sterne schienen von innen heraus zu glühen. Wenn man ihre Positionen mit gedachten Linien aus Bogensehnen verband, ergab das die seltsamsten Figuren. Plötzlich kniff Ra die Augenlider zusammen. Täuschte er sich oder war dort tatsächlich ein Stern größer geworden?

»Dort, Vater!«

Der alte Jäger folgte dem ausgestreckten Arm seines Sohnes. Hoch oben am Himmel stand ein kleines goldenes Licht. Man konnte den Eindruck gewinnen, es würde pulsieren. »Die Tapfersten von uns kehren nach ihrem Tod in die Sonnenwelt zurück. Das ist einer von uns. Er beobachtet uns.«

Ra hatte selten erlebt, dass sein Vater so viele Worte zusammenhängend ausgesprochen hatte. Als er wieder aufblickte, war das goldene Licht verschwunden. In seinem Innersten wusste der junge Krieger, dass der Stern wiederkommen würde. Wenn nicht morgen, so doch an einem anderen Tag. Denn es war Ras ganz persönlicher Stern.

Vom Fluss her drang kehliges Brüllen in das Tal der Sippe. Die Mädchen, die kleine, bunte Vogelfedern in Grasschnüre flochten, sprangen erregt auf. Sie ließen ihren Zierrat fallen. Erst vor der Höhle hielten sie inne und starrten lauschend zum Hügel hinüber, der das Tal von der Flussniederung her abschirmte. Pror stand gegen seinen Langschaftspeer gelehnt da und grinste verächtlich. Er wusste, welche Bestie zum Fluss gekommen war. Er war dem großen Tier neulich erst um Haaresbreite entkommen. Ein gefährliches Tier, das der Sippe die Wasserrechte streitig machte. Pror zögerte die letzte Entscheidung hinaus. Er wartete darauf, dass Ra den Kampf wagen würde. Dann würde er zuschlagen und mit ansehen, wie die Bestie Ra in den Boden stampfte.

Das Gesetz der Sippe ließ keinen Alleingang zu. Keiner durfte seiner eigenen Wege gehen. Wer damit nicht einverstanden war, wurde aus der Gemeinschaft ausgestoßen. Ohne Feuer und den Schutz der stets wachsamen Jäger würde er bald das wehrlose Opfer reißender Tiere werden.

Und der Winter stand vor der Sippe. Noch waren die Nächte warm. Noch war die Jagd das reinste Vergnügen, aber sehr bald würde der Fluss zugefroren sein. Dann war es vorbei mit dem Fischen. Man konnte die Tiere auch nicht mehr an ihrer Tränke töten. Keiner wollte jetzt daran denken. Denn noch war es ja nicht so weit. Ras Vater führte die Sippe gut. Er passte auf, dass das Feuer niemals erlosch, und er sorgte dafür, dass die Kinder keine Not zu leiden brauchten. Jetzt wurde der Vorrat an wärmenden Fellen ergänzt. Wenn keine andere Sippe kam und ihnen diese Kostbarkeiten raubte, hatten sie gute Aussichten, ohne allzu große Opfer durch die kalte Jahreszeit zu kommen. Plötzlich versteifte sich Prors Haltung. Oben auf dem Hügelkamm war eine alte Frau aufgetaucht, die ein zappelndes Bündel in den Armen hielt. Die Alte schrie entsetzlich.

Ra stürzte aus der Höhle, gefolgt von seinem Vater, der im Laufen nach einer Steinkeilaxt langte. »Nachtwolfs Kind. Es stirbt.«

Als die Alte die Talsohle erreicht hatte, war das Kind längst tot. Es lag in seinem Blut und regte sich nicht mehr. Etwas Scharfkantiges hatte ihm den Leib aufgeschlitzt. Die Alte beugte sich schreiend über den kleinen Körper und streute stark riechende Kräuter über die Wunde. Pror stieß demonstrativ den Speer in den Boden. »Der große Schatten tötet unsere Kinder!« Die Jäger nickten zustimmend. »Ohne Kinder sind wir nichts wert. In einigen Sonnenumläufen sind wir schwächer als jede andere Sippe.«

Einige grunzten angriffslustig und schlugen sich gegenseitig auf die Schultern. Ihre sonnenverbrannten Gesichter verzerrten sich. Alle bleckten die kräftigen Zähne. Sie schauten mit unverhohlenem Spott auf Ra, der abseits stand.

»Wir verteilen uns am Fluss!«, schrie Ras Vater. Ohne Widerrede setzten sich die Männer in Bewegung. Alle hatten Waffen bei sich. Speere aus feuergehärtetem Holz, Steinäxte und Faustkeile. Die Frauen stimmten einen eintönigen Singsang an. Die Männer antworteten mit anfeuernden Rufen. Sie schrien sich gegenseitig Mut zu. Einige würden auch dieses Mal auf der Strecke bleiben. Das Beruhigende war, dass keiner wusste, wer sterben würde.

Auf dem Hügelkamm verharrte die Horde. Sie starrten angespannt zum Fluss hinunter, der einen großen Bogen beschrieb, von den weißen Gletschern kommend in den dunstigen Morgennebeln verschwindend. Die Männer schnupperten wie Tiere, sogen die Luft tief ein und befeuchteten ihre Finger mit Speichel. Der Wind stand günstig. Sie sahen, wie er die Schilfstauden in einem ewig gleich bleibenden Rhythmus bewegte. Bis auf die breite Gasse im Schilfmeer war nichts Außergewöhnliches zu sehen. Und doch war dort unten ein wehrloses Kind gestorben. Ra deutete nach unten und machte eine ungeduldige Handbewegung. Die Jäger packten ihre Waffen fester und schwärmten aus. Ra brauchte ihnen nicht zu erklären, was sie jetzt zu tun hatten. Aus den Augenwinkeln heraus sah er, wie sich Pror von der Horde absonderte und etwas langsamer wurde. Dann war auch dieser Jäger im hohen Schilf verschwunden.

Ein stechender Geruch drang in Ras geweitete Nasenlöcher. *Das Wollnashorn*, durchzuckte es ihn. Sie hatten das Tier mit Holzkohle und Lehmfarben an die Höhlenwand gezeichnet. Sie wollten den bösen Geist des großen Schattens bannen, doch einmal würden sie sich der Bestie stellen müssen. Da halfen auch keine Beschwörungen. Freien Zugang zum Wasser konnte auf die Dauer nur der Stärkere haben. Ra sah, wie einige der Jäger Schlammbröckchen fassten und sie durch die Luft schleuderten. Sie schrien wie Tobsüchtige und sprangen mehrmals hoch. Kaum hatten sie sich zum ersten Angriff verteilt, als ein riesiges, zottiges Ungetüm aus dem Uferschlamm aufsprang. Es schüttelte sich mehrmals, und der Dreck spritzte weit durch die Gegend.

»Der große Schatten!« Ein vielstimmiger Schrei. Die Männer rannten jetzt um ihr Leben. Das war das größte Wollnashorn seit langem. Und Pror hatte gewusst, auf was sie sich einlassen würden. Er hatte geahnt, dass sie das Tier nicht mit normalen Mitteln erlegen konnten. Anscheinend war es aus einem jener weit entfernten heißen Täler geflohen, von denen die Erzählungen berichteten. Dort sollten noch die unglaublichsten Bestien leben, aber selbst im klirrenden Frost ringsum war es dort warm und fruchtbar. Das Tier hob seinen mit zwei mächtigen Hörnern bewehrten Schädel. Es äugte blinzelnd in die Runde. Dann senkte es angriffslustig den Kopf und scharrte im Schlamm.

Als es wieder eine Bewegung zu erkennen glaubte, jagte es wie von der Sehne geschnellt vorwärts. Keuchend und schnaufend, das vordere armlange Horn tief gesenkt. Die Jäger liefen schreiend um ihr Leben. Einer stolperte im Uferschlick. Die anderen nahmen blindlings Reißaus. Der Gestrauchelte warf sich entsetzt herum, doch er kam nicht mehr rechtzeitig frei. Ein, zwei Atemzüge, dann war das Wollnashorn heran und schlitzte ihm mit einem Ruck den Leib auf. Ungläubig starrte der Mann auf seine herausquellenden Eingeweide. Wenige Augenblicke später schleuderte ihn das Nashorn hoch durch die Luft, und trampelte ihn dann in den Schlamm. Und schon hetzte die Bestie auf einen anderen Jäger zu.

»Aiiiiiieeee!«

Ra sprang mutig dazwischen, als er sah, dass der Mann humpelte und nur langsam vorwärts kam. Der Mann hatte eine kaum verheilte Beinwunde. Das Andenken an einen anderen Jagdausflug. Ra lenkte das Nashorn durch einen blitzschnellen Speerstich in die Seite ab. Die Wunde reizte den Giganten nur noch mehr. Als er sich das Blut von der Wunde lecken wollte, drehte er sich mehrmals um die eigene Achse. Er kam jedoch nicht an die Wunde heran. Ras Attacke genügte dem Jäger zur Flucht. Auch Ra brachte rasch einen Abstand zwischen sich und das schnaufende Wollnashorn. Die rechte Seite des Tieres glänzte vom auslaufenden Blut. Die Speerspitze steckte noch in der Wunde und wippte bei jedem Atemzug. Jetzt war Prors Augenblick gekommen. Außer ihm und einigen beherzten Jägern war nur noch Ra in der Nähe. Mit etwas Geschick würde er seinen Gegenspieler ein für alle Mal aus dem Weg räumen können. Er schickte Langspeer, Schwarzwolf und Gorr in die Kampflinie zwischen sich, Ra und das Wollnashorn. Er konnte keine Beobachter brauchen.

Ein grollendes Brüllen schreckte die Männer auf. Sie hatten vorhin gesehen, wie die Bestie mit ihren Gegnern verfuhr. Instinktiv drehten sie sich nach Pror um, doch von dem war nichts mehr zu sehen. Dafür walzte das Wollnashorn aus dem Schilfdickicht genau auf sie zu. Die Jäger brachten sich durch waghalsige Sprünge in Sicherheit. Als Langspeer hinter sich das Brechen der Schilfstauden und das Schnaufen des Ungetüms hörte, drehte er sich um und schleuderte seinen Speer in die braune, schlammbedeckte Masse. Doch die Waffe glitt vom verkrusteten Fell des Tieres ab. Dafür saß der zweite Speer etwas besser, konnte das Ungetüm aber auch nicht ernsthaft verwunden. Schwarzwolf und Gorr waren dicht neben dem Nashorn aufgetaucht. Sie wollten gerade mit den Steinkeiläxten zuschlagen, als sich der riesige Muskelberg mit einer unglaublich schnellen Drehung zu ihnen umwandte. Gorr wurde mehrere Körperlängen davongeschleudert und blieb stöhnend im Schlamm liegen.

Schwarzwolf rutschte aus und schlug sich mit der eigenen Waffe in den Schenkel. Fluchend humpelte er davon. Er kam nicht weit. Sein Todesschrei ging im Stampfen des Nashorns unter. Langspeer, der keine Waffe mehr hatte, wollte einen großen Stein ergreifen. Da fiel sein Blick auf Schwarzwolfs Axt. Behände ergriff er die Waffe und schleuderte sie auf das heranrasende Nashorn. Brüllend reckte das Tier seinen Kopf hoch. Die Axt steckte genau in seinem linken Auge.

Das hervorquellende Blut nahm ihm die Sicht. Das war die Rettung für Langspeer und Gorr.

»Aiiiiiieeee!«

Ra wirbelte um die eigene Achse, als er Langspeers Siegesruf hörte. Das rettete ihm das Leben. Pror wurde vom eigenen Schwung vorwärts gerissen und rutschte an ihm vorbei durch den Sumpf. Der Hieb mit dem Faustkeil wäre absolut tödlich gewesen.

»Verräter!« Ra sprang von hinten auf Pror und drückte ihm den Kopf in den aufspritzenden Schlamm. Immer und immer wieder, dann hatte sich seine Wut gelegt. Er riss den Kopf seines Gegners hoch und starrte ihm in die Augen. Ra musste plötzlich lachen. »Du hast Angst, Pror! Angst wie ein alter, zahnloser Wolf, der keine Nahrung mehr reißen kann.«

Pror zitterte. Speichel lief ihm aus den verdreckten Mundwinkeln. Er sagte jedoch keinen Ton. Dafür bebte plötzlich der Boden. Seitlich war der große Schatten des rasenden Wollnashorns aufgetaucht. Die Schilfstauden brachen knisternd.

»Ist das kein Gegner für dich, Pror?« Ra riss den Kopf seines Widersachers hoch und drehte ihn in die Richtung des herankommenden Nashorns.

Pror wurde leichenblass. »Das darfst … du nicht tun!«

»Nein?« Ra wartete, bis das Nashorn auf wenige Körperlängen herangekommen war. Pror schrie wie am Spieß und zuckte unbeherrscht im harten Griff Ras. Dann stieß ihn dieser beiseite und hetzte auf das Nashorn zu. Ein Sprung genügte, um ihn seitlich an den mächtigen Körper zu bringen. Ra hatte die Feuersteinaxt zwischen den Zähnen. Jetzt klammerte er sich an die langen Fellzotteln des Tieres und ließ sich mitschleifen. Als das Nashorn seinen ungebetenen Gast abschütteln wollte und sich niederbeugte, um sich im Schlamm zu wälzen, nutzte Ra die Gelegenheit und sprang dem Tier in den Nacken.

»Aiiiiiieeee!«

Für einige Wimpernschläge verharrte Ra, den schimmernden Feuerstein wie eine Flamme in der Faust, dann donnerte er den Stein in den Schädel des Nashorns. Er kannte die Stelle. Sein Vater hatte sie ihm früher im Sand aufgezeichnet. Und wieder schlug Ra zu. Er hielt erst inne, als die Hirnmasse aus der Wunde quoll. Durch das Nashorn ging ein Ruck. Wie vom Blitz gefällt krachte es auf den Boden. Ra war längst nicht mehr im Nacken des sterbenden Riesen. Er stand abseits und atmete tief durch. Sein schweißglänzender Brustkorb hob und senkte sich heftig. Die letzten Zuckungen des Nashorns wirbelten ganze Grasbüschel durch die Luft. Der Tod kam langsam. Als Ra sicher war, dass kein Leben mehr in dem Koloss war, zückte er einen blanken Faustkeil. Mit wenigen Griffen trennte er die knochige Haut um das vordere Horn auf, stemmte sich dagegen und brach es heraus. Mit der Beute in der Hand kehrte er ins Lager zurück. Vor Entkräftung zitternd, aber glücklich, den Sieg über Pror und das Wollnashorn davongetragen zu haben.

Sein Vater war stolz und beglückwünschte ihn immer wieder. Die Mädchen umringten ihn lachend. Sie berührten seine starken Arme und wischten ihm das Blut vom Körper. Bewundernd strichen sie über das mächtige Horn. Ra schaute sich suchend um. Doch nirgends konnte er Pror entdecken. Sein Widersacher war verschwunden. Dafür war am Horizont ein goldenes Licht größer geworden. Es stand für wenige Augenblicke unter der Sonne, um dann langsam nach Westen abzuwandern. Die Sonnenstrahlen streiften das seltsame Gebilde, das von Ra aus gesehen einem besonders großen Stern glich, und riefen ein Glitzern hervor. Es verschwand in einer lang gezogenen Schleife wie ein Tropfen flüssigen Gesteins in der Glut eines Vulkans.

In der Nacht schreckte Ra aus dem Schlaf hoch. Es war stockdunkel in der Höhle. Ra schleuderte die Felle von sich und streckte sich. Ihm taten alle Knochen weh. Die nächsten Sonnenwechsel würden nicht gerade angenehm sein. Ihm stand fürchterlicher Muskelschmerz bevor. Jetzt wusste er plötzlich, was ihn die ganze Zeit über beunruhigt hatte: *Das Feuer ist aus!*

Nachdem sich seine Augen an die Dunkelheit gewöhnt hatten, erkannte er den Umriss eines Jägers, der dicht am Höhleneingang hockte. Schmetterfaust, der Wächter des Feuers! Als Ra an den Mann herangetreten war, erkannte er, dass sein Bruder tot war. Der Streich eines scharfen Faustkeils hatte ihm die Kehle aufgeschlitzt. Die Wunde war bereits trocken. Der feige Überfall lag also schon einige Zeit zurück. Und der ausgehöhlte Feuerstein war verschwunden! Ra kauerte nieder und wischte mit der Rechten vorsichtig über den Sandboden. Er ertastete kleine Vertiefungen. *Fußspuren!*

Ein einzelner Mann hatte das Feuer geraubt. Aber wer? Ein Verräter der eigenen Sippe oder ein Fremder? Neulich waren fremde Jäger unten am Fluss aufgetaucht. Als sie gesehen hatten, dass mit Ras Brüdern nicht zu spaßen war, hatten sie schleunigst die Flucht ergriffen. Ra neigte den Kopf und schnüffelte in der Art eines Wolfes über den Boden. Er zog die Stirn kraus und überlegte krampfhaft, an wen ihn der schwache Fährtengeruch erinnerte. Er konnte ihn jedoch vorerst nicht einordnen. Er weckte seinen Vater. Im gleichen Augenblick stürzten mehrere Jäger in die Höhle. Sie schleppten einen Verwundeten mit sich. Langsam ließen sie den Stöhnenden auf den Boden gleiten. Ein Faustkeil hatte seine Schulter zerschmettert. »Pror … wollte mich töten!«

»Pror? Pror wurde vom Nashorn getötet.« Der alte Jäger sah seinen Sohn durchdringend an.

Ra berichtete widerstrebend über seinen Zusammenstoß mit Pror. »Er wollte mich töten, da haben wir miteinander gekämpft. Ich habe Pror besiegt.«

Jetzt war alles klar. Pror hatte sich aus Scham vor der erlittenen Niederlage versteckt gehalten. Erst als er sicher sein konnte, dass alle schliefen, war er heimlich ins Lager zurückgekehrt. Er musste den Plan gefasst haben, Ra und dessen Vater durch den Diebstahl des Feuers zu schaden. Also tötete er die Feuerwache und verschwand mit dem ausgehöhlten Stein, der die Glut barg. Wer das Feuer besaß, hatte den Sippenführer der Schande preisgegeben. Jeder Sippenführer war für das Feuer verantwortlich. Das war Prors Rache an Ra. Niemand bezweifelte, dass sich der Verräter mit den fremden Jägern verbünden würde. Eines Tages würde er sie dann angreifen, um sich Ras Kopf zu holen.

»Ich hole das Feuer zurück.«

Ras Vater nickte bedächtig. »Du musst Pror töten!«

»Ja, Vater.«

Ra steckte sich ein paar Trockenfische in den Gürtel. Er ging ohne ein Abschiedswort in den kühlen Morgen hinaus. Ihm würde jetzt niemand beistehen. Das war ganz allein seine Sache. Brachte er das Feuer zurück, würde sich nichts ändern. Hatte er jedoch keinen Erfolg, würden sie seinen Vater bedenkenlos aus der Sippe verbannen. Nur über dem Schilfwald stand Nebel. Die Luft war klar und frisch. Noch tummelten sich die Stechmücken nicht über dem Morast. In der Ferne brüllte ein Säbelzahntiger. Ansonsten war es totenstill. Alles schien voller Erwartung auf das Kommende still zu verharren.

Ra blickte hoch. Er sah einen Lichtstreifen am düsteren Himmel, der sich langsam über dem Horizont krümmte und dann blitzschnell verschwand. Die langsam aufsteigende Glut der Sonne verdrängte die Erinnerung an das kleine Himmelslicht. Wenige Augenblicke später überstrahlte sie mit ihrem Glanz die letzten Schatten der Nacht. Ra ging mit weit ausgreifenden Schritten zum Fluss hinunter, überquerte ihn an einer Furt und eilte auf die weite Ebene hinaus. Er hielt genau auf die düstere Bergkette zu, die sich an die Ebene anschloss. Irgendwo im Schutz eines Gletschers musste Pror stecken. Er würde ihn schon aufstöbern.

Ra duckte sich hinter eine Felsgruppe. Das Donnern unzähliger Hufe ließ den Steppenboden erbeben. *Die Rentiere kommen!* In riesigen Herden überfluteten sie das Land. Ra bedauerte, seine treuen Jäger nicht bei sich zu haben. Sie hätten genug Fleisch für viele Monde erbeuten können. Und Felle für den Winter. Jetzt war er allein und musste sich aufs Beobachten beschränken. Hinter dem Zentrum der Herde sprangen kleine Gestalten auf und nieder. Sie winkten und schrien, als wollten sie die Richtung der Herde ändern. *Fremde Jäger*, durchzuckte es Ra. *Vielleicht von der Sippe, die Pror aufgenommen hat.*

Ra wusste, dass die Rentiere niemals von ihrer einmal eingeschlagenen Richtung abzudrängen waren. Sie zogen zu den großen Wasserstellen, und daran konnte sie höchstens ein Steppenbrand größten Ausmaßes hindern. Das war es, was die Fremden vorhatten. Ra hob den Kopf und sog die Luft tief ein. Der Wind trug Brandgeruch näher.

Plötzlich wurden die Tiere unruhig. Ra konnte sehen, wie besonders die Jungtiere enger an die Muttertiere heranrückten. Dann keilte ein alter Bulle aus und änderte die Richtung. Wie auf ein unhörbares Kommando folgte ihm die Herde. Schwarze Rauchfahnen standen über der Steppe. Kleine Feuerzungen leckten in die Höhe, breiteten sich über die Fläche aus und verbanden sich in wenigen Atemzügen mit den anderen Flammen. Ra schlich sich gebückt im Sichtschutz der Felsen von der kleinen Hügelerhebung. Er musste jetzt darauf vertrauen, dass die anderen zu sehr mit der Herde beschäftigt waren, um ihn zu entdecken. Ein paar versprengte Rentiere kamen dicht an ihm vorbei. Ihre schwarzen Nasen waren schaumbedeckt. Ra musste den Drang gewaltsam unterdrücken, eins der Tiere zu erlegen. Geschickt lief er zwischen mehreren Rentieren hindurch und legte sich der Länge nach auf den Boden. Nicht weit von ihm entfernt waren drei fremde Jäger aufgetaucht. Sie hielten lange Bastschlingen in den Händen, an deren Enden Faustkeile befestigt waren. Sie brauchten ihre Waffen nur über die Köpfe zu schwingen, gegen den Kopf des Gegners prallen zu lassen und sie wieder zurückzuziehen.

Schlau und neu, wie sich Ra eingestehen musste. *Fremde Jäger, fremde Waffen. Gefahr!* Er musste so viel wie möglich über die andere Sippe herausfinden, bevor er mit dem Feuer zu den Seinen zurückkehrte.

»Hoiii ... hoiii!«

Die Fremden hatten einen mächtigen Bullen eingekreist. Das Tier wollte durchbrechen, kam aber nicht über die nahe stehenden Felsen. Es drehte sich schnaubend um und schüttelte sein ausladendes Geweih. Bevor er entwischen konnte, hatte einer der Fremden seine Seilwaffe erhoben, drehte den Stein mit der Rechten durch die Luft, bis ein singender Ton aufkam, und ließ kurz entschlossen los. Das Rentier brach wie vom Blitz getroffen zusammen. Der Stein hatte den Schädel des Tieres zerschmettert. Ra nutzte die Gelegenheit aus, um sich still im Rücken der erfolgreichen Jäger davonzumachen. Die seltsame Waffe hatte ihm Respekt eingeflößt. Ein Kampf mit diesen Leuten würde viele Opfer fordern. Er war jetzt froh, keinen anderen mitgenommen zu haben. Er würde sich etwas einfallen lassen müssen, sollte es zur offenen Auseinandersetzung mit Prors neuen Freunden kommen. Ra war sich jetzt ganz sicher, dass Pror bei den Seilschwingern war. Die Spuren des Feuerdiebes führten genau in die Richtung, aus der die Fremden aufgetaucht waren.

Das Donnern der Herde verlor sich in der Ferne. Ab und zu drang der jubelnde Schrei eines Jägers an sein Ohr. Ra glaubte, in Sicherheit zu sein. Er sprang auf und lief weiter auf die Bergkette zu, die sich als zerrissene Wand vor ihm auftürmte. An einigen Stellen waren die Berggipfel abgeplattet und flach. Dunkle Wolken hingen darüber. Als Ra die Luft einatmete, die von den Bergen kam, hatte er das Gefühl, etwas Verbranntes zu riechen. Er dachte zunächst nicht weiter darüber nach, denn von einem Lagerfeuer war weit und breit nichts zu sehen.

Es wurde rasch dunkel. Ra suchte sich eine windgeschützte Mulde und verzehrte seine Trockenfische. Er schlief ein, während hoch über ihm ein goldener Schemen schwebte, dessen Anblick ihn bis in die Träume verfolgte.

Ra konnte jetzt jede Einzelheit der vor ihm liegenden Berge erkennen. Da sich die fremden Jäger nicht mehr blicken ließen, ging er aufrecht auf eine breite Geröllhalde zu, die vor ihm sanft anstieg. Die Gegend war völlig pflanzenlos. Ra kletterte geschickt über die porösen Felsen hinweg. Wenig später türmten sich vor ihm fremdartig geschnittene Felsblöcke auf. Er vermisste das Eis der tief liegenden Gletscher. Erst jetzt fiel ihm auf, dass es ungewöhnlich warm war. Er legte die Hand auf den sandigen Boden. Er konnte es sich nicht erklären, weshalb es hier so warm war, aber er akzeptierte diese Tatsache. *Wenn es bloß Pflanzen geben würde*, ging es ihm durch den Kopf, *dann könnte meine Sippe hier leben.* Ra musste an die Geschichten von den heißen Tälern denken. Seine Sippe hatte schon viele Sommer nach einem solchen Tal gesucht, aber bis jetzt keinen Erfolg gehabt. *Bin ich auf ein heißes Tal gestoßen?*

Dann brauchte er der Sippe das gestohlene Feuer nicht zurückzubringen. Das war ohnehin nur ein Zeichen, denn mit Hilfe der Feuersteine und mit trockenem Moos würde der Sippenälteste ohne weiteres Feuer herbeizaubern können. Die dazu notwendigen Beschwörungen waren zeitraubend, aber man würde sie gern über sich ergehen lassen.

Ein heißes Tal für den Winter! Der Gedanke ließ Ra nicht mehr los. Seine Stellung als zukünftiger Sippenführer wäre so gut wie sicher. Außerdem würden seine Brüder und Schwestern leichter über die kalte Jahreszeit kommen. Aber da waren noch die Fremden. Sie hatten bessere Waffen und schienen ausgezeichnete Jäger zu sein. Wenn ihnen das heiße Tal gehörte, würde es zu einem gnadenlosen Kampf kommen. Ra beschloss, so viel wie möglich über die fremden Jäger in Erfahrung zu bringen. Er fühlte sich als Kundschafter seiner Sippe. An ihm würde es liegen, ob sich kurz vor der kalten Jahreszeit ein sicherer Winterplatz erkämpfen ließ. Ra ahnte, dass die fremden Jäger nur durch eine List zu schlagen sein würden.

Als Ra sich wieder einmal über einen der mächtigen Felsbrocken schwang, stand er unvermittelt vor einem Zauberzeichen der Fremden. Der Anblick des grinsenden Totenschädels kam so plötzlich für den Mann, dass er vergaß, nach den anderen Ausschau zu halten. Die Seilschwinger hatten ihn längst entdeckt. Der gelbe Schädel war mit bunten Vogelfedern, Schneckenhäusern und bearbeiteten Knochen verziert. Er steckte auf einem armdicken Holzpfahl. Ohne Zweifel die Markierung der anderen Sippe. Auch ein Schutz gegen böse Geister und Dämonen, die man von dem Tal fern halten wollte.

Plötzlich vernahm Ra ein leises Stöhnen. Es kam genau aus der Richtung, die er eingeschlagen hatte. Er packte seinen Faustkeil und hielt sich gebückt in der Deckung hoch aufragender Felsen. Er konnte noch nichts Außergewöhnliches erkennen. Vielleicht ein Wachposten der Fremden, der in eine Schlucht gestürzt war? Beißender Geruch war auf einmal in der Luft. Ra hustete unterdrückt. Wenige Körperlängen vor ihm drangen gelbliche Dämpfe aus dem Boden. Und je näher er sich der Felsspalte näherte, desto deutlicher war das Stöhnen des Unbekannten. Ra beging den Fehler, die Dämpfe einzuatmen. Er musste sich mehrmals gegen die Felsen lehnen, so schwindlig wurde ihm auf einmal. Vor seinen Augen tanzten sonderbare Schemen. Er wollte danach greifen, doch sie entzogen sich geschickt seinem Zugriff. Er bereute es, nicht auf das Zauberzeichen der fremden Jäger geachtet zu haben. Das Stöhnen wurde lauter. Ra biss die Zähne aufeinander und taumelte vorwärts. Es hätte nicht viel gefehlt, und er wäre in eine der dampferfüllten Felsspalten gestürzt. Tief unten brodelte kochender Schlamm. Die Hitze stach ihm in die Lungen. Kleine, gelb schimmernde Kristalle hatten sich auf seine Haut gelegt. Als er darüber wegwischte, hinterließen sie eine schmierige Spur. Dann sah er den Stöhnenden. *Es ist Pror!*

An eine biegsame Gerte gefesselt, hing der Verräter über einer Felsspalte, aus der gelber Dampf stieg. Pror war schon viel zu erschöpft, um noch gegen die Fesselung ankämpfen zu können. Sie hatten ihm Sehnen um jeden einzelnen Finger geschlungen und die Schnüre an die halbmondförmig über seinen Kopf gespannte Gerte geknüpft. Ra erschauerte, als er sich die entsetzlichen Qualen vorzustellen versuchte, unter denen Pror zu leiden hatte.

»Tötet mich … tötet mich!«

Die Dämpfe hatten Prors Beine mit einem glitzernden Überzug versehen. Es würde nicht lange dauern, und die Glitzersteine bedeckten den gesamten Körper des Unglücklichen. Ra ergriff seinen Faustkeil. Er wollte Pror helfen. Die fremden Jäger hatten einen Stammesbruder gemartert. Pror war zwar ein Verräter, aber noch immer ein Blutsverwandter Ras. Persönliche Auseinandersetzungen waren nun zweitrangig. Ra musste seine ganze Willenskraft aufbieten, um nicht ebenfalls von den Dämpfen betäubt zu werden. Wie durch einen Schleier hindurch erkannte er den schlaff herunterhängenden Pror, umgeben von den bösartigen Dämonendünsten. Ra streckte den Arm aus, um die linke Hand Prors von den Fesseln zu lösen. Er musste kurz innehalten. Im gleichen Augenblick traf ihn ein mörderischer Schlag. Ra merkte nicht mehr, wie er kopfüber in den Glitzersand stürzte und stöhnend liegen blieb. Dicht neben ihm lag ein glatt polierter Kieselstein.

Die fremden Jäger kamen aus der Deckung und grinsten zufrieden. Es kam so gut wie nie vor, dass sie ein Ziel mit ihren Schleudern verfehlten. Darin waren sie die Besten. Und deshalb gehörte ihnen auch das heiße Tal. Keine andere Sippe hatte es ihnen bisher wegnehmen können.

Ra nahm seine Umgebung wie durch einen Flammenvorhang wahr. Alles an ihm schmerzte. Seine Beine, sein Leib, seine Arme und vor allem sein Kopf. Er wollte sich über die verkrusteten Augen streichen, doch er brachte keine Bewegung zustande.

Ich bin gefesselt, durchzuckte es ihn. In den Fingerspitzen war kaum Gefühl. Diese Erkenntnis erschreckte ihn zutiefst. Er hatte schon oft miterlebt, wie tapfere Jäger nach einem Jagdunfall gelähmt waren. Sie hatten sich meist etwas gebrochen und konnten von diesem Augenblick an nie wieder aufstehen. Ra hatte plötzlich entsetzliche Angst, die ihm die Brust zuschnürte. Er versuchte gewaltsam, die Augen zu öffnen. Etwas Gelbliches hatte seine Lider verklebt. Als er sie einen Spaltbreit geöffnet hatte, sah er nur gelbliches Wabern. Seine Brust war weiterhin eingeschnürt. Er bekam kaum noch Luft. Jeder Atemzug sog das Stechende tiefer in ihn hinein. Als er seinen Kopf ein wenig drehte, sah er neben sich eine Gestalt hängen. Der Mann war bewusstlos. Und soweit Ra erkennen konnte, atmete der Unglückliche nicht mehr.

Pror, durchzuckte es ihn. Und im gleichen Augenblick wusste Ra, dass sie mit ihm dasselbe getan hatten wie mit Pror. Er hing über den giftigen Dämpfen, und es war nur eine Frage der Zeit, wann er sterben würde. Tiefe Mutlosigkeit überkam den jungen Jäger. Er hatte immer in der Gefahr gelebt, von einem Tier zerrissen zu werden. Ein schneller Tod machte ihm nichts aus, aber dieses langsame Sterben brachte ihn an den Rand des Wahnsinns. Er wollte kämpfend sterben, aber nicht wie ein krankes Weib dahinsiechen.

Als er das Gewicht von einem Arm auf den anderen verlagerte, durchzuckte ihn glühender Schmerz. Mühsam sah er nach oben. Seine Finger waren blau angelaufen. Sie mussten auch sein ganzes Gewicht tragen. Er biss die Zähne zusammen. Am liebsten hätte er laut geschrien. Der Schweiß seiner Stirn verband sich mit den stechenden Dämpfen und bildete graugelbe Muster auf seiner Haut. Nur mit äußerster Willensanstrengung gelang es ihm, den Mund immer mehr seinem rechten Handgelenk zu nähern. Dabei musste er die gefesselten Beine wie ein Gewicht in die andere Richtung verlagern. Dicht vor seinen fiebernden Augen kamen die Sehnen ins Blickfeld, die seine Finger umschnürten. Er knickte den Arm noch ein bisschen weiter ein, dann schnappten seine Zähne zu. Er würde die Fesseln niemals in seinem Leben wieder freigeben. Anstatt sie zu zernagen, malmten seine Zähne wie Mahlsteine aufeinander.

Ra wusste nicht, wie lange er so zubrachte. Seine Gelenke schienen erstarrt zu sein. Die andere Hand war völlig taub geworden. Dann endlich gab es einen fürchterlichen Ruck, und die zerkauten Sehnen rutschten von den Fingern. Ra krallte die leblos scheinenden Fingerglieder mehrmals ruckartig zusammen, dann leckte er sie ab. Mit dem Speichel kehrte auch ein wenig Beweglichkeit zurück. Mit etwas Übung würde er die Hand wieder zum Jagen gebrauchen können. Jetzt konnte er es wagen, die noch gefesselte Hand von seinem Körpergewicht zu entlasten, indem er dicht daneben zupackte und sich herumschwang.

Ra stöhnte verhalten. Die Linke war gefühllos und klamm. Er hätte sich am liebsten dem Todesrausch der gelben Dämpfe überlassen, doch sein Lebenswille war ausgeprägter. Mehrfach schüttelte ihn Husten, bei dem er fast glaubte, das Innere auszuspeien. Er klammerte sich neben die noch gefesselte Hand und begann von neuem, die einzelnen Sehnen zu lockern. Es dauerte unglaublich lange. Die Fesseln gaben nur langsam nach. Endlich war es dann so weit: Beide Hände waren frei. Aufmerksam schaute er unter sich. Die Felsspalte war etwa körperbreit. Wenn er sich hin und her schwang, konnte er trotz seiner gefesselten Füße sicheren Boden erreichen. Er krachte dumpf auf die Felsplatte. Ra gönnte sich keinen Augenblick der Ruhe, sondern begann sofort, die Fußfesseln an einem scharfkantigen Stein aufzureiben. Die verletzten Hände waren noch nicht wieder zu gebrauchen.

Als er wenig später auf schwankenden Beinen stand, suchte er sich zuerst eine Waffe. Er fand einen spitzen Stein, der gut in seiner Faust lag. Zufrieden wog er ihn in der Rechten. Damit würde er dem ersten fremden Jäger, der ihm über den Weg lief, den Schädel einschlagen.

Er war unbekleidet. Ra wollte gerade zwischen den eng stehenden Felsen verschwinden, als er eine schwache Stimme hörte: »Lass mich … nicht zurück.«

Pror lebte doch noch. Er hatte die Befreiung seines Sippenbruders mitverfolgt, aber nichts gesagt. Mit letzter Kraft schien er diese Worte ausgestoßen zu haben, denn jetzt hing ihm der Kopf wieder schlaff auf die Brust hinunter. Ohne lange zu überlegen, kletterte Ra auf die Felsen und stemmte die starke Gerte aus den mit Keilen verschlossenen Öffnungen. Ein kurzer Ruck, und der Gefesselte lag dicht neben der Dampfquelle. Ra achtete nicht darauf, ob Pror sich verletzt hatte. Er durchtrennte die Sehnen, indem er sie auf einen Stein legte und mit einem anderen darauf schlug. Er wollte Pror nicht töten. Seine Rache konnte er immer noch befriedigen. Er wollte nur nicht, dass der Gegenspieler den fremden Jägern in die Hände fiel. Das verstieß einfach gegen die Gebote der Sippe. Ein Mann von ihnen durfte nicht von fremder Hand gerichtet werden.

Ra schulterte den Stöhnenden und verschwand mit ihm in der Dämmerung. Je weiter er sich von den gelben Dämpfen entfernte, desto besser fühlte er sich. Er sog die klare Bergluft tief in seine Lungen ein. Weit im Westen versank die Sonne. Ra konnte fast zusehen, wie die Dunkelheit über die Felsen und den Bergrand kroch. Er musste vorsichtig sein, sonst stürzte er in eine Schlucht oder eine der vielen Felsspalten. Er war schon ziemlich weit geklettert, als er das Plätschern einer kleinen Quelle vernahm. Er legte Pror auf den Boden und trank in tiefen Zügen.

Hinter ihm gähnte schwarze Finsternis. Als er ein paar Schritte vortrat, lösten sich kleine Steine und verschwanden im bodenlosen Nichts. Blitzschnell trat er zurück. Vor ihm musste es viele Körperlängen steil bergab gehen. Warmer Wind kam ihm entgegen. Es roch nach Pflanzen und modernder Erde. *Das heiße Tal!*, kam es Ra in den Sinn. Die ersten Sonnenstrahlen würden ihm das Geheimnis der fremden Jäger zeigen. Bis dahin war noch viel Zeit. Er kauerte sich neben die Quelle nieder und schlief vor Erschöpfung sofort ein.

Ra war schon lange auf den Beinen. Eher jedenfalls, als die Posten der Talbewohner abgelöst werden konnten. Er hatte sich lautlos wie eine Raubkatze an sie herangeschlichen, einen nach dem andern mit dem Faustkeil erschlagen und sich vom Rand des riesigen Kraters einen ersten Überblick über das heiße Tal verschaffen können. Die steilen Bergwände umschlossen ein fruchtbares Gebiet, das ein normaler Jäger in etwa einem Tag durchmessen konnte. Hier wäre der beste Lebensraum für seine Sippe zu erobern gewesen, hätten ihm die fremden Jäger dabei nicht im Wege gestanden.

Das Brüllen fremder Tiere drang an sein Ohr. Also stimmten die Berichte, dass in den heißen Tälern riesige Bestien lebten. Ra fragte sich, wie die Seilschwinger mit ihnen fertig wurden. Er sprang sofort in Deckung, als er das Knacken eines Zweiges hörte. Vor sich in Laufrichtung erkannte er zwei Gestalten. Sie hielten die Seilschlingen nachlässig in den Händen und unterhielten sich gedämpft. Der eine deutete dabei mehrmals hinter sich und lachte. Ihre Sprache erinnerte Ra an das Knurren wilder Tiere. Verstehen konnte er sie nicht. Ra wollte auch keine Verständigung mit den Fremden. Nach allem, was sie mit ihm angestellt hatten, brannte er vor Rache. Er wartete, bis sie dicht neben ihm standen und sich suchend umschauten. Bevor die beiden wussten, was mit ihnen geschah, war Ra hochgesprungen, hatte eine der Seilschlingen gepackt und sie um die Nacken der beiden geschlungen. Ein kräftiger Ruck, und der Schrei der Gegner erstickte in einem kraftlosen Gurgeln.

Irgendwo vor ihm musste sich das Lager dieser Sippe befinden. Ra fragte sich, was die beiden hier gesucht hatten. Wachen waren es bestimmt nicht, dafür hatten sie sich zu auffällig benommen. Sie mochten vielleicht Fährtensucher oder einfache Jäger gewesen sein, aber niemals gute Jäger.

Das Brüllen eines Tieres wurde erneut hörbar. Ra hatte es vorhin schon einmal vernommen, aber diesmal war es viel näher. Es schien aus der Tiefe zu kommen, so dass Ra unwillkürlich auf den Boden schaute. Er sah die Abdrücke einiger Jäger im weichen Grasboden. Dazwischen waren die Spuren eines großen Tieres zu erkennen. Ra schnüffelte an den Spuren. Dann kroch er durch Dickicht und erreichte eine Lichtung. Breit gefächerte Gewächse säumten den Waldrand. An den Baumriesen hing schimmerndes Moos, und bunte Blumen verströmten einen betäubenden Duft. Die Spuren des großen Tieres führten genau auf eine Grube zu. Ra sah, dass spitze Äste seitlich hochragten. *Eine Fallgrube!*

Er lief rasch näher und schaute hinunter. Ohrenbetäubendes Brüllen ließ ihn zurückschrecken. Ein mächtiger Säbelzahntiger sprang an den Grubenrändern hoch. Ra nahm allen Mut zusammen und schaute der Bestie in die gelblich schimmernden Lichter. Die Grube war eng und erlaubte dem gefangenen Tier kaum einen Auslauf. Ganz unten erkannte Ra ein blutiges Bündel. Der Tiger hatte es zerfetzt.

Ein Kind, schoss es dem Jäger durch den Kopf. Die fremden Jäger opferten also ihre eigenen Artgenossen, um der gefährlichen Bestien des heißen Tales habhaft zu werden. Ra schüttelte sich vor Abscheu und Entsetzen. Das verstieß nicht nur gegen die ungeschriebenen Gesetze seiner Sippe, sondern verletzte auch sein eigenes Empfinden. Er ahnte, dass die Nomaden und Jägerstämme des weiten Landes den Sinn für das Natürliche und Normale bewahrt hatten, während die ansässigen Stämme – dem täglichen Lebenskampf entwöhnt – sich fremden Göttern und abscheulichen Gewohnheiten ergeben waren. Ra hatte auf einmal keine Bedenken mehr, die Gegner aus dem heißen Tal zu vertreiben. Er freute sich sogar auf den entscheidenden Kampf. Aber dazu musste er zuerst zu seinen Brüdern zurückkehren. Und wie die Lage aussah, standen seine Chancen nicht besonders gut.

»Aiiiii … hoiiii … hoiiii!«

Ra wirbelte herum. Mehr als zwanzig Krieger waren aus dem Wald getreten und schwangen ihre Seile in den Händen. Ra drehte sich wieder um.

»Aiiihoiiii … hoiii!«

Sie hatten ihn umzingelt. Die ersten Steine flogen ihm um die Ohren. Einer traf seinen Oberschenkel. Blut spritzte aus der Wunde. Ra bückte sich und entging den nächsten Würfen. Dann hetzte er wie ein in die Enge getriebenes Tier über die Lichtung. Ein Stamm versperrte ihm den Weg. Er erkannte, dass er gegen die Übermacht der Jäger nicht ankämpfen konnte. Als er sich gegen den Baumstamm presste, um den Steinwürfen zu entgehen, merkte er, dass das Holz morsch war. Er stemmte sich mit aller Kraft dagegen. Das Schreien der Angreifer vermischte sich mit dem Prasseln der aufschlagenden Steine und dem Brüllen des gefangenen Tigers. Ra drehte den Stamm mit aller Kraft herum. Wieder traf ihn ein Stein. Die ersten Angreifer waren nur noch wenige Körperlängen von ihm entfernt. Er achtete nicht darauf. Sein Plan stand fest.

Zwei Gegner versuchten ihn zu packen, doch er trat ihnen mit aller Wucht gegen die Hüften, so dass sie schreiend herumwirbelten. Ra konzentrierte sich völlig auf den Baumstamm. Das Holz war abgestorben. Unter Ras straff gespannter Haut zeichneten sich die Muskelstränge ab. Dann ein Bersten, und die Wurzeln des Baumes schnellten aus dem weichen Boden. Eine weitere Drehung, ein Rollen, dann eine Kehrtwendung, und der Baum neigte sich in die Fallgrube. Die Jäger erkannten schlagartig Ras Plan.

Bevor sie etwas dagegen unternehmen konnten, war der mächtige Säbelzahntiger an der morschen Rinde hochgeklettert. Brüllend stürzte er sich auf die Männer und erledigte einige von ihnen mit einem Prankenschlag. Einem anderen zerbiss er den Kopf. Sofort gab es ein heilloses Durcheinander auf der Lichtung. Nur wenige entkamen. Unter ihnen Ra, der sich geschickt durch das Dickicht kämpfte. Von allen Seiten kamen aufgeregte Stimmen. *Sie verteilen sich im Wald*, dachte Ra. *Solange sie den Großzahn jagen, werden sie kaum an mich denken.*

Doch Ra hatte die Lage zu gut eingeschätzt. Eine besondere Jagdgruppe war nur auf ihn angesetzt worden. Während er weiter auf das nahe liegende Lager vordrang, wurde der Umzingelungsring um den Eindringling immer enger gezogen. Diesmal hatte Ra den sofortigen Tod zu erwarten. Die Jäger trugen scharfkantige Speere bei sich. Die Steinspitzen glänzten im Sonnenlicht, das immer wieder durch das dichte Blätterdach der mächtigen Baumkronen drang. Ra bückte sich neben einem duftenden Pilz. Ein brummendes Geräusch drang an sein Ohr. Es kam von oben und wurde nach jedem Atemzug lauter. Ringsum war es dagegen totenstill. Das Brechen der Äste und Zweige war verstummt. Auch die vorrückenden Jäger lauschten dem fremdartigen Geräusch. Kein einziger Vogel zwitscherte mehr. Das Brummen hörte auf, machte einem schrillen Pfeifen Platz, das sich zu einem orkanartigen Heulen steigerte. Ra zuckte zusammen, als ihn der erste heftige Windstoß traf. Blattwerk umwirbelte ihn. Dann riss ihn eine weitere Orkanbö von den Füßen. Er kroch auf allen vieren vorwärts, um nicht von einem umknickenden Baum erschlagen zu werden. Um ihn herum schienen die fürchterlichsten Dämonen entfesselt. Brocken wurden von hochruckenden Wurzeln aus dem Boden gerissen. Schwere Äste brachen von den Bäumen.

Ra hatte das Gefühl, die Welt ginge unter.

Neben ihm hetzten ein paar Gestalten vorbei, ohne sich um ihn zu kümmern. Sie verschwanden in kopfloser Flucht. Ra hatte gehofft, dass seine Gegner den Grund des plötzlichen Unwetters kennen würden. Sie aber schienen genauso wie er davon überrascht worden zu sein. Ra presste beide Hände gegen die Ohren. Der schrille Ton wurde so schmerzhaft, dass er es kaum noch ertragen konnte. Ein dumpfes Grollen begann, während das schrille Pfeifen langsam aufhörte. Ra dachte unwillkürlich an ein riesiges Tier, dem der Atem ausgegangen war. Eine unsichtbare Riesenfaust fegte eine Schneise durch den Dschungel. Baumstämme, die fünf Männer nicht umspannen konnten, wurden entwurzelt und wie Grashalme durch die Luft geschleudert. Dann folgte ein Glutsturm, der das Blattwerk der meisten Bäume verbrannte. Ein Ascheregen senkte sich auf das Kratertal herab. Am Rand des tobenden Orkans krallte sich Ra in den Boden. Wie durch ein Wunder entging er dem Tod, denn um ihn herum starben viele Männer und Frauen: Einer nach dem andern kam in den Sonnenwirbeln ums Leben. Die meisten wurden durch die Luft gerissen, einige verschwanden in plötzlich aufklaffenden Bodenspalten, andere wiederum wurden von entwurzelten Bäumen erdrückt.

Niemand konnte etwas gegen das dämonische Wüten tun. Und doch gab es Überlebende. Ra schaffte es immer wieder, den vielfachen Gefahren zu entgehen. Dann verstummte der Orkan. Der Boden beruhigte sich, das letzte Zittern endete. Als sich der Staub langsam auf das gequälte Land niedersenkte, stand Ra misstrauisch auf. Verdorrtes Blattwerk rieselte an ihm herunter. Irgendwo im Hintergrund waren Stimmen zu hören. Die untergehende Sonne streifte den alles umspannenden Kraterrand und warf letzte Lichtspeere ins Tal. Im schwindenden Licht sah Ra ein gigantisches Gebilde, das vor Beginn des Orkans noch nicht im heißen Tal gewesen war. Die obere Spitze ragte höher in den dunkler werdenden Himmel auf als die Felsen des Kraterrands, die untere Spitze berührte fast den Boden. Seine Seiten strahlten wie die Sonne, obwohl deren Licht schwächer wurde.

Ein leuchtender Götterberg ist von den Sternen gefallen, dachte Ra und verglich ihn mit zwei mit den stumpfen Enden aneinander befestigten Steinkeilen. Aber er wusste sofort, dass sein Vergleich hinkte. Der strahlende Götterberg war makellos glatt und vollständig eben. Ra hatte nie zuvor in seinem Leben etwas ähnlich Vollkommenes gesehen. *Selbst die Haut des schönsten Mädchens meiner Sippe ist nicht so glatt wie die Oberfläche des Götterbergs.*

Seltsamerweise verspürte Ra keine Scheu vor dem ungeheuren Gebilde, das mit zunehmender Dunkelheit immer stärker von innen heraus zu glühen begann. Nachdem die Sonne ganz hinter dem Kraterrand verschwunden war, beherrschte das milchige Leuchten des Götterbergs den gesamten Talkessel. Es war fast taghell, und Ra konnte die umherirrenden Gestalten der überlebenden Jäger deutlich erkennen. Sie suchten ihre Frauen und Kinder. Viele würden vergeblich suchen, denn der Götterberg hatte fast die Hälfte des Stammes getötet. Der Wind trug vielstimmiges Wehklagen zu Ra herüber.

Diese jammernden Gestalten würden ihm nicht mehr gefährlich werden. Sie wagten sich nicht einmal so nahe wie er an den strahlenden Götterberg heran. Das erfüllte Ra mit Stolz. Er hatte bis jetzt alles lebend überstanden. Er war der Todesfalle der Jäger entronnen, er würde auch den Götterberg bezwingen. Ra fühlte sich plötzlich als Liebling der Götter. Er wich die ganze Nacht über nicht von der Stelle. Seine Augen waren starr auf den Götterberg gerichtet.

17.

Aus: *Biographie Atlans – Anhang: Fragmente, Anmerkungen, Marginalien* (in vielen Bereichen noch lückenhaft); Professor Dr. hist. Dr. phil. Cyr Abaelard Aescunnar; Gäa, Provcon-Faust, 3565

Der treue Fartuloon war es, der am ungewissen Ende früher Abenteuer einen exotisch glitzernden Kristall hervorzog und an meine Stirn drückte. Der kleine OMIRGOS zwang mich dazu, vieles zu vergessen, aus einem anderen Blickwinkel, in anderem Licht zu sehen.

Noch heute glaube ich, dass ich trotz der inneren Zwänge nicht jedes Abenteuer geschildert habe, oder nicht richtig oder mit falschen Daten. Oder ich finde andere Visionen im Niemandsland der Erinnerungen, fremde, scheinbar parallel ablaufende Ereignisse. Manipuliert mich noch immer ES, der andere Hüter der Menschheit?

Ras Welt

Es wurde übergangslos strahlend hell. Das rötliche Morgengrauen vermischte sich mit dem Licht des Götterberges. Über der Stätte des Grauens und der Vernichtung lag merkwürdige Stille. Ra hockte allein und von den anderen Jägern ängstlich gemieden vor dem riesigen Ding, dessen Enden jeweils spitz zuliefen und von innerem Feuer erfüllt zu sein schienen. Einem *kalten* Feuer! Aus den Augenwinkeln heraus beobachtete Ra die Überlebenden der Seilschwingersippe. Sie hatten in weitem Bogen um ihn und den Götterberg Opferfeuer entfacht. Der Duft würziger Kräuter und der Gestank verbrannten Fleisches reizten Ras Nase.

Plötzlich öffnete sich in der Mitte des Götterbergs eine Höhle. Es geschah lautlos und ohne Vorankündigung. *Die Höhle des Götterbergs wird den tapfersten Jäger beherbergen*, dachte Ra und stand auf. Aber der Eingang war nicht seinetwegen offen. Zorniges Schnauben ertönte. Ra wagte sich nicht vorzustellen, wie das Ungetüm aussehen mochte, das *solche* Laute ausstieß. Ein gehörntes Geschöpf, hoch wie ein Baum, breit wie ein Mammut, donnerte ins Freie. *Der Himmelsstier!*

Der Schweif des riesigen Gehörnten peitschte gegen die eigenen Lenden. Augen, so groß wie der Kopf eines Mannes, starrten blutunterlaufen in die Runde. Der Himmelsstier scharrte ungeduldig mit den Vorderhufen, um dann auf ein unhörbares Kommando loszupreschen.

»Rette dich, Ra … du darfst nicht sterben!« Ra drehte sich um. Er sah durch die Staubschleier, wie Pror näher wankte. Er fing den geschwächten Jäger mit beiden Armen auf.

»Warum bist du nicht oben bei der Quelle geblieben?«

»Ich muss sterben! Ich habe das Himmelslicht gesehen … wie es ins heiße Tal kam! Ich wollte dir helfen …«

Ra schüttelte über so viel Unvernunft den Kopf. Wie hatte Pror annehmen können, dass er ihn nach all dem, was geschehen war, noch als Sippenbruder behandeln würde? Die Abrechnung war wegen der drohenden Auseinandersetzung mit den fremden Jägern nur zurückgestellt, aber nicht aufgehoben. Plötzlich stieß Pror Ra weit von sich. Als Ra sich zornig aufrichtete, sah er gerade noch, wie Pror von den Vorderhufen des Himmelsstiers zermalmt wurde. Er starb ohne einen Laut. Pror hatte für seinen Verrat gebüßt.

Ra sprang blitzschnell beiseite, als der riesige Stier mit den Hinterbeinen auskeilte. Er wurde über und über mit Sand bedeckt. Ein paar Atemzüge später sah er nur noch den peitschenden Schweif des Stieres. Mit brennenden Augen verfolgte er das Zerstörungswerk des unglaublichen Wesens. Plötzlich glaubte er, einem Trugbild zum Opfer gefallen zu sein. Er wischte sich mehrmals über die staubbedeckten Lider und schaute genauer hin.

Das unwirkliche Bild blieb: Hinter dem Nackenwulst des Gehörnten hockte eine Gestalt. Ein Weib! Aber was für eins! Es schien den

Stier in jede Richtung dirigieren zu können. Ras scharfe Augen nahmen jede Kleinigkeit wahr. In seinen Augen war diese … diese Himmelsfrau auf dem Himmelsstier wunderschön. Ganz anders als die Mädchen seiner oder irgendeiner anderen Sippe. Ihre Haut war ebenmäßig und von einer Farbe wie helle Glut. Sie schien nackt zu sein. Ihre Feuerhaare wehten im Wind und umspielten die zierlichen Schultern. Ra fühlte seine Begierde wachsen. Ein einziger Wunsch beherrschte seine Gedanken: *Ich will dieses Weib besitzen!* Die göttliche Schönheit der seltsamen Frau, verbunden mit dem Bild des kraftstrotzenden Stieres, verbanden sich in Ras Gedanken zum Höchstmaß lustvoller Erfahrung. *Kein anderer darf diese Frau besitzen!* In seiner Maßlosigkeit hielt Ra sich allein für den einzigen Freier dieser göttlichen Erscheinung. *Wie gern würde ich den Himmelsstier mit einem einzigen Schlag beiseite fegen!*

Er wollte die Göttin auf seinen starken Armen zum Fluss hinuntertragen und sie auf ein Lager duftender Blüten betten. Ihre Kinder würden göttergleich die Sippenführer aller Täler, Steppen und Berge sein. Seine Söhne würden ein Geschlecht gründen, das mächtiger als die Sonne erstrahlte, und seine Töchter würden nur die besten Jäger zum Manne wählen …

Der Traum Ras verging in einer grellen Lichterscheinung. Die Göttin auf dem Himmelsstier hatte einen winzigen Stab ausgestreckt, der einen nadelfeinen Blitz aussandte. Jeder Jäger, der davon erfasst wurde, verbrannte augenblicklich zu Asche. Wo der Blitz auf Felsen oder Bäume traf, stoben Feuerpilze auf, die rasch wieder in sich zusammensackten. Atemlos verfolgte Ra das Geschehen. Er ahnte, dass die Göttin nur spielte. Welchen Sinn das Zerstören haben sollte, war ihm nicht klar. Er machte sich auch keine Gedanken darüber. Dinge, die ihm unerklärlich waren, schob er stets weit von sich. Es gab eben mehr, als sich sein einfacher Jägerverstand vorstellen konnte. Das beunruhigte ihn nicht weiter. Die Natur hatte ihre eigenen Gesetze, und er richtete sich danach. Grund zum Klagen oder zur Selbstaufgabe gab es für ihn nicht.

Fasziniert sah Ra, dass erneut ein gleißender Speer aus dem Stab der Göttin zuckte und einen fremden Jäger einhüllte. Für Augenblicke glaubte Ra das Knochengerüst des Mannes zu sehen, dann wehte der Wind ein Aschehäufchen auseinander. Ra hielt es für vernünftiger, sich ein geeignetes Versteck zu suchen. Er kannte das Fieber, das einen begeisterten Jäger von Zeit zu Zeit erfassen konnte. Im Blutrausch konnte selbst er, der er doch im Grunde besonnen und vernünftig handelte, eine halbe Rentierherde töten. Ebenso musste es der Göttin gehen. Das Beste würde sein, wenn sie ihn bei ihrer Rückkehr nicht sehen konnte. Und der Zeitpunkt der Rückkehr in den Götterberg schien gekommen zu sein.

Ra sprang hinter eine Felsgruppe und presste sich an den nackten Stein. Er wagte keinen Blick über den Rand seiner Deckung, denn der bebende Untergrund verriet ihm, das der Stier ganz nahe an ihm vorbeidonnerte. Im Götterberg erschien wieder der Höhleneingang. Der Stier verschwand im Innern, und nicht einmal einen Atemzug später war die schimmernde Haut des Götterbergs wieder glatt und ohne Öffnung. Ra hätte nicht mehr sagen können, an welcher Stelle sich der Höhleneingang befunden hatte.

Die fremden Jäger zitterten wie trockenes Laub, als Ra auf sie zuging. In ihrer eigentümlichen Sprache stießen sie Worte aus, deren Bedeutung er nur erraten konnte. Sie hatten ihn gefangen genommen, um ihn über der Dampfquelle verdorren zu lassen. Dass er jetzt frei war und sogar den Ansturm des Himmelsstiers lebend überstanden hatte, musste ihn in ihren Augen zu einem gottähnlichen Geschöpf machen. Das musste bestimmte Folgen für ihn haben. Anders, als er sich das vorstellte. Drei Jäger verneigten sich vor Ra, der nur einen verächtlichen Blick für sie übrig hatte. Er sah genauer hin, als sie mit einem Stein seltsame Linien in den Sand malten. Er schaute ihnen neugierig zu, ließ sich aber so wenig wie möglich anmerken, dass es ihn interessierte. Aus wenigen Strichen entstand ein Mann. Der hohlwangige Jäger deutete auf Ra und stieß hektische Laute aus.

Das soll ich sein, erriet Ra. Neben dem hingekritzelten Ra malten die Männer ein Bild vom Himmelsstier. Geschmeichelt stellte Ra fest, dass sie ihn in derselben Größe gezeichnet hatten. Dann gaben sie »ihm« eine Steinaxt in die Hand, ließen sie durch ein paar Striche auf den Himmelsstier herabsausen und wischten das Ungetüm einfach aus. Sie starrten ihn erwartungsvoll an. Ra strich sich nachdenklich übers Kinn. Er wusste genau, was die Jäger ausdrücken wollten, und er hatte keine Möglichkeit, etwas dagegen zu sagen. Sie hatten ihn in der Klemme. Würde er das Vorhaben rundweg ablehnen, bewies er ihnen, dass er kein Gott war. Jedes Kind konnte sich die Folgen ausmalen. Sie würden ihn töten. Noch waren sie zahlreich genug, um ihn ernstlich zu gefährden. Er nickte bedächtig, ergriff die bereitwillig entgegengestreckte Feuersteinaxt und drehte sich zum Götterberg um.

Er, Ra, soll den Himmelsstier töten.

Ein Zurück gab es nicht mehr, denn hinter ihm standen die überlebenden Jäger in einer Reihe. Sie stampften mit den Füßen und sangen ein einfaches Lied. Es klang traurig, fast wie zu einem Opfer. Es konnte aber auch ein Trauerlied sein, mit dem sie ihre toten Brüder und Schwestern besangen. Ra kannte die Sitten und Gebräuche des Stammes ja nicht. Wie im Traum ging Ra auf den strahlenden Götterberg zu. Er hatte sich damit abgefunden, hier und jetzt zu sterben. Vielleicht würde ein anderer seine Sippe in das heiße Tal führen. Er ahnte, dass er niemals mehr eine Gelegenheit dazu bekommen würde.

Ra empfand eine gewisse Befriedigung, für seine heiß begehrte Göttin sterben zu können. Er empfand nicht die geringste Wehmut bei dem Gedanken, die eigene Sippe nicht mehr wiedersehen zu dürfen. Vor ihm ragte die schimmernde Oberfläche des Götterbergs auf. Nicht mehr lange, und er würde mit seiner Waffe gegen den leuchtenden Fels schlagen und den Himmelsstier aus dem Berg locken. Er würde kämpfen, wie er niemals zuvor gekämpft hatte. Das schwor er sich. Bevor er weitergehen konnte, glitt die Höhle mit einem Zischen auf. Das Schnauben des noch unsichtbaren Stiers ließ Ra für einen Wimpernschlag kleinmütig werden. Doch er fasste sich sofort wieder.

»Himmelsstier ... ich will mit dir kämpfen!« Ras Stimme wurde vom Götterberg hallend zurückgeworfen. Es klang seltsam hohl. »Himmelsstier!«

Das Ungetüm donnerte über einen schrägen Lichtpfad aus seinem Bau und kam geradewegs auf Ra zu. Die Reiterin saß im Nacken des Tieres und hielt den glänzenden Blitzeschleuderer in der Hand. Im gleichen Augenblick wusste Ra, dass es niemals zum Kampf kommen würde. Die Göttin würde ihn längst in ein verwehendes Aschehäufchen verwandelt haben, bevor er seine Axt auch nur zum Kampf erheben konnte. Wut und Verzweiflung ergriffen sein Herz. Dann rannte er genau auf das heranrasende Tier zu, die Feuersteinaxt hoch erhoben und zum ersten Streich ausgestreckt. Jeden Augenblick musste der Zusammenprall erfolgen. Mit aller Kraft schleuderte Ra die Axt und verfolgte aus weit aufgerissenen Augen, wie sich der Stier verhalten würde. Bevor seine Waffe das matt glänzende Fell erreicht hatte, verglühte sie im Blitz der Göttin. Ra stand wehrlos und mit leicht abgespreizten Armen da. Er erwartete den Tod. Hoch aufgerichtet und stumm wie ein Felsbrocken. Machtvoll stampfte der Fleischkoloss heran. Die Augen glühten wie die Sonnenscheibe. Der Atem des Untiers blies ihm wie ein heißer Wind voraus.

Plötzlich zuckte Ra zusammen. Eine Stimme dröhnte in seinem Innersten. Er sah wild um sich. Doch außer dem Himmelsstier und der Göttin war niemand zu sehen. Jetzt hielt der Stier an. Wollte er mit ihm spielen, seine Leiden unnötig verlängern? Die Stimme war dröhnend und schmerzend. Ra presste beide Hände fest an seine Schläfen. Die Stimme hämmerte in seinem Schädel. Ra sträubte sich dagegen, zwang sich zur Ruhe und verzerrte sein Gesicht vor Anstrengung, doch die Stimme in ihm wollte nicht verschwinden.

Ich bin Ischtar, Barbar!

Ra reagierte nicht darauf. Er konnte jetzt nicht mehr unterscheiden, was um ihn herum vor sich ging und was Trugbild war. Die Stimme beherrschte sein Innerstes, stark und gewaltig. Die Stimme einer Göttin! Ehe Ra einen der herumliegenden Steine packen konnte, um sein Leben zu verteidigen, verlor er den Boden unter den Füßen. Eine leuchtende Wolke hüllte seinen Körper ein und hob ihn langsam in die Höhe. Verwundert sah Ra, dass die Göttin den blitzenden Todesstab auf ihn gerichtet hatte. Ein spitz zulaufender Ast der leuchtenden Wolke endete in ihrem Stab. Wie eine Sehne um den Finger wickelte er sich auf und zog Ra mit sich. Wenige Augenblicke später hockte er auf dem Rücken des Himmelsstiers. Er war unfähig, auch nur die Hand zu erheben. Selbst sein Mund war gelähmt.

Ich bin Nin-ana, die Herrin des Himmels, und du hast mir zu gehorchen!

Die Stimme in seinem Kopf hatte an Stärke verloren. Sie war nun einfühlsam und vorsichtig. Hatte sie gespürt, dass sie Schmerzen verursachte? Tief unter Ra standen die fremden Jäger erstarrt da und verfolgten das absonderliche Geschehen mit Unverständnis und Angst. Sie hatten gehofft, der Sippenfremde würde den Himmelsstier vernichten. Doch die Göttin hatte ihn stattdessen zu sich geholt. Ra wagte einen ersten scheuen Blick auf sie, die wenige Armlängen von ihm entfernt auf einem schmalen Geflecht hockte. Er war weiterhin gelähmt und konnte seinen Kopf nicht drehen, doch seine Augen waren seltsamerweise davon verschont. So konnte er die Frau betrachten. Ihr Haar glänzte wie das Gespinst großer Waldspinnen, war aber von einer solchen Dichte und Fülle, wie es Ra bei keinem Mädchen seiner Sippe gesehen hatte.

Sie ist die Sonnengöttin, dachte Ra unwillkürlich. *Ihr Leib ist wunderschön, ihre Haare erstrahlen im Licht des hellen Tages. Der Himmelsstier hat sie zu uns gebracht, damit ich sie verehren kann.*

Ra spürte, dass die Lähmung nachließ. Doch er wagte es nicht, die vor ihm sitzende Frau zu berühren. Er streckte nicht einmal seinen Arm aus. Dafür nahm er begierig jede Einzelheit ihrer Bewegungen in sich auf. Er verfolgte das feine Spiel ihrer Rückenmuskeln, die sich unter dem dünnen, nebelartigen Etwas deutlich abzeichneten. Ein Gürtel, gemustert wie der Kopf einer giftigen Schlange, umschlang ihre Hüften. In einer schmalen Schlaufe steckte der Blitzeschleuderer.

In Ras Kopf erklang ein belustigtes Lachen. *Gibt man bei euch so rasch den Kampf auf, Barbar?*

Ra wunderte sich nicht mehr über die Gedankenstimme. Er schrieb sie den unfassbaren Kräften der Göttin zu. Diese Frau schien keine Grenzen zu kennen. Sie beherrschte Himmel und Erde. Also konnte sie auch in seinen Kopf hineinsprechen. Der Stier rannte genau auf den Götterberg zu. Sein Lauf war völlig ruhig. Ra blickte über das verwüstete Kratertal. Die fremden Jäger waren nur noch als kleine Punkte zu erkennen. Dann öffnete sich die Höhle, um den Himmelsstier mitsamt seinen Reitern einzulassen. Übergangslos änderte sich die Beleuchtung. Ra starrte entgeistert in ein blaues Leuchten.

Das ist mein Reich!

Sie hatte auch diesmal ihren Mund nicht bewegt, und doch konnte Ra deutlich verstehen, was die Göttin sagte. Zum ersten Mal sah er ihr Gesicht ganz aus der Nähe. Er starrte sie bewundernd an. Ein zartes Grün bedeckte ihre vollen, weiblichen Lippen. Ohne Zweifel eine Farbe, denn ihre Wangen schimmerten im natürlichen Sonnenglanz ihrer glatten Haut. Sie begegnete dem Blick des Jägers aus großen Augen, in denen die Reife und Erfahrung einer Greisin lagen. Geschwungene Wimpern waren mit einem Sonnenstaub bedeckt, der auch vom Wind des Kratertals nicht davongetragen wurde.

Unterscheide ich mich denn so sehr von den Frauen deines Volkes? Ra wollte etwas sagen, doch es kam ihm unpassend vor, so dass er lieber schwieg. Ihm entging nicht, dass die Göttin auf einmal sehr amüsiert lachte. Konnte sie etwa in seinen Kopf hineinschauen und seine geheimsten Gedanken erkennen? *Nenne mich Ischtar, Barbar!*

»Ischtar … die Göttin, die von den Sternen kam.« Ra sprach ihren

Namen gedehnt aus. Er wiederholte ihn mehrmals und hörte erst damit auf, als die leuchtende Wolke ihn vom Rücken des Himmelsstiers auf dem glatten Höhlenboden absetzte. Ischtar tippte mehrmals an unverständliche Zeichnungen an der Wand, worauf sich hinter ihr eine Wand vor die Höhlenöffnung schob. Der Stier befand sich im nächsten Augenblick in einem tiefer gelegenen Raum, dessen Decke durchsichtig war. Ra konnte mehrere Futterstellen erkennen, in die sich aus kleinen Öffnungen ein zäher Brei ergoss. Das Tier leckte das braune Zeug gierig auf. Dann wurde Ras Aufmerksamkeit von den vielfarbigen Lichtern in Anspruch genommen, die einen weiten Wandbereich erhellten. Auf kleinen, kaum handtellergroßen Flächen zuckten und pulsierten grüne Linien. An anderer Stelle schimmerten wechselnde Wandzeichnungen in allen Farben. Verhaltenes Summen begleitete das Farbenspiel, das an die Magie der Höhlenzeichnungen erinnerte, im Gegensatz zu diesen jedoch nicht erstarrt war, sondern lebte. Und andere Zeichnungen wiederum … »Du hast die Sterne vom Himmel geholt und eingefangen.«

Das sind optische Anzeigeinstrumente der unteren Schleusenautomatik, drang die Gedankenstimme in Ras Schädel. Er machte große Augen, denn er hatte von alldem kein einziges Wort verstanden. Er dachte in ihm vertrauten Bildern. Sein verständnisloses Gesicht erregte bei Ischtar so etwas wie Heiterkeit. *Wenn ich deine Intelligenz anregen kann, wirst du bald mehr wissen.*

»Intelligenz?«

Ischtar ließ Ras Frage unbeantwortet. Es hatte keinen Sinn, wenn sie jetzt versuchte, dem Wilden komplizierte Begriffe erklären zu wollen. Viele tausend Jahre Entwicklung ließen sich nicht durch ein paar Worte überspringen. Außerdem musste Ischtar die spezielle Pädagogik für den Primitiven dieses blaugrünen Planeten erst noch programmieren. Sie signalisierte: *Ich verspreche dir, dass du bald verstehen wirst, was ich sage.*

»Willst du einen Gott aus mir machen?«

Sie antwortete nicht sofort. Dafür vernahm Ra die Worte einer melodisch klingenden Sprache, die für ihn genauso unverständlich war wie die vielen »Anzeigeinstrumente« ringsum. Ischtar sah den zögernden Jäger lange an, dann huschte ein verstehender Zug über ihr Gesicht. *Du bist kein Vargane … aber ein varganenähnliches Wesen.*

Vielleicht kann es eine Beziehung zwischen uns geben. Ich muss erst meine positronischen Ratgeber befragen.

Das waren wieder viele fremde Begriffe, mit denen Ra nichts anfangen konnte. Sie erfasste, dass er beschloss, nicht unruhig oder zornig zu werden. Er verehrte seine Sternengöttin aus tiefstem Herzen, und sie wusste es. Als sie durch einen langen, blau schimmernden Gang gingen, berührte sie zärtlich seinen starken Arm. Vor beiden schwang die Lifttür auf, und ein Roboter trat heraus. Sein Gesicht hatte einen Kunststoffüberzug, der ihm das ewig lächelnde Gesicht eines dienstbaren Geistes verlieh. Ras Körper versteifte sich. Er ging automatisch in Abwehrposition, und als der Roboter sich vor Ischtar verneigte, um sie in den Liftraum treten zu lassen, handelte der erregte Jäger.

Ras Faust erwischte den vermeintlichen Nebenbuhler an der Brust. Ra stieß einen Schmerzenslaut aus und rieb sich die anschwellenden Knöchel. Unter dem dünnen Plastiküberzug befand sich die stählerne Frontplatte des Roboters. »Kämpfe, wenn du ein Mann sein willst!«

Halt!, dröhnte die Gedankenstimme in Ra.

Aber er war in Kampfstimmung, und der unverändert lächelnde Roboter reizte ihn bis zur Weißglut. Als dieser ihm auch noch Platz machen wollte, war es mit seiner Geduld zu Ende. »Du magst die Knochen eines Nashorns haben, aber damit erschreckst du mich nicht, denn du bist ein Feigling.«

Der Roboter lächelte freundlich und verneigte sich vor Ra. Der Barbar hielt das für eine Einladung zum Kampf. Brüllend packte er den Arm des Roboters und drehte ihn so weit wie möglich herum. Dabei verlor dessen Stabilisierungssystem für wenige Augenblicke die Balance. Das genügte Ra, um den vermeintlichen Gegner zu Boden zu schleudern. Er hockte sich auf die stahlharte Brust und zerrte an den Haaren. Er wunderte sich, als es plötzlich ein saugendes Geräusch gab, und er die Kunsthaarperücke in der Hand hielt. Ohne noch lange über diesen Umstand nachzudenken, donnerte er mit der blanken Faust auf den Schädel des Roboters. Plötzlich hörten die ruckhaften Bewegungen auf, es knackte metallisch, und aus den jetzt verschobenen Augenlinsen tropfte eine ölige Flüssigkeit.

Wäre Ra nicht aufgesprungen, um seinem Gegner den Todesschlag zu versetzen, hätte ihn die heftige Entladung getroffen. So aber versengte der Blitz nur den Boden und hinterließ einen schwarzen Fleck. Ra wollte einen Siegesschrei ausstoßen, doch Ischtar schockte ihn mit ihrem Kombistrahler. *Bevor du die ganze Einrichtung zerstörst, stelle ich dich lieber ruhig.*

Ra versuchte, etwas zu sagen, doch seine Stimme versagte ihm den Dienst.

Die Bildschirmgalerie bildete verschiedene Bereiche der Außenwelt im gesamten Umkreis ab. Einige Aufnahmen zeigten das Kratertal aus sehr großer Höhe. Ischtar saß in einem roten Kontursessel, der sich lautlos aus seiner Verankerung vor den Kontrollen löste und zu Ra hinüberschwebte. *Bist du wieder bei Besinnung?*

Ra hatte das Gefühl, einen riesigen Wasserfall hinuntergeschwemmt worden zu sein. Jeder Knochen tat ihm weh. Doch am schlimmsten war das Kribbeln und Zerren in seinen Gliedmaßen. Er wollte sich kratzen, musste aber feststellen, dass seine Arme mit schimmernden Metallbändern an die Lehnen eines eigenartigen Sitzes gefesselt waren. Sosehr er sich auch dagegen stemmte, die Fesseln gaben nicht nach. »Ich bin dein Gefangener, Ischtar!«

Sagen wir, du bist mein Gast. Ich will dir nichts tun. Ra sah, dass die Frau an ihm vorbeiging und an den verwirrenden Geräten hantierte. Sie befestigte kleine Plättchen an seinen Armen und ließ bunte Schnüre daran springen. Als sie eine metallene Haube auf seinen Kopf senkte, vernahm er wieder ihre Gedankenstimme: *Du darfst keine Angst haben, Ra … entspanne dich! Sträube dich nicht gegen die Bilder, die du gleich sehen wirst. Wenn du alles überstanden hast, wirst du mich besser verstehen können.*

»Werde ich dann ein Gott sein?«

Möglich, dass deine Brüder dich für einen Gott halten. Für wen du dich selbst hältst, bleibt dir allein überlassen.

Ischtar schaltete das Gerät ein, mit dem Hirnpartien aktiviert wurden. Bei Ra wurde durch die varganische Technik vorweggenommen, was die Natur erst noch vollbringen würde. Das Potential war vorhanden, und darauf baute Ischtar ihren Plan auf. Sie hoffte, dass Ra weitere Fähigkeiten entwickeln würde. Sie erwartete, dass er durch die Hypnoschulung ebenso Telepath werden konnte wie sie. Auf dem Umweg über die Sprache ging so unendlich viel verloren, und Ischtar war ungeduldig. Als ihr Raumschiff durch die Einsamkeit von Raum und Zeit gestürzt war, hatte sie sich nach der Nähe eines vernunftbegabten Wesens gesehnt. Die Einsamkeit war ihr schmerzlich bewusst geworden. Sie hatte viele Welten entdeckt, doch nirgendwo einen Mann nach ihrem Wunsch gefunden, nicht einmal unter den Raumfahrt betreibenden Arkoniden oder anderen Völkern. Aber Ra war, trotz oder wegen seiner Primitivität, ein Mann, der ihrem Wunschbild nahe kam.

Ra spürte ein leichtes Prickeln auf seiner Haut. Hinter ihm summten Maschinen. Er wurde müde und konnte die Augen nur noch mit Mühe offen halten. Schließlich begann ihm das Blut in den Schläfen zu hämmern. Es gelang ihm nicht mehr, gegen die Müdigkeit anzukämpfen. Die Augenlider sanken herab, und es wurde um ihn herum dunkel. Das war der Augenblick, den die Positronik benutzte, um in seinen Geist einzudringen. Sie errechnete automatisch seine Aufnahmekapazität und stellte ein ganz persönliches Lernprogramm für ihn zusammen.

Ischtar wollte nichts übereilen. Ra sollte nicht zu einem Geistesriesen werden, der für jeden zwischenmenschlichen Kontakt unbrauchbar war. Sie strich ihm liebevoll über die schweißnasse Stirn. Gewiss, die Prozedur ging ihr eigentlich zu langsam vonstatten. Aber sie war sicher, dass er schon nach den ersten Sitzungen ein nahezu gleichwertiger Partner sein konnte. Sie überließ Ra der Positronik und schwebte zur unteren Schleuse hinunter. Der Himmelsstier hatte sich gestärkt. Sie wollte sich die Zeit ein wenig beim Jagen vertreiben. Die weiten und fruchtbaren Ebenen dieses Planeten lockten sie. Sie begann dem Reiz des blaugrünen Planeten zu erliegen.

Ra fühlte, dass sich die Kopfhaube langsam von seinem Schädel hob. Die Müdigkeit war wie weggewischt, und er fühlte sich stark und unternehmungslustig. Er riss die Augen auf und schaute genau in einen Bildschirm. *Warum hat sie den Bildschirm ausgeschaltet?*, dachte er. Plötzlich runzelte er die Stirn. *Woher weiß ich, dass es sich bei der oval geformten Fläche um einen Bildschirm handelt?* Er wusste auch noch andere Dinge. Zum Beispiel, dass seine Welt rund war und der »Götterberg«, der in Wirklichkeit ein Raumschiff war, zum Mond oder anderen Gestirnen fliegen konnte. Dann gab es wieder Dinge, die er nicht einordnen konnte. Ra ahnte, dass er auf dem besten Wege war, ein Gott zu werden. Ein metallischer Greifarm schob sich aus dem Instrumentenkasten neben seinem Kontursessel. Eine Nadel schimmerte im Licht der Deckenbeleuchtung. Ra erschrak, als das Instrument auf ihn zukam. Er zerrte unruhig an den Armfesseln. Die Metallbänder gaben nur wenig nach. *Die Nadel wird mich verletzen. Ich muss mich befreien.*

Andere Gedanken gab es jetzt für ihn nicht mehr. Dass er sich um eine stärkende Injektion handelte, wusste Ra nicht. Und selbst wenn – die Instinkte dominierten jetzt seine Reaktionen. Er spannte seine Muskeln an und atmete tief ein. Er glich einem bis zum Zerreißen angespannten Kraftbündel. Schweiß lief ihm die Wangen herunter. Da stach die Nadel in seinen Oberarm. Ras Wut und Angst entluden sich in einem tierhaften Schrei. Im selben Augenblick hatte er sich von den Armbändern losgerissen, die ihn an die Lehnen des Kontursessels gefesselt hatten. Er zerrte die Nadel aus dem Arm und versetzte dem Stuhl einen Tritt, dass er mehrmals um die eigene Achse wirbelte. Erregt blickte er um sich. Die flackernden Anzeigeinstrumente erschienen ihm auf einmal wie gefährliche Raubkatzenaugen. Er war jetzt nicht mehr in der Lage, auf das soeben Gelernte zurückzugreifen und sich Fragen zu stellen oder in Ruhe zu denken. Seine ursprüngliche Wildheit brach in ihm durch, und er suchte sich eine Waffe. Er wollte sein Leben gegen die Geister des Götterbergs verteidigen. Ein Ruck, und die Armlehne des Kontursessels lag wie eine Keule in seiner Rechten. Ra drehte sich blitzschnell um. Auf einem der vielen Bildschirme war das Gesicht eines Roboters erschienen.

Ra sah, dass sich die Mundnachbildung bewegte. Im gleichen Augenblick waren Worte in der Göttersprache zu hören. Ra verstand sie zum größten Teil. Der erste Hypnokurs hatte die Grundbegriffe des Varganischen enthalten: »Kehren Sie an Ihren Platz zurück! Kehren Sie …«

Die Bildfläche zerbarst. Ein Hagel kleinster Kristalle ging auf Ra nieder.

Ich werde alle Nebenbuhler töten, entschied Ra aufgebracht. Der erste Erfolg machte ihn leichtsinnig. Mit geschwellter Brust trat er zum Zentrallift hinüber. Er streckte die Hand aus und berührte, ohne darüber nachzudenken, den Öffnungssensor. Zischend öffnete sich die Gleittür und ließ den Mann eintreten. Er hoffte, jetzt sofort zu Ischtar zu gelangen. Als der Lift anhielt und sich die Tür wieder öffnete, blickte Ra in einen sonnenhellen Park. Warme Luft wurde ihm von den automatischen Umwälzanlagen entgegengeweht, und er roch den betäubenden Duft von Blumen. Ein kleines Tier sprang piepsend um ihn herum. Als er danach greifen wollte, verschwand es erschrocken zwischen breit gefächerten Blätterwedeln.

Die Illusion einer Planetenlandschaft war vollkommen. An der matten Saaldecke hing eine kleine Kunstsonne, die von der zentralen Positronik gesteuert wurde. Das künstliche Gestirn simulierte Tag und Nacht. Ein schmaler Bachlauf mit kristallklarem Wasser kreuzte Ras Weg. Er beugte sich darüber und trank aus vollen Zügen. Es schmeckte süßlich, und er verzog angewidert das Gesicht, bis er mehrere Fische erblickte, die träge im Strom trieben. Ra erstarrte mitten in der Bewegung. Langsam ließ er die Fische an sich herankommen und packte zu. Er biss ihnen die Köpfe ab und warf sie zu Boden. Er blickte sich suchend um. Unter den Blattfächern fand er ein wenig trockenes Holz und verdorrtes Gras. Er schichtete alles zu einem Häufchen auf. Ungeduldig löste er das Feuersteinamulett vom Handgelenk. Ra schlug Stein auf Stein. Die kleinen, fast durchsichtig wirkenden Gebilde funkelten im Licht der Kunstsonne. Ra hämmerte los, bis die Funken sprühten. Nach einer Weile stiegen kleine Rauchwölkchen aus dem trockenen Gras auf. Er blies vorsichtig und betrachtete erfreut das Knistern der Flämmchen. Aufgeregt schichtete er die trockenen Äste darüber und schürte die Glut. Welch ein Anblick für den Jäger: *Feuer!*

Ra blies erneut und lachte, als sich die Flämmchen in das Holz fraßen. Ra wollte gerade die Fische auf einen Ast spießen, um sie in die Glut zu halten, als ihn ein starker Summton hochtrieb. Kaum hatte er die Richtung ausgemacht, aus der das Geräusch kam, als ihn ein Wasserstrahl traf. Zischend erlosch sein kostbares Feuer, weil die automatische Feuerlöschanlage in Aktion getreten war. Zornig stampfte Ra in den schwelenden Ascheresten. Für einen Jäger gab es kaum etwas Schändlicheres, als sich das Feuer stehlen oder auslöschen zu lassen. Doch sosehr er sich auch umschaute, er konnte nirgendwo einen Gegner sehen.

»Ischtar ... wo bist du? Ischtar, meine Goldene Göttin!« Sein Ruf verhallte im Erholungspark des varganischen Raumschiffs. Er war allein. Sein Instinkt konnte kein anderes Lebewesen feststellen. Ra fand kaum noch trockenes Gras. Es war ihm auch zu mühevoll, noch einmal Feuer zu entfachen. Also verzehrte er die Fische roh. Sie schmeckten kraftlos, und er ließ die Hälfte zurück. Damit konnte er seinen Hunger nicht stillen. In Gedanken stellte er sich einen fetten

Wisentbullen vor, der über dem Lagerfeuer seiner Sippe schmorte. Ihm lief das Wasser im Mund zusammen. Doch so, wie die Dinge lagen, musste er geduldig sein. Große Tiere gab es hier nicht. Es sei denn, er würde den Himmelsstier erlegen. Daran könnte sich seine gesamte Sippe für Mondwechsel satt essen. Ra hatte unvermittelt das starke Bedürfnis, zu seiner Sippe zurückzukehren. Was mochte sein Vater inzwischen unternommen haben? Ob er aufgebrochen war, um ihn zu suchen? Ra hoffte es. Er beschloss, Ischtar zu bitten, das heiße Tal für seine Sippe zu erobern.

Ra hatte keine Schwierigkeiten, in die anderen Räume des Schiffes zu gelangen, weil ihm nun wieder das aufgepfropfte Wissen half. Es war noch nicht zu einem festen Bestandteil von ihm geworden, kleinste Anlässe genügten, um seine Instinkte durchbrechen zu lassen. Er dachte nicht darüber nach, sondern setzte nur ein, was ihm zur Verfügung stand. Aber all das Wissen nutzte ihm nicht, als sich ein einziges Mal die Tür nicht öffnete.

Als er sein Ohr gegen das kühle Metall der Wand legte, vernahm er ein rhythmisches Klopfen. Es erinnerte ihn an den Herzschlag eines Kindes. Er wäre zu gern dort eingedrungen, aber die Automatik war gegen jeden Zugriff abgesichert. Ein Spezialist hätte vielleicht Erfolg gehabt, aber Ras Hypnoschulung war noch lange nicht zu einer solchen Stufe vorgedrungen.

Dann erreichte er die Höhle der tausend Blitze.

Ra hatte keine Vorstellung davon, dass er im Maschinensaal stand. Er wusste nichts von der Gefahr starker Hyperstrahlung, der er hier ausgesetzt war. Wäre das Schiff im Vollbetrieb gewesen, Ischtar hätte höchstens ein paar Aschereste von ihm wieder gefunden. Fasziniert starrte Ra auf das Irrlichtern der gefesselten Energie. Starke Kraftfelder bändigten die gleißenden Ströme. Dennoch schlugen immer wieder Blitze von einer Säule auf die andere über. Die Luft war elektrostatisch aufgeladen, und Ra wurde automatisch an ein schweres Gewitter erinnert. Ihm kam der Gedanke, dass die Götter in solchen Räumen über das Wetter seiner Welt bestimmten. Sollte er Recht haben, stand ein schweres Unwetter bevor. Die letzte Entladung der nahezu stillgelegten Anlage schoss peitschend durch den Saal.

Ra zuckte zusammen. Langsam wich er an die Wand zurück. Er blieb erst stehen, als er die wasserklaren Kontrollkästen im Rücken spürte. Sein Blick war starr auf die mächtigen Säulen gerichtet, die sonnenhell blendeten. Und wieder irrlichterte ein Überschlagblitz durch den Maschinensaal. Vor Angst halb verrückt, schlug Ra auf die Schalttafeln ein. Eine Scheibe glitt plötzlich zur Seite. Wahllos betätigte Ra glimmende Sensorfelder und drückte sogar einen großen roten Knopf ein. Kaum war er eingerastet, kam infernalisches Heulen auf. Ra zitterte wie ein Kind. Er wollte davonlaufen, doch er kam nicht weit.

»Ischtar … Goldene Göttin, Nin-ana!« Sein Rufen wurde von den anlaufenden Umformerbänken übertönt. Dann zuckte ein wabernder Energievorhang aus dem Boden. Ra prallte gegen die wirbelnde Fläche, die Haare standen ihm plötzlich zu Berge, waren von einem Knistern durchzogen. Schreiend ging er zu Boden. »Ischtar … Ischtar!«

Sein Rufen wurde nicht beantwortet, die vertraute Gedankenstimme meldete sich nicht. In und um die Sonnensäulen tobte ein wahnwitziger Glutorkan. Hätte sich das Kraftfeld nicht automatisch um die Maschinen gelegt, wäre von Ra nichts übrig geblieben. Der Jäger kroch wimmernd über den glatten Boden. Dabei bewegte er sich im Kreis, denn das Schutzfeld schirmte sowohl den Ausgang als auch die Maschinenblöcke wirksam ab. Ra hatte das Gefühl, dass sich unzählige Nadeln blitzschnell in seine Haut bohrten. Sein Gesicht glühte im Fieber. Er presste die Hände gegen die Ohren, doch das Dröhnen der Aggregate ließ sich nicht unterdrücken. Es war grauenhaft. Ra sträubte sich zuerst gegen das Unvermeidliche, doch dann versank er in eine Art Wachtraum. Sein Verstand hatte vor dem Maschineninferno kapituliert. Nur noch wenige Augenblicke, und er würde sterben …

Ischtar drehte sich auf der kleinen Reitplattform ihres Himmelsstiers um. Täuschte sie sich, oder hatte sich ihr Raumschiff tatsächlich bewegt? Sie musste einer Sinnestäuschung zum Opfer gefallen sein. Sie allein konnte das Schiff starten, sonst niemand. Alle Schalteinheiten waren auf sie programmiert. Es sei denn, jemand würde die Triebwerke manuell aktivieren. Das war nur für den Notfall vorgesehen. Ischtar selbst hatte diesen Sonderfall noch nie erlebt, denn das zentrale Steuergehirn hatte bisher reibungslos funktioniert und ihr alle Arbeit abgenommen.

Hat Ra etwas mit dem Start zu tun? Ischtar verwarf den Gedanken wieder. Der Barbar hockte bestimmt noch schlummernd unter der Hypnoschulung. Die Apparatur würde seine körperlichen und geistigen Reserven voll beanspruchen. *Aber wenn Ra stärker ist und schon wieder aufgewacht ist?* Das Leuchten der Raumschiffszelle verstärkte sich. *Der Narr hat die Startmechanik gefunden!*

Ischtar gab ihrem Himmelsstier sofort den Befehl, zum schwebenden Schiff zurückzukehren. Sie thronte wie eine kleine Puppe auf dem Ungetüm, das einem Fabelwesen gleich durch das Kratertal donnerte. Eine dichte Staubwolke hinter sich herziehend, raste es vorwärts. Ischtar umklammerte den Minisender, mit dem sie das untere Schleusentor öffnen konnte. Beide Spitzen des von acht gleichseitigen Dreiecken begrenzten Oktaederkörpers glühten nun in grellem Weiß. Langsam öffneten sich die dem Boden zugeneigten Abdeckungen der Triebwerksprojektoren. Bei einem Start mit Volllast würde vom Kratertal nicht viel übrig bleiben. Ischtar fürchtete den Tod nicht. Sie hatte auch keine Angst davor, für alle Zeiten auf diesen Planeten verbannt zu sein. Sie klammerte sich einzig und allein daran, dass dieses Schiff ein Erbe ihres Volkes war. Und sie hatte einen Auftrag, den sie niemals aus den Augen verlieren durfte – auch wenn sie unsterblich war.

Das Vibrieren der Schiffszelle wurde stärker. Die Luft quirlte unter den Projektoren, von denen ein zartes Schimmern ausging. Die Antigravaggregate hielten das Schiff in der richtigen Position. Erregt drückte Ischtar die Taste des Minikoms. Drüben öffnete sich automatisch das untere Schleusentor. Ischtar bremste den Himmelsstier rechtzeitig ab, sonst wäre er gegen die stählerne Wandung gedonnert. Gereiztes Brüllen war zu hören. Noch ein Sprung, und Ischtar landete mit federnden Knien. Die Schleusentore verriegelten sich automatisch. Sie kümmerte sich nicht weiter um den Stier, sondern sprang hastig in den auffahrenden Personenlift. Das Vibrieren der Schiffszelle war einem kontinuierlichen Rütteln gewichen. Wie konnte der Barbar auch wissen, dass die Triebwerke exakt justiert werden mussten. Ra mochte zwar den Startvorgang eingeleitet haben, aber die Aggregate mussten ständig überwacht werden. Ein komplizierter Vorgang, der sonst von der Steuerpositronik übernommen wurde. Ein Fehler, und die Maschinen würden Schaden davontragen.

Ischtar dachte verbittert an Ra. Der Barbar schien tot zu sein. Ihre telepathischen Fühler stießen ins Leere. Wenn sie ehrlich war, musste sie sich eingestehen, dass sie sich in den letzten Zeiteinheiten an den rauen Jäger gewöhnt hatte. Sie stürmte in die Zentrale. Noch während sie die Hände blitzschnell über die farbigen Sensorflächen gleiten ließ, um den Startvorgang rückgängig zu machen, schaltete sie die Internüberwachung ein. Der Kamerablick glitt über die Energiesäulen, streifte die offene Kontrolltafel und verharrte über dem Boden. Ra lag mit dem Gesicht nach unten reglos da. Die Ausschnittvergrößerung zeigte ihr den Jäger ganz nahe. Ihr stockte der Atem, als sie seine Verletzungen sah. Ohne zu wissen, ob Ra noch lebte, schickte sie einige Androiden in den Maschinensaal hinunter. Die automatischen Schutzschirme hatten das Schlimmste verhindert, doch Ras Haut war voller Brandblasen. Seine Haare waren fast vollständig abgesengt. Kaum anzunehmen, dass der Barbar noch lebte. Die Androiden kamen im Maschinensaal an, sendeten das Bestätigungssignal.

»Lebt der Planetarier noch?« Die Androiden fuhren kleine Messsonden aus ihren Fingerspitzen und berührten den bewegungslosen Jäger. Ischtar starrte mit brennenden Augen auf den Monitor. Seit der Raumschlacht in der Nachbargalaxis hatte sie keine solche Anspannung verspürt. »Was ist los?«

Ein Androide aktivierte seinen Minikom. »Schwere Strahlungsschäden. Verbrennungen dritten Grades. Kreislauftätigkeit fast auf null. Zellstrahlung noch über Norm …«, kam es sachlich aus dem Lautsprecher.

Sie hätte vor Freude am liebsten laut geschrien. Doch im gleichen Augenblick erschien ihr eine solche Gefühlsäußerung unlogisch und sinnlos. »Worauf wartet ihr noch? Schafft den Planetarier in den Behandlungsraum … Zellauffrischung vorbereiten, Hyperdusche und Blutaustausch einleiten! Los, ich erwarte eure Vollzugsmeldung!«

Mit dem Bestätigungssignal schaltete sich der Androide aus dem Interkomnetz. Ischtar konnte das weitere Geschehen nur noch über Monitor verfolgen. Ihr persönliches Eingreifen hätte wenig Sinn gehabt. Die Maschinen und Androiden arbeiteten perfekt. Sie vertraute auf die robuste Natur des Barbaren und widmete sich wieder dem Landevorgang. Das Schiff der Varganen sank unweit vom ersten Landeort nieder und schwebte über dem Staub des Kratertals.

18.

Aus: ENZYKLOPAEDIA TERRANIA, *Glossar der antiken Hochkulturen*; Mikroarchiv, Gedächtnisspeicher NATHAN

Ischtar: *Die älteste Namensform der Großen Göttin ist vorsumerisch und lautete Innin. Die im späten vierten Jahrtausend vor Christus in Südmesopotamien eingewanderten Sumerer übernahmen den Namen als Inanna, eine von (N)in-an-na oder Nin-ana – »Herrin des Himmels« – abgeleitete Form, in ihre eigene Sprache. Als Stadtgöttin von Uruk war sie die Tochter des Himmelsgottes Anu und residierte in ihrem Tempel E'ana, dem »Haus des Himmels«. In Uruk begegnet uns auf Rollsiegeln, auf Gefäßen und in den frühesten Texten ihr Symbol, das so genannte Schilfringbündel. Nach anderen Überlieferungen war sie die Tochter des Mondgottes Sin und Schwester des Sonnengottes Schamasch und der Unterweltgöttin Ereschkigal. Ihr Gemahl war Dumuzi-Tammuz. Im Mythos von Inannas Gang in die Unterwelt wird geschildert, wie es dazu kam, dass alljährlich Dumuzis Tod und Verschwinden die Vegetation zum Sterben bringen. Sein neuerliches Erscheinen führt dann zum Sprießen und Wachsen aller Pflanzen. Dumuzi ist auch als König von Uruk aus einer frühen Dynastie bekannt und stieg wie Gilgamesch später in den Rang eines Gottes auf.*

Ischtar – anfänglich Eschtar – war die Hauptgöttin der Babylonier und Assyrer. Der Name entspricht der Astarte (griechisch-römischer Name für Aschtoret, die phönikische Göttin der Liebe und Fruchtbarkeit). In allen Teilen der altsemitischen Welt erscheint sie unter den verschiedensten Bezeichnungen. So hieß sie in Arabien Athtar, in Äthiopien Astar und in Kanaan und Israel Ashtart. Sie wurde mit dem Planeten Venus identifiziert. Ihr Symbol war ein Stern. Dieser astrale Aspekt der Göttin wurde besonders von den Assyrern verehrt, zahlreiche Tempel wurde ihr zu Ehren erbaut.

Als Göttin war sie die Große Mutter, Fruchtbarkeitsgöttin und Himmelskönigin, die Schützerin der Herden, die für fruchtbare Felder und Nachwuchs bei Mensch und Tier sorgte. Andererseits wurden ihr zerstörerische Eigenschaften zugeschrieben: Besonders bei den Assyrern galt sie als Göttin der Jagd und des Krieges und wurde auf einem Löwen stehend dargestellt, eine Kriegsaxt in der Hand oder mit Keulen, die ihr aus der Schulter sprießen. Andere Abbildungen zeigen sie mit Pfeil und Bogen und einem Köcher über der Schulter. Bei den Babyloniern war sie eindeu-

tig die Muttergöttin, entweder nackt und mit großen Brüsten oder als Mutter mit einem Kind an der Brust. Als Liebesgöttin brachte sie vielen ihrer Liebhaber die Vernichtung, von denen ihr Gatte Tammuz, das babylonische Gegenstück zu Adonis, der berühmteste war. Im Gilgamesch-Epos wird Ischtar am Schluss der sechsten Tafel schroff kritisiert …

Ras Welt

Ra trug eine metallische Kombination, die seinen muskulösen Körper vollständig bedeckte. Das Material war warm und elastisch wie eine zweite Haut. Es fühlte sich an, als striche er über das Fell eines jungen Wolfes. Dennoch fühlte er sich nicht wohl darin. Er wäre lieber nackt geblieben, doch Ischtar bestand darauf, dass er sich gegen jede Art von Strahlung schützte. Nachdem er von den schweren Verbrennungen genesen war, wollte Ischtar jede Gefährdung ausschließen. Ischtar war nicht im Raum, doch er fühlte ihre Nähe. Es bereitete ihm großen Spaß, sie langsam in sein Bewusstsein eindringen zu lassen. Umgekehrt jedoch konnte er noch keine Gedanken erfassen.

Du musst es immer wieder versuchen, Ra!

Er konzentrierte sich, indem er beide Hände an die Stirn presste. Er stellte sich Ischtar vor, wie sie aussah und was sie gerade tat. Umsonst. Verzweifelt hämmerte er gegen seine Stirn. »Das schaffe ich niemals.«

Ischtar wollte ihn beruhigen, indem sie zärtliche Bilder in sein Bewusstsein projizierte. Sie begehrte den jungen Jäger ebenso stark, wie er sich nach ihr sehnte. *Du darfst nicht ungeduldig sein. Telepathie lässt sich nicht von heute auf morgen erlernen. Ich halte dich grundsätzlich für fähig, eines Tages Gedanken empfangen und senden zu können. Es ist nur eine Frage der Zeit. Das Bewusstsein ist stets langsamer in seinen Reaktionen als das Unterbewusstsein. Dein Geist sperrt sich gegen diese Belastung. Das ist ganz normal, denn du bist zu sehr mit deiner Heimatwelt verwurzelt.*

Genau das war der springende Punkt. Ra hatte seinen ganzen Ehrgeiz in die Umwerbung seiner geliebten Göttin gesteckt. Dabei war er immer weiter von den Idealen seiner Sippe abgerückt. Er hatte sich verändert. Das neue Wissen, das ihm praktisch im Schlaf durch Hypnokurse vermittelt wurde, trug seinen entscheidenden Teil dazu bei. Ra würde nie wieder als derselbe zu seinen Brüdern sprechen können. Er dachte jetzt schon anders als sie. »Wann werden wir zusammen jagen gehen?«

Ischtar hatte in seinen Gedanken gelesen und antwortete ihm sofort. *Der Himmelsstier bleibt im Schiff. Ich will dir zuerst etwas anderes zeigen. Lass dich überraschen. Du wirst staunen.*

Ra merkte, wie sich Ischtar vorsichtig aus seinem Bewusstsein zurückzog. Er war wieder allein in dem Raum. Die großen Monitorflächen zeigten sein Spiegelbild. Er starrte lange ins Leere und fragte sich, was Ischtar wohl vorhatte. Gedankenlos schaltete er einen Bildschirm ein. Das farbige Bild kam sofort. Es zeigte einen Überblick über das gesamte Kratertal und wurde von einer Außenbordkamera aufgenommen. Eine Ausschnittvergrößerung zeigte Ra die Bewohner des heißen Tales. Sie errichteten in gebührender Entfernung vom Schiff Zelte aus Tierhäuten. Die Kinder der Sippe tanzten um das Lagerfeuer herum. Inzwischen waren auch die Spuren der Verwüstung beseitigt worden. Nur einige Baumriesen, die umgestürzt waren, erinnerten noch an die plötzliche Landung des »Götterbergs«. Ra erinnerte sich daran, dass Ischtar viele Jäger mit dem Impulsstrahler getötet hatte. In langen Gesprächen hatte er erfahren, dass sie schon auf vielen Welten gewesen war, um zu jagen. Sie hatte einen ähnlichen Jagdtrieb wie er. Der Grund für ihr sinnloses Wüten schien ihr selbst jedoch nicht hundertprozentig klar zu sein.

Ra wusste, dass Ischtar ein schweres Schicksal erlitten hatte. Sie hatte ihm nichts über ihre Herkunft verraten. Er wusste lediglich, dass sie ihr Volk *Varganen* nannte. Sie war *unsterblich*, lebte seit langer, langer Zeit, und auch Ra sollte einmal unsterblich werden. Aber bis dahin konnte noch viel geschehen.

Ischtar trug eine rote Netzkombination, die ihren jugendlichen Körper besonders vorteilhaft zur Geltung brachte. Eine zierliche Kappe aus silbernen Plättchen hielt ihre goldene Haarpracht zusammen. Die grünlich bestäubten Lippen lächelten Ra verlockend zu.

»Du bist sehr schön, Ischtar.« Ra ging langsam auf sie zu. In seinen Bewegungen war nichts mehr von der ursprünglichen Wildheit, die den Jäger ausgezeichnet hatte. Er verhielt sich inzwischen absolut zivilisiert und beachtete die varganischen Sitten. Eine Folge der Hypnoschulung. Ra legte beide Hände sanft um ihre Hüften und neigte sich zu ihr hinunter. Doch Ischtar legte ihm den Zeigefinger leicht auf die Lippen. Sie verzichtete darauf, in sein Bewusstsein einzudringen, denn Ra beherrschte das Varganische inzwischen perfekt.

»Ich habe ein Beiboot vorbereitet. Komm, ich will dir deine Welt zeigen, wie sie noch keiner deines Volks sehen konnte.«

Ra machte ein neugieriges Gesicht. »Dann gehen wir also doch auf Jagd. Warum reiten wir nicht auf dem Himmelsstier hinaus?«

»Weil der Himmelsstier nicht fliegen kann.«

Ra begann sich für Ischtars Vorhaben zu interessieren. »Dann willst du mit mir Bergvögel jagen. Es gibt nur wenige Jäger, die Federn der großen Bergvögel besitzen.«

»Wir werden diesmal nicht jagen, Ra.«

»Weshalb verlassen wir dann den Götterberg?«

Ischtar antwortete nicht. Sie zog Ra am Arm mit sich und schob ihn in den Personenlift. Sie wusste, dass sie mit Ra endlose Diskussionen führen konnte. Seit er ihre Sprache beherrschte, nutzte er jede Gelegenheit, um sie anzuwenden. Das aufgleitende Lifttor zeigte ihnen einen weiträumigen Hangar, in dem etwa fünfzig kleine, tropfenförmige Beiboote bereitstanden. Die Fahrzeuge waren von außen verspiegelt, so dass weder ein Einstiegsluk noch eine Sichtscheibe zu erkennen war. Kleine Seitenstabilisatoren und ein spitz zulaufendes Heck verrieten dem Betrachter, dass die Fahrzeuge hauptsächlich für den planetennahen Betrieb konstruiert worden waren. Ohne dass Ra ein bestimmtes Kommando vernommen hätte, entstand eine runde Öffnung am nächststehenden Tropfen. Ra zögerte einen Augenblick. Ihm wäre es lieber gewesen, auf dem Himmelsstier auszureiten. Seit seinem Unfall im Maschinensaal verspürte er eine unerklärliche Scheu vor allen Apparaten im Götterberg. Ischtar nahm in einem der beiden Kontursessel Platz, vor denen sich wie ein Halbmond das Kommandopult erstreckte. Mehr Raum war in der oval geformten Personenzelle nicht.

»Setz dich endlich hin, Ra! Dir passiert nichts.« Ra wollte sich keine Blöße geben. Schwer atmend ließ er sich in den Sessel fallen, der sich sofort seinen Körperkonturen anpasste. Die Enge des Gleiters störte den Jäger besonders. Er hatte das Gefühl, in einer kleinen Höhle lebendig begraben zu sein. Die technischen Apparate erschienen ihm bedrohlich. »Warte nur, bis wir draußen sind. Du gewöhnst dich schnell daran.«

Ra runzelte die Stirn. Im letzten Hypnokurs hatte er Grunddaten über die Beiboote und Gleiter des Raumschiffs erhalten. Da er aber noch keine praktische Erfahrung hatte, standen die Daten abstrakt in seinem Unterbewusstsein. Sie warteten nur darauf, abgerufen zu werden. Das Hangartor glitt auf, und der Gleiter schoss auf einem Prallfeld hinaus. Augenblicklich justierten sich die Andruckabsorber auf die richtigen Werte ein, so dass die Insassen des Fahrzeugs nichts von den Beharrungskräften spürten. Hätten sich nicht die Bilder im halbrunden Frontbereich geändert, Ra wäre der Überzeugung gewesen, dass sich der Gleiter keinen Fingerbreit rührte.

Ra wollte etwas sagen, doch plötzlich wurden *alle* Begrenzungen transparent. Er hatte das Gefühl, mit seinem Kontursessel in den Himmel geschleudert zu werden. Seine Hände umklammerten aufgeregt die gepolsterten Lehnen. Schweiß trat ihm auf die Stirn. Dicht unter ihm glitt der mächtige Kraterrand vorbei. Er konnte jedes Steinchen erkennen. Eben stiegen große Vögel aus ihren Nistplätzen auf und wichen dem Gleiter geschickt aus. Ra sah, wie ein Tier in den Sog des Fahrzeugs geriet. Jedenfalls wirbelten für kurze Zeit Federbüschel vorbei. Dann kam ein anderer Berg in Sicht. Das Gipfeleis glänzte bläulich. Dazwischen gähnten tiefe Abgründe, deren Boden er nicht erkennen konnte. »Der Berg … ich fliege über den Berg!«

Ras Gesichtsfarbe wechselte zwischen einem ängstlichen Weiß und einem fleckigen Rotbraun. Der Jäger stammelte wie ein Kind. Das Gesehene ging über sein Begriffsvermögen. Trotz erfolgter Hypnoschulung konnte er die urtümliche Angst vor dem Fliegen nicht überwinden. Seine Gefühle waren stärker als der geschulte Verstand.

Willst du deine Welt nicht kennen lernen? Ischtars Gedankenimpuls beruhigte Ra ein wenig. Aber er hatte Mühe, sein Zittern zu verbergen. *Wenn du bei mir bleiben willst, musst du so werden wie ich.*

Ra ahnte, dass der Vorgang der Gottwerdung mit unendlichen Strapazen verbunden war. Er beschloss, sich so gut wie möglich unter Kontrolle zu halten. Unter ihnen breitete sich die endlos erscheinende Steppe aus. Umherstreifende Tierherden sahen aus der Höhe wie kleine, vereinzelt stehende Pilze aus. Baumgruppen verschmolzen mit dem satten Grün des Grases. An einigen Stellen funkelte der silberne Lauf eines Flusses. Plötzlich beugte sich Ra vor. Ischtar verringerte die Geschwindigkeit ein wenig. »Du denkst an deine Leute, nicht wahr?«

»Ja … mein Vater wartet auf mich! Ich sollte den Verräter Pror bestrafen und das Feuer der Sippe zurückholen.«

Ischtar nickte verständnisvoll. Sie kannte Ras Geschichte. Sie kannte sogar seine geheimsten Gedanken. Sie wusste auch, dass der Barbar in seinem Innersten von glühendem Heimweh zu seiner Sippe verzehrt wurde. Ra erkannte die Hügelkette wieder. Den Strom und die Windung. Dort unten hatte das Wollnashorn gelauert. Er kannte jeden Fußbreit Boden. Das war seine Heimat gewesen. Von hier oben sah alles so unbedeutend und winzig aus. »Wo sind meine Brüder und Schwestern?«

Ischtar drang vorsichtig in Ras Bewusstsein ein. Sie empfing die verzweifelten Gefühlswallungen des Mannes und lehnte sich aufstöhnend zurück. Ra hatte keinen einzigen Jäger im Tal gesehen. Dort war niemand mehr. Nur der Grabhügel seiner Mutter mit den Mammutzähnen erhob sich einsam über dem Tal der Sippe. Einige dunkle Flecken auf dem gelben Talgrund erinnerten an die Feuer, die hier einst gebrannt hatten. Ischtar ließ den Gleiter durch ein Wendekommando schräg in den Himmel schießen. Sie wollte nicht, dass Ra noch weitere Gedanken an seine Leute verschwendete. Sie war plötzlich eifersüchtig auf die Barbaren geworden. Warum hing dieser Mann nicht mit ähnlicher Inbrunst an ihr? Sie ahnte, dass dazu mehr als nur die Hypnoschulungen gehörte. Gemeinsames Erleben und langsames Aneinandergewöhnen mussten die Basis für ihr Zusammenleben schaffen.

Ischtar überließ alles Weitere dem Autopiloten. Während sie über die Kontinente des Barbarenplaneten hinwegrasten, schmiegte sie sich eng an Ra. Zufrieden bemerkte sie, dass seine Gedanken mehr und mehr auf sie eingingen. Vor dem varganischen Gleiter rundete sich der Horizont mehr und mehr. Der Bergketten reihten sich wie verschiedenartig strukturierte Reliefs hintereinander. Ein breiter Streifen heller Wolkenfelder zog über die Landmasse. Und noch etwas weiter oben funkelten die ersten Sterne durch das tiefe, satte Blau der Atmosphäre, das über Violett nach Schwarz abstufte.

»Der Mond!«, schrie Ra entgeistert. »Ich sehe den Mond!« Fasziniert verfolgte Ra das atemberaubende Schauspiel, als sie die Nachthalbkugel seines Planeten erreichten. Er drehte den Kopf nach hinten. Über die Horizontrundung geisterten letzte Sonnenstrahlen. »Wie weit willst du noch emporfliegen, Ischtar?«

»So weit, bis du erkennen wirst, wie winzig und unbedeutend deine Welt ist.«

Ra verstand Ischtars Worte nicht ganz. Er hatte genug damit zu tun, das Gesehene zu verkraften. Dass es außer seiner Welt noch andere gab, hatte ihm die Hypnoschulung ja schon eingegeben. Das alles zu erleben war eine andere Sache. »Die Sonne geht wieder auf!«

Das kleine Fahrzeug, nichts anderes als eine mit Atemluft gefüllte Kraftfeldzelle, winzig wie ein Staubkorn zwischen den Welten, schwang sich aus dem Orbit. Ra sah den Planeten nach links wegkippen. Die lang gestreckten Kontinente leuchteten noch einmal grünbräunlich unter den zerfaserten und spiraligen Wolkenfeldern auf, dann lag die samtene Schwärze des Alls vor ihnen. Der bodenlose Abgrund, erfüllt mit dem Gleißen unzähliger Sonnen, ließ Ra sprachlos verharren. Er starrte aus fiebernden Augen nach vorn und glaubte den Boden unter den Füßen zu verlieren, denn weiterhin waren alle Wände ringsum völlig transparent. Wie eine kleine blauweiße Perle erschien die Welt in Ras Blickfeld …

»Das ist meine Heimat, Ra. Seit Äonen durchquere ich die Galaxien. Verstehst du nun, weshalb ich einsam bin?« Ra nickte wortlos. »Ich bin eine der letzten lebenden Varganen, als deren letzte Königin man mich einst bezeichnet hat. Sie sind alle verschwunden oder tot. Der letzte, dem ich begegnete, schenkte mir den Himmelsstier. Ich sah sein Raumschiff niemals wieder …«

Ischtar zögerte. Die Erinnerung an einen varganischen Gefährten drohte ihre Gefühle zu übermannen. Sie dachte an den Planeten Tabraczon, an die Insel mit ihrer Station, an die subplanetarische Fabrik, in der aus Plasma riesenhafte Tierwesen hergestellt werden konnten. Namen und Begriffe huschten durch ihr Bewusstsein und sprangen auf Ra über: *Mamrohn, Vargo, Kreton, die Welt Dopmorg, der Wall der dreißig Planeten … Mamrohn, Mamrohn … nie hat er den verlorenen rechten Unterarm durch eine Prothese ersetzt … unvorstellbar, dass er seinen Körper durch irgendetwas Künstliches ergänzt hätte …*

Ra sah, dass sich ihre großen Augen mit Tränen füllten. Ra wollte seine Goldene Göttin trösten und strich ihr liebevoll über die Wangen. »Ich bin bei dir, Ischtar. Wenn du in Gefahr gerätst, werde ich für dich kämpfen. Wenn es sein muss, werde ich für dich sterben.«

Über so viel Naivität musste Ischtar unwillkürlich lächeln. Was wusste der Barbar denn schon von den Gefahren des Universums? Er mochte sich auf seiner Welt auskennen, im Weltraum wäre er verloren gewesen. Er kannte die raumfahrenden Völker nicht. Er hätte sich bei einer Begegnung mit ihnen garantiert falsch verhalten. Sie selbst brauchte nur einen Knopf zu drücken, und ihr Raumschiff würde den Gravitations-Zyklon freisetzen. In wenigen Herzschlägen konnte sie seine Heimatwelt pulverisieren. Aber sie akzeptierte sein Mitgefühl. Es war echt und frei von Heuchelei. Ra war absolut ehrlich. Das schätzte sie an ihm besonders. Ihm konnte sie unter allen Umständen vertrauen. Im gleichen Augenblick schämte sie sich über sich selbst. Sie hatte ihn zu Anfang aus reiner Langeweile an Bord geholt. Genauso gut hätte sie ihn einfach desintegrieren können.

Ras Stimme unterbrach ihre schweren Gedanken. Der Barbar deutete auf den Weltraum ringsum. Genau in Fahrtrichtung war der Mond so groß geworden, dass er die gesamte Front ausfüllte. Ischtar schaltete verschiedenfarbige Filter und Vergrößerungsfenster, so dass sie Details besser erkennen konnten. Sie korrigierte den Kurs, und das kleine Schiff schwang sich langsam über den atmosphärelosen Materiebrocken hinweg. »Das soll der Mond sein?«, fragte Ra ungläubig und staunend zugleich. »Ich kann keine Wälder und Seen erkennen. Da unten leben ja nicht einmal Tiere.«

Die Ausschnittvergrößerungen zeigten deutlich, wie lebensfeindlich und zerklüftet dieser planetarische Begleiter war. Seine Oberfläche schien ein einziges Kraterfeld zu sein, abgesehen von den Bergzügen, die lange und scharfkantige Schatten warfen. Ischtar gab ihrem Begleiter einige Erklärungen. »Dort hat sich kein Leben entwickelt. Der Trabant hat keine Lufthülle wie deine Heimatwelt. Du würdest dort sofort ersticken. Außerdem ist es dort kälter als an irgendeinem Ort auf deiner Welt.«

»Dann können wir dort nicht jagen«, stellte Ra lakonisch fest. Damit war der Mond für ihn erledigt.

Das Beiboot schoss wie eine Sternschnuppe über den kleinen Himmelskörper hinweg. Die Sonne streifte den Tropfen mit ihren Strahlen und ließ ihn hell aufschimmern. Dann wurde das Schiff von der schwarzen Unendlichkeit verschluckt. Auf seinem Kurs lagen die inneren Planetenbahnen des Sonnensystems. In sehr kurzer Zeit lernte Ra mehr über den Kosmos und seine Gesetzmäßigkeiten als die nach ihm kommenden Generationen seines Planeten in vielen tausend Sonnenumläufen.

Ischtar übernahm die Steuerung wieder. Der Automatikpilot wurde allein nicht mit den komplizierten Kursänderungen inmitten der kosmischen Trümmerbarriere fertig. Unzählige Gesteinsbrocken, erkaltete Sonnenmaterie, Eis- und Schlackebrocken kreuzten den Kurs des varganischen Beiboots. Ra hatte es aufgegeben, die Objekte zu zählen. Selbst mit dem varganischen Zahlensystem kam er auf ungeheure Summen. Zu Hause hatten ihm die Finger als Zählhilfe genügt.

»Wir sollten umkehren«, sagte Ischtar zu sich selbst. Der Energieschirm glühte mehrmals auf, als die kleinen Staub- und Eispartikel in seinem Bereich verglühten. Ohne diese Schutzvorrichtung wäre das Boot schon längst havariert. Die Dichte gefährlicher Meteoriten hatte beängstigend zugenommen. Plötzlich gab der Massetaster Alarm. In einem seitlich schwebenden Ortungsholo erschien ein unregelmäßiges Objekt. »Ein Komet!«

Ra wollte es genauer wissen. »Ist das etwas Gefährliches?«

Ischtar las die Werte ab, die von der Minipositronik eingespielt wurden. »Normalerweise nicht ... dieser hier jedoch weist ziemlich ungewöhnliche Werte auf.« Ischtar gab die soeben errechneten Werte in die Positronik zurück. Wenig später lagen die Antworten vor. »Das Objekt besteht aus Antimaterie!«

»Antimaterie?« In wenigen Sätzen versuchte Ischtar ihrem Begleiter zu erklären, was man darunter verstand. Sie projizierte ihre Erklärungen direkt in sein Bewusstsein.

»Stimmt das wirklich?«, kam es ungläubig über Ras Lippen. »Kann dieses Himmelslicht meine Heimatwelt vernichten?«

»Zu seiner Vernichtung ist es zu klein, aber es kann ungeheure Verwüstungen auf dem Planeten anrichten. Bei einer Berührung von Materie dieses Universums mit Antimaterie vollzieht sich die totale Energieumwandlung. Denn zu jedem Elementarteilchen gibt es ein spiegelbildliches Gegenstück, ein Antiteilchen.«

Ra blickte auf den Panoramaschirm. Fern von den kosmischen Trümmerbrocken zog ein gleißender Stern durch den Raum. Sein Schweif war lang gezogen und zerfaserte in der Unendlichkeit. »Vielleicht zieht das Himmelslicht an meiner Welt vorbei?«

Ischtar ließ die Positronik mehrere Bahnberechnungen anstellen. Die Zahlen erschienen sofort auf den Bildschirm. »Nein, Ra ... der Antimateriebrocken wird in einigen hundert Sonnenumläufen genau auf deinen Planeten stürzen. Ein Irrtum ist ausgeschlossen.«

Ra wurde bleich. Er versuchte sich vorzustellen, wie die Katastrophe ihren Lauf nahm. Der Aufprall und die vollständige Zerstrahlung der Masse. Ungeheure Flutwellen würden dem Zusammenprall folgen. Alles Leben würde mit einem Schlag erlöschen. Seine Nachkommen würden sterben. Und niemand ahnte etwas. Er war der Einzige, der die Bedrohung kannte. »Wir müssen etwas dagegen unternehmen! Lass uns das Himmelslicht jagen … lass es uns töten!«

Ra starrte die Varganin entschlossen an. Doch Ischtar lachte nur. »Wie stellst du dir das vor? Wir dürfen nicht zu nahe an das Objekt herankommen. Da nützt uns sogar das Schirmfeld nichts mehr.«

»Lass es uns doch versuchen! Meine Heimatwelt darf nicht sterben.«

Ischtar schüttelte unwillig den Kopf. »Du bist ein eigenartiges Wesen, Ra … Was machst du dir Gedanken über deine Nachkommen? Du wirst deine Welt verlassen und mit mir durch die Unendlichkeit ziehen. Dabei vergisst du sehr schnell, was in diesem abgelegenen Sektor der Galaxis vor sich geht.«

»Nein … niemals!« Ras Augen funkelten zornig. »Ich werde meine Sippe niemals verraten. Meine Nachkommen sind mir so heilig wie meine Ahnen … Die Kinder tragen meinen Ruhm weiter. Ich will in ihren Erzählungen weiterleben. Meine Welt darf nicht untergehen.«

Ischtar merkte, dass sie zu weit gegangen war. »Wer redet denn von Untergehen? Die Stärksten werden überleben. Die Natur verkraftet sogar Katastrophen dieser Art. Was, meinst du, geschieht woanders im Kosmos? Das Gesetz von Werden und Vergehen erfüllt sich immer wieder aufs Neue. Und das Leben endet niemals. Auf diese oder jene Weise erscheint es immer wieder. Auch auf deinem Planeten. Wenn wir irgendwann einmal hierher zurückkehren, kannst du dich davon überzeugen.«

Ra stieß die Luft geräuschvoll aus. »Dann bin ich längst tot.«

»Nein … du wirst unsterblich an meiner Seite durch den Kosmos ziehen. Du wirst nicht sterben!« Ischtar sah ihren Begleiter nachdenklich von der Seite an. Sie wusste, dass er sich in einem ungeheuren Gefühlswiderstreit befand. Er liebte sie abgöttisch. Er brauchte ihre Nähe. Doch auf der anderen Seite stand sein Volk, stand sein Planet mit den grünen Ebenen und den wildreichen Tälern. Die Bande zu dieser Welt würde Ra niemals abreißen lassen. Er brauchte seine Sippe und die tägliche Jagd wie die Luft zum Atmen.

Erst jetzt wurde es Ischtar in vollem Maß bewusst, worauf sie verzichtet hatte. Sie war allein. Und sie hatte keine Heimat. Sie war hart gegen sich und andere geworden. Eine Folge dieser Bindungslosigkeit. Sie hatte Zivilisationen als Planetenbakterien bezeichnet und etliche sinnlos getötet. Sie begann, sich vor sich selbst zu schämen.

»Lass uns das böse Himmelslicht töten!«, sagte Ra erneut. Er fiel wieder in seine bildhafte Ausdrucksweise zurück, obwohl er alle technischen Termini des Varganischen beherrschte. Er vermied es, Begriffe wie Antimaterie oder Gravitations-Zyklon auszusprechen. War es vielleicht eine unbewusste Auflehnung gegen Ischtars Allmacht? Die Varganin ahnte, dass Ra weniger abhängig von ihr war, als sie angenommen hatte. »Töte das Himmelslicht! Rette meine Nachkommen ... bitte!«

Ischtar überlegte nicht mehr lange. Wollte sie diesem Mann beweisen, dass zwischen ihnen mehr als nur ein spielerisches Verhältnis bestand, musste sie seinen Wunsch erfüllen. »Gut ... aber du musst dann die Steuerung übernehmen! Ich will versuchen, den Antimaterie-Kometen durch einen Gravitations-Zyklon aus dem Kurs zu drängen.«

»Danke ... Ischtar!« Ra nickte mehrmals. Dann war die Angelegenheit für ihn erledigt. Er konzentrierte sich auf die Daten, die ihm der letzte Hypnokurs vermittelt hatte. Während Ischtar die rasch zusammengestellten Symbolgruppen an die Steuerungspositronik ihres Raumschiffs abstrahlte, glitten Ras nervige Hände über die Schaltsegmente des Beiboots. Die Minipositronik half ihm dabei, den gefährlichen Brocken des Asteroidenfeldes geschickt auszuweichen. Er handelte wie ein geübter Raumfahrer. Doch im Grunde genommen verstand er sein Handeln nicht bis zur letzten Konsequenz. Er vermochte lediglich, die erlernten Daten folgerichtig anzuwenden. Der Hypnokurs hatte die Daten fest in seinem Unterbewusstsein verankert.

»In genau diesem Augenblick startet das Geschoss. Die Positronik hält uns auf dem Laufenden. Wir können mit ihr den Fluchtkurs abstimmen.« Ischtar lehnte sich in den Kontursessel zurück. Jetzt, nachdem sie Ras Wunsch erfüllt hatte, fühlte sie sich erleichtert.

»Ich will sehen, wie das Himmelslicht vernichtet wird.«

»Wenn du unbedingt willst ... Aber wir dürfen nicht zu nahe an die Reaktionszone. Ich weiß selbst nicht, welche Energiemengen beim Zusammenprall freigesetzt werden.«

Der automatisch gesteuerte Raumtorpedo verließ die Lufthülle des blaugrünen Planeten. Er erreichte in sehr kurzer Zeit Höchstgeschwindigkeit und richtete seine Spitze auf einen imaginären Punkt in der von Sternen erfüllten Unendlichkeit. Das Schwerefeld eines rötlich schimmernden Planeten brachte das Geschoss um wenige Grad von seinem Kurs ab, doch seine Rechner reagierten augenblicklich und ließen es auf den alten Kurs zurückschwenken.

Der Torpedo durcheilte den Weltraum. Am Zielort angekommen, würde er sich in einem unvorstellbar starken Wirbelfeld auflösen. Denn sein Inneres barg einen Zylinder aus hochverdichtetem Varganstahl, der unter besonderen Umständen sogar die Urgewalten einer Sonne verkraften konnte. Der Generator würde ein zyklonähnliches gravomechanisches Feld erzeugen, das einen normalen Planeten in Augenblicken pulverisieren konnte. Diesmal war es auf Antimaterie programmiert worden. Wie würde sich der Komet aus einem unendlich weit entfernten Sternensystem verhalten?

Die Antwort ließ nicht lange auf sich warten. Der Torpedo raste genau auf den immer größer werdenden Kometen zu. Keine Macht der Welt würde ihn mehr von seinem Kurs abbringen.

»Es ist gleich so weit.«

Die Steuerpositronik des varganischen Raumschiffs, das noch immer im Kratertal von Ras Planeten schwebte, sandte laufend die Kursdaten des Raumtorpedos an das kleine Beiboot. Ischtar verfolgte die Angaben auf dem Monitorfeld. Da sie so weit von den beiden aufeinander zuschießenden Objekten entfernt waren, dass ohne Ausschnittvergrößerung nichts mehr erkannt werden konnte, bildeten zwei leuchtende Markierungspunkte ihre jeweilige Position ab. Ischtar und Ra starrten gebannt auf sie. Mit jedem Atemzug näherten sich die Leuchtpunkte einander.

»Wenn die Berechnungen stimmen, sind wir jetzt weit genug vom Zielpunkt entfernt. Der Antimaterie-Komet wird deine Welt niemals erreichen, Ra.«

Ra war es nicht gewohnt, viele Worte über Selbstverständlichkeiten zu verlieren. Hätte Ischtar ihn um einen ähnlichen Dienst gebeten, er hätte gehandelt, ohne lange zu überlegen. Er hatte gehofft, sie würde seine Welt retten, um seiner Sippe die Heimat zu erhalten. Anscheinend tat sie es nur, um ihn nicht zu verlieren. In diesem Augenblick zeigte ein optisches und akustisches Signal das Aufeinandertreffen der beiden Objekte an. Erst Augenblicke darauf erreichte der Energieblitz die Aufnahmelinsen des Panoramaschirms.

Der Blitz war so gewaltig, dass er selbst die kühnsten Vorstellungen des Barbaren vom Ende eines »Himmelslichts« übertraf. Ra wimmerte wie ein Kind. Sein starker Körper zuckte unkontrolliert. Ischtar hatte alle Hände voll zu tun, um den Kurs des Beiboots halten zu können. Hyperenergetische Stoßfronten brachten die Messwerte durcheinander. Sie musste größtenteils nach Gefühl steuern. *Der reinste Wahnsinn, einen Antimateriebrocken mit einem Gravitations-Zyklon anzugehen*, dachte sie erregt. *Das haben wir davon!*

Ra presste die Hände gegen sein Gesicht. Einige Instrumente des Beiboots fielen aus. Die Situationsanalyse der Schiffspositronik kam nicht mehr deutlich durch. Auf allen Kanälen herrschte das absolute Chaos. Der Energieblitz dehnte sich noch immer aus. In seinen Randbezirken verglühten Asteroiden und Kleinstplaneten. Im Kern grellweiß, an den Rändern bläulich schimmernd, schien das Gebilde aus reiner Energie zu pulsieren. Der Gravitations-Zyklon konzentrierte die Antimateriemasse und presste sie auf kleinstem Raum zusammen. Bevor sich diese künstliche Sonne weiter ausdehnen konnte, geschah etwas Unglaubliches. Von einem Augenblick zum anderen war das Leuchten verschwunden. Es war wie weggewischt, als hätte es niemals existiert. Lediglich auf den Instrumenten des varganischen Beiboots vollführten die Markierungen wahre Tänze. Vernünftige Werte waren nicht mehr ablesbar.

Als Ischtar die Filter wegschaltete, erkannte sie ein rötliches Wabern im Schwarz des Weltalls. *Was ist denn das?*, fragte sie sich fassungslos. Das Gebilde war unregelmäßig gezackt und verdeckte die Sternkonstellationen. Es absorbierte das Licht der Sonne dieses Planetensystems und pulsierte in düsterem Rot. *Wie ein Mund*, durchzuckte es die Varganin. *Ein riesig klaffendes Maul!*

Ein Alarmsignal vom Raumschiff riss die Frau aus ihren Grübeleien. »Die noch nicht berechneten Energiefronten haben einen Strukturriss in das übergeordnete Kontinuum geschaffen …« Die Stimme der Positronik klang leidenschaftslos, als sie die ersten Messwerte durchgab. »… die Erschütterungen des Raum-Zeit-Gefüges können mit unseren Mitteln über mehr als zwei Millionen Lichtjahre hinweg wahrgenommen werden. Wir müssen mit hoher Wahrscheinlichkeit annehmen, dass andere raumfahrende Rassen auf dieses Sonnensystem aufmerksam werden. Es ist daher angebracht, ständig auf Ortungsstation zu verbleiben. Erste Hyperfunksignale werden registriert …«

Wahnsinn! Ischtars wütender Gedankenimpuls ließ Ra zusammenzucken. *Das Ende des Himmelslichts, wie du den Kometen so treffend genannt hast, wird eine Meute neugieriger Raumfahrer anlocken. Wetten, dass dein Sonnensystem bald Treffpunkt sämtlicher Glücksritter, Piraten und Söldner der benachbarten Sternenreiche sein wird?*

Ra presste beide Hände gegen seine Augen. Fast schien es, als hätte er Angst, noch einmal auf das Panorama zu schauen. Der plötzliche Blitz hatte sein Selbstbewusstsein bis in die Grundfesten erschüttert. Ischtar ahnte, dass er von nun an ihre Göttlichkeit in Frage stellen würde.

Fremde Raumfahrer werden deine Welt entdecken. Es ist nur eine Frage der Zeit, wann sie mit ihren Schiffen hier eintreffen werden. Viele werden in benachbarten Sonnensystemen stranden, doch einige gelangen ganz bestimmt hierher. Du kannst dir nicht vorstellen, was in dieser Galaxis los ist! Eine Welt wie die deine ist für interstellare Sklavenjäger ein ideales Nachschubdepot. Material für abscheuliche Bioexperimente! Die Sklavenmärkte der Sternenimperien sind unersättlich …

»Hör endlich auf damit!«, schrie Ra gepeinigt, riss die Hände von seinen tränenden Augen und starrte Ischtar wie ein gefangenes Tier an. Konnte es für ihn eine Steigerung dieses Albtraums überhaupt noch geben? Ischtar zog sich augenblicklich aus seinem Bewusstsein zurück. Sie hatte Angst, sich in seinem Gefühlschaos zu verlieren. In Ras Innerstem sah es fürchterlich aus. Er schien alle Bezugspunkte verloren zu haben. »Ischtar …«, stammelte er, »Nin-ana … ich sehe dich nicht mehr.«

Sollte der Schock des reagierenden Antimaterie-Kometen so stark gewesen sein, dass er den Verstand verloren hatte? Ischtar erwog, ihren Begleiter zu paralysieren. Sie hatte Angst, dass er die enge Kabine des Beiboots verwüsten würde. Der befürchtete Anfall blieb aus. Ra zitterte nur. Er macht einen hilflosen Eindruck. Ischtar war mit ihren psychologischen Kenntnissen an einem toten Punkt angelangt. Der Barbar benahm sich abnorm und war mit ihren Regeln nicht einzustufen. Eins stand jedoch fest: Ra hatte einen schweren Schock davongetragen. Sie durfte ihn jetzt auf keinen Fall mehr reizen oder weiter auf die Folgen des Antimaterieblitzes aufmerksam machen.

»Ich sehe dich nicht mehr.« Ra schien durch sie hindurchzublicken. Seine Pupillen waren kaum zu erkennen. Das Weiß seiner Augäpfel schimmerte geisterhaft. Dann streckte er seine Hand aus. Die zitternden Finger berührten Ischtars Gesicht. Ihre Haltung hatte sich versteift. Sie wagte nicht, ihn irgendwie zu behindern. Seine Hand glitt sachte über ihr Gesicht, hielt für einen Augenblick über der Stirn an und zeichnete dann die Linie ihrer geschwungenen Brauen nach. Dann fiel sie kraftlos herab. Der barbarische Jäger schluchzte haltlos wie ein Kind. »Ich darf dein strahlendes Gesicht nie wieder sehen. Das Himmelslicht hat mich bestraft.«

Ischtar wollte ohne die Hilfe ihrer Diagnoseroboter keine Entscheidung fällen. Aber sie wusste genau, dass Ra nicht durch den Anblick des Energieblitzes blind geworden sein konnte. Die Sichtfilter hatten sich rechtzeitig eingeschaltet. Seine Sehkraft konnte nur psychisch blockiert worden sein. Die Voraussetzung, dass so etwas überhaupt erst möglich war, musste schon früher geschaffen worden sein. Ra hatte die Prozedur der Hypnoschulung ohne Murren über sich ergehen lassen. Er hatte ihr zuliebe auf seine täglichen Jagdausflüge verzichtet. Er hatte alles Erdenkliche getan, um sie zufrieden zu stellen. Und was hatte sie als Gegenleistung dazu vollbracht? Sehr wenig, wie sie sich eingestehen musste. Wollte sie etwas retten, musste sie so schnell wie möglich auf seinen Planeten zurückkehren. Die Idee mit dem Flug durch das Sonnensystem war der reinste Irrsinn, weil viel zu früh gewesen. So konnte sie ihn bestimmt nicht in einen Varganen verwandeln. Es war zweifelhaft, ob er überhaupt jemals zu einem Wesen mit varganischen Eigenschaften werden würde. Dazu waren ihre Entwicklungsstufen zu verschieden. Gefühlsmäßige Beziehungspunkte waren vorhanden, doch das reichte nicht.

So leicht wollte Ischtar allerdings nicht aufgeben. Sie beschleunigte das Boot auf Höchstgeschwindigkeit. Während hinter ihr der kleiner werdende Strukturriss in der tiefschwarzen Unendlichkeit versank, wurde der blauweiße Planet zusehends größer. Sie wusste, dass die angemessene Überlappungsfront andere Raumschiffe wie ein Peilsignal anlocken würde, obwohl das seltsame Energiegebilde immer mehr an Intensität verlor. Lange konnte es nicht mehr existieren. Doch seine Signale würden noch eine Ewigkeit durch Raum und Zeit irren. Und ob es nicht vielleicht noch andere Auswirkungen gegeben hatte, stand in den Sternen …

Ischtar reduzierte erst die Geschwindigkeit, als der Schutzschirm des Beiboots einen irrlichternden Wall aus ionisierten Luftmolekülen vor sich herschob.

19.

Aus: *Zahlen, Zenturien, Ziele und Zeugnisse – aus der Arbeit des Historischen Korps der USO*, Chamiel Senethi, Sonthrax-Bonning-Verlagsgruppe, Lepso, 1310 Galaktikum-Normzeit (NGZ)

… dauert es manchmal lange, bis sich aus Mosaiksteinchen das Gesamtbild ergibt. Als die Menschheit mit dem Roten Universum der Druuf und dessen deutlich langsamerem Zeitablauf konfrontiert wurde, war es der Arkonide Atlan, der mit seinen berühmten Atlantis-Berichten die ersten konkreten Hinweise zu diesem Phänomen geben konnte. Nicht einmal er wusste zu diesem Zeitpunkt – Folge der von seinem Lehrmeister mit dem OMIRGIS verursachten Erinnerungsbeeinflussung –, dass die Ereignisse im Larsafsystem keineswegs seine erste Begegnung mit diesen Insektenabkömmlingen gewesen waren.

Doch selbst wenn uns die Erlebnisse aus seiner Jugendzeit schon damals zugänglich gewesen wären, hätten wir – eben erst mit dem Techno-Erbe der Arkoniden ins All vorgestoßen – dennoch die mit den Skinen, ihren oberen Welten und vor allem Sketan verbundenen Konsequenzen nicht einzuschätzen gewusst. (…)

Mit der späteren Ausbildung der Überlappungszonen zwischen unserem und dem Druuf-Universum hatten diese Ereignisse ursächlich jedoch nichts zu tun, obwohl ein Zusammenhang durchaus besteht, wenn wir uns den Verlauf und die Ausdehnung der riesigen Entladungszone betrachten, die bis hin zur Sogmanton-Barriere reichte. Auch hier kann Atlan als Zeitzeuge dienen, doch das ist eine andere Geschichte …

Ras Welt

Über Nacht war der Winter gekommen. Die Ebene hatte sich mit einer dicken Schneedecke überzogen. Eisige Winde trieben die düsteren Schneewolken auf die Berge zu. Das Wild hatte sich in die Löcher verkrochen. Nur die fellvermummten Jäger stolperten durch die grau verschleierte Eintönigkeit. Das gefrorene Gras knirschte unter ihren Füßen. Aus der Ferne schallte Wolfsgeheul herüber. Mehrere Halbwüchsige versorgten sich mit Steinen, die sie mühevoll vom festgefrorenen Boden rissen. Die grimmige Kälte trieb das Rudel immer näher an die kleine Sippe heran. Es dauerte nicht lange, da konnten die

Männer eine Vielzahl leuchtender Augenpaare erkennen, die sie aus dem nebelverhangenen Hintergrund anstarrten. Als einer einen Knochen abnagte, sprang ein Wolf dreist heran. Er riss dem Jäger den Knochen aus der Hand und verschwand wieder im Dunkeln. Die Kinder schleuderten Steine hinterher. Der Mann tobte, denn die Krallen des Wolfes hatten ihm den Fäustling vom Handgelenk gerissen und eine tiefe Krallenspur in seinem Fleisch hinterlassen.

»Wie lange soll das noch weitergehen?«

Eine Frage, die der alte Sippenführer jetzt häufiger hören musste. »Sobald wir eine Höhle finden, rasten wir! Passt lieber auf, dass unser Feuer nicht erlischt!«

Die beiden Frauen hielten an, um trockenes Gras in den ausgehöhlten Stein zu werfen. Die Glut zischte auf. Vorsichtig legten sie kleine Holzstückchen nach. Das Feuer durfte jetzt keinesfalls erlöschen. Das hätte den Jägern den letzten Mut genommen. Die Götter schienen sich trotz ihrer Opfer gegen sie verschworen zu haben: Bei den letzten heftigen Herbststürmen und dem mit ihnen verbundenen Regen waren die mühsam gesammelten Wintervorräte unbrauchbar geworden. Blitzschläge hatten das halbe Lager in Brand gesetzt, und schließlich schienen die Wildtiere plötzlich aus der Ebene verschwunden. Fast hatten sie zu lange gezögert, waren nicht sofort aufgebrochen, als noch Wärme und Trockenheit herrschten. Dann war es über Nacht eisig kalt geworden, der Schnee lag fast kniehoch. Nun mussten sie aufbrechen und sich ein neues Lager suchen. Vielleicht, das war die Hoffnung des alten Sippenführers, fanden sie sogar das heiße Tal, von dem die Erzählungen berichteten.

Im Nebel tauchte eine Buschreihe auf. Das bedeutete frisches Holz. Endlich konnten sie ein großes Feuer entfachen. Das würde die Wölfe vertreiben. Fast schien es so, als hätten die grauen Räuber den Gedanken erraten. Bis auf wenige Körperlängen standen sich die Jäger und das Rudel gegenüber. Der Sippenführer riss einen Speer hoch und wartete. Auch die Wölfe verharrten. Aus ihren geöffneten Mäulern hingen die blutroten Zungen heraus. Ihr hechelnder Atem dampfte. Die gelben Lichter glühten gierig. Alle konnten sehen, wie die mageren Flanken der Wölfe zitterten. Die Tiere waren völlig ausgehungert, auch sie hatten schon lange kein Wild geschlagen. Die Gier würde sie zum Angriff treiben.

Gebückt krochen einige Wölfe auf die wimmernden Kinder zu. Die Frauen schoben sich davor, um den Angriff abzuwenden. Der Anführer des Rudels, ein mächtiges Tier, sprang in wenigen Sätzen heran und erwischte ein schreiendes Mädchen am Arm. Er kümmerte sich nicht darum, dass der Vater des Kindes mit erhobener Steinaxt heranstürzte. Er schnappte nach dem Hals der Kleinen. Erregt zerfetzte der Wolf ihre Lederjacke. Seine Vorderpfoten ruhten auf der Brust des Kindes. Da war der Jäger heran und stieß den gespitzten Steinkeil mit aller Kraft in den Nacken des Wolfes. Ein Heulen klang auf, und Jäger wie Wolf wälzten sich am Boden. Blut spritzte über den Schnee. Die Kleine schaute aus fiebrig glänzenden Augen zu. Jetzt waren die anderen Wölfe nicht mehr zu halten. Wie auf ein Kommando griffen sie die Sippe an. Das Knurren der hungrigen Bestien vermischte sich mit den Flüchen der erbittert kämpfenden Jäger.

»Wäre Ra doch bei uns«, stöhnte der Alte. Ein Wolf wollte ihn an der Kehle packen, doch der Jäger konnte ihn rechtzeitig mit dem Speer abwehren. Er stieß die Waffe tief in den zottigen Leib. Dann wandte er sich einem anderen Wolf zu. »Passt auf das Feuer auf!«

Die beiden Frauen beugten sich schützend über den qualmenden Hohlstein. Der Alte sprang heran und wickelte mehrere Lederstreifen um seinen Speer. Ein kleiner Junge opferte seine fellbesetzten Fäustlinge. Geschickt schlang der alte Jäger eine eingefettete Sehne um das Bündel.

»Schnell … die Wölfe greifen uns an.«

Zitternd hielt der Mann den Speer über die Glut. Er musste Acht geben, sonst erlosch das Feuer. Während hinter ihm die Raubtiere heranjagten, fing der Lederballen Feuer. Es stank bestialisch, doch die Glut fraß sich langsam in das Knäuel. Als die Wölfe heran waren, drehte sich der Alte blitzschnell um. Er stieß die Fackel in den Rachen des ersten Angreifers. Den anderen erwischte er mit dem stumpfen Ende des Speeres.

»Festhalten!« Er wartete nicht ab, bis der Kleine den Speer erneut in die Glut gehalten hatte. Sein Steinkeil schlitzte dem benommenen Wolf den Leib auf. Der Mann war über und über mit Blut bespritzt, als er sich erhob. Aber er hatte die Tiere besiegt. Stolz erfüllte das Herz des alten Jägers. Hätte ihn doch sein Sohn gesehen! Aber Ra war sicher nicht mehr am Leben. »Zusammenbleiben! Beschützt die Frauen!«

Die Jäger bildeten einen Kreis um die Verletzten, Kinder und Frauen. Ihre Speere stießen immer wieder vor und erwischten einen Wolf. Langsam zogen sie sich in den Schutz der kahlen Büsche zurück. Die Wölfe zerrten ihren toten Artgenossen in die nächste Bodenspalte. Die Sippe konnte das Krachen der zermalmten Knochen hören. Solange die Raubtiere mit ihrem Mahl beschäftigt waren, drohte keine unmittelbare Gefahr mehr. Außerdem hatte die Angriffslust der Wölfe nach den wuchtigen Steinbeilschlägen der Jäger rasch nachgelassen.

Jetzt befestigten die Menschen ihre mitgeschleppten Felle zwischen den kahlen Büschen. Alle halfen mit, Kinder und Frauen. Nur die Verletzten hockten wimmernd nebeneinander, um sich zu wärmen. Die froststarren Äste bildeten gute Zeltpfosten, während der verharschte Schnee in die Ritzen gestampft wurde, um den Wind fern zu halten. Frierend kauerten sich die Erschöpften unter den Schutz, schmiegten sich wie eine Tierherde aneinander. Die Frauen zerkauten Trockenfleisch und schoben den Kindern den Nahrungsbrei zwischen die blau gefrorenen Lippen. Es wurde rasch dunkel, und der aufkommende Schneesturm fegte heulend über die Sippe hinweg.

»Wir müssen weiterziehen. Nur in den Bergen finden wir Schutz.«

Alle nickten beifällig. Sie blickten den alten Sippenführer fragend an.

»Und wenn wir das heiße Tal niemals finden?«

Betretenes Schweigen. Einer der in Felljacken steckenden Jäger knackte mit den Fingergelenken.

»Ra ist tot ... er hätte uns bestimmt gesagt, ob es das heiße Tal wirklich dort gibt.«

Von draußen wurden Eiskristalle hereingeweht. Schon seit Tagen tobte ein furchtbares Unwetter. Schneestürme brausten über das flache Land, und der Hunger zerrte in den Eingeweiden der Jäger. Sie hatten schon manchen Winter überstanden, aber dieser war besonders schwer. Selbst die Wölfe hatten sich nicht mehr blicken lassen, und das war ein schlechtes Zeichen.

Doch eines Tages verstummte das Brausen und Zerren an den Fellplanen. Endlich konnten sich die Eingeschlossenen wieder aus den Zelten wagen. Ihre verklebten Augen blinzelten in die matte Wintersonne, die sich durch das Gewölk schob. Die ersten Männer untersuchten ihre Waffen. Sie durften keine Zeit verlieren. Die Jagd würde nicht leicht werden. Der Schnee lag hoch, und sie würden nur mühsam vorankommen. Auch das Wild scheute das weiße Land. Nur an den Berghängen konnten sie jetzt auf einige versprengte Rentiere stoßen, die das gefrorene Gras unter dem Schnee freischarrten. Der alte Sippenführer rief die Jäger zu sich. »Wir bilden so viele Gruppen.« Er hielt drei Finger seiner Hand hoch. »Die einen ziehen weiter und suchen das heiße Tal. Ich werde sie persönlich anführen.«

»Glaubst du, dass dein Sohn noch lebt?«

Der Alte ging auf den Zwischenruf nicht ein, sondern fuhr fort: »Die anderen bleiben bei den Frauen und Kindern. Sie müssen das Feuer beschützen. Die restlichen Männer gehen auf Jagd. Mögen die Sturmgeister uns gnädig sein!«

»Aieeeee … aieeeeee!«

Schreiend trennten sich die Gruppen. Eine Zeit lang konnten sie sich noch sehen, dann hatte sie die weiße Einöde verschluckt. Ihre Spuren wurden vom Wind verweht, und bald war es wieder genauso totenstill wie vorher. Der Alte starrte aus zusammengekniffenen Augen in die Weite des Landes. Schneeland und Nebelhimmel verschmolzen miteinander. Er versuchte, das Nichts mit seinen Augen zu durchdringen, doch umsonst. Er wusste genau, dass irgendwo vor ihm die Berge lagen. Und er wollte nicht glauben, dass sein Sohn Ra tot war. Irgendeine unbekannte Macht hatte Ra festgehalten. Vielleicht war er von einer anderen Sippe gefangen genommen worden.

»Da ist etwas!« Hüpfend sprangen die fellbekleideten Jäger durch den hoch liegenden Schnee. Die Spuren waren ganz frisch. Er berührte rasch sein Zauberamulett aus Säbelzahntigerhaaren. Es raschelte trocken. Die guten Geister würden ihm helfen. Er fühlte auf einmal wieder, wie sein sinkender Kampfgeist zurückkehrte. Er war älter als der älteste Jäger. Er hatte viele Winter gesehen und viele tapfere Männer sterben sehen. Er wollte nicht auch noch seinen Sohn überleben. Ra sollte die Sippe einmal in neue Länder führen. Ra sollte sie in ein heißes Tal bringen. Das heiße Tal war für die einfachen Männer so etwas wie ein Götterland. Dort konnte man, hieß es in den uralten Berichten, sogar den schlimmsten Winter ohne große Schwierigkeiten überstehen.

Die Gruppe arbeitete sich unermüdlich weiter. Die Rentierspuren waren nicht mehr zu übersehen. In einer breiten Mulde hatten die Tiere das Gras aus dem Boden gescharrt. Frische Losung lag im Schnee. Die Männer atmeten tief ein. Sie konnten den Geruch des Wildes deutlich erkennen. Einige prüften den Wind, indem sie befeuchtete Finger in die Luft streckten. Vor ihnen tauchte ein blauer Schatten auf.

Gebückt schlichen sie sich näher. Der Schatten schälte sich wie ein Riesenungetüm aus dem Nebel. Ein mächtiger Felsen. Plötzlich trug der Wind Geschrei zu ihnen herüber. Es musste aus einer Schlucht kommen, denn es hörte sich verzerrt und dumpf an. »Fremde Jäger!« Die Gruppe scharte sich um den Alten. »Wir sind zu wenige, um es auf einen Kampf ankommen zu lassen. Bleibt dicht beieinander.«

Unter dem Felsen, der sich schräg nach oben fortsetzte, krochen die Jäger über eine ansteigende Geröllhalde. Sie wichen geschickt den Männern der fremden Sippe aus. Als sie merkten, dass der Schnee hinter ihnen zurückblieb, wussten sie, dass sie am Ziel waren: *Sie hatten das heiße Tal gefunden!*

Ra hockte teilnahmslos in seinem Kontursessel, ließ sich wie ein Kind füttern. Der Androide schob ihm immer wieder einen Löffel mit Nahrungsbrei in den Mund. Der Barbar hatte abgenommen. Sein Gesicht war schlaff geworden. Ihm schien alles egal zu sein. Er sagte nichts mehr. Er starrte nur ins Leere. Schon viel zu lange!

Wie geht es dir, Ra? Die Gedankenstimme konnte seine Depressionen nicht mehr lindern. Er fühlte sich wie tot, und Ischtar merkte es. Sie verzweifelte fast, weil sie dem Jäger nicht helfen konnte. Dabei wusste sie, was seinen Zustand gebessert hätte: ein Jagdausflug in das heiße Tal! Das jedoch wagte sie nicht; sie ahnte, dass er sie dann verlassen würde. Sie klammerte sich noch immer an die Möglichkeit, Ra würde für immer an ihrer Seite bleiben. *Willst du mich sehen? Schalte den Bildschirm ein.*

Ras Hand bewegte sich wie in Zeitlupe vorwärts und tastete über die Schaltsegmente. Augenblicklich erschien das farbige, dreidimensionale Bild der Varganin. Ischtar trug ihre goldenen Haare unter einem zierlichen Stirnreif. Sie umrahmten ihre hohe Stirn wie ein leuchtendes Gespinst und fielen wippend auf die nackte Schulter. Sie redete Ra über die Lautsprecherverbindung an: »Du kannst mich sehen, Ra … du bist nicht blind!« Der Jäger schwieg beharrlich. »Ra … sag doch etwas! Ich weiß, dass du nicht blind bist. Meine Roboter haben dich untersucht. Du hast den Schock überwunden! Das Himmelslicht existiert nicht mehr. Deine Welt ist gerettet.«

Ra spielte gedankenverloren an den Schaltungen. Er achtete nicht darauf, dass sich die Bilddiagonale verschob. Ein Farbwirbel entstand, und das Gesicht Ischtars verschwand.

»Willst du mich nicht mehr sehen?« Der Barbar sagte nichts. Er strich über mehrere Sensorfelder, ein neues Bild stabilisierte sich. Zuerst es nur dunkel, dann bildeten sich unregelmäßig geformte Konturen ab. Ischtars Stimme kam aus dem Lautsprecher, ungeduldig und nervös. »Melde dich, Ra! Sag doch etwas!«

Wie in Trance steuerte Ra die Außenkamera, so dass sich das Bild ständig veränderte. Eine gelbliche Fläche kam in Sicht. *Felsen*, durchzuckte es den Mann. Gleichzeitig wunderte er sich, dass er überhaupt etwas sehen konnte. In der vergangenen Zeit, von der er nicht wusste, wie viel genau verstrichen war, hatte er alles um sich herum wie durch einen Schleier wahrgenommen. So, wie er seine Stimme verschlossen hatte, so wollte er nichts mehr sehen. Ein psychischer Block, den sein Unterbewusstsein zu seinem Schutz errichtet hatte. Er wäre sonst wahnsinnig geworden, denn er war trotz des aufgepfropften Wissens viel zu sehr verwurzelt mit seinem Land und seiner Sippe, als dass er die lange Zeit der Trennung unbeschadet überstanden hätte. Jetzt wurde er mit Szenen aus seiner Welt konfrontiert. Automatisch kehrte sein Augenlicht zurück. Er hatte es im Grunde niemals verloren. Ein Lagerfeuer geisterte über den Bildschirm.

»Schalte den Bildschirm aus! Ich komme zu dir!«

Der Jäger tat, als habe er nichts gehört. Seine Augen versprühten auf einmal wieder jene Wildheit, die Ischtar zu Anfang so an ihm fasziniert hatte. Seine Gesichtszüge hatten sich gestrafft. Er wirkte plötzlich wieder voller Lebensmut. Gestalten huschten durch das Bild. Es war dunkel, die Auflösung der Kamera begrenzt. Ra dachte nicht daran, dass er nur auf die Infrarot-Optik umzuschalten brauchte. Dann hätte er mehr gesehen, doch der Anblick genügte ihm auch so. Fast erschien es ihm, als könne er die gutturalen Laute der Jäger hören. Er rückte näher an die dreidimensionale Projektion heran. Die Fremden trugen brennende Holzscheite. Sie hatten anscheinend ein Wild entdeckt.

Ra zitterte vor Ungeduld. Wie gern wäre er zu den Männern dieser fremden Sippe geeilt und hätte ihnen gezeigt, wie man jagt. *Bestimmt ein großer Höhlenbär*, dachte Ra, *sonst würden sie nicht so vorsichtig sein.* Ra ließ die Kamera weiter über das karstige Gelände des Kraterbergs gleiten. Das Wissen in ihm sagte, wie die Einstellung durch einen leichten Druck seines Zeigefingers zu verändern war. Ließ er einen schmalen Sensorregler hochgleiten, veränderte sich der Bildausschnitt. Das angezielte Objekt erschien vergrößert. Eben war es das

Gesicht eines feindlichen Jägers. Ra musste sich beherrschen, um nicht irgendeinen scharfkantigen Gegenstand gegen das Bild zu schleudern. Das Gesicht verschwand unvermittelt. Ra ließ die Kamera weiterschwenken. In rasendem Wechsel erschienen Felslöcher, Bruchstücke und dampfende Bodenspalten. Das Kaleidoskop der düsteren Landschaft kam erst zum Stillstand, als Ra die Kamera wieder anhielt. Er hatte den Rand des Kraterbergs im Blickfeld. Vor dem helleren Hintergrund hoben sich mehrere Körper als Schattenriss ab.

Im Gegensatz zu den ansässigen Jägern trugen die Kletterer flauschige Pelze. Ihr Atem bildete weißliche Wölkchen. Irgendetwas an diesen Männern kam Ra bekannt vor. War es die Art, wie sie sich bewegten, oder waren es die langen, zotteligen Haare, die unter ihren Fellkappen hervorwehten? Die Jäger des heißen Tales trugen kurze Haare. Hastig stellte Ra die Kamera auf den größten Telebereich. Zuerst sah er überhaupt nichts, musste erneut die Position verändern. Die glitzernden Felsen des Kraterrandes waren nun zum Greifen nahe. Dann ragte eine ausgestreckte Hand ins Bild. Ein fellbesetzter Fäustling, dann die Schulter. Ra biss die Zähne zusammen. Er durfte jetzt nicht zittern, sonst würde er die Einstellung ruckhaft verändern und die Männer womöglich niemals wieder finden. Ein Gesicht, düstere Schatten umrahmten die strähnigen Haare. Ein Mund, der unhörbare Worte formte. Zwei faltige Augen. Weißlicher Atem kam zwischen den gelben Zähnen hervor.

»Vater!«, schrie Ra unbeherrscht. »Vater … du bist gekommen!«

Im selben Augenblick verschwand das Bild. Das bekannte Gesicht des alten Sippenführers wurde von einem Wirbel regenbogenfarbiger Blitze abgelöst, die zu einem winzigen Punkt in plötzlicher Schwärze zusammenschrumpften. Wütend schlug Ra auf die Bedienung des Gerätes. Es zeigte sich keinerlei Reaktion. Jemand hatte die Kontakte getrennt.

Ischtar, war Ras erster Gedanke. »Ischtar, warum hast du das getan?« Unbeherrscht drehte sich Ra um. Der Androide kam mit einem Nahrungsbehälter auf ihn zu. Lächelnd. »Verschwinde!«

Der Androide reagierte nicht. Sein künstliches Gesicht zeigte den immer gleichmäßig freundlichen Ausdruck. Das reizte Ra bis aufs Blut. Er fühlte, dass er die Beherrschung verlor. Zähneknirschend schleuderte er die kleine Schüssel beiseite. Der klebrige Brei spritzte an die Wand. Ra dachte nur noch an seine Sippe. Sein Vater war mit einigen beherzten Jägern bis ins heiße Tal vorgestoßen. Der alte

Mann ahnte nicht, dass die fremden Jäger auf ihn lauerten. Es würde zum Kampf kommen. Die anderen waren jedenfalls in der Überzahl. Ra begann zu zittern. Er durfte keine Zeit verlieren. Wenn ihm Ischtar nicht helfen wollte, musste er es alleine machen. »Ischtar … Ischtar!«

Ra stieß den Androiden von sich. Er sah nicht mehr, wie der dienstbare Geist gegen die Wand prallte und sich abschaltete. Im Gang war alles dunkel. Vermutlich hatte Ischtar mehrere Energiezuleitungen blockiert. Sie wollte abwarten, bis er sich beruhigt hatte. Aber diesen Gefallen würde er ihr nicht tun. Er musste sich endlich durchsetzen. Hätte er früher energischer gehandelt, würde sein Vater jetzt nicht in dieser bösen Lage um sein Leben kämpfen müssen. Der Personenlift reagierte nicht auf Ras Kommando. Sosehr der Jäger auch an den Türhälften zerrte, sie öffneten sich nicht. Er donnerte mit den Füßen dagegen. Es klang wie der Herzschlag eines Mammuts. Atemlos hetzte er weiter durch das riesige Raumschiff. Er erinnerte sich an die kleinen Schächte. Der Zwischenfall mit den Triebwerken fiel ihm ein. Diesmal würde er vorsichtiger sein. Er hatte viel dazugelernt.

»Ischtar … wo bist du? Ischtar!« Doch die Goldene Göttin meldete sich nicht. Ra bekam ein ungutes Gefühl. Befand sich die Varganin in Gefahr? Er verwarf den Gedanken sofort wieder. Sie würde mit ihren komplizierten Maschinen beschäftigt sein und sich nicht um seine Sorgen kümmern können. Ra wusste nicht, wie viel Zeit seit dem Abschalten des Bilds vergangen war. Er war keinen Augenblick stehen geblieben. Sein Herz schlug ihm bis zum Hals. Sein Atem ging keuchend. Dann wurde es vor ihm heller. Aus einem Versorgungsschacht drang bläulicher Lichtschein.

Das war die Etage der künstlichen Landschaft. Ra erinnerte sich an das verschlossene Tor, hinter dem er die seltsam pochenden Geräusche vernommen hatte. Was suchte Ischtar hier? Während er langsam an den Steigeisen hinunterkletterte, hörte er ein metallisches Singen. Dazwischen erklangen Worte. Ischtar sprach mit jemandem, doch ihr Partner schien nicht zu antworten. Ra sprang auf den glatten Boden. Seine Augen gewöhnten sich langsam an das helle Licht. Als er durch die offene Tür gegangen war, stand er genau hinter Ischtar. Sie schien ihn nicht zu bemerken, denn sie kniete am Boden und stammelte kaum verständliche Worte.

»Ra … wie kommst du hierher?« Ischtar wollte den Barbaren aus dem Raum drängen, doch Ra ergriff unwillig ihr Handgelenk. »Nein … du tust mir weh«, kam es erschrocken von ihren Lippen. Sie brauchte nur in seine funkelnden Augen zu blicken, und sie wusste, dass er sich diesmal nicht so einfach abweisen ließ. »Lass mich los!«

»Warum hast du die Bilder getötet?«

»Du bist noch nicht wieder bei Kräften. Alles, was deine Ruhe stört, ist für dich gefährlich.«

»Gefährlich? Seit wann ist der Anblick des eigenen Vaters gefährlich? Du wolltest nur nicht, dass ich an meine Leute erinnert werde. Sie sind gekommen, um mich zurückzuholen. Sie wollen um das heiße Tal kämpfen. Ich muss ihnen helfen!«

»Sie werden auch ohne dich auskommen«, sagte Ischtar traurig. Sie fühlte es jetzt ganz deutlich. Ra entglitt ihr mehr und mehr. Der grünblaue Planet war stärker. Sie wollte ihn aber noch immer nicht aufgeben. »Du hast meine Sprache erlernt, Ra. Du kannst die varganischen Maschinen bedienen. Nicht mehr lange, und du wirst mit mir durch die Unendlichkeit reisen können. Dann gibt es keine Grenzen mehr für uns. Dann wirst du sehen, wie unbedeutend und klein dieses heiße Tal ist.«

Ra atmete tief aus. Ischtar hatte in einem Punkt Recht. Er hatte sich von seinen Leuten entfremdet. Er war durch die Hypnoschulung anders geworden. Und doch sehnte er sich nach dem einfachen Leben zurück. Er war der Jäger geblieben. »Ich will sehen, wie meine Leute kämpfen.«

»Ein Kampf mehr oder weniger, was macht das schon? Im Universum wird immer wieder gekämpft. Ganze Sternenreiche verschwinden mit einem Schlag. Wäre der Antimaterie-Komet hierher gelangt, brauchtest du dir keine Sorgen mehr um die Primitiven zu machen. Die Zeit geht über sie hinweg. Ihr Staub wird verwehen, als hätte es sie niemals gegeben.«

Ra wollte etwas Barsches antworten, doch da fiel sein Blick auf eine strahlende Energiewolke. Ischtar hatte davor gekniet und seltsame Beschwörungen ausgestoßen. Das Gebilde hielt eine kleine, faustgroße Silberkugel in der Schwebe. Ringsum standen schwere Maschinenblöcke, unter deren Abdeckplatten ein Summen hervordrang. Die Kugel selbst schien zu pulsieren, doch das konnte auch eine Täuschung sein. Die Energiewolke verzerrte den Gegenstand. Unwillkürlich streckte Ra seine Hand aus und wollte die Silberkugel ergreifen.

Ischtar stieß einen Schrei aus und sprang ihm in den Weg. »Nein, Ra … Hände weg! Nicht berühren!«

Ra überlegte, ob er sich den Gegenstand mit Gewalt nehmen sollte. Doch seine Gefühle für Ischtar waren nicht erstorben. Er verehrte die Goldene Göttin nach wie vor. Sie hätte seine Sippe auslöschen können, und er wäre unfähig gewesen, sich dafür zu rächen. »Was … ist das, Ischtar?«

»Ein altes Geheimnis meines Volkes. Nicht einmal ich kenne die ganze Geschichte. Ich brauchte sehr lange Zeit, um ein wenig über die Kugel zu erfahren. Ich weiß nur so viel, dass es das Bindeglied zu den verschollenen Varganen darstellt. Es wird mir bei der endlosen Suche helfen.«

Ra akzeptierte diese Erklärung. Warum sollte Ischtar ihn auch anlügen? Vielleicht würde er eines Tages mehr über ihr Volk erfahren. Jetzt bedrängten ihn andere Probleme. »Ich habe meinen Vater gesehen!«

»Ja, ich weiß.«

»Lass mich die lebenden Bilder sehen, Ischtar … bitte!«

Diesmal konnte sie ihm den Wunsch unmöglich abschlagen, denn das würde seiner Zuneigung den härtesten Schlag versetzen. Nein, durch Verbote konnte sie ihn nicht an sich binden. Auch die totale Isolation von seinen Leuten würde nur das Gegenteil von dem bewirken, was sie eigentlich bezweckte. »Also gut, wenn du unbedingt willst.« Sie ergriff seine Hand und führte ihn aus dem Raum der pochenden Silberkugel. Hinter ihnen glitten die Türhälften zu. »Komm mit!«

»Warum willst du meinen Leuten nicht helfen?«, wagte Ra einen letzten Vorstoß.

»Weil ich dich nicht verlieren will.« In ihren Augen glänzten Tränen. Sie wollte nicht, dass er etwas merkte, und barg ihr Gesicht an seiner Brust. Sie versuchte, sich zu beherrschen, aber sie konnte den Gefühlssturm nicht länger bändigen. Ra griff unter ihr Kinn, hob ihren Kopf langsam aufwärts und strich ihr die langen Haare aus dem Gesicht.

»Du bist sehr einsam, Göttin. Einsamkeit … tiefer Schmerz. Ich habe beim Hypnokurs gelernt, dass Einsamkeit etwas Furchtbares ist. Ich habe bei meiner Sippe niemals Ähnliches verspürt. Ich war nie einsam. Wir waren alle füreinander da …«

Was weißt du schon davon? Ihr Gedankenimpuls raste so heftig durch Ras Bewusstsein, dass sie instinktiv erschrak. Doch der Jäger war in diesem Augenblick viel stärker, als sie angenommen hatte. Für den Bruchteil eines Wimpernschlages durcheilte sie eine Ahnung. Auf der mentalen Ebene waren er und sie verbunden, und da war etwas in ihm, was deutlich über seine scheinbar primitive Jägernatur hinausreichte, was größer, stärker, machtvoller war. Es gab einen Austausch zwischen ihr und ihm, Kräfte flossen hin und zurück und mit ihnen Gedanken, Empfindungen und Erinnerungen. Ra war sich des Vorgangs nicht bewusst, sie jedoch hatte plötzlich die Sicherheit, dass dieser unscheinbare blaugrüne Planet und seine mit Steinkeilen hantierenden Wilden nicht das waren, was er auf den ersten Blick zu sein vorgab. Bilder von tanzenden Schmetterlingen erschienen vor Ischtars Augen, aus ihren Puppen erwuchsen metallische Blasen, die zum Himmel stiegen und als Kugelschiffe in die Schwärze des Weltalls vorstießen. Ein gewaltiges Gelächter drohte über ihr zusammenzuschlagen und verhallte so schnell, wie es gekommen war. Das vom Gravitations-Zyklon geschaffene rote Maul der Überlappungszone schob sich in ihr Bewusstsein – dann war alles vorbei, und auch der mentale Kontakt zu Ra riss ab.

Sie hörte seine Stimme und erschauderte. »Ich kenne dich nicht, Goldene Göttin. Du bist wunderbar, Nin-ana, ich bin nur ein Jäger … Soll ich an deiner Seite einsam werden?«

Mit seinen einfachen Worten hatte Ra das Problem deutlicher umrissen, als Ischtar es jemals hätte ausdrücken können. Ja, er würde an ihrer Seite ewig einsam bleiben. Er gehörte zu seinen Leuten. Zurück in die barbarische Wildnis des grünblauen Planeten.

»Aber … der Tod wird nicht zu dir kommen, wenn du bei mir bleibst«, sagte sie schluchzend. »Es wird für uns beide nur einen ewigen Anfang geben. Wir werden Sonnen sterben sehen. Wir werden dabei sein, wenn das Universum vergeht. Wir werden die Geburt der neuen Zeit miterleben. Du wirst deine Einsamkeit vergessen, Ra.«

Der Jäger wechselte abrupt das Thema. »Zeig mir jetzt die lebenden Bilder!«

Ischtar seufzte. Sie hatte überhaupt nichts erreicht. Alles, was sie unternommen hatte, drohte ihr zu entgleiten. Sie fühlte sich auf einmal wieder hilflos. Was wusste dieser Barbar denn von ihren Gefühlen? Nichts!

Ra starrte verbissen auf den Bildschirm. Er war allein. Ischtar war in den Naturpark gegangen. Irgendeine Droge sollte ihr ein paar Zeiteinheiten Vergessen und süße Träume bescheren. Ra wusste jetzt, wie die Infrarot-Optik funktionierte. Mit ihrer Hilfe durchdrang die Kamera selbst die finsteren Schatten des nächtlichen Kratertals. Jedes Detail der karstigen Hänge wurde auf dem Bildschirm in einem eigenartigen Farbton wiedergegeben. Es dauerte eine Zeit lang, bis Ra jene Stelle wiedergefunden hatte, an der sein Vater mit einigen Jägern über den Kraterrand geklettert war. Er erkannte den Ort an einer runden Felsnase wieder. Von dort aus ging es steil bergab. Nur seitlich waren schmale Öffnungen in der Wand erkennbar, die man als Stufen benutzen konnte. Mit dem Regler veränderte Ra die Kameraposition. Langsam schwenkte er tiefer und hielt an. Ein dunkles Bündel hing zwischen Himmel und Boden in den Felsen. Die geringste Bewegung konnte es in die Tiefe stürzen lassen. *Ein Toter! Einer aus meiner Sippe?*

Erst die Ausschnittsvergrößerung gab Ra Auskunft. Der Mann gehörte zu den Bewohnern des heißen Tales. Ein Steinbeil hatte ihm den Schädel zerschmettert. Wo waren die anderen? Ohne Zweifel hatte der Kampf hoch oben an der Felswand getobt. Hatten die Gegner mit Pfeil und Bogen gekämpft, war sein Vater verloren. Vielleicht lag er schon tot in einer Felsspalte oder am Fuß der Steilwand. Ra hatte keine Ruhe mehr. Lebte sein Vater noch, brauchte er Hilfe. War er tot, musste er ihn rächen. Egal, was auch geschehen war, er musste den Götterberg verlassen. Sofort! Ischtar würde ihn nicht länger zurückhalten können.

Der Jäger sprang in den Personenlift und ließ sich bis zur untersten Schleuse transportieren. Er hatte sich jede Handbewegung Ischtars genau eingeprägt. Diesmal würde er nichts falsch machen. Wenig später hielt der Lift und entließ den Barbaren durch seine aufgleitenden Türhälften. Unter Ra befand sich der Käfig des Himmelsstiers. Das mächtige Tier schien die Bewegung bemerkt zu haben. Er schnaubte und schrammte mit seinen Hufen über den Boden. Ra löste den Kontakt und betätigte mehrere Hebel. Genauso, wie es Ischtar immer getan hatte. Schwere Aggregate heulten auf, dann glitt die durchsichtige Bodenplatte beiseite. Ein Prallfeld hob den Stier auf das Niveau des Schleusenausgangs. Noch ein Handgriff, und Ra wurde von unsichtbaren Händen auf das Reitgestell gehoben. Im gleichen Augenblick öffnete sich das Schleusentor. Ra umklammerte nervös die Haltegriffe, denn der Stier versuchte sofort, ihn abzuschütteln. Der fremde Geruch irritierte das mächtige Tier. Unter donnerndem Gebrüll tobte es aus der Schleuse. Es drehte sich mehrmals um die eigene Achse und bockte mit den Hinterläufen. Sand wirbelte hoch und drang beißend in Ras Augen.

Dann raste der Stier mit seinem Reiter durch das Kratertal. In einem Chaos aus Lärm und Staub umklammerte Ra mit aller Kraft die Haltegriffe. Er wusste, dass er jetzt nicht loslassen durfte. Der Stier würde ihn in einem Atemzug in Grund und Boden stampfen. Fast bereute Ra seine Eigenmächtigkeit. Er hätte sich lieber einen Blitzeschleuderer besorgen sollen. Das Ganze war reiner Wahnsinn. Irgendwann würde ihn der Stier bestimmt abwerfen. Ein Wunder, dass er es überhaupt so lange auf dem Reitgestell ausgehalten hatte. Einige Lichter tauchten vor ihm auf.

Dort wird noch gekämpft, durchzuckte es seine Gedanken. Bei den Zelten der ansässigen Jäger wurde tatsächlich gekämpft. Ra konnte sehen, wie mehrere Gestalten hinausgedrängt wurden und durch gezielte Steinbeilhiebe getötet wurden. Brennende Holzscheite flogen durch die Luft. Die Männer hatten zum Letzten gegriffen: Sie wehrten sich mit allem, was ihnen zur Verfügung stand, sogar mit dem heiligen Feuer. Jetzt sahen sie den herantobenden Stier. Von überall ertönten Schreckensschreie. Die Kämpfenden trennten sich. Am Boden lagen Verwundete, brannten Holzscheite und qualmten Zelte.

Ra nahm alles wie durch eine ständig wechselnde Bildschirmeinstellung wahr. Der Stier änderte ständig die Richtung, sprang über ein Hindernis hinweg und bockte zornig mit den Hinterläufen. Schweiß lief Ra brennend in die Augenwinkel. Er presste die Zähne aufeinander und hielt sich krampfhaft fest. Seine Knöchel zeichneten sich weiß über den Haltegriffen ab. Langsam begann er zu rutschen. Aber noch konnte er sich halten. Da fiel sein Blick auf drei Jäger, die vor dem herandonnernden Himmelsstier Reißaus nahmen. Im Widerschein eines lichterloh lodernden Zeltes erkannte er ihre Gesichter. *»Vater ... Wisent ... Langspeer!«*

Die Flüchtenden mussten Ras Ruf gehört haben. Sie blieben kurz stehen und drehten sich um. Ra sah, dass sein Vater ungläubig den Arm ausstreckte. Er war verwundet. Das Blut bildete dicke Striemen auf seiner Brust. Dennoch schien sein Kampfgeist ungebrochen zu sein. Die Gesichter der anderen beiden Freunde verzerrten sich. Sie mochten mit vielen seltsamen Dingen gerechnet haben, als sie in das heiße Tal eingedrungen waren, aber nicht mit einer solchen Überraschung. Ra winkte ihnen kurz zu und gab ihnen Zeichen, dass sie so schnell wie möglich in Deckung gehen sollten. Der Himmelsstier ließ sich nicht mehr bremsen. Er würde jeden, der ihm im Weg stand, niederwalzen. Da verlor Ra den Halt. Er stürzte kopfüber von seinem Reitgestell. Sein Schrei ging im Brüllen des Stieres unter. Der Aufprall auf dem felsigen Boden war so hart, dass Ra für wenige Augenblicke benommen dalag. Als er wieder klar denken konnte, hatte sich der Stier umgedreht. Nur eine blitzschnelle Rollbewegung bewahrte Ra davor, in diesem Augenblick zerstampft zu werden. Die Vorderhufe des Ungetüms schrammten Funken sprühend über den nackten Fels.

Doch da war Ra schon auf den Beinen und packte ein brennendes Holzscheit, das neben einem verkohlten Zelt lag. Der Stier schien allerdings keine Angst vor dem Feuer zu haben. Er bäumte sich hoch auf, um Ra mit einem einzigen Tritt zu zerquetschen. Die riesigen Augen leuchteten wie Glutsteine. Der heiße Atem des Tieres drohte Ra die Besinnung zu rauben.

Ischtar wurde von einem sorgenvollen Gefühl in die Zentrale getrieben. Ra war verschwunden. Im Chaos der draußen herrschenden Gedanken fand sie seine Impulse nicht. Wut und Angst beherrschten ihr Bewusstsein. Warum kümmerte sie sich überhaupt noch um den Barbaren? Jeder andere wäre dankbar vor ihr auf Knien gerutscht, hätte sie ihm das ewige Leben angeboten. Ra nicht! Dennoch empfand sie Mitleid mit ihm. Und Verständnis. Sie hatte ihn in ihr Raumschiff geholt und ihn mit einer für ihn unfassbaren Welt konfrontiert. Sie wusste jetzt, dass Ra den Entwicklungsstand zwischen ihrer Kultur und seinem Jägerdasein niemals überbrücken würde – weil er nicht wollte! Sie hatte das gewaltige Potenzial in ihm gespürt, doch er war noch nicht dazu bereit. Sie machte sich plötzlich sogar Vorwürfe, ihn so unvorbereitet in seine Welt zurückkehren zu lassen, denn er würde ein Fremder unter den eigenen Leuten bleiben.

Ihre Hände glitten nervös über die Einstellsegmente der Panoramagalerie. Das Tal. Die davonlaufenden Barbaren. Feuer. Ein schreckverzerrtes Gesicht. Das ganze Kaleidoskop des Grauens. Die Außenlautsprecher übertrugen das Brüllen des Himmelsstiers. Dann sah sie Ra. Noch hielt er sich auf dem Reitgestell fest, doch er konnte jeden Augenblick in die Tiefe stürzen. Kurz entschlossen aktivierte Ischtar eine Prallfeld-Sphäre und schoss durch die Gänge ihres Schiffes auf eine Personenschleuse zu.

Ra erwartete das Ende. Die glänzenden Vorderhufe kamen blitzschnell näher. Das Holzscheit entfiel seiner Hand. In diesem Augenblick glitten die Ereignisse der letzten Zeit in geraffter Form an ihm vorüber. Seine Begegnung mit Ischtar. Die Zeit im varganischen Götterberg. Sein Abenteuer im Maschinensaal. Die Hypnoschulung. Das getötete Himmelslicht. Die Silberkugel. Ischtars Gedanken und Empfindungen und Erinnerungen, in einer Zahl, dass er sie nie würde ganz erfassen können, obwohl sie zu einem Teil seiner selbst geworden waren. Und die kurzen Ausritte der Goldenen Göttin. Wie sie mit ihrem Blitzeschleuderer auf die gegnerischen Jäger geschossen hatte. Das grelle Leuchten drang jetzt wieder stechend in die Augen. Wie damals, als ihr Raumtorpedo das Himmelslicht getötet hatte. War das sein Tod? Ein Blitz, ein blutwabernder Vorhang, durch den er in das Reich der Jagdgötter taumelte?

Als er die Augen öffnete, sah er gerade noch, wie der Himmelsstier über ihm aufleuchtete. Er verharrte auf einmal reglos. Dann wurde sein Fell durchsichtig, und er löste sich in einer Rauchwolke auf, die vom Wind rasch verweht wurde.

Du brauchst keine Angst mehr zu haben, Ra. Der Himmelsstier ist tot! Ischtar schwebte dicht vor ihm auf einem flimmernden Oval, das ihren Körper wie eine Kürbisblase umgab. Sie sah wunderschön aus. Die goldenen Haare wehten wie Sonnenstrahlen um ihr Gesicht.

»Ischtar … du hast den Himmelsstier mit dem Blitzeschleuderer getötet! Du hast das Geschenk eines Mannes vernichtet, der dir einmal sehr nahe gestanden hat.«

Ich wollte nicht, dass du so endest!

Staunend verfolgten die Jäger ringsum, dass Ra auf die Goldene Göttin zuging. Niemand wagte es, sich ihnen zu nähern. Sie wussten nicht, dass sich die beiden durch Gedankenkraft verständigten.

Ich habe erkannt, dass du hier bleiben musst. Ich kann und will dich nicht daran hindern. Aber glaube mir, Ra … leicht fällt es mir nicht. Ich habe mich an dich gewöhnt. Ich werde jetzt noch einsamer sein, als ich es vorher schon war. Sie nestelte an ihrem Gürtel und zog ein kleines, metallisch funkelndes Ding hervor. Ein Fingerdruck genügte, und es spendete eine kleine Flamme. *Nimm dies als Abschiedsgeschenk, Ra. Die Sonnenstrahlen geben dem Zünder immer neue Kraft. Du wirst, solange du lebst, Herr über das Feuer sein.*

Ischtar schwebte an den zusammensinkenden Barbaren heran und legte ihm die Rechte auf den Kopf. Jetzt vereinigten sich ihre Gedankenströme zu einem letzten, mächtigen Impuls. Sie spürten beide für wenige Augenblicke, was Gemeinsamkeit bedeutete. Für diese Augenblicke überwanden sie ihre persönlichen Schranken und Abhängigkeiten. Sie waren ein Fleisch und eine Seele geworden. Dann war es vorbei. Ischtar löste sich von Ra, der auf den Boden starrte, und schwebte lautlos zu ihrem Raumschiff zurück.

Ra merkte nicht, dass sein Vater von hinten auf ihn zutrat und etwas sagte. Er war völlig in sich versunken und verarbeitete die abebbenden Gefühle der kurzen Vereinigung mit der Goldenen Göttin. Das varganische Raumschiff erhob sich sacht wie eine Feder auf seinen starken Antigravfeldern. Es wurde immer schneller und verschwand dann als leuchtender Stern in der Morgendämmerung, die feurig über den Kraterrand kroch. Ischtar würde weiter einsam durch Raum und Zeit ziehen – bis sie einen Mann traf, der so war wie sie selbst: *ein Einsamer der Zeit!*

Ra fand nur langsam in die Wirklichkeit seiner Welt zurück. Er war ein Fremder unter seinen Brüdern, die ihn zum Sippenführer machten. Sie lebten im heißen Tal. Und Ra war der Herr des Feuers. Er würde in die Erzählungen seines grünblauen Planeten eingehen, so, wie man auch noch viele Generationen nach ihm von der Goldenen Göttin Ischtar und dem Himmelsstier erzählen würde. Auf eine gewisse Weise war Ra doch noch unsterblich geworden, unsterblich in den Geschichten seiner Nachkommen …

Kraumon: 8. Prago der Coroma 10.497 da Ark

Ich sah Ra am Boden hocken. Fartuloon und die anderen standen hinter ihm. *Genauso müssen sein Vater, Wisent und Langspeer hinter ihm gestanden haben, als die Goldene Göttin mit ihrem Raumschiff verschwand*, durchfuhr es mich, während das Türkislicht von Kolchos Auge abrupt erlosch. Jetzt hob Ra den Kopf und schaute mich an. Er brauchte nichts mehr zu sagen. Ich hatte seine Geschichte vernommen, nicht nur akustisch, sondern auf kaum zu beschreibende Art, da auch das Wissen der Varganin eingeflossen war, die einen Bruchteil ihrer mentalen Kräfte auf den Jäger übertragen hatte. Ich verstand ihn jetzt besser. *Er fühlt sich erleichtert. Das sehe ich ihm deutlich an.*

»Er hatte also Kontakt zu einem uns unbekannten Volk … lange bevor dieser Schatzsucher auf seiner Welt landete, um ihn zu entführen«, fasste Fartuloon zusammen.

»Ja, aber das ist eine andere Geschichte. Eines Tages wird er sie uns auch noch erzählen. Dann erfahren wir, wie er so perfekt *Satron* zu sprechen gelernt hat.« In mir hallten Ischtars Worte nach:

»Seit Äonen durchquere ich die Galaxien. Verstehst du nun, weshalb ich einsam bin? Ich bin eine der letzten lebenden Varganen, als deren letzte Königin man mich einst bezeichnet hat. Sie sind alle verschwunden oder tot. Der letzte, dem ich begegnete, schenkte mir den Himmelsstier. Ich sah sein Raumschiff niemals wieder …«

Der Planet Tabraczon, die Insel mit Ischtars Station, die subplanetarische Fabrik, in der aus Plasma riesenhafte Tierwesen hergestellt werden konnten. Namen und Begriffe: Mamrohn, Vargo, Kreton, die Welt Dopmorg, der Wall der dreißig Planeten …

Und dann die Silberkugel … »Ein altes Geheimnis meines Volkes. Nicht einmal ich kenne die ganze Geschichte. Ich brauchte sehr lange Zeit, um ein wenig über die Kugel zu erfahren. Ich weiß nur so viel, dass es das Bindeglied zu den verschollenen Varganen darstellt. Es wird mir bei der endlosen Suche helfen.«

»Dieser Energieausbruch wegen des vernichteten Antimaterie-Kometen … Ich glaube mich daran zu erinnern! Muss vor etwa fünf Arkonjahren gewesen sein. War damals mit einer Häufung von Hyperstürmen verbunden.« Fartuloon kratzte sich nachdenklich den Bart. »Jetzt ahne ich auch, was es ist, das Ra für Orbanaschol wie auch für Kur Zammont so interessant macht. Sie sind, sofern er auf der Sklavenwelt oder auf Dargnis verhört wurde oder seine Geschichte freiwillig erzählte, hinter dem *ewigen Leben* her. Möglich, dass sie vieles falsch gedeutet haben, aber in diese Richtung scheint es zu gehen.«

Ich nickte. »Sollte es nicht das ewige Leben sein, das diese Ischtar angeblich ihrem Liebhaber schenken kann, dürfte es mit der silbernen Kugel zusammenhängen! Das Bindeglied zu den verschollenen Varganen! Ich glaube, wir sind einem großen Geheimnis auf die Spur gekommen. Größer, als wir ahnen konnten.«

Ra war in seine alte Schweigsamkeit zurückgefallen. Ich sah, wie er Farnathia mit einem wehmütigen Blick streifte. Sie hatte ihn an die geliebte Ischtar erinnert, hatte seine schlummernde Leidenschaft wieder zum Leben erweckt. Das war schmerzlich für ihn. Ich fragte mich, ob wir die Goldene Göttin jemals sehen würden.

Das Universum ist unendlich. Kann das Unglaubliche eintreffen, dass sich zwei Wesen – Staubkörner in Raum und Zeit – wieder begegnen? Ich wusste keine Antwort darauf, und sogar mein Extrasinn schwieg.

ENDE

ATLAN-Band 22

Ring des Schreckens

erscheint im Frühjahr 2003

Kleines Arkon-Glossar

ARK SUMMIA: Bezeichnung der elitären Reifeprüfung im Großen Imperium, unterteilt in drei Stufen oder Grade; die beiden ersten betreffen in erster Linie theoretische Examina und entsprechen ihrem Abschluss nach einem Laktrote (Meister) bzw. Tai-Laktrote (Großmeister). Die Zulassung durch die Faehrl-Kommission der »Kleinen Runde« zur Teilnahme an den abschließenden Prüfungen (charakterliche Eignung, Anwendung des erlernten Wissens in der Praxis unter Extrembedingungen usw.) ist auf wenige Hertasonen eines jeden Jahrgangs beschränkt, von denen wiederum noch weniger den dritten Grad bestehen – dies ist dann gleichbedeutend mit der Aktivierung des Extrasinns in den Paraphysikalischen Aktivierungskliniken der jeweiligen Faehrl-Institute. Im Großen Imperium gibt es insgesamt nur fünf ARK SUMMIA-Prüfungswelten: Iprasa ist die älteste, Largamenia die bedeutendste, hinzu kommen noch Goshbar, Soral und Alassa.

Bauchaufschneider: In den *Archaischen Perioden* entstandene arkonidische Umschreibung von Ärzten und Medikern; ihr Zeichen ist eine Amtskette aus Cholitt.

Chronner(s): Währungseinheit auf imperialer Ebene; Unterteilung: 1 Chronner = 10 Merkons = 100 Skalitos. Als Bargeld in Form von Lochmünzen mit den Münzeinheiten zehn, hundert, tausend, zehntausend hergestellt, die zu Bündeln zusammengefasst werden (genormte Stäbe mit Verschraubung; Münzen in Form von einem Millimeter dicken Scheiben aus Cholitt-III). Eine Million Chronners, als Zehntausendermünzen gebündelt, ergeben beispielsweise einen »Stab« von 100 Millimetern Länge.

Gebieter: Anrede des deutlich schwächeren gegenüber dem höheren Rang; vor allem aber von Robotern allen Arkoniden gegenüber.

Hyperraum: Allgemeine Bezeichnung für das übergeordnete Kontinuum, in das das vierdimensionale Raum-Zeit-Gefüge des so genannten Standarduniversums sowie ungezählte andere (Parallel-)Universen des *Multiversums* eingebettet sind. Im Hyperraum als Kontinuum außerhalb vertrauten Raumes und vertrauter Zeit verliert die im Standarduniversum höchstmögliche Ausbreitungsgeschwindigkeit in Form der Lichtgeschwindigkeit ihre Gültigkeit, so dass er für überlichtschnelle Fortbewegungen verwendet werden kann.

Aufgrund der im Hyperraum geltenden (hyper-)physikalischen Gesetze verwandelt sich dort ein materieller Körper zwangsläufig in einen übergeordneten Energie-Impuls, sofern er nicht durch spezielle Kraftfelder vor den Einflüssen des Hyperraums geschützt wird und somit quasi ein Miniatur-Universum für sich bildet. Im Verhältnis zur uns bekannten Welt ist der Hyperraum eine Singularität: Dieser Begriff ist in der Physik der Ausdruck dafür, wenn eine physikalische Größe *unendlich* wird und/oder wenn die bekannten physikalischen Gesetze *ihre Gültigkeit verlieren*; eine Bedingung – kein Raum, keine Zeit, keine Materie –, die aus unserer Sicht für den Hyperraum zutrifft.

Sofern keine Schutzmaßnahmen ergriffen werden, bedeutet für uns das Eindringen »in den Hyperraum« den Verlust der raumzeitlich fixierten Struktur, vereinfachend »Entmaterialisation« genannt. Modell hierzu kann ein Dia-Projektor sein, dessen Bild nur dann sichtbar ist, wenn die Projektionsebene einer Leinwand in den Strahlengang gehalten wird. Sowie diesem flächig projizierten Bild aber Gelegenheit gegeben wird, Tiefe und Körperlichkeit zu entwickeln – beispielsweise die Projektion in einen Glasbehälter erfolgt, der mit trüber Flüssigkeit gefüllt ist –, wird das ursprünglich klare und konturenscharfe Abbild undeutlich, fließt auseinander und verschwimmt.

Hypersturm: Hyperphysikalisches Phänomen im Standarduniversum, ausgelöst durch chaotische Konzentrationen von Hyperenergie; häufig begleitet von Verzerrungen des Raumes und der Zeit; kann zum Ausfall von Hypertechnik führen.

Impulsstrahler: Von den Arkoniden als Luccot bezeichnete Waffe, bei der als Ergebnis von Deuterium-Katalysefusionsladungen den Impulstriebwerken vergleichbare Hochenergie-Plasmaimpulse zum Einsatz kommen, die durch hyperenergetische Felder gebündelt und beschleunigt werden.

Ka'Mehantis: Bezeichnung/Titel des »Imperialen Ökonomen« = Handelsminister des Großen Rates/Tai Than; Mitglied des Berlen Than.

Kombistrahler: Kombinationswaffe mit wahlweiser Thermostrahl-, Desintegrator- oder Paralysatorwirkung; robust und praxiserprobt. In Atlans Jugendzeit waren Modelle der Serie TZU-4 im Einsatz.

Kralasenen: Söldner- und Geheimtruppe des *Blinden Sofgart* (leiten ihre Bezeichnung von Tormana da Bargk ab, der als Wettergott ebenso der von Sturm und Stärke war und in den Archaischen Perioden auch *Kralas* genannt wurde).

KSOL (-plus Kodezahl): Bezeichnung von Positroniken; in Atlans Jugendzeit sind KSOL-73/85 bis -73/95 im Einsatz. Siehe auch: *Mikro-KSOL.*

Maahks: Auch wenn die Maahks und ihnen ähnelnde Völker von den Arkoniden als »Methanatmer« oder kurz »Methans« bezeichnet werden, ist dieser Begriff irreführend: Die bis zu 2,20 Meter großen und bis zu 1,50 Meter breiten Wesen atmen in erster Linie Wasserstoff (und ein bisschen Methan) ein und Ammoniak aus; dieses Gas ist unter dem auf Maahkwelten herrschenden Druck sowie den Temperaturen von 70 bis 100 Grad Celsius noch nicht flüssig geworden. Die Maahks entwickelten sich vor mehr als 50.000 Jahren in Andromeda. Als dort die Lemurer auftauchten, wurden die Maahk-Völker in die Milchstraße vertrieben, wo es in Atlans Jugendzeit zum kriegerischen Kontakt mit den Arkoniden kommt – die so genannten Methankriege in mehrfach wechselnden heißen und kalten Phasen.

Mikrogravitator: Tragbares oder in Schutzanzüge integriertes Mikroaggregat, das in einer Umgebung mit geringerer Schwerkraft für den Träger Standardgravitation erzeugt; häufig kombiniert mit einem Mikrogravoneutralisator.

Omir-Gos: Ein aus dem Zhy Bewussten Seins materialisierter Kristall, gekennzeichnet durch seine 1024 Facetten und ein goldenes Lumineszenzleuchten; Atlans Ziehvater und Lehrmeister Fartuloon (»der letzte Calurier«) verwendete offenbar verschiedene technisch oder paramechanisch genutzte Sonderformen von OMIRGOS, unter anderem bei der Flucht vom Planeten Gortavor (siehe ATLAN-Buch 17).

Paralysator: Strahlenwaffe, die das dem Willen unterworfene periphere Nervensystem von Lebewesen lähmt. Das für die lebenswichtigen Körperfunktionen notwendige autonome Nervensystem bleibt dabei weitgehend unbeeinflusst. Die getroffene Person ist vollkommen bewegungsunfähig (= Paralyse), kann aber noch normal denken, sehen und hören. Die Wirkung des Paralysestrahls hält meist für einige Stunden an. In Atlans Jugendzeit waren Modelle der Serie U-156 im Einsatz.

Satron: Abkürzung von *Same Arkon trona* = »hört Arkon sprechen«; Bezeichnung für die *lingua franca* im Großen Imperium: als *Satron* = klassisches Interkosmo, als *Satron-I* = Interkosmo (ab Verleihung des Handelsmonopols an die Springer im Jahr 6050 vor Christus), als *Arkona-I* = Hofsprache (vor allem auf Arkon I). Um etwa 1000 nach Christus entwickelt sich das »moderne Interkosmo« (umschrieben als *Satron-Ia*); der forcierte Handel von Springern mit Aras und Antis/Báalols führt zur verstärkten Einbindung medospezifischer Begriffe wie auch religiöser Wortschöpfungen, so dass ca. 300 Arkonjahre später auch die Version *Satron-Ib* weit verbreitet ist.

Schlachtkreuzer: Arkonidisches Kugelraumschiff von 500 Metern Durchmesser.

Schlachtschiff: Arkonidisches Kugelraumschiff von 800 Metern Durchmesser.

Schwerer Kreuzer: Arkonidisches Kugelraumschiff von 200 Metern Durchmesser.

Sogmanton-Barriere: Nach seinem Entdecker Sogmanton Agh'Khaal benanntes, fast vierhundert Lichtjahre breites, verdreht-schlauchförmiges, überaus turbulentes Gebiet mit Hyperstürmen und dergleichen unangenehmen Phänomenen, denen über Jahrtausende hinweg ungezählte Raumschiffe zum Opfer fielen. Eine Zone im Weltraum, der hier nicht schwarz, sondern von eigentümlich rötlicher Farbe war, durchzogen von riesigen bräunlich roten Schlieren.

Arkonidische Hyperphysiker deuteten das Phänomen als höherdimensionale Bezugsebene, die das Standardkontinuum tangierte. In der Sogmanton-Barriere selbst kam es zu hyperenergetischen Einbrüchen und Aufrissen: Der Austausch von Normal- und Hyperenergie löste Hyperstürme, starke Strukturerschütterungen und Verzerrungen aus, und es gab übergeordnete Wirbel, Strudel und wechselnde Sogrichtungen. Staubballungen waren von Energieorkanen und Quantenturbulenzen durchdrungen. Stellenweise führten die Kraftfeldlinien zu Transmitter- oder Transitionseffekten, bei denen Objekte um Lichtstunden und mehr versetzt wurden oder aber gar nicht mehr im Standardkontinuum auftauchten.

Das Zentrum der Barriere, fünf Lichtjahre im Durchmesser, war eine Ansammlung kosmischer Materie, in der es ständig brodelte und gärte: Dort konzentrierten sich die fremdartigen Energieströme und machten sich am deutlichsten bemerkbar. Im weiten Umkreis der Aufrisse waren Orter und Taster gestört. Sogmanton Agh'Khaal hielt das Barrierenzentrum für den Standort des legendären Ursprungsplaneten Arbaraith, eine Vermutung, die erst sehr viel später indirekt bestätigt werden sollte. Die Sogmanton-Barriere verschwand beim Höhepunkt rings um die Auseinandersetzung mit den Cyén/Tekteronii der Jahre 2046 bis 2048 spurlos (siehe ATLAN-Buch 16).

Tai Ark'Tussan: Großes Arkon-Imperium, meist nur als *Großes Imperium* übersetzt; umfasst neben den Kugelsternhaufen Thantur-Lok und Cerkol große Bereiche der als *Öde Insel* umschriebenen Milchstraßenhauptebene mit insgesamt mehreren zehntausend von Arkoniden und Fremdvölkern besiedelten Welten.

Teaultokan: Palast, Residenz, Schloss.

Translator: Gerät zur Verständigung zwischen Intelligenzvölkern, die verschiedene Sprachen sprechen. Der Rechner eines Translators benötigt eine ausreichende Menge der bislang unbekannten Sprache, um deren Grundstruktur zu analysieren und eine rasche Kommunikation auf gegenseitiger Basis zu gestatten. Solche Übersetzungsgeräte können von Raumfahrern bei Einsätzen auf unbekannten Welten verwendet oder in Funkanlagen von Raumschiffen und -stationen direkt vorgeschaltet werden. Translatoren können Laut bildende Sprachen verarbeiten, Zisch-, Knurr- und Pfeiftöne nur bedingt. Kommunikationsweisen auf optischer, taktiler, olfaktorischer oder anderer Art sind mit normalen Geräten gar nicht zu entschlüsseln.

Transmitter (auch: Materie-Transmitter): Stationäre Anlage zur zeitverlustfreien Beförderung von Personen und Gegenständen, die als Transportmedium den Hyperraum benutzt. Das eigentliche Transportfeld ist dem Transitions-Strukturfeld vergleichbar, der Transportvorgang an sich stets ein *ganzheitlicher* (es handelt sich *nicht* um *Scanning* nach dem Vorbild eines Fernsehbildes wegen quantenmechanischer Unschärfe sowie der Problematik der Gesamtinformationsmenge!).

DETAILKARTE
NEBELSEKTOR-ZENTRUM und THANTUR-LOK

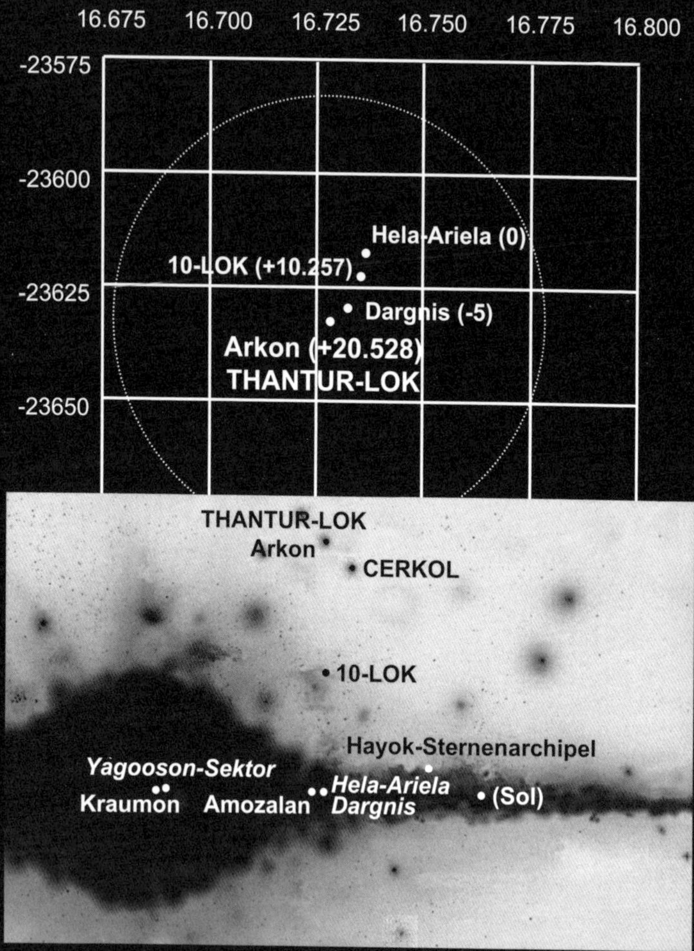

© Rainer Castor

DETAILKARTE
KRAUMON-SEKTOR und YAGOOSON-SEKTOR

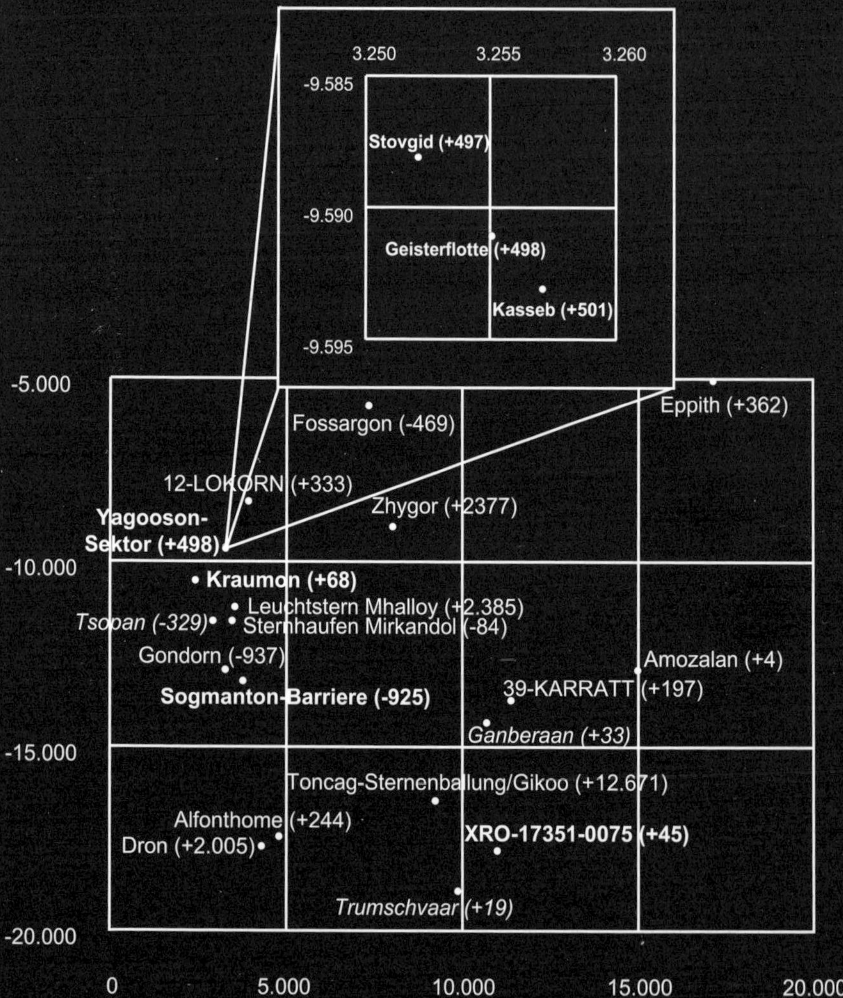

© Rainer Castor